历史小说

善谋能断

田芳芳 ◎ 著

朱元璋

（上册）

中国铁道出版社有限公司
CHINA RAILWAY PUBLISHING HOUSE CO., LTD.

图书在版编目（CIP）数据

善谋能断：朱元璋：上下册 / 田芳芳著 .—北京：中国
铁道出版社有限公司，2024.8
ISBN 978-7-113-31276-3

Ⅰ．①善… Ⅱ．①田… Ⅲ．①朱元璋（1328-1398）—
传记 Ⅳ．① K827=48

中国国家版本馆 CIP 数据核字（2024）第 103907 号

书　　名：**善谋能断：朱元璋**
　　　　　SHANMOU-NENGDUAN：ZHU YUANZHANG
作　　者：田芳芳

责任编辑：贾芝婷　荆　波　　　　电　　话：（010）51873026
封面设计：尚明龙
责任校对：刘　畅
责任印制：赵星辰

出版发行：中国铁道出版社有限公司（100054，北京市西城区右安门西街 8 号）
网　　址：http://www.tdpress.com
印　　刷：三河市国英印务有限公司
版　　次：2024 年 8 月第 1 版　2024 年 8 月第 1 次印刷
开　　本：710 mm×1 000 mm 1/16　印张：32　字数：610 千
书　　号：ISBN 978-7-113-31276-3
定　　价：158.00 元（上下册）

目录

【第一回】

染奇疴舍身寺院，学怪拳拜师玄门

孤庄村其实并不孤单，距热闹的濠州城不过咫尺。孤庄村里最富有的人叫刘德。村中二百来户人家，有一多半都种着他的田地。刘德曾对他的哥哥刘继祖说："我如果把田地都收回来，村子里起码有一半人会饿死。"

刘德的话也许有点夸张，但对朱五四来说，刘德的话对极了。朱五四应该是孤庄村里最贫穷的人了，全赖租种刘德的十几亩荒地养家糊口。

朱五四的老婆陈二娘曾建议朱五四说："在这儿过活太艰难，还是挪个地方吧……"

朱五四回答二娘说："往哪挪呢？祖祖辈辈挪来挪去的，也没挪出个好日子啊！"

朱五四的祖籍是沛县，也就是汉朝开国皇帝刘邦出生的那个地方。后来，因为生活困难，朱五四的祖先就把家从沛县迁到了集庆路的句容县（今江苏省句容市）。

朱五四八岁那年，同样是因为生活困难，朱五四的父亲朱初一就带着全家，逃迁到了淮河岸边的泗州盱眙县（今江苏省盱眙县）。没有多久，朱初一得急病死去，朱五四一家被迫再次流浪，先流落到灵璧（今安徽省灵璧县），后流落到虹县（今安徽省泗县），最终流落到距濠州城（今安徽省凤阳县）不远的孤庄村。

朱五四本来还有一个哥哥叫朱五一，打从灵璧分手后，朱五四就几乎没有朱五一的什么消息了。朱五四只隐约听人说，朱五一结了婚，并生了四个儿子，分别给他们取名重一、重二、重三和重五。

后来，朱五四和陈二娘也一连生了三个儿子和两个女儿。在那个时代，女儿有名没名关系不大，只是儿子好歹也要取个名字。所以朱五四就自作主张地给三个儿子分别取名重四、重六和重七。重七生下来之后，朱五四对陈二娘说："家境太困难，以后不要再生娃娃了！"

朱五四一家祖祖辈辈四处颠沛流离，到头来，自己连一分田地也没有。好在定居孤庄村之后，先是两个女儿相继出嫁，家里少了两口人吃饭，接着是重四、重六和重七渐渐长大，都能干田地里的庄稼活了，又没有再生出什么新的娃娃来。所以，朱五四一家的光景，确实比过去要好不少。

不过，儿子大了，麻烦事也就跟着来了。眼看着，大儿子重四都快三十岁了，重六和重七也都早到了娶媳妇的年龄。

家境虽困顿，朱五四也想抱孙子。总不能让朱家在他朱五四的身上绝了后吧？可问题是，朱家这么贫穷，所谓人往高处走，水往低处流，哪个人家愿意眼睁睁地把自己的女儿送到这里来活受罪？

朱五四很急，陈二娘也很急，可光急是没有用的。夫妻两个商量了一番，最后决定去找汪大娘和刘继祖帮忙。

汪大娘一家住在朱五四家的东边。说是一家，其实就汪大娘和儿子汪文两个人。汪大娘结婚后不久就死了丈夫，汪文是遗腹子。汪文出世后，汪大娘决定不再嫁人，母子俩相依为命。她因擅长织布，在孤庄村小有名气，所以日子也还能过得下去。有时，她还会伸出援助之手，接济一下朱五四家。

刘继祖一家住在朱五四家的西边。他虽然是孤庄村大地主刘德的胞兄，但和刘德却是截然不同的两种人，兄弟俩平日也很少来往。以占有的土地多少为例，孤庄村四周的土地，十之六七归刘德所有，而刘继祖的名下，只有几十亩薄地。

但刘继祖好像很知足，整天还笑嘻嘻的。农闲时，他亲自领着家人在田地里侍弄；农忙了，他就雇一些短工。朱五四是他经常雇用的短工，他雇用朱五四，实际上就是在帮助朱五四一家。

汪大娘和刘继祖都认为这事挺难办的，但他们都答应帮忙找找看。最后，刘继祖提出让重六、重七去入赘的建议。

所谓"入赘"，就是让男的"嫁"到女的家去，所生的小孩，无论男女，一律跟女方姓。在当时，"入赘"是一件最没出息也最被人看不起的事情。

朱五四犹豫了，把重六和重七两个儿子都入赘到别人家去，这不是一件小事情。不过，话又说回来，如果重六和重七去入赘了，则不仅可以讨到老婆，还能为家里省下两个人的口粮。

租二老爷刘德家的十几亩地，他和重四完全可以应付过来，也不在乎重六、重七那两个劳动力的。只要重四能够顺利地讨上媳妇，就不愁没有儿女，朱家的香火就会延续下去。这么一想，朱五四就同意让重六、重七去入赘啦。朱五四回家后把这个决定告诉了陈二娘，陈二娘虽然很舍不得，但迫于无奈也只好同意了。

虽然朱五四同意让重六、重七去入赘，但要入赘到一个比较稳妥的家庭，也不是一件容易的事。刘继祖村里村外地跑，跑了好长时间，也没跑出个头绪来。而汪大娘那边则更难，虽然她靠卖布为生，结识了许多人，但她几乎说破了嘴皮，也没人愿意把女儿嫁给朱五四的大儿子重四。

叫朱五四大伤脑筋的是，在三个儿子的婚事还没有着落的当口，自己的老婆陈二娘的肚子又鼓了起来。

屈指一算，陈二娘肚子里的娃娃至少有三个多月了。如果不要这个娃娃，那就得想办法打掉。朱五四和陈二娘商定，去找汪大娘解决这个问题。

汪大娘比陈二娘还年轻，也不知道怎么样才能把肚子里的娃娃打下来。但架不住陈二娘的再三哀求，汪大娘最终还是答应"去找别人想想办法"。仗着认得的人多，汪大娘弄来了一包又一包草药，可打来打去，几乎一点儿效果也没有。朱五四真是既痛苦又无奈。

这一年，是1328年，即元朝天历元年。陈二娘肚里的那个娃娃，是在这一年的农历九月十八那天出世的。出世的时候，天还没有亮，只有耐不住寂寞的几只大公鸡，此起彼伏地叫得很欢。

陈二娘对朱五四道："又生了一个儿子，你该给他取个名字了。"

朱五四想都没想就回答陈二娘说："按顺序排名吧，这娃娃就叫重八。"

重八生下来的时候确实有点奇怪，一般的小孩子，从母亲的体内生出来之后，往往会啼哭。而重八生下来的时候却没有啼哭，不仅没有哭，还撇着小嘴有模有样地笑，看起来很像一个怪胎。

见重八笑，朱五四就疑惑地道："二娘，这娃娃跟重四他们都不一样呢。"

陈二娘以为朱五四讲的是重八的长相，于是也叹了口气道："是啊，五四，这娃娃长得也太丑了。"

按常理说，儿子长得再丑，在母亲的眼里，也总是漂亮的。现在，连陈二娘都以为重八长得丑了，那重八恐怕就真的没有一点漂亮可言了。

重八皮肤很黑，从头到脚，找不到一处可以称得上是"白净"的地方，就连手掌心和大腿内侧，也是黑乎乎的一片。他的脸庞看起来很宽，两边颧骨高高地耸起。两只又长又大的耳朵。方方正正的大额头上有一块异骨赫然凸起，像是一个大肉包。

说来也怪，自重八降生，朱五四家的喜事是一件跟着一件来。刘继祖在东乡为重六、重七分别找着了好人家去"入赘"，而那个汪大娘也喜滋滋地在西乡为重四说定了一房媳妇，姓齐。正好今年的收成不错，在刘继祖和汪大娘的鼎力相助下，重六、重七顺利地"出嫁"，重四也顺利地娶回了老婆齐氏。

三个儿子好歹都算是有了媳妇，朱五四和陈二娘不禁长长地松了一口气，但这口气还没有松多长，朱五四和陈二娘的眉头就又紧锁了起来。他们的四儿子重八生病了，而且生的还是一种异常奇怪的病。

有时候，陈二娘好不容易将自己的奶头塞入重八的嘴里，重八就"噗"的一声将它吐出来。后来，重八的小肚子不知从何时开始，一点点地胀鼓了起来，越胀越明显，越鼓越厉害，像是有谁在往重八的肚子里吹气一样。

听说重八得病了，那汪大娘也很急，就从一个九十九岁的老太婆那里弄来一大包草药给重八吃。草药吃下去了，重八的肚皮依然鼓胀着。朱五四一咬牙一狠心，请了一个郎中来。那郎中对重八"望、闻、问、切"一番后，不知为何，突然脸色大变，一句话也没说，一文钱也没要，就灰溜溜地离开了朱家。见郎中这副模样，朱五四和陈二娘对重八的性命便差不多绝望了。眼看着，重八就瘦成皮包骨了。

那汪大娘又急急地跑到朱家来，说是她听到一个九十九岁的老头子说，像重八这种怪病，必须到和尚庙里去舍生，只要舍了生，就什么事都没有了。

所谓"舍生"，简单点解释就是，孩子由父母领着，到庙里去向住持许愿，许愿孩子长大之后入寺为僧，而这期间，佛祖就会保佑这个孩子平安顺利地长大。于是，朱五四带上一小口袋面作为香火钱，陈二娘抱着重八，赶到距孤庄村十多里外的皇觉寺里请住持高彬法师为重八舍生。

那时候的和尚在社会上还是有一定地位的，特别是庙里的一些大和尚，不仅可以娶妻生子，还占有相当数量的田地。比如皇觉寺里的高彬法师，就有妻子儿女。而皇觉寺里的几十个大小和尚，也主要靠的是收租过活。

说来也怪，重八舍生之后，硬鼓鼓的肚皮就瘪了下去，而且一颗小脑袋还拱进陈二娘的怀里寻找着乳头。朱五四和陈二娘终于卸下了这桩沉重的心病。

重八八岁那年，重四和齐氏，在年头生下一个儿子，在年尾又生下一个儿子。朱五四和陈二娘整天笑得合不拢嘴。

欢乐之余，朱五四备了一点礼品，将孤庄村里最有学问的私塾老师张先生请到家里来为重四的两个儿子起名字。结果是，重四的大儿子叫文直，小儿子叫文正。

八岁的重八，还是那么浑身黑乎乎的，耳长，脸宽，两个颧骨突起，额上有一块高耸的异骨，样子很吓人。不过，虽然年龄只有八岁，但那时的重八，就已经成了孤庄村里小伙伴们的头儿了。

重八能成为"头儿"，有一段比较曲折的经历。当时，常在一起玩耍的小伙伴们中，比重八大的，主要有徐达、周德兴和汤和三人。

徐达十一岁，周德兴十岁，汤和九岁，也都是穷人家的孩子。他们见村子里的小伙伴平日对重八都很敬畏，有些不服气，于是就在一天下午把重八约到了村外的一处空地上，说是要与重八结拜为生死弟兄。

重八一开始没起什么疑心，如约来到村外。等到了村外之后，重八才明了徐达等人的意图。徐达等人确实想同重八结拜为兄弟，说要按年龄大小来排列兄弟的次序，还说古书上就是这么讲的。

但重八不同意，因为按年龄排列大小，他只能排在四人当中的最后一位。那样的话，他以后说话就不算数了。

重八提议凭打架的本事来排列大小，徐达和周德兴打，他和汤和打，双方胜者再在一起打，谁是最后的胜者谁就做四人中的老大。

重八提出这个提议显然是经过一番思考的，无论徐达还是周德兴，重八都无取胜的可能；而汤和，虽比重八大一岁，但个头还没有重八高，重八打汤和，取胜的把握比较大，而且，在这四个人当中，汤和的胆子也是最小的。

重八的意思是，周德兴平时很不服气徐达，这回为争做老大打起来，周德兴肯定会拼尽全力的。即使徐达最后能取胜，也会被周德兴打得筋疲力尽，只要自己想个办法轻松地打败汤和，那自己就有余力同徐达一争高低了。

徐达等人与重八的脑袋瓜比起来，毕竟差了一些。听了重八的话后，徐达还夸赞道："重八说得对，大的跟大的打，小的跟小的斗！"

周德兴和汤和也没有意见。这样，徐达和周德兴就迫不及待地率先打在了一起。因为二人都想尽快地打败对方争得老大的位子，所以二人都打得十分地卖力。殊不知，二人越是卖力，越是中了重八的计。

重八虽然有把握打败汤和，但也不想在汤和身上浪费时间和体力。他瞅了个空，冷不丁地将汤和裤裆里的玩意儿一把攥住，攥得汤和"哇哇"乱叫。汤和害怕了，只得求饶认输。就这样，重八轻松地战胜了汤和，然后便悠闲地观看徐达和周德兴的苦斗。

斗了半天，徐达虽然将周德兴打倒在地，但自己也累得瘫在地上起不来。可不起来还不行，重八走到跟前挑战了。

徐达刚一摇摇晃晃地爬起身，重八就一头撞在了他的腹部。徐达"啊呀"一声，仰翻倒地，跌得头晕眼花。重八可不管这些，顺势骑在徐达的身上，抢开双拳，只顾朝徐达的脸上打，一直打到徐达鼻孔冒血、服输之后才停手。

跟着，重八"呼"的一声从徐达身上跳起来，站稳了，然后冲着徐达、周德兴、汤和喊道："你们听好了，从现在起，我就是你们老大了！以后，我说什么话，你们都要听！"

汤和没有意见，周德兴和徐达也没有意见。四个人学着说书人讲的那样，一起跪在地上，撮土为香，乱七八糟地叫了一通"不求同年同月同日生，但求同年同月同日死"之类的话，就算是结拜成兄弟了。重八最小，却做了"大哥"。徐达、周德兴、汤和都比重八大，但只能依次成了重八的兄弟。

有一回，重八领着四弟汤和到淮河边上玩。重八看见有一个人正划着小船在淮河里用杈子插鱼。那个人重八认识，是同村的胡大。

重八曾去过胡大家几次，因为他想看胡大的老婆胡氏和胡大的女儿胡充。重八以为，天底下最漂亮的女人，孤庄村有三个：一个是胡大的老婆，一个是胡大的女儿，还有一个是算命先生郭山甫的女儿郭宁。

重八对汤和道："四弟，我们就偷胡大的鱼烤着吃吧。"

汤和回道："我一切都听大哥的。"

接着，重八和汤和就坐在草地上等候着胡大的小船靠岸了。从下午等到傍晚，胡大的小船终于靠了岸。重八叮咛汤和几句，然后起身向胡大走去。

胡大平常很讨厌重八，看见重八走来，厌恶地哼了一声。重八好像不在乎，先伸头望了望船舱，然后从地下抓起一把沙子，劈头盖脸地撒向胡大，撒完后拔腿就跑。

等胡大好不容易地睁开眼，重八已经跑远了。胡大操起一支船桨便骂骂咧咧地朝重八追去。胡大刚一离开，那汤和就跳出来，从船舱里抓了两把鱼，并很快地消失在越来越浓的夜色中。

等重八回到自己家时，那个胡大正站在朱五四和陈二娘的对面，唾沫四溅地大声叫嚷着什么。重八知道，一顿打是肯定免不了了。果然，那朱五四看见重八，抢上前来，不由分说地将重重的巴掌甩在重八的脸上。而重八也没有分说。

第二天晚上，重八找到汤和，说是要去把胡大家的房子烧了。汤和有些害怕，怕烧死了人。重八也犹豫了，他不是担心胡大被烧死，他担心的是胡大的老婆和胡大的女儿。那么两个漂亮的女人被烧死，重八有些舍不得。

最后，重八对汤和道："我们不烧胡大家的房子了，我们去把胡大的渔网都偷出来烧掉。"

汤和点点头。两个人寻着黑暗的道路摸到了胡大的家。重八在先，汤和跟后，悄悄地钻进了院子。胡大家的门开着，胡大坐在一张小桌子旁边，他的老婆胡氏正在给他倒酒，他的女儿胡充正在为他夹菜。

胡大四十多岁，其貌不扬，但三十多岁的胡氏却粉嫩可爱，而十多岁的胡充显然是个美人坯子。重八一边看着胡大有滋有味地喝着酒一边很是不满地想着："胡大这个混蛋，凭什么有这么漂亮的老婆和这么漂亮的女儿？"

汤和碰了碰重八，原来，有好几张渔网都晾在院子里，八成是白天拿出来晒太阳现在还没有收回去。那几张渔网都很大，重八和汤和拖不动。原先他们是打算烧胡大家房屋的，所以重八身上带有火种。而晒干了的渔网又非常好烧，只听"刺啦"一声，那几张渔网上就蹿起了火苗，火势一发不可收拾。

重八和汤和钻出院子后，并没有马上就离去，而是趴在地上准备看热闹。第一个感觉到异样的是胡大的老婆胡氏，她走出屋子，一看渔网着了火，马上鬼叫起来，胡大和胡充立即跑出来。折腾了一番，火是被胡大熄灭了，但那几张渔网也差不多烧光了。

重八低低地问汤和道："四弟，好玩不好玩？"

汤和答道："不仅好玩，还很解气，这也算是为大哥报了仇。"

就听那胡氏凄凄惨惨地说道："胡大，这几张网值不少钱呐，这可怎么得了啊……"

胡大高声地叫道："一定是那小兔崽子重八干的！"

胡充也大声地问道："爹，那个丑八怪为什么尽干坏事？"

胡大一家骂骂咧咧了一通，最后返入屋内。热闹看完了，重八和汤和也离开了。重八对汤和说道："这件事情，只要我们不说出去，胡大就拿我们没有办法。"

二人分手的时候，重八突然又问汤和道："刚才胡大的女儿说我是什么？"

汤和回答的声音很低："她说你是丑八怪。"

重八不再言语，默默地回到自己的家，脸也不洗，倒床就睡。陈二娘问他什么，他也不搭理。他只想着胡充说的那三个字——丑八怪。他想起来了，那个算命先生郭山甫的漂亮女儿郭宁，见了他好像也是这么称呼他的。

那么漂亮的两个小女人说他是"丑八怪"，重八当然感到很难受。本来，这似乎应该是胡充和郭宁两个小姑娘的错，但重八却把这错加在了胡大的身上。重八将徐达、周德兴、汤和召到一起，说道："胡大太可恶，应当好好地教训他一顿。"

重八是"大哥"，说话自然算数。这一算数，那胡大就倒大霉了。胡大爱喝酒，常常在晚上从村外喝酒回来。重八、徐达等四兄弟就瞅了个机会在村外把喝得东倒西歪的胡大用绳索捆住手脚，并用棍棒在胡大的身上乱抽。将胡大抽昏过去后，重八命令汤和往胡大的脸上尿尿，硬是用屎把胡大浇醒。自此以后，胡大见了重八四兄弟，就像老鼠见了猫一般。

重八九岁那年，朱五四家的田地里多收了三五斗粮食。大老爷刘继祖跑来劝朱五四送重八去读书。朱五四把这意思跟重八说了，但重八死活不同意。

最终，重八还是去读书了。原因是，汤和的父亲硬是把汤和送进了张先生的私塾。重八觉得，自己是四兄弟中的老大，汤和是老小，做老大的不能让老小在私塾里受气。所以，重八又回过头来向朱五四请求去读书。朱五四很高兴，就用一石粮食做学费，送重八上了学。

私塾自然是在张先生的家里，地方不大，学生也不多，连重八、汤和在内，只有十几个人。张先生体罚学生的时候是毫不留情的，谁要是背诵不出他规定的诗文，他就会在谁的手心中央重重地抽上二十大板。

重八虽不怎么用心听讲，但凭着小聪明，几乎一次也没挨过罚。汤和就不同了，虽然也有点小聪明，但或许是太不用心了，常常遭张先生的打。打到最后，汤和一跨进张先生的家门，浑身就止不住地打战，颤得重八比汤和还要难受。

重八找到徐达、周德兴道："这书再不能念下去了，再念下去，四弟就要被张先生打死了！"于是他们决定找机会教训一下张先生。

那张先生有这么一个生活习惯，晚饭后不久，肯定要去屋外不远处的那个大粪池旁边大便。这便给了重八等人可乘之机。

于是，在一个黑漆漆的晚上，张先生习惯性地来到那个大粪池边上，刚褪下裤子蹲下，重八四兄弟就扑了过来，用四根棍子硬是将张先生抵进了大粪池。看着张先生在粪水里"扑通扑通"的样子，重八十分开心地道："这下好了！我和四弟再也不用读书遭罪了！"

重八本以为，粪池里那么深的粪水，张先生八成是活不成了。但实际上，张先生并没有被粪水淹死，不过，他也没再教书了，只身一人离开了孤庄村。算起来，连头带尾，重八读私塾的时间不过三个月。

重八是在他十二岁那年的春天替二老爷刘德家放牛的。原因是，徐达、周德兴、汤和他们都替刘德家放牛，所以重八就主动向朱五四提及要放牛的事。朱五四很高兴，以为重八长大了，懂事了。

说句公道话，重八替刘德家放牛，算不上很苦，把牛赶到山坡上让牛随便地吃草，自己就可以同徐达等人随便地玩了，玩得很尽兴，玩得很快乐。只是每天要起得很早，吃不上早饭，而往往到下午才能把牛赶回牛棚。这样，重八等人每天就饿得慌。这一饿，就饿出一个闹剧来。

这天，重八、徐达等人先是玩捉迷藏，徐达、周德兴带几个人躲，重八、汤和带几个人找。玩了一会儿捉迷藏之后，他们又开始比赛爬山，看谁先到最高处。几番折腾下来，天已经是正午了，重八等人又累又饿，便一起倒在山坡上，边休息边吃干粮。

所有人带的东西都吃完了，所有人的肚子也都没有吃饱。但毕竟肚子里有了些东西，又休息了好大一会儿，重八等人的精神就又上来了。一有精神，便又想到玩。汤和提议玩扮皇上的游戏，于是几个人又兴高采烈地玩了起来。

游戏结束后，七八个放牛娃懒懒地躺在山坡上，既提不起精神，肚子还饿得厉害。徐达有气无力地道："能有一个馒头吃就好了……"

周德兴接道："就是有半个馒头也不错啊！"

汤和咽了一口唾沫道："如果这时有肉吃那是最好不过的了……"

重八一骨碌从草地上翻起来，并很快将一头小牛犊拉到徐达等人的跟前道："这里有现成的肉，我们为什么不吃？"

徐达等人许是都饿坏了，一个接着一个地跑到重八身边，七手八脚地将小牛犊捆翻在地，又不知从哪里找来一把砍柴刀。操刀的是重八，他几刀便将小牛犊砍咽了气。

剥牛皮的是汤和，汤和似乎天生就有剥皮的手段，顶多也就一顿饭的工夫吧，那头小牛犊就剩一张皮、一根尾巴和一堆骨头，其余的，全让重八等人用火烤着吞进了肚里。吞得汤和一边捂着鼓鼓的肚皮在山坡上打滚一边不停地大叫着"快活"，其他人也吃得非常满足，每个人的脸上都挂着得意的笑容。

穷人家的孩子，能吃上火烤牛肉，的确是一件很快活的事。但没有快活多久，一个七八岁的放牛娃就啼哭开了："我们吃了二老爷的牛，二老爷还不把我们打死啊。"

这一啼哭，汤和也慌了，赶紧看重八的脸。那徐达和周德兴也不约而同地盯向了重八。重八却满不在乎地言道："二弟、三弟、四弟，你们都不要害怕。这点子是我出的，牛也是我亲手杀的，只要我们不把这事说出去，我心甘情愿让二老爷打我一顿。我一个人挨打，大家吃肉，还是划得来的。"

听重八这么说，众人便多少有些放下了心。但怎样才能让二老爷刘德只打自己一个人，却让重八着实费了一番脑筋。不过脑筋也不是白费的，重八的目的达到了。

黄昏的时候，重八等人赶着牛群回到了刘德家的牛棚。刘德像往常一样，站在那儿过数。重八从怀里掏出那头小牛犊的尾巴递到刘德的面前说，有一头小牛，钻进了一条山缝，他拉着牛的尾巴拼命地往外拽，结果小牛钻进山肚子里去了，牛尾巴被他拽了下来。

刘德当然不相信重八的鬼话，一脚将重八踹倒在地，又招来两个家丁，命令他们将重八"往死里打"。徐达、周德兴、汤和等人吓得浑身直哆嗦，可又不敢上去帮重八，只得慌里慌张地去喊朱五四和陈二娘。

等朱五四和陈二娘赶到时，重八已经躺在刘德家牛棚的外面大气不出小气不进了，跟死了没什么分别。

陈二娘以为重八死了，眼泪突地就冒了出来。朱五四抱起重八血淋淋的身体要去找刘德论理。就在这时，重八忽然睁开眼，并且还说了这么一句话："爹、娘，我们回家吧。我们现在还斗不过二老爷。"

斗不过二老爷却能斗过胡大。重八在床上一连躺了近二十天，才养好了被刘德家丁毒打所留下的满身伤痕。伤刚一好，重八就找到徐达、周德兴、汤和言道："二老爷打我打得那么狠，肯定是有人事先告诉二老爷说是我们偷吃了他的小牛。我想来想去，能告诉二老爷的人，只有胡大，所以我们应该再好好地教训一次胡大。"

很显然，重八不仅被刘德打得死去活来，还被打出了一肚子的怒气。只是这怒气不敢朝刘德发，便只能发到胡大的身上了。

徐达等人虽然听出了重八的话里没有多少道理，结果却又一致认为重八说得有理。原因只能是：第一，牛肉是大家吃的，但挨打的却只有重八一个，徐达等人的心里实在是过意不去；更何况，重八还是"大哥"，替大哥出出气，应当是做兄弟的义不容辞的责任。第二，胡大就像是一颗软柿子，好捏，以前已经教训过他一次了，现在再教训他一次也无所谓了。

于是，重八、徐达、周德兴、汤和四兄弟各准备了一根小木棍，天天晚上躲在胡大家篱笆院外面等机会。终于，有一天晚上，胡大在老婆胡氏和女儿胡充的伺候下，喝完了酒，从家里出来，到院外小便。重八四兄弟一起扑向胡大，手中的木棍没头没脑地朝着胡大的脑袋打去。胡大还没来得及回头，就被重八四兄弟打倒在地。

重八本来的意思，也只是想拿胡大出出心中的恶气。没承想，胡大被他们四兄弟一顿木棍痛打之后，竟然卧床不起，而且，十几天之后，死了。这着实让重八四兄弟有些后怕。但后怕了一阵子，平安无事，重八的胆量陡然增大了许多。原来杀人居然是如此简单的事情。

重八十六岁那年，朱家租种刘德的十几亩田地获得了大丰收。在朱五四的印象中，他种了一辈子的田，还从没有收过这么多的粮食。粮食收多了，心眼儿也就多了。陈二娘对朱五四道："我们家重八已经是大人了，趁今年收成好，托人给重八说房媳妇吧。"

朱五四听了陈二娘的话后只是笑笑，没言语。虽然他也和陈二娘有同样的想法，但却又明白，凭重八的长相和德性，要想在孤庄村一带找个老婆，那实在是比登天还难。然而，陈二娘好像不死心。尽管朱五四没有明确表态，她还是怀着一颗惴惴不安的心找了汪大娘，说了自己的心意。热心的汪大娘虽然感到很为难，但还是村里村外地为陈二娘张罗着。张罗来张罗去，汪大娘居然在村外找着了一户愿意把女儿嫁给重八的人家。只是那户人家的女儿有一条腿不大方便，走起路来就像是喝醉了酒一样。尽管如此，朱五四和陈二娘还是对汪大娘千恩万谢，欢喜异常。

但是，重八知道这件事后，死活不同意。朱五四揍重八，重八就装模作样地又是拿绳子准备上吊又是跑到淮河边上要投水，唬得陈二娘再也不敢在重八的面前提那个跛腿女人的事。朱五四又是气愤又是无奈，问重八究竟想讨什么样的女人做老婆，重八回答说："我只想讨三个女人做老婆，一个是死鬼胡大的老婆，一个是死鬼胡大的女儿，还有一个是算命先生的女儿。"

朱五四冲着重八吼道："你为什么不撒泡尿照照自己？"

然而，陈二娘似乎还没有死心。她又把重八的意思跟汪大娘说了，还说胡大死了，剩着胡氏和胡充孤儿寡母，无依无靠，说不定重八有希望；又说那算命先生郭山甫曾经为重八算过命，说重八将来一定是"大富大贵"之人，既如此，郭山甫的女儿郭宁嫁给重八也就有了可能性。汪大娘没法子，只好硬着头皮去胡家和郭家走了一遭。结果是，胡氏和胡充异口同声地表示绝不会与"丑八怪"重八攀亲。那郭宁说得就更干脆，即使嫁给一头猪、一条狗，也不会嫁给"丑八怪"重八。到了这种地步，陈二娘才算是真正地死了心。

重八得知此事后，把徐达、周德兴、汤和召到一起，咬牙切齿地咆哮道："我可以对你们发誓，我现在虽然不能娶她们，但总有一天，我会叫她们都乖乖地做我的老婆的！"

汤和马上言道："大哥说过的话，肯定都能实现！"

徐达向重八建议道："虽然你现在不能娶她们做老婆，但她们老是说你丑八怪，这事也不能就这么算了。"

重八言道："这事好办，我们去警告警告她们！"

选了一个月不明星也不稀的晚上，重八四兄弟凑齐了。徐达、周德兴、汤和一人提溜着一根棍子，重八把家里的菜刀偷出来别在腰间，四个人肩并肩地朝着胡大家走去。

胡大早死了，重八等人也就没有任何顾忌了。来到胡大家附近，重八一挥手，几个人就大摇大摆地闯进了那个篱笆小院，又大摇大摆地踏进了胡大的家。堂屋里，只有胡氏在忙碌，那胡充不在。

重八冲着胡氏叫道："你女儿呢？叫她出来，我有重要的话对你们讲！"

重八腰间的刀虽然还没有亮出来，但徐达等人手里提着的棍子就足以唬得胡氏战战兢兢了。因为身体抖动得太厉害，胡氏半天没能说出话来，只睁着一对恐慌的眼，畏惧地盯着重八等人。她知道，像重八四兄弟这样的无赖是什么事情都能干得出来的。

胡氏盯着重八，重八也盯着胡氏。距胡氏这么近，重八还是头一回。胡氏有三四十岁了吧？可看起来顶多二十岁左右，脸蛋粉嫩粉嫩的，也不知她平时是怎么保养的。虽是深秋，她身上的衣服很多，但胸前鼓出的两大块，每一块都像是一座独山。

重八曾在独山上放过牛，放过羊，对独山上的每一个旮旮旯旯都很熟悉。只是，他对胡氏胸前的那两座独山却很陌生，所以就拼命地用目光在上面放牧，好像胡氏的胸前也有牛有羊似的。反正不看白不看，看了也白看。

然而，重八只看了一小会儿，体内就有一股热流在升腾，跟着，脸也发烧了。重八的脑海里生起了这么一个念头："要是能把胡氏搂在怀里，再用手在她的胸前摸一摸，那该有多快活。"

重八等人的年纪，正是善于胡思乱想的时候。不同的是，重八也只是胡思乱想，只是用眼睛盯着胡氏的胸，并没有采取什么行动。正看得有滋有味呢，重八就听汤和喊道："大哥，快来，胡充在这里睡觉呢。"

重八留下徐达、周德兴把门，自己向汤和走去。原来，胡氏和胡充晚饭吃得早，胡充没什么事，就到里屋睡觉了。重八走到汤和身边，看见胡充正在里屋的一张床上弓着身子。因为里屋没有灯，重八看得很吃力，就叫汤和把堂屋的油灯端来。

汤和把油灯端来了，那胡氏像疯了似的冲进里屋，爬到床上，把胡充紧紧地抱在怀里。很显然，胡氏以为重八等人要对胡充干别样的事，所以就想尽全力来保护胡充，尽管她也知道，她连自己都无法保护。

重八等人没有干什么别样的事，他们只是就着油灯看胡氏和胡充，尤以重八看得最认真最仔细。胡充穿得很少，胸前的两座"山峰"非常扎眼，有一个好像都露出来了，看得重八的眼珠子瞪得溜圆。

重八叫徐达、周德兴、汤和拿着棍子站在自己身后，然后从腰间拔出菜刀，冲着胡氏、胡充比画道："你们两个女人好好听着，我今天来不是要搂你们，而是来警告你们的。有两点，你们必须永远记着。第一点，从今往后，你们再也不许叫我丑八怪了，谁敢不从，我就给她好看。第二点，你们两个谁也不准再嫁人，就在家好好待着过日子，等我来娶你们。你们要是敢随便嫁人，我就一刀把你们剁成两截，你们听清楚了吗？"

离开胡家，一行四人又去了郭家。郭山甫一家都还没有睡觉，正围坐在堂屋里说笑。说笑的内容，便有"丑八怪"之类，恰好被走在前面的汤和听到了。汤和转身告诉重八，气得重八拎着菜刀就冲进了郭山甫家的堂屋。

郭山甫一家人还没有反应过来呢，重八将菜刀"咚"地砍在了桌面上，把郭山甫一家人吓了一大跳。紧跟着，徐达、周德兴、汤和一人手里拿着一截短棍，将郭山甫家堂屋的门死死地封住。

重八高声叫道："刚才，谁又说我是丑八怪了？"

郭山甫明白过来了。他替人算命，整天走村串户，也算是个见过世面的人。所谓善者不来，来者不善。重八四兄弟，没有一个能称得上是善者。郭山甫虽不是什么好汉，但也不想吃这个眼前亏。

他虽然也有两个半大不小的儿子——郭兴、郭英，但在重八面前，郭兴、郭英就只能是脓包狗熊了。打重八冲进堂屋的那一刻起，郭兴和郭英两人的小腿肚子就开始打战。

所以，重八高声叫过之后，郭山甫便堆上一副笑脸，对重八又是赔不是又是说好话，还劝重八"坐下来喝口茶，消消气"。

郭山甫讲了一大堆话，可重八一点都不理睬。重八的注意力，渐渐地集中在了郭宁的脸上。半明半暗的灯光映照下，郭宁的脸非常诱人：眉毛那么细，眼睛那么亮，脸蛋儿那么红，嘴唇那么润。只是她当时的表情，十分地惊恐，一会儿看重八，一会儿又看砍在桌面上的菜刀。

徐达对着重八使了个眼色，意思是时候不早了。于是重八就拔出桌面上的菜刀，在郭宁的脸前晃了一下，然后盯着郭宁言道："我今天来，不想把你怎么样，只是要给你两点警告。第一，你不管在什么时候什么地方，都不准再叫我丑八怪，不然，我就对你不客气。第二，你不同意嫁给我，那我就不准你嫁给别人。你要是敢不听我的话，我就用这把刀砍烂你的脸，叫你变成一个真正的丑八怪！"

重八说完，手一挥，带着徐达等人很威风地走了。走出很远，重八等人还开心得"哈哈"大笑。尤其是汤和，笑得肚子都疼了，差点直不起腰来。

这一年，是元朝第十一位皇帝妥懽帖睦尔在位的第十一年，称作至正三年，也就是1343年。这一年的夏天，孤庄村一带经受了一场大灾难。

先是旱灾，旱得每株稻穗上只有可怜的几颗饱粒子。接着是蝗灾，使得那可怜的几颗饱粒子也找不到了。蝗虫过后，不等秋天到来，整个孤庄村已经是颗粒无收了，连二老爷刘德也闭口不提田租的事了。

孤庄村的灾难，不仅仅是旱灾和蝗灾。蝗灾过后没多久，就爆发了瘟疫。旱灾人们可以忍受，蝗灾人们也可以忍受，但瘟疫不同，人们无法忍受，不是你死就是他亡。也不单是孤庄村，整个濠州一带，瘟疫肆虐。只是孤庄村的情形更加严重罢了，天天都有人死，天天都有人亡，有几户人家，居然死得连开门关门的人都没有了。

朱五四一家也死得所剩无几。一开始是重四的大儿子文直，上午发烧，下午又是吐又是泻，晚上就闭了眼，还不到十岁。文直的死只是个开始，没几天，重四也发起高烧来，高烧过后便是上吐下泻。重四咽气后，朱五四与陈二娘也未能幸免。

朱五四和陈二娘几乎是同时死的。劳累了一辈子，终于不需要再劳累了。重八跪在朱五四和陈二娘的床前，哭成了一个泪人。直到这个时候，重八才真切地感觉到，自己很对不起爹娘。所以重八决定，无论如何，也要给爹娘弄一块坟地，好好地安葬一下。

恰在这个时候，重八的二哥重六回到朱家的三间茅草屋里来了。偌大的一个朱家，到这时候，只剩下重六、重八，还有重四的二儿子文正。本来还有重四的老婆齐氏，她在朱五四、陈二娘发高烧的前一天回娘家去了。

于是重六和重八就在家里昏天黑地地哭。邻居汪大娘和儿子汪文，在这场瘟疫中没碰到什么意外，见重六、重八哭得不成人样了，就过来劝，还送饭菜来。可汪大娘再怎么劝，也不顶用；送什么饭菜过来，重六、重八也不吃。汪大娘无奈，只得对重六、重八道："你们再这么哭，五四和二娘的尸体就要烂了。"

重六和重八清醒过来，再怎么哭也不顶事了。天气还很热，不及时把朱五四和陈二娘葬入土里，尸体就真的要腐烂了。重八不哭了，他告诉重六，不能把爹娘的尸首乱抛，那样太不孝，一定要给爹娘弄块坟地。可听了重八的话后，重六又号啕大哭起来。重八问重六为什么又哭了，重六回道："兄弟，我们到哪儿弄一块坟地啊……"

朱五四种了一辈子的田地，属于自己的居然没有一分，连自家三间茅屋的房基地，也是二老爷刘德的。要把朱五四和陈二娘葬在独山上，现在也行不通了，因为在这年春上，独山就被刘德强行占去了。重八将大哥重四的尸体丢在独山上的时候，也是偷偷摸摸的。

刘继祖一家人在这场瘟疫中死得只剩下他和儿子刘英了。刘继祖这天到重八家去找重八，他是要把独山南面的一块地送与重八用以埋葬朱五四和陈二娘。重八一听，立即跪地给刘继祖叩头："大老爷，你这份大恩大德，我重八永世不忘。等重八有出息的时候，一定好好地报答大老爷。"

重八这回说的是实话。刘继祖在这种时候慷慨赠地，重八没有理由不感动，他当时流泪了。叫重八很感动的，还有汪大娘。

朱五四、陈二娘劳苦了一辈子，死时连一件没有补丁的衣裳也没有。汪大娘临时用自己织的白布，为朱五四和陈二娘一人缝了一身寿衣，还亲自给朱五四和陈二娘套上。

重八拉重六一起给汪大娘下跪，汪大娘扶起重八、重六道："别耽搁了，还是让五四和二娘入土为安吧。"

文正拿着哭丧棒走在前面，重八、重六用门板抬着朱五四、陈二娘跟在后面。汪大娘和儿子汪文也没闲着，一人扛了一把锹伴着重八、重六。

中午出发，没多大工夫，一行人就来到了独山南边的一块空地上。重八和重六放下朱五四和陈二娘，请汪大娘在空地上选了一个位置，重六、重八就准备动手挖土。

这时，奇怪的事情发生了。重六接过汪文手中的锹，在地上连挖了几锹，什么事也没有；而重八从汪大娘手中接过锹，刚把锹插进土里，天气就突然变了。

来的时候太阳还火辣辣的，可顷刻间太阳就不见了，天上翻滚着的乌云，哪一块都比独山要大。这个时节天气变脸也不是什么太奇怪的事，所以重八也就没在意，继续挖土。

可是，重八挖第一锹的时候，天变了；挖第二锹的时候，天上就电闪雷鸣；第三锹刚挖过，倾盆大雨便把独山一带遮住了。

重八、重六本想继续挖，可雷声太响，震得人耳朵嗡嗡的，雨点又太大太密，砸得人眼睛根本就睁不开。无奈，重八、重六只得丢下锹，拉着文正，和汪大娘、汪文一起，找了一棵大树避一下。

人在树底下避着，心却系在朱五四和陈二娘的身上。重八很是有些后悔，应该把爹娘一起抬到树底下来。让爹娘的尸首任雨点砸着，也太不孝敬了。最后，终于将朱五四和陈二娘埋葬了。重八对着黄土堆言道："爹娘，我和二哥现在只能这样把你们葬了，等重八有出息的时候，一定回来给你们修一座天底下最大的陵墓。"

埋葬了朱五四和陈二娘，重八、重六又面临着生计上的艰难。二老爷刘德早派家丁来放过话，限重六、重八三天之内交出房屋。重八真想去同刘德拼个你死我活，但想想自己还不是刘德的对手，硬拼只能白白地丢掉性命，太不划算，所以最终只得作罢。

孤庄村已经没有立足之地了，重八、重六就是不想走也得走了。汪大娘找到重八道："你生下来的时候，得了一场大病，怎么吃药也吃不好，后来你爹娘把你抱到皇觉寺里去舍生，你的病才好起来。所以，依我看，你就让重六带着文正去逃荒，你呢，就去皇觉寺里还愿。"

汪大娘的意思，是叫重八兑现当年"舍生"的诺言，去皇觉寺里当一个和尚。重八很不情愿当和尚，但考虑来考虑去，为了糊口，最终还是点下了头。

这样，重八和哥哥重六及侄儿文正便分道扬镳。重八本不想哭的，但见重六和文正都哭得很伤心，也就不由自主地流下了泪。这种流泪分别的场面，自然很感人。

更感人的场面，还是重八与徐达、周德兴、汤和之间的分别。徐达等人都要跟着家人外出逃荒了，所以赶来与重八道别。

听说重八要去庙里当和尚，四兄弟就抱头痛哭。一是哭各自的亲人都死的死亡的亡，二是哭四兄弟从此分散，不知哪年哪月才能团圆。

最后，重八以"大哥"的身份对徐达等人道："不管遇到什么情况，都要坚强地活着，千万不能随随便便地死掉。"徐达等人哽咽着各自走开了。

到了皇觉寺的寺门前，汪大娘把重八交给了住持高彬。高彬本想拒绝的，因为瘟疫虽然没有给寺内造成什么人员伤亡，但寺内的境况也不太好，多一个人就多一张吃饭的嘴。但一来汪大娘跟高彬比较熟悉，高彬多少要顾及点情面，二来重八虽然只有十七岁，却长得人高马大，一看就知道是好劳力，所以高彬最终还是将重八留在了寺里。

汪大娘刚一离开皇觉寺，高彬就叫过来一个老和尚，把重八一头乌黑的发毛刮光了。看模样，重八很像是一个小和尚了，但实际上，重八只是皇觉寺里的一名苦力，还是高彬一家的用人，负责伺候他们一家。

高彬不让重八跟着众和尚去念经祷告，只让重八去打扫各个殿宇里的灰尘，打扫完灰尘之后，还要到高彬家里去做小工，高彬家在寺里的一块菜地，也由重八负责整理。一天下来，重八总是觉得很累。

重八不怎么怕苦，也不怎么怕累。再苦再累，只要心中畅快就行。但重八自入寺后，心中一点儿也不感到畅快。

因为偌大的皇觉寺就像是一个大牢房，得不到高彬的允许，哪个和尚也不能随便出庙门。重八平日里野惯了，这样被圈在庙里，当然很难受。然而叫重八最感到不畅快的，还是去高彬家里做事。

高彬一家子根本不把重八当人看待，且不说高彬和他的老婆了，就是高彬的两个儿子和两个女儿，对重八也是想怎么样就怎么样。

有一回，高彬的两个儿子大龙和小龙，在寺里的一块空地上截住了重八。重八当时正要去禅堂打扫卫生。大龙一把夺去重八手中的扫帚扔在地上道："小和尚，我们来比试一下拳脚。"

大龙和小龙的年纪都比重八要大几岁，个头差不多少，但身体比重八粗壮。重八虽也有几分力气，更不惧怕大龙、小龙兄弟，但重八却也知道，别说大龙、小龙是两个人了，就是大龙、小龙当中的任何一个，他重八也不是对手。好汉不吃眼前亏，自己不跟他们动手，顶多挨上三拳两脚也就完事。

这么想着，重八便没理会大龙、小龙，而是去弯腰捡扫帚。兄弟二人见重八不理睬自己，感到很丢面子，就打起重八来。重八此时只是一味地承受着，一下都没有抵抗。

打了一会儿之后，大龙、小龙觉得这样打人太没有意思了，加上自己也确实打得有些累了，便一人打了重八最后一下，然后就骂骂咧咧地离开了。

看着大龙、小龙的背影，重八恨恨地想道："大龙、小龙，等我有本事能打过你们了，我一定把你们都打死。"

而高彬的女儿大凤和小凤就更让重八难以忘怀。大凤和小凤都长得颇有几分姿色，可以算得上是漂亮姑娘了。只是这一对漂亮姑娘所做的事情，好像不太那么漂亮。

事情发生在一个下午，重八正在高彬家的一间屋子里扫地。刚把地扫完，那大凤和小凤就双双走了进来。大凤盯着重八言道："丑八怪和尚，我的梳子不见了，是不是你偷去了？"

小凤紧接着言道："丑八怪和尚，我的梳子也不见了，肯定是你偷去的。"

听到"丑八怪"三个字，重八是满肚子的恼怒，可也只能在肚子里面恼，脸上却不敢怎么表现。重八回道："我只是在这里扫地，根本就没看见什么梳子。再说了，我的头上光溜溜的，一根毛也没有，要梳子毫无用处。"

梳子对和尚来说，确实是多余的东西。但大凤不信，小凤也不信。大凤言道："这里除了你这个丑八怪和尚，没有第二个人，梳子不是你偷的会是谁偷的？"

小凤说得更肯定，也更明白："一定是你这个丑八怪和尚把我们的梳子偷去藏在身上了。"

重八听懂了，这大凤、小凤姐妹闲着没事干，故意跑来找碴儿取乐。于是重八就带着一丝不快言道："我说没偷就没偷，你们不信，我也没有办法。"

大凤、小凤对看了一眼，然后一起走到重八的面前。大凤道："你光说没有用，把衣裳一件件地脱了，让我们检查，如果真的没有梳子，那你就不是小偷。"

小凤道："如果你不肯脱，我就告诉大哥、二哥，叫他们来揍你。"

重八虽不怕揍，但也不想挨揍，于是只好脱衣服。大凤紧紧地盯着重八，小凤也紧紧地盯着。重八脱了袈裟之后，大凤、小凤命令重八继续脱。

重八最后心一横："管它呢，这两个臭女人都不怕丑，我还有什么害怕的？"眼一闭，"吱溜"一下，重八就脱掉了身上最后一件衣裳。

等重八再睁开眼时，大凤、小凤都不见了。重八不禁暗自笑道："臭女人，看起来胆子怪大的，可也还是不敢看我两腿间的那个东西。"

可很快，重八就笑不出来了，因为，大凤、小凤离开的时候，把重八所有的衣裳都拿走了。赤条条的重八，有些心慌起来。

重八心慌的主要原因是，他扫的这间屋子，高彬的老婆经常会来，如果她现在来了，一头撞见一丝不挂的他，即使他有一张嘴来解释，恐怕也是越解释越麻烦。而高彬要是知道了，不打烂他重八的头颅，也要打断他重八的脊梁骨。

重八急得在屋子里团团转，这时屋外好像有人走过，重八赶紧伸头探望，什么人也没看到，却看到了一样东西，就是重八的那件破旧袈裟，而且就扔在离重八十几步远的地上。重八心头一紧，又两边看了看，还是不见什么人影。重八也顾不了其他了，憋住一口气，飞似的冲出屋去，跑到那地方，抓起袈裟就胡乱地套上。套上袈裟后，重八便看见，在一个墙拐角处，那大凤和小凤正笑得前仰后合。不用说，重八刚才的一切，肯定都被她们看得一清二楚。

于是重八就又在心里面骂道："大凤、小凤，等有一天，我重八一定亲手扒光你们的衣裳，叫你们也在我的面前好好地出丑丢人。"

自踏进皇觉寺之后，重八几乎每天都要遭到戏弄、辱骂、训斥甚至殴打。戏弄、辱骂、训斥、殴打重八的，主要就是高彬法师一家子。其他的和尚，虽然也大都瞧不起重八，但对重八的态度，还是比较温和的。

也许正是因为还有这点温和，重八才能够一天接着一天地支撑下去。但是，有一天下午发生的一件事，却使得重八生起了要逃出皇觉寺的念头。

那天下午，重八拿着鸡毛掸子到伽蓝殿里给伽蓝神塑像掸灰尘。没承想，殿里早有人了，一男一女。男的是高彬，女的重八不认识。要命的是，重八推开殿门时，高彬和那女人正搂成一团胡乱抚摸。

这本不是重八的过错，但高彬却恼羞成怒，对着重八施以一顿拳脚，居然将重八打晕了过去。重八醒过来之后，浑身疼痛不说，伸手一摸，满脸都是血。重八真是越想越生气，不想再在皇觉寺里待下去了。

重八一边想逃出寺院，一边想着报仇，终于有一天，机会来了。一个和尚从濠州城回来，带了一包毒药。毒药是白色粉末状的，像是砒霜。

重八知道后，就偷了一些毒药，趁夜溜进高彬家的厨房，把毒药洒在锅里的剩饭中。重八实指望能将高彬一家子统统毒死，但实际上却只毒死了高彬老婆一个人。这令重八多少有些遗憾，但也总算是出了一口恶气。

高彬老婆被毒死后，高彬并没有怀疑重八。因为重八虽然已经行走自如了，但却依然整天地睡在床上，装作一副半死不活的模样。最后，从濠州城带回毒药的那个和尚便做了重八的替死鬼。

让重八喜出望外的是，就在重八一心想逃出皇觉寺却又无计可施的当口，那高彬主动地将他撵出了皇觉寺。

皇觉寺里的所有和尚，包括高彬一家子，都是靠收田租过活的。虽然皇觉寺的土地很多，每年都能收到许多田租，但今年不一样，孤庄村一带接连闹了旱灾、蝗灾和瘟疫，到秋后，皇觉寺和高彬，几乎连一粒田租也没收到。库存的粮食，只能维持高彬一家人的生活。所以，高彬就在一天早晨，把所有的和尚都赶出皇觉寺去化缘。

重八虽然算不上一个真正的和尚，但毕竟也剃过光头，所以，在离开皇觉寺的时候，也就领到了一个木鱼和一个瓦钵。

有十几个和尚走出寺门的时候眼泪汪汪的，好像很伤心。重八当然一点也不伤心，他心里只有恨，只有怒。所以重八都走出多远了，还冲着皇觉寺的方向暗暗发誓道："高彬，你等着，我一定会回来的。"

重八没有急着到外地去化缘，而是回了一趟孤庄村，先去看了看父亲朱五四和母亲陈二娘的坟，接着又去看了看汪大娘和大老爷刘继祖，然后才孑然一身地朝孤庄村外而去。

孤庄村外是些什么景象，重八几乎一点都不清楚。他没出过什么远门，也不知道自己该往哪个方向去，只要听说哪个地方年成好，有饭吃，他就朝哪个地方走。重八还有一个目的，那就是，希望能在化缘的路途中，碰到徐达、周德兴、汤和。结果，很长一段时间，重八的肚子混得半饱不饱的，更没有碰到他想碰到的人。

重八也不知道自己在外面究竟混了多少日子，只看见太阳出了又落、落了又出。实际上，重八自1344年离开皇觉寺，在外面整整化了四年的缘。或者说，他在外面整整要了四年的饭。

在四年的化缘生涯中，重八曾到过许许多多的州县。他离开皇觉寺后，先到的是合肥，然后转向西，到过固始、光州、息州、罗山和信阳，再向北转，到过汝州和陈州，最后由东返回，经过鹿邑、亳州和颍州。

穿过颍州城再向东走不多远，便是濠州地界了。换句话说，重八在外面飘荡了几年，又要回到家乡了。令重八异常高兴的是，他在颍州城里意外地撞见了汤和。

汤和已完全是一副叫花子模样了，他告诉重八，自己一家人都在逃荒的途中死掉了。他还告诉重八，早在一年前，他曾听别人说，二哥徐达和三哥周德兴已经回到了孤庄村，所以他正着急地一边要饭一边往家乡赶。

重八迫不及待地叫道："四弟，我们还待在颍州干什么？"

俩人急急忙忙地走出了颍州城。一路上二人说说笑笑走得很轻松，说着说着，就说过了颍州地界，笑着笑着，就笑进了濠州地界。

这一天，重八和汤和走到了一条大路上。大路很宽，而且好像还没有尽头，天气又热，直走得重八、汤和二人口干舌燥。

一开始，重八和汤和还不停地叽叽咕咕，可后来，谁也懒得再说话了。再后来，汤和实在走得累了，就想建议重八休息一会儿。

可汤和刚一抬头，却见重八就像喝醉了酒似的左右摇摆起来。汤和急忙过去搀扶，但双手还没够着重八的身子，重八就"咕咚"一声栽在了地上。

汤和慌了，赶紧跪在重八的身边。重八已经双眼紧闭、大气不喘了，而且脸色苍白得就像一张纸一样。从汤和那个角度看去，重八差不多就等于是死了。汤和更慌了，连连呼叫道："大哥，你怎么了？你可千万不能死啊。"

汤和就这样一直哭着，也不知过了多久，汤和看见有一个郎中模样的人打对面走来，于是就"呼"的一声蹿了过去，把那个郎中吓了一大跳。郎中倒也热心，听了汤和的恳求后，马上来到重八的身边，抓过重八的一只手就把起脉来。把脉完毕，郎中照着重八的身体就又是捏又是掐。忙活了半天，郎中全身都湿透了，重八也没有一点点想睁眼的迹象。

汤和紧张地问郎中道："我大哥……他怎么样？"

郎中没摇头，只是深深地叹了口气，然后就在汤和惶恐的目光中一步步地走了。汤和跌坐在地上，有气无力地看着重八道："大哥，连郎中都救不了你，看来你这病真的是没治了。"

汤和话音未落，重八突然张嘴大叫道："我不想死，我不想死……"

汤和惊道："大哥，你能说话了？"

然而重八说过几个字之后又闭了嘴，又和先前一样了。汤和摸了摸重八的额头，还是滚烫得吓人。汤和知道，重八刚才是烧得太重在说胡话。

于是汤和就悲伤地言道："大哥啊，我也知道你不能死，我也不想让你死，可是……你倒在这前不着村后不着店的地方，叫小弟我该怎么办呢？"

汤和只顾伤心落泪了，没看到大树底下已经站着了两个道士。两个道士一个胖一个瘦，胖的高，瘦的矮。胖道士很丑，而瘦道士好像就更丑。

但胖道士盯着重八看了半天之后，却这样对瘦道士言道："师弟，我本以为，天底下就数你最丑了，没想到，这个半死不活的人比你还要丑。"

瘦道士一点儿也没有生气，反而言道："师兄，你说得很对。这个半死不活的人，不仅是天底下最丑的，而且是天底下最凶狠的。"

汤和即使再伤心，也不会听不见两个道士的话。于是汤和就猛一抬头，冲着那两个道士吼道："臭道士，我大哥都快要死了，你们还在这说什么风凉话？"

两个道士就好像没有听见汤和的话，胖道士继续问瘦道士道："师弟，你说说看，这个半死不活的人，究竟是活的多还是死的多？"

瘦道士回道："依我看来，这个半死不活的人，一半已经死了，另一半却还活着。"

汤和忍不住了，一下子蹿将起来，一边大骂"臭道士"，一边举拳就向瘦道士打去。可是，又瘦又矮的那个道士只伸出右手轻轻一拨，汤和不仅没打着别人，自己的身体反而在原地滴溜溜地旋转起来，只旋转得汤和眼也看不清了，耳也听不真了。

身子还没停下来呢，瘦道士左手一推，汤和就一连倒退了十几步，"咕咚"一声跌了个仰八叉。看来，瘦道士是手下留情的，汤和虽跌在地上，但身体也不怎么疼。

汤和被跌得有些清醒了，尤其是跌倒了又爬起来之后，汤和就更加清醒了，因为他听到了那胖道士和瘦道士的又一番说话。

这回是那个瘦道士先说话的，瘦道士说："师兄，如果不遇见你，这个半死不活的人就活不成了，可现在遇见了你，他就又死不了了。"

胖道士言道："师弟，若不是看他长得这么丑这么凶，我真不想救他。"

瘦道士笑了："师兄，这家伙毒气攻心得这么厉害，你若不救他，恐怕世上就没人能够救活他了。"

胖道士也笑了："师弟，我不是不想救他，我是怕这家伙被救活了之后，会在这世上胡作非为一番。"

瘦道士言道："师兄，你只管救命，其他的事情，好像与我们无关。"

胖道士回道："师弟，不是与我们无关，而是如今这世道，也应该出这么一个胡作非为的家伙。"

汤和虽然没有完全听明白那两个道士所说的话是什么意思，但他也听出了那两个道士能救活重八，于是就跑到两个道士的跟前，很响亮地"扑通"一声跪在地上道："恳请两位道长救救我大哥。"

两位道士好像这才发觉还有汤和这么一个人的存在。瘦道士看了看汤和圆乎乎的脸，然后对胖道士言道："师兄，这家伙好像也是个难缠的角色呢。"

胖道士哼了一声道："这家伙再难缠，也比不上这半死不活的家伙。"

胖道士说完之后，就蹲下身去，对着重八又是推又是按。看胖道士的手法，好像跟先前的那个郎中差不多，又似乎不大一样。

胖道士脸上的汗下来了，不是一滴两滴汗，而是一条两条汗河。瘦道士也变得严肃起来，低低地问胖道士道："师兄，还要多长时间？"

胖道士没吱声，而是继续推继续按。终于，重八被推得翘起头来，被按得"哇"地喷出一口黑色的血来。那血不仅黑乎乎的，还很酸，很臭，就像腌烂了的菜的味道。重八吐出血之后，又直挺挺地躺在地上，恢复了原样。

汤和正要问句什么，只见胖道士一屁股坐在地上，有气无力地对瘦道士言道："师弟，总算没白费力气。"

瘦道士赶紧道："师兄，把药拿出来，我来喂他。"

胖道士从怀中摸出一粒药丸来，瘦道士接了药丸后，弯腰在重八的头边，一只手在重八的腰间一戳，重八紧闭的嘴就张开了，把药丸塞进重八的嘴里后，那只手又在重八的腰间一戳，重八就不自觉地将药丸吞进了肚里。

汤和已经看出，这两个道士不是一般的人，说话有些离奇，一身功夫好像更是离奇。那胖道士似乎休息好了，又从怀中摸出一粒药丸递给汤和道："等这家伙醒来，你就让他把这药丸吃下去。"

瘦道士拉了胖道士一把，胖道士就起身和瘦道士并肩离去了。汤和想说句什么感谢的话，可抬头一看，两个道士已经走出很远了，再一看，太阳也已经落山了。

汤和自然不敢睡觉，脱下衣裳盖在重八的身上，生怕重八着凉。接着汤和就坐在重八的边上，为重八驱赶蚊虫，等候着重八醒来。汤和坚信，重八是一定会醒来的。

重八大约是在后半夜醒来的。汤和见重八终于睁开了眼，高兴得差点跳起来。重八问汤和究竟发生了什么事，汤和原原本本地把来龙去脉说了一遍。这么一说，便记起那粒药丸来，于是汤和连忙取出那药丸送进了重八的嘴中。

重八吞下药丸后，又呼呼地睡了过去。看到重八这么一副睡相，汤和落下了一直悬着的心，无可奈何地合上了眼皮。

迷迷糊糊中，汤和听到有人在叫他，睁眼一看，天已大亮，重八就坐在自己的身边。汤和又惊又喜地问道："大哥，你没事了？"

重八揉了揉太阳穴回道："没事了，只是头还有点晕。"

汤和道："头晕是饿的。"他连忙翻出两个窝窝头来递给重八，"大哥，快吃点东西，这样就不晕了。"

重八知道汤和肯定也没吃东西，就硬塞了一个窝窝头在汤和的手中。兄弟二人刚刚吃罢，就听一个声音在他们的身后响起："师兄，真看不出来，这两个家伙还挺仗义的啊！"

重八、汤和急忙回头，却见那两个道士正笑模笑样地站在那里。汤和赶忙言道："大哥，就是这两位道长救了你。"

重八一个翻身，便跪在了两个道士的脚边，而且一边磕头一边说道："两位道长救命大恩，重八只能这样表示感谢。"

那瘦道士对胖道士言道："师兄，这家伙不仅挺仗义，而且好像还很知书达理啊。"

胖道士却对重八言道："你看起来像个和尚，僧道本为一家，你也就不必多礼了。你若真要表示什么谢意，就念声阿弥陀佛吧。"

重八很听话，果真念了一声"阿弥陀佛"。瘦道士笑着对重八道："你这个和尚，听好了，我师兄认定你是一个胡作非为的家伙，又考虑到你什么本事也没有也不好怎么胡作非为，所以就叫我回来教你一套拳法，你可愿意学？"

重八也没考虑，马上就冲着瘦道士磕了一个响头，还有模有样地言道："师父在上，受弟子重八一拜！"

瘦道士连忙言道："你这个和尚，怎么突然就不懂得规矩了？我只是说教你一套拳法，并没有说要收你为徒。再说了，也没有道士收和尚做徒弟的道理。"

汤和一见，也赶紧跪倒给瘦道士磕了一个头。瘦道士指着汤和言道："我没说要教你，你就是磕破了头也没用。不过，你可以在旁边看，看多少算多少。"

胖道士好像有些不高兴了："师弟，你哪来的那么多废话？你的事办完了，我还有事呢。"

瘦道士答应一声，就走到了重八的对面。重八早已爬起了身，眼睛紧紧盯着瘦道士。瘦道士站稳了，双手一比画，两只拳头就一起朝着重八打来。

重八虽不会什么武功，但身体很灵活，可刚一闪躲，瘦道士的右拳就击在了他的鼻梁骨上。尽管瘦道士是点到为止，可重八的鼻子还是一酸，差点落下泪来。

瘦道士言道："这是'无赖拳'中的第一招，叫无事生非，左手虚，右手实，专打对方的脸部。"

听到"无赖拳"三个字，重八心中倒也暗自喜欢，于是依照记忆，将"无事生非"复习了一遍。

瘦道士点点头，身子一动，双拳又飞快地向重八击来。重八一偏头一猫腰，想避开来拳，可胸口处却早让瘦道士打了个正着。瘦道士这一拳略略打得有些重，重八直感到心窝有点隐隐作痛。但重八忍着，没叫唤，也没动弹。

瘦道士言道："这是'无赖拳'中的第二招，叫无中生有，右手虚，左手实，专打对方的胸部。"

重八又学了一遍"无中生有"，倒也像模像样。不仅像模像样，当瘦道士的双拳又向自己打来的时候，重八还活学活用，竟然用"无中生有"进行还击。

只是，重八的"无中生有"还没有完全使出来，他的头上和胸部就同时吃了一拳。

瘦道士对重八有这么高的悟性多少有些吃惊，只是没把这种吃惊表现在脸上，而是继续用原先的语调言道："这是'无赖拳'中的第三招，叫无理取闹，左右手皆虚，但左右手也皆实，一手打对方的脸部，一手打对方的胸部。"

接着，瘦道士又教了第三、四、五、六招。

瘦道士又叫重八把"无赖拳"中的六个招式从头到尾地演习了一遍。重八演习得很慢，很认真。瘦道士不时地在一旁指点。

演习完毕，瘦道士对重八言道："你已经掌握了'无赖拳'的基本套路，但要用于实战，你还得长时间地加以苦练。记住，'无赖拳'讲究两个字，一个字是稳，另一个字是狠。"

重八问需要多长时间才能把"无赖拳"练得像瘦道士这般纯熟。瘦道士回道："你虽然悟性很高，天资也聪颖，但要想将'无赖拳'练得炉火纯青、应用自如，恐怕至少得两年时间。"

汤和异常惊讶地道："只有六招，竟然要练两年？"

重八却说道："两年时间不算长。就是十年八年，我也不在乎！"

瘦道士哈哈一笑道："看来，我这套'无赖拳'，还真的有人会将它发扬光大呢！"

一直默不作声的胖道士这时冲着瘦道士言道："师弟，别只顾着在那得意啊。你的事情办完了，该轮到我办事儿了。"

瘦道士立即抽出佩带的长剑递给重八，并对重八言道："我师兄要与你比剑呢！"

汤和赶紧叫道："不行！我大哥从来没摸过剑，怎么能与你们比剑？"

重八低低地对汤和道："四弟怎么看不出来？这不是比剑，这是在教我剑法呢。"

汤和连忙低下头，退到一边去了。不是汤和太笨，而是汤和太注重重八的安全了。那胖道士冲着重八言道："你拿着剑，只管朝我刺，刺得越狠越好。"

胖道士说完话，也拔出了身上的剑，而且慢慢地把剑横在了胸前。重八心里说："胖道长，是你叫我刺得越狠越好的，那就别怪我不客气了。"

重八虽然没有练过剑，但一把剑拿在手中，却感到非常地舒服。只见他冷不丁地朝前猛跨了两步，手中的剑就直直地向着胖道士的身体刺去。眼看着重八的剑就刺到胖道士的身上了，可就在这时，重八只觉得手腕一震，手中的剑不由自主地就偏向一边，而胖道士的那柄剑的剑尖，却已经停在了重八右眼珠的前面。

重八差不多吓出了一身冷汗。只要胖道士的那柄剑再向前伸那么一点点，重八就至少瞎了右眼。重八心想："胖道长能把剑耍得这么地道，肯定是耍剑这一行里的高手了。"

就听胖道士言道："这是龙虎剑中的第一式，叫龙盘虎踞，以守为攻，后发制人，反攻对方头部。"

"龙虎剑"这个名字好像没有"无赖拳"这个名字顺口好听，但其中似乎含有一种霸王之气，所以重八听了也暗自喜欢。

胖道士很负责，手把手地教重八练了一遍"龙盘虎踞"。然后，胖道士迈了一个弓步，将剑冲天竖起，对着重八言道："这龙虎剑共有五式，第二式为龙潭虎穴……"胖道士边说边教，一会儿工夫便尽倾本领传给了重八。

重八默默地把胖道士的话记住了。胖道士又道："'无赖拳'讲究一个'稳'字一个'狠'字，而龙虎剑却讲究一个'快'字一个'准'字。"

重八突然插话道："如果把无赖拳的稳、狠二字和龙虎剑的快、准二字结合起来，那无论是无赖拳还是龙虎剑，威力岂不是更大？"

重八说这话，并没有经过考虑，只是一时想到便说出口来。胖道士和瘦道士听了重八的话后却不禁对看了一眼。

对看了一眼之后，胖道士吁了一口气道："师弟，你先前说的没错，不管是无赖拳还是龙虎剑，到了这个和尚的手里，就肯定会发扬光大的。"

瘦道士摇了摇头道："师兄，我们把这套拳和这套剑教给这个和尚，也不知道是幸事还是不幸。"

胖道士苦笑了一下道："师弟，一切都听天由命吧。"

重八最后把龙虎剑五式从头到尾地耍了一遍，然后问胖道士道："我要想把这套剑法要得同你一样地道，最少需要多长时间？"

胖道士回答得很干脆："三年！"

重八言道："我准备练它四年。"

胖道士和瘦道士又不禁对看了一眼。瘦道士言道："师兄，我们的事情办完了，也该走了。"

胖道士言道："是该走了，再待下去也没有什么意思了。"

两个道士说走就走，而且走得极快。重八想跪下给两个道士叩头表示感谢，可双膝刚一打弯，两个道士就没了踪影。重八不由得赞叹道："真是奇人啊！"

可汤和却在一边低低地言道："就是他们教得太快，我几乎连一招都没有学会。"又问重八道，"大哥，那套拳那套剑，你都学会了？"

重八回道："学会谈不上，只能说记住了。要想学会，只有苦练。"

汤和问道："大哥真想苦练个三年五载？"

重八的目光投向了孤庄村的方向："四弟，不练成一身过硬的本领，又怎么能够找仇人算账呢？"

汤和马上道："大哥说得在理。以后，大哥练拳我练拳，大哥耍剑我耍剑！"

重八和汤和便继续往孤庄村的方向走去了。重八的一只脚刚刚踏上孤庄村的土地，汤和却突然止住脚步问道："大哥，我们到哪里去？"

重八一愣，是呀，他和汤和要到哪里去呢？又能到哪里去呢？他没有家了，汤和也没有家了。家乡虽就在眼前，却找不到落脚的地方。重八深深地叹了一口气道："我们到汪大娘家去吧。"

汪大娘家还住在老地方，没什么大变化，只不过汪大娘的儿子已经结婚了。几年过去，又见到重八和汤和，汪大娘母子都很高兴。重八和汤和不仅在汪大娘家吃了晚饭，还在汪大娘家住了一宿。

从江大娘的口中，重八得知了这么几件事。徐达、周德兴一年前确实回来过，回来后就忙着去皇觉寺找重八，然后又离开了孤庄村，不知去向。二老爷刘德家已经养起了一百多个舞枪弄刀的家丁，势力比以前更大。死鬼胡大的女儿胡充已经嫁人，不过还住在原来的地方。算命先生郭山甫的女儿郭宁，也已经谈妥了人家，很快就要结婚。皇觉寺的主持高彬法师一家人早已离开了皇觉寺，寺里现在只剩下几个老和尚和小和尚。

依汪大娘的意思，是叫重八、汤和就在孤庄村里住下来，去租大老爷刘继祖家的田地过活。但重八没同意，非要回皇觉寺。汤和不理解，重八轻轻地道："庙里现在没什么人，我正好可以在那儿练拳练剑。"

就这样，重八、汤和告别了汪氏母子，走出孤庄村。重八先领着汤和到父母的坟边跪拜了一番，然后直奔皇觉寺。

到了寺内，重八连一个和尚的影儿都没看到，但隐隐约约地，有敲木鱼的声音传来。重八对汤和言道："和尚们都在禅堂里念经呢。"

重八对路径熟悉，于是汤和就紧跟着重八。二人穿过了大雄宝殿，便走进了禅堂。果然，禅堂里有几个和尚正在一边敲着木鱼一边合目祷告。几个和尚都是老和尚，而且好像都老得不能再老了。

重八大声地咳嗽了一下，又大声地言道："我回来了！我重八又回来了！"

几个老和尚一起睁开了眼，又一起回过头来。其中一个老和尚认出了重八，便对着重八念了一声"阿弥陀佛"。

重八几乎是下意识地也回了一声"阿弥陀佛"。剩下的那几个老和尚便赶紧都"阿弥陀佛"起来。

重八和汤和就算是在皇觉寺里安下了身。寺里除了这几个老和尚之外，还有两个十多岁的小和尚，负责在寺里煮饭和到寺外去催租子。

几个老和尚加上两个小和尚，当然不敢赶重八、汤和走。重八二人呢，也不怎么为难几个老和尚和两个小和尚。

寺里倒也平安无事。这可能就是老天在成全重八了，让重八有几年安稳的时光，在皇觉寺里苦练"无赖拳"和"龙虎剑"。

一般情况下，大白天，重八、汤和在寺里几乎什么事都不做，饿了便吃饭，困了就睡觉。而到了晚上，天黑下来之后，重八、汤和就开始干事了，找一个偏僻安静的拐角，借着天空中的月光星光，认认真真地习练拳剑套路。

重八、汤和在皇觉寺里练了那么长时间的拳和剑，寺里的几个老和尚和小和尚竟然一点儿都不知道。

和尚们只是有一种感觉，即重八、汤和的行为有些诡秘，但又懒得去打探，因为怕惹恼了重八二人。反正寺里收了不少田租，也不在乎多重八、汤和两口饭，而要是惹翻了重八、汤和，他们老小和尚恐怕就过不上安稳日子了。

不过，几个老和尚一边在敷衍重八、汤和，一边在盼望着住持高彬法师能够早日归寺。老和尚们以为，只要高彬法师一回寺，重八、汤和二人就只得灰溜溜地走了。

和尚们不知重八、汤和在干什么，重八、汤和呢，好像也不知道和尚们心里在想什么。更主要的，和尚们也好，重八、汤和也罢，都不知道在皇觉寺的外面，已经发生了重大的变故。

元朝末年，统治者日益腐败，对人民的压迫愈烈，阶级矛盾和民族矛盾交织在一起，加上天灾人祸不断，终于，到元至正十一年（1351年），农民反抗元朝的武装斗争，达到了高峰。

元至正十一年五月，韩山童、刘福通和杜遵道等人，在颍上县准备起事，不幸走漏消息，被元兵包围。韩山童被杀，他的妻子杨氏带着儿子韩林儿趁混乱逃脱。刘福通、杜遵道等人则杀出包围，很快占领了颍州城，正式举起反抗大旗，响应者数万。刘福通、杜遵道等人率军沿淮河西上，几个月之内，就接连占领了汝宁、汝州、光州等地，队伍发展到十几万人。

元至正十一年八月，邳州人芝麻李，伙同彭大、赵均用等，准备起事。一天傍晚，彭大、赵均用等四人混入了徐州城，四更时分，他们在城中到处放火，并打开城门，正在城外等候的芝麻李等四个人冲进了城内，八条汉子在城内横冲直撞。

守城的元兵还以为是刘福通、杜遵道的大队人马杀来，纷纷弃城逃命。到天亮的时候，芝麻李、彭大和赵均用八个人竟然控制了整个徐州城。

"八条好汉闹徐州"的故事就越传越神、越传越远。不几天，芝麻李、彭大和赵均用的身边就聚集了十多万人马，一时声威大震。

同是这一年的八月，麻城人邹普胜和罗田人徐寿辉在蕲州起兵反元，并迅速攻占了蕲水、黄州等地。

十月，徐寿辉在蕲水自称皇帝，邹普胜为太师，国号叫"天完"。"天完"这个国号有点来历和说法，"天"就是在"大"字上面加一横，"完"就是在"元"字上加一个宝盖，"天完"的意思就是要压倒"大元"。

以上三支起义军，只是当时许许多多起义队伍里面规模比较大的三支武装力量。这许许多多反抗元朝的起义军，都有一个共同的特点，那就是，每个人的头上都裹着一块红布，所以，当时的老百姓就称他们为"红巾军"。这也就是中国历史上赫赫有名的元末"红巾军起义"。

当时的红巾起义军，东边从淮水流域，西边到汉水流域，差不多把元朝帝国拦腰斩成了南北两段。从此，元帝国的南北两地，就陷入了一种几乎完全隔绝的状态。

元帝国已经风雨飘摇了，而皇觉寺内却似乎依然平静。那些老小和尚们，依旧吃饭睡觉念经，重八、汤和二人，也依旧吃饭睡觉练拳耍剑。重八、汤和睡的大床，不是僧舍里的，而是高彬法师家的。准确点讲，就是高彬法师睡的床。本来，重八跟汤和也是睡在僧舍的，可觉得同那几个老和尚、小和尚睡在一起不很方便，所以就搬到高彬的床上睡了。那几个老和尚虽然很气愤，但也只能敢怒不敢言。

重八、汤和第一次听到"红巾军"这个名字，是在红巾军方兴未艾之时。有一个块头很大的和尚骑着一匹马回到皇觉寺里来了。这块头很大的和尚，重八认识，是高彬法师的一个亲信。块头很大的和尚一回到寺里，就把几个老和尚和两个小和尚召到一起，说是现在外面到处都是"红贼"，很不安全，所以高彬法师一家还要回到寺里来住。

听说高彬一家子要回到寺里来，重八非常高兴。现在的重八不是以前的重八了，他不仅长大了，还练就了一套"无赖拳"和"龙虎剑"，可以反过来欺负高彬了。

汤和当然听说过重八在皇觉寺里的遭遇，所以就兴奋地对重八言道："大哥，那高彬要回来了，你可以报仇雪恨了！"

重八言道："不只是高彬一个人，还有高彬的两个儿子和两个女儿，他们都打过我骂过我侮辱过我，我一个都不会放过！"

汤和激动地道："大哥，我盼望着这一天早日到来呢！"

重八也没客气，带着汤和，三下五除二地将那个大块头和尚制住。经逼问得知，高彬一家人一个月后回寺。于是重八就一边苦练拳剑一边兴奋而又焦急地等候着高彬。然而，一个多月过去了，高彬一家人并没有回来，这令重八极度地失望。

屈指算来，重八、汤和从外面流浪回到皇觉寺，差不多有四个年头了。一眨眼，已是1351年的年底了。重八、汤和隐约听说，濠州城一带也出现了红巾军，说是要围攻濠州城。汤和向重八建议去投奔红巾军，但重八却摇头道："红巾军是跟官府作对的，要是被官府抓了，岂不是死路一条？还是等等看好了。"

等来等去，重八、汤和最后听说红巾军已经占领了濠州城。汤和又起了投奔红巾军的念头，可重八还是摇了摇头道："四弟，红巾军的底细我们不清楚，如果去了受罪，受别人欺负，还不如就待在庙里。再说了，红巾军能不能斗过官府还很难讲。"

于是，重八、汤和便继续在皇觉寺里待了下去。这一待就待到了1352年（至正十二年）的春天。

一天下午，重八、汤和还在高彬的大床上舒舒服服地躺着呢，一个十多岁的小和尚慌慌张张地跑了进来，一直跑到重八、汤和的床前。重八还以为是来喊他们吃饭的，便没好气地言道："我们不吃了，等晚上再做一顿吃。"

谁知，那小和尚却这样对重八言道："师兄，你们快起床吧，住持回来了。"

重八进庙比这个小和尚早，所以小和尚就喊他"师兄"。而小和尚口中的"住持"，则是指高彬法师。

重八一骨碌从床上爬起来，又一伸手揪住了小和尚的耳朵："你这个奸猾的小师弟，竟敢和我开这样的玩笑！你以为，你用那高彬的名字就能唬住我吗？"

重八的话，无论怎么听也没有一点点出家人的味道。小和尚捂着耳朵道："师兄，我不是开玩笑。我来告诉你的时候，住持他们都快进寺门了。"

汤和对重八道："大哥，说不定你这个小师弟说的是真话。"

重八也就松了小和尚的耳朵，并问道："你说，高彬他们一共有多少人？"

小和尚回道："我只在寺门口瞟了一眼，大概有七八个人。"

重八对汤和道："四弟，起来吧，准备动手。"又对那个小和尚道，"如果你说的是真话，过一会儿，我就让你当这个庙里的住持，如果你说的是假话，那你连和尚都当不成了。"

小和尚说的是真话。高彬法师一家子，本该几个月前就能回到皇觉寺，可踏入濠州地界时，不小心被一股红巾军逮住了，所有的财物被抢去不说，还被红巾军扣押在军营里。后来，这股红巾军同其他几股红巾军一起，攻进了濠州城，只顾在城里抢东西，放松了对高彬一家子的监视，高彬这才找着机会带着家人逃了出来。

无缘无故地被红巾军扣押了几个月，钱财又被红巾军搜刮一空，高彬当然早就窝了一肚子的火气。可踏进皇觉寺的大门之后，准确点说，还没有踏进皇觉寺的大门呢，几个老和尚就迎上来，七嘴八舌地向他控诉重八在寺里所犯下的一桩又一桩不可饶恕的罪行。高彬听了就更加火冒三丈。

随高彬一起回寺的有他的两个儿子大龙、小龙和两个女儿大凤、小凤，还有一高一矮两个亲信和尚。

高彬对一高一矮两个亲信和尚道："去，把重八抓来，我要跟他好好地算算账！"

忽地，一个声音在高彬的对面响起道："不用麻烦了，我自己来了！"

这声音自然是重八发出的。重八的左边，站着汤和；重八的右边，站着那个报信的小和尚。见着高彬，那小和尚有些害怕，想往重八的身后躲。重八一把抓住他道："小师弟，你不想当住持了吗？"

小和尚看看高彬，又看看重八，最后点了点头。重八便笑着道："小师弟，你要想当住持的话，就站在这里别动弹，明白吗？"

小和尚赶紧挺挺干巴巴的胸脯回答道："师兄，我明白！"

见重八和那个小和尚一副旁若无人的样子，高彬气坏了。高彬的两个儿子和两个女儿也气坏了。尤其是大凤、小凤，一起亮开脆生生的喉咙冲着重八叫嚷道："丑八怪和尚，你竟敢睡我爹的床铺，是不是不想活了？"

汤和连忙对重八言道："大哥，这两个臭女人喊你丑八怪呢。"

重八点点头，脸上冷冷的。如果重八真的有什么忌讳的话，那就是"丑八怪"三个字。

所以，重八点过头之后，就一步一步地朝着大凤、小凤走去，一边走一边还阴森森地言道："你们这两个，我现在实话对你们讲，我这个丑八怪，不仅要睡高彬的床铺，而且还要睡你们这两个的床铺。"

没等高彬发话，大龙和小龙就张牙舞爪地向重八冲去。可重八就像没看见大龙、小龙一样，依然一步步地朝着大凤、小凤走去。重八虽然走得不快，但凶狠的目光却早就盯在了大凤、小凤的脸上。大凤、小凤有些慌张，不自觉地向后退了半步。

重八笑了，道："两个臭女人，我先把话搁在这儿，我不仅要睡在你们的床上，我还要睡在你们的身上。"

汤和突然叫道："大哥，小心！"

原来，大龙率先冲到了重八的跟前，右拳"呼"地就朝重八的脸上打去。重八就像长了第三只眼，早将大龙的一举一动看得清清楚楚。

大龙的右拳使出来了，重八一侧身，"无赖拳"中的第一招"无事生非"也几乎同时使出。就听"砰"的一声，一只拳头砸在了一个人的脸上。拳头是重八的，脸是大龙的。拳头不仅砸得准，还砸得狠，所以，大龙的鼻血顿时就蹿了出来。

大龙虽然没有栽倒，但被重八的拳头砸愣了。想当年，他大龙想怎么摆布重八就怎么摆布，可现如今，刚一交手，就让重八砸了个满脸开花。

不仅是大龙愣住了，紧跟着冲到重八面前的小龙也愣住了。小龙这一愣住，可就吃了大苦头了。

他是站在重八对面的，好像要挡住重八的去路，重八看得真切，也用不着什么第三只眼了，只双拳一舞，右拳绕花了小龙的眼，左拳结结实实地击在小龙的胸口上。虽然是左拳，却也是非常有力的。

小龙当然不知道，重八刚才所使的是"无赖拳"中的第二招"无中生有"。小龙只知道，重八的拳头打在自己的胸口上，自己心里很不好受，而且，很快地，有一股什么东西涌进了嘴里，涩涩的、咸咸的，越涌越多，嘴里实在装不下了，就一张口，把那股东西吐了出来。小龙这会儿看清楚了，那东西红红的，是血。小龙腿一软，就瘫在了地上。

汤和看得兴起，连忙跑到重八的身边道："大哥，让我也露两手吧。"

重八压低声音对汤和道："你去守住庙门，不要让这些家伙跑了。他们过去欺负我，我今天要好好地报仇！"

汤和虽有些恋恋不舍的样子，但还是听了重八的话。只是在经过高彬的身边时，汤和有些幸灾乐祸地言道："老秃驴，你今天有好日子过了！"

重八两拳便把大龙、小龙打伤了，最吃惊的莫过于高彬了。准确点说，连重八是怎么出拳的高彬都没有看清楚，所以高彬的心里非常恐惧。只不过，高彬的恐惧和大凤、小凤的恐惧不大一样。大凤、小凤因为恐惧在那儿止不住地哆嗦，而高彬却只是目光有些颤抖，身体倒也站得很稳。

重八依旧向着大凤、小凤逼近，逼着逼着，重八就逼向高彬了。因为，大凤小凤已经躲到了高彬的身后。高彬颤抖的目光，一下子看到了那一高一矮两个亲信和尚，于是气急败坏地冲着二人吼道："你们还呆站着干什么？快点上啊！"

一高一矮两个和尚没法子，只好硬着头皮向重八走去。就在这时，那大龙好像歇过气来，想从背后偷袭重八。可重八的背后也好像长了眼睛，猛然一转身，"无赖拳"中的第三招"无理取闹"就准确地使出，一拳打在大龙的鼻子上，一拳打在大龙的心窝上。这回，大龙不仅流鼻血了，而且像他弟弟小龙一样，嘴里也喷出血来。大龙实在撑不住了，就跌坐在地上。巧的是，大龙刚好跌坐在小龙的旁边。这样一来，大龙、小龙兄弟俩儿就背靠背地坐在那儿只顾叫唤呻吟了。

高彬气炸了肺，实在受不了了，就主动冲上来，对着重八施展出拳脚。高彬虽然也有一把年纪了，但拳脚施展出来，也"呼呼"生风，很有一股威慑力。

只是重八不怕。他先是后退了几步，避过高彬的锋芒，然后双拳虚出，身子一转，右脚就踢在了高彬的裤裆里。高彬"啊"的一声怪叫，身子就弓成了煮熟的虾米，两只手不自觉地捂住了裤裆。重八所使，乃"无赖拳"中的第四招"无恶不作"。

完事之后，重八命令和尚们把高彬、大龙、小龙用绳子绑起来扔在了禅堂。

一直站在重八后面的那个十多岁的小和尚这时急忙跑到重八的身边告诉重八说，大凤、小凤朝庙门方向蹓了。重八回道："那两个跑不掉的，我四弟拿着剑正在那儿守着呢。"

果然，一会儿工夫，大凤、小凤又跑了回来，她们后面，是手里舞着一把亮闪闪的剑的汤和。汤和对重八叫道："大哥，这两个臭女人交给你了，我再回去守庙门。"

因为慌张，大凤、小凤的头发都跑乱了，脸蛋也跑得红扑扑的，着实有点动人。至少，重八看到大凤、小凤跑步的样子，心里是不自觉地就生起了一种异样的念头。所以，重八就叫住汤和道："四弟，你不要守庙门了，你把这两个抓起来，关在她们的房里，看好，然后我去处理。"

重八说这番话的时候，多少有些激动。只是汤和没有听出来，汤和忙着去追大凤、小凤了。重八又对身边的小和尚言道："小师弟，从现在起，你就是这个庙里的住持了。除了我和我的四弟，其他的人都必须听你的话，你明白吗？"

小和尚不敢相信："师兄，我真有这么大的权力吗？要是他们不听我的话，怎么办？"

重八言道："谁不听你的话，我就揍谁。我一揍，他们保证就听你的话了。"

小和尚高兴极了，做了住持，就不用煮饭扫地了，就可以指使别的人去干活了。小和尚正高兴呢，重八的一只手掌重重地拍在了他的肩膀上。重八言道："我让你做住持，你就必须为我做事。你要把好庙门，没有我的命令，谁也不许出去，谁也不许进来。还有，庙里的人，哪个敢在背后说我的坏话，你必须马上告诉我。你如果能做到这些，那你就一直做你的住持，如果你做不到这些，那我就不仅不让你做住持，而且还会像对待高彬那样，把你的四蹄也捆起来！"

小和尚连忙表态："师兄放心，我一定照你的话去做。"

重八挥了挥手，小和尚就恭恭敬敬地跑开了。重八见天快要黑了，便背过手去，不紧不慢地朝禅堂踱去。

他踱到禅堂里一看，寺里的大小和尚差不多全聚在这儿，包括被捆在地上的高彬和大龙、小龙。见到重八，高彬、大龙、小龙一起哀求。

重八没好气地对他们言道："真是脓包！想当年，你们揍我的时候，我向你们哀求过一句吗？说过一句软话吗？我今天还没怎么揍你们呢，你们就软成这副熊样，你们还是不是男人？"

天已经黑了，重八弄了两碗饭，向着一处亮灯的地方走去。那亮灯的地方，就是大凤、小凤的闺房。

推开门，重八看见，大凤、小凤都被捆了手脚扔在床上，而汤和则拿着剑站在床边认真地守卫着。

重八走进屋子的时候，并没有怎么看汤和，而是很注意地看着大凤、小凤。大凤、小凤并不是什么美人儿，但灯光下的女人似乎总是很美的，尤其是比较年轻的女人。在重八看来，她们好像真的是天底下的大美人儿了。

汤和迎向重八言道："这两个臭女人太不老实，我只好把她们捆起来。"

重八却显得有些心不在焉，一边将一碗饭递给汤和一边言道："快吃，吃完了我们就干一件从来没有干过的事情。"

汤和连忙问是什么事，重八道："你快吃饭，吃完了我自然会告诉你。"

但汤和很聪明，见重八的目光老是往大凤、小凤的身上瞟，就立刻悟出该是一件什么事了。是呀，除了和女人睡觉外，重八、汤和还有什么事情没有干过？这么想着，汤和立马激动起来。

汤和吃得很快，但重八好像比汤和还要快。重八丢碗的时候，汤和的嘴里还嚼着最后一口饭。汤和就一边使劲地吞饭一边含含混混地问重八到底要干什么事。

重八瞟了一眼大凤、小凤后对汤和言道："你都猜到了，还装模作样地问我干什么？"

于是汤和就催重八抓紧时间，但重八好像并不急，而是问汤和道："这两个臭女人，你喜欢哪一个？"

汤和对着大凤、小凤看了又看，最后指着小凤言道："我喜欢这一个。"

重八走过去，将小凤从床上抓起来，放到汤和的肩膀上："你把她扛走吧，扛到高彬的床上，随便怎么玩。"

汤和扛起小凤，乐颠颠地跑出了屋子。

重八将油灯往大凤的脸前移了移，然后阴阳怪气地言道："还记得我说过的话吗？我下午当着你爹的面对你说，我不仅要睡在你爹的床上，我还要睡在你的床上。现在你该相信了吧？"

大凤说话了，说出来的话，让重八十分惊讶。大凤是这样说的："我相信。我记得，你还说过这样的话，你不仅要睡在我的床上，你还要睡在我的身上。"

重八想说的话叫大凤抢先说了，所以重八不仅惊讶，还很生气："你以为我是跟你说着玩的吗？想当年，你同你妹妹，赖我偷东西，硬是逼着我脱光了衣裳，让我出丑。现在，我也要扒光你的衣裳，叫你也难堪一回。"

⋯⋯⋯⋯⋯⋯

中午的时候，重八睁开了眼，是被敲门声惊醒的。开门一看，门外站着汤和，汤和的手里端着一大盆饭。重八这才觉得肚子饿了。

重八吃饱了之后，将盆里剩下的饭推给大凤吃。重八问汤和怎么安排小凤的，汤和道："我拿走了她的衣裳，就让她睡在床上，又把屋门拴死，这样她就跑不掉。"

重八认为汤和的点子高明，便也拿走了大凤的衣裳，还这样对大凤言道："你什么也不用穿，干起事来方便。"

等走出屋子并把门拴死之后，重八、汤和你看看我我看看你，突然一起大笑起来。汤和道："大哥，昨天晚上真过瘾！"

重八道："女人就是奇怪，更奇妙！"

两个人一边兴冲冲地走一边兴冲冲地谈论着各自在昨晚上的动人经历。俩人谈论得最起劲的、最有滋有味的，就是一开始都不知道该如何同女人玩耍。重八还深有感触地言道："看来，干什么事情都得亲自试一试才会明白啊！"

三个晚上之后，重八和汤和就离开了皇觉寺。

重八当然不是主动要离开皇觉寺的，是因为接连发生了两件事情。一件事情发生在下午，另一件事情发生在中午。

先说发生在下午的事情。这个下午，也就是重八和大凤睡了第二晚的那天下午。重八正与汤和在禅堂外面拿高彬父子肆意开心呢，一个小和尚匆匆地跑过来，说是寺外有一个年轻人要见重八、汤和。这小和尚，便是被重八封为皇觉寺新"住持"的那个。除了重八、汤和，寺里大小和尚，都得要听这个小和尚的号令，所以这个小和尚就很威风，也很尽职尽责，时常向重八、汤和报告其他和尚的动态。

重八、汤和跟着这个小和尚来到皇觉寺的门口，果然见一个年轻人直直地站在庙门外。重八不认识这个年轻人，看看汤和，汤和也摇摇头。于是重八就对那个年轻人言道："我叫重八，听说你找我，有什么事？"

那年轻人瞟了重八一眼，然后从怀中掏出一封信来递给重八，口里言道："有人托我带封信给你。我还有事，告辞了。"

那年轻人说走就走，而且还走得很快。重八自言自语地道："这人也多少有点奇怪。"

汤和一旁催道："大哥，还是先看信吧。"

重八一边点头一边急急地拆信。重八念过私塾，信上的字倒也大致看得通。信还没怎么看呢，重八就高兴得又是跳又是叫。汤和更是叫个跳个不停。

重八、汤和为何会如此高兴？原来，这信是徐达、周德兴写来的。徐达、周德兴在信中说，他们已经加入了郭子兴领导的红巾军，现驻扎在濠州城里，听说重八、汤和回到了皇觉寺，所以特地捎信问候，并希望重八、汤和也赶往濠州城。一来四兄弟可以再次团聚，二来也可以在红巾军里图个前程。徐达和周德兴在信的末尾处强调：一切当然都凭大哥做主。

重八看过信后轻轻地言道："这信肯定是二弟徐达所写，真没有想到，二弟现在也能写出这么多字来。"

汤和言道："大哥，管那么多干吗？快收拾收拾，去濠州城见二哥、三哥吧！"

看汤和的模样，恨不得马上就飞往濠州城。汤和的这种激动和急切，重八当然也有。自离开孤庄村到皇觉寺出家之后，重八与徐达、周德兴就再也没见过面。屈指算来，已有七八年光景了。重八何尝不想立刻就见到徐达、周德兴？然而，重八却缓缓地摇了摇头。

汤和急了："大哥，难道你不想见二哥和三哥？"

重八回道："我自然非常想见二弟和三弟，但不一定是在濠州城里，这寺庙也很不错嘛！"

汤和听出来了，重八的意思，是想叫徐达、周德兴也到这皇觉寺里来。于是汤和赶紧道："大哥，这破庙有什么好？除了大凤、小凤那两个臭女人，这破庙一钱不值。"

重八慢慢悠悠地言道："这破庙是不怎么样，也没什么值得留恋的，但濠州城就是一个好地方？不管怎么说，我们在这里说一不二，可到了濠州城里，我们就得看别人的眼色行事。"

汤和咽了一口唾沫，然后言道："大哥，我觉得二哥、三哥在信中说得有些道理。去参加红巾军，不为别的，只为图个前程。"

重八翻了汤和一眼："去参加红巾军就一定会有好前程吗？"

汤和连忙道："我只是这么说说而已，就像二哥、三哥说的，一切还是凭大哥做主。"

但重八却忽然闭了口，而且好长时间都没有吱声。见重八这样，汤和也不敢随便开口，但汤和看得出，重八是在想心思，而且这心思好像还很浓。

许久之后，重八突然问汤和道："你说，如果我们一直就待在这个破庙里，最终会有一个什么样的结果？"

汤和摇摇头："我不知道。我只听大哥你的。"

重八又问道："如果我们去投奔红巾军，真的会有一个美好前程吗？"

汤和又摇摇头："我不知道。我只想快点见到二哥、三哥。"

重八迟疑了一下，然后从怀里掏出一枚铜钱来。那个时代，虽然有纸币流行，但铜钱和金银也照样流通。

重八将那枚铜钱交到汤和的手中道："四弟，你来抛，如果落地后是正面，我们就去濠州见二弟、三弟；如果落地后是反面，那就叫二弟、三弟到这里来见我们。"

汤和点点头，然后将铜钱使劲儿向空中抛了出去。重八的目光，马上就射向在空中翻滚的铜钱。

正是下午，太阳很好。阳光照在铜钱上，反射出一道又一道炫目的光彩。铜钱在空中翻滚了一阵后，便落到了地面上。

重八迅速跑过去，目光直直地罩住铜钱。汤和离铜钱近，早就看清楚了一切，但没有说话，只是盯着重八。

重八摇摇头，好像很吃力地弯下腰去，捡起铜钱，纳入怀中，然后不声不响地走了。显然，那枚铜钱落地的时候，是正面朝上。

重八对参加红巾军兴趣不大，一来对红巾军没底，二来担心投靠别人，自己就不能为所欲为了。所以，重八就竭力不去想什么红巾军的事，而是想象着在濠州城里见了徐达、周德兴之后的快乐情景。

起床后，重八离开大凤，想去找汤和，但汤和先找来了。看见重八，汤和的嘴唇动了动，虽然没说出声音，但重八明白，汤和一定是想问什么时候去濠州城。于是重八就言道："我们先去看看那个高彬。"

重八的话说得很轻很随便，好像是一句家常话，但汤和却听出了重八话中那"看看"二字后面的意思。如果重八今天真的要离开皇觉寺，那高彬即使有十个脑袋，也会在重八离开之前一起落地，恐怕还包括高彬的那两个儿子大龙、小龙。

汤和自然是非常了解重八的，他自己也热切盼望着高彬的人头落地。可这一回，汤和却大大地失望了。失望的原因，不是重八没有杀高彬，而是重八没有找到高彬。

汤和跟着重八来到禅堂，发觉高彬不见了，同时不见的，还有高彬的两个儿子大龙、小龙，还有十几个老和尚、小和尚。

汤和一时间不明白发生了什么事情，重八却很清楚，他咬牙切齿地言道："高彬逃跑了……"

重八皱着眉头言道："高彬不光是跑了，他如果跑到官府那里说我们是红巾军，那官府就会派人来抓我们。"

重八这么一说，汤和未免有些慌，忙问重八该怎么办。重八苦笑一声言道："还能怎么办？只有去濠州城了。"

因为高彬等人溜得早，重八、汤和不敢在皇觉寺里耽搁太久，所以，当汤和提到大凤、小凤的时候，重八说："暂且留这两个臭女人一命吧。我们这几天过得很快活，这两个臭女人也算是立下了功劳。说不定，我们以后还会回来的。"

也没什么东西需要收拾的，重八、汤和二人就空着手离开了皇觉寺，直奔濠州城而去。这一去，重八就踏上了通往皇帝宝座的路途。

【第二回】

施脂粉潜龙入彀，动刀兵恶虎出笼

元至正十二年（1352年）春天的一天，在通往濠州城的大路上，急急忙忙地走来两个人，这两个人就是重八和汤和。从皇觉寺到濠州城，大概三十多里路，重八和汤和不歇气地走，也没走多长时间。

濠州城外如临大敌，重八、汤和刚一靠近南城门，就被数十名头裹红巾的大汉团团围住。重八再三说明自己是来投奔郭子兴郭大元帅的，可那些红巾军官兵就是不相信，非说重八是官府派来的探子，还把重八、汤和捆了起来，要"就地正法"。亏得一条大汉适时赶到，重八、汤和这才得以死里逃生。

那大汉正是红巾军元帅郭子兴。郭子兴与孙德崖、俞老大、鲁老二、潘老三五个人，是芝麻李手下的大元帅。只不过，孙德崖、俞老大、鲁老二和潘老三的元帅位次都排在郭子兴的前面，郭子兴是濠州城内五大元帅中位次最低的一个。先前把守南城门的红巾军士兵，正是孙德崖的手下。孙德崖、俞老大、鲁老二、潘老三四个人，和郭子兴是面和心不和。重八、汤和说来濠州城是投奔郭子兴的，孙德崖的那些手下当然不快活。如果不是郭子兴及时赶到，重八、汤和就真的要在濠州城外送了性命。

这些，重八是到后来才一点点地搞清楚的。当时，重八、汤和跟在郭子兴的后面往濠州城里走。城里几乎都是红巾军士兵，很难看到真正的老百姓。走到一个营房门口的时候，郭子兴停下脚步喊道："王队长，我给你带来了两条好汉！"

从营房里跑出来一个瘦高个儿男人，这男人先是规规矩矩地向着郭子兴行了礼，然后才把目光转向重八、汤和。这一转让那瘦高个儿男人和重八、汤和都不由得一惊又一怔。原来，这瘦高个儿男人本也是孤庄村人，姓王，人唤"王二狗子"。小的时候，重八四兄弟曾用棍棒整治过他。

郭子兴匆匆地走了。王二狗子对重八道："徐达、周德兴在北城墙上巡逻，我把他们叫来。"

重八道了一声谢。

王二狗子言道："都是本乡本土的人，以后互相帮衬也就是了。"

王二狗子也匆匆地走了。汤和小声地问重八道："大哥，我们过去揍过王二狗子，他现在会不会报复我们？"

重八慢慢腾腾地回道："他要是敢报复，我早上不弄死他，晚上也会弄死他的！"

重八、汤和正嘀咕呢，猛听得一个声音大叫道："大哥！"又一个声音大叫道："四弟！"

重八、汤和赶紧冲着声音转过脸去。远远的，有两个人健步如飞地跑来。一个长着三角脸的，是徐达；另一个一张方脸，是周德兴。虽然七八年过去了，徐达、周德兴都长成堂堂的男子汉了，但相貌几乎一点也没改变。

重八、汤和急急地迎了上去，四兄弟拥抱在一起，又是笑又是叫，还分别洒下几行热泪来。兄弟四人终于又聚齐啦，从此，他们四人，吃在一起，睡在一起，日子过得倒也亲密融洽。

大约是重八进濠州城后的第十天，红巾军得到战报，说是元朝廷派了一个叫"彻里不花"的将军，领兵数千，开到了距濠州城只有几十里地的淮河北岸。濠州城内的气氛一下子紧张起来，五大元帅联合发布命令：紧闭城门，任何人不许外出，准备同元军战斗。

然而几天过去了，濠州城外都没有发现一个元兵，孙德崖及俞老大、鲁老二、潘老三合伙找到郭子兴，"请"郭子兴派人到淮河北岸去侦察一下。郭子兴心中虽然不快，但为了顾全大局，还是同意了。于是郭子兴就把侦察的任务交给了王二狗子，而王二狗子又把这任务交给了重八四兄弟。搞侦察本是一件苦差事，没料想，完成这次任务之后，重八在濠州城内一下子成了一个不大不小的名人了。

这一回，也该着重八等人立一次功、露一次脸。驻扎在淮河北岸的数千元朝官兵，包括主将"彻里不花"在内，几乎全是庸碌、贪生怕死之辈。他们奉元廷丞相脱脱的命令前来攻打濠州，可到了淮河边上之后，就再也不愿继续南下了，也不敢渡过淮河。但令彻里不花头疼的是丞相脱脱老派人来询问攻打濠州城的情况。于是他和几个亲信商量出了一个应付脱脱的好办法，那就是，派兵去抓老百姓，给抓来的老百姓，每人头上都裹一条红巾，冒充是濠州城里的红巾军，然后将这些"红巾军俘虏"押到北方去领功受赏。还别说，彻里不花的这一招非常有效。丞相脱脱真的给彻里不花发来了嘉奖令，还希望彻里不花能够再接再厉，早一点攻下濠州城。彻里不花高兴了，更得意了，抓老百姓也就越发地起劲了。

彻里不花高兴了，重八四兄弟好像就更高兴。虽然是春天，淮河水很冷，但重八四兄弟还是在一个夜里顺利地渡过了淮河。渡过淮河之后，重八四兄弟各执长剑摸到了彻里不花的营地附近，没承想，迎面撞到了四个巡逻的元兵。重八眼疾手快，一剑解决了一个元兵。徐达、周德兴的动作也不慢，另两个元兵跟着就送了命。只是汤和的动作有点迟疑，等手中长剑刺出去的时候，最后一个元兵已经转身逃掉了。那元兵一边拼命地逃一边拼命地叫喊道："不得了啦！红匪打过来了！"

重八四兄弟大惊失色，因为甭说多了，只要有几十个元军围过来，他们就很难跑掉了。然而事实是，彻里不花和他的数千官兵听说"红匪"打来了，连衣服也没穿好，就一起乱哄哄地向北逃去。天亮的时候，数千元军官兵，竟然跑得精光。

就这么着，重八四兄弟立下了一件奇功。四个人吓退了数千元军，还抓到了十几个俘虏，并缴获了不少武器粮草。重八四兄弟回到濠州城的时候，简直就是凯旋的英雄。

很快，郭子兴元帅就将重八四兄弟调到自己身边做了亲兵，还任命重八为亲兵九夫长。九夫长虽然只是一个小官衔，只管九个人，但因为是跟在元帅身边的，所以即使是将军，也要对重八刮目相看。

重八做了亲兵九夫长之后，曾经率着徐达、周德兴、汤和回了一趟孤庄村。回孤庄村的目的是侦察那个二老爷刘德是否在招兵买马想与红巾军为敌。但重八等人扑了个空，刘德闻讯后逃跑了，气得重八在回濠州城之前率着三兄弟开进了皇觉寺。重八本来只是想在寺里耍一通威风出出心中的闷气，没料想，从寺里逃出去的高彬和两个儿子大龙、小龙恰恰也回到了寺里。这一回，高彬父子就再也甭想活命了。重八先是将寺里的和尚都集中起来，然后当着他们的面把高彬父子的脑袋一一砍了下来。最后，重八竟又把所有的和尚全都给宰了。

血洗了皇觉寺之后，重八四兄弟就像什么事也没发生过似的，优哉游哉地就回到了濠州城。

重八做了郭子兴的亲兵九夫长之后，渐渐知道了郭子兴的许多事情，比如家庭情况。

郭子兴在定远居住的时候，曾讨过一个大老婆。大老婆人很好，但好人不长寿，为郭子兴生下两个儿子郭天叙、郭天爵之后没多久，她就撒手西去。郭子兴很怀念大老婆，很长时间没再续娶。后来，郭子兴的一个姓张的朋友，硬是把自己的妹妹张氏送给郭子兴做填房。郭子兴有些盛情难却，只好将张氏娶做小老婆。张氏生得小巧玲珑的，人又温柔乖巧，郭子兴很是喜欢。嫁给郭子兴后的第二年，张氏为郭子兴生了一个女儿，取名郭惠。生郭惠的时候，张氏不慎受了风寒，虽保住了性命，身体却变得十分虚弱，也不能再生育了，所以郭子兴对张氏就越发地怜爱。有人说，郭子兴的耳朵根子软，只听张氏的话行事，这话虽不很确切，倒也有些道理。

住在濠州城郭子兴元帅府里的，除了郭子兴、张氏、郭天叙、郭天爵和郭惠外，还有一个年轻的女人叫马氏。马氏本是郭子兴一个朋友的女儿，那朋友在一次聚众斗殴中死了，临死前将马氏托付给郭子兴。郭子兴便把马氏收作了养女。虽是养女，郭子兴对马氏也并不比对郭惠差。张氏也非常喜欢马氏，甚至喜欢得都让郭惠有些嫉妒。

马氏的模样算不上多漂亮，只是皮肤非常白净。另外，马氏脚特别大，那个时代，女人大脚是很不雅观的。

重八忘不了第一次见到郭子兴的两个儿子郭天叙、郭天爵时的情景，那是在张氏的卧房里。重八好像是按郭子兴的吩咐去找张氏谈什么事情。当时，郭天叙、郭天爵都在。重八先给张氏请安，然后问候郭氏兄弟。张氏对重八十分和蔼，但郭氏兄弟却对重八非常冷淡，甚至爱理不理的。张氏叫重八"随便坐"，可重八的屁股还没碰到椅子的面儿，那郭天叙就冷冰冰地言道："重八，这里是你随便坐的吗？"

郭天爵也道："我们到这里都不敢随便坐，你重八怎么敢如此放肆？"

重八只好直起了双膝。看得出，张氏对郭氏兄弟很有点不快，但由于郭氏兄弟不是她亲生，她也不便多说什么。令张氏感到有点奇怪和不解的是，重八的脸上竟然挂着一副淡淡的笑容。

其实，重八当时心里想："凡是敢这么看不起我的人，是注定没有好下场的。郭氏兄弟，你们等着，总有一天我会报仇的。"

重八忘不了跟郭天叙、郭天爵的初次见面，更忘不了同郭子兴的女儿郭惠的第一次见面。那是在郭子兴元帅府邸的一个墙角处。郭惠在那儿跳绳，重八恰好从那儿经过。郭惠跳绳跳得很投入，一时没发现重八。而重八却不由自主地停住脚步，定定地看了郭惠很久。

从年龄上来讲，郭天叙、郭天爵比重八只小一点点，而郭惠就小了很多，差不多小重八有十来岁，当时大约是十四五岁光景。郭惠长得确实很美，这种美，似乎用"鲜嫩"一词来形容比较贴切。重八看得痴了，目光变得直直的。以至于郭惠停下来了，他的目光也没有能够及时地收回来。

郭惠生气了，尖起嗓门叫道："丑八怪，你为什么这样看我？"

重八立刻就惊醒过来，惊醒的原因，不是因为郭惠的嗓门太尖细，而是因为那"丑八怪"三个字。只是，重八这一次没有生气。或者说，至少从重八的脸上，看不出有什么生气的表情。重八只是淡淡地问了一句："二小姐，你刚才是叫我丑八怪的吗？"

那马氏虽然不是郭子兴亲生女儿，但郭子兴视若己出，所以众人便称马氏为"大小姐"，而郭惠则只能屈就为"二小姐"了。郭惠气鼓鼓地回答重八道：

"我当然是叫你丑八怪。濠州城里头，还有比你更丑的人吗？"

重八淡淡地问了一句道："二小姐，我重八真的那么丑吗？"

郭惠的脸上现出一副鄙夷的神色来："你撒泡尿照照就知道你究竟有多丑了。"

重八朝着郭惠鞠了一个躬，笑容可掬地言道："重八感谢二小姐刚才对我的夸奖。"说完就不紧不慢地离开了。

他一边走一边自言自语道："哪个女人敢讲我是丑八怪，我就一定要把她弄到手！"

有点奇怪的是，许多人都认为重八长得丑，长得凶，甚至连重八已经死去的父母朱五四和陈二娘，也认为重八长得很难看，可是，徐达三人却不这么看。徐达三人认为，重八不仅长得不丑，而且长得很俊，不仅长得不凶，而且长得很威严。

几乎与徐达、周德兴、汤和的观点相同，郭子兴的养女马氏也认为重八长得并不丑，甚至认为重八是男人中最出类拔萃的一个。因此，重八与马氏第一次见面的场景，重八就很难以忘怀了。

重八是在一天上午见到马氏的。那天上午，重八来向郭子兴汇报情况。当时，那马氏就站在郭子兴的身边，重八就得以和马氏打了个照面。

马氏比重八小五岁，长相又不出众，所以重八虽然知道她是谁，却也没怎么太注意，只是很有礼貌地叫了一声"大小姐"，然后就专心致志地向郭子兴汇报了，并未多看马氏一眼。但事有凑巧，郭子兴的一个手下来找郭子兴有事，郭子兴就急急地离开了。郭子兴临走时什么话也没说，重八不便擅自走开，只好留在原地。这样，重八就有了一个和马氏单独在一起的机会。

一开始，重八很是有点不自在，因为马氏不是美人，重八不想多看她。可这里除了马氏又没有别的人，更没有什么美人了，所以重八的目光最终还是有意无意地落在马氏的脸上和身上，只是那目光有些躲躲闪闪。而马氏却很落落大方，要么不看，要看就直直地望着重八。有一两次，重八竟然被马氏望得有点害羞起来。能把重八这样的人看得害羞起来，会是什么样的人？又会是什么样的目光？

马氏发话了，她的声音很轻盈，像她的一双小手；她的声音又很实在，像她的一双大脚。她是这样说的："我要是没猜错的话，你就是那个重八。"

重八一愣："我当然是重八。濠州城里，叫重八的好像只有我一个人。不过，大小姐刚才说'那个'，我不知道是什么意思。"

马氏笑了，她长得虽不怎么美，但笑起来却很美。她笑着言道："因为，只有你这样的人，才可能把彻里不花的几千人马给吓跑了。"

重八渐渐地来了兴趣："大小姐，为什么只有我这样的人，才能把彻里不花吓跑呢？"

马氏朝重八走近了一步，脸上依然是那种很美的笑："因为，在我看来，你是男人中最棒的，谁也比不了你。"

马氏的话说得热乎乎的，而重八的心里就更加热乎。太热乎了，重八的心就有些飘忽。太飘忽了，重八的身体就有些颤抖："大小姐，我重八……真的有那么棒？"

马氏又朝着重八走近了一步："你是天底下最棒最棒的男人。"

一时间，重八只觉得，马氏的声音，是天底下最动听的声音，马氏脸上的笑容，是天底下最美丽的笑容。有这么动听的声音和这么美丽的笑容的女人，当然也就是天底下最漂亮的女人了。所以，重八再看马氏，便觉得马氏身上的任何地方都很漂亮，包括她那一双让许多男人都有些害怕的大脚。这么一想又这么一看，重八的心里就很是甜蜜，心里甜蜜了，脸上也情不自禁地露出了笑容。重八笑着，马氏也笑着，俩人都笑着互相望着对方。

忽地，重八不笑了。见他不笑，马氏也就收了笑容，还轻轻地问道："你是不是想到了什么事情？"

重八点点头，但没有说话。她又言道："想到了什么就说出来，闷在肚子里是很难受的。"

重八动了动嘴唇，终于问道："大小姐，你对我说实话，我重八真的长得那么丑吗？"

马氏却清清楚楚地反问道："重八，你也对我说实话，我真的是郭元帅的大小姐吗？"

重八先是没听明白，但很快就全明白了。马氏应该是郭子兴元帅的"大小姐"，许许多多的人都这么叫她，但实际上呢，她根本就不是什么"大小姐"。也就是说，重八应该是长得很丑的，许许多多的女人都这么认为，但实际上呢，他根本就不丑，一点儿也不丑。至少，重八从马氏的话中，听出了这个意思。

于是，重八就不由自主地激动起来。终于有一个年轻的女人认为他不丑了，重八的目光一下子变得像夏天的太阳那么热那么烫。这么热这么烫的目光一起倾泻在马氏的脸上、身上，马氏又如何经受得住？经受不住，就只好后退，马氏一连向后退了好几步，一双大脚还一晃一晃的，像是站不稳。重八赶紧跟上几步，想伸手去搀扶。手虽然伸出去了，但重八并没有碰到她的身体。重八只是言道："大小姐，我告辞了。"

重八几乎是一蹦一跳地找着了徐达、周德兴、汤和。他把刚才的事情跟他们说了一遍，徐达等人很是不解，因为郭大小姐无论如何也称不上美女。但见重八一副心花怒放的样子，他们确定，重八一定是喜欢上郭大小姐啦。

没过几天，重八又把徐达三人叫到一起，有点神秘地言道："我们要想在红巾军里混出点名堂来，就必须要找一个比较得力的靠山。你们说说看，濠州城里五大元帅，哪个元帅才有可能成为我们的靠山？"

周德兴、汤和望着徐达，徐达言道："这还用说吗？自然是郭大元帅了。"

重八一拍巴掌："这就对了。你们想啊，如果我成了郭大元帅的女婿，那我们兄弟几个，是不是就在濠州城里出人头地了？"

汤和急忙问道："大哥是不是要娶郭二小姐？"

徐达白了汤和一眼："四弟真糊涂。大哥要娶的一定是郭大小姐。"

周德兴"唉"了一声道："大哥娶了郭大小姐，就算我们真的出人头地了，也实在太委屈大哥了。"

重八赶紧摆了摆手言道："一点儿都不委屈。我是为我们兄弟几个前程考虑，还谈什么委屈不委屈的？再说了，我也确实很喜欢郭大小姐，她的确是一个与众不同的女人。"

重八这么一说，徐达、周德兴、汤和就一起笑了起来。徐达一边笑着一边言道："大哥，我们只是在这里说说而已啊。你虽然想娶人家郭大小姐了，可人家郭大小姐会答应吗？"

周德兴也道："是呀，就算郭大小姐同意了，如果郭元帅和郭夫人不同意，大哥也只是在空想啊。"

汤和却信心十足地言道："凭大哥一身能耐，娶那个郭大小姐做老婆，郭元帅和郭夫人还会不同意？"

重八微微一笑言道："四弟把问题想得太简单了，不过二弟、三弟又把问题想得太严重了。这几天，我仔仔细细地想出了一个计划。那就是，先多和郭大小姐约会，然后找一个机会和她睡一觉，生米煮成了熟饭，她就只能乖乖地嫁给我了。然后再叫她去跟郭夫人说，我也去跟郭夫人说，事情既然到这种地步了，郭夫人就一定会同意的。郭夫人同意了，郭元帅那里就没多大问题了。他们都同意了，好事不就办成了吗？"

汤和情不自禁地鼓起掌来："大哥这主意好，大哥这主意妙……"

徐达的脸上却看不出多少兴奋："大哥这个主意是很不错，直接从郭大小姐那里下手比从郭元帅、郭夫人那里下手要简单些。不过，问题是，郭大小姐会按大哥计划的那样去做吗？"

重八胸有成竹地言道："二弟放心，如果我对郭大小姐没有把握，就不会制订这个计划了。"

既然重八说得这么有把握，徐达等人也就没再追问。徐达只是轻轻地问道："大哥干这件事情，需要我们兄弟做什么？"

重八回道："我不能老是往郭大小姐那儿跑，那样容易引起别人的猜疑。我需要你们为我传达消息。"

徐达笑道："这好办，我们三兄弟随时听候大哥差遣。"

重八四兄弟都是郭子兴的亲兵，平日常在元帅府内走动，自然与郭子兴一家比较熟悉。所以，重八只要一踏进元帅府，就尽可能地多看上马氏几眼。重八以为，自己多看马氏一眼，马氏对自己的好印象就会增加一分。不过，自从决定要讨马氏做自己的大老婆之后，重八就故意避开马氏了。重八一连这样装了十来天。重八对徐达言道："我越是这样做，郭大小姐就越是想我。她想我想得受不了的时候，我就可以同她约会了。"

徐达对重八的话有些不以为然，他是这么想的："不管怎么说，人家马氏也是郭元帅的大小姐。她长得哪怕再丑，也不一定就会稀罕你一个重八，更不可能会有什么想得受不了的时候。"

但很快，徐达便发觉自己想错了，因为那马氏确实很"想"重八。那是一个上午，徐达在元帅府内正好碰见马氏。也不能说"正好"碰见，应该说是马氏主动走过来的。徐达正在元帅府内走着呢，马氏看见了，就比较快地走到了徐达的身边。徐达很有礼貌地叫了一声"大小姐"，马氏却东张张西望望，然后问徐达道："你大哥重八……是不是对我有什么意见？"

徐达一愣，连忙回道："大小姐可能是误会了。我大哥为人善良，是不会对任何人有意见的，更不敢对大小姐有什么意见。"

看徐达的表情，好像重八真的是一个"为人善良"的人。然而马氏不相信，她压低声音问道："徐达，如果你大哥对我没有意见，那为什么这阵子……他一见到我就躲？"

徐达已经明白了一切，重八真的是走进马氏的心里了。于是徐达就故意吞吞吐吐地道："我大哥的事情，我也不太清楚。我只是听说，他这阵子，好像有什么心思……"

马氏马上问道："重八有什么心思？"

徐达摇了摇头，摇得很慢，像是一边在摇头一边在考虑什么："大小姐，实在对不起，我大哥有什么心思，只有他自己知道。我只知道，我大哥的心思，好像挺重的，有时候，饭也吃不下，觉也睡不稳。我这个做兄弟的，真是看在眼里急在心里啊……"

徐达说得情真意切的，说得马氏几乎都要红了眼眶："徐达，重八的心思这么重，你就不能……好好地问一问？"

见马氏的眼神充满了焦急和关切，徐达差点要笑出来。但徐达的表情依然是愁眉苦脸的，在说话之前还唉声叹气了一下："真没有想到，大小姐这么关心我大哥……我回去之后，一定好好地问一问，看我大哥到底藏着什么心思……"

马氏立刻言道："徐达，你回去问的时候，千万不要提到我……"

马氏说完，一低头，一扭身，慌慌忙忙地走了，就像是做了一件什么亏心事。徐达呢，也一扭头一转身，急急地出了元帅府。找到重八之后，他第一句话就是："大哥，那郭大小姐已经想你想得受不了了……"

在重八的催促下，徐达把事情的经过原原本本地叙述了一遍，然后很是感慨地道："大哥，在女人方面，你也是料事如神啊！"

重八得意地笑了笑，然后收起笑容言道："我也许真的是料事如神，但我不是在玩。其他的女人，我都可以去玩，但对郭大小姐，我却是认真的。"

看重八的模样，好像他对马氏确实很认真。徐达也没刨根究底，只是问重八什么时候同马氏约会。重八言道："你下午进元帅府一趟，想法子见到大小姐。你就对她说，出元帅府不远向左拐，有一条死胡同，黄昏的时候我在那儿等她，有事跟她说。"

徐达答应一声便要离开，重八忙着叫住道："到时候你一定要在胡同口望风，有人过来了你就大声地咳嗽一下。"

徐达点头道："大哥放心，我不会丢下你们不管的。"还嬉皮笑脸地言道，"预祝大哥今天黄昏过得愉快！"

虽是重八和马氏约会，但徐达的心里也急切得很。好不容易挨到了下午，徐达故作镇定地走进了郭子兴的元帅府。徐达正想去找马氏，忽听有人言道："徐达，你在干什么呐？"

听到有人说话，徐达赶紧掉过头来，见正是大小姐，忙说道："大小姐，我是在找人。"

马氏忙问徐达要找谁，徐达作出一副鬼鬼祟祟的样子道："我大哥叫我来找大小姐。"

徐达把重八吩咐的话说了，马氏支支吾吾地道："你大哥找我……会有什么事？"

徐达装出一脸的茫然："我大哥的事情，我不知道。大小姐的事情，我更不知道。"

徐达说完就要走，马氏急忙喊住道："喂，你回去告诉你大哥，我……不一定会去的……"

徐达离开元帅府后没有走远，而是找着一个地方偷偷地注视着元帅府的大门。这已经是春末夏初了，徐达穿得虽不多，但也觉得有些燥热。没多久，徐达就看见那马氏一个人走出了元帅府，东张张西望望之后，就向左边拐去了。徐达禁不住地想："这郭大小姐也太性急了，离黄昏还早着呢，就跑去同重八约会了。"

马氏向左拐，徐达就不远不近地跟着。很快，马氏就走进那条死胡同了。徐达紧走几步，来到那条胡同口边站着，装着没事人样儿，一会儿看看别处，一会儿又瞟瞟胡同里边。

　　既然是死胡同，那就不会有第二个出口，马氏进去之后，一直没出来。徐达皱着眉头想："莫非，重八比马氏来得还早？"

　　太阳渐渐西沉，黄昏应该是到了。死胡同里面，依然是一个人影也没有。可徐达突然看见，那重八正悠搭着双手从别处走来。徐达急忙迎上重八道："大哥，你怎么到现在才来？人家早就在里面等你了。"

　　重八一惊，看了太阳一眼，然后就慌慌忙忙地朝死胡同里面钻。死胡同大约有一百步长，重八一直钻到底，终于看见那马氏靠在墙上，正不停地擦着脸上的汗。胡同里不透风，加上心里急，还有些惶恐，所以马氏不仅汗流满面，连身上的衣衫差不多都浸湿了。

　　重八看见马氏之后，没等马氏说出什么话做出什么举动，就"咕咚"一声跪倒在马氏脚下，几乎是眼含热泪言道："重八让大小姐空等了这么长时间，真是罪该万死啊。"

　　马氏本来有很多话想对重八说的，可重八这一突如其来的举动，却让她一时间无话可说，只愣愣地看着重八。好一会儿工夫之后，她才反应过来，慌里慌张地言道："重八，你快起来，你这个样子，让人看见了多不好……"

　　重八没有起来，只是低声地言道："大小姐如果不原谅我，我就一直跪下去。"

　　马氏睁大眼睛道："你又没做错什么事，我有什么原谅不原谅的？"

　　但重八就是不起来，而且还红着眼眶盯着马氏看。马氏的心被重八看得一跳一跳的，只得十分慌乱地言道："重八，你起来吧，我原谅你了还不行？"

　　按理说，重八也该起来了，可重八还是没有起来。他依然直直地跪着，依然直直地盯着马氏。马氏不知怎么办才好了，只能心慌意乱地也看着重八。重八开始走动了，也不是走动，而是用两只膝盖在挪动。重八一点点地就挪近了马氏，他的脸，都贴到了马氏的肚子上。就在马氏不知所措又惊慌失措的当口，重八突然抬起双手，一下子搂住了马氏的腰身，而且搂得非常紧，几乎要将马氏的腰身搂断。马氏不自觉地就发出了一声非常短促的"啊"字。

　　"啊"字发出之后，马氏的身体就软了。身体一软，马氏也就跪在了重八的面前。只不过，那么软的身体是不可能直直地跪在地上的，所以，马氏实际上是连头带身体一股脑儿全栽在重八的怀抱里，而且栽得很重，差点把重八顶翻。重八当然不会让自己的身体翻倒，他只是迅速地把跪姿改为坐姿，这样，马氏就整个儿地坐在了重八的双腿上，与重八身贴身脸贴脸了。意外接吻了。

　　太阳下山了，天空渐渐地上了黑影子。徐达看见马氏从死胡同里往外走，就赶紧闪过一边。徐达发现，马氏一脸都是春风，连眉梢里都藏着浓浓的笑意。过了一会儿之后，重八出现在胡同口。虽然天色已暗，但徐达还是看出，重八浑身上下都喜滋滋的。于是徐达一边向重八靠近一边笑呵呵地问道："大哥，刚才在胡同里过得怎么样？"

重八眉飞色舞地回道："很好，这种感觉，我重八还是第一回尝到。"

重八说的是实话，他和马氏是动情了。尽管重八在后来的日子里，拥有了许许多多的女人，但正儿八经的相爱，重八这还是第一次。

徐达追问重八与马氏在胡同里到底都干了些什么事情。重八回答道："没干什么事情，只和她亲了一会儿嘴。"

徐达不相信，像重八这样的人，不会只满足与一个女人亲亲嘴就完事的。重八言道："你要是不相信，可以去问大小姐。我和她除了亲嘴之外，别的什么事情也没干。"

徐达当然不会去问马氏，但看重八十分认真，徐达便知道重八说的肯定是实话。事实是，重八和马氏接吻的时候，马氏的身子软软的，就倒在重八的怀里，重八确实想过再顺便干些别的事情，但最终重八克制住了自己。重八以为，第一次同马氏约会，事情不能干得太多，应该一步步地来。

所以，当徐达问重八准备什么时候同马氏第二次约会时，重八回答："几天以后吧，不能那么性急。"

这一回徐达明白了："大哥，几天以后，那大小姐就又想你想得受不了了。"

大概是三天之后吧，重八又派人去约会马氏。这一次他派的是周德兴，还是老时间，还是老地点。

吻了马氏之后的三天内，不知怎么搞的，重八老是想去见马氏，见不到马氏，心里就空落落的。

老时间终于到了，重八迈着悠悠闲闲的步子朝着老地方走去。按重八的心情，他恨不得一步就跨进那条死胡同里；但重八不仅步子迈得悠闲，脸上的表情也十分地悠闲，谁也看不出来他正要去做一件很不悠闲的事情。

第一次约会，重八迟到了，所以这一次重八去得很早。然而，重八还没走到胡同口，就看见周德兴正装模作样地在胡同口附近转悠呢。周德兴既然来了，那就说明马氏已经到了死胡同里边。重八顾不得同周德兴打招呼，只用目光重重地看了周德兴一眼，就飞快地闪进了死胡同。

闪进死胡同之后，重八便甩开大步狂奔起来。重八正跑着呢，那马氏迎上来，重八收脚不住，就一头撞在了马氏的身体上。可能是重八撞得太猛了吧，马氏忍不住地发出了一声非常短促的"啊"字。

也就发出了那么一声"啊"字，然后就没有多少声音了。重八跟马氏死死地抱在一起，什么也顾不上说，只顾用自己的嘴唇舌头和牙齿，在对方的脸上拼命地亲着，亲得对方的脸上到处都是唇印。

吻了几个回合之后，真正的黄昏也就来到了。渐渐地，重八管不住自己的双手了，所以他的左手在马氏的衣裳外面摸着，右手却悄悄地向着马氏的衣裳里面探去。

重八的右手触到马氏腰了，马氏好像浑然不知。重八的右手只要再向上一爬，就能够真真切切地爬到马氏的胸上了。但重八没有这么做，他的手刚一碰到马氏腰间的肌肤，就迅速地缩了回来。

重八之所以缩回右手，是因为他觉得自己不能再这样抚摸马氏了。如果自己的手伸到她的衣裳里，那接下来自己恐怕就把持不住了，在这个死胡同里干那种事情，万一被人发现了，那就躲也躲不掉赖也赖不掉，再传到郭子兴的耳朵里，那这"好事"就只能变成坏事了。所以重八缩回了右手之后，马上扶正马氏的身体，对着她的耳朵言道："大小姐，天快要黑了，你也该回去了。"

天确实快要黑了，马氏也清醒过来："是呀，重八，我应该回去了。"

和马氏第二次约会之后，重八把徐达、周德兴、汤和召到一起，直截了当地言道："兄弟们，我要和大小姐睡觉。"

汤和笑嘻嘻地言道："大哥，这事就交给我办好了，我保证为大哥和大小姐找一个既宽敞又安全的地方。"

重八和马氏的第三次约会，是在一个午后，距第二次约会又整整隔了三天时间。这天上午，汤和走进了郭子兴的元帅府，找了一个理由见到了马氏。汤和对马氏道："我大哥要见你。吃过中饭后，我在元帅府门口等你，你只要跟在我后面走就行了。"

刚吃过中饭，马氏就迫不及待地朝元帅府门口走。走到元帅府门口，马氏看见，那汤和果然在不远处。汤和看见马氏出来，也不说话，转身就走。马氏心领神会，立即就跟在了汤和的身后。

走了一段大街道之后，汤和拐进了一条巷子，马氏跟了进去。汤和在前面走，马氏在后面跟。马氏正走着呢，冷不丁地从旁边冲过来一个人，将马氏拦腰抱起。马氏大吃一惊，不自觉地就又发出了一声非常短促的"啊"。随后，马氏便立刻欣喜若狂起来，因为将她抱起的人，正是重八。重八抱起马氏之后，朝着回过身来的汤和使了个眼色，然后就将马氏抱进了小巷边上的一间石头房子。

这间石头房子非常小，还破烂不堪，真不知道汤和是怎么找着的。在石头房子的一个拐角处，铺了一层厚厚的草，草上面铺着一块又破又旧的布片。这草和布片也是汤和事先备好的。

重八轻轻地将马氏放在了那块破布上。实际上，重八是和马氏一起倒在那层草上的，只不过重八没有直接碰到草，他是趴在马氏的身上了。

马氏有些害羞和惶恐，所以就一动不动地摊开四肢躺在草垫上，闭着眼，还屏住气。而重八就不同了，虽然他只在皇觉寺里和大凤睡过几个晚上，但大凤教会了他许多床上功夫和技巧，所以，同当时的马氏比起来，重八就算得上是一个有丰富床第经验的男人了。

夕阳西下的时候，重八和马氏恋恋不舍地离开了那间石头房子。离开前，重八对马氏道："我是一定要娶你做老婆的。你有机会，就同郭夫人说说这事儿，但不要讲我们今天干的事。等你说得差不多了，我再去找郭夫人谈。如果郭夫人同意了，那我们的婚事也就八九不离十了。"

马氏郑重地答应了重八。这以后，马氏和重八又在那间石头房子里见了几次面。随着偷欢次数的增加，重八和马氏之间的感情也一点点地加深。

在重八和马氏忙于偷欢期间，濠州城内发生了一件不大不小的事情。郭子兴的夫人张氏，有一个弟弟叫张天祐，一直是郭子兴的手下，因为没有立下什么功劳，所以郭子兴不便怎么提拔他。然而有一天，张天祐出城巡逻的时候，撞见了一支近千人的土匪武装。这支土匪武装本就是来投奔红巾军的，但郭子兴却把这份功劳记在了张天祐的头上。于是张天祐摇身一变，由一名普通军官升至大将军，位次排在郭子兴、郭天叙之下，比郭天爵还要高一级，坐了郭子兴部队里的第三把交椅。

张天祐升为大将军的事情，重八没怎么太注意，也不怎么感兴趣。重八感兴趣的是，马氏来告诉他，她已经问过郭夫人了，郭夫人同意了她和他的婚事；而且他重八也曾斗胆找过郭夫人，郭夫人确实当着他的面点下了头。只不过，光郭夫人点头还不行，得郭元帅也点头，他和马氏的婚事才能算是真正有着落。

张氏是在一个晚上同郭子兴谈起重八和马氏的事情的。那晚，郭子兴很高兴。于是他叫张氏陪他喝酒，酒喝得差不多之后，他便叫张氏陪他到床上玩耍一会儿。

张氏见郭子兴高兴了，便急切地把马氏想嫁给重八的事情对郭子兴说了。郭子兴虽有一丝不愿意，但承受不住爱妻的央求，便也同意了这门亲事。

翌日，郭子兴把重八叫到家中问道："我已作出决定，把大小姐嫁给你为妻，你可愿意？"

重八慌忙站起，双膝一弯，就跪在了郭子兴的面前，口中还深情地言道："重八何德何能，竟蒙元帅如此厚爱……重八父母早亡，如果真的能与大小姐结为连理，那元帅和夫人便是重八的再生父母。"

重八毕竟上过私塾，说起话来也有点文绉绉的味道。他又磕头言道："岳父大人在上，受小婿重八一拜！"

重八这一改口，郭子兴还真的很高兴，连忙将重八挽起来，看着重八坐下，然后乐呵呵地言道："你马上就要成为我的女婿了，老是重八、重八的叫小名儿不太雅，所以我昨天考虑了一晚上，给你起了一个大名儿叫元璋，还起了一个字儿叫国瑞，你可喜欢？"

如果不是郭子兴就站在重八的面前，重八恐怕又要磕头了。虽然重八没有磕头，但还是欠了欠身体道："岳父大人给小婿赐名赐字，小婿哪有不喜欢的道理？"

这样一来，重八从此就姓朱名元璋字国瑞了。郭子兴哈哈一笑道："元璋，我找人算了一下，后天便是黄道吉日，你和大小姐就在后天把婚事办了吧。"

朱元璋和马氏的婚事是在1352年的夏天举办的。当时，朱元璋二十五岁，马氏二十岁。朱元璋来到濠州城只短短几个月，便由一名普通的士兵摇身而成郭子兴元帅的乘龙快婿，这变化不能说不大。尽管郭子兴的两个儿子、一个女儿及小舅子张天祐等人都极力反对这门婚事，但郭子兴拍板的事情，他们也是无力改变的。

婚事办得很简朴，把马氏的闺房稍稍装饰一番，就成了新房了。不过婚事办得又很热闹，濠州城内红巾军中几乎所有的军官，包括孙德崖、俞老大、鲁老二、潘老三四位元帅，都参加了朱元璋和马氏的婚礼。连徐达、周德兴、汤和三人，仗着与朱元璋的特殊关系，也受到了郭子兴的热情邀请。

问题就出在这个热闹上。本来，朱元璋在酒席间虚应一番之后便可以回新房与马氏共度良宵了，然而，郭子兴却偏偏把朱元璋拉到了自己的身边，叫朱元璋陪孙德崖等人好好地干上几杯。郭子兴此举也许是出于对朱元璋前程的考虑，让朱元璋借此机会与孙德崖等人联络联络感情。但是，孙德崖等人都是粗人，喝酒从不用杯，只用碗，这就苦了朱元璋。朱元璋还没说上两句诸如"元璋不会饮酒"之类的话，那郭子兴的阔脸就足足拉了有好几尺长。朱元璋没办法了，只得一咬牙一横心，同孙德崖等人一连干了十大碗酒。干完之后，朱元璋头重脚轻，站都站不稳了，郭子兴这才放朱元璋离开。

徐达等人见朱元璋已经喝成这副模样了，都劝朱元璋回新房休息。郭惠和张天祐迎面走了过来。那郭惠在离开时，明明白白地说了一声"丑八怪"。"丑八怪"三个字说得很轻，轻到徐达等人好像都没有听真，但朱元璋却真真切切地听到了，并且从耳朵一直听到了心坎里。

朱元璋的一口气足足憋了有一盏茶的时间之后，裹着浓浓的酒味终于冲出了双唇："今生今世，我一定要把郭惠弄到手！不把郭惠弄到手，我就不姓朱！"

朱元璋这话，把徐达等人吓得直打哆嗦。这话要是让郭子兴一家人听到了，那还了得？徐达赶紧架着朱元璋向前走，可走了没多远，就听汤和低低地道："郭元帅来了……"

郭子兴脸色铁青，双目喷火，大步走近朱元璋之后，一手揪牢他的衣领，另一只手抡圆了，"啪啪啪"地一连甩了朱元璋五六个耳光。朱元璋本来就晕头转向了，五六个耳光甩过之后，自然就更加分不清东南西北了。

郭子兴怒吼道："捆起来！关起来！"

汤和忧心忡忡地问徐达道："二哥，我们现在该怎么办？"

徐达还比较冷静："三弟、四弟，我们不要慌。大哥虽然冒犯了郭元帅，但不是故意的，是酒后胡话，起码不会有什么性命之忧。我想，我们现在应该做的，一是去通知郭大小姐，二是去查一查大哥究竟被关在什么地方。"

朱元璋就被关在郭子兴元帅府的一间空房子里。空房子的门口有四个兵丁把守着。对朱元璋和马氏的婚事，郭子兴本来就不想同意的，只是由于夫人张氏从中极力劝说，郭子兴后来才改变了主意，但心中对朱元璋却依然不很快活。这一回，当有人向他密报，说朱元璋在大庭广众之下赌咒发誓"不把郭惠弄到手我就不姓朱"，郭子兴心中对朱元璋的那种"不很快活"就立即变成了一种冲天的怒火。

张氏虽然对朱元璋的胡言乱语也很生气，但她同时又以为，这是因为朱元璋酒喝多了，不然是不会说出那种疯话的。她对郭子兴道："有的人的确会酒后吐真言，但有的人酒喝多了，大脑失去控制，连自己说什么都不知道。"

郭子兴回答张氏道："朱元璋就属于那种酒后吐真言的人。他嘴里说的话，就是他心里所想的东西。"

依郭子兴的意思，最好是把朱元璋杀死，或者将朱元璋打出濠州城永不许回来。张氏虽然知道郭子兴正在气头上，多劝也没用，但还是竭力阻止郭子兴不要杀害朱元璋也不要撵朱元璋走。张氏的意思是，马氏已经和朱元璋成过亲了，如果朱元璋不在了，那马氏就成了寡妇了，这样也会让孙德崖他们看笑话。郭子兴一般很乐意听夫人的意见，便问张氏打算怎么处置朱元璋。张氏说："朱元璋说的话，也不一定就是他心里想的。我以为，就先把他关上一段时间，以后再决定怎么处置他。"郭子兴同意了，但同时强调说："你以后不要劝我把朱元璋放出来。你就是劝了，我也不会同意的。"张氏笑笑，不再言语。

徐达三人整天皱着个眉。汤和苦着脸问徐达、周德兴道："二哥、三哥，我们到底该怎么办啊？大哥老是被关着，究竟要关到什么时候才能放出来？如果永远不放，大哥岂不是要被活活地关死？"

徐达恨恨地言道："我们先等几天看看，如果大哥老是不放出来，我们就冲进去救了大哥然后打出濠州城去！"

周德兴、汤和都同意徐达的话。若依汤和的意思，最好马上就去救朱元璋。后来这事儿不知怎么被朱元璋知道了，朱元璋就想方设法地托人带信给徐达等人，叫徐达等人千万不要轻举妄动，说自己不会出什么大事的，一定会有人千方百计地来救他。徐达等人接到朱元璋的口信后略略有些心安。因为徐达等人知道，朱元璋口中的那个"有人"便是朱元璋正儿八经的妻子——马氏。

马氏是从汤和的口中得知朱元璋被郭子兴抓起来了又关起来了。汤和只告诉马氏这件事情的结果，并没有告诉她朱元璋为什么被抓。马氏听说朱元璋被抓后，差点晕了过去。她清醒过来后的第一个念头就是：看朱元璋去。可那时的朱元璋，不知是真的大醉了还是借醉卖乖，倒在那间空房子里呼呼大睡。马氏仗着"郭大小姐"的身份，于当天晚上就见到了朱元璋，可不管她怎么呼喊，甚至用手去费力地推搡，朱元璋也没有"醒"来，急得马氏的泪水一个劲儿地在眼眶里直打转。要不是看到和听到朱元璋还在均匀地打呼噜，她肯定以为朱元璋早已经醉死了。尽管如此，马氏离开朱元璋的时候，双眼也红肿得让胆小的人感到害怕。

马氏就睁着那双又红又肿的眼睛去找养母张氏。张氏问马氏是否知道朱元璋被关起来的原因。马氏不知道，摇了摇头。张氏就把事情的前因后果对马氏说了。马氏听了，好半天没有吱声。张氏对马氏言道："朱元璋那小子，刚和你结婚，却又说出那样的混账话，关上他几天，也算是对他的惩罚！"

马氏却言道："元璋虽然那么说了，却未必是那么想的……我刚才去见他，他已经醉得不省人事了。醉得那么厉害，说上几句胡话不是正常的吗？父帅为何要把胡话当真话呢？"

马氏的话，张氏多少也有同感。张氏微微叹息道："你父帅这么做是为你好。万一，朱元璋说的不是胡话而是真话呢？"

马氏的回答，差点让张氏目瞪口呆。马氏是这样回答的："就算朱元璋说的是真心话，也没有什么不正常的地方。惠妹长得那么水灵那么漂亮，哪个男人见了不动心？元璋只不过是喝多了酒，把许多男人只敢在心里想不敢在嘴上说的话说出来而已，这又有什么不正常的地方？"

张氏像不认识马氏似的盯着马氏看了好一会儿，末了，她爱怜地摸着马氏的手言道："朱元璋那小子能有你这样的贤妻，真是他前世修来的福分啊！"

马氏才不关心什么"福分"不"福分"呢，她只关心朱元璋。她摇动着张氏的手央求道："你去跟父帅说说，元璋无罪，不应该关起来，应该马上放出来……"

张氏缓缓地摇了摇头："你父帅现在正在气头上，怎肯放他出来？"

马氏第二次见到朱元璋的时候，他正睁着眼睛坐在地上。他不能老是装醉，再装醉就没人相信了。看到马氏走进来，他的双眼一下子就红了，似乎要哭，只是没有泪水流出来。不过，在马氏看来，他这种欲哭而未哭的模样，好像比他真的哭起来还要令她痛心。

于是马氏赶紧走到他身边，蹲下来，也红了眼圈道："元璋，你什么都不要说，我全知道了，我也不怪你，那不是你的错……"

但朱元璋还是说出了话，他认为，在这种时候，是应该要对马氏说点什么的，而且话不要说得太多，只要说到位就可以了。所以他就眼睛一眨不眨地望着马氏的双眼道："我对不起你……我不该喝那么多的酒，更不该说那样的胡话。我……的确是罪该万死！"

说着说着，朱元璋还"啪啪"地甩了自己两记耳光，真的是好一副痛心疾首的模样。只不过，他的巴掌虽然抽在他的脸上，却是疼在马氏的心坎里。她生怕他还要抽自己的耳光似的，赶紧攥住他的双手，急急地言道："你不要这样……我说过了，我没有怪你，你也没有什么错……"

他双手一带，她的身体就自然而然地倒在了他的怀抱里，他趁势将她紧紧地搂住。看他搂得那么紧那么有力，好像在这大千世界上，只有马氏一个女人才是他朱元璋的真爱。

马氏显然从他的双臂和怀抱中感受到了一种莫大的情意和温暖，她动情地言道："元璋，你千万不要急……要不了多久，父帅就会把你放出来。"

朱元璋说："我不急，我也不担心我自己。我担心的……只有你。万一我有个什么三长两短，你以后……该怎么办呢？"朱元璋的话中充满了温情，他故意在说话的时候把一股股热乎乎的气息哈在她裸露的脖颈处。

马氏受不住了，猛然翻过身来，一下子抱住了他的头，热辣辣地言道："元璋，你放心，我一定会救你出来……"

朱元璋放心了，他知道，她既然这么说了，就一定会这么做的。若不是门外有几个兵丁在不时地伸头探视，他真想就在这里与她好好地亲热一回。

可以说，朱元璋也好，马氏也罢，都把这件事情看得有些简单了。他们都以为，顶多三五天，郭子兴就会把朱元璋放出来。然而，三天过后，朱元璋便感到事情不是那么简单了。他不仅没有被放出来，而且还被断了饮食。

从一天早晨起，朱元璋开始吃不到饭了。朱元璋饿了，便问门外看守的兵丁这是怎么回事。兵丁告诉朱元璋："奉二小姐之命，从今天起停止供饭。"事有凑巧，那天早晨马氏随张氏一起到城外去了，直到傍晚才回来。她一回到濠州城里第一件事情就是去看朱元璋，当走进那间空房子的时候，马氏吓了一大跳：朱元璋斜斜地躺在地面上，口里直哼哼。

朱元璋很饿当然是事实，但口里直哼哼却是故意做给马氏看的。马氏不明就里，急奔到朱元璋身边，一边伸手去摸他的额头一边慌慌地问道："元璋，你这是怎么了？是不是生病了？"

因为肚中饿得紧，朱元璋就是不装假，说出来的话也会是有气无力的："我没生病……我一天都没吃饭了。"

马氏连忙问是怎么回事，朱元璋哼哼唧唧地言道："我得罪了二小姐，二小姐就下令不许我吃饭……她是想报复我，要把我活活地饿死……"

马氏赶紧道："元璋，你坚持一会儿，我这就去给你拿吃的。"

马氏急急地奔出了屋子，她要先拿点东西去给朱元璋垫肚子。然而，马氏没有想到的是，当她带着吃的东西重新走回那间空屋子时，几个看守的兵丁却拦住了她的去路。一个兵丁言道："大小姐，你进去看朱公子可以，但必须把带的东西留下。"另一个兵丁言道："请大小姐不要怪我们，这是二小姐对我们下的死命令。如果我们不执行，二小姐肯定会重重地惩罚我们的！"

马氏一点儿也没敢耽搁，立即慌不择路地去找张氏。见了张氏的面，她就号啕大哭起来。她一边哭一边还哽咽地言道："元璋一整天都没吃饭了……已经饿得没有人样了……再饿下去，我就只能看到他的尸首了。"

马氏如此痛哭，张氏也感到十分地揪心，自己的眼泪都差点被马氏的泪水勾出来。张氏走过去，一边为马氏抹眼泪一边承诺道："你父帅会同意的。他就是不为元璋着想，也会为你着想的……孩子，你放心，元璋明天就会获得自由。"

第二天早晨，郭子兴就下令让朱元璋恢复了自由。

不过，郭子兴虽然释放了朱元璋，但对朱元璋已经抱有了一种成见，或者说，他对朱元璋已经不很信任了。这有两点可以证明。一是，朱元璋被释放出来之后，郭子兴在离元帅府不远的地方找了一个小院落让朱元璋和马氏去住。第二点，朱元璋刚一被放出来，郭子兴就撤了他的亲兵九夫长一职，改任一个巡逻小队的小队长。

对此，朱元璋好像并不是太在意。他在意的是，他酒后所吐的那句真言，究竟是谁向郭子兴告的密。故而，他被释放后所做的第一件事，就是叫徐达、周德兴、汤和去调查。不几天之后，调查的结果出来了：向郭子兴告密的那个人是王二狗子。当时朱元璋阴阳怪气地说了这么一句话："王二狗子的狗胆好像越混越大了。"

不管怎么说吧，朱元璋自搬离了郭子兴的元帅府之后，倒着实过了一阵子既安稳又舒适的日子。每天，他带着手下到城外巡逻完后，等着他的，总是马氏那张极其温柔的脸蛋和一桌香喷喷的饭菜。饭菜虽不很丰盛，却是马氏亲手做成。而到了晚上，朱元璋则又可以尽情地在马氏这里猎取男人的快乐。朱元璋在那段时间里，过得还是十分舒心的。有马氏相伴，朱元璋体味到了一种家的感觉。

朱元璋过得舒心了，当然不会忘了徐达、周德兴、汤和。他们是兄弟，是朋友，有福同享，有难同当。所以，隔三岔五，朱元璋就会叫马氏多做点好菜，把徐达等人叫到家里来相聚。马氏本来就与徐达等人很熟，加上现在有来有往的，马氏与徐达等人之间，也相处得异常融洽了。四周没什么战事，郭子兴和孙德崖等人的矛盾似乎也淡化了，整个濠州城便如同朱元璋一样，显得十分平静。只是这种平静并没有维持多久，朱元璋也好，濠州城也罢，没有多久便又重新陷入了一种非常不平静的环境当中。

　　邳州（今江苏省邳州市）人芝麻李与彭大、赵均用等八条好汉一夜之间占了徐州城之后，影响非常大，方圆数百里之内的贫苦百姓，成群结队地赶到徐州城来投奔芝麻李。没过多久，芝麻李的手下便有了一支十多万人的队伍。他除了派遣郭子兴等人南下攻取了濠州城之外，还肆无忌惮地带着彭大、赵均用等人在徐州城周围攻城掠寨。一时间，以徐州城为中心，方圆数百里的范围内，都成了芝麻李所率的红巾军的天下。元朝统治者受不了了，于这一年（1352年）的九月，派当朝丞相脱脱为统帅，领兵三十多万，突然包围了徐州城。芝麻李、彭大和赵均用等率众拼命抵抗，终因寡不敌众，徐州城被脱脱大军攻破。城破之时，芝麻李表现出了一种舍己为人的英豪之气。他自己带一部分人向东突围，拖住敌人，而让彭大、赵均用率众向南冲出包围。最后，彭大、赵均用领数万红巾军打开徐州城南门，冲出了敌人的包围圈，而芝麻李却兵败后被杀。

　　芝麻李死了，彭大和赵均用却比较顺利地带着五六万残兵败将逃到了濠州城里。彭赵二人虽然都是同芝麻李一起大闹徐州的好汉，但各自的性格却不大相同。彭大为人耿直，性格粗犷，和郭子兴有许多类似之处。而赵均用却属于那种小肚鸡肠的男人，喜欢玩点子，还看不起别人。按常理，彭大、赵均用是不可能在一起好好相处的，只是因为原来有一个芝麻李在上面罩着，二人虽然是神离，但看起来却也貌合。而现在芝麻李兵败身亡，彭赵二人还能做到貌合神离吗？

　　由于彭大、赵均用是和芝麻李一起举事的，在红巾军里的名望很高，更主要的，他们带来的虽然是败兵，但人数众多，差不多是濠州城里红巾军的两倍，所以郭子兴、孙德崖、俞老大、鲁老二、潘老三五个元帅不敢怠慢，恭恭敬敬地打开城门，列队将彭大、赵均用迎进城去。这样一来，濠州城里就不是郭子兴、孙德崖等人说了算了，彭大、赵均用成了濠州城的新主人。

　　本来，濠州城内的红巾军分为两个派别，郭子兴一派，孙德崖、俞老大、鲁老二、潘老三一派。郭子兴处于劣势。彭大、赵均用来了之后，濠州城内的红巾军很快又形成了两大阵营。郭子兴与彭大早就认识，又脾气相投，自然站在了一边。孙德崖等人与赵均用勾结在了一起。两大阵营明争暗斗，火药味十足。

　　这种状态是在1352年的冬天被打破的，原因是，据侦察，元军正在向濠州城方向开来。

　　元军就要开来，濠州城内顿时陷入一种紧张和慌乱之中，原先种种内部矛盾和冲突马上就退到次要的位置。濠州城内红巾军的头头脑脑们，暂时把个人的恩恩怨怨搁了一边，而团结起来，集中所有的力量，去对付元军即将到来的侵犯了。

　　再说元朝丞相脱脱，一鼓作气攻下徐州、捕杀芝麻李之后，又连下汝宁等地，使徐州一带的北方红巾军遭到重创，一时好不得意。为扩大战果，脱脱就派部下贾鲁领兵十八万，进逼濠州。脱脱对贾鲁言道："不管花多长时间，也不管花多大的代价，你一定要把濠州城的红匪统统歼灭！"

贾鲁向脱脱保证道："如果拿不下濠州城，我就不回来见丞相大人了！"

贾鲁是进攻濠州城的元军统帅，副帅叫月阔察儿，是元廷中的枢密院事。俩人别了脱脱，领兵一路南下，很快赶到了濠州城下。贾鲁即刻下令：把濠州城包围起来！

元军有十八万之众，是濠州城内红巾军人数的两倍还多。贾鲁的意图是：我不需要主动进攻，只需把你濠州城团团包围，待围得城内弹尽粮绝之时，濠州当不攻自破矣。

但贾鲁没想到的是，濠州城内的粮草相对来说十分充足。彭大一到濠州城就着手做了两件事：囤积粮草和加固城防。所以，贾鲁率军整整围困了一个多月，但濠州城内的红巾军连一点点投降的迹象都没有。

于是贾鲁决定主动进攻。他从东、西、北三个方向佯攻，又集中八万兵力猛攻濠州城的南门，企图一举从南门突进濠州城。镇守濠州城南门的是郭子兴的万余兵马和彭大的一万多手下。彭大见情形危急，忙着向赵均用等人求援。赵均用、孙德崖等人此时也不敢懈怠，急急地从各处拼凑了近两万人赶到南门支援。尽管红巾军和元军相比人数过少，但仗着城墙高大，元军的石炮弓箭等几乎起不了什么作用，所以，双方激烈地厮杀了三天三夜后，贾鲁只得下令鸣金收兵。

与贾鲁一筹莫展的情况几乎截然相反的是，濠州城内的红巾军却显出了一种十分高兴的情形来。彭大、赵均用、郭子兴、孙德崖等人都以为找着了破敌的好办法：就这么守着，不主动出击，也不主动突围，看你贾鲁能把我们围多久。

整个冬天，贾鲁和月阔察儿命令军队向濠州城猛攻了十多次，可除了在城外留下上万具尸体外，几乎毫无收获。濠州城依然矗立在眼前，贾鲁和月阔察儿也依然只能在城外徘徊。月阔察儿对贾鲁言道："大人，我担心，我们是很难攻下濠州城了……"

贾鲁决定孤注一掷了，十多万元军扛着数百架云梯，从四面八方，向濠州城发动了最为猛烈的一轮进攻。贾鲁骑着一匹快马，不停歇地在濠州城外绕来绕去，亲自督战。谁懈怠、谁进攻不力，他定斩不饶。贾鲁这种严酷的督战方法，也着实起到了明显的成效。有好几次，元军从不同的地方都攻上了城墙，甚至有一次，一股元军还从东边攻进了城里，只不过，最终攻上城墙的元军又被打了下去，而那股攻进城里的元军也被一个不剩地消灭了。但是，贾鲁却从中看到了希望。他高兴地对月阔察儿言道："照这样攻下去，不出三五天，濠州必破！"

贾鲁的估计应该是正确的，因为濠州城内红巾军伤亡过半，最主要的是，城内囤积的粮草已经用完。无论是彭大、赵均用，还是郭子兴、孙德崖等人，都没有想到元兵能把濠州城围困达半年之久。换句话说，贾鲁不需再发动进攻了，只需把濠州城再围上个十天半月，城内的红巾军就很难再坚持下去了。但贾鲁不知道城内的情况，只命令军队拼命地往城墙上爬。

彭大、赵均用、郭子兴、孙德崖等人都意识到了情况的危急，他们在战斗的短暂间隙里凑到一起商议对策。商议的最终结果是，暂时就在城里守着，实在守不住了，就各找门路逃生。

红巾军的头头脑脑们都在想着如何逃生的问题了，那红巾军的普通官兵们就更是无心恋战。比如朱元璋四兄弟，早就在为自己的退路着想了。打贾鲁在五月份发动最后一次攻势起，朱元璋就开始盘算自己四兄弟的后路。他叫汤和秘密藏起四匹快马，预备城破之后兄弟四人骑着马冲出城去。

那几天，濠州城内至少已处于一种人心惶惶的状况了。只要贾鲁的元军再猛攻几次，濠州城应该说必破无疑。然而，就在濠州城将破未破之际，情况却发生了突变。

贾鲁已经一连好几天没有睡觉了，所以头开始疼了，心也开始痛了，但他强撑着，依然骑在马上不停地在濠州城外奔跑。贾鲁如此了，月阔察儿自然不敢闲着，硬打起精神跟在贾鲁的身后。

这是一个下午，贾鲁和月阔察儿等人来到了濠州城的东边。这里的元军刚刚发动过一次进攻，正一边调整一边准备发动新一轮进攻。贾鲁问清了这里的元军还有两万多人后，对月阔察儿命令道："这一次进攻，由你指挥！只要还能站起来的人，统统投入战斗！"

月阔察儿没法子，只得亲自带着两万多元兵对濠州城的东城墙发动了新的攻击。守卫东城墙的红巾军头领是赵均用。拼命地抵抗了一阵之后，看着一个又一个元兵陆陆续续地爬到了城墙上，赵均用慌了。他知道再也抵挡不住了，便带着百多人的卫队准备伺机逃跑。可就在这当口，有人跑来向他报告，说是元军突然撤了，而且是全线撤退。赵均用就感到纳闷了，这究竟是怎么回事呢？

原来，问题出在贾鲁和月阔察儿的身上。月阔察儿指挥着两万多元军一点点地攻上了濠州城的东城墙，贾鲁眼看攻城就要得手，不知是因为太高兴了，还是因为太过劳累诱发了体内某种疾病，他只觉得眼前一黑，就从马背上摔了下来，而且摔下来之后，身体就再也不能动弹了。月阔察儿闻知此事后，心中暗喜，不禁自己跟自己嘀咕道："贾鲁啊贾鲁，你对丞相大人许下的诺言，如今也算是兑现了，我可以代你回去向丞相大人交差了！"

贾鲁死了，被围了达半年之久的濠州城总算是脱离了险境。虽然红巾军将士折损过半，但红巾军的主要头领们却安然无恙，包括那些头领们的亲人，也包括朱元璋四兄弟。尽管城内粮草奇缺，许多人很难再找到东西填肚子，但也还没有发生饿死人的事情。元军刚一撤围而去，大批存活的红巾军战士就自发地出城去筹集粮食。

数天之后，濠州城内有些平静了，彭大、赵均用、郭子兴、孙德崖等人便坐下来开会了。这也可以算作是一次军事会议。会议的主要内容是，讨论在这次守城的战斗中，谁的功劳最大。最后，经过商量讨论得出结果：在这场保卫濠州城的战斗中，赵均用和彭大的功劳相比其他人都大。至于郭子兴、孙德崖等人，虽立下了汗马功劳，但功劳不是最大。

既然立下了最大功劳，那就应该得到最大的封赏。可在濠州城内，彭大、赵均用的地位是最高的，无人可以给他们封赏。于是，在经过了认认真真、反反复复地思考之后，赵均用突然有一天对着全城的红巾军将士宣布，从现在起，他就不是什么"将军"了，而是"永义王"了。他赵均用既然是王爷了，彭大当然不甘示弱，也在一个阳光不很明媚的日子里宣布自己为王，号"鲁淮王"。这样，被战争搞得乱七八糟的濠州城里，便有了两座庄严堂皇的王府。而郭子兴、孙德崖等人，因为功劳不大，所以仍然当着元帅，接受"永义王"和"鲁淮王"的辖制。

对赵均用和彭大相继称王的事，郭子兴不很快活，也不很在意，他在意的是另外一件事。这件事情，郭子兴老是记挂在心里，只是不便说出来。后来，还是张氏主动提及的。那是个晚上，郭子兴在张氏温情脉脉的陪同下喝了一壶酒，喝得双目含情、浑身发烫。张氏便挽着他的手一起走到了床上，她使出了浑身解数，侍奉得郭子兴简直乐不可支。张氏趁郭子兴高兴了，便逼着他答应了提携朱元璋。

郭子兴叫朱元璋回孤庄村一带招兵买马。朱元璋很听话，领着徐达、周德兴、汤和等人大模大样地开进了孤庄村。招兵买马的事情很顺利，红巾军大旗一打，许多饥寒交迫的老百姓就纷纷地围在了朱元璋的身边。这其中，有不少都是朱元璋儿时的伙伴。短短几天工夫，朱元璋就为郭子兴招得了一支近千人的武装。后来听说二老爷刘德正带着一千多家丁朝孤庄村开来，朱元璋才匆匆忙忙地返回了濠州城。

朱元璋这边刚一返回濠州城，郭子兴那边就在元帅府内召开了一个军事会议。郭子兴在会议上郑重宣布：朱元璋招兵买马有功，由巡逻小队长升为镇抚。至此，朱元璋才真正明了郭子兴叫他去招兵买马的含义。

"镇抚"一职，在郭子兴军中，其地位仅次于郭子兴和郭天叙。也就是说，朱元璋已经取代了张天祐，坐了第三把交椅了。这着实让朱元璋及徐达等人高兴了好一阵子。

朱元璋做了镇抚之后没多久，红巾军得到情报，说是孤庄村的那个二老爷刘德，在贾鲁的元军围攻濠州城的时候，曾帮助元军运送过粮草。红巾军很气愤，于是"鲁淮王"彭大和"永义王"赵均用就把郭子兴、孙德崖等五大元帅召到一起开会，商议要给那刘德一次致命的打击。会上，赵均用率孙德崖等四大元帅一致推举由郭子兴派兵去攻打刘德。郭子兴心中虽然不快，但最终还是同意了。

朱元璋得知此事后，主动向郭子兴请战。郭子兴问朱元璋需要多少兵马，朱元璋回答："只要一千人。"郭子兴十分惊讶，但结果是，朱元璋四兄弟以伤亡不到一百人的代价，几乎全歼了刘德的一千余人的地主武装，还俘虏了数百人，缴获了大量财物，只刘德趁乱溜了。郭子兴当面夸赞朱元璋道："你的指挥才能，已经超过了我！"

不久，郭子兴便以朱元璋"军功卓著"为名，再一次提拔朱元璋：由镇抚升为总官。

"总官"一职，理论上说，应该是一支部队当中的最高长官，但实际上，朱元璋是在郭子兴手下供职，官职再高，也高不过郭子兴。但不管怎么说，朱元璋的地位，不仅超过了郭天爵和张天祐，而且已经超过了郭天叙。

郭子兴如此器重朱元璋，朱元璋理应高兴。但朱元璋好像并不是十分开心，甚至有时还显出一种闷闷不乐的表情来。这是为什么呢？

原来，朱元璋被升为"总官"的那天晚上，马氏特地做了几个好菜犒劳朱元璋，还破例鼓励朱元璋可以稍稍多喝点酒。当然，马氏知道朱元璋的心思，派人将徐达、周德兴、汤和一起叫来作陪。那个晚上，朱元璋的心情很好，同徐达等人一共喝干了两壶酒。吃过饭，徐达等人陪着朱元璋海阔天空地闲聊。兄弟四人无拘无束地谈天说地，气氛自然很融洽。在徐达等人离开的时候，汤和不经意地问了朱元璋一句话："大哥，你现在做了总官，我们是不是就出人头地了呢？"朱元璋的双眉马上就紧锁了起来。

汤和的问话，确实是不经意的，但朱元璋却听到了心坎里。从那天晚上开始，原本高高兴兴的朱元璋，变得有些闷闷不乐起来。

就在这当口，又发生了这样一件事。一天黄昏，张天祐派了一个手下到朱元璋家中来，说晚上张天祐邀请朱元璋到他家里去喝酒。在这之前，张天祐从来没有对朱元璋发出过这样的邀请，所以朱元璋就问那个手下为什么要喊他去喝酒。张天祐的手下解释道："朱元璋升为总官了，张天祐特设家宴表示祝贺。"

朱元璋不能不答应，虽然他现在是总官了，地位比张天祐要高，但张天祐是郭夫人张氏的弟弟，若论辈分，算是朱元璋的长辈。再说，张天祐特设家宴对朱元璋升官表示祝贺，至少听起来是一番好意，朱元璋没有什么充足的理由好拒绝。

朱元璋准时赴宴，张天祐领着郭天叙、郭天爵和郭惠在自己的家门口热情迎接。一开始，不仅一切都很正常，张天祐和郭氏兄弟频频向朱元璋敬酒，随便朱元璋喝多少，他们都不计较，只说是一家人图个热闹，为朱元璋升为总官道贺。更有那郭惠，打扮得花枝招展的，就坐在朱元璋身旁，一边殷勤地为朱元璋夹菜，一边亲热地唤朱元璋"姐夫"。朱元璋嗅着从她身上飘出来的香味儿，听着充满柔情蜜意的"姐夫"，简直都有些飘飘然了。

就在这时，郭惠突然脸色大变，并且迅速地大哭大叫起来。她说："朱元璋的手在我的大腿上乱摸乱捏。"

朱元璋立即就明白是怎么一回事了，他中了他们的圈套了。圈套的起因，朱元璋升为总官，张天祐及郭氏兄妹不满。圈套的目的，张天祐及郭氏兄妹想狠狠地揍朱元璋一顿。

果然，张天祐一声令下，郭氏兄弟就恶狠狠地扑向了朱元璋。看他们的目光，他们是很想把朱元璋揍死的。但最终，朱元璋没有死，而是拖着伤痕累累的身体离开了张天祐的家。在被揍的过程中，朱元璋一直没有还手。

见了马氏，在马氏惊恐的目光中，朱元璋简单而又平淡地叙述了一切，末了问马氏道："你说，我会在那种场合对郭惠做那种事吗？"

马氏坚定地摇了摇头，随即便要去找郭子兴评理。朱元璋拦阻道："评不出个结果来的。他们人多，我们人少，我老丈人会听谁的？就算我老丈人会听我们的，又能把他们怎么样？"

马氏很是痛苦地问道："这事……难道就这么算了吗？"

朱元璋答非所问地道："夫人，我现在想见我那几个好兄弟……"

见朱元璋鼻青脸肿浑身都是伤痕，徐达等人大惊失色，忙问是怎么回事。马氏哭哭啼啼地把事情简单地说了一遍，还言道："我叫朱元璋去找父帅评理，可他高低不肯。"

徐达等人是朱元璋的结拜兄弟，对马氏而言，徐达等人也就是亲人了，所以马氏就任着泪水在徐达等人的面前汩汩地流。汤和当即大叫道："大哥，这事儿不能就这么完了。"

周德兴的脸上也露出了少有的激愤之色："大哥，你说吧，叫我们干什么？"

显然，汤和跟周德兴都以为朱元璋叫他们来是想让他们去找张天祐等人算账，只是碍于马氏的面子，他们不好明说。而徐达却比较冷静地言道："三弟、四弟，大哥叫我们来，恐怕不是为了这件事。大哥如果不想忍耐，那些人怎能占到便宜？"

朱元璋点头言道："二弟说对了。我叫你们来，是有些话想问你们。"

徐达等人，包括马氏，都一起望着朱元璋。朱元璋言道："有一回，四弟问我，你做了总官，是不是就出人头地了呢？四弟这话，让我想了很多天。现在，我就拿四弟这话问你们，你们说，我做了总官，是不是真的就出人头地了呢？"

汤和第一个发言："大哥，我认为你没有出人头地，如果你出人头地了，今天又怎么会被人打成这样？"

周德兴想说什么，但看了马氏一眼后又闭了嘴。朱元璋道："三弟，你有话尽管说，不要在意你大嫂。"

马氏连忙站起身道："元璋，如果你们兄弟之间的话我不能听，我就到别处去。"

周德兴赶紧道："不，大嫂，是我太多心了……我想说的是，大哥现在并没有出人头地，即使再升一级，坐上郭元帅的位子，也不能说是就出人头地了，因为还有孙元帅他们，还有彭王爷和赵王爷，大哥说话照样是不算数的。就是郭元帅，不也被孙元帅他们抓去打了一回吗？"

马氏虽没有离开，但也只是坐在朱元璋身边静静地听，并不插话。朱元璋问徐达道："二弟，你是什么看法？"

徐达回道："我的看法跟三弟、四弟的差不多，而且，我还认为，大哥在濠州城永远都没有出人头地的时候！"

马氏被徐达一番话说得不觉把两只眼睛睁得老大。朱元璋喟叹道："二弟，你们说得对呀……我本来想，在这濠州城里，只要好好地干，就一定有出人头地的一天。可现在看来，我全想错了！濠州城里，我究竟能算老几？谁都可以任意地骂我打我，我做这个总管顶啥用？"

一时间，屋里什么声音都没有了。许久之后，朱元璋似乎平静下来了，他轻轻地问徐达等人道："你们说，我们到底怎样才能够真正地出人头地？"

汤和望着周德兴，周德兴望着徐达，徐达望着朱元璋言道："大哥，要我说，我们干脆离开这里，到别处去，自己扯一支队伍自己干。现在到处都乱得很，凭大哥的能耐，我们兄弟齐心合力，说不定就能趁乱闯出一片天地来。"

周德兴接道："我认为二哥说得在理。扯起自己的队伍自己干，至少不需要听别人的摆布。"

汤和皱起眉头问道："二哥、三哥，现在除了元兵就是红巾军，我们几个人能扯出一支自己的队伍吗？"

朱元璋笑了："四弟，我们从没出去干过，怎么知道干不成？再说了，我们只是离开这里，并不是要离开红巾军，只要我们出去后把红巾军的旗帜一打，还怕没有人会来跟着我们干？"

徐达也笑了："大哥，原来你心中早就有想法了。"

朱元璋言道："想法是早就有了，但拿不准，怕自己又想错了，所以找你们来一起商量。现在，我们都认为，在濠州城干下去是不可能有什么大出息了，既然这样，那我们就离开这里。离开是离开，但红巾军的名头不能丢。丢了红巾军这块招牌，我们还是什么事也做不成。所以，我们必须要征得我老丈人的同意，他同意了，我们就扛着他的大旗到外面去招兵买马，扯出一支自己的队伍来。只要我们有了一支自己的队伍，我们还怕谁？"

周德兴问道："我们究竟什么时候离开呢？"

朱元璋回道："在离开前，我们必须要考虑两个问题。一个问题是，我老丈人是否会同意；另一个问题是，我们应该到什么地方去。"

接下来，朱元璋四兄弟就开始仔仔细细地商量在离开前和离开后应该要做哪些事情，一直商量到东方的天空露出了鱼肚白。朱元璋找到郭子兴，说是要扛着岳父大人的旗帜到岳父大人的家乡定远一带去发展，为岳父大人另开辟一块根据地。郭子兴当即表示同意。郭子兴之所以这么爽快，大致有两个原因：一、他在濠州城内的处境很不妙，如果没有彭大的支持，他就无法在濠州城立足，所以朱元璋另外开辟根据地的想法，正合他的心意；二、定远是他的家乡，如果朱元璋真能在那儿立住脚，他郭子兴就可以衣锦还乡了。得知朱元璋要出走的消息，那张天祐和郭氏兄妹自然欣喜万分。

朱元璋走出了濠州城。走出濠州城的，除朱元璋四兄弟和马氏外，还有一支二十人的卫队。这二十人，全部来自孤庄村，而且也全部是朱元璋四兄弟小时候的伙伴，其中就包括那个郭宁的两个哥哥郭兴、郭英。

别看朱元璋离开濠州城的时候连自己连马氏在内只有二十五个人，但没过多久，他的身边就聚集了一支近七千人的军队。原因是朱元璋踏进定远境内后，十分顺利地办成了两件事。

第一件事情：定远境内有一个大庄子叫驴牌寨，寨内共有三千寨丁。朱元璋轻而易举地杀死两位寨主，然后用寨主的令牌收降了所有寨丁。一夜工夫，三千名驴牌寨寨丁就变成了朱元璋领导下的红巾军。

第二件事情：定远城西边十几里地有一个大村子叫冯家庄，冯国用和冯国胜兄弟统治着这个村庄。冯氏兄弟还训练了三千多庄丁，准备在这混乱的世上闯一番事业。恰在这时，朱元璋走进了冯家庄。冯氏兄弟与朱元璋一拍即合，当即表示愿意死心塌地地跟着朱元璋干。这样，冯氏兄弟就成了朱元璋的得力手下，而冯氏兄弟的三千庄丁便也成了朱元璋的红巾军。

几乎是前脚刚出濠州城，后脚就拥有了一支近七千人的军队，朱元璋自然十分畅快。畅快之余，朱元璋便想攻打定远城，进一步发展自己的势力。巧得很，那冯国用、冯国胜兄弟与定远元将李杰素有来往，这便为朱元璋攻占定远城创造了极有利的条件。

定远城内的元军共有万余人，分别由武将军缪亨和文将军李杰统帅。看起来，元军的数量要比朱元璋的红巾军多，但据冯氏兄弟介绍，定远城内的元军，除缪亨手下三千黄巾军较有战斗力外，其余全是乌合之众，不堪一击。更重要的，那缪亨和李杰矛盾甚深，极有可能将李杰争取到红巾军这边来。

　　李杰和女儿李淑相依为命，因为李淑长得美貌，缪亨就想纳李淑为妾。李杰不同意，缪亨便仗着官阶比李杰高，又仗着自己的黄巾军兵强马壮，处处欺凌李杰，还借故砍去了李杰一条胳膊。因为在定远城内很不如意，李杰就和冯氏兄弟交上了朋友。

　　于是，朱元璋叫冯氏兄弟进城去与那李杰接触。接触的结果是，李杰虽不愿意投奔红巾军，但却愿意为朱元璋做两件事。一件事是，李杰保证按时打开西城门；另一件事是，他保证其手下数千元军不与红巾军交战。不过李杰也提出了一个条件，那就是，他要朱元璋占了定远城后，绝对保证他与女儿李淑的生命安全。朱元璋当然笑哈哈地答应了。

　　于是，在一个黎明时分，朱元璋发动了对定远城的攻击。李杰如约打开西城门，朱元璋、汤和及冯氏兄弟率五千人马冲进了城，并直扑城北的武将军府，与缪亨的三千名黄巾军展开激战。缪亨虽然被打了个措手不及，但还是率黄巾军顽强抵抗。直至天色大亮之后，缪亨眼见守城无望，这才慌忙带着数百手下出北城门而逃。谁知，徐达、周德兴正领着近两千人在北城门外等着呢。缪亨走投无路，只得自刎身亡。这样，朱元璋就轻而易举地占领了定远城。

　　拿下定远城之后，朱元璋做了两件比较重大的事情。一件事情是，他替徐达、周德兴、汤和三个人各找了一个老婆；另一件事情是，他自己又找了一个小老婆。

　　朱元璋讨小老婆的事情，似乎出于一种偶然。一天下午，朱元璋带着汤和走进了李杰的文将军府。朱元璋去见李杰，本来是出自好意，想当面感谢一番。没料想，朱元璋这一去，却断送了李杰的性命。

　　李杰的妻子早亡，剩着一个女儿李淑，长得实在是漂亮。漂亮到什么程度？朱元璋只看了她一眼，便得出了这么一个结论：天底下已经有五个最漂亮的女人了，孤庄村有三个，第四个是郭子兴的小女儿郭惠，李淑便是第五个。

　　走出文将军府之后，朱元璋便有了很重的心思。这心思，汤和一眼就看了出来。于是汤和就叽叽咕咕地对着朱元璋说了一番话，说得朱元璋顿时眉开眼笑，还连连夸赞汤和是"天底下最聪明的人"。

　　接下来，便发生了这么一件事。一天夜里，有两个身影蹿进了文将军府。当时，李杰和李淑还没有休息，正在一间屋里拉家常。那两个身影一下子扑到了李杰的身边。只剩一条胳膊的李杰刚觉出情况不妙，就被两把匕首刺中了胸膛，含冤死去。那两个身影正要对李淑施暴的当口，朱元璋和汤和突然走进了屋子。那两个身影显然有些意外，更意外的是，朱元璋和汤和突然亮出两柄短刀将他们给宰了。他们直到死时也不明白这是怎么一回事，因为是汤和叫他们来杀李杰的。

　　跟着便有了这么一种说法，说是武将军缪亨的两个手下，因为痛恨李杰勾结红巾军，所以刺死了李杰，恰好被朱元璋、汤和发现，于是朱、汤二人就当场捕杀了凶手，为李杰报了仇。朱元璋不仅为李杰报了仇，还为李杰举行了一个隆重的葬礼，感动得孤苦伶仃的李淑眼泪直往下掉。

李淑在世上不再有亲人，当然可怜。于是汤和就找到大嫂马氏，用开玩笑的口气，说是朱元璋想要娶李淑为妾，以便好好地照顾她，来告慰李杰的在天之灵。马氏一眼就看出汤和是朱元璋派来的，来试探她的态度。所以马氏就笑眯眯地对汤和言道："转告你大哥，男子汉大丈夫，讨个三妻六妾，也是很寻常的事。"马氏如此开通，朱元璋就得以把天底下最美貌的一个女人尽兴地搂在怀里了。

朱元璋讨李淑为小老婆，知道的人很少。虽然在徐达等人的催促下，朱元璋勉强同意搬进了文将军府，但人们大都只知道朱元璋占了死鬼李杰的屋子，却不知道朱元璋还娶了李杰的女儿，更不知道朱元璋是用什么手段娶了李淑的，连马氏也被蒙在鼓里。

朱元璋和李淑的婚宴是马氏亲手操办的，参加婚宴的只有徐达、周德兴、汤和等寥寥数人。婚宴上，许是高兴的缘故吧，马氏喝了很多酒，但头脑还清楚，婚宴还没结束呢，她就催着朱元璋去洞房与新娘欢聚。朱元璋也没客气，冲着徐达等人拱了拱手，就喜滋滋地跑开了。

看起来，朱元璋真是春风得意。有了一个天底下最美貌的小老婆，还有了一个属于自己的地盘，他朱元璋想怎么样就怎么样，别人谁也无权干涉。然而朱元璋渐渐地疑惑和纳闷起来："难道，拥有一个最美貌的女人，拥有一个小小的定远城，就是我朱元璋最大的追求？"

朱元璋找不到答案，便把徐达、周德兴、汤和叫到身边来询问。周德兴、汤和也不知所以。徐达虽然认为老是困在一个定远城里不是长久之计，但下一步究竟该怎么走，他也说不出个所以然来。朱元璋有些不知所措了。

就在朱元璋有些不知所措的当口，老天爷适时地把一个人送到了朱元璋的身边。

有一天，徐达告诉朱元璋道："大哥，几天来，总有一人在你住处张望，我起了疑心，经查问，方知他叫李善长。"

"哦？这人有何来头？"

"问问冯氏兄弟便知。"

找来冯氏兄弟一问，朱元璋悬着的心终于放了下来。这人名叫李善长，字百室，原是徽州歙县人，后来在定远境内安了家。但同时，朱元璋又对李善长产生了浓厚的兴趣。李善长曾在定远城内住过，李杰曾请李善长做定远的地方官，可李善长不仅没答应，还说了一句"大元气数将尽"的话，气得缪亨要砍李善长的头。亏得有人通风报信，李善长才幸免于难。

朱元璋本来是很看不起读书人的，认为读书人除了会耍嘴皮子外，什么事也干不成。但这一回，朱元璋却认为李善长这个读书人很是不寻常。寻常的读书人是不会说出"大元气数将尽"一类的话，更不会站在那个客栈的门口朝他朱元璋住处的上空望。于是朱元璋就派冯氏兄弟带上礼物去请李善长过来"小酌几杯"。

李善长悠搭着双手走到了朱元璋的对面。跟着，他的目光"唰"地就罩在了朱元璋的身上，竟然罩得朱元璋很是有点不自在。而李善长也只是那么定定地罩着，并不言语。这就使得朱元璋不得不先开口问道："李先生，你为什么要这样看我？"

李善长先是冲着朱元璋深深地作了一个揖，然后颇有感慨地言道："朱将军，我果然没有看错啊。"

众人都稀里糊涂的，不知李善长什么意思。只见李善长微锁双眉十分沉稳地说道："九天前，我偶然路过城外，突然看到这个城市的上空有一朵五彩祥云缭绕。我大为惊诧，赶紧入得城来，住进那家小客栈里仔细地观瞧。我一连看了九天，我发现，那朵五彩祥云只在一个地方停留变幻。"

朱元璋隐隐地听出些门道来了："李先生，你是说，那朵什么云彩是在我朱某的头顶上？"

李善长即刻回道："正是！九天来，那朵祥云不仅一直停留在朱将军的头上，而且还始终只变幻着一种形状……那是一条巨龙的形状。今日得见朱将军，将军果然生就一副帝王之相。"

李善长的意思明显了：别看朱元璋长得丑不拉叽的，却是真龙天子的模样。众人一时都不知道该怎么说，甚至都不知道该怎么想，只得眼巴巴地盯着朱元璋。而朱元璋此时脸上的颜色，却又真的像一朵五彩祥云般，一会儿白，一会儿红，一会儿青，一会儿紫，最后变成一种不白不红又不青不紫的颜色来。徐达从没见过朱元璋有这种脸色，于是赶紧问道："大哥，你怎么了？"

朱元璋打了个嗝，脸上的颜色迅速恢复正常："二弟，李先生是我们的客人，此话从何说起？快请坐。"

徐达已经清楚地知道，朱元璋对李善长所说的"真龙天子"几个字非常感兴趣。说起来也奇怪，自李善长说过朱元璋长着一副"帝王之相"之后，徐达怎么看朱元璋，朱元璋就怎么像一个"帝王"。

中午陪李善长吃饭的，除朱元璋、徐达及冯氏兄弟外，还有周德兴、汤和等红巾军中的高级将领，一共有十多个人。

席间，朱元璋等人频频向李善长敬酒。虽然朱元璋敬酒只是象征性的，但徐达等人的敬酒却是实打实的。李善长突然问道："朱将军，你可知你的祖籍何处？"

朱元璋虽不明白李善长为什么要问这个问题，但还是规规矩矩地回道："朱某曾听先父说过，朱某的祖籍好像在一个叫沛县的地方。"

李善长点了点头："不错，朱将军的祖籍的确是在沛县。不过朱将军是否知道，沛县那里曾出过一个皇帝。"

朱元璋摇了摇头。冯国用插话道："朱将军，沛县那里确曾出过一个皇帝，叫刘邦，开创了大汉王朝，人称汉高祖，距今有一千五百多年了。"

朱元璋马上道："这么说，我与那个汉高祖刘邦还是老乡呢？"又迅速转向李善长问道："李先生，那个刘邦，本来是干什么的？"

李善长"哈哈"一笑道："朱将军，那个汉高祖本来也十分平常，三十多岁才做了一个小小的亭长。"

朱元璋眼睛一亮："李先生，那个刘邦的出身也并不比我朱某高贵在哪里呀！他三十多岁才做小小的亭长，而我现在才二十多岁，就已经是指挥千军万马的将军了！"

李善长乐呵呵地言道："所以呀，朱将军，那刘邦能做皇帝，你朱将军为什么不可以？"

朱元璋的双眼一下子瞪得比皮球还大还圆："二弟、三弟、四弟——你们说，我朱元璋真的能够做上皇帝？"

徐达十分平静地望着朱元璋道："大哥，我觉得李先生说得很有道理。而且，我还觉得，李先生既然认为大哥能做上皇帝，那李先生就一定还有能让大哥做上皇帝的办法。"

在这种很重大很严肃的关口，朱元璋是十分相信徐达的。故而，徐达的话音还没有完全落，朱元璋就迫不及待地问李善长道："对呀，李先生，你说我能当上皇帝，那我怎么样才能当上皇帝呢？"

李善长不紧不慢地言道："朱将军，怎么样才能够当上皇帝，这不是一朝一夕的事情，也不是一句话两句话就能够讲清楚的问题。不过，我倒可以提出两点建议供朱将军参考。"

朱元璋立刻道："李先生快说，我正洗耳恭听呐。"

不仅朱元璋在"洗耳恭听"，在座的人全都凝神屏气地在听。只听李善长言道："朱将军，所谓失民心者失天下，得民心者得天下。大元朝早就失去了民心，改朝换代只是时间上的问题了。有了民心，你还愁帝业不成吗？"

朱元璋心悦诚服地点头道："李先生，你讲得很好，讲得实在是太好了……不过，你好像只讲了一点，还有一点是什么建议？"

李善长慢悠悠地喝了一杯酒，然后说："朱将军现在必须建立一个稳固的根据地，然后慢慢地向四周发展，待形成了一定的气候之后，再去图帝王之业。而李某以为，朱将军的根据地最好是选在集庆。集庆是长江以南地势最为险要之地，自古就有龙盘虎踞之说，许多朝代都曾在那儿建都。如果朱将军占了集庆，把集庆当作自己的大本营，那就等于是扼住了天下的咽喉！"

尽管朱元璋当时甚至连集庆在哪个方位都搞不清楚，但他却凭直觉认为，李善长所说的两点建议是极其正确的。于是朱元璋就亲自为李善长倒了一杯酒，然后亲切地问道："不知道李先生愿不愿意留下来与元璋一起共事？"

李善长想了一下，便答应了下来。

朱元璋当即任命李善长为军中的"掌书记"。"掌书记"是专为朱元璋出谋划策的，无论地位和身份，都是很高的。

这顿午饭，一直吃到临近黄昏时分才结束。

当晚，朱元璋又设家宴盛请李善长。这一回，作陪的只有徐达、周德兴、汤和三个人了。喝完酒后，朱元璋又拽着李善长彻夜长谈，真是越谈越投机，越谈越热乎。这一谈，朱元璋越发坚定和明白了两点。一点是什么才叫真正地出人头地：当皇帝，做天下的主宰；另一点是怎么样才能够真正地出人头地：占领集庆，然后向四周扩张。

有了明确的目标，又有了明确的方向，朱元璋便准备开始向南发展了。当时，朱元璋的势力虽然还称不上多么强大，但也不可小视。他有了一支三万人的军队，而且这支军队还被徐达、周德兴等人调教得颇具战斗力。如果撇开军队的数量和规模不说，那用"兵强马壮"来形容当时的朱元璋，也不算过分。

可就在朱元璋等人积极准备向南发展的当口，朱元璋却突然接到了来自北方的两封信。一封信是郭子兴写来的，叫朱元璋赶快去泗州救他。另一封信是赵均用写来的，赵均用以"永义王"的身份命令朱元璋立即率本部人马去守盱眙。

原来，濠州城内的红巾军发生了重大变故。本来，"鲁淮王"彭大和郭子兴是一派，"永义王"赵均用和孙德崖、俞老大、鲁老二、潘老三是一伙，双方的明争暗斗一直没有停止过。赵均用对彭大极为不满，而孙德崖等人就更是对彭大嫉恨万分。只是不满也好、嫉恨也罢，他们暂时还不敢与彭大明打明地对抗。可明的不行，就来暗的。在一次酒宴中，彭大误饮了赵均用下的毒酒，一命呜呼了。彭大的三四万手下，就被赵均用和孙德崖等人控制了。

郭子兴虽然满心为彭大鸣不平，甚至想为彭大报仇雪恨，但自己势单力孤，根本就不敢轻举妄动。不仅不敢轻举妄动，还整天提心吊胆地过日子。赵均用他们连彭大都敢谋害，若要取他郭子兴的性命，还不比捏死一只蚂蚁更容易？

郭子兴只得谆谆告诫家人，千万不要轻易走出家门。在那一段时间里，郭子兴一大家子人几乎全变成了缩头乌龟。

光缩头是没有用的，得想一个办法逃脱才是上策。可想来想去，郭子兴和张氏都认为，只有朱元璋才是他们的救星。于是郭子兴亲笔写了一封信，派亲信给朱元璋送去。而几乎与此同时，赵均用也派了一个手下带着一封信南驰定远。两封信在同一天送到了朱元璋的手里。

朱元璋看完两封信后，略一思索，便至少明白了这么几个问题：一、那彭大肯定是赵均用、孙德崖等人毒死的。二、赵均用等人之所以没有害死郭子兴，是因为他们顾忌他朱元璋。因为赵均用等人都看出来了，朱元璋不是一个好惹的角色。三、赵均用命令他朱元璋去守盱眙是假，想借此把他朱元璋和郭子兴一块儿收拾掉才是真。

于是朱元璋把徐达几人及李善长等人召集到一起开会，讨论这么一个问题：究竟该不该去救郭子兴。

不明底细的人会以为，朱元璋叫徐达等人讨论的这个问题很是有点奇怪。岳父、岳母处境危急，做女婿的怎能袖手旁观？然而徐达等人都是明了底细的人。朱元璋当初之所以带着二十多个人离开濠州南下定远，就是因为他不想再受郭子兴等人的管束，想闯出一片属于自己的天地。现在，朱元璋终于有了一块属于自己的地盘了，而且还积极准备着把这片天地拓展得更宽更大，如果真的把郭子兴从泗州救到定远来，那朱元璋岂不是又再次屈居人下了吗？总不能让他朱元璋做元帅而让郭子兴做将军吧？

商讨的结果是：应该把郭子兴救出来。因为这么做既可避免朱元璋背上不孝骂名，又可以为他挣得仁义的名声。

但救郭子兴的办法不容易想出，强攻显然不现实，只能智取。智取的办法是徐达想出来的。徐达想起了赵均用的王妃赵氏极贪财，如果能够弄到一些稀世珍宝送与赵氏，那郭子兴一家就不愁没救，因为赵均用对赵氏几乎是言听计从。

李善长得知赵氏的事情后，慷慨地献出了自己珍藏的几件珠宝。有了这几件珠宝，朱元璋的信心就足了。考虑了一番之后，朱元璋决定派徐达和周德兴去泗州走一趟。

那几件珠宝也真顶用，王妃赵氏接受了珠宝后，一个劲儿地对着赵均用的耳边吹风。赵均用耳根子一软，便不顾孙德崖等人的反对，不仅放走了郭子兴一家子，还让郭子兴的一万军队也跟着郭子兴一起走出了泗州城。这的确让郭子兴大为惊喜。

郭子兴一家人被朱元璋安排在了缪亨的武将军府内居住。郭子兴是下午走进定远城的。当晚，朱元璋摆下一桌丰盛的酒席为郭子兴一家人接风洗尘。席间，甭说郭子兴夫妇了，就是郭天叙、郭天爵、郭惠和张天祐，也都对朱元璋露出了真诚的笑容。

接风洗尘的宴会刚刚结束后，朱元璋向郭子兴建议道："这么多的军队不能只窝在小小的定远城里，应向外发展。"

郭子兴同意了，但他认为向北发展好。朱元璋明白郭子兴的意思：先占领濠州，然后再向北推进，就可以与赵均用和孙德崖等人摊牌。朱元璋自然不会同意郭子兴的主张，他已经和徐达等人商量好了，不管情况发生什么变化，坚决按李善长的主意去做，向南发展，逐步向集庆靠近。

但要拒绝郭子兴还不能直接这么说，于是他对郭子兴说："岳父大人，你的心情小婿完全能够理解，但小婿以为，我们现在的兵力还不够强大，还不是向北方发展的好时机，小婿的意思是，不如趁现在元兵在南方的兵力比较空虚的时候，全力向南方发展。等我们真正地兵强马壮了，再挥师北上也不算迟。"

郭子兴很快就同意了朱元璋的看法，因为郭子兴似乎已经意识到在战略眼光和战术思想上，朱元璋的确有过人之处，甚至，郭子兴认为，在许多方面，朱元璋已经超过了他郭子兴。

郭子兴还这么对朱元璋道："你决定往哪个方向发展，我们就往哪个方向发展。你决定攻打什么地方，我们就攻打什么地方。所有的兵马，你可以任意调动，我绝不横加干涉。"

剩下来的事情，就是该向南边的什么地方发展了。郭子兴叫朱元璋自己拿主意。朱元璋也拿不出什么好主意，只得找徐达还有李善长等人商量。

李善长对朱元璋等人道："从这里往东南走大约不到二百里，有一座城池叫滁阳（今安徽省滁州市），是一座古城，不仅城池比定远要大，而且粮食也比较丰富，城内的老百姓好像也比较多。更重要的，从滁阳再往东南走上一两百里路，就是集庆了。"

李善长建议朱元璋南取滁阳，说是把滁阳攻下来之后看情况再决定下一个攻取目标，也不一定就急着去攻打集庆。朱元璋同徐达等人都同意攻打滁阳。

朱元璋决定亲自带人到滁阳一带去侦察。后来在李善长、徐达等人的劝说下，朱元璋又改变了决定，让徐达、周德兴带着一队人马南下。

十几天之后，徐达、周德兴带着一小队侦察兵回来了。朱元璋询问有关滁阳的情况，周德兴大声地言道："大哥，你给我五千人马，我要是在一天内拿不下滁阳城，我就不回来见你了！"

朱元璋听了周德兴的话后不由得大喜。朱元璋四兄弟中，就数周德兴最实在了。如果没有百分之九十九的把握，周德兴是不会说出这种很绝对的话来。朱元璋忙问徐达道："二弟，三弟说的话都是真的吗？"

徐达回道："三弟说的都是真的。滁阳城虽大，但元兵却很少。听说本来滁阳城里有一两万元军，可不知怎么的，大部分都跑到集庆去了。剩下几千个人，根本不像个军队，整天在城里抢老百姓东西。我估计，这几千个元兵好像也要逃跑。"

朱元璋心里有了底，便带着十分冷静的心情告诉郭子兴他要南下攻取滁阳。郭子兴没有意见，只是问朱元璋需要多少兵马。朱元璋回道："有一万兵马南下就足够了。"

郭子兴开始有点不太相信，因为要攻下偌大一个滁阳，岂一万兵马所能做到。但朱元璋说得那么自信，他只能答应。朱元璋最后对郭子兴道："岳父大人，小婿带一万兵先行，待小婿拿下滁阳之后，岳父大人再率众南下。"

元至正十四年（1354年）六月，朱元璋带着徐达等人共一万兵马，大张旗鼓地向着东南方向的滁阳城进发了。快靠近滁阳城的时候，朱元璋把徐达、汤和叫到身边道："二弟、四弟，你们带一千人先行，赶到滁阳城边探探情况。如果元兵想死守，你们就回来告诉我。"

汤和见这次终于有事情可做了，忙着信誓旦旦地向朱元璋保证道："大哥放心，有一千兵马，我和二哥就能够拿下滁阳城了！"

朱元璋笑道："四弟，你的口气比三弟的口气还要大。三弟需要五千人马，你却只要一千人马，莫非滁阳城是纸糊的不成？"

徐达和汤和领着一千兵马走了，朱元璋命令部队原地休息待命。在四周加强了警戒之后，朱元璋找来周德兴、李善长等人，商议攻下滁阳城之后下一步该怎么走。李善长道："如果攻下滁阳之后，我们的兵力能够迅速地扩张，那就可以考虑渡江去攻打集庆。"

朱元璋点头道："是呀，如果不尽快地拿下集庆，而是被别的红巾军占去了，那我们就有麻烦了。可是，以我们现在的实力，还很难去夺取集庆啊！"

这时，有人高叫道："汤将军回来了！"

只见汤和一人一马，箭也似的向着朱元璋冲来，朱元璋等人赶紧迎上去。汤和没等马停下来就飞身跳下，而且稳稳地站在了朱元璋等人的面前。

汤和急急地言道："我和二哥走到滁阳城前，二哥见城门大开，就率人冲了进去……我也要冲进去，二哥却叫我回来报信，真是急死人了！"

李善长有些吃惊道："徐将军身边只有一千人……这未免过于冲动了！"

朱元璋却乐呵呵地道："李先生不要太担忧。我二弟既然敢冲进去，就自有他冲进去的理由。我想，等我们赶到滁阳城的时候，首先看到的，便是我二弟站在城门口迎接我们。"

朱元璋说是这么说，却也不敢太大意，而是叫周德兴、汤和领着三千精壮兵丁火速驰往滁阳城。这以后，他才和李善长等人催起剩下的部队向滁阳城开拔。

真的让朱元璋说对了，等朱元璋、李善长领着几千人的部队赶到滁阳城下时，那徐达、周德兴、汤和等人早就在城外恭候多时了。李善长不敢相信似的问徐达道："你就带着一千人，便拿下了滁阳城？"

汤和抢先言道："李先生，我二哥不仅拿下了滁阳城，还逮住了一千多个元兵。"

李善长"哎哟"一声言道："徐将军，李某今日方才发觉，你原来是个军事天才啊！"

徐达说话了："李先生，别在这里胡乱吹捧我了。我带着手下往城里一冲，元兵就四处逃散了。能逃的都逃了，逃不掉的就做了我的俘虏了。事情就这么简单，哪有什么天才不天才的？"

朱元璋笑道："二弟，你也就不要太谦虚了。不管怎么说，滁阳城是你拿下来的。等我老丈人来了，我向他作个禀告，也好让我老丈人重重地奖赏你一回。"

李善长凑近朱元璋的耳边言道："朱将军，有徐将军这样的军事天才辅佐你，你何愁帝业不成？"

朱元璋也低声地言道："李先生，你说对了。如果没有这几个好兄弟在我身边，你就是说得天花乱坠，我也不敢相信我以后能当上皇帝。"

滁阳城里的百姓虽然比较多，但早已被元兵折腾得人心惶惶。所以，在派人回定远通报郭子兴之后，朱元璋便开始着手整顿滁阳城内的秩序。

滁阳城离定远城虽然不到二百里，但郭子兴没有好几天时间是到不了滁阳城的，因为红巾军官兵的妻儿老小全在定远，还有军队粮草什么的，这些必然大大影响郭子兴的行军速度。朱元璋在滁阳城内没什么事情可做，除了选好一处房屋预备给郭子兴做元帅府外，其余的时间，他好像就是在滁阳城里到处转悠了。

有一天，朱元璋睡得很踏实，以至于第二天凌晨徐达等人跑来喊他的时候，喊了好多声，他才睁开眼。睁开眼之后，朱元璋迷迷糊糊地看见在徐达等人的身后，还站有三个人影。因为光线比较暗，朱元璋看不清那三个人影是谁，只看出那三个人一个高些另两个矮些。朱元璋刚想问徐达等人是怎么回事，那两个矮些的人影便开口说话了。一个冲着朱元璋喊"叔叔"，另一个则冲着朱元璋喊"舅舅"。朱元璋先是一愣，但很快他便明白是怎么一回事了。

朱元璋在这个世上已经没有什么亲人了，只剩下二哥重六及大哥重四的二儿子文正，另外还有二姐夫李贞和李贞的儿子保儿。十年来，朱元璋没有听到二哥重六等人的一点消息。现在，喊他"叔叔"和"舅舅"的那两个人，只能是侄儿文正和外甥保儿了。

朱元璋一骨碌便从床上窜到了地上。虽然相隔了十年，文正和保儿的面貌已经发生了比较大的变化，但二姐夫李贞，朱元璋却是绝不会认错的。朱元璋一把抓住李贞的肩，急急地问道："你们怎么会到这里来？我二哥呢？他怎么没来？"

朱元璋的二哥重六死了，死了没有几天。重六和文正与李贞和保儿本不在一起，只是都听说了朱元璋占了滁阳城的事情，便没日没夜地朝滁阳城赶，四个人就这样在半路上相遇了。可能是赶路太急了吧，加上天气太热，身体又不大好，和李贞、保儿相遇之后，重六便中了暑，而且，只两天不到的工夫，重六就咽了气。咽气前，重六紧紧抓住李贞的手，嘱咐李贞无论如何也要把文正送到朱元璋的身边。

听了李贞的叙述，朱元璋眼泪止不住地往下掉。这眼泪当然有喜有悲，喜的是，他朱元璋在这个世上毕竟还有亲人；悲的是，就算把李贞和保儿也包括在内，朱元璋也没有几个亲人了。

从此，文正、李贞及保儿就留在了朱元璋的军中。许是觉得自己的亲人太稀少了吧，朱元璋后来不仅把外甥保儿收为义子改名文忠，而且还陆陆续续地一共收了二十多个人做自己的义子。

不几天，郭子兴带着家人带着大队人马浩浩荡荡地开到了滁阳城。朱元璋把徐达只领着一千人便攻占了滁阳的事情禀告了郭子兴。郭子兴异常高兴，当即重赏了徐达大批银两和布匹。徐达没有把赏赐独吞，而是把赏赐的银两再赏给自己的手下，又把赏赐的布匹分送给朱元璋、周德兴、汤和等人的老婆。

滁阳城虽然比定远城要大许多，但数万官兵和众多老百姓都集中在这里，这里也同样显得十分拥挤，差不多有半数红巾军官兵只能在城外扎营。于是郭子兴就找朱元璋商量，是否可以再到别处去占领几座城池以缓解滁阳城的压力，朱元璋没有意见。

朱元璋早已和徐达等人商量好了，以目前的实力，还很难去攻占集庆，更没有一支像样的水军，所以朱元璋和徐达等人就暗中决定，先在滁阳城好好地发展一下，然后分兵向长江北岸推进，等完全控制了集庆以北的江岸，再设法渡江以图集庆。当然，朱元璋等人的真实意图是不会对郭子兴说的。

几个月时间过去了，已是这一年（1354年）的秋暮冬初。朱元璋认为准备得差不多了，便征得郭子兴同意，决定发兵三万，分三路同时向江岸挺进，争取在较短的时间内，一举打通从滁阳到集庆的道路。三路兵马的指挥是这样安排的：北路由张天祐和郭氏兄弟指挥，南路由徐达、周德兴指挥，中路由朱元璋、汤和指挥。郭子兴还下达命令：三路人马的总指挥是朱元璋。张天祐和郭氏兄弟虽然不满，却也只能把不满埋在肚里。

然而，就在三路人马即将离开滁阳城准备向南进发的前一天，滁阳城内突然来了几个不速之客。这几个不速之客的到来，不仅一下子打乱了朱元璋的全盘计划，而且还使得滁阳城内的气氛骤然紧张起来。原来这几个不速之客是那个"永义王"赵均用派来的。赵均用毒死彭大控制了泗州城之后，又派部下攻占了六合（今江苏省六合区）。而现在，元朝军队正大举进攻六合，因滁阳城距六合比较近，所以赵均用就派人到滁阳来叫郭子兴赶快发兵去救援六合。这里就不能不首先提到一个叫张士诚的人了。

张士诚，是当时的泰州白驹场（今江苏省东台一带）人。张士诚和三个兄弟士义、士德、士信都是当地著名的盐贩子。那时私自贩盐是违法的，所以张士诚四兄弟就经常遭到官兵的追捕，不仅如此，当地的豪绅们也经常对张士诚四兄弟进行敲诈。张士诚四兄弟实在忍无可忍，便纠集了李伯升、潘原明、吕珍等一共十八条汉子，杀死了豪绅，扯起了反抗元廷的大旗，贫苦的盐丁们纷纷聚拢在张士诚的大旗下。不久，张士诚便率众攻下了泰州城。

张士诚打着反元旗号，很快占领了高邮，还在这一年（1354年）的正月，于高邮自称"诚王"，改国号为周，改元为"天佑"，做起王爷来了。又在这一年的六月，也就是朱元璋等人向滁阳进发的时候，张士诚派兵攻占了江北重镇扬州。

张士诚占了扬州，就切断了京杭大运河的漕运。元廷在江南一带征收的粮食，主要就是通过大运河往大都（今北京）等地调发的，大运河一被切断，整个元朝北方包括大都在内，随时都面临着缺粮的危险。元廷无奈，派丞相脱脱率大军——当时号称"百万"——出征高邮，企图一举歼灭张士诚。脱脱在围打高邮的同时，还分出一部兵马去攻打六合。六合的红巾军不到万人，禁不住元军攻打，只得派人向赵均用求救。泗州离六合较远，赵均用即使倾全力去救六合，恐也是远水解不了近渴。没奈何，赵均用只好派几个心腹日夜兼程地赶往滁阳，"请"郭子兴发兵六合。

起初，郭子兴根本就不打算买赵均用的账，在朱元璋的劝说下，他渐渐明白出兵六合，不是去救赵均用，而是在救自己。如果不救赵均用，那么元军的下一个目标便是自己。于是郭子兴决定让朱元璋去攻打六合，朱元璋没有推辞。郭子兴问朱元璋要带多少兵马，朱元璋回答说："六合那边的情况肯定十分危急，但我们不能把所有的军队都开过去，我们要保存我们自己的力量。我准备带一万兵马东去……如果情况不好，岳父大人就赶紧南撤。"

郭子兴连连点头。看起来，朱元璋是在为郭子兴着想，而实际上，朱元璋是在为自己考虑。六合是肯定要去救的，但能否救得下来，朱元璋心中一点儿底也没有。如果把大部人马都开到六合去，万一没有解六合之围，反而让元兵给消灭了，那朱元璋手头就一点儿资本也没有了。

朱元璋的行军速度很快，一天一夜，他就来到了六合城下。但他未能入城，因为等他赶到城下的时候，六合已被元军攻破。数以万计的百姓和赵均用的残兵从六合城里逃出来，逃到了朱元璋的军中。朱元璋见情形不妙，赶紧命令部队后撤。朱元璋和李善长正带着众人往西跑呢，突然，有一支元兵挡住了去路。这支元兵，少说也有七八千人。朱元璋没法再往西跑了，只能命令部队抢占一个高地固守。

挡住朱元璋去路的那支元军，并没有立即对朱元璋发动进攻，而是在朱元璋占领的高地前面安营扎寨，像是要在这里过日子。李善长不明白，问朱元璋是怎么一回事。朱元璋道："这些元兵没想到我们会在这里出现，摸不清我们的底细，不敢冒冒失失地向我们进攻，而是在这里等着，等着后面的追兵赶到，然后从东西两面夹击我们。"

李善长又问朱元璋该怎么应付，朱元璋回道："我暂时也想不出什么好方法，还是等我四弟回来再说吧。"

汤和查看回来了，他告诉朱元璋："后面的追兵至少有五六万人。"

朱元璋慌了，再不想办法冲到西边去，等后面的追兵赶到，那就很难逃掉了。然而，堵住去路的元军虽然没有朱元璋的人马多，但早已做好了作战的准备，如果硬冲，即使能够冲过去，也要遭到惨重的损失。更何况，还有好几千老百姓拖着，冲过去的可能性就更小了。而当时，朱元璋还不想把老百姓撇下不管。或许，他当时依然念念不忘那"民心"二字吧。

朱元璋便开始想歪点子了，他把近千名老百姓当中的妇女挑选出来，叫她们赶着牛羊猪马等牲畜走在最前面，其他的老百姓紧跟着，一万多名红巾军官兵走在最后面。堵住朱元璋去路的那支元军从未见过这种阵势，一时都不知所措起来，眼睁睁地看着老百姓和红巾军官兵向西边走去，等那支元军醒悟过来后，朱元璋等人已经走远了。

在靠近滁阳城的时候，朱元璋停了下来。因为朱元璋得知，那支被蒙骗的元军已经不顾一切地追了上来。

朱元璋叫李善长带着老百姓先入滁阳城，然后对汤和言道："我们不能急着入城，我们一入城，元兵就会来攻城，那我们就没有时间往南跑了。"

汤和问道："大哥的意思是，我们在这里打元兵一个埋伏？"

朱元璋点头道："不错。这里两边都是小山头，中间就这一条道，很适合打伏击。我们把部队藏在山上，等元兵追来了，一起杀出来，保证能打个大胜仗。"

于是，汤和领着几千人藏在了左边的几座小山上，朱元璋领着几千人藏在了右边的几座小山上。一切部署好大概是正午时分。还没到下午呢，七八千个元兵就一股脑儿全钻进了红巾军的埋伏圈内。朱元璋一声令下，右边山头上的红巾军官兵冲了下来。汤和也一声令下，左边山头上的红巾军官兵跟着冲了下来。一万多红巾军和七八千元兵就在山谷里厮杀起来。因为红巾军是突然袭击的，人数又多，所以战斗一开始，红巾军就占了上风。从下午厮杀到黄昏，元兵败退了。朱元璋以伤亡千余人的代价，共杀死三千多元兵，还俘虏了两百多人，其中还有一个名叫兀特尔的元朝将军。另外，红巾军还缴获了近千匹元军战马。这一仗，朱元璋大获全胜。

朱元璋没有沾沾自喜，他深知，这股元军虽然被击退了，可大批元军马上就会到来。于是，朱元璋找到汤和问道："四弟，如果我们把那个叫兀特尔的家伙放了，再把所有的俘虏和所有的战马都送还元兵，你说会有一个什么样的结果？"

汤和一怔："大哥，你这样做，跟投降元兵没多少区别了。"

朱元璋笑道："是啊，如果我们假装投降元兵，而元兵又信以为真了，他们还会马上就来攻打滁阳吗？"

汤和明白了："大哥，只要元兵歇上几天不开战，我们就有时间从从容容地跑到南边去了。"

朱元璋马上叫来那个元朝将军兀特尔，把当时能搞到的所有金银财宝全堆在兀特尔的面前。兀特尔不知究竟，只愣愣地看着朱元璋。朱元璋带着一副讨好的表情对兀特尔道："将军大人，我们都是地地道道的老百姓，无论如何也不敢同朝廷作对的。只是因为世道有些乱，为了保护自己，我们只好组织起来。请将军大人回去后，多多地替我们说些好话，不要再派兵来攻打我们了。我可以向将军大人作保证，只要朝廷不派兵来攻打我们，我们就永远是朝廷的良民。"

兀特尔理解了朱元璋的意思，于是就毫不客气地收下了那些沉甸甸的金银财宝，接着，他便带着被红巾军俘虏的两百多个手下还有近千匹战马向东去了。看兀特尔得意扬扬的表情，好像他刚刚打了胜仗归来。

朱元璋没有完全放心，因为据侦察得知，一支数万人的元军正向西开来，朱元璋就派了几个亲兵悄悄地跟在那个兀特尔的后面。兀特尔与那支元军相遇了。很快，那支元军便掉过头去向东走了。显然，元军真的相信了朱元璋的一番鬼话。朱元璋得知元军东去后，这才完全地松了口气。

元兵相信了朱元璋的话，那郭子兴也相信了朱元璋的话。朱元璋回到滁阳城后这样对郭子兴言道："岳父大人，小婿在半路上打了一个伏击，消灭了一万多个元兵，元兵至少在一年半载内是不敢再向这里进犯了。"哄得郭子兴立马给了朱元璋一大笔赏赐。

他哄过郭子兴之后，便马上找到徐达等人，商议下一步的行动计划。徐达首先言道："局势发生了变化，我们不能再想着什么集庆城了。"

朱元璋道："想还是要想的，只是不能马上去攻打了。我以为，现在最紧迫的事情，是要定下来向哪个方向发展。"

周德兴言道："不管向哪个方向发展，也要尽快地离开这里。大哥虽然骗过了元兵，但肯定骗不了太久的。说不定，几天之后，元兵的人马就又开来了。"

汤和紧接着言道："我认为三哥说得有理，要离开就快点离开，耽搁下去，郭元帅也会看出问题来的。"

众人都同意应该尽快离开滁阳，可离开滁阳之后究竟到哪里去，众人却又说不出个所以然来。李善长虽然在指挥打仗方面不如朱元璋等人，但在战略眼光上却自有其过人之处。他思索片刻之后对朱元璋、徐达等人道："从滁阳南下二百里，是和州（今安徽省和县）城。和州城虽然没有滁阳城大，但距集庆却相当近……"

朱元璋马上就问道："李先生，从和州到集庆和从滁阳到集庆相比，哪个更近？"

李善长微微一笑道："前者要比后者近上数十里地。"

朱元璋哈哈一笑道："那我们就南下和州吧。"

定下来南下和州了，接下来就要找郭子兴谈了。那是一个黄昏，朱元璋迈着不紧不慢的步伐走进了郭子兴的元帅府，找到了郭子兴。当时，郭夫人张氏也在。朱元璋对郭子兴道："岳父大人，小婿想带一支兵马到南边去发展。"

朱元璋把准备南下和州的计划说了出来。郭子兴笑道："元璋，这事就你说了算。"

谁知，就在朱元璋准备南下和州的前一天，郭子兴突然颁发了几条"元帅令"：命令朱元璋为南下攻克和州的总指挥；命令张天祐为南下攻克和州的正先锋；命令郭天叙和郭天爵为南下攻克和州的左右先锋。

徐达、周德兴、汤和等人听到这几条"元帅令"后，一时很是有点吃惊，以为郭子兴对朱元璋产生了什么怀疑。朱元璋却哈哈大笑道："什么事也没有！要是有事，我老丈人就不会叫我做总指挥了。我老丈人只是有点不服气。攻占定远是我们的功劳，攻占滁阳又是我们的功劳，打退元兵保住滁阳还是我们的功劳，所以我老丈人这一回就想让他的儿子和小舅子攻打和州立下一桩功劳好与我们平起平坐！"

徐达等人明白过来，徐达也笑呵呵地道："那好啊！就让我们看看郭元帅的儿子和小舅子究竟有多大的能耐！"

朱元璋多了个心眼儿，他找到郭子兴道："岳父大人，小婿虽然是总指挥，但除了小婿那几个兄弟之外，小婿谁也指挥不了。"

是啊，郭天叙、郭天爵和张天祐，朱元璋能指挥哪个？郭子兴忙从怀中掏中一枚元帅令牌交与朱元璋道："你有了这个，就有了先斩后奏的权力。"又急急地补充道："不过，我以为，攻打和州的事，你就放手让天祐和天叙、天爵他们去做吧。"

朱元璋笑着点头道："岳父大人放心，小婿不会随便和别人抢功的。"

郭子兴放心了。南攻和州的行动就开始了，张天祐跟郭氏兄弟带一万兵马先行，朱元璋四兄弟及李善长等人率五千兵马殿后，两军相距二十多里地。因为不需要直接攻打和州城，所以朱元璋就把大老婆马氏和小老婆李淑都带在了身边，以慰旅途的寂寞。

不几日，张天祐和郭氏兄弟的一万兵马开到了和州城下，因为求功心切，兵马还未得到好好休息就迫不及待地开始攻城。虽然是迫不及待，但因为和州城墙并不很高，城内的元军也只有四五千人，所以按常理，张天祐等人是应该很容易得手的。但张天祐和郭氏兄弟一连攻打了十多天，和州城还是没有拿下。

朱元璋急了。和州城久攻不下，如果元军从北边追过来，他该往哪里去？因为依朱元璋当时的估计，占据高邮的张士诚是肯定架不住元军的围攻的。元军打垮张士诚后，必然要向滁阳进发。所以朱元璋就命令汤和，赶紧派出得力人手向北侦察以防不测。然而半个多月过去了，滁阳方面并没有什么异常的动静。而且，张天祐和郭氏兄弟也终于攻占了和州城。

朱元璋应该松口气了。但实际上，朱元璋的脸色依然严峻。因为，张天祐虽然攻占了和州城，但红巾军方面却付出了惨重的代价：守城的几千元军逃掉了几乎一半，张天祐的军队战死了整整五千人。

朱元璋破口大骂道："张天祐，你这是打的什么仗？攻一个小小的和州城，竟然死了这么多弟兄，你还有脸见人吗？"

令朱元璋不解的还有：元军为何未攻打滁阳。元军之所以没有攻打滁阳，是因为元军没有攻下高邮。元军没有攻下高邮，不是因为高邮城内的张士诚有多么厉害，相反，当时的张士诚已经到了走投无路的地步了。元相脱脱率百万大军将高邮城里三层外三层地围了个水泄不通，昼夜不停地攻打，破城只是时间上的问题了。但这时，元顺帝却听信了哈麻的谗言，将脱脱革职啦。因此围攻高邮的数十万元军，突然四处溃散。张士诚虽然不知道究竟发生了什么事，但却做出了一个非常正确的决定：打开城门，倾全力向元军追击。

张士诚只有不到十万人马了，而且几乎有一半都是伤员，却追得几十万元军疲于奔命。最终，张士诚大获全胜。从此，张士诚的势力越来越强大，强大到当时已经无人能够将其轻易地消灭。后来，他便成了朱元璋的一个劲敌。

高邮之战是元朝末年农民起义的一个转折点——张士诚虽然没有打着红巾军的旗号，但也毕竟属于元末农民起义的一部分。打那以后，元朝统治者就很难再集中优势兵力对全国各地的农民起义进行大规模的攻击了。

当时朱元璋自然不知道上面发生的事，郭子兴也不知道。闻听和州城被拿下后，郭子兴急忙派使者赶到和州，一面对张天祐和郭氏兄弟大加嘉奖，一面又同时任命朱元璋为"和州总官"。但张天祐和郭氏兄弟等人，根本就没把朱元璋放在他们的眼里，所以，朱元璋虽然是"总官"，却几乎形同虚设。

比如，诸将在一起开会，等朱元璋等人走进会议室的时候，会议桌右边的几个位子早就被张天祐和郭氏兄弟一帮人占下了。那时，以右边为大。张天祐和郭氏兄弟这么做，显然是看不起朱元璋，而且还含有嘲弄侮辱的意思。一次是这样，两次、三次还是这样。朱元璋看起来好像还没有什么，但周德兴、汤和等人却沉不住气了，他们打算教训一下张天祐和郭氏兄弟。

于是，朱元璋就以"和州总官"的名义召开了一次军事会议。张天祐和郭氏兄弟照例地把右边的几个位子占了。朱元璋就像没看见似的，稳稳地在左边坐下，然后说出了这次会议的主题："和州城墙太矮，元兵随时都会来攻城，为确保和州不失，城内的每个红巾军高级将领，一人负责一段城墙的加高加固任务，限期十天完成。"

和州城内的红巾军高级将领实际上只有四个人：朱元璋、张天祐和郭氏兄弟。徐达等人当时只能算作是朱元璋手下的高级将领。朱元璋最后不轻不重地道："我把丑话说在前头，谁要是在规定的时间内完不成任务，我就找谁算账！我朱元璋要是不能按时完成任务，我就到滁阳城当面向郭元帅请罪！"张天祐和郭氏兄弟笑嘻嘻地答应了。因为这是军事任务，谁也没有理由拒绝。

十天时间转眼就过去了，除朱元璋外，张天祐和郭氏兄弟都没有完成任务。朱元璋按照规定判了他们三个死刑。

汤和领着十多个手下，将张天祐和郭氏兄弟擒住。郭天叙急了："朱元璋，你究竟想干什么？"郭天爵怒了："朱元璋，你无权处死我们！"

朱元璋虽是和州城的最高行政军事长官，但要处死像张天祐、郭氏兄弟这样的高级将领，那就必须要报经郭子兴批准才行。谁知，朱元璋不紧不慢地从怀中掏出了郭子兴给他的元帅令牌。他们三个慌了，对朱元璋说起好话来。可朱元璋好像不买账，大叫大嚷着非要"按军法从事"。那汤和也十分配合，命令手下一个劲儿地将张天祐和郭氏兄弟往外拖。郭氏兄弟脸都吓白了，身体不住地在颤抖。就在这时，徐达、周德兴出场了，七嘴八舌地为张天祐等人求情。最终，朱元璋看在徐达等人的面子上，饶了张天祐和郭氏兄弟的死罪，并严令他们在三天之内必须把城墙修好，否则定斩不饶。

三天时间没到，张天祐等人的任务就完成了，而且是保质保量。再逢着开会，张天祐等人也变得乖了，老老实实地坐在了桌子的左边。一句话，自"城墙事件"之后，朱元璋在和州城的威望得到了极大的提高。朱元璋连张天祐和郭氏兄弟都敢治罪，一般的红巾军官兵还敢违抗朱元璋的命令吗？

朱元璋入住和州城后，开始着手办两件事情，一件事是大力扩充军队，另一件事是加紧筹措粮草。在徐达等人的鼎力相助下，朱元璋的这两件事情进行得非常顺利。军队很快发展到近两万人，粮草也筹措得非常丰盈。

有了一定的实力，朱元璋便又要开始实施他向集庆进军的计划了。可就在这当口，一件突如其来的事情，彻底打乱了朱元璋的计划，同时也改变了许多人的命运。这件突如其来的事情是：孙德崖率两万多人来到了和州城下，并要求进城"暂驻"。

孙德崖怎么会跑到了和州城下？原来，早在元相脱脱领兵攻打高邮、攻打六合的时候，孙德崖就找了一个借口离开了赵均用，重新回到了濠州城里。回到了濠州城之后，孙德崖一时心血来潮，准备向南发展，于是引兵南进。但由于没有明确的目标，虽然也攻下了一些小城镇，但几乎毫无意义，甚至，部队的供给也发生了严重的困难。在到达和州城下前，孙德崖的部队几乎没有一丁点儿粮食了。

张天祐和郭氏兄弟强烈反对让孙德崖进城。原因很简单，孙德崖是郭家不共戴天的仇人。一开始，朱元璋也有些拿不定主意。李善长这样对朱元璋言道："李某以为，还是放姓孙的进城为妥。如不放他进城，两军就极有可能发生战事。战事一开，结果只能是两败俱伤，这就必然会影响到朱将军进军集庆的大计。另一方面，姓孙的虽然与郭元帅有仇，但与朱将军却并无大的过节。不然，姓孙的就不会这么客客气气地要求进城了。我想，让姓孙的进得城来，敷衍他几日，待他离开，一切就又恢复正常了。"

朱元璋认为李善长言之有理，便不顾张天祐和郭氏兄弟的反对，下令打开城门放孙德崖进来，还亲自到城门口迎接孙德崖。

孙德崖的人马进城后，驻扎在和州城的西区。朱元璋真的像对待一家人一样来对待孙德崖，每天都大鱼大肉并美酒款待孙德崖。甚至，孙德崖提出要找几个小姑娘玩玩，朱元璋也设法满足了他。朱元璋这样做的意思是：我如此盛情地对待你，你孙德崖总该识趣地尽早离开吧？谁知，孙德崖竟然乐不思蜀了，不仅没有离开，而且一连十几天连离开的迹象也没有。

朱元璋急了，照这种情形发展下去，不仅攻打集庆的计划无法实施，就是好不容易筹措到的粮草也要被孙德崖的人马糟蹋光了。所以，经过一番思考后，朱元璋决定利用张天祐和郭氏兄弟除掉孙德崖，来个一箭双雕。

可朱元璋不知道的是，在这之前，张天祐等人给远在滁阳的郭子兴去了一封信。信中称：孙德崖到了和州城，朱元璋与孙德崖打得十分火热，就像亲兄弟一样，天天好酒好菜招待孙德崖，还千方百计地四处挑选美女供孙德崖享乐。张天祐和郭氏兄弟还在信中说朱元璋已经和孙德崖合伙。

郭子兴还没读完信，就已经是火冒三丈了，待把信全部读完后，便简直气炸了肺。他即刻招来几个部将，愤怒地下达命令道："集合所有的部队，南下和州城，将孙德崖和朱元璋一起碎尸万段！"

夫人张氏见郭子兴愤怒得已经失去了理智，就赶紧劝说道："元帅，你不能这么冲动，你应该冷静地想一想，元璋是这样的人吗？他怎么可能和孙德崖勾结在一起？"

郭子兴冲着张氏发火了，他竖着剑眉张着大口对着张氏咆哮道："你住口！朱元璋那个混账本来就不是个好东西！他勾结孙德崖背叛我，这么一个大逆不道的混蛋，你为什么还要帮他讲话？"

郭子兴就揣着万丈怒火带着三万多兵马星夜驰往和州城了。在此之前，那郭惠问道："父亲，你南下了，我和母亲怎么办？"

郭子兴气冲冲地回道："我先走，你们后走。都到和州城去，滁阳城不要了！"

第二天天刚亮，他就驰着马踏进了和州城里。他顾不上喘气，问准了朱元璋住的地方，怒气冲冲地直奔而去。

当时，朱元璋已经醒来。中午就要对孙德崖下手了，朱元璋要考虑的问题实在太多。

朱元璋刚一醒来，马氏也睁开了眼。虽然她不可能像朱元璋那样考虑那么多的问题，但只要朱元璋心绪不宁，她就不可能睡得踏实。她醒来后也没说话，而是用双手和双腿轻轻地拥住了朱元璋。朱元璋感觉到了她的温暖，也感觉到了她的安慰。他的手，不自觉地就伸到她的衣服里去了。

就在这当口，只听"砰"的一声，房门被大力踹开。能如此轻易地走进朱元璋家的人，只有郭子兴了。郭子兴踹开房门后所说的第一句话是："来啊！把叛徒朱元璋捆绑起来！"

从郭子兴身后跑过去四条大汉，不由分说地就将朱元璋反绑了起来。马氏一时间被吓愣了，愣得差点忘了把露出来的胸脯掩上。朱元璋虽然也大为震惊，但还清楚是怎么一回事。他也没挣扎，也没反抗，由着那四条大汉把自己拖下床捆绑起来。

郭子兴又大叫一声道："把叛徒朱元璋押出去，斩了！"

马氏就是先前被吓傻了现在也会迅速地回过神来。她就像是要跟谁拼命似的，一下子从床上跳下来，不顾一切地扑到郭子兴的脚下，紧紧地抱住郭子兴的双腿言道："父亲，你为什么要对元璋这样？元璋究竟犯了什么过错？"

郭子兴的力气很大，加上又愤怒无比，脚劲儿就更大了，只一抬腿，马氏便被摺出去老远："犯了什么过错？他犯的是弥天大罪！他昧着良心背叛我，勾结孙德崖，我还能让他活命吗？"

马氏又玩命似的扑上前去，重新抱住了郭子兴的双腿："父亲，这真是天大的冤枉啊！元璋什么时候背叛你？又什么时候勾结的孙德崖？他只是为了替你保住在和州城的两万人马，这才委曲求全地与孙德崖周旋……他吃了多少苦、受了多少气，全都是为了你！可你……刚一踏进和州城，就不分青红皂白地要抓他杀他，你……还像个红巾军的大元帅吗？"

马氏说得声泪俱下，郭子兴反而冲着马氏咆哮道："住口！你竟敢帮着朱元璋这个叛徒狡辩，我……我连你一块儿斩了！"

朱元璋突然哈哈大笑道："夫人，你不要再向他求情了！他虽然还算不上年老，但已经糊涂得不可救药了！"

朱元璋此话无疑是火上浇油，郭子兴闻之，"唰"的一声就从背上抽出了寒光闪闪的大砍刀："朱元璋，你这个不肖的东西，死到临头了，还敢如此胡言乱语？"

郭子兴的大砍刀就在朱元璋的头上晃动，胆子稍微小一点的人，恐怕早就被那柄大砍刀吓得尿裤子了。然而朱元璋的脸上不仅毫无惧色，反而挂上了一层十分冰冷的笑容："我的岳父大人，我看你真的是老糊涂了。如果我真的与孙德崖勾结在一起，那现在死到临头的，究竟会是谁？"

郭子兴不由得一怔。是呀，如果朱元璋真的背叛了他郭子兴，那朱元璋又怎么会如此地束手就擒？郭子兴清楚朱元璋的身手，别说是四条大汉了，就是八条大汉想一时间制服朱元璋也不是件容易的事情。

然而郭子兴当时早已是怒火中烧，他根本就听不得别人的话。所以，他只是怔了片刻之后，便又要对朱元璋发作。就在这紧要关头，一个声音从郭子兴的身后传来："郭元帅，我大哥说得对！如果我大哥真的与那孙德崖勾结，你仅带着区区数百骑兵就能进得了和州城？即使你把滁阳城的三万人马一起带来，恐怕你也很难踏进和州城一步啊！"

郭子兴不用回头，也知道在他身后说话的人是徐达。待回头看时，郭子兴不禁倒吸了一口凉气，只见徐达、周德兴、汤和一溜排站着，个个脸上都肃杀无比，而且腰间还都挂着长剑。

在郭子兴的记忆中，朱元璋四兄弟还从来没有当着他的面这样跟他说过话，更没有在他的面前呈现过如此敌对的表情。不过，正是这种极度的反差，使得郭子兴发热发胀的脑袋变得稍稍有些清醒了。他似乎明白了这么两个道理，一是，如果朱元璋真的与孙德崖合伙了，那他郭子兴是绝对进不了和州城的。朱元璋与孙德崖的兵马合在一起有四万多人，而他只有三万来人，且三万来人里面还有很多官兵是朱元璋的旧部。另一个是，如果他强行砍死了朱元璋，那徐达、周德兴、汤和是绝不会袖手旁观的。徐达、周德兴、汤和的武功，郭子兴都亲眼见过，这三人联手出击，不敢讲天下无敌，至少杀他郭子兴是不成问题的。这么想着，郭子兴的右手就有些发软，大砍刀也就随之垂了下来。

郭子兴多少恢复了一些理智。徐达的面色温和了下来，只是这种温和不是给郭子兴看的，而是给马氏看的。徐达走到马氏的身边，轻轻地将她扶起，一边扶一边言道："大嫂，起来吧，大哥不希望看到你向人求情的模样。"与此同时，周德兴、汤和双双走过去，替朱元璋松了绑。

朱元璋站起了身子，脸上几乎毫无表情。他就这么毫无表情地冲着郭子兴言道："岳父大人，请你回去好好地想一想，刚才发生的事情，到底是为什么。"

徐达不冷不热地言道："大哥，还能为什么？肯定是有人从中捣鬼，而郭元帅又偏听偏信，所以就从滁阳跑到这儿向你兴师问罪来了！"

朱元璋四兄弟都直直地盯着郭子兴看。郭子兴好像被看得不好意思了，猛然一跺脚，就脸色铁青地带着手下走了。他当然不会回滁阳，他只能去找张天祐和郭氏兄弟。

朱元璋和徐达等人走到了一间屋里议事。

汤和言道："大哥，经过这件事情一闹，我们和郭元帅恐怕就算是彻底地闹翻了……"

周德兴没好气地道："闹翻就闹翻吧。过去，在濠州城的时候，我觉得郭元帅这个人还不错，可后来，我越来越觉得郭元帅其实也算不上什么好东西！"

朱元璋忙言道："三弟、四弟，现在不是讨论我老丈人问题的时候，现在最紧要的问题，是防止我老丈人调动这里的军队去跟孙德崖打，所以你们现在赶快回到部队当中去，把部队牢牢地控制住，绝不能让我老丈人调走一兵一卒。我老丈人手中没兵，也就掀不起什么大浪。"

徐达问道："大哥，如果孙德崖知道郭元帅来了，会不会带兵去找郭元帅？"

朱元璋应道："我想不会，因为孙德崖并不知道我和我老丈人翻了脸。更何况，孙德崖应该知道，既然我老丈人来了，那滁阳的大队人马就会很快赶到。孙德崖不可能睁着眼找亏吃，他唯一能做的，就是带着他的人马尽早地离开和州城。"

朱元璋分析对了，徐达、周德兴、汤和刚一离开，那孙德崖就带着几个手下匆匆地跑到了朱元璋的家。一见朱元璋的面，孙德崖便急急地言道："朱公子，听说你老丈人来了，所以我来和你道个别。"

朱元璋假意挽留道："孙元帅，也不必急着走啊。虽然我老丈人来了，但他也不会把你怎么样的。"

孙德崖苦笑道："朱公子是在说假话吧？你老丈人就是打死他也不会跟我孙某和平共处的。我觉得这么多天来朱公子待我还不错，所以临走前来跟你打个招呼。"

朱元璋表示感谢，然后就打算送孙德崖出城。朱元璋心里想："只要你孙德崖走了，和州城也就算是平安无事了。"

眼看着，朱元璋和孙德崖就一步一步地向着西城门方向走去。可就在这当口，一个声音突然从朱元璋和孙德崖的前面传来。那声音朱元璋很熟悉，而孙德崖似乎就更熟悉，因为那声音是从郭子兴的口中发出的。郭子兴此时的声音好像十分温和，温和得就像是在跟一个女人说悄悄话："孙元帅，既然来了，又何必急着要走？既然走，又为何不与郭某打个招呼？"

朱元璋担心的事情还是发生了。只见郭子兴，直直地站在孙德崖的对面，郭子兴的两边，同样直直地站着两个人，一个是郭天叙，另一个是郭天爵。不过，从面上看去，郭子兴似乎并无多少敌意。

也许是出于礼貌吧，孙德崖忙冲着郭子兴拱了拱手："原来是郭元帅……孙某来和州已经好多天了，实在不敢再打搅朱公子，所以只能匆匆而别。"

郭子兴哈哈一笑道："孙元帅，郭某并不是要挽留你。郭某只是觉得，你孙元帅来一趟和州不容易，现在要走了，我郭某总该表示一下老朋友的心意吧？"

说完，郭子兴很响亮地拍了两下巴掌。掌声刚一落，便有两个男人抬了一张小桌走过来，桌上摆着几盘小菜和两壶酒。跟着，又有两个男人搬了两把椅子放在了桌边。

郭子兴道："孙元帅，请入座吧。你要离开，我为你送行。"

不知出于什么心理，孙德崖真的坐在了一把椅子上。当街而放一张小酒桌，两个大男人相对而饮，这也的确可以称得上是一道独特的风景。

郭子兴又转向朱元璋道："贤婿，你自去忙你的事情吧，我只不过和老朋友叙叙旧道道别而已。"

朱元璋也不好多说什么，就和孙德崖打了个招呼，离开了。他没往别处去，而是直奔西城门。他要看看孙德崖的部队是否都开到了城外。朱元璋以为，郭子兴是不敢对孙德崖怎么样的。和州城的军队几乎都控制在他朱元璋的手里，郭子兴没有同孙德崖摊牌的资本。

来到西城门口，朱元璋发现，孙德崖的两万多人马差不多都已经开到了城外，只有十几个将领还徘徊在城门洞里，显然是在等候孙德崖。朱元璋认得其中几个将领，便走过去打招呼。他们问朱元璋孙德崖现在何处，朱元璋说郭子兴正在为孙德崖饯行。孙德崖的部将几乎没有一个人相信朱元璋说的话。他们嘀嘀咕咕一阵之后，马上便有几个将领纵马驰往城内，另有几个将领立刻把朱元璋包围了起来。

然而，似乎只是一眨眼的工夫，驰往城内的那几个孙德崖的部将又飞马回来了，其中一个将领扯开嗓门叫道："不好了，孙元帅被郭子兴捆起来了。"

一下子，孙德崖手下的那十几个将领全乱了套。约有七八个将领忙着跑到城外去召集部队，剩下的几个将领赶紧七手八脚地抓住了朱元璋。朱元璋大声言道："不可能，我老丈人不会对孙元帅怎么样的。"

但很快，朱元璋便明白这一切都是真的了，因为有好几百个士兵从城门两侧向着朱元璋等人冲杀了过来，把朱元璋和那几个孙德崖的部将逼出了城门洞，而指挥这几百个士兵的，正是那个张天祐。朱元璋等人刚被逼出城门洞，两扇城门就"吱呀呀"地关上了。

如果朱元璋想逃跑，那在城门关起来之前，他是完全有可能跑到城内的，因为仅凭孙德崖的那几个部将，还擒不住他朱元璋。但是，朱元璋没有跑，而是动也不动地由着孙德崖的部将把自己擒住。

朱元璋为何心甘情愿地束手就擒？原来，朱元璋已经看出了郭子兴的诡计：把孙德崖逮住，既报了过去之仇，又能逼着朱元璋同孙德崖的部队开战，等滁阳的那三万多人马赶到，便可将孙德崖的兵马彻底击溃了。

但朱元璋不想让郭子兴的诡计得逞，理由有三：一、孙德崖毕竟不是元朝人，暂时还没有同他开战的必要。二、孙德崖和那个赵均用是一伙的，同孙德崖开战，也就间接等于是同赵均用开战，如果赵均用挥师南下，那就又多了一个敌人，而让孙德崖和赵均用留在北方，则至少可以拖住和挡住不少北方的元朝军队，对朱元璋在南方的发展显然是极为有利的。三、如果同孙德崖开战，把孙德崖的兵马彻底打垮了，但朱元璋自己是肯定要蒙受不小损失的，而朱元璋要想很快地实现占领集庆的计划，就不能够让自己的军队蒙受无谓的损失。至于以后，如果真的占了集庆了，势力真的强大了，那孙德崖也好，赵均用也罢，朱元璋就肯定会有别样的考虑了。

朱元璋想着：你郭子兴抓住了孙德崖，我却让孙德崖的部将抓住，这样，你郭子兴就不敢轻易地杀害孙德崖，因为徐达等人是绝不会答应的。只要孙德崖完好无损，和州城就会避免一场不必要的战争。

朱元璋的意图可以说是圆满地实现了。郭子兴抓住孙德崖之后，当时非常得意。他让儿子给孙德崖套上枷锁，然后逼着孙德崖依旧坐在他的对面陪他饮酒。不明真相的老百姓觉得这景象很有趣，便里三层外三层地围着郭子兴和孙德崖看热闹。有大批观众捧场，郭子兴自然越发地得意，一边把酒往口里倒一边笑嘻嘻地对孙德崖道："老朋友，你的酒量很大，我的酒量也不小。今天，我们就当着这么多人的面，比个高低分个输赢如何？"

孙德崖似乎也不是什么怕死的人，他先是"呸"地朝桌上吐了一口痰，然后重重地言道："郭子兴，我既然被你抓住，那你就快点把我杀了吧！"

郭子兴"嘿嘿"一笑道："孙元帅怎么变得如此性急？待我们比过酒量之后我再送你上路也不迟啊。"

郭氏兄弟一起大笑起来，许多看热闹的老百姓也跟着大笑不止。郭子兴的心中那个快乐，简直没法形容。世上还有比随心所欲地玩弄仇人更快乐的事吗？

围观的老百姓一阵骚动，那张天祐急急地钻到了郭子兴的身边。郭子兴问发生了什么事，张天祐看了一眼孙德崖后欲言又止。郭子兴起身，将张天祐拉到一边问道："到底发生了什么事？"

张天祐低声地言道："姐夫，出了点差错，朱元璋被孙德崖的人抓起来了……他们在城外吵吵嚷嚷地要用朱元璋来交换孙德崖……"

郭子兴很是有点意外："朱元璋怎么会被孙德崖的人抓住？"

张天祐的声音更低了："姐夫，当时我看得很清楚，朱元璋能跑就是不跑，他是故意让孙德崖的人抓住的。"

郭子兴"哦"了一声道："天祐，你说朱元璋为什么要这么做？"

张天祐不假思索地道："这说明朱元璋和孙德崖真的是一伙。朱元璋以为，他被孙德崖的人抓住了，你就不敢杀孙德崖了。"

郭子兴哼道："朱元璋想得美。我好不容易抓住了孙德崖，无论如何也不会放掉的。"

张天祐言道："我们不放孙德崖，孙德崖的军队要大举攻城怎么办？我们手中可没有多少兵马啊。"

郭子兴胸有成竹地道："你不用担心，有孙德崖在我们手中，他的军队就不敢攻城。只要我们拖延到黄昏时候，我那三万人马就该赶到这里了。"

张天祐几乎是耳语似的言道："姐夫，我们这么做，那朱元璋可就是死路一条了。"

郭子兴言道："他这是自作自受，一点儿也怪不得我的。"

郭子兴话刚说完，就觉得情况有些不对头。因为那些围观的老百姓，不知何时都已经散开。他和张天祐的身边，一下子围上来许多红巾军士兵，领头的正是徐达、周德兴、汤和，还有李善长等人。朱元璋的亲信部将几乎全集中到了这儿。

一开始，徐达的语气还比较温和。他温和地问郭子兴道："郭元帅，我大哥被孙德崖的人抓起来了，你打算怎么处置？"

郭子兴故作镇定地回道："徐达，孙德崖现在我的手里，他们不敢对元璋怎么样的。"

徐达的语气不怎么太温和了："郭元帅，如果你对孙德崖怎么样了，那他们岂不是就敢对我大哥怎么样了吗？"

郭子兴连忙问道："徐达，你这话是什么意思？"

徐达的语气一点儿也不温和了："郭元帅，我的意思是，叫你马上用孙德崖把我大哥换回来。"

张天祐一旁大叫道："徐达，你怎么敢用这种口气跟郭元帅说话？"

徐达冷冷地看着张天祐道："张将军，我大哥在城外危在旦夕，你以为我会低声下气地来求你们吗？"

张天祐还想说话，可话没说出口就又匆忙地咽下去了，因为周德兴、汤和已经逼到了他身边，且几乎抽出了腰间挂着的剑。徐达又转向郭子兴道："郭元帅，时间紧迫，请你马上就给我一个明确的回答。"

郭子兴虽不是什么老谋深算的人，但玩点小伎俩还是很轻易的。他挤出两三丝笑容言道："徐达，你不要太性急，这也不是性急的事。你放心，我马上就派人到城门口，叫他们先把元璋放了，然后我就放孙德崖出城，怎么样？"

只可惜，徐达不是那种会被小伎俩所蒙骗的人："郭元帅，如果他们不放我大哥，你是不是就不放孙德崖？"

郭子兴回道："孙德崖我是肯定要放的，只不过是个时间上的问题。徐达，你也知道，我和孙德崖有不共戴天之仇，刚刚抓住他就又放了，我感情上实在承受不了。这样吧，徐达，顶多到今天下午，就是他们不放元璋，我也会把孙德崖放出城的。"

徐达冷冰冰地盯着郭子兴道："郭元帅，你根本就没把我大哥的生死放在心上。等到今天下午，滁阳的三万人马赶来了，在城外与孙德崖的军队开仗了，我大哥还有命在吗？"

周德兴急了："二哥，救大哥性命要紧，你干吗把时间浪费在这里？"

汤和也气呼呼地道："是呀，二哥，只要能救出大哥就行，其他的你就别管那么多了。"

徐达对郭子兴言道："郭元帅，你要杀孙德崖，我要救我大哥，我们只好各干各的了！"

郭子兴一时没明白徐达说的什么意思，但很快，他就彻底明白了，因为徐达等人径直朝那个孙德崖走去，而且还要给孙德崖开枷锁。郭天叙、郭天爵想上前阻拦，可早被周德兴、汤和等人堵得难以动弹。郭子兴发怒了，一个箭步冲到徐达面前，用手指着徐达的鼻子道："徐达，你想干什么？"

徐达回道："我想用孙元帅去换我的大哥。等我把我大哥换回来之后，你要去杀孙元帅，我保证不拦阻。"

等孙德崖回到他的军队当中，郭子兴还怎么去杀孙德崖？郭子兴"唰"地就从背后抽出了大砍刀："徐达，你想造反不成？"

徐达却面向周德兴、汤和言道："三弟、四弟，我要去救大哥，我不希望有人干涉我。"

周德兴、汤和的剑早已握在了手中。周德兴道："二哥，我只认得剑，不认得人！"

汤和言道："二哥，我只认得大哥，其他的人认不认识都无所谓。"

郭子兴实在是受不了了，鬼头大砍刀在空中画了一道漂亮的弧线，然后冲着张天祐和郭氏兄弟叫道："你们还愣着干什么？快去把孙德崖抢过来啊！"

张天祐和郭氏兄弟又何尝不想把孙德崖抢过来？可周德兴跟汤和等数千个朱元璋的部将，正虎视眈眈地瞪着他们，似乎他们只要一动弹，便会立刻丧命。郭子兴气急败坏地大叫了一声："孙德崖，我宰了你……"话音未落，他就舞着鬼头大刀向徐达冲去，向孙德崖砍去。

郭子兴是个大力气的人，一把鬼头刀少说也有好几十斤，然而，那把鬼头刀根本就没能砍下去，至少有十几件兵器几乎同时架住了鬼头刀的刀刃，另有几件兵器齐齐停在了郭子兴的胸前，使得郭子兴不能前进分毫。

只听得"哇"的一声，一股殷红的血从郭子兴的口中喷涌而出，郭子兴庞大的身躯，软软地倒在了地上。没有谁用兵器伤他，他是又气又恨，怒火攻心，自己晕倒的。

张天祐和郭氏兄弟慌了，赶紧跑过去，把郭子兴从地上抱起来。周德兴、汤和也多少有些心慌，忙着去看徐达。徐达静静地道："没什么大不了的事儿，他一会儿就醒过来了。"

果然，郭子兴很快就睁开了眼，可也只能眼睁睁地看着徐达为孙德崖卸了枷锁，然后一起向着西城门走去。郭子兴又"哇"的一声吐出一口鲜血，只是这回没再晕过去，而是躺在张天祐等人的怀里大口大口地直喘气，气喘得很急促，但又似乎相当的微弱。

徐达等人费了一番周折才利用孙德崖把朱元璋救出来。朱元璋四兄弟有说有笑地回到了城里，回到城里之后，朱元璋并没有去"看看"郭子兴，因为有了这场变故，朱元璋和郭子兴就算是彻底地、公开地决裂了。

中饭刚吃过，朱元璋就把徐达、周德兴、汤和找到自己身边吩咐道："滁阳的三万人马下午恐怕就会赶到，我们不能太大意了，应该把属于我们的军队牢牢地控制住。"

徐达等人点了点头。徐达问道："大哥，我们已经同郭子兴闹翻了，下一步该怎么走？"

朱元璋回道："现在城里比较乱，无论是军队还是老百姓，都有些人心惶惶的。我想等一段时间，等城里局势比较稳定了，再决定下一步该怎么走。不过，无论如何，我们也要向江南进军。"

下午，首先走进和州城的，是郭夫人张氏和郭子兴的女儿郭惠。这母女俩一得到郭子兴生病的消息后，就几乎一口气乘着马车赶到了和州城。因为走得太急太快，等赶到郭子兴的身边时，张氏和郭惠也几乎病倒了。

黄昏时分，从滁阳出发的三万人马也开进了和州城，城里一下子变得热闹而有趣起来。属于朱元璋四兄弟的兵马，纷纷向城的东边跑。属于郭子兴的兵马，则自觉地驻扎在城的西边。这样，孙德崖虽然不在了，但和州城内却又出现了两军东西对垒的局面，而且火药味儿十足，大有一触即发的味道。

不过，只要朱元璋不想开仗，那和州城内就不会发生什么战事，因为，一共不到五万人马，朱元璋的手下至少占了总数的六成。也就是说，在新一轮的东西对垒中，朱元璋的兵力明显地占有优势。不然的话，即使朱元璋不想开仗，战事恐怕都难以避免。

话又说回来，虽然和州城暂时没有发生什么战事，但两边对峙的局面还是非常危险的。不说别的，单粮草问题，就很容易成为两边交战的导火线。和州城的军粮本来比较充足，经孙德崖的两万人马一搅和，军粮就比较吃紧了。而现在，小小的和州城里一下子挤了近五万人的军队，就是储备的军粮再多，也不够五万张嘴填的。于是，在一个晚上，朱元璋召开了一次十分秘密的军事会议。

既然是秘密的军事会议，那参加会议的人就只能是朱元璋的心腹和亲信。实际上，只有四个人参加了这次会议，这便是朱元璋四兄弟，连李善长那样的谋士都不知道这次会议的内容。

开会的时候，朱元璋的脸上很是严肃。朱元璋严肃了，徐达三人的脸上就肯定不会有什么笑容。朱元璋首先道："今晚我们四兄弟聚在一起，是要商讨一下和州城的局势。"

没有人说话，都在听朱元璋说。这好像已经形成一种惯例了，朱元璋没征求别人意见的时候，徐达等人一般是不轻易开口的。朱元璋接着道："和州城的局势很明朗，我和我老丈人已经撕破了脸，但我又不想和我老丈人开仗，因为开仗要死很多人。可问题是，照这种局面发展下去，就算我永远不想开仗，恐怕仗都得打起来。我把你们叫来的意思是，看能不能找到一个好办法，让和州城的仗永远都打不起来。"

朱元璋开始征求别人的意见了。周德兴看了一眼徐达，又看了一眼汤和，然后看着朱元璋道："大哥，我以为，要想使和州城开不起仗来，除非是我们主动地离开这里。"

汤和忙接道："大哥，还有一个办法，那就是你老丈人他们主动地离开这里。"

朱元璋问徐达道："二弟，三弟、四弟他们说得有没有道理？"

徐达回道："三弟、四弟说的话，看起来是两码事，其实是一回事。道理肯定是有的，但不现实，因为我们不会主动地离开这里，离开这里我们就不好向南发展，有郭元帅待在和州城，我们总是会有顾虑的。而郭元帅他们也不会主动地离开这里，不说别的，如果离开这里，郭元帅至少会觉得丢了面子。"

朱元璋点头道："二弟说得对。我们和我老丈人，谁都不会主动地离开这里。"

周德兴道："既然谁都不想离开，那我们就只能准备打仗了。"

汤和接道："既然肯定要打仗，那迟打不如早打，早一点儿把郭元帅他们从这里赶走，我们也就没这么多顾虑了。"

徐达言道："三弟、四弟，不是我吹牛，如果要打仗，我一天之内就能把郭元帅他们从这里赶走。可大哥刚才说了，他不想在这里打仗。"

周德兴糊涂了："大哥，又不想打仗，又不想离开这里，这……怎么可能呢？"

朱元璋问徐达道："二弟，你说说看，有没有既不打仗又不离开这里的可能？"

徐达回答得很干脆，只有一个字："有！"

周德兴、汤和马上就盯住了徐达。朱元璋轻声地道："二弟，你把话说得明白一点，三弟、四弟的脑袋瓜好像转不过弯来。"

徐达言道："三弟、四弟，如果郭元帅他们的兵马都属于我们的了，那我们岂不是既不要打仗又不要离开这里？"

汤和即刻睁大了眼："二哥，这怎么可能呢？郭元帅他们怎么可能会把他们的兵马拱手送给我们？"

周德兴也将信将疑地盯着徐达，徐达连忙道："三弟、四弟，你们别再问我了，还是问大哥吧，大哥的肚子里其实早就有主意了。如果这主意是从我的嘴里说出来的，那大哥就会把全部责任都推到我的身上了。"

朱元璋开口了："好，二弟不肯说，那我就来说。三弟、四弟，我问问你们，我老丈人的部队，为什么现在不属于我们？"

汤和言道："大哥，这还用问吗？有你老丈人，还有张天祐和郭家兄弟，他们的部队当然不会属于我们了。"

朱元璋的目光紧紧地罩在周德兴、汤和的脸上："三弟、四弟，我再问你们，如果我老丈人，还有张天祐，还有郭天叙、郭天爵，突然都不在了，他们的部队是不是就会属于我们了？"

周德兴明白了，汤和也明白了。

徐达问朱元璋道："大哥，我们先向谁下手？"

朱元璋淡淡地说出了五个字："擒贼先擒王。"

接下来，朱元璋四兄弟就又详详细细地商议着如何才能把主意变成现实，一直商议到黎明时分方才告一段落。

郭子兴被气病了之后，马氏曾去看望过郭子兴，却被郭子兴骂骂咧咧地撵了回来。张氏赶到和州城后，马氏又去看望郭子兴，但同样被骂了回来。马氏一生气，就对朱元璋言道："我以后再也不去看他了，他变得越来越不像个父亲了。"

朱元璋应道："你不就是挨了两次骂吗？如果我去看他，恐怕就不是挨骂的问题了。"

但马氏的心里却始终是疙疙瘩瘩的。嘴上说再也不去看郭子兴了，可无论白天黑夜，她又总是挂着郭子兴，还有张氏。同住在一个城里，叫马氏不去惦记郭子兴夫妇，那是不现实的。问题是，她已经对朱元璋说过那样的话了，一时间似乎不好改口。

突然有一天，朱元璋这样对马氏言道："夫人，我们一起去看看我的老丈人吧。"

马氏闻言，不免又惊又喜。喜的是，朱元璋这么做，明显地有了一种和解的姿态。惊的是，朱元璋这么做，又明显地带有很大的危险性。朱元璋当然知道马氏的心理，于是就解释道："他毕竟是我的老丈人，我不去看他不近情理。既然我是诚心诚意地去看他，他就不会把我怎么样。"

听朱元璋这么说，马氏就高高兴兴地同朱元璋一起往郭子兴的元帅府去了。

朱元璋到了郭子兴的元帅府后，处境是非常尴尬的。元帅府上下，几乎无人理睬朱元璋。尤其是张天祐和郭氏兄妹，更是对朱元璋充满了敌意。好在朱元璋也不以为意，和马氏一起，先去看望了张氏，然后去看望郭子兴。

张氏很憔悴，但对朱元璋却很友好。她以为，闹成今天这种僵局，责任不在朱元璋，完全是郭子兴的错。她无奈地告诉朱元璋，郭子兴现在根本就不听她说话了，她希望朱元璋能经常地往这儿跑一跑，努力改善他和郭子兴的关系。朱元璋满口答应。

郭子兴也很憔悴，而且比张氏还要虚弱，整天躺在床上，很少下地走动。看见朱元璋和马氏进屋，郭子兴意外地没有发火，而是冷冷地问道："朱元璋，你是不是来看我究竟死了没有？"

朱元璋俯身在郭子兴的病床前，表情十分虔诚："岳父大人还在生小婿的气……千错万错，都是小婿的错。小婿别无他求，只求岳父大人放宽心，早日养好身体。"

郭子兴大叫一声道："放屁！朱元璋，你巴不得我马上就咽气。"

郭子兴动怒了，发出一阵剧烈的咳嗽，慌得床边的几个大夫连忙对郭子兴又是捶背又是抚胸。好一会儿，郭子兴才渐渐地平静下来。平静下来之后，郭子兴所说的第一句话是："朱元璋，你有多远滚多远，我不想再看到你。"

朱元璋没有理由再待下去了。不过，临走前，朱元璋问了大夫这么两个问题。一个问题是，郭元帅的病到底怎么样了；另一个问题是，吃什么东西对郭元帅的这种病有好处。大夫对朱元璋说："郭元帅的病不稳定，时好时坏，不生气病情就会好转，一动怒病情就会加重。"大夫还告诉朱元璋："最好能弄一些纯白毛的老母鸡给郭元帅吃，这种老母鸡熬出来的汤对补养郭元帅被气坏的身体很有好处。"

很快，和州城的大街小巷里，张贴出了这么一种告示：谁家有纯白毛的老母鸡请送往郭元帅府，朱元璋以重金酬谢。

告示是朱元璋叫李善长写的。朱元璋贴这种告示的目的，倒不是真的希望能在城内找到多少这样的老母鸡，他贴这种告示的真正目的，是要让和州城内的军民知道：朱元璋和郭子兴已经和解了。

跟着，和州城内的军民便得知了这么两条消息：一是朱元璋的夫人马氏已经住在了元帅府里伺候郭子兴了；另一个消息是，为了给郭子兴治病，朱元璋已经把周德兴、汤和派出城外去寻找那种纯白毛的老母鸡了。

这两条消息应该讲都是真的，马氏确实住进了元帅府，周德兴、汤和也确实出了和州城。这样一来，和州城的军民就确信，朱元璋和郭子兴的关系开始好转了，而和州城内本来十分紧张的气氛也多少有些缓和。

但有一件事情和州城内的军民不知道，那就是，周德兴、汤和出城去除了寻找纯白毛的老母鸡外，还同时在寻找另外一样东西。那另外一样东西，才是朱元璋真正需要的，其他的一切，都是掩人耳目的假象。

周德兴、汤和一共在城外待了三天。三天之后，他们回来了，果然找着了好几只纯白毛的老母鸡。老母鸡送到了郭子兴的元帅府，却有另一样东西送到了朱元璋的手中。那是一个小纸包，纸包里有一些淡黄色的粉末。周德兴解释道："这东西往水里一放，什么颜色也看不出来……"

朱之璋问道："这东西可符合我对你们讲的要求？"

汤和回答："大哥，完全符合。人吃下去，当时没事，三四天后才发作，而且什么地方也不流血，只是肚子有点发胀。"

朱元璋笑道："我要的就是这种东西。"

自去了一趟元帅府后，朱元璋就三天两头地往元帅府跑。跑来跑去的，元帅府上下，除了张天祐和郭氏兄妹还对朱元璋充满敌意外，其他的人大都对朱元璋转变了态度。

周德兴、汤和送了几只白母鸡到元帅府后，朱元璋主动要求承担杀鸡和拔鸡毛的任务。张氏过意不去，没让朱元璋干那种粗活，那种粗活就落在马氏的身上了。马氏不仅负责这种粗活，还负责把白母鸡熬成汤。那汤熬得白乎乎香喷喷的，闻上一闻也要醉上半天。可马氏却很伤心，因为她只能熬汤，却不能喂汤。她几次把汤端到郭子兴的床前，但郭子兴就是不喝她喂的汤。按照大夫的吩咐，一只白母鸡熬出来的汤，分早中晚三次给郭子兴喝。还别说，这种白母鸡还真管用。几只白母鸡快吃完的时候，郭子兴的病情大有好转，竟然不用人搀扶也能下地行走了。张氏对郭子兴言道："这都是元璋的功劳啊……"郭子兴听了，没有说话。自生病以后，他还是第一次听到朱元璋的名字而没有发火。郭子兴的心中，是不是也有了同朱元璋重归于好的念头？

但一切都太迟了，当最后一只白母鸡的最后一碗汤，由马氏的手中递到张氏的手中时，汤里已经融进了周德兴、汤和从城外搞来的那种淡黄色的粉末。那是一种比较慢性的毒药，当然是朱元璋下的毒。可怜的张氏全然不知，竟然带着对朱元璋的感激，亲手把毒药一口一口地送进了郭子兴的体内。

当张氏喂完了毒药从郭兴的房里出来之后，朱元璋还这样对张氏言道："岳母大人，明天我再叫我的三弟、四弟出城去弄几只白母鸡回来给岳父大人吃。"

张氏轻叹一口气道："元璋，难得你一片孝心，可是你岳父就是不理解啊！"

朱元璋言道："岳母大人，我不怪岳父。我想，过一阵子，我岳父就会理解我了。"

朱元璋还真的派周德兴、汤和到城外去了。他对周德兴、汤和道："不管能不能弄到白母鸡，你们都在三天后回来。"

这三天里，朱元璋没有到郭子兴的元帅府里去，原因是，朱元璋病了，据说，朱元璋病得连路都走不动了。于是，和州城内就流传着这么一种说法：朱元璋的病，是为郭子兴的病操劳出来的。

三天之后，周德兴、汤和从城外回来了，只弄着两只纯白毛的老母鸡。许许多多的人都看见，朱元璋抱着十分虚弱的身体，一手提着一只白母鸡，跟跟跄跄地朝着郭子兴的元帅府走去——当然，许许多多的人都不知道，朱元璋根本就没有病，他跟跟跄跄的模样，完全是装出来的，只是装得非常逼真而已。

说来也似乎很巧，朱元璋刚刚走到郭子兴的元帅府门前，那马氏就慌不择路地奔出来，正好与朱元璋撞了个满怀。朱元璋好像很吃惊地问道："夫人，你这是怎么了？"

马氏的脸上满是泪痕："元璋，我正要去找你……我父亲，快不行了……"

朱元璋的脸色霎时变得惨白，看模样，他是极度震惊。而实际上，朱元璋当时是这么想的："那毒药，今天也该发作了。"

朱元璋就带着惨白的脸色，拎着两只白母鸡，三步并作两步地直向郭子兴的病房走去。他走得太快了。他走到郭子兴病房的门口时，马氏几乎只能看到他的背影。

朱元璋一走进郭子兴的病房，就"扑通"跪倒在地，然后以膝代步，匍匐到郭子兴的床前，并且早已泪流满面："岳父大人，怎么会是这样……"

朱元璋丢下的那两只白母鸡，在郭子兴的病房里乱飞。病房里所有的人，都能看得出，这两只白母鸡，肯定倾注了朱元璋对郭子兴的一片孝心和一腔忠诚。

当时病房里，除了几名大夫外，就是张氏、张天祐和郭氏兄妹了。郭子兴还能说话，他挣扎着对朱元璋道："贤婿，一切都是我错怪你了……你起来，我有话对你们说。"

郭子兴弥留之际说出这样的话，是真的清醒了还是真的糊涂了？反正，当时的事实就是这样的，郭子兴在临死前说了三点。一点是，他不该在滁阳时对张氏发火，他请求张氏原谅他；另一点是，他不该对朱元璋心存疑忌，请朱元璋不要太过计较；第三点是，他希望朱元璋能够与张天祐及郭氏兄弟同心合力，共同开创美好的明天。在濒临死亡的最后一刹那，他向朱元璋提出了一个要求：把他的遗体运到滁阳城安葬。朱元璋含着眼泪答应了，而且很快地，他就哭成了一个泪人儿。郭子兴向朱元璋提出要求后就咽了气。

郭子兴死后，和州城僵持的局面发生了明显的变化。张天祐和郭氏兄弟的兵马，与朱元璋四兄弟的兵马，不再像过去那样东西对峙了，而是各司其职分散驻扎在和州城的每个角落。这种局面的形成，当然与郭子兴的临终遗嘱有关。实际上，无论是张天祐和郭氏兄弟，还是朱元璋四兄弟，对这种局面的形成都非常满意。

张天祐和郭氏兄弟之所以满意，是因为他们的兵马比朱元璋四兄弟少，这样混合在一起，也就没有多少区别了。而朱元璋四兄弟满意的原因是，兵马混合在一起，就更容易除掉张天祐和郭氏兄弟而不会引起别人的怀疑了。

朱元璋十分明确地对徐达三人道："毒死我老丈人这种方法，只能用一次，再用下去，就会引起别人的怀疑了。所以，对付张天祐他们，只能用别的方法。"

如果形势一直这么发展下去，那么，不管朱元璋四兄弟采用什么方法，张天祐和郭氏兄弟也会必死无疑。问题是，就在朱元璋四兄弟准备采用什么方法的时候，和州城的形势却发生了一个很大的变化。这种变化，使得朱元璋四兄弟不得不暂时放弃自己的计划，而张天祐和郭氏兄弟，也得以苟延残喘了好一段时间。

元至正十一年（1351年）五月初，中书省栾城（今河北省石家庄市栾城区）人韩山童在颍上县（今安徽省颍上县）与刘福通、杜遵道等人以红巾军的名义举起了反元大旗。因为消息走漏，元兵突然包围了韩山童等人，韩山童在激战中被俘牺牲，他的妻子杨氏带着儿子韩林儿逃到武安山（今江苏省徐州境内）中，而刘福通、杜遵道等人则杀出重围，攻占了颍州等地，队伍发展到十几万人，成为当时北方乃至全国最大的一支反元武装力量。刘福通出于自身的考虑，派人找到了韩山童的妻子杨氏和韩山童的儿子韩林儿，把杨氏和韩林儿接到亳州（今安徽省亳州市），立韩林儿为皇帝，称小明王，建国号为"宋"（因为韩山童生前自称为大宋徽宗皇帝第八代子孙），年号为"龙凤"，尊杨氏为皇太后，以杜遵道为丞相，刘福通自己为平章政事，刘福通的弟弟为枢密院事。又拆邻县鹿邑太清宫的木材建造宫殿，组建了一个基本上模仿元制的政权。有了政权，就要进一步扩大实力和自己的势力范围。因为韩山童是江北最早起义的红巾军首领，现在

"宋"政权又是江北最大的一支红巾军武装，所以刘福通便以为"宋"政权完全有资格统领江北各地所有的红巾军。于是，"宋"丞相杜遵道便以"宋"皇帝小明王的名义派使者分赴江北各地的红巾军驻地，让各地的红巾军选一名代表到亳州商议统一指挥和论功封赏的事情。

这里需要说明的是，"宋"丞相杜遵道派了一个使者到和州城后不久，杜遵道就死了。杜遵道是刘福通派亲信害死的。杜遵道死后，刘福通就自命为丞相，后来又自封为"太保"。实际上，"宋"政权是掌握在刘福通的手里的，"宋"皇帝小明王只不过是刘福通的傀儡。

和州城的人当然不知道"宋"丞相更迭的事情。杜遵道的使者到和州的时候，朱元璋不在城里，他领兵去平定和州城外的一处地主武装的挑衅。张天祐和郭氏兄弟觉得这是一个大好机会，便瞒着徐达等人，由张天祐作为和州城的红巾军代表，随杜遵道的使者去了亳州城。张天祐从亳州城回来的时候，带了一张"宋"皇帝小明王的"委任状"，任命郭天叙为和州城红巾军的"元帅"，张天祐为"右副元帅"，朱元璋为左副元帅。"委任状"中还规定，从此以后和州城军中文告，均用"龙凤"年号。

这一年，是元至正十五年，即1355年，也就是"宋"政权的"龙凤元年"。

【第三回】

常遇春奋勇破阵，陈野先被迫归降

刘福通的"宋"政权委任郭天叙为和州城红巾军的"都元帅"，朱元璋的心里很是不快活。"都元帅"就是主帅，而"右副元帅"又比"左副元帅"大，也就是说，在"宋"政权的委任下，朱元璋只做了和州城红巾军的第三把交椅。

朱元璋兄弟四人对"宋"政权的委任很是不满，但经过一番商量之后，他们认为小不忍则乱大谋，最后接受了任命。

所谓"新官上任三把火"，郭天叙做了都元帅之后，马上就召开了一次军事会议。会上，他以主帅的身份作出决定：和州城内现在粮草比较紧缺，而江南则是盛产粮食的地方，所以应该速速地向江南发展。

郭天叙开始实施向江南发展的计划了。但因为隔着一条长江，要想向江南发展，就必须得有大批船只，所以，郭天叙就在一天早晨，派他的兄弟郭天爵领数千人出城向江边开去。郭天叙给郭天爵的任务有两个：一是打通和州城到江边的道路，二是设法弄到一批船只。

郭天爵的第一个任务完成得很出色，只花了半天时间就从和州城一直打到了长江边上。然而，郭天叙布置的第二个任务，郭天爵却未能完成。因为长江里的大小船只，几乎都被元军扣到江南岸了，郭天爵费了好大的力气，只弄到几只捕鱼的小船。因此，郭天爵只得无可奈何又垂头丧气地准备收兵撤回和州城向哥哥交差。

就在郭天爵准备撤兵的当口，江面上突然出现了一百多艘元军的战船。战船不算太大，但帆扬得很高，船行的速度十分快捷，下午的阳光射在帆布上，发出刺眼的白光。

手下问郭天爵怎么办。郭天爵看了看江面，每艘元军战船上，顶多载有五十个士兵，一百多艘战船加在一起，也不过装着几千人，还没有郭天爵当时的兵马多。更主要的，在郭天爵看来，战船上的元军好像根本就不知道他郭天爵的存在，一个个都站在船上嘻嘻哈哈的，没一点儿战斗的准备。于是郭天爵就下令道："都埋伏起来，把这股元兵消灭掉！"

郭天爵想，自己的兵马比元军多，趁元军上岸立足未稳的时候，打他个措手不及，这样，不仅能很快地将这支元军击溃，还能缴获不少战船。

但郭天爵估计错了，当他领着红巾军官兵奋不顾身地扑向江边时，那几千个元军不仅没有丝毫的慌乱，还迅速地排好作战的阵势，硬是顶住了郭天爵的第一次冲锋。一个手下对郭天爵言道："将军，这批元兵早就有了同我们开仗的准备。"

郭天爵也看出了这一点。如果他此时当机立断地下令撤退，那后来的损失就不会有那么大。但他没有这么做，一是因为他不知道左右还有大批元军，正在对他进行包围，二是因为他觉得自己的兵马在数量上占优势，如果匆匆忙忙地撤走了，就太没有面子了，更不能在朱元璋等人的面前炫耀邀功了。因此，他便对手下命令道："给我死命地冲，给我死命地杀！无论如何，也要把这批元兵打垮！"结果是，郭天爵最终独自一人带着满身的伤痕回到了和州城里。

郭天爵逃回和州城，已是后半夜了，但马上便惊动了郭天叙、张天祐和朱元璋等人。郭天爵出城的时候带有好几千人，现在回来的却只有他自己一个。朱元璋忍不住地训斥郭天爵道："你怎么能一下子就白白断送了几个弟兄的性命？"

朱元璋训得很严厉，但却训得有理，郭天叙实在不好帮郭天爵讲话。朱元璋还气哼哼地对郭天叙言道："大元帅，像郭将军这种行为和后果，是应该处以死罪的！"

郭天叙一惊，忙着去看张天祐，张天祐赶紧对朱元璋道："朱元帅，郭将军虽然犯了大错，但毕竟刚刚死里逃生回来，且又负了重伤，我看就饶他一回吧……等下次，下次他再犯类似的错误，一定从严惩处。"

郭天叙也赔着笑脸看着朱元璋道："朱元帅，张元帅说得有理，我看你这一次也就不要对郭将军太过计较了。"

朱元璋不禁暗骂道："你们这些家伙，只知道护长护短，就是我以后不想法子整你们，你们也没有多大的出息！"

朱元璋嘴里说的是："大元帅，既然你和张元帅都这么说了，那我也就不追究郭将军的责任了，我们还是抓紧时间做好守城的准备吧。"

郭天叙又一惊："朱元帅，你是说元兵要来攻打和州城？"

朱元璋不觉叹了一口气道："大元帅，如果元兵仅仅只想消灭郭将军的人马，又何必要从江南开过来几万人马？"

郭天叙将信将疑地望着张天祐，张天祐却正将信将疑地望着他。朱元璋又轻叹一声道："大元帅，别再犹豫了，准备得迟了，我们会很被动的。"

郭天叙最终决定，按朱元璋说的办。不过，他和张天祐对朱元璋说的话依然心存疑虑。红巾军自攻占和州城后，江南的元军从来没有派兵攻打过，这一回，怎么突然就派兵攻打了呢？

等到天亮的时候，郭天叙和张天祐这才相信朱元璋说的是事实，因为小小的和州城，确实已经被元军包围。郭天叙不无侥幸地对张天祐道："幸亏我们做好了守城的准备，不然的话，我们就要被元兵打个措手不及了……"

张天祐点头称是。他们在侥幸的同时，又再一次领悟到了这么一个事实，那就是，朱元璋确实有着过人的才能。

当时，和州城内有四万多红巾军，而围城的元军则在六万人左右。从军力对比上看，元军占有优势，但红巾军占有地利之势，所以平衡一下便可看出，这实际上是一场势均力敌的战斗。

战斗前，朱元璋问徐达道："二弟，在你看来，这批元兵能在这里攻上几天？"

徐达回道："在我看来，如果没有援兵，这批元兵顶多攻上十天便要撤回去了。"

朱元璋言道："二弟说的跟我想的差不多。我以为，这批元兵好像不是真正来攻城的。"

第一天，元军集中了两万兵力从东边对和州城发起了进攻，被郭天叙打了回去。第二天，元军又集中了近两万兵马从南边向和州城发起进攻，被朱元璋、徐达击退了。第三天，元军好像攻累了，没有发动什么攻势。第四天，元军纠集了近四万人马从西边向和州城发动了猛烈的进攻。守西城的主帅是张天祐，手下只有一万多人，顿感吃紧，朱元璋就叫周德兴、汤和带一万人到西城支援，郭天叙也派了好几千人增援张天祐。战斗整整持续了一天，元军被击退。到了第五天的早晨，和州城的红巾军发现，城外的元军不见了。郭天叙派人出城侦察，得到的消息是：元军已经乘船回到江南。

郭天叙有些糊涂了，便问张天祐道："这是怎么回事？元兵怎么只攻了这么几天就撤回去了？"

张天祐也搞不明白。最后，张天祐和郭天叙一起，主动找到朱元璋，询问究竟。朱元璋言道："我估计，这批元兵只是来试探和州城的实力的，要不了几天，恐怕就会有更多的元朝军队开过来。"

郭天叙和张天祐这回就相信朱元璋的话了。郭天叙问道："朱元帅，如果真的有更多的元朝军队开过来，我们怎么办？"

朱元璋回道："我们只有两种选择，要么离开这里，要么死守和州城！"

张天祐问道："朱元帅，依你之见，我们该走哪条路好呢？"

朱元璋应道："我的意思，是死守和州城。只要这一次能够守住，那以后江南的元兵就不敢轻易地来犯了。"

郭天叙和张天祐都认为朱元璋说得有理，于是就按照朱元璋的意见，派手下去四处筹措粮草了，因为和州城内的粮食确实到了捉襟见肘的地步了，如果元军真的大举来犯，仅吃喝问题，就足以让红巾军惴惴不安了。郭天叙还按照朱元璋的提议，在和州城内实行"全民总动员"：凡是能拿动刀枪的人，无论男女老少，都要做好与元军战斗的准备。从此也不难看出，郭天叙也好，张天祐也罢，虽然对朱元璋心存不满，但在军事谋略方面，他们也只能甘拜下风。

十几天后，一千多艘元军的战船从江南开到了江北。近十万元军，兵分四路，杀气腾腾地逼向和州城。这一消息，很快就被和州城的红巾军知道了。郭天叙和张天祐马上找到朱元璋，郭天叙问道："朱元帅，来了这么多元兵，我们能否守得住？"

朱元璋还没回答呢，那张天祐便紧接着言道："朱元帅，如果守不住，那现在撤走还来得及。如果等元兵围住了我们，就是想撤恐怕也撤不掉了。"

郭天叙和张天祐这么说，倒不是因为他们十分害怕。他们是在担心，元军来了那么多兵马，如果守不住和州，那还不如抓紧时间逃跑。

然而朱元璋却像是铁了心似的非要固守和州城。他对郭天叙和张天祐言道："能不能守住和州，我就跟你们一样，心中没底儿。但是，我是不会离开这里的。你们要离开，我没有意见，但我绝不离开！"

朱元璋的态度既明确又肯定，郭天叙和张天祐不觉对看了一眼。最后，郭天叙对朱元璋道："大姐夫，即使守不住，也大不了一死。我们就同仇敌忾地保卫这座城市吧。"

郭天叙、张天祐和朱元璋等人迅速作了紧急部署：郭天叙带一万人守西城，张天祐带一万人守南城，朱元璋、汤和带一万人守东城，徐达、周德兴带一万人守北城。郭天爵带一千五百多人作预备，哪里情况紧急就支援哪里。这里需要说明的是，经过上一回元军的围攻，和州城内的红巾军只有四万来人了，所以郭天爵那一千五百多人，几乎全是老百姓，而且有相当数量的老百姓还是临时从城外招募的。

和州城内的男人几乎全部动员起来了，和州城内的女人也没有闲着。在郭子兴遗孀张氏和朱元璋大老婆马氏的带领下，和州城内的妇女们全都组织起来了。她们主要的任务，就是送茶、送饭和救护伤员。可以这么说，当时的和州城已经是"全民皆兵"了。

和州城的准备工作还没有就绪，近十万元军就将和州城四面包围了。可以看得出，这近十万元军来自四个不同的地方，兵马数量也有着明显的差别。北城外的元军数量最少，只有一万多人。西城和东城外的元军数量差不多，在两万与三万之间。南城外的元军数量最多，至少有三万五千人，军旗上映着一个斗大的"陈"字。这样，就防守而言，徐达、周德兴的压力最轻，而张天祐的压力最重。

元军四面包围和州城的时候，是中午，但元军没有马上就发动进攻，而是忙着在距和州城两三里外的地方安营扎寨，似乎已经做好了打一场持久战的准备。红巾军官兵们看见，一车一车的粮食源源不断地运送到元军的营寨内，真让他们看在眼里馋在心里。

黄昏的时候，元军还没有发动进攻。南城外的元军，竟然派了一个使者进了和州城。朱元璋等人这才知道，南城外的元军统帅叫陈野先，是集庆城的一个元军大将军，也是这一次近十万元军的总指挥。朱元璋心中嘀咕道："连集庆城的元兵都来了，看来元兵这一回真的想把和州城一口吞掉啊。"不过，朱元璋心里也多少有些高兴，因为，他朝思暮想都要攻占集庆城，现在，集庆城的元军来了，他正好可以试探一下集庆城的元军到底有多大的战斗力。

陈野先的使者给郭天叙等人带来了一封信。信是陈野先亲自写的，陈野先在信中称，如果和州城的红巾军主动投降，他就可以保证所有红巾军官兵的生命安全，而且，红巾军的将领们，还可以在他的手下做官。如果红巾军不识好歹拒绝投降，他陈野先就要踏平和州城，把红巾军官兵杀个鸡犬不留。陈野先在信的末尾声称，他给红巾军一夜时间考虑，如果第二天早晨红巾军还不投降，他就开始攻城。

郭天叙看完陈野先的信后，就冲着陈野先的使者破口大骂，骂完了，还下令马上把陈野先的使者处死。朱元璋劝道："大元帅，自古两军交战不斩来使，我们杀了这么一个元兵，也顶不了多大用的。还不如消消气，利用这一晚上的时间把准备工作做得周到一些。"

郭天叙听从了朱元璋的话，没杀元军使者，而是把使者扣着，第二天早上才放出城去。张天祐自然有些担忧，对郭天叙和朱元璋言道："我这南面的元兵兵力最强大，我只有一万人，恐怕很难守得住……"

郭天叙征求朱元璋的意见道："是不是马上就把天爵的那些老百姓都拉到南城来？"

朱元璋略略思索了一会儿，然后道："我以为，暂时不要动天爵的人。天爵是我们最后的力量，不到万不得已，不能动用他。陈野先明天攻城，一开始不会尽全部力量的，张元帅应该能守得住。还有，其他三路元兵，到底会是个什么动静，我们现在也不知道。我的意思是，等元兵攻过几回城之后，我们再看具体情况调整我们的部署。"

郭天叙认为朱元璋说得很有道理，于是就对张天祐道："舅舅，我看就照大姐夫说的做吧。"

张天祐有些无可奈何地言道："看来也只能这样了……不过，如果我这边吃紧，你们要赶紧过来支援。"

一夜工夫，和州城内的准备工作已经全部就绪。弓箭、滚石等用来防御的武器几乎堆满了应该堆的地方。红巾军几乎不缺少任何作战的武器，城墙也十分坚固，所缺少的只有两样东西，一是人手，一是粮食。

第二天上午，元军开始向和州城发起进攻了。也正如朱元璋所料，陈野先第一次发动进攻，并没有投入全部兵力，只投入了一万多人。这样，张天祐防守的压力就并不是很重。紧跟着陈野先发动攻势的，是朱元璋面前的元军。郭天叙面前的元军第三个发动进攻。最后发动进攻的，是徐达、周德兴面前的元军。

元军攻势的猛烈程度，依照他们进攻的顺序渐次减弱。南城外的陈野先攻势最猛，而北城外的元军攻势最弱。实际上，徐达、周德兴根本就没遇到什么像样的进攻，北城外元军的进攻仿佛是象征性的。

总起来看，元军第一天的进攻都带有明显的试探性，接下来的进攻就不一样了。特别是陈野先，投入进攻的兵力越来越多，先是一万多人，接着是两万多人，最后，除留下少数人看守营寨和粮食外，陈野先几乎把所有兵力都投入到了进攻当中。

朱元璋看出了元军进攻的态势，陈野先进攻最积极。陈野先的意图，显然是想首先攻进和州城。而其他三路元军就没有陈野先那么积极主动了，他们好像在观望、在等待。似乎，只有等陈野先攻进和州城了，其他三路元军才会倾全力攻城。

相比较而言，朱元璋面前的元军还有着一定的攻势，只是投入进攻的兵力从来没有超过一万五千人，好像是在成心保存实力，这样，朱元璋和汤和就没有太大的压力。郭天叙面前的元军虽然也时不时地发动一两次攻势，但不仅投入的兵力很少，而且进攻的范围也很小。郭天叙不用多么紧张就能守住西城。最轻松的，还是徐达和周德兴，北城外的元军拢共只有一万多人，比徐达、周德兴的兵马多不了多少，就是全部投入攻城，徐达、周德兴也能应付。而事实是，北城外的元军除开头几天还发起过几次象征性的进攻外，后来干脆就待在营地里，再也不发动进攻了，每天除了吃喝拉撒睡，剩下的时间，就呆呆地朝着和州城张望，好像要与徐达、周德兴比耐力。

在如此明朗的局势下，朱元璋就向郭天叙建议重新调整和州城的兵力部署。郭天叙很听话，让朱元璋全权作决定。朱元璋决定，从北城抽出五千人，从西城抽出两千人，从东城抽出一千人，加上郭天爵的一万老百姓，全部开往南城由张天祐统一指挥。朱元璋又命令郭天爵带着剩下的老百姓仍然留在城中做预备队，以防不测。

张天祐这回高兴了，有了八千援军，还有一万名老百姓，他有自信可以顽强地顶住陈野先疯狂的进攻了。

以陈野先为首的元军，对和州城围攻了近一个月后，突然只围不攻了。北城外的元军，足足向后退了有十来里路，然后安营扎寨。东城和西城外的元军，也向后撤了有七八里。南城外的陈野先，虽然停止了进攻，但依然驻扎在距和州城约有三里远的地方，虎视眈眈地盯着和州城，好像要随时扑进城来。

元军只围不攻的原因，是和州城里已经断了粮。陈野先是从溜出城找粮食的老百姓口中知道这些的。陈野先想，既然城内已经断粮，那只需将城池团团围住，和州便会不攻自破。

陈野先又派了一个使者进城。这一回，陈野先没再写什么信，而是让那使者告诉郭天叙、张天祐和朱元璋等人，如果红巾军现在投降，他陈野先还能保证红巾军高级将领的生命安全，反之，那他陈野先就要杀光城内所有的人。

别说朱元璋了，就是郭天叙和张天祐，也都明白那陈野先已经知道了和州城内断粮的事。陈野先派这个使者进城，是在对红巾军下最后通牒。郭天叙问朱元璋怎么办，朱元璋一指陈野先的使者道："先把这个元兵杀掉。"

张天祐好像有些糊涂了："朱元帅，上一回陈野先派使者进城，大元帅想杀他，你却说两军交战不斩来使，可这一回，你为什么就要斩来使了呢？"

朱元璋回道："上一回跟这一回不一样。上一回斩来使没有意义，而这一回斩来使却可以让那陈野先知道，我们红巾军是决不会投降的。"

郭天叙很听朱元璋的话，亲手把陈野先的使者宰了，还把尸体高高地吊在南城墙上，以示要同陈野先血战到底的决心。

但是，使者好杀，断粮的问题却不好解决。张天祐忧心忡忡地道："再过几天，就是元兵不进攻，和州城也守不住了……"

郭大叙也哭丧着脸对朱元璋道："大姐夫，眼看就要挨饿了，我们总不能坐以待毙吧？"

朱元璋言道："我们当然不能坐以待毙。元兵不进攻我们了，我们就去进攻他们。"

张天祐赶紧道："对！我们可以集中所有的力量，从北城外打出去。北城外只有一万多元兵，只要我们打得突然打得迅速，就不难冲出包围。"

朱元璋却摇了摇头道："如果我们只想着突围，又何必要等到今天？在元兵未来之前，我们就可以弃城逃跑了。"

张天祐问朱元璋是什么意思，朱元璋道："既然我们留在这里，那就一定要把元兵打垮，叫元兵再也不敢兵犯和州。"

张天祐先是苦笑着摇了摇头，然后问朱元璋怎么样才能把元兵打垮。朱元璋言道："集中兵力，打开南城门，向陈野先发动进攻。"

郭天叙大吃一惊。陈野先的兵马虽有很大折损，但目前至少还有两万多人，而和州城内的所有红巾军官兵加在一块儿，也不足三万人，且还有好几千个伤员。就是用所有的红巾军对陈野先发起攻击，也未必有取胜的把握，更不用说，和州城外，除了陈野先的部队，还有好几万元军。所以，郭天叙睁大着眼睛问朱元璋道："大姐夫，我没有听错吧？你是说，打开南城门，向陈野先发动进攻？"

朱元璋重重地点了点头。张天祐忙言道："元璋，依我看来，如果我们真的向陈野先发动进攻，那无疑是自寻死路、自取灭亡。"

张天祐的话说得不大客气，因为他算是朱元璋的长辈，所以朱元璋不想在这方面与张天祐多作计较，他耐心地对郭天叙等人解释道："元兵绝不会想到我们还有能力向他们发动反攻，即使他们想到我们会突围，也不会想到我们会从南边打出去。因为在陈野先看来，我们根本就不敢与他正面交锋。陈野先的防守肯定十分松懈。这样，我们完全可以打陈野先一个措手不及……只要我们能够把陈野先击溃，那其他三路元兵就肯定不战自退，和州城也就平安无事了。"

张天祐皱着眉头言道："元璋这种计划，如果不成功，那我们就全完了。"

朱元璋言道："我这个计划，确实冒很大的风险。如果在我们向陈野先发起进攻的时候，其他三路元兵突然攻城，那我们就完了。还有，如果我们不能迅速地将陈野先击溃，而是被陈野先拖住了，其他的元兵又赶来支援了，那我们也同样完蛋。不过，我以为，在目前这种情况下，除了冒一回险之外，我们已经没有更好的选择了。"

向陈野先反攻的事情就算是定下来了。接下来的问题是，该由谁指挥向陈野先反攻。按常理，郭天叙是军中主帅，像这种全军统一的重大行动，理应由郭天叙全权指挥。然而，郭天叙也好，张天祐也罢，对此事都没有明确表态。

郭天叙对朱元璋道："大姐夫，这个计划是你想出来的，你既然想出了这个计划，那你心中就肯定有了一整套行动的步骤，所以，我个人以为，还是由你全权指挥这次行动比较合适。"

朱元璋淡淡一笑道："既然你这么信任我，那我就恭敬不如从命了。"

所有的事情都定下来之后，朱元璋就开始加紧准备了。他命令徐达、周德兴去挑选士兵，又暗暗命令汤和留在城里，负责保护马氏、李淑和徐达、周德兴、汤和及李善长等人家属的安全，如有不测，想办法逃出城去，往滁阳方向跑。

徐达、周德兴一共挑选了两万一千名官兵，朱元璋把大大小小的将官召到一起动员道："我们已经没有粮食吃了，如果我们不能打败陈野先，那我们就都得活活饿死，所以你们要明确地告诉你们的手下，要想活命，就必须打败陈野先！"

所有的将官都明白这个道理：成功与否，在此一举。于是他们纷纷向朱元璋保证道："一定抱着必死的决心与陈野先开战。"

朱元璋强调说："光抱着必死的决心还不行，还要抱着必胜的决心才能打赢！"

朱元璋曾问徐达道："二弟，在你看来，我们出城去和陈野先开战，能有几成胜算？"

徐达回道："如果不出意外的话，能有六成胜算。只是，能不能很快地打垮陈野先，我就不敢说了。"

朱元璋言道："其他不说，只要有六成胜算，我就敢冒这个险。"

朱元璋决定，在杀掉陈野先使者的当天晚上就向陈野先发动进攻。因为越往后拖，红巾军官兵的肚子就越饿，而饿着肚子是很难打胜仗的。

到了这天晚上，在朱元璋出城前，郭子兴遗孀张氏和朱元璋的马氏，不知从哪里弄到了一批吃的东西，让朱元璋、徐达、周德兴和那即将出城的两万一千名红巾军官兵吃了个半饱半不饱。而其他的人，包括郭天叙、张天祐，以及张氏和马氏，全都饿着肚子。朱元璋冷峻地对手下言道："你们都看到了吧？我们的亲人都在挨饿，我们没有任何理由不打胜仗！"

即将出城的两万多名红巾军官兵，虽然肚子里并不怎么太充实，但全都憋足了劲儿，只等着朱元璋一声令下，他们便要冲出城去与陈野先血战一场。

天完全黑透了，朱元璋没有出城。他和徐达、周德兴商议了一下，觉得在半夜里动手比较稳妥，因为半夜里人睡得比较熟，很容易打陈野先一个突然袭击。而要取得对陈野先作战的胜利，除了突然袭击，别无他法。

夜深了，和州城的南城门悄悄地打开了。两万一千名红巾军官兵乘着朦胧的月色偷偷地溜出了和州城。和州城的南城门又悄悄地关上了，好像什么事情也没发生过。按照事先订好的计划，两万一千名红巾军官兵分成三路，每路七千人。朱元璋带一路居中，徐达带一路从左，周德兴带一路从右，呈环形向陈野先的营地逼进。朱元璋的意思是，想消灭陈野先的部队是不可能的，只要能够一下子将陈野先的部队击溃，那陈野先就只能向着江边逃窜。只要能把陈野先撵过长江去，朱元璋的目的就算是达到了。

朱元璋对徐达、周德兴道："告诉弟兄们，只顾杀，只顾追，在天亮之前，一定要把陈野先彻底击溃！"

是呀，如果在天亮前还没有把陈野先击溃，那事情就麻烦了。一是朱元璋的兵马本就没有陈野先的兵马多，二是天亮了之后，其他三路元军是极有可能赶来增援陈野先的。所以朱元璋就又对徐达、周德兴强调道："告诉弟兄们，不要怕伤亡，只要能把陈野先赶过江去，哪怕我们只剩下一个人了，我们也是胜利者。"

朱元璋和徐达、周德兴开始行动了。陈野先的营地距和州城只有三里多路，朱元璋带着七千人很快就从正面摸到了陈野先的营地前，竟然连一个陈野先的哨兵都没有发现。

朱元璋命令手下摆好了进攻的阵势。他稍稍停顿了一会儿，等徐达和周德兴都进入到预定的位置。估计时间差不多了，朱元璋就吆喝道："弟兄们，冲过去，杀死元兵！"七千红巾军将士，在朱元璋的率领下，一起扑进了陈野先的营地。几乎与此同时，徐达、周德兴也从左右两侧动了手。两万多名红巾军官兵，一起冲进陈野先的营地里砍杀，那场面是极其壮观的。

陈野先显然被朱元璋打了个措手不及，他根本就没有料到和州城的红巾军敢冲出城来与他陈野先交战。朱元璋率军冲进他营地的时候，他正在做着踏进和州城的美梦。美梦被一阵阵的喊杀声惊破，他赶紧爬起来问手下发生了什么事。手下告诉他，红巾军打过来了。他一惊，急忙命令手下顶住。手下告诉他，恐怕顶不住了，因为红巾军太多了，至少有好几万人。陈野先大惊："怎么会有这么多的红匪？"他很快得出这么一个结论：一定是别处的红匪赶来支援和州城了。于是陈野先就命令手下赶快去联络其他三路元军赶到这里来增援他。手下回答说，暂时无法联络，因为红巾军已经从三面包围了。陈野先慌了，就下了这么一道命令：撤！

陈野先自然是撤往江边的，因为江边有大批船只，如果船只有了闪失，那他陈野先就回不到集庆了。而实际上，在陈野先下达撤退的命令前，大股大股的元军就已经开始往江边逃了。从此不难看出，朱元璋等人的偷袭计划一开始是非常成功的，他们不仅打了陈野先一个措手不及，还把陈野先的部队打蒙了，而且让陈野先产生了错误的判断。

然而，就在朱元璋将要大功告成的当口，天色却一点点地亮了起来。天一亮，陈野先就会发现朱元璋的底细，发现了朱元璋的底细，陈野先就不会过江，而会在江边组织抵抗，然后派人去通知其他各路元军。那样的话，被包围被消灭的，就只能是朱元璋了。

徐达、周德兴都明白事情的严重性。周德兴找到朱元璋道："大哥，再不把陈野先赶到江里去，我们就没有时间了。"

宽阔的长江一点一点地映入了朱元璋和徐达的眼帘，徐达仿佛是自言自语地道："这个时候，如果有一支军队插入到江边，去抢夺陈野先的船队，那么，陈野先就没有时间组织抵抗，只能一门心思想着逃跑。"

朱元璋叹息道："二弟，我们哪来的那么一支军队啊……"

如果"那么一支军队"是个奇迹的话，那这个奇迹就在最该出现的时候出现了。也许，朱元璋是"真龙天子"，一生总是会有很多奇迹相伴的，没有诸多的奇迹，他就做不成皇帝了。或许，这也应验了一句老话，叫作无巧不成书。

就在朱元璋深深叹息的当口，徐达突然惊叫道："大哥，你快看！"

朱元璋不看则已，一看就高兴得跳了起来。原来，真的有一支军队冲到了江边，和陈野先的人马厮杀了起来。那支军队不知是何来历，但足足有好几千人，为首的一个大汉，不仅个头很高，而且身躯异常的魁梧，手提两把板斧，一看就是那种"万夫不当之勇"的壮士。

朱元璋不禁仰天大笑道："真是天助我也！"

徐达赶紧命令左右道："冲上去，把元兵彻底打垮！"

朱元璋的军队与这支来历不明的军队把陈野先打到溃不成军，落荒而逃。陈野先当初来的时候，带了近四万人马，而现在他身边已不足万人。这不仅对他陈野先来说，是一个重大的损失，就是对集庆城的元军来说，也是一个很难补救的巨大损失。

不过，对当时的朱元璋来说，还没有想到如何去攻打集庆城。因为他的注意力，已经全部集中在那个手提两把大板斧的壮汉身上了。只见那壮汉，浑身好像有使不完的劲儿，两把大板斧在身前身后左右翻飞，凡被大板斧沾着碰着的人，不死也得削下一层皮。朱元璋粗略地计算了一下，前前后后被那大汉的两把板斧砍死的元军官兵，少说也有二十来个。

朱元璋问徐达道："二弟，你见过世上还有比这大汉更勇猛的人吗？"

徐达没有回答朱元璋的话，而是转向周德兴言道："三弟，快去叫那大汉过来，大哥要封他做将军呢！"

周德兴刚要挪步，那大汉已主动朝这边走来。大汉的身上，早沾满了斑斑的血迹。他一边朝这边走一边大呼小叫道："谁是朱元帅？谁是朱元帅？"

朱元璋赶紧迎上去道："朱某在此，敢问壮士尊姓大名？"

那大汉"扑通"一声跪倒在了朱元璋的面前："朱元帅，常某终于见到你了。"

原来，这大汉姓常名遇春，本是怀远（今安徽省怀远县）人氏，因不满元朝政府的残酷压榨，便跟着别人起来造反。可反来反去，也没有反出个名堂来，只能在当地称霸一方。后来听说了朱元璋的名头，觉得朱元璋是个有大出息的人，就想一心一意地投奔朱元璋干一番事业。但苦于不知道朱元璋的确切位置，便领着一哨人马忽南忽北地寻找朱元璋。说来也巧，就在朱元璋等人死守和州城池的时候，常遇春打听到了朱元璋的下落，于是就带着手下火速往和州城赶来。更巧的是，在朱元璋、徐达、周德兴几乎对陈野先无计可施的关键时刻，常遇春带人杀入陈野先背后，从而扭转了整个战局。如果不是常遇春的到来，那朱元璋等人及和州城的后果就不堪设想了。

听罢常遇春的简要叙述，朱元璋连忙伸出双手将常遇春从地上扶了起来，口中还深情地道："常贤弟，我朱某正需要你这样的勇士来助一臂之力啊！"

朱元璋当即就以"左副元帅"的名义封常遇春为"先锋大将军"。后来，朱元璋、徐达、周德兴、汤和又与常遇春盟誓结拜。这样，朱元璋四兄弟就变成了"朱元璋五兄弟"，常遇春也就成了朱元璋的"五弟"。

和州城的红巾军虽然蒙受了巨大的损失，但毕竟粉碎了元军的大规模围攻，从而在和州城一带真正地站住了脚，为进军江南创造了十分有利的条件。还有，陈野先等元军在逃跑的时候，留下了大批粮草，这些粮草虽然不能从根本上解决和州城军民的温饱问题，但至少，和州城内的军民暂时是不会饿肚子了。

跟随朱元璋出城与陈野先交战的红巾军官兵，是很难忘记他们凯旋回城的情景的，和州城内的军民，无论男女老少，只要还能走得动路，都一起涌出和州城外，几乎是狂热地欢迎他们。那狂欢场面，一个人的一生是很难遇到几次的。

郭氏兄弟和张天祐他们都承认这么一点，没有朱元璋就没有和州城。所以，他们就诚心诚意地摆了一桌还算丰盛的酒席（当时的和州城，一时很难搞到什么美酒佳肴为朱元璋庆功）。朱元璋在席间提出："争取两个月内打过长江去。"

张天祐提出疑问："和州城被元军围得伤了元气，短时间内很难恢复过来，两个月之内就想打过长江去，恐怕不太现实，即使能够打过去，恐怕也难以在江南站住脚。"

朱元璋言道："江北已经很难再筹集到多少粮食了，如果不尽快地在江南开辟新的根据地，那我们就要整天为吃饭犯愁。和州被元兵围了一个月，我们确实伤了元气，但江南的元兵也伤了元气，我们抓紧时间打过长江去，元兵肯定会惊慌失措的，这样，我们就会很容易地在江南找到一个立足之地。"

郭天叙表示同意朱元璋的意见，他似乎已被朱元璋的军事才能征服了。他问朱元璋准备先攻江南的什么地方，又如何能弄到渡江的大批船只。朱元璋言道："如果大元帅信得过我，这些问题就都由我来解决。"

郭天叙点下了头。他也很想早一点儿打到江南去，可怎么个打法，是否真的能在江南站住脚，他就一点把握也没有了，便只有依赖朱元璋了。

徐达也参加了郭天叙、张天祐为朱元璋举行的庆功宴会。宴会散了之后，徐达笑着对朱元璋道："大哥，那郭天叙现在好像很信任你呢。"

朱元璋也笑着言道："他现在很信任我，我现在也很信任他。"

徐达接着问道："大哥，这种信任关系还能维持多久？"

朱元璋反问道："二弟，你说这种信任关系还能维持多久？"

徐达先是看了看天空，四月的天空，十分明媚。然后，徐达轻轻言道："我想，等过了江之后，这种信任关系便不复存在了。"

朱元璋言道："二弟，准确点应该这么说，等我在江南有了一块地盘，一切该结束的就都会结束了。"

朱元璋开始准备过江了，过江的准备大致有三件大事：一是攻击的方向，二是渡江的船只，三是作战的军队。朱元璋叫李善长和汤和等人负责选定红巾军过江的攻击目标，叫徐达、常遇春等人负责操练准备过江作战的红巾军官兵，自己则带着周德兴等人想方设法去弄渡江的船只。

选定攻击目标不是太难的事，操练作战军队也没有太大的困难，而要寻找到大批渡江的船只，却是一件很不容易的事。完全可以这么说，在短时间内，纵然朱元璋和周德兴都长有三头六臂，也不可能弄到足够的船只。

常遇春又立了一大功，或者说，巧事又发生了。就在朱元璋和周德兴等人为船只的事情一筹莫展同时又焦头烂额的当口，常遇春找到了朱元璋说："大哥，有一个地方有一千多艘船，但不知道能不能弄到和州来。"

朱元璋一把抓住常遇春的肩膀道："五弟，快说，只要有船，只要不是扣在元兵手里的，哪怕是在阎王老子那里，我也能把它们挖出来。"

常遇春在投奔朱元璋的路上，碰到过一支红巾军，头领叫李扒头。李扒头手下有数万将士及大小战船近千艘。常遇春因帮助李扒头打败了他的对手左君弼，把左君弼赶回了庐州，李扒头很感激常遇春。但常遇春投奔朱元璋心切，婉拒了李扒头要他留在巢湖的邀请。

常遇春说完了往事，朱元璋"哈哈"大笑道："五弟，李扒头那一千多艘战船，不就是为我们渡江准备的吗？"

常遇春犹犹豫豫地道："大哥，李扒头说了，他跟我们不是一路的，他那些战船，我们不一定能够弄来……"

朱元璋言道："五弟，我们不是去弄，我们是去借，而且是有条件的借。"

朱元璋在常遇春的面前是这么说，但到了徐达的面前就不是这么说了。因为，虽然常遇春已经同朱元璋等人结拜为兄弟，但常遇春毕竟不同了徐达三人，徐达三人都是朱元璋儿时的伙伴，朱元璋做什么事情，他们都能理解，也都会同意，而常遇春恐怕就做不到这一点了，至少暂时还难以做到。因此，朱元璋暂时还不想在常遇春的面前把自己的本质暴露得太充分。

朱元璋是这样对徐达说的："二弟，我不仅要把李扒头的一千多艘战船弄过来，我还要把他手下的一万多人也弄过来。"

徐达点头道："是呀大哥，我们向江南进军，正愁兵力不足呢。"忙着又言道："不过，我们暂时还不能动用武力。"

朱元璋言道："那是自然。李扒头躲在湖里，我们就是想动武力也动不上的。我只能想办法先把他骗到这里来帮我们渡江，以后的事情以后再说。"

徐达问要不要他也去巢湖走一趟。朱元璋道："你不用去了。我和三弟、五弟去就可以了。四弟和李先生他们整天忙着到江边侦察，你是寸步不能离开这和州城的。二弟明白我的意思吗？"

徐达点了点头。朱元璋的意思是，虽然目前他与郭氏兄弟及张天祐等人的关系看起来很不错，但因为过去积怨太深，防人之心是万万不可无的。如果朱元璋五兄弟都离开了和州城，万一城内发生了什么变故，那朱元璋后悔就来不及了，而留徐达在城中，朱元璋就可以高枕无忧了。

朱元璋要亲往巢湖去了。去之前，他向郭天叙建议，顺便带几车粮食送给李扒头作为见面礼，因为李扒头的水军正在闹饥荒。朱元璋就带着周德兴、常遇春及十几个亲兵还有满满几大车粮食往巢湖去了。

巢湖在中国算得上是一个大湖。有一条小河，西从巢湖发源，然后弯弯曲曲地向东北流，一直流到长江里，恰好经过和州西南。这样的小河，恐也算得上是长江的一条小支流吧。只是这支流太小了，平常水面很浅，行个小船还可以，通过大船就比较困难了。而要把巢湖水军开到长江去，就必须经过这条小河。所以，朱元璋一边往巢湖方向去一边就不免牵挂着那条小河。

经过几天的连续奔波，朱元璋一行人终于在一个下午到达了巢湖水边。虽然不停地奔波，身体很劳累，但站在湖边看着湖水，朱元璋还是非常兴奋的。

四月的巢湖，同样是烟波浩渺的。站在湖的这边，根本就看不到一点点湖那边的影子。放眼望去，全是茫茫的湖水，除了湖水，几乎什么也看不到。

朱元璋多少有些疑惑地问常遇春道："五弟，那李扒头和他的一万水军就待在这个湖里？"

常遇春点点头。朱元璋又问道："我们什么也看不见，怎么跟李扒头联络？"

常遇春笑了一笑，把一根手指放进嘴里，吹响了一声悠长而清脆的口哨。蓦地，不知从什么地方冒出一只小船来，一点点地朝着朱元璋等人靠近。朱元璋言道："五弟，要不是你带路，我们还真的很难找到那个李扒头呢。"

常遇春道："我离开这里的时候，李扒头告诉了我这种联络暗号，说是我如果找不着大哥你，就再回到这里来找他。"

湖里的那只小船慢慢地靠了岸。说来也巧，划船的人常遇春认识。常遇春曾在巢湖附近救了李扒头的几百个手下，这划船人便是那几百个手下中的一个小头目。小头目也认出了常遇春，见了常遇春就热情地招呼道："常将军，我们头领正等着你回来呢。"

常遇春连忙解释道："常某不是来入伙的，我是带我大哥、三哥来找你们头领商量大事的。"

听常遇春这么说，小头目就闭了嘴，忽地看见岸上那几大车粮食，于是就又开口问道："常将军，这些粮食都是送给我们的吗？"

见常遇春点头，小头目便深深地叹了一口气道："常将军，我们一万名弟兄，中午肚子都还没有吃饱呢。"

朱元璋冲着那小头目微微一笑道："这位兄弟，既然如此，那就快带我们去见你们头领，叫你们头领派船来装运粮食。"

小头目十分响亮地答应了一声，殷勤地服侍朱元璋等人上船。上船的只有朱元璋、周德兴和常遇春三个人，另外十几个亲兵就留在岸上看守粮食和马匹。

许是看到了粮食的缘故吧，那小头目在往湖里划船的时候特别地卖力。一会儿工夫，就看不清岸上的粮车了。朝湖心看去，隐隐约约地有一些船只，离得近了，果然是一艘又一艘战船连在一起。船舷上站着许多人朝着朱元璋三兄弟引颈观望。那小头目一边熟练地驾驶着小船在战船中间穿梭着一边扯开嗓门大叫道："常将军给我们送粮食来了！常将军给我们送粮食来了……"顿时，一艘又一艘战船上就欢呼雀跃起来。

常遇春低声地对朱元璋道："大哥，你真有远见，那几车粮食，我们带对了。"

朱元璋也低声地回道："五弟，这叫雪中送炭。"

小船穿过了许多战船之后，靠近了一座小岛。小船靠了岸，岸上站着一个五大三粗的男人和一个略显清瘦的男人。常遇春悄悄地对朱元璋道："大哥，那胖的就是李扒头，那瘦的叫廖永忠，是李扒头手下最得力的将领。"

朱元璋点了一下头，然后言道："五弟，你先上去跟他们打招呼。"

常遇春答应一声，一个箭步就跃上了岸。别看他膀大腰圆，动作却异常敏捷。跃上岸之后，他冲着李扒头和廖永忠拱了拱手道："李头领、廖将军，常某又来打搅了！"

李扒头一边回礼一边言道："常将军什么时候来这里，李某都热烈欢迎。"

廖永忠回过礼之后问道："常将军，你这回好像带了两个客人来……"

这时朱元璋和周德兴也已经上岸。常遇春便向李扒头和廖永忠介绍道："走在前头的便是小明王钦封和州城红巾军左副元帅朱元璋，跟在后头的是朱元帅的结拜兄弟周德兴将军。"又补充了一句道，"常某现在也是朱元帅的结拜兄弟……"

那廖永忠抢在李扒头之前迎上了朱元璋："廖某久闻朱元帅大名，今日得见，真是三生有幸啊！"

跟着，廖永忠又与周德兴见了礼。朱元璋言道："从常五弟那里，朱某得知了廖将军的英名，今日一见，廖将军果然仪表堂堂，不愧为人中豪杰啊！"

廖永忠有些脸红道："哪里哪里，朱元帅对廖某太过夸奖了。"

李扒头腆着个大肚子走到朱元璋的面前道："朱元帅，常将军这样的英雄执意要投奔于你，李某真是深为惋惜啊！"

朱元璋笑道："李头领，如果没有常将军这样的英雄，朱某今日又如何能与李头领、廖将军两位英雄相见相识？"

李扒头也哈哈一笑道："朱元帅说得是。没有常将军，便没有你我的今日相逢。"

廖永忠俯在李扒头的耳边嘀咕了几句，李扒头当即喃喃地言道："朱元帅，你与周将军、常将军到这里来作客，李某随时都欢迎，可你送了几大车粮食过来，李某就实在有点不好意思了。"

朱元璋正儿八经地言道："李头领说这话就未免太见外了。天下红巾军本是一家。我听五弟说，你们这里粮食有些短缺，就顺便带了一点过来。只可惜，和州被元兵围了一个月，粮食也比较紧张，不然，我就可以多带一些粮食过来，还望李头领和廖将军多多包涵才是啊！"

李扒头忙着言道："朱元帅太客气了……李某连感激都来不及，哪还敢谈什么包涵不包涵？"

廖永忠轻声地道："头领，朱元帅刚才说了，天下红巾军本是一家，既然粮食送来了，我们就收下吧……弟兄们已经好几天没吃过一顿像样的饭了。"

李扒头回道："好，廖兄弟，你派人去把粮食运来，今晚就让弟兄们好好地吃上一顿饱饭。"又转向朱元璋道，"朱元帅，李某这里代弟兄们先行谢过。"

说着说着，天色就有些昏暗了，李扒头早把朱元璋、周德兴、常遇春三人请到了一间屋内坐下。聊了一会儿天，就到了吃晚饭的时候了。陪朱元璋三兄弟吃晚饭的，也就李扒头和廖永忠二人。李扒头很是歉意地道："朱元帅，你和周将军、常将军到这里来作客，李某实在拿不出好的东西招待，想来也真是惭愧啊。"

招待朱元璋三兄弟的菜，大都是从湖里捕上来的鱼做成的，除鱼之外，还有几样用水草做成的菜。朱元璋三兄弟并不是专门来吃鱼的，这一点，李扒头和廖永忠应该都知道。朱元璋不会有那么好心，专门送几车粮食过来。既然送粮食过来，那就一定有所图谋。只不过，李扒头和廖永忠都没有开口问，他们好像在等着朱元璋主动说出来。朱元璋一时间也没有开口说，他好像在等着一个合适的机会。

合适的机会好像来了。李扒头喝下去两壶酒后，觉得很不过瘾，于是就抹了一下嘴唇，很有感触地言道："想当初，我李扒头在这巢湖一带，吃香的喝辣的，想吃什么就会有什么，想喝什么也就会有什么，可是，自那姓左的投靠了元鞑子之后，我李扒头不仅要饿肚皮了，连酒都没得喝了，这还是人过的日子吗？"

朱元璋笑吟吟地言道："李头领，你要是把那姓左的打垮了，不就一切都回到从前了吗？"

李扒头苦笑道："朱元帅，你当我不想把那姓左的打垮啊？我恨不得扒了左君弼的皮，抽了左君弼的筋……可是，他有元兵撑腰，我打不过他。打来打去，我没把他打垮，他却差不多要把我打垮了，想来也真是窝囊。"

朱元璋趁机道："李头领，如果我们派几万兵马增援你，你是否可以打败那个左君弼？"

李扒头当即睁大了眼睛："朱元帅，你只要增援我两万人马，我就敢开到庐州城下与那个左君弼决一死战！"

廖求忠却在一旁轻声问道："朱元帅，你不是在和我们头领说笑话吧？"

周德兴接过话头道："廖将军，我大哥从来都不说笑话。他说要派兵增援你们，就一定会派兵增援你们。只不过，这种增援是有条件的。"

李扒头忙着问道："什么条件？快说，只要能帮我打垮左君弼，我什么条件都可以答应。"

朱元璋说："李头领，你也知道，目前无论是你这里还是我和州那边，粮食都非常紧张。弟兄们饿着肚子是不能够打仗的，更不能够打胜仗。所以，我就有个想法，你的水军和我的军队联合起来，先打到江南去，抢上足够的粮食，然后再回到江北，一起去对付那个左君弼，李头领以为如何？"

李扒头不语啦，他怕他的船队开到江南之后，便回不来了，毕竟朱元璋的势力比他大得多。但经过朱元璋和手下的再三劝说之后，他以攻下江南之后朱元璋出兵攻打左君弼为条件，答应和朱元璋一起去江北。

他们的船队前行速度很慢，从四月底离开的巢湖，一直到五月中旬才开到和州城外。

朱元璋是六月初渡江南下的。从五月中旬到六月初这一段时间，朱元璋等人在加紧进行渡江的准备工作。按照事先定好的计划，此次渡江作战的一切事宜，全由朱元璋一人负责，郭天叙和张天祐绝不无端干涉。朱元璋还与郭、张二人约定，朱元璋先带人过江，等在江南站稳了脚跟，朱元璋再派人来接郭、张。

对后一项约定，张天祐和郭天爵曾有一种莫大的担忧。他们怕朱元璋一去不回，但不久朱元璋的一项"所有即将渡江作战的红巾军将士，无论是谁，一律不准携带妻子儿女"的命令，使二人安心啦。

而实际上，朱元璋之所以要把那么许多红巾军官兵的家属留在和州，打消郭天叙等人的疑心和戒心固然是其中的一个原因，但更主要的原因还是，有妻儿老小扣在和州，那前去作战的红巾军官兵就不敢轻易地生起"反叛"之心了。

当时，和州城内有三万多红巾军。征得了朱元璋的同意，徐达从中精选了两万名将士。朱元璋以为，这两万名将士，加上李扒头的一万多名水军，完全可以在江南打出一片天地了。

选择渡江作战目标的任务是汤和与李善长等人负责的。汤和、李善长等人潜入到江南好几次，把江对岸上下几十里的情况摸了个一清二楚。

江对岸的情况大致是这样的：几乎与和州城在一条直线上的，也就是与和州城隔江相望的，是一个大镇子，叫采石（今安徽省马鞍山市西南处）。镇里有一个元军的大粮仓，守军比较多，有一万多人，但没有水军。从采石往长江上游方向走三十来里路，江边又有一个大镇子，名叫太平（今安徽省当涂县），太平镇几乎有采石镇两个大，镇里的老百姓很多，达数万之众，但粮食比较少，所以元军驻扎得并不多，只有五千多人，而且大半都是水军，拥有大小战船数百艘。沿采石往长江下游走约七十里地，便是朱元璋一心想要占领的元军重镇集庆城了。

如果先攻太平再打采石，就很容易引起集庆方面的警惕，集庆方面只要派出一支相当规模的军队赶到采石，朱元璋就很难在江南立住脚了。而如果先攻采石后攻太平，就可以与集庆保持一百多里的距离，有这一百多里的距离，朱元璋就有了一定的时间做好比较充分的准备与可能来犯的集庆元兵交战。所以，朱元璋决定先攻打采石，并把这个任务交给了常遇春。

不仅仅是这件事，所有渡江作战的准备工作也都定了下来。又逢着下了两场暴雨，通往长江的那条小河水涨得满满的，李扒头的战船随时都可以扬帆起航。

然而，第二天早晨，朱元璋准备向江南进军的时候，天气却突然发生了巨大的变化。一团一团浓浓的雾挤在天地之间，天地混沌得什么也看不见。但朱元璋还是给常遇春下了一道死命令：天黑之前必须攻进采石镇。

于是，元至正十五年（1355年）六月的这天下午，在朱元璋的统一指挥下，一千多艘大小战船，载着三万多红巾军将士——包括李扒头、廖永忠的一万多名水军，开始由江北向江南挺进。

采石镇下面的江岸地形有点奇怪，只有不到一里路的地段勉强可以靠船，其他的地方几乎全是悬崖峭壁。也就是说，常遇春要想攻进采石，就必须先从那不到一里路的地段处攻上岸。而此时，采石镇里的元军早已发现了红巾军的船队，已经派出三千多人在那不到一里路的地段处构建了一道防线。这三千多元军，大多是弓箭手。

李善长对那一段江岸地形非常熟悉，他曾和汤和等人几次来这里侦察。见常遇春的先头船队越来越靠近江南了，他便不无担忧地对朱元璋道："朱元帅，前面的江岸易守难攻，仅凭常将军一人，是否有把握攻得下来？"

李扒头大大咧咧地言道："李先生太多虑了！常将军何等神勇，攻下一道江岸还不是手到擒来的事？"

徐达对朱元璋道："大哥，五弟攻下江岸攻进采石是不会有什么大问题的，问题是，他能不能在天黑前完成任务。"

朱元璋想了想道："二弟说得对，李先生说得也有理，我们不能把这么重要的任务只交给五弟一个人。"

朱元璋说完便要乘小船赶到常遇春那儿去。徐达劝道："大哥，你是军中主帅，应该站在这里和李头领一起指挥整个船队。这冲锋陷阵的事情，就由我来代劳也无妨。"

徐达办事，朱元璋是十分放心的。于是朱元璋只叮嘱了一句道："二弟务必与五弟一起尽快地攻上岸去。"

徐达跳上一只小船，小船如箭一般直向前射去。赶到船队前头时，见常遇春正要组织进攻，徐达就高声喊叫道："五弟，后面的战船快要抛锚了。"

徐达的意思是，再不攻占江岸，后面的船只就只好停在江心了。常遇春也大声地回道："二哥放心，我马上就发动进攻。你不要太着急，只管在一旁观战就是了。"

徐达慢悠悠地言道："如果有一支小部队，能够冲到元兵的弓箭手当中，把元兵的阵形搅乱了，那我们的大部队就可以趁乱攻上去了……"

常遇春眼睛一亮，招来一只小船，一边往小船上跳一边对徐达言道："二哥，我先攻上岸去，搅乱元兵的阵形，然后你带着大部队攻上去！"

常遇春上了岸之后，确切点讲，常遇春的双脚刚一落地，本来插在他腰间的那两把大板斧就握在了他的手中。

常遇春似乎天生就是一员虎将。两把大板斧抽出来之后，他这架机器便开始高速运转了。常遇春一个人，竟然把两三千元军兵杀得呆了、杀得愣了、杀得傻了，更杀得乱成了一锅粥。

徐达不会错过这个良机，常遇春刚一跳上岸，他就指挥着身边的战船向江岸逼近。三千来个元军，被常遇春杀得根本组织不起什么有效的防守。第一批红巾军官兵冲上了岸，紧接着，徐达带着第二批红巾军官兵也冲上了岸。元军再也不敢抵抗了，死了的就不用说了，没死的赶紧掉头往采石镇方向跑。常遇春奋力追赶，一举拿下了采石镇。

采石是攻下来了，朱元璋的第一步计划算是顺利地实现了。只不过，要想顺利地实现第二步——攻占太平的计划，还有一点小麻烦。

无论是红巾军官兵还是李扒头的水军官兵，都受粮食短缺问题困扰好长时间了。现在，看到成堆成堆的粮食摆放在面前，他们的眼睛都几乎变绿了。于是，天黑下来之后的采石镇里，就展开了一场可以说是惊心动魄的抢粮大战。

朱元璋没有派人去阻止抢粮的行为，他就是想阻止恐怕也很难阻止。因为，李扒头和廖永忠也亲自参加了抢粮。若要强行阻止，势必引发两家红巾军的武装冲突。

但朱元璋也不会眼睁睁地看着让那些粮食装到船里再运回江北去。他既然打过长江了，就没想着再回去。至少，在很长一段时间内，他是不会再回到江北去。实际上，在未过江之前，朱元璋就考虑到了这种抢粮食的行为，他早已做好了应对的准备。所以，就在李扒头、廖永忠带着手下如火如荼地抢粮食的时候，朱元璋却悄悄地吩咐徐达道："二弟，你可以行动了。"

徐达没说话，只点了点头然后就带着周德兴、汤和、常遇春及一百多个亲兵往江边摸去。天上好像没有月亮，只有数不清的星星在不停地眨眼。星星的光，淡淡地映着江面，可以看见，上千艘大小战船紧紧地挤在一起。无论是大船还是小船，都空无一人。李扒头和廖永忠的一万多水军全加入到了抢粮食的行列中。徐达吩咐周德兴等人道："动作快点，不要让人发觉了。"

徐达等人在江边干些什么？原来，他们是奉朱元璋之命，来把李扒头的战船全部毁掉。也不是真的毁掉，而是解开拴船的绳子，让大小战船顺流而去。六月的长江水已经算得上浩大了，水流也比较湍急，拴船的绳子解开之后，一千多艘大小战船就一艘一艘地从这里消失了。等徐达等人若无其事地从江边回到采石镇里之后，李扒头的所有战船都从这里的江面上消失得无影无踪了。

没有多久，李扒头就发现了自己的战船失踪一事。李扒头听闻此事，当时就在粮仓里惊呆了。而粮仓里其他的人，无论是李扒头的手下还是朱元璋的手下，听说战船全不见了，都立即停止了抢粮。因为没有船了，粮食抢得再多也是白搭，总不能背着粮食游到江北去吧？

廖永忠和李扒头认为一千多艘战船不可能无缘无故地都失踪了，肯定是朱元璋背后搞的鬼，于是他们打算去找朱元璋问个究竟。

不用李扒头去找，朱元璋带着徐达等人自己走到粮仓里来了。一见李扒头的面，朱元璋就大声地问道："李头领，这是怎么回事？你的战船怎么连一只都看不到了？"

朱元璋用的显然是"倒打一耙"的招数。当时的李扒头确实是被朱元璋唬住了，李扒头多少有点结结巴巴地言道："朱元帅，我也刚刚得知此事，我和廖兄弟正要去找你呢。"

朱元璋的目光立刻射向廖永忠："廖将军，连一只船都没有了，我们还怎么回到江北？粮食抢得再多又有什么用？如果集庆城的元兵大举来犯，我们该往哪里跑？"

廖永忠被朱元璋问得傻了眼："朱元帅，这……我也不知道是怎么一回事……"

朱元璋突然唉声叹气地道："李头领啊，水军是你和廖将军的人马，战船也应该由你和廖将军负责看管，可现在呢，战船全没了，你叫我们以后怎么办？看来，我们只有捆在一起等着元兵来攻打我们了。”

朱元璋一席话，说得李扒头和廖永忠的心里惶恐不安。尤其是李扒头，如果说在朱元璋到来之前他对朱元璋还很是怀疑的话，那现在，他对朱元璋就一点儿怀疑也没有了。因为李扒头认为，他李扒头过不了江，朱元璋也过不了江，俩人只能在一块儿等死。既然是等死，那朱元璋就不可能故意弄走所有船只，除非朱元璋是活得不耐烦了。

一边的徐达突然言道：“大哥，我们并没有绝望，我们还有办法过江。”

朱元璋摆出一副迫不及待的神情问道：“二弟，快说，我们还有什么办法可以过江？”

李扒头和廖永忠等人也都紧张而又满怀期望地盯着徐达。徐达不紧不慢地言道：“从这里沿长江往南走上三十来里路，是太平镇，太平镇上的元兵只有五千人，而且有五百多艘战船，如果我们马上向南攻占太平镇，夺取元兵的战船，我们不就可以渡过长江去了吗？”

朱元璋装模作样地一拍巴掌道：“对呀，二弟，你有这个好办法，怎么不早点说出来呢？害得我和李头领、廖将军都急出一身冷汗来。”

徐达微微一笑道：“大哥不能怪我，因为我也是刚刚听一个手下说的这情况。”

朱元璋和徐达的“双簧”演得很逼真，逼真得让那李扒头都主动地提出了要求：“朱元帅，既然徐将军说太平镇有元兵的船队，那我们就快点去攻打吧。”

朱元璋回道：“李头领说得对，我们总不能在这里等着元兵来攻打我们。”

朱元璋渡过长江以后的第二步行动计划就这样巧妙地开始实施了。当时，已经快到半夜时候了。三万多红巾军官兵带着对粮食的依依不舍的心情，悄悄地离开了采石镇，开始向太平镇扑去。

因为路途不太熟悉，三十多里路，他们走了将近两个时辰，等红巾军大队人马开到太平镇附近时，天色已经蒙蒙亮。打头阵的常遇春跑回来向朱元璋报告道：“大哥，我已经叫我的部队冲到江边去夺船了！”

朱元璋称赞道：“五弟做得好！”又问看守战船的元军有多少人。常遇春说只有几百人。朱元璋笑道：“看来这里的元兵还不知道我们攻打采石的事，或者知道了而没有料到我们会来得这么快，所以还没打算逃跑。”

朱元璋又叫廖永忠带上几千个巢湖水军跟着常遇春一起去把元军的船队控制住，然后命令徐达、周德兴、汤和等人道：“全力发动进攻，争取在中午之前拿下太平镇！”

李扒头很是不解地问朱元璋道：“朱元帅，我们来这里是夺船的，这个太平镇攻不攻打也就无所谓了，更何况，一打起仗来，总是要死人的。”

朱元璋"嘿嘿"一笑道："李头领，这里的粮草更多，莫非你是在嫌粮食太多了？"

李扒头没有回答朱元璋的话，因为，不知怎么搞的，朱元璋刚才那"嘿嘿"一笑，李扒头直觉得浑身寒冷。这么个热天，朱元璋又笑得那么温暖，李扒头为什么会觉得寒冷呢？

攻打太平镇的战斗持续了约一个时辰，吃中饭之前，太平镇里的战斗全部结束。可能是因常遇春受伤的缘故吧，朱元璋这一仗打得十分残忍，除少数元军侥幸逃跑外，绝大多数元军官兵，无论投降与否，几乎全被朱元璋下令处死。

打下太平镇没有多久，也就是在一块儿吃中饭的时候，李扒头问朱元璋什么时候回到江北去。朱元璋回道："弟兄们接连打了两仗，很辛苦，很累，休息两天再过江也不迟。"

而刚刚吃过中饭，也没顾得上休息，朱元璋就把徐达、周德兴、汤和三个人召到了一起，秘密商讨关于巢湖水军的问题。按朱元璋的意思，要做就做得干净彻底，把李扒头和廖永忠一起解决了，巢湖水军就改姓了。汤和支持朱元璋的意见，周德兴有点犹豫。徐达言道："我认为廖永忠和李扒头好像并不是一样的人，似乎可以考虑留下廖永忠。再说了，如果一下子把李扒头和廖永忠都干掉，恐怕巢湖水军会发生动乱。"

周德兴接道："我同意二哥的意见。就目前而言，留下廖永忠比除掉廖永忠要妥当。"

朱元璋沉思了一会儿，然后道："二弟，你去对五弟说，叫他今天晚上找廖永忠谈一谈，如果姓廖的有留下来的意思，那我们就留下他统领水军，如果他执意跟李扒头回巢湖，那就是他命短了！"

徐达点点头，别了朱元璋，找到了常遇春。常遇春有箭伤，未能参加朱元璋先前召开的秘密会议，另外一方面，朱元璋暂时还不想让常遇春介入杀李扒头之类的事情。好端端的一个李扒头，就那么把他杀了，朱元璋担心常遇春会想不开，会对他朱元璋有别样的看法。

朱元璋的这种心思，徐达自然是一清二楚的。所以，见了常遇春之后，徐达并没有马上就把朱元璋的意思和盘托出，而是稍稍地拐了一个弯子问他该如何处置巢湖水军才妥当。没承想，常遇春居然有杀掉李扒头，让朱元璋占有水军的想法。常遇春还说廖永忠曾告诉他说自己不太想回巢湖，想跟着朱元璋谋求大业。

徐达这才把朱元璋叫常遇春找廖永忠谈一谈的目的说了。常遇春答应去说服廖永忠，让他留下来。

通过这件事情，常遇春便算是真正地融入朱元璋几兄弟当中了，朱元璋以后再也不考虑什么事背着常遇春了。

当天晚上，常遇春按照朱元璋的吩咐，派人找来了廖永忠。经过一番交谈，常遇春肯定地得出结论：廖永忠确实想留在江南跟着朱元璋干。当朱元璋得知这一消息后，很是高兴。

第二天上午，朱元璋派人到采石一带侦察，看看集庆城的元军有无南下的迹象。得知采石以北没有什么动静的消息后，下午，朱元璋派周德兴、汤和及廖永忠等人率数百艘战船开往采石去搬运粮食。朱元璋的目的自然是把采石的粮食搬运到太平来储藏起来用做军需的，只是李扒头不知道。李扒头认为朱元璋要兑现诺言了，要回到江北去了，所以心里非常高兴。

当天晚上，朱元璋的脸上看起来比李扒头还要高兴。他这样对李扒头言道："李头领，廖将军他们去搬运粮食还没有回来，我们就一边喝酒一边等他们回来可好？"

李扒头本是个酒鬼，就是半夜睡熟了把他喊起来喝酒，他也绝不会有什么意见的，更不用说他现在心里高兴，正想大醉一场呢。所以，朱元璋一提议，他就满口答应。

李扒头酒是喝了，但命却没了。朱元璋眼看着李扒头沉入了水中，便跟徐达等人找到了廖永忠。

朱元璋让那廖永忠做了自己的水军头领。虽然廖永忠对李扒头因醉酒不慎跌入江水中淹死的说法颇为怀疑，但自己能取代李扒头在水军中的地位，心中也还是十分高兴的。更何况，朱元璋还放心大胆地让他廖永忠独自率一万余水军驻扎采石，这就更加坚定了他廖永忠决心跟朱元璋干一番大事业的信念。

集庆城的元军一直没有什么异常的举动，于是朱元璋决定先把自己的事情做好。

朱元璋的头等大事，是尽快地发展壮大自己的军事力量。太平镇里里外外都是老百姓，这就为朱元璋招兵买马提供了极为有利的条件。加上从采石镇运来的大批粮食，义使朱元璋在相当长一段时间内不必为军队的后勤供应犯愁。这样，朱元璋的军队，单就人数而言，在很短的时间内，便有了一个很大的发展。到和州城的郭氏兄弟和张天祐等人来到太平的时候，朱元璋手下已经拥有了一支五六万人的军队了。

不过，朱元璋在招兵买马前，还做了这么一件事情，那就是，依据李善长等人的提议，朱元璋把太平镇改作了太平府，而且采纳了李善长等人的意见，命当地名儒来管理太平府。

在太平站住脚了，力量也壮大了，朱元璋便想起了和州城的郭氏兄弟和张天祐。他找到徐达言道："二弟，现在可以把他们接到这里来了。"

徐达回江北去了，从采石经过时，他跟廖永忠借了大小战船一百多艘，浩浩荡荡地回到了和州城。朱元璋之所以要派徐达回和州，是基于两方面的考虑。一方面，徐达是朱元璋手下地位最高的人，派徐达去和州，至少表明了他朱元璋对郭氏兄弟和张天祐是极为看重的，在他们没有死之前，朱元璋是不会忘记做一些假象的；另一方面，朱元璋让徐达回和州，是让徐达去说服郭天叙，叫郭天叙仍然把红巾军官兵的家属留在和州。朱元璋的理由是，集庆城还没有拿下来之前，把红巾军官兵的家属扣在和州城做人质，依然是十分必要的。

徐达果然不负朱元璋的期望，将一切事情都办得十分妥当。

郭氏兄弟和张天祐在徐达的陪同下抵达太平的时候，受到了朱元璋的热烈欢迎。朱元璋带着手下数十位将军及太平府大小官员，一起出城恭迎郭氏兄弟和张天祐等人，形式极为隆重，使得郭氏兄弟和张天祐大为感动。待入得太平城，看到城内稳定而繁荣，红巾军的队伍又颇为壮观，郭氏兄弟和张天祐就更加对朱元璋的才干钦佩不已了。

郭天叙和张天祐刚入太平府不久，就找到朱元璋商议攻打集庆城的事，而且，张天祐还主动请战，说是如果郭天叙和朱元璋都同意，他就亲自领兵去攻打集庆。郭天叙本就和张天祐商量好的，自然没有意见。而朱元璋却推说集庆城的元军情况不明，等先把集庆城的敌情侦察清楚了再行攻打也不迟。朱元璋名义上虽是第三把交椅，但太平府内外，朱元璋的实力最强大，朱元璋既然不明确表态，那张天祐就不好强行领兵去攻打集庆。

一天上午，朱元璋正要去找郭天叙和张天祐等人商谈攻打集庆城的事，突然，常遇春急急地跑了过来。见常遇春跑得满头大汗，朱元璋就知道情况不妙："五弟，发生了什么事？"

常遇春使劲地咽了一口唾沫："大哥，廖永忠被元兵打回来了……"

朱元璋大吃了一惊，顾不得询问详情，撒腿就往江边跑。江边，早站着徐达、周德兴、汤和等人。江面上，漂泊着一些零零落落的小战船。那廖永忠，垂头丧气地站在徐达等人的对面，像一只斗败了的公鸡。

事情的经过大致是这样的：廖永忠奉朱元璋之命，带一万余人水军及五百多艘大小战船驻扎在采石一带。平日，大约有一半人马驻在岸上，另一半人马则看守大小战船。因为多日无事，廖永忠及部下便多少有些松懈。

这天晚上，廖永忠睡得很迟。也就在他刚刚合上眼没多久的当口，元军向他的部队发动了突袭。先是在岸上，也不知道有多少元军，把他在岸上的五千多手下围得水泄不通。他正要带着船上的部队上岸去增援，却发现自己的船队也早已被元军的船队团团包围。廖永忠冒死冲了出来，快接近太平府了，廖永忠这才发觉，自己五百多艘战船，只剩下不到一百艘了，而且几乎全是小战船。一万多水军官兵，采石岸上丢了一半，估计是凶多吉少，跟廖永忠回到太平府的，大概还有不到两千人。一句话，元军突袭采石，几乎全歼了朱元璋的水军。朱元璋心中的震惊和恼火自然是不言而喻的。

然而，当廖永忠可怜兮兮地请求朱元璋予以惩处时，朱元璋却这样说道："廖将军，这并不能全怪你，你能平安回到这里，就已经很不错了。"

朱元璋这样说话，当然令廖永忠感动万分。廖永忠当即向朱元璋保证道："朱元帅，我要重建一支水军，一定把元兵的船队消灭在长江里！"

朱元璋轻轻地拍了拍廖永忠的肩膀道："廖将军，我就欣赏像你这样有骨气有志气的人。不过，重建水军那是以后的事，你先把你的手下带到城里去休整，因为我们马上就要同元兵开战了。"

廖永忠不敢怠慢，忙带着自己的残兵败将走入太平城里。朱元璋转向徐达等人道："看来，我们只有先在这里打上一仗，然后才能去办攻打集庆的事了。"

听起来，朱元璋的话说得很轻松，好像是有两件事情，一个先办一个后办罢了。而实际上，朱元璋的心里却是沉甸甸的。元军占了采石，就差不多割断了太平府与和州城的联系，更主要的，如果元军派出一支部队渡到江北去，那和州城就要遭殃了。和州城里住着红巾军官兵的家属，即使元军暂时不派军队去攻打和州，红巾军官兵们也总是人心惶惶的。

朱元璋也着急，廖永忠惨败回来之后，他就叫汤和带着一帮人马赶往采石一带侦察去了。

汤和是上午离开太平的，午饭过后又回到了太平。据汤和侦察得知，击溃廖永忠的，是水、陆两支元军。水路元军大约有两万人，本来拥有大小战船千余艘，和廖永忠打了一仗，也有不小的损失，大概还有八百多艘战船，一起停靠在采石岸边。陆路元军本有四万来人，统帅正是曾经领兵攻打过和州城的那个陈野先。陈野先虽然在岸上全歼了廖永忠的五千多人马，但自己的军队也伤亡了好几千人，正忙着在采石镇里休整呢。汤和告诉朱元璋等人道："看陈野先那架势，好像很快就要来攻打这里。"

采石的敌情基本上摸清楚了，朱元璋就把几个兄弟及李善长等人召集到一起开会。李善长建议把郭天叙和张天祐二人也喊来。朱元璋言道："用不着喊他们。他们去送死可以，但要说到打仗，就还得靠我们。"

周德兴好像有些不解似的言道："那个陈野先，是不是越来越糊涂了？他曾率十万大军打和州，打了一个月也没打下来。现在，他就三四万人马，也敢来攻太平？他这不是明摆着来送死吗？"

常遇春笑嘻嘻地言道："二哥，你管那么多干吗？他陈野先想来送死，我们让他如愿就是了。"

的确，尽管廖永忠的万余水军大部被歼，但太平城里的红巾军总人数，依然在六七万之间，加上城内还有相当数量的老百姓，陈野先仅凭三四万人马，不仅难以攻进太平，而且还有被红巾军彻底击溃的危险。

徐达沉吟道："如果陈野先真的来攻太平，那就说明他对我们这里的情况一点也不了解，或者，集庆城里的元朝军队并不很充足，陈野先已经无兵可调了。"

朱元璋点头道："二弟分析得很有道理。我也以为，集庆城里的元朝军队不会太多，如果太多的话，恐怕早就来攻打我们了。"

李善长问道："朱元帅，我们是主动去攻打陈野先呢，还是等着陈野先来攻打我们？"

朱元璋回道："我现在考虑的不是那个陈野先，陈野先对我们不会构成多大的威胁。我考虑的是那支元兵的船队。我们要想办法把那支元兵的船队打垮，不打垮那支船队，我们就不可能真正地夺回采石，我们的军队也不会真正地安稳下来。"

然而，廖永忠的水军只剩下几十艘小战船了，几十艘小战船是无论如何也打不垮那支元军船队的。朱元璋五兄弟虽然个个都称得上是英勇善战，但再英勇善战，也想不出如何才能打垮那支元军船队。

倒是李善长想出了一个令朱元璋等人不由为之心动的主意。李善长这样言道："朱元帅，各位将军，你们可曾听说过火烧赤壁的故事吗？"

汤和马上言道："李先生，这故事我小的时候就听过了。说的是三国时代，诸葛亮巧借东风，就在这长江里，用大火烧毁了曹操的战船，把曹操打得落荒而逃……"

朱元璋"哦"了一声道："李先生是叫我们模仿诸葛亮的做法？"

李善长微微一笑道："诸葛亮火烧赤壁，不是从岸上烧的，而从水里烧的。你侦察回来说，元兵的数百艘战船为防止被水冲走，都用铁链紧紧地拴在一起，这景象与当年曹操的船队何其相似啊。"

周德兴问道："李先生的意思，是不是叫我们派一些船，晚上偷偷地摸到元兵的船队跟前，然后放火烧？"

李善长摸了摸颔下的胡须："不错，李某正是此意。当年诸葛亮火烧赤壁，今天我们就来他一个火烧采石。"

徐达言道："李先生的这个主意的确很妙，可是，我们现在只有几十只小船，几十只小船恐怕很难火烧采石啊！"

李善长一怔，继而言道："徐将军所言甚是，几十只小船实难担此大任。"

朱元璋不禁喟叹道："要是廖永忠能多带一些战船回来就好了。"

就在朱元璋为那支元军船队焦心难受的当口，发生了一件叫朱元璋异常欣喜的事情。有一个人适时地来到了太平府，而且是带着一支三百多艘船的船队来到太平府的，这个人叫廖永安。

廖永安是廖永忠的胞兄，他听说廖永忠做了朱元璋水军头领的事儿，就率三百多艘战船和七千多名手下赶到太平府来投奔朱元璋。他是从长江上游方向过来的，所以没有和采石的元军船队相遇。

廖永安的到来，着实让朱元璋高兴万分。朱元璋几乎是同时做了这么三件事情：一件事情是，摆了一桌丰盛的酒席为廖永安接风，为廖氏兄弟重逢表示庆贺；另一件事情是，封廖永安为"大将军"，与廖永忠一起共掌红巾军水军；第三件事情是，请李善长给廖氏兄弟详细讲述当年诸葛亮火烧曹操水军的故事。

三件事情做完了，朱元璋对廖氏兄弟道："采石那儿的元军船队就交给你们了。我不管你们用什么方法，只要能把元军船队击溃就行。最起码，也要把元军船队赶回集庆去。反正，不能让它们再停在那里。它们老是停在那里，我实在不放心，我们大家也都不放心。"

廖永安回道："朱元帅，我刚来这里，什么功劳也没有，就做了大将军，如果我不能击溃那支元军船队就太对不起你了。"

廖永安喝过朱元璋的"接风酒"之后，就忙着与廖永忠一起去筹划准备了。他们为此制订了一个周密的计划，大致内容是：从太平一带过江，把船队开到江北去，然后顺江向下，下到和州附近打住。这样既可防止元军船队过江对和州城发起攻击，又可以在元军意想不到的地方对元军船队发动突然袭击。当然，由于双方力量悬殊，廖氏兄弟的基本战法便是"火攻"。

廖氏兄弟带着船队离开太平不久，朱元璋就接到了两封情报。一封情报是，那支元军船队依然停泊在采石江面上，丝毫没有渡江的迹象；另一封情报是，陈野先的军队已经向太平方向开进。还有一封小情报是，陈野先带着几千人坐镇采石指挥。

郭天叙和张天祐跑来询问朱元璋该怎么打，朱元璋回道："大元帅和张元帅留在这里守城，我带一支大部队绕到采石去，先把陈野先逮住。逮住了陈野先，元军就群龙无首，不战自溃了。"

郭天叙先是一愕，继而高叫道："朱元帅，你这方法确实高明，这就叫'射人先射马，擒贼先擒王'……"

张天祐也不得不佩服朱元璋所言确实是高见。不过，朱元璋接下来所说的一句话却又让他不能不大吃一惊。朱元璋言道："我准备带五万人出城……"

张天祐赶紧言道："朱元帅，你带走五万人，城内只剩下两万人了，压力恐怕太大……"

朱元璋言道："我之所以要带五万人，是想十拿九稳地抓住陈野先。陈野先身边的人马虽然不多，但采石江面上还有两万元朝的水军，如果廖氏兄弟袭击失败，元朝的水军赶上岸来增援陈野先，那我人马要是带少了，就没有多大把握抓到陈野先了。"

郭天叙倒是明白了个中道理，他对张天祐道："没什么大不了的事。只要朱元帅顺利地抓住了陈野先，那攻城的元军就肯定要撤走。"

张天祐只好同意了。因为元军很快就会开过来，朱元璋不敢耽搁，马上找着徐达，吩咐了徐达几句后，就带着汤和、常遇春及五万人马迅速地离开了太平城。朱元璋离开了太平不久，陈野先的部队就开到了太平城外。

朱元璋的五万大军上午离开太平，向东拐了一个大弯，到下午的时候，才开始朝采石镇走，天黑下来之后，他们就已经离采石不远了。

如果只想抓住陈野先，朱元璋马上就可以向采石发动进攻。但朱元璋还有一块心病，那就是元军的那支船队。廖氏兄弟离开太平两三天了，按约定，他们今天夜里应该向元军船队发动进攻了。所以，朱元璋就没急着攻打采石，而是叫部队停在采石镇外不远处隐蔽待命，等待廖氏兄弟的消息。如果今天夜里廖氏兄弟还没有动静，那就说明极有可能出了什么意外。朱元璋也就只好在凌晨时分向陈野先发动进攻了。

巧事好像都被朱元璋碰上了。半夜时分，打前哨的常遇春匆匆跑来告诉朱元璋，说是廖氏兄弟已经动手，长江水面上火光冲天。朱元璋举目一望，虽然这里距长江还有一段路程，但仍可看出长江上的夜空里有大团大团的红光在闪烁。朱元璋急忙言道："五弟，你赶快带一支人马冲到江边去。"又叫过汤和道："四弟，命令部队，包围采石镇，绝不能让陈野先跑了。"

朱元璋叫常遇春领一支人马赶往江边，是因为江边停靠着元军的几十艘战船，如果这几十艘战船开到廖氏兄弟那儿，就会给廖氏兄弟带来不必要的麻烦。常遇春去江边的目的，就是尽可能地将那几十艘战船截住或毁掉。

常遇春动作很快，汤和的动作也不慢，催起数万大军，以迅雷不及掩耳之势，将采石镇围了个水泄不通。朱元璋仿佛是自言自语地道："陈野先，上一回让你跑了，这一回我看你还往哪里跑！"

陈野先这一回真的是没法跑了，他只有几千人，怎么冲也冲不出红巾军的包围圈。他明知这一点，所以根本就没打算突围，他只是命令手下死守采石。

打了一个时辰左右，陈野先卫队的抵抗力明显地减弱。这就说明，陈野先的卫队已经死伤得差不多了。朱元璋正要命令汤和发动最后一次进攻，常遇春气喘吁吁地回来了。常遇春告诉朱元璋，他领兵赶到江边时，已有十来艘元军战船离开了江岸，不过，剩下的元军战船及两千多个元军官兵一个也没有跑掉，全部被消灭了。常遇春还告诉朱元璋，廖氏兄弟的"火攻"很成功，八百来艘元军战船大半已经烧毁，廖氏兄弟正带着手下四处截杀跳水的元军官兵。朱元璋高兴地对汤和道："四弟，廖永安、廖永忠干得很不错，五弟在江边干得也很不错，现在就看你的了。"

汤和就点起一支人马，亲自带领着向陈野先发动最后一击了。汤和的最后一击十分顺利，没费什么周折便攻进了粮仓。攻进粮仓之后，汤和招来几个部下命令道："除了陈野先，其他的人统统杀死！"

上百个红巾军士兵一起涌进了陈野先的住处，汤和也快步朝陈野先的住处奔去。陈野先的住处，本是元军用来看守粮仓的宿舍，大小房屋有十多间。汤和刚刚走到那十多间房屋的近旁，一个红巾军小头目就跑出来向汤和报告道："我们抓住了陈野先，还抓住了一个女人……"

汤和不觉长长地松了一口气，又不假思索地言道："陈野先留着，那女的杀掉！"

小头目答应一声，执剑就跑回屋内。汤和也大步跨进了屋子，屋里居然点着灯，照得屋内一片亮堂。那小头目长剑一挥，就要击杀陈野先身后的那个美丽的女人。汤和见那个女人美若天仙便没有让那小头目杀掉她。

汤和命令手下严加看管陈野先夫妻，然后就喜滋滋地走出屋子去找朱元璋了。

汤和刚走出关押陈野先的屋子，朱元璋和常遇春就并肩迎面走来。看见汤和，朱元璋就急忙问道："四弟，可抓到了陈野先？"

汤和兴冲冲地回道："大哥，姓陈的正在屋里老老实实地坐着呢。"

常遇春言道："四哥，这一仗，你可算是立了头功啦！"

朱元璋环视了一下四周，虽然星月黯淡，但仍可看清楚，满目之下，几乎全是死尸。朱元璋不由得喟叹道："如果陈野先有一万人马，那我们现在就只能站在粮仓的外面……"

朱元璋说完，抬腿就要朝那间屋里走。汤和连忙拦住朱元璋道，"大哥，我还有一件事情要告诉你。"

看汤和挤眉弄眼的模样，朱元璋就知道肯定不是一般的什么事情："四弟，莫非，屋里除了陈野先之外，还有别的什么人？"

汤和低声言道："大哥，陈野先的老婆也被我抓住了。她可不是个寻常的女人，在我看来，她应该算得上是天底下最美貌的女人……"

常遇春笑道："四哥，只不过是陈野先的老婆，也值得这么神秘兮兮的？"

听到"天底下最美貌的女人"几个字，朱元璋的心就不禁咯噔一下。汤和的话音还未落，朱元璋就已经蹑手蹑脚地走到了那间屋子的门外，小心翼翼又神情专注地伸头朝屋里张望。朱元璋的目光，全罩在陈野先身后的那个孙氏的脸上。

汤和压低着嗓门儿问道："大哥，那女人可称得上是天底下最美貌的女人？"

朱元璋好像没听到汤和的话，仿佛自言自语地道："果然是天姿国色……果然是不可多得的女人……"

常遇春明白是怎么一回事了。虽然他加入朱元璋兄弟行列比较迟，但也有一段时间了。平日和徐达、周德兴、汤和混迹在一起，也大致了解了朱元璋在女人方面的志趣。故而，看到朱元璋那副自言自语的模样，常遇春就低声言道："大哥，既然你看中了那个女人，干脆就把她纳为妾吧。"

汤和忙着接道："是呀，大哥，五弟说得很有道理。反正你已经有一个小老婆了，再多一个小老婆也无所谓。再说了，大嫂那么好的人，也不会介意的。"

朱元璋沉默了一会儿，然后笑嘻嘻地对汤和、常遇春道："你们如此关心我，我当然不会拒绝你们的好意。不过，这件事情不能操之过急，我们现在还有更重要的事情要办。"

说完，朱元璋就领着汤和、常遇春走进了屋内。刚一走进屋子，朱元璋就大呼小叫地道："这是怎么回事？谁敢这样对陈将军无礼？"

朱元璋亲自为陈野先松了手上的绑绳，再弯下腰，蹲下身，把陈野先脚上的绑绳松开。

朱元璋解开了陈野先脚上的绑绳之后，直起身子，拍了拍手，然后轻声对陈野先言道："陈将军，朱某来迟，害你受了莫大的委屈，还望陈将军不要责怪朱某为是。"

汤和跟上去言道："陈将军，这位便是我大哥朱元璋朱元帅。"

陈野先慢腾腾地站起了身子。朱元璋的大名他早有耳闻，现在，朱元璋又亲手为他松绑，不管怎么说，他陈野先也要还以相应的礼节。于是，陈野先就朝着朱元璋拱了拱手道："朱元帅威名，如雷贯耳……只不过，陈某乃一战败之将，朱元帅为何对陈某如此客气？"

朱元璋笑道："陈将军怎能这样说话？两军交战，胜败本是正常的事，陈将军又何必耿耿于怀？老实对你说，你虽然战败了，成了我的俘虏，但我对你顽强抵抗的精神却是佩服之至。如果，我的军队中能有像你这样的大将，我朱某恐怕高兴得三天三夜都睡不着呢！"

陈野先听出了朱元璋话中的意思，却佯装糊涂道："朱元帅，恕陈某愚钝，陈某有些听不明白……"

朱元璋继续笑道："陈将军，你那么聪明，岂有听不明白的道理？不过，我朱某从来不做勉强别人的事情。如果陈将军想离开这里，我马上就可以放行。"

如果陈野先真的提出回到集庆的要求，朱元璋是否会说话算话呢？陈野先闭了口，思忖了好一会儿，然后又开口言道："朱元帅如此大仁大义，陈某情愿归降。"

朱元璋一把抓住陈野先的肩膀道："陈将军，我就知道你会这么说的。如果陈将军不嫌弃，我朱某现在就想与你结为兄弟，如何？"

朱元璋的话，令汤和、常遇春都大吃一惊。陈野先也很是意外："朱元帅，你刚才是说，要与陈某结为兄弟？"

朱元璋肯定地点了点头："不错，朱某就是这样说的，但不知陈将军是否愿意？"

陈野先的眼珠子滴溜溜地转了几圈之后，忽然十分动情地言道："朱元帅，陈某能与你结为兄弟，何止是前世修来的福分啊！"

当下，朱元璋和陈野先手拉手肩并肩地走出屋子，双双跪倒在地，撮土盟誓。因陈野先比朱元璋大，所以朱元璋就喊了一声陈野先"大哥"，喊得十分亲切。很快，朱元璋和陈野先结为异姓兄弟的消息便在红巾军上下不胫而走。

撮土盟誓之后，天就蒙蒙亮了。首先是廖永安、廖永忠兄弟走进了采石镇。廖氏兄弟夜袭元军战船非常成功，他们至少烧毁了六百多艘元军战船，还杀死了一万多名元军士兵，而自己的损失却非常小。朱元璋诚心诚意地夸奖了廖氏兄弟一番。跟着，朱元璋得到消息，攻打太平的元军，有两万多人正朝着采石开来，另有万余元军被徐达、周德兴紧紧咬住，难以脱身。汤和、常遇春得此消息后，马上就向朱元璋请求带兵去迎击元军。常遇春还道："我们这么多兵马，加上廖永安、廖永忠的水军，配合二哥、三哥他们，完全可以将这批元兵全部吃掉！"

朱元璋没有同意汤和、常遇春的请求。朱元璋道："如果要硬拼，我们就用不着费这么大劲抓住陈野先了。"

朱元璋找到陈野先道："大哥，你的部队正朝着这边开过来，我的两个兄弟吵着嚷着要去迎战呢。"

陈野先忙言道："兄弟，万万迎战不得，愚兄我只需写上一封信，我的人马便会缴械投降。"

陈野先真的写了一封信，朱元璋派人送出去了。很快，开到采石附近的那两万多元军，立即停止了前进，待在原地等着受降。而拖后的万余元军，却被徐达、周德兴打得七零八落，等到朱元璋派人去通知徐达、周德兴不要再打时，万余之军只剩下不足三千了。

临近中午时，除了郭氏兄弟和张天祐外，红巾军中的高级将领几乎全聚拢在了采石镇。朱元璋对汤和言道："四弟，你辛苦一趟，去把郭天叙他们叫到这里来，就说我要跟他们商议攻打集庆的事。"

汤和往太平方向去了，但不是一个人去的，同行的还有陈野先的老婆孙氏，朱元璋这样做是想把她当做人质来牵制陈野先。

汤和到了太平，先找到郭天叙和张天祐，把采石的情况简要地说了一番，又转告了朱元璋的话，然后便忙着去安置陈野先的老婆孙氏了。郭天叙和张天祐等不及汤和，率先骑着马朝采石镇而去。

在郭天叙和张天祐到达采石之前，朱元璋和他的几个弟兄也有过一段对话。对话的内容是说那个陈野先的。陈野先在一间屋子里休息了，是朱元璋安排的。朱元璋同时还安排了不少亲信暗暗地监视陈野先。

对话好像是常遇春首先发起的，他当着徐达、周德兴的面对朱元璋道："大哥，我认为你不该劝陈野先归降，更不该和他结为兄弟。"

朱元璋问道："五弟能说出我不该做的理由吗？"

常遇春回道："理由不多，只有一个，陈野先不是那种轻易就能投降的人。他的手下如果不是拼光了，你就是让他做我们红巾军的大元帅，我想他也是不会同意的。"

周德兴接道："大哥，我认为五弟说得有道理。陈野先是元兵的大将军，与我们红巾军水火不相容。他攻打和州城的时候，那么起劲、那么卖力。又第一个开到这里来与我们交战，如果他不是山穷水尽、走投无路了，他是肯定不会投降的。"

朱元璋转向徐达问道："二弟，你认为陈野先会不会诚心归降？"

徐达轻轻一笑，道："大哥，别说我了，就是你，也不真正相信陈野先会诚心归降的。不然的话，你就不会派人暗中去监视他了。"

周德兴不解地望着徐达道："二哥，既然如此，大哥干吗还要劝降他，还要和他结为兄弟？"

朱元璋微微一笑道："各位兄弟不要太担心了。我收降陈野先，自有我收降的理由……"

朱元璋并没有说出是什么理由，徐达等人也没有追问。不过徐达知道，朱元璋的这个"理由"恐怕还没有考虑成熟，还处在一种"酝酿"的状态中。

傍晚，汤和、李善长等人从太平赶到了采石。采石镇上，出现了一个少有的大聚会。这次酒宴的主题看起来只有一个，那就是，热烈欢迎陈野先等人"弃暗投明"。而实际上，酒宴的真正主题却是商议如何攻打集庆城。陈野先等人本来就是从集庆城里出来的，所以最有发言权，因而也就成了这次宴会当中的真正主角。

陈野先看起来也无愧于主角人选。他一边热情地同朱元璋等人碰杯，一边不厌其烦地向朱元璋等人介绍集庆城的情况。他说了很多很多，归纳起来，大致有这么两方面：一是集庆城很大、很繁荣，光老百姓就有五十万之众；二是集庆城很容易攻打，虽然城内还有数万元军，但分散在集庆各地，防守就十分薄弱。听陈野先话中的意思，似乎只要派一支两三万人的军队到集庆城里一冲，集庆城就可以拿下来了。

张天祐开始跃跃欲试了，陈野先刚刚把集庆城的情况介绍完，他就迫不及待地对郭天叙道："大元帅，如果你同意，我明天就带兵去攻打集庆！"

郭天叙看着朱元璋道："朱元帅，听陈将军这么一介绍，集庆城其实空虚得很，我看，就让张元帅带兵去攻打一回试试。"

朱元璋笑道："大元帅，就是让张元帅带兵去攻打，也不能明天就去啊？总得让他准备准备吧？"

郭天叙一听，觉得朱元璋有同意的意思，于是就面向张天祐言道："是啊，张元帅，朱元帅说得对，攻打集庆的事情不能太性急，要从长计议。俗话说，兵马未动，粮草先行。去攻打集庆，粮草问题总是要先解决的。"

陈野先忙着言道："陈某愿带部下随张元帅一起去攻打集庆。"

陈野先的理由是，他虽然加入了红巾军，但还未立有功劳，心中总觉得不安。还有，集庆城中另一元军大将陈兆先是他的弟弟，若他前去攻打集庆，他便可以劝说陈兆先"反正"。

陈野先说得情真意切，郭天叙不由得动了心。郭天叙对朱元璋道："我以为，如果让陈将军与张元帅一同出征，确实有许多的便利。"

朱元璋却笑着言道："大元帅，陈将军刚刚入伙，我们就叫他去征战，这好像有些太不近人情了吧？"

郭天叙马上道："朱元帅说得是，我们红巾军怎么能做无情无义的事情！"

陈野先好像感到十分失望，但也没有多言语。他已经看出来了，虽然郭天叙和张天祐的职位比朱元璋高，但真正说话算数的，还是朱元璋。朱元璋既然不同意他陈野先去攻打集庆，那他说多少话也只能是废话。

最终，酒席快散了的时候，在征得了朱元璋的同意后，郭天叙以"都元帅"的名义作出决定：张天祐、郭天叙及陈野先和部下去攻打集庆城。

郭天叙见朱元璋同意了，便心花怒放地去找张天祐商量攻打集庆的事了。而张天祐听到这一消息后，似乎比郭天叙还要高兴。无论是郭天叙还是张天祐，都坚定地认为，此次出击集庆，一定马到成功。郭天叙甚至还想到了这么一点，只要攻下了集庆，自己就有了莫大的功劳，有了莫大的功劳，自己就可以同朱元璋分庭抗礼了。说不定，小明王和刘福通知道了这件事后，还会升自己的官。

郭天叙不知道的是，那个陈野先比他还要高兴。当得知自己就要同郭天叙、张天祐一道去攻打集庆后，陈野先差点高兴得要在采石镇上大喊大叫起来。他抑制不住自己的激动和兴奋心情，把自己的几员心腹将领召到一起，秘密商议如何"报仇雪恨"的事情。显然，正如朱元璋和徐达等人所料，陈野先是假投降。

然而陈野先没有想到的是，他和几个心腹将领秘密商议的事情，被朱元璋派来暗中监视他的手下打听到了。那些手下赶紧将此事向朱元璋报告，谁知朱元璋却淡淡地言道："我知道了，你们不要到处乱说就行了。"

明知道陈野先要反叛却还要把陈野先派到集庆去，这让周德兴、汤和等人很是不解。倒是常遇春很快悟出了其中的玄机，他对周德兴、汤和言道："三哥、四哥，大哥不是说过要借刀杀人吗？我看这一回，大哥就是要借陈野先这把刀去杀郭天叙、张天祐这两个人呢。"

常遇春这么一说，周德兴、汤和便算是彻底明白了过来。难怪朱元璋要劝降陈野先还同他拜为兄弟了，原来是留着这么一手啊。如此一来，周德兴、汤和二人，还有常遇春，就更加佩服朱元璋的老奸巨猾了。

经过一段时间的准备之后，郭天叙和张天祐准备去攻打集庆了。这一次，他们所带的兵马数量相当可观，光红巾军官兵就有三万，加上陈野先的二万降卒，总共五万大军。

徐达轻轻地对朱元璋言道："大哥，你这借刀杀人之计确实巧妙无比，但是，我们付出的代价也不小。"

朱元璋点头道："是啊，我们放走了陈野先，同时还要赔上许多红巾军的性命……但愿，我们的损失不会太大。"

徐达言道："从长远的角度看，即使我们这次的损失比较大，好像也是值得的。"

郭天叙、张天祐走了，朱元璋等人也没有闲着。朱元璋估计，要不了多久，元军就会大批地开到采石来。尽管朱元璋极不情愿在采石与元军展开大战，但事已至此，除了做好同元军进行大战的准备外，也确实没有更好的办法了。

被郭天叙、张天祐带走了三万人，当时朱元璋的手里还有四万多人，包括廖永安、廖永忠的水军和留守在太平府的几千人马。朱元璋把这四万多人统统集合在采石，然后分成三路。一路近万人，由廖氏兄弟率领，以几百艘大小战船做依托，在长江水面上构筑了一道防线。朱元璋估计，元军如果大举来犯，肯定有水军同行，不把元军水军阻在采石以北，那元军水军就极有可能去突袭太平。太平是红巾军的基地，红巾军的一切后勤保障全依赖太平，要是太平有了什么闪失，那红巾军的阵脚就必然大乱。另一路兵马近两万人，由徐达、周德兴、汤和率领，沿采石向东北方向，构建了一条长达数里的防线。第三路人马两万人，由朱元璋和常遇春率领，驻守采石，作为与元军交战的正面部队。不难看出，朱元璋在采石一带已经摆出了同元军决一死战的态势。最后，朱元璋命令太平府知府李习和幕府参事陶安等人，组织了一支由一万多名老百姓参加的后勤保障队伍。朱元璋深知，与元军进行大战，不可能是一天两天就结束的事情，后勤供应决不能马虎。

朱元璋等人在采石一带为备战而忙得不亦乐乎，那郭天叙、张天祐及陈野先等人似乎就更加忙碌。因为求胜求功心切，恨不得马上就打进集庆城里，所以，从采石到集庆，七十多里路程，郭天叙、张天祐及陈野先的五万大军，几乎只用了半天时间就走完了。站在集庆城郊，看着仿佛伸手可及的集庆城楼，郭天叙和张天祐激动得心都要跳出嗓子眼儿了。

集庆城确实很大，内城外城加在一起，差不多有方圆几十里那么大的范围。郭天叙虽然心情很激动，但一时间也拿不定主意该从何处向集庆城发动攻击。在张天祐的印象中，南门元军的防守看起来并不很强。于是郭天叙就作出决定，把南门作为主攻的方向。陈野先对此没有什么意见，只是向郭天叙请求，让他带着他的手下去攻打集庆城的东门。陈野先的理由是，守东门的元军大将恰是他的弟弟陈兆先。陈野先对郭天叙、张天祐道："如果我能说服我的兄弟归降，那我们就不用打了，直接可以从东门开进集庆了。"不用打便可以占领集庆，自然是求之不得的事情，所以郭天叙和张天祐几乎没有考虑就同意了陈野先的请求。郭天叙和张天祐带三万人马驻扎在集庆城的南门外，陈野先带着两万部下去了东城外。双方约定，先让陈野先派人进城去说服陈兆先，如果说服不成，再同时向集庆发起攻击。

陈野先真的派了一个手下进了集庆城，只不过，那手下进城并不是去"说服"陈兆先，而是给陈兆先带去了一封信。信也不是给陈兆先看的，而是叫陈兆先把信转呈给元军驻集庆城主帅福寿。福寿看了陈野先的信后，思忖了约有半个时辰，然后派人把元军水军统帅康茂才喊来。福寿、康茂才和陈兆先几个人又仔仔细细地商议了约有一个时辰，之后，陈兆先就单人匹马地出了集庆城。

苦苦等待消息的郭天叙和张天祐，终于等到了陈野先的一封信。陈野先在信中称，他的弟弟陈兆先同意归降，现已来到他的营中，但陈兆先对归降后的待遇有些顾虑，不知道红巾军究竟会怎样对待他，所以陈野先请郭大元帅和张元帅到他营中走一趟，当面把话对陈兆先讲清楚以打消陈兆先不必要的顾虑。

陈野先的这封信显然是诡计，可是，郭天叙和张天祐却对此深信不疑。他们竟然只带了一百多个亲兵就急匆匆地赶往陈野先的大营了。

这些人自然成了陈野先的刀下鬼。杀了张天祐和郭天叙后，福寿传令陈野先、陈兆先及水军统帅康茂才开始行动！

驻扎在集庆城南郊外的那三万红巾军官兵可就遭了大殃了。首先，他们遭到了陈野先和陈兆先兄弟从东边发起的攻击。还算不错，还活着的红巾军官兵还知道一个劲儿地往采石方向跑。红巾军官兵拼命地在前面跑，三路元军拼命地在后面追。准确点讲，是两路元军在追。正如朱元璋所料，那福寿命令康茂才率两万水军乘船南下，直取太平。

这一回，福寿是倾巢出动了。他的意图是，跟在那三万红巾军的后面穷追，一鼓作气拿下采石再拿下太平，除掉朱元璋这一心腹之患。也就是说，如果朱元璋不早在采石一带布下战阵，那福寿的这一战略意图恐怕就实现了。因为单就军事力量而言，元军显然比朱元璋强大。假如朱元璋真的被福寿打了个措手不及，那朱元璋似乎只有逃跑的份儿了。

郭天叙和张天祐带去的三万红巾军官兵，经元军围追堵截，伤亡极其惨重，侥幸逃回采石镇的，已不足万人。尽管朱元璋得知了郭天叙和张天祐的死讯后很是高兴，但顷刻间便折损了这许多人马仍然让他痛心不已。

然而朱元璋再心痛也没有用了，死了的人是不可能再复活了。更何况，大批元军已经涌到了采石镇外，一场大战迫在眉睫。

首先和元军接上火的，是徐达、周德兴、汤和。徐达、周德兴、汤和的对手是陈兆先。陈兆先当时约有三万五千人马，和福寿的人马差不多。也就是说，元军虽然在集庆城外杀死了两万多红巾军，但自己也折损了一万多人。数那个康茂才折损得最少，大约只死了两千水军。

徐达等人的手下只有不到两万人马，不过，陈兆先对徐达等人根本没有防备。按照福寿的先前部署，陈兆先应该从采石的东边绕过去，然后配合康茂才的水军攻下太平。不料，徐达等人正在采石的东边等着他呢。徐达看出了陈兆先的战略，就叫周德兴、汤和按兵不动，自己亲率一万人朝着陈兆先的中军猛冲猛杀。陈兆先没想到这里会突然杀出一支红巾军来，不敢贸然前进，只得丢下数百具尸体，一连向后退了六七里才稳住阵脚。徐达情知自己的兵马太少，如果追赶就露了馅，便喝令收兵，与周德兴、汤和会合。东边战场暂时平静下来。

东边战场暂时平静了，朱元璋和常遇春的正面战场却热闹起来了。福寿带着三万五千人本来就是主攻采石的，所以兵马一开到采石镇外，福寿就向采石镇发起了猛烈的进攻。

当时的朱元璋和常遇春有两万人，加上从集庆城外逃回来的红巾军，差不多快有三万人了。因为采石镇没有什么城墙，几乎无险可守，所以采石镇的攻守之战，几乎全靠人拼。这种打法，人多的一方自然占优势，加上福寿一个劲儿地催逼手下猛攻，所以朱元璋和常遇春当时的压力就非常大。廖永安、廖永忠见采石镇的战斗异常吃紧，就派人问朱元璋要不要水军上岸支援。朱元璋回复廖氏兄弟："水军按原计划待命，元朝的船队肯定会到来。"最后，还是徐达见陈兆先短时间内不会发动进攻，带了一支兵马从东侧攻击了一下福寿，福寿的第一次进攻才被打退。采石镇的第一次攻守战，打了整整半天，双方都有很大的损伤。

朱元璋从徐达对福寿发动的侧面攻击中悟出了这么一个道理：两路元军的步调并不一致，福寿的目的是攻占采石，而陈兆先的目的却是想尽快地通过采石直达太平，两路元军并没有一个统一指挥，进攻的时间和次数也不相同。于是，朱元璋就作出了一个大胆决定，从自己这里抽出一万人马，从徐达那里抽出五千人马，组成一个一万五千人的机动部队，驻守在采石镇与徐达防线的中间，如果陈兆先向徐达那里发动进攻了，这支机动部队就赶往徐达那里将陈兆先击退，虽然徐达的兵马加上机动部队也没有陈兆先的兵马多，但徐达那里地形复杂，又有周德兴、汤和等人相帮，击退陈兆先的进攻应该是没有多大问题的；如果福寿向朱元璋发动进攻，那支机动部队就赶到采石镇参加战斗，朱元璋的人马加上机动部队，至少在人数上可以同福寿大体持平，防守起来也就不会有多少压力了。这样东跑西颠的，对那支机动部队的要求就很高，朱元璋本想让汤和担任机动部队的指挥，但后来还是选择了常遇春。一来徐达那里兵力不足，汤和在那儿可以助徐达一臂之力；二来那支机动部队也确实需要一个像常遇春这样的猛将来领导。

朱元璋建立这支机动部队，是一个十分正确的举措，否则，朱元璋和徐达等人是很难在采石一带与元军拼杀那么多天的。不过，真正促使这场大战尽快结束的，好像还是廖永安、廖永忠的水军。

岸上战斗进行了一整天之后，康茂才的水军也开到了采石江面上。当时，康茂才有大小战船八百余艘，水军官兵近两万人。而廖氏兄弟的水军只有大小战船四百多艘，官兵还不到一万。就是说，从数量对比来看，康茂才的水军是廖氏兄弟水军的两倍。但是，廖氏兄弟也有优势。他们有二十门火炮和一百来条火枪，而康茂才却没有。

康茂才不想在采石江面上多停留，他要迅速通过这里，直趋太平，与陈兆先配合，拿下红巾军的根据地。所以，虽然看到了红巾军的水军，但康茂才并没有把廖氏兄弟放在眼里，命令所有战船，加快速度，直冲过去。

康茂才没有想到的事情发生了，他那两百艘大战船正往前冲着呢，忽然，廖氏兄弟排在最前面的那二十来艘小船上的布揭开了，露出来二十门火炮。康茂才似乎还没有反应过来呢，那二十门火炮的药捻子就几乎同时点燃了。就那么一下子，康茂才的大战船就至少有十多艘起了火。更主要的，康茂才也好，他的部下也罢，都没有想到红巾军会有火炮。所以，也没等康茂才下令，冲在最前面的两百艘大战船就慌忙掉头往回开。因为太慌忙了，有几艘战船被烧毁，还有两艘战船被别的战船挤翻，官兵死伤了上百人。康茂才见情形不对，赶紧下令后撤，廖氏兄弟也没有追赶。

后来康茂才又发动了一次进攻，仍被廖氏兄弟的火炮轰了回来。

那廖氏兄弟，虽然接连打退了康茂才的两次进攻，但心里却一点儿也不轻松。他们知道，元军战船两次败退，主要是被火枪火炮吓的。另一方面，康茂才的水军尽管连吃败仗，但还没有伤筋动骨，故而，无论是廖永安还是廖永忠，都一致认为，真正残酷的战斗还在后面。

廖氏兄弟估计得对了，康茂才最猛烈也是最后一次的进攻开始了。这一回，康茂才亲自打头阵。进攻前，康茂才给部下下了一道死命令："我冲到哪儿，你们就跟着冲到哪儿，有敢临阵脱逃或违抗命令，我回集庆后就杀了他全家！"

康茂才这么说了，又主动冲在最前头，其部将就是再贪生怕死，也多少会鼓起一股勇气来。故而，康茂才的这次进攻，确实来势凶猛。

但廖氏兄弟更是无畏生死，亲率红巾军与元军厮杀。船上、水中，到处涌动着红的血、死的尸。廖氏兄弟这么一种打法，也甭说一般的元军官兵了，就是康茂才自己，也渐渐地有些害怕起来。照这样打下去，即使最后战胜或全歼了廖氏兄弟的水军，自己的船队还能剩几许？把自己的老本都拼光了，以后就很难在福寿的面前抬起头来了。这么想着，康茂才就急急地下令收兵。因为两军绞缠在一起，收兵也不是一件容易的事，费了好大工夫，康茂才的残兵剩将才得以抽身撤退。亏得廖氏兄弟没有追赶，否则，康茂才就是想收兵恐怕都收不掉。在暮色苍茫中，康茂才带着他的船队远远地北去了。

得知廖氏兄弟获胜、康茂才退到集庆的消息后，朱元璋兴奋得对手下人道："廖永安、廖永忠他们不仅仅是打败了一个康茂才，他们的胜利，对岸上的元兵也是一个极大震动。"

于是，趁着战斗的间隙，朱元璋把徐达和常遇春等人找来。朱元璋认为应该反攻元兵一回啦，其他人也都同意，于是他们商量好了作战方针：从徐达那里再抽出一小部分人马给常遇春的机动部队，然后常遇春从右边，朱元璋从中间，廖氏兄弟的水军悄悄登陆后从左边，三路人马同时对福寿发动反攻。反攻之前，徐达、周德兴、汤和领着人马把陈兆先引开，只要不让陈兆先赶过来支援福寿就可以了。

这一仗如果打得狠，就一定能把福寿击退，从而结束持续了二十天的战斗。

反攻的时间选在一个晚上，黄昏的时候，徐达、周德兴、汤和把有限的人马分成三路，一人带着一路，呈环形开到了陈兆先的营地附近。陈兆先不知究竟，赶紧戒备起来，命令手下待在营地，不得轻举妄动。天黑下来之后，常遇春带着他的机动部队，悄悄地摸到了福寿大营的东侧隐蔽待命。与此同时，廖永安、廖永忠也带着仅存的三千水军，在夜色掩护下，乘船登岸，埋伏在了福寿大营的西侧，并遵照朱元璋的指令，把十多门火炮和六十多杆火枪也一起带到了岸上。朱元璋的意思是，火枪火炮在岸上不一定能打死多少元兵，但却能把元兵吓得不轻。

约定的时间到了，朱元璋一声令下，坚守采石镇二十多天的红巾军官兵，个个如猛虎一般，迅疾地朝福寿的大营扑去。朱元璋刚一动手，东边的常遇春便随即也向福寿的营地发动了进攻。当时常遇春的人马是最多的，所以他的攻势也最猛。要说最热闹的，还是西边的廖永安和廖永忠。他们先是向福寿的营地里开了一通炮，接着又放了一阵枪，然后才大喊大叫地向着福寿的营地冲去。正如朱元璋所料，廖氏兄弟的枪炮虽然没打死多少元军，却把许多元军官兵吓得魂飞魄散。故而，廖氏兄弟身边尽管只有三千人，但他们面前的元军却是最先溃散的。

福寿突然遭到三面围攻，很是震惊，本想抵抗一阵，再派人去向陈兆先求援，但又想到，攻打采石二十多天了，一点儿进展也没有，如果自己的军队有什么闪失，那集庆城就岌岌可危了。这么一想，福寿有些心灰意冷，就一面命令撤退一面派人去通知陈兆先也将部队撤回集庆城。

历时二十多天的采石大战就这么匆匆地结束了，表面上看起来，是朱元璋的红巾军取得了胜利，而实际上，无论元军还是朱元璋，都大伤元气。福寿倾巢而出，实指望能一举荡平朱元璋的红巾军，但事实却让他不得不承认，要想荡平朱元璋，恐怕比登天还难了。而朱元璋，虽然倾全力守住了采石，可也不得不痛苦地承认，元军的实力还相当强大，若想在短时间内攻占集庆，恐怕也只能是一句空话了。

采石大战之后，出现了这么一种奇特的现象，集庆城的元军不再南下攻打朱元璋，而朱元璋的红巾军也没有北上去攻打集庆，而且，这种奇特的现象竟然持续了好几个月。

不过，只要认真看一下当时元军和朱元璋都在忙些什么，便不难发现，这种"互不干扰"的状况是不可能永远持续下去的。元军忙着在集庆四周加固防务，而朱元璋则忙着派兵向南攻占了芜湖（今安徽省芜湖市一带）等地。显然，采石大战之后，集庆城的元军和朱元璋都在积极地准备着，所不同的是，集庆城的元军在准备防守，而朱元璋则在尽力地发展自己，准备进攻。也就是说，经过采石大战，集庆城元军和朱元璋之间的攻守形势发生了根本性的变化。

这期间，朱元璋派人将郭天叙和张天祐"战死"的消息禀报了在亳州的刘福通。刘福通以小明王的名义给太平府下了一道"圣旨"，委任朱元璋继承郭天叙的"都元帅"的职位。也就是说，朱元璋从此便是小明王"钦封"的正儿八经的红巾军的大元帅了。而郭子兴仅存的一个小儿子郭天爵，则被刘福通假借小明王的圣谕封了一个"中书右丞"，在朱元璋手底下做事。郭天爵做了"中书右丞"后没多久，也死了。毋庸置疑，郭天爵也是死于朱元璋之手。

【第四回】

朱元璋轻薄帐内，常遇春骁勇阵前

这一年（1355年）的年底，朱元璋带兵南下，攻克了芜湖等地之后回到太平，身子突然不快活起来，浑身上下总是软绵绵的，没多少力气。李善长等一班幕僚认为，朱元璋这种状况是过度劳累造成的。于是李善长等就建议朱元璋在太平府好好地歇息一阵。朱元璋认为集庆城的元军虽然一时没有南下侵扰，但这种"侵扰"的可能性却是一直存在的，所以采石一带的防务依然不能马虎，因此他不能若无其事地躺在床上休息。徐达、周德兴、汤和、常遇春一起跑来劝朱元璋，朱元璋勉强答应待在太平休息一小段时间。朱元璋强调说："我只能休息十来天。既然是休息，那我什么事都不问，一切由二弟说了算。"

徐达考虑到在五个兄弟当中，数汤和的心最细密，最会体贴人，于是就把汤和留在了太平照顾朱元璋。汤和的心确实很细，他认为要很好地照顾一个身体不好的人，最好由女人来服侍。于是他向朱元璋建议让陈野先的老婆来伺候朱元璋。

汤和提起此事，朱元璋才想起原来孙氏还在太平。他向汤和了解了孙氏的近况之后就同意汤和把她带来了。于是朱元璋又躺在床上闭目养神了。他也真的需要闭目养神，他虽然没有什么头疼脑热之类的病，但浑身上下一点精神也没有，似乎比有病还难受。

也不知道朱元璋当时的那个症状叫什么病，反正，汤和亲自给屋子里生了两个火炉，暖洋洋的，叫人昏昏欲睡。朱元璋自然不想入睡，可躺着躺着，想着想着，也就睡着了。

汤和是在朱元璋睡着了之后走回朱元璋身边的。朱元璋醒来，没看见汤和，看见了那个孙氏。她就站在他的床边，身体有点颤抖，许是站得时间太长了吧。屋里很闷热，她却穿着厚厚的棉衣，所以她的额上和鼻尖上都是汗，那汗水看起来十分晶莹。

朱元璋努力地动了一下身躯，然后挤出一缕笑容问道："屋里这么热，你为什么不脱衣裳？"

她哆哆嗦嗦地言道："大元帅不发话，妾身不敢擅自脱衣裳。"

朱元璋觉得孙氏这个人有点意思："好了，现在我发话了，你就脱衣裳吧。"

她却又低声地问道："不知大元帅叫妾身脱多少衣裳。"

朱元璋越来越觉得孙氏这个女人有意思了："脱多少衣裳你自己看，只要不觉得热就行了。"

她赶紧言道："妾身听从大元帅的吩咐……"

朱元璋笑道："孙夫人，别妾身不妾身的，真要说起来，我朱某应该叫你一声大嫂才对。"

朱元璋这是指的曾与陈野先结拜为兄弟的事。孙氏慌忙道："大元帅千万不要这样论……大元帅这样说，妾身实在受不了。"

朱元璋似乎有些奇怪地言道："你这有什么受不了的？你是大嫂，我是小叔子，这件事许多人都亲眼看到的，我就是不想承认恐怕都不行。"

孙氏吞吞吐吐地道："大元帅，如果……你真是妾身的小叔子，那妾身……好像就不应该站在这里。"

显然，孙氏接受过所谓"男女授受不亲"之类的儒家思想的熏陶。谁知，朱元璋说出来的一番话着实让她茅塞顿开："孙夫人，你哪来的这么多乱七八糟的规矩？

孙氏轻轻地问道："大元帅，妾身这样……可以了吗？"

原来，孙氏已经脱去了棉衣，露出一身雪白又紧绷的内衣来。雪白的衣衫，映得她的肌肤越发的细嫩；紧绷的衣衫，又衬得她的身体，凸得更凸，凹得更凹。加上她那么一副楚楚怜人又楚楚动人的表情，使得朱元璋不禁暗叹道："真是天底下最美貌的女人啊！"

这么想着，朱元璋就不觉叹出了声。那孙氏慌忙道："大元帅，是不是肚子饿了？汤将军吩咐妾身给大元帅端饭来的。"

朱元璋露出一丝苦笑道："我动都懒得动一下，还想吃什么饭？你过来，坐在我身边，让我看着你也就行了。"

看来，朱元璋也是懂得"秀色可餐"的道理的。只不过，当孙氏磨磨蹭蹭地坐在了他的床头之后，他的一只手就一点一点地爬上了她的大腿，而且还一点一点地朝着她的两条大腿爬去。显然，对朱元璋而言，仅仅"秀色可餐"是远远不够的。可惜，身体，还是没有多大的反应。

他没有什么反应，但她的反应却十分明显。她的身体有些痉挛起来，上下牙齿也"咯噔咯噔"地直打架。似乎她穿得太少了，有些怕冷。

朱元璋不高兴了："你这是怎么了？我只不过是隔着衣裳摸摸你，你就抖成这样，要是我把你的衣裳都扒光了，你还不打起摆子来？"

孙氏赶紧回道："不……大元帅，妾身不是在发抖，妾身是想……给大元帅按摩按摩。"

朱元璋不觉"哦"道："你，会按摩？"

孙氏言道："妾身曾经跟别人学过按摩术……汤将军告诉妾身，说是大元帅浑身无力，妾身想，也许按摩能帮大元帅恢复过来。"

朱元璋不相信："我的兄弟曾找过几个大夫来看我，可那几个大夫都不管用，连我为什么会搞成这样都说不清楚。你按摩按摩就能使我恢复过来？"

孙氏犹豫地道："妾身也不敢肯定……妾身只是想试试。如果大元帅不愿意，妾身也就作罢。"

朱元璋想："反正闲着也是闲着，就让她试一回吧。"于是朱元璋就言道："你给我按摩吧。如果你真的把我按好了，我就讨你做我的小老婆，也算作是对你的奖赏。"

孙氏连忙道："大元帅，这……恐怕不太合适。"

朱元璋似乎很惊奇："难道你不想做我的老婆？告诉你，很多女人都想做我的老婆，可我就是看不上眼。现在我想娶你做我的小老婆，就说明你在很多女人当中，是出类拔萃的一个。你应该感到高兴才对头。"

孙氏的声音一下子低了下去，低得似乎只有朱元璋才能听清楚："大元帅，妾身不是这个意思。妾身的意思是，一女不嫁二夫，妾身已经有过丈夫了。"

朱元璋微笑着言道："什么狗屁一女不嫁二夫！你那个丈夫已经死了，现在我来当你的丈夫，不是正合适吗？你一个女人，如果没有丈夫，那待在屋子里干什么？"

孙氏只得诚惶诚恐地言道："是，大元帅说得有理……女人总是应该要有个丈夫的……"

朱元璋有些不耐烦了："别再啰唆了，快给我按摩吧。你要是按摩得不对劲儿，我还不一定讨你做我的女人呢。"

孙氏不敢再多言，蹑手蹑脚地爬上了床。在孙氏的帮助下，朱元璋好不容易翻身趴在了床上。孙氏不敢怠慢，深深地吸了一口气，然后就开始为朱元璋用心地按摩了。如果朱元璋懂得按摩之道，便会发觉，那孙氏确实是此道中的行家里手。她的一招一式，不仅很有章法，而且每一次用力，都透入了朱元璋的肌理之内。就是外行人看去，她的推拿滚按也极富美感。

孙氏用的是"穴位按摩法"。这种按摩方法，不仅要准确，而且还需要一定的力度。孙氏毕竟是一个柔弱的女子，按摩了一会儿之后便大汗淋漓。许是她内心深处也有嫁给朱元璋做小老婆的意愿吧，纵然早已按摩得气喘吁吁，可还是一丝不苟地按摩着。而朱元璋，却在酸热发胀的感觉中，又一次睡着了。

这次朱元璋睡得时间很短，大约一个时辰，他就睁开了眼。睁眼一看，那孙氏竟然趴在他的背上也睡着了。自然，她是太累了，是不知不觉地睡着的。朱元璋不知道她有多累，只觉得她趴在他的背上蛮好玩的，于是就拱了拱腰言道："喂，你怎么偷懒啊？你只按摩了我的后面，我的前面你还没有按摩呢。"

朱元璋没有想到的是，他这么一弓腰身，竟然将她从他的背上拱了来。朱元璋就觉得有些奇怪了：我怎么有这么大的力气？莫非，我的体力又恢复了？

他试着动了动身子，一下子，他就翻过身子来了。他再一翘头，竟然"呼啦"一下坐了起来。他不相信似的又一屈膝蹬腿，果然，他从床上站了起来。

于是朱元璋就兴奋地扭头对孙氏叫道："好老婆，你这个按摩还真有效，我什么毛病也没有了呢！"

"好老婆"三个字至少说明了朱元璋是个说话算数的人，他已经把孙氏当作是自己的一个小老婆看待了。然而，孙氏没能听到朱元璋这个崭新的称呼。她从朱元璋的背上滚下来之后，依然十分香甜地打着轻微的呼噜。

朱元璋坐回到床上，此刻，他有的就是使不完的力气。一个人的力气如果太旺盛了，那总是闲不住的。不过，朱元璋一开始也没有对孙氏动手动脚。他开始为她做起按摩来。

他只按摩了片刻，她的双眼就睁开了。睁开了眼之后，她有些含糊地问道："大元帅，你这是……想干什么？"

朱元璋就一边扒她的衣服一边道："你是我的小老婆，我是你的大丈夫，大丈夫想对小老婆干些什么事，这你还不懂吗？"

朱元璋积蓄多日的精力一下子全部释放出来，那可真像决了堤的江河，一泻千里,势不可挡。

朱元璋在太平的"大元帅府"里和孙氏缠绵了一宿之后，身体不仅什么毛病也没有了，而且似乎还比过去更加强壮了。

六七天之后，朱元璋走出了大元帅府。他走出大元帅府，并不是因为他已经开始厌倦孙氏了，而是，太平城郊外突然发生了一件事情，这件事情让朱元璋很是有点伤悲。

此前，廖永安、廖永忠兄弟在长江边上无意中找到了一个会造火枪火炮的老渔民。朱元璋任命老渔民做了红巾军兵器工厂的头领，而且享受"大将军"的待遇。老渔民为报答朱元璋，领着一帮人没日没夜地为红巾军制造火器和炸药。也许是因为太过劳累了，有一天晚上，老渔民正在造炸药，没留神，把火种弄到了炸药堆里。炸药堆爆炸的时候，几乎把整个兵器工厂都给摧毁了，火光映红了大半个天。那老渔民和一百多个手下当即被炸死，另有两百多人被炸伤。亏得兵器工厂设在郊外，如果设在城里的话，还不知道要炸死炸伤多少人。

老渔民被炸死的消息，是汤和告诉朱元璋的。朱元璋闻听此事后，极为震惊和惋惜。不说别的，如果没有老渔民的火枪火炮，那廖氏兄弟就很难把康茂才的水军打回集庆去。所以朱元璋就传令以"大将军"的规格厚葬老渔民。

"老渔民事件"发生过之后，朱元璋就又开始东跑西颠了。尽管他十分迷恋孙氏，但他绝不会淡忘心中做皇帝的念头。他自知这么一条真理：只要当上了皇帝，天下的一切都归自己所有，包括女人。

当然了，就当时的情况而言，朱元璋最迫切需要做的，是尽快攻取集庆。徐达告诉朱元璋，元军在集庆构建了两道防线：一道是外城，由陈兆先把守，有四万多元军官兵；另一道防线是内城，由福寿镇守，他手下有两万多人。除了陈兆先和福寿，还有康茂才的一万多水军及四百多艘战船。另外，福寿还纠集了一些地主武装分散驻扎在集庆周围的村镇里，共有一万多人。

朱元璋问徐达道："二弟，就我们现在的力量来说，能不能向集庆发动进攻了？"

徐达回道："进攻是可以进攻了，但我以为把握不是很大。"

朱元璋沉吟道："既然把握不大，那就再等一段时间。我们要么不打，要打就一定要把集庆拿下来！"

这一等就等到了第二年（1356年）的二月。当时，朱元璋已经拥有水、步军八万多人。尤其是廖氏兄弟的水军变得更加强大，拥有大小战船八百艘，官兵两万余人，还有一百多门在当时算十分先进的火炮。

有了充足而雄厚的实力，朱元璋就准备向集庆发动最后的一击了。然而，当朱元璋找到徐达征求意见时，徐达却明白无误地摇了摇头。朱元璋愕然言道："二弟，你还认为我们没有把握打下集庆吗？你别看元兵也有好几万部队，但那都是拼凑起来的，没什么战斗力。"

徐达回道："大哥，我讲的不是元兵，我讲的是我们自己。我们自己的军队，现在很不适宜去打仗。"

朱元璋越发地惊奇："二弟，我们的军队怎么不适宜打仗了？莫非，他们变得胆小了？"

徐达言道："大哥，你有所不知，我们军队的士气现在很低落。"

朱元璋更加不解："二弟，我现在是不直接带兵了，但除了水军之外，军队一直是你和三弟、四弟、五弟几个人统率着，士气怎么会变得很低落呢？"

徐达轻轻地叹了一口气道："大哥，你把三弟、四弟、五弟他们都喊来问一问就知道了。"

朱元璋不仅把周德兴、汤和、常遇春喊了来，还把廖永安、廖永忠等大凡手里握有兵权的将领统统地召集在了一起。经询问才得知，红巾军官兵的士气的确不高。原因是，红巾军官兵都在想念自己的亲人了。而他们的亲人，父母也好，妻子儿女也罢，全被朱元璋"扣"在了和州城。朱元璋皱着眉头对徐达说："二弟，我的老婆孩子不也在和州吗？我怎么就能够受得住？"

徐达笑道："大哥，你怎么能把他们跟你相提并论？如果他们都跟你一样，那以后天下该出多少个皇帝？"

朱元璋本来是想等打下集庆之后再把红巾军官兵的家属接过江的，可现在看来，不把那些家属接到太平来，红巾军官兵就没有心思去打仗。无奈之下，朱元璋就只好下令把所有红巾军官兵的家属全接到太平来，让官兵和各自的亲人团聚后再去攻打集庆。

不过，朱元璋没有马上就派廖氏的水军过江去和州。他考虑问题确实很周到，在和州城的红巾军官兵家属——不包括留守在和州的数千名红巾军官兵，少说也有两万余人。这两万余人，不是老的小的，就是年轻的女人，包括马氏和李淑，包括那个郭惠。如果在这些人渡江的时候，康茂才的水军前来骚扰，那麻烦可就大了。

所以，在征求了徐达等人的意见后，朱元璋找到了廖氏兄弟，命令他们在去和州接红巾军官兵家属之前，先把水军开到集庆水面上，把康茂才狠狠地揍一顿，叫康茂才的水军不敢轻举妄动。

廖永安、廖永忠愉快地接受了朱元璋的命令。朱元璋似乎有点不放心，叫常遇春也随廖氏兄弟同去。这个时候，廖氏兄弟的水军，无论是战船数量还是官兵数量，都差不多是康茂才水军的两倍了，更不用说，廖氏水军里还有一百多门威力很大的火炮。故而，廖氏兄弟和常遇春等人都对这次集庆之行充满了信心。

这一仗，常遇春和廖氏兄弟打得很漂亮。半天时间不到，他们就将康茂才的四百多艘战船摧毁了一半缴获了一半，同时还打死了三千多元军并抓获了一万多俘虏。这一万多俘虏，大半是被康茂才强征来的老百姓，所以，做了俘虏之后，他们纷纷表示愿意归顺红巾军。这样，廖氏兄弟的水军，不仅十分完美地完成了朱元璋交给的任务，还一下子扩大了军队规模，拥有大小战船一千多艘、官兵三万多人。

常遇春和廖氏兄弟凯旋后，朱元璋大为兴奋，真想马上就发兵攻打集庆，但想到自己已经对手下许诺过要把他们的家属从和州接到太平来，于是就强压住这种兴奋，命令廖氏兄弟的战船全部开过江去接人。随同廖氏兄弟一起过江的还有汤和。过江前，朱元璋把汤和找去问道："四弟，我吩咐你的事你都还记得吗？"

汤和点点头。朱元璋道："你把我吩咐你的事情说一遍给我听听。"

汤和笑道："大哥，莫非你是怕我忘记了？"

朱元璋的脸上却是一副正儿八经的模样："四弟，我叫你说一遍你就说一遍。"

汤和不再笑了，也做出十分认真的样子言道："大哥，你叫我过江，主要是办两件事情。一件事情是，叫我去对大嫂说说关于你和死鬼陈野先的老婆孙氏的事情；第二件事情是，叫我看好大哥的小姨子，千万不能让她出什么意外。大哥，四弟我说得对不对？"

朱元璋这回笑了："四弟，你说得非常对。办这些事情，只有你最合适。"

于是汤和就肩负起朱元璋交给的神圣使命随廖氏兄弟一同过江了。因为刚到二月，通往和州城外的那条小河水位比较浅，所以廖氏兄弟的战船就只能停靠在长江北岸。之后，廖氏兄弟就和汤和一道步行至和州城，安排红巾军官兵的家属们上船的事宜。

刚一走进和州城，汤和就急忙找到了朱元璋的大老婆马氏。马氏询问起徐达、周德兴和常遇春等人的情况来，汤和回答说"他们一切都很好"。最后，马氏才问及朱元璋的近况。汤和就把陈野先老婆给朱元璋按摩的事一一告诉了马氏。

恰好那李淑也跑过来向汤和打听朱元璋的情况。马氏就半真半假地对李淑言道："淑妹，你不用太过牵挂元璋了，他现在快活得很呢！"

一直到过江以后，马氏才明白，汤和说的"按摩"一事，确实不虚。不过，真的也好，假的也罢，对马氏而言，好像都没有太多的意义。

别了马氏和李淑之后，汤和就去办第二件事情了。见了郭惠的面，汤和发觉，郭惠的面容虽然比过去憔悴，但她的皮肤一如过去那么鲜嫩，似乎用手指一碰就会破裂。

汤和叫了一声"二小姐"，郭惠没有理睬。汤和不以为意，只按自己的思路说下去："二小姐，我是奉我大哥的命令来接你过江的，请你快收拾收拾跟我走。从这里到江边，还有一段路要赶呢。"

郭惠忽然啼哭起来，一边啼哭，一边抽抽噎噎地言道："我哪儿也不去……我父亲死了，母亲死了，舅舅死了，两个哥哥也死了……我也不想活了……"

郭惠哭得很伤心，说得也很伤心。汤和言道："二小姐，你用不着这么伤悲的。你还有大姐，你还有大姐夫。你大姐和你大姐夫肯定会好好地照顾你的。"

她好像有多日没梳洗了，头发蓬松而凌乱，加上一个劲儿地哭，看起来也着实可怜。但汤和却没觉着有多少可怜，他只是感到有点着急："二小姐，你别只顾着哭啊，快收拾东西跟我走啊，我大哥还在江那边等着你呢。"

朱元璋"等着"郭惠自然有特定的目的。这特定的"目的"，郭惠应该很清楚。因此，郭惠就越哭越厉害，嘴里还不停地重复着先前说过的话："我哪儿也不去……我不想活了。"

汤和真的急了，说话的声音也大了许多："二小姐，你要是再不走，我就叫人来抬你走了。"

郭惠依旧是哭个不止，汤和真要出去找人了。可就在这时，有两个人主动走了进来，是马氏和李淑。汤和一怔，又马上喊了一声"大嫂"和"李夫人"。

马氏看到汤和站在郭惠的房里，也有些意外，但旋即她就明白了这是怎么一回事："四弟，是你大哥叫你到这里来的吗？"

汤和敢对郭惠不恭敬，但对马氏不敢。当下，汤和十分规矩地回答马氏道："是，大嫂，是大哥叫我来接二小姐过江的。"

马氏点头道："好了，四弟，你忙你的去吧。我会带二小姐平安地渡过江的。"又走到郭惠的身边道："小妹，别再哭了，当心哭坏了身体……以后的日子还长着呐。"

对郭惠而言，现在世上最亲的人就是马氏了。所以，她一下子就扑进了马氏的怀中，口里悲悲凄凄地言道："大姐，我不想过江，我哪儿也不想去，我只想死……"

马氏亲切地拍了拍郭惠的背："小妹，别说傻话，快擦干眼泪，跟我过江吧。"又吩咐李淑道："淑妹，帮二小姐收拾一下东西，我们一起走。"

汤和虽然走出了郭惠的屋子，但没有走远，而是找了一辆大马车在屋外等候着。他此行的主要目的就是把郭惠安全地带过江，所以他不能离郭惠太远。一会儿工夫之后，马氏、李淑和郭惠三个人一起走了出来。郭惠的脸上虽然还有泪痕，但已停止哭泣。

汤和殷勤地迎住马氏道："大嫂，请你和李夫人、二小姐上车吧。"

马氏也没言语，让郭惠先上了马车，然后和李淑一前一后也钻进了车厢内。汤和高叫一声道："大嫂，你们坐好了，我要驾车了。"

当廖氏兄弟的一千多艘战船满载着红巾军官兵的家属停靠在太平府江岸的时候，整个太平府沸腾起来了。不说别的，就当时江岸边的情景，便着实壮观而感人。数以万计的红巾军官兵，拥挤在江岸上，见了自己亲人的面，有的大笑不止，有的号啕大哭。朱元璋，挺立在江岸上，老远就看见了马氏、李淑和郭惠，当然还有汤和。朱元璋的眼睛就不停地在那郭惠的脸上身上转动。

那只战船靠岸了，朱元璋的目光便从郭惠的身上移到了马氏的脸上。他一个箭步地跳到了船上，一把抓住马氏的手，用力地摇动，道："夫人，多日不见，可想坏我元璋了。"

看朱元璋当时的表情，他似乎很想扑上来把马氏紧紧地拥住。马氏微微一笑道："元璋，这么多天来，你真的很想我？"

朱元璋一边很小心地搀扶马氏下船一边回答马氏的话："夫人，一个男人如果不想念他的老婆，那还称得上是男人？"

马氏一把拉过李淑的手问道："元璋，淑妹也是你的老婆，你难道不想念她吗？"

朱元璋听了马氏的话后，连忙用另一只手抓住了李淑的胳膊，口里还言道："夫人这是怎么说话？你的淑妹是我的爱妾，我如何能不想念于她？"

朱元璋一手拉着大老婆一手抓着小老婆，确实很有一种恩恩爱爱的味道。蓦地，马氏又一把将那个郭惠拉到朱元璋的面前道："元璋，自你过江以后，可曾想起过我的小妹？"

朱元璋很自然地看了郭惠一眼，然后笑眯眯地回答马氏道："夫人，你的小妹就是我的小姨子，做姐夫的，当然也会时不时地想起小姨子来。"

朱元璋没话找话似的问道："夫人，你我分别这么多天，你可是常常想起一个人来？"

马氏点头："你说得没错，我真的常常想起一个人……"

朱元璋含蓄地一笑，道："夫人，如果我猜得不错，你常常想起的那个人，一定是我。"

马氏摇头："元璋，你猜错了，我常常想起的那个人并不是你。"

朱元璋很是吃惊，道："夫人，你常常想起的不是我，那又会是谁？"

马氏言道："我常常想起的那个人，是孙夫人。我常常这么想，那个孙夫人，今年多大了？会是一副什么模样？"

朱元璋赶紧言道："夫人，关于那个孙夫人的事，我早就想告诉你，可一直没有机会。这不，四弟到和州就是专门去告诉你这件事的，还望夫人不要太生气。"

马氏轻轻一笑，道："元璋，我没有生气。只不过，在我看来，四弟到和州去，好像还有别的什么事情。"

朱元璋十分隐蔽地瞟了满面愁容又一言不发的郭惠一眼，然后低声地凑在马氏的耳边言道："夫人，路上说话不太方便，有些事情，我们到家里再谈。"

马氏不再言语。走了一段路，进了太平府，又走了一段路，就进朱元璋的大元帅府了。马氏吩咐李淑道："淑妹，你带二小姐先去找个地方休息，我和大元帅有事情商谈。"

李淑很乖，带着郭惠走了。朱元璋也很乖，忙着唤人将那孙氏叫了来，并且让孙氏很亲密地站在马氏的面前，还叫孙氏喊马氏"大姐"。

马氏仔细地打量了一番孙氏，然后朝着朱元璋点了点头道："元璋，你真是好眼力，我这位孙妹妹，果然长得十分标致。"

朱元璋连忙冲着孙氏一摆头，道："还不快快谢过你大姐对你的夸奖？"

孙氏"哦"了一声，甜甜地对着马氏道了谢。马氏言道："孙妹妹，你也去休息吧，我和大元帅还有事商谈。"

孙氏的动作只慢了那么一点点，朱元璋就很是不高兴地对她言道："你给我记好了，以后，你大姐叫你干什么，你就只能干什么。你大姐叫你离开，你就只能离开。你记住了吗？"

孙氏再也不敢怠慢，轻轻地说了一声"记住了"，就慌慌张张地离开了。马氏微微叹了一口气道："元璋，你不需要这样对待她。"

朱元璋正色言道："夫人，不管我讨了多少小老婆，也不管我讨的小老婆是谁，她们都只能无条件地听从你的吩咐，谁敢说一声'不'字，我让她好看。"

朱元璋这话倒也是出自真心。马氏淡淡地一笑，道："元璋，你这样说，我真的很感动呢。"

马氏这话也应该是发自内心。朱元璋笑容可掬地问道："夫人，现在这里就我们两个人了，你有什么事情要和我商谈？"

马氏提出要把郭惠嫁给朱元璋，这让朱元璋惊讶了一番。惊讶之后，朱元璋便笑着答应了。

马氏主动建议朱元璋娶郭惠为妾，其实是出于无奈。朱元璋一心想把郭惠弄到手，谁能阻挡得住？既然如此，还不如主动提出。主动提出至少有这么两点好处，一是显示马氏比别的女人要聪明；二是表明了马氏对朱元璋的生活十分关心。而对朱元璋来讲，则似乎从中明白了这么一个道理：即使他朱元璋想娶天王老子的女儿为妾，马氏也是不会反对的。

不管怎么说吧，在马氏"主动"建议下，朱元璋和郭惠的"婚事"就算是定下来了。因为不久就要发兵去攻打集庆，所以朱元璋就决定在攻打集庆前把自己和郭惠的婚事给办了。又考虑到诸多原因，朱元璋决定他与郭惠的婚事一切从简。不仅从简，还很隐秘。除了朱元璋几个兄弟及红巾军一些高级将领和幕僚外，大多数红巾军官兵，在很长一段时间内，都不知道朱元璋的小姨子已经变成朱元璋的小老婆了。

朱元璋的大元帅府内，看起来几乎没有什么变化，既不见张灯结彩的喜庆景象，也不见人头攒动的热闹场面，只有徐达等十数人在府内说笑走动。

不过，大元帅府内有一间屋子却布置得非同一般。屋子不仅布置得富丽堂皇，还如梦如幻。置身其中，就仿佛是步入了仙境。这自然就是朱元璋与郭惠的"洞房"了。

郭惠坐在床沿，浑身上下被马氏等人装扮一新，头上还盖着一块红布。一眼看去也确实很像一个新娘子。而朱元璋不同，他从头到脚是一副短式打扮，无论从哪个角度看去，他也不像是一个新郎官，更像是一个猎人。

开始，屋内就郭惠一个人，朱元璋在外面应酬，郭惠在床沿坐得还比较平静。后来，朱元璋大踏步地踏进了屋内，自他进屋的那一刻起，郭惠的身体就瑟瑟地颤抖起来。

朱元璋站在了郭惠的身边。有好长一段时间，他就那么站着，什么也没做，只直勾勾地盯着她不停抖动的身体看，脸上是得意的笑容。她抖动得太厉害了，蒙头的红布开始往下滑落。朱元璋伸出两根手指头，只轻轻一夹，那红布就落到地面上。她那带有忧伤的脸蛋露了出来。

一个女人，尤其是一个美貌的女人，在忧伤的时候，似乎更能吸引男人。朱元璋当时就是被郭惠的忧伤深深地吸引住了。朱元璋张开如蒲扇般的大手掌，一下子就将郭惠的小脸整个儿地盖住了，盖住之后，便是揉、便是捏、便是搓，揉得她浑身直打寒战，捏得她浑身直起鸡皮疙瘩，搓得她浑身就像是掉进了冰窖里。

朱元璋一边抚着她的脸蛋，一边兴高采烈地言道："你的皮肤看起来那么嫩，摸起来就更嫩，就像是刚出锅的豆腐。"

朱元璋的大手离开了她的小脸。她的小脸几乎被他的大手揉搓得变了形状，且眼泪汪汪的，好生可怜。朱元璋突然厉声喝道："抬起头来，转过脸来，看着我！"

她被吓得一哆嗦，但还是慢慢地抬起头，慢慢地转过脸来，泪眼蒙眬地看着他。

但朱元璋的脸上却忽然堆起了笑容，而且笑容还很灿烂，语气也变得温柔起来："郭惠，你告诉我，我是你的什么人？"

她好像想讲话，但没能讲出声音。朱元璋一把就将她从床沿上提溜了起来，口里恶狠狠地言道："我告诉你，我问你话你要是不回答，我就叫你没有好果子吃！快说，我是你的什么人？"

前胸被提溜着，郭惠喘息十分艰难，可又不敢不回答他的话："你……是我的丈夫……"

朱元璋轻轻地把她放回到床沿，还轻柔地为她抚了抚胸口："这就对了。我问你什么，你就回答什么，我就不会为难你了。现在，我再问你，你是什么人？"

她怯怯地回道："我是你的老婆，不，是你的小老婆……"

她的回答应该说没有错，然而，他却又突地大发雷霆起来："臭女人，你简直是满嘴胡话！你不是我的小老婆，你是红巾军大元帅郭子兴的千金小姐！我也不是你的什么丈夫，我是你的丑八怪大姐夫！我说得对不对？"

他翻起了陈年旧账，正是因为这陈旧老账，她才会如此伤心，他也才会如此动怒。然而，过去的时光不会重现，现在，他可以当着她的面肆无忌惮地咆哮，肆无忌惮地嘲弄她侮辱她；而她在他的面前，却几乎连伤心的权力也被他剥夺了。她被吓坏了，身体不自觉地就从床沿上滑到了地上，软软地瘫在地上。不过，她想说的话还是断断续续地说了出来："我……贱妾那时候年纪小，不懂事，冒犯了你……贱妾现在懂事了，从今往后，贱妾甘愿一心一意地伺候你……"

她认命了，一个女人如果缺少死的勇气，似乎就只能认命。朱元璋哈哈大笑起来，他得意极了。他不仅仅是完全征服了郭惠这么一个女人，他是通过郭惠这个女人而完全征服了过去。

这个时候，她不再是什么郭惠，他也不再是什么朱元璋。这一夜，她定然是终生难忘了。次日早上，他则扬眉吐气又昂首挺胸地走了出去。她坐在冷冰冰的地面上，眼泪扑哧哧地往下淌。是呀，朱元璋走了，她可以大胆地流一回眼泪了。

朱元璋得了郭惠之后，着实快活了好一阵子。诚然，郭惠那具娇嫩的肉体很让朱元璋着迷。加上复仇的心理在作怪，朱元璋就更加迷恋郭惠的身体。但是，如果朱元璋只耽于郭惠的肉体中而不能自拔，那就不是朱元璋了。他之所以那么昏天黑地地在郭惠的身体上玩耍，是因为当时的红巾军官兵也大都在与自己的亲人团聚。现在，郭惠已经弄到手了，红巾军官兵们也都与自己的亲人团聚过了，朱元璋就要去干自己的大事业了。

朱元璋找到徐达问道："二弟，现在可以去攻打集庆了吗？"

徐达回道："可以了。现在士气高涨，正是攻打集庆的好时机。"

于是，朱元璋就在太平召开了一个军事会议。朱元璋在会上说："现在，集庆城很孤立，但是，我们要拿下集庆就必须分三步走。第一步，尽快地扫清集庆的外围；第二步，击溃陈兆先的兵马；最后，与福寿决战。"

朱元璋还强调说："第一步是基础，第二步是关键，第二步走好了，最后一步也就好走了。"

朱元璋的这种整体构思是非常正确的。福寿纠集了一些地主武装分散驻扎在集庆城四周的一些村镇里，虽然这些地主武装对红巾军构不成多大的威胁，但如果不先把这些地主武装清除掉，那红巾军在攻打集庆的时候，肯定就会有一种碍手碍脚的感觉。而红巾军攻打集庆城最重要的一环，就是要设法击溃驻扎在集庆城外的陈兆先。陈兆先有近五万人马，不把这几万元军消灭掉，红巾军就无法开进集庆城；而只要消灭了陈兆先，龟缩在集庆城里的福寿就孤掌难鸣了。虽然福寿的身边还有一个康茂才，可康茂才的水军早已被常遇春和廖氏兄弟歼灭。

朱元璋的具体战略部署是：徐达、周德兴带一路人马，出采石向东，先扫清集庆城的东外围，然后折兵向北，扫清集庆城的北外围后，直抵集庆城的西面；常遇春和廖氏兄弟率战船千艘、水军三万人沿长江北上，直接开到集庆城的西部江面上，与徐达互应；朱元璋自己则和汤和一道，领第三路人马，出采石向集庆城的南面进军，扫清集庆城的南外围后，也向西挺进。朱元璋的战略意图是，由常遇春和廖氏兄弟引出陈兆先的四五万兵马，待徐达、周德兴和朱元璋、汤和赶到，三路人马会合，就可以将陈兆先击溃在集庆城的西面。

对朱元璋的这种战略构想和战略部署，徐达等人没有提出什么异议。唯一提出异议的人，是李善长。李善长也不是提出什么"异议"，他只是向朱元璋提了一个建议。李善长的建议是，在扫清集庆城外围的战斗中，应以安抚招降为主、军事手段为辅。李善长的理由是，集庆城的外围大都是一些地主武装，只要红巾军向那些地主们宣布，不杀他们的人，不抢他们的田产财物，那么，那些地主武装就不会与红巾军为敌。李善长还解释说，如果红巾军真的这么做了，那红巾军就会减少不必要的伤亡，同时也会加快攻打集庆城的速度。

朱元璋最终采纳了李善长的建议，决定尽量避免与地主武装开战，还吩咐徐达等人道："告诫手下，不要滥杀地主家的人，不要哄抢地主家的财物。"

这一年（1356年）三月初一，朱元璋的红巾军开始向集庆城进逼。常遇春和廖氏兄弟一路，朱元璋和汤和一路，徐达和周德兴一路，三路大军从水、陆两路同时朝集庆城开去。

出了采石，走了半天，朱元璋和汤和就差不多可以看见集庆的城墙了。这时，打前站的汤和回来向朱元璋报告，说是前面有一个小镇子，镇上有一股一千多人的地主武装，正胁迫着全镇的老百姓，要与红巾军开仗。

当时，李善长也在朱元璋的军中。朱元璋就笑对李善长道："李先生，你去那镇上走一趟吧，看那股地主武装愿不愿意归降。"

李善长就只身往那镇上去了。朱元璋吩咐汤和道："你带一些人暗中保护李先生，不要让李先生出什么意外。"

大约一个时辰，汤和回来了。汤和告诉朱元璋，镇上的那股地主武装已经解散了，李善长正和镇上的几个头面人物前来欢迎红巾军。朱元璋笑道："看来，李先生不仅说得好，做得也好。"

朱元璋就这么不费吹灰之力地占领了这座小镇子，然后又以这座小镇子为据点，花了两三天时间，便完全控制了集庆城外的南部地盘。这两三天时间里，朱元璋的军队只打过一次小仗，伤亡还不到一百人。

两三天之后，朱元璋接到常遇春的密报，说他和廖氏兄弟的水军已经开到了预定的地点，正设法引陈兆先出来交战。又过了一天，朱元璋接到徐达的密报，说是他们的军队正由北向西开进。于是朱元璋、汤和等人快马加鞭地带着部队向集庆城的西面挺进。在南面与西面的交界处，他们遭遇到一股元军。由于红巾军比元军的数量多得多，所以朱元璋和汤和还没怎么打，那股元军就仓皇地朝着集庆城逃去。几百个逃得慢的元军官兵，就做了红巾军的俘虏。

经审问俘虏得知，这股元军的统帅是康茂才。康茂才是奉福寿的命令带着这股元军准备向西去支援陈兆先的，没想到半路上撞着了朱元璋，只好重新缩回集庆城里。

原来，常遇春和廖氏兄弟带着三万水军上岸后，经常在陈兆先的大营附近挑逗。一开始，陈兆先还能耐得住性子，无论常遇春等人怎么挑逗，他就是躲在大营里不出来。可后来，陈兆先有些急了，便仗着人多，倾巢而出，企图一举将常遇春和廖氏兄弟的水军击溃。没想到，他前脚刚走，周德兴后脚就带着一支人马攻占了他的大营。周德兴这一举动可不得了，不仅抄了他陈兆先的后路，而且还直接威胁着集庆城。故而，陈兆先也就顾不上同常遇春等人开战了，而是急急地带着兵马回撤，想从周德兴的手里重新夺回大营。然而，他的兵马刚刚撤到蒋山一带，就遭到了徐达的迎头痛击。他正要摆开阵势与徐达交战，那常遇春和廖氏兄弟又从后面压了过来。陈兆先只能夺路而逃了，可又逃不掉，周德兴从东面堵了上来。三路红巾军共七万余人，将陈兆先的四五万兵马压在蒋山一带无路可走。陈兆先只好一边拼命地抵抗，一边等待着城内的福寿派兵前来支援搭救。福寿是派兵出城了，却又被朱元璋、汤和打了回去。

朱元璋很是感慨地对汤和言道："四弟呀，二弟、三弟他们不仅动作快，而且用兵如神，陈兆先那个家伙，这回肯定是没救了。"

汤和也兴奋地言道："大哥，我们快赶到蒋山去吧，去迟了，战斗恐怕就要结束了！"

朱元璋却遥望着集庆城的城墙言道："四弟，我现在真想直接就向集庆城发动攻击呢……"

朱元璋虽然这么说，却没有这么做。因为，他很清楚，凭他现在手下的两万来人，还很难有十足的把握能攻进集庆城里。那福寿和康茂才的身边，还有两三万人马。说不定，集庆城里边，还会有大批的地主武装。只有把陈兆先彻底解决了，才能集中全力围攻集庆城。于是，朱元璋就带着本部人马，不停歇地朝着蒋山方向奔去。

等朱元璋、汤和及李善长带着部队赶到蒋山一带时，徐达等人已经和陈兆先交战了整整一天一夜。虽然徐达等人一时还未能将陈兆先消灭，但陈兆先也未能冲破徐达等人的包围。陈兆先的兵马被困在蒋山上，没有吃的没有喝的，还受着寒冷的侵袭，处境十分艰难。

徐达对朱元璋言道："我估计，再有个一天半天的，陈兆先就会投降了。"

朱元璋点头道："二弟估计得对。陈兆先这家伙胆子比较小，福寿又很难派兵来支援他，他唯一的出路就只有投降了。"

周德兴有些担心地道："大哥、二哥，陈兆先的哥哥陈野先也是投降的，可后来反了。如果陈兆先真的投降了，他会不会走他哥哥的老路？"

朱元璋问徐达道："二弟，你说呢？"

徐达回道："我想不会。一是因为现在的情况跟那时候的情况不一样了，二是因为陈兆先缺少陈野先那种反叛的胆量。"

朱元璋言道："我同意二弟的观点。即使陈兆先以后会反叛，他也不会反叛出什么名堂来。"

徐达笑道："大哥，陈兆先还没有投降呢，我们说这话似乎早了点儿。"

不过也不是太早，正如徐达所预料的那样，过了一天，陈兆先就投降了。被困在山上，缺吃少喝，救援又无望，陈兆先害怕了，便带着手下走出蒋山，向红巾军举起了白旗。

当时陈兆先还有三万六千人，这三万六千人里面，有不少是原来陈野先的部下，他们跟着陈野先投降过，又跟着陈野先一起反叛。因此，他们这回跟着陈兆先再一次投降，心中就很忐忑，更很害怕，他们实在拿不准红巾军将会怎么处置他们。

当时，红巾军内部，对如何处置陈兆先的投降，意见也很是不统一。有的主张将降兵遣散，有的主张对降兵改编。而许多高级将领，包括周德兴、汤和、常遇春、廖永安、廖永忠等人，则主张把陈兆先及原来陈野先的部下统统杀死，以免后患。

朱元璋是主张对降兵进行改编收容的，持这种观点的，还有徐达、李善长。为了使陈兆先和降兵们放心，朱元璋做出了一个极其大胆的举动，那就是，在一天晚上睡觉的时候，朱元璋把原来守卫自己的亲兵调开，而从降兵中选了几百个人充当自己的亲兵，让这些降兵驻扎在自己住处的四周。朱元璋这一举动表明，他和红巾军是十分信任陈兆先及其手下的。果然，朱元璋的这一举动奏效了。陈兆先及三万多手下心中的那种忐忑、疑虑和害怕一扫而光，开始真心真意地归顺红巾军了。这样，尽管红巾军在与陈兆先的交战中有不小的伤亡，但军队的总人数不仅没有减少，反而明显地增加了。不过，朱元璋也还是汲取了陈野先反叛的教训，没让陈兆先再统率本部人马，而是把三万六千降兵打乱，分散安排到各个红巾军将领的手下。对陈兆先，朱元璋也没有亏待，依然让他做将军，只是陈兆先现在的手下，已经换成清一色的红巾军官兵了。朱元璋的意思是，纵然你陈兆先有胆量起反叛之心，恐也无力指挥手下一起反叛。而事实是，陈兆先自归降了红巾军之后，虽然没有立下什么惊天动地的功劳，却也老实忠诚，至少没有去走陈野先的旧路。朱元璋的这一招降举措，还算得上是比较成功的。

纳降了陈兆先之后，接下来就要向集庆城发动最后一击了。实际上，还没有打集庆城呢，红巾军上上下下便都敢肯定：集庆城一攻就破。因为同福寿和康茂才比起来，当时的朱元璋实在是太强大了。在这种情况下，朱元璋就找到徐达、李善长等人道："我的意思，是现在就派人到亳州去，向小明王和刘丞相禀告我们已经打下集庆城的事，这样，说不定我们刚刚打下集庆，小明王和刘丞相的封赏也就跟来了，这岂不是更加令人兴奋？"

徐达也好，李善长也罢，都以为朱元璋是太过激动了。不过现在的集庆城，就像是红巾军嘴边的一只煮熟的鸭子，红巾军想什么时候吃就什么时候吃，想怎么吃就怎么吃，断无飞走的道理。所以，徐达和李善长等人对朱元璋的这一提议表示同意。

徐达问朱元璋打算派谁去亳州。朱元璋道："攻打集庆不是一件小事情，我们派去的人要有一定的身份地位。我打算派四弟前往，四弟脑子灵活，手脚麻利，干这种事情比较合适。"

徐达点头，李善长也点头。朱元璋开心地"哈哈"一笑道："你们都没有意见，那这件事情就这么定了。"

朱元璋为什么会这么开心？即将攻克集庆当然是开心的一个重要原因，但还有一个很重要的原因，当时徐达和李善长都不知道。汤和本来也不知道，但被朱元璋找去之后，汤和就什么都明白了。

朱元璋找来汤和，先把去亳州的事情说了一遍。汤和一开始有点不乐意，想留下来攻打集庆。朱元璋道："四弟，如果仅仅是向小明王和刘丞相禀报这里的战事，我何苦派你亲自去？"

汤和听出些门道来了："大哥是不是要我再顺便办些其他的事情？"

朱元璋言道："正是。你去过亳州之后，从孤庄村走一趟。"

孤庄村是朱元璋的家乡。莫非，朱元璋多年漂泊在外，现在生起了思乡之情？但汤和知道，朱元璋不是那种会常常思念故乡的人。于是，汤和就睁着一双迷惑不解的眼睛，定定地望着朱元璋的脸。

朱元璋的脸看起来很平静，语调也很平稳："四弟，为了安全，你从和州路过时，多带些弟兄一同北上。回来经过孤庄村的时候，代我去看看我爹我娘的坟。还有，汪大娘和大老爷，你也带我去顺便看望一下。最好，你能带些银子送给他们……"

汤和低低地问道："大哥，还有别的什么事吗？"

朱元璋一时没说话，而是将脸转向北方，像是在凝望着遥远的孤庄村。汤和也学着朱元璋的样，一动不动地看着北方。看着看着，汤和心里一动。他已经猜着了朱元璋的心思，但没有马上说出来。

朱元璋开口了："四弟，在孤庄村，除了我爹我娘的坟，除了汪大娘一家和大老爷一家，还有什么人叫我终生难忘？"

汤和回道："还有二老爷刘德。小的时候，我们在他家放牛放羊，你带着我们偷吃了他家的一头小牛，他差点活活地打死你。你曾经说过，你长大了，一定会报这个仇的。"

朱元璋言道："四弟说得没错，刘德那个老混蛋，我总有一天会找他算总账的。凡是与我结下怨仇的人，我都不会放过。"

汤和轻轻地道："大哥，我以为，在孤庄村，还有几个人你也是一辈子都忘不掉的。"

朱元璋笑了："四弟，我叫你到孤庄村去，就是要你把你刚才所说的这几个人，统统带到这里来。"

汤和笑着问道："大哥，她们都有丈夫呢，她们的丈夫怎么办？"

朱元璋回道："四弟忘了？我曾经跟她们说过，她们的丈夫只有一个，那就是我。"

汤和点了点头道："大哥，我明白了。我去收拾收拾，马上就出发。"

朱元璋嘱咐道："四弟，有两点你一定要记着：第一点，你必须活着回来；第二点，那几个女人也必须活着带到这儿来。"

汤和保证道："大哥放心，我回来的时候，不会少一根毫毛；她们站在你面前的时候，也不会少一根毫毛。"

汤和就肩负着朱元璋的重托起程了。红巾军上下都知道汤和是提前到亳州去报捷的，却都不知道汤和还同时负有一项特殊的使命。依红巾军当时的实力，无论怎么攻打，那福寿和康茂才也是守不住集庆城的。

所以许多红巾军将领，都纷纷向朱元璋请求带兵攻城。尤其是那个常遇春，攻城的决心最大。但朱元璋拒绝了他的要求，他不想强攻集庆，要是能把福寿和康茂才引出城外来交战，那是最理想的了。

朱元璋和徐达的意思是，如果强行攻城，肯定会给集庆城内带来很大的破坏，说不定，福寿和康茂才还会驱赶着老百姓走上城墙同红巾军交战，那样的话，无论是红巾军还是城内的老百姓，都将会有很大的伤亡。而朱元璋不希望这样的情况出现，他想把集庆当作争霸天下的总大本营，所以他不想集庆受到较大的破坏，而希望得到一座完整而又安定的集庆城。

于是，朱元璋、徐达和李善长等人就花了一整晚时间研究制订了一套攻打集庆城的计划。计划大致是这样：廖永安、廖永忠带三万人及一百多门火炮开到集庆的东城，做出一副要在东城发动总攻的模样；周德兴带两万多人开到集庆的北城，徐达带两万多人开到集庆的西城，也都摆出一种进攻的态势；朱元璋率一万余人驻扎在集庆南城外，做出一种防守的架势，而在朱元璋的后面，则由常遇春带一万人马埋伏着。

这套攻城计划的意图是，无论廖氏兄弟还是周德兴、徐达，只要他们发兵攻城，集庆城就断难守住，故而，在这么一种形势下，那福寿和康茂才就很可能不会死守城池，而选择弃城突围的道路，因为死守城池必败无疑，而弃城突围则有可能获得生机。从福寿、康茂才的角度来看，朱元璋的防线兵力最少，最容易突破，福寿、康茂才要突围，似乎只有选择南城方向，这样，朱元璋就可以先行后退，然后会同暗伏的常遇春，把福寿和康茂才死死地堵住，同时，东城外的廖氏兄弟和西城外的徐达，迅速派兵赶到南城外，把福寿和康茂才围而歼之。

有这么两点，朱元璋也没有忽视，一点是，福寿和康茂才不一定会弃城突围；另一点是，福寿和康茂才也不一定会选择南城突围。朱元璋对这么两点作了相应的部署。一切计划妥当后，朱元璋就下达了作战命令。

徐达对朱元璋道："大哥，我估计，福寿和康茂才那两个家伙是不会坐着等死的，他们一定会弃城突围，也一定会从你那个方向突围。"

朱元璋笑着回道："二弟说得没错，我也是这么认为的。"

朱元璋、徐达估计对了。但是，有一点儿他们没有想到，那就是，福寿确实是想突围，而康茂才却不想突围。康茂才想投降。

早在陈兆先的兵马被红巾军团团包围的时候，康茂才就想投降了。这是因为，他已经看出来了，集庆城是肯定守不住的，他更看出来了，元朝统治也就像集庆城一样，也是保不住的。既然如此，还不如早点投降红巾军，为自己的未来另谋一条新路。无奈，福寿看出了康茂才的动机，派一些亲信整天监视着康茂才，不然的话，那一回康茂才率兵出城去救援陈兆先，就投降了朱元璋。

如果福寿一心一意地想突围，或者说，如果福寿一心一意地想离开集庆城，倒也不是一件困难的事情。不说更早的，就说在陈兆先被红巾军围困的时候，如果福寿想弃城逃跑，也没有人拦他。然而，福寿没有这么做。也许是他舍不得集庆这座城市，也许是他对自己还抱有什么幻想。反正，陈兆先兵败投降了红巾军之后，他还待在集庆城里。等他拿定了主意要弃城逃跑的时候，已经迟了。

朱元璋的红巾军是三月初一向集庆城进发的，仅仅十天工夫，集庆城就岌岌可危了。三月初十这天一大早，康茂才爬起来往城墙上一站，就发现红巾军已经把集庆城四面包围了。康茂才十分惊恐，忙着跑去向福寿报告。他和福寿都认为红巾军会从东城进攻，于是康茂才接受了防守东城的任务。

康茂才立刻去了东城，不过他不是去防守，而是去寻找投降的机会。叫康茂才感到有点奇怪的是，东城的红巾军只是不停地打炮，并不攻城。康茂才就寻思开了："莫非东城的红巾军只是佯攻？果然如此的话，那主攻方向究竟在哪一处呢？"

康茂才不知道的是，他刚刚离开福寿，福寿就把手下大将阿鲁灰找了来。福寿对阿鲁灰道："快去集合人马，我们马上向南突围。"

康茂才不知道福寿会撇开他突围，而福寿也不知道自己选择的突围方向正是朱元璋等人事先设计好了的。

阿鲁灰集合了大约有两万人马。这两万人马里面，至少有一半是由蒙古族士兵组成的，故而，虽不敢说这两万人马的战斗力有多么强，但那些蒙古族士兵在一般情况下是不会向红巾军投降的。

部队集合好了之后，福寿命令阿鲁灰率一支人马打头阵，自己带剩下的兵马殿后。别看福寿和阿鲁灰等人的军事才能不怎么样，但若论个人勇力，福寿和阿鲁灰却也可以称得上是出类拔萃的。这就决定了朱元璋等人很难轻而易举地消灭福寿和阿鲁灰。

天色刚亮堂后不久，集庆城的南城门悄悄地洞开了，一支人马，裹着晨雾，呼啸着从城内冲向城外。为首的一员战将，跨一匹高大的枣红色蒙古战马，手握两把寒光闪闪的战剑，正是阿鲁灰。

阿鲁灰一马当先，领着数千人的军队，直直地向着朱元璋的防线冲来。晨光熹微中，骑在马上的阿鲁灰，竟然显得无比的雄姿英发。连朱元璋看了，也不禁由衷地赞叹道："好一个元人，定然是一员猛将！"

朱元璋吩咐手下人道："这个元人看来十分凶狠，一定要想办法先把他杀死，不然，我们许多弟兄肯定要死在他的剑下。"

听朱元璋这么说，一个红巾军将领就招来几十名弓箭手，专门对付阿鲁灰。阿鲁灰越冲越近。那将领大叫一声："放箭！"几十支箭一起朝着陈鲁灰射去。朱元璋看得真切，那阿鲁灰只用双剑上下一划拉，几十支射向他的箭就不知飞到哪里去了。那红巾军将领还要下令放箭，朱元璋拦阻道："不用射他了，弓箭伤不到他。把箭头放低，射他的马。"

几十支箭又一起向着阿鲁灰的战马射击。战马自然没有阿鲁灰那么机灵，几十支箭大都都射在了战马的身上。战马悲鸣一声，跌倒在地，把阿鲁灰也摔在了地上。只见阿鲁灰一个漂亮的前滚翻，不仅迅速地站了起来，而且双手依然握着剑，只稍稍停顿了片刻，他就又指挥着手下向着朱元璋冲来。

朱元璋暗想道：如果不是为了顾全大局，我真想用我的"龙虎剑"来会会这个元人。

朱元璋看见那个福寿也带着一万多元军冲出了集庆城，于是就急急地下令道："撤！快撤！按原定计划撤！"

福寿也带着人马出了城，就说明集庆城内已经空虚了。只要把福寿这支军队消灭掉，集庆城将不攻自破。眼见得自己的计划就要圆满地实现，朱元璋一边带头往南跑一边兴奋地对着左右叫喊道："快点跑，叫元兵离开城边越远越好！"

福寿离开集庆城远了，就可以为徐达和廖氏兄弟的穿插包围提供广阔的空间。福寿和阿鲁灰对朱元璋的后撤一点儿也没起疑心，只顾带着兵马追赶。大约追赶了有半个时辰，福寿和阿鲁灰这才看出情况不对头。因为朱元璋不往后撤了，而是回过头来与阿鲁灰的人马厮杀在了一起，而且，福寿还发觉，朱元璋的身边，已经不是一万多人了，而是至少有两万多人。红巾军打出的战旗上，除了一个斗大的"朱"字外，还多出了一个斗大的"常"字，朱元璋和常遇春会合了。

就朱元璋和常遇春这两支人马，便足以堵住福寿逃跑的路。更要命的，福寿又得到报告，说是自己的左边、右边和后边，都出现了大批的红巾军，战旗上高高飘扬着异常醒目的"徐"字和"廖"字。那自然是徐达和廖氏兄弟。六七万红巾军将福寿和阿鲁灰团团包围住，福寿和阿鲁灰纵使有通天的本领，也无法挽回失败和灭亡的命运了。

但福寿和阿鲁灰还想垂死挣扎一番。尽管他们也知道这种挣扎是徒劳的，但他们却不想束手就擒。福寿命令阿鲁灰将两万兵马全部撤到一个半大不小的土山包上，利用有利地形同红巾军对抗。

元军刚一撤到小山包上，红巾军就把小山包围了个水泄不通。如果红巾军不着急，只需将小山包围上个三五天，那福寿和阿鲁灰恐怕就都要饿死了。元军出城匆忙，是不可能带有多少干粮的。但红巾军很着急，确切说，是朱元璋最着急。眼看集庆城就要到手了，却不能安然入城，那还不把人活活地急死？于是，朱元璋命令红巾军对山包子上的元军发动全线攻击。

朱元璋原来估计，从四面八方向元军发动攻击，顶多半天时间，就可把福寿和阿鲁灰全部消灭。然而，从早晨攻到中午，福寿和阿鲁灰的人马虽然死伤累累，却依然坚守在山包子上。

山包子的坡儿上，几乎躺满了尸首。这些尸首，至少有一半是红巾军的。层层叠叠的尸首当中，偶尔还能看到一个两个垂死的人。朱元璋看了，暗暗地心惊："如果不把福寿引到城外，让福寿死守城池，那红巾军的损失，该有多么巨大。"

李善长向朱元璋建议暂停进攻，其理由是，只要将山包子围得严严实实，说不定福寿也会像陈兆先一样举手投降。

朱元璋征求徐达的意见，徐达言道："我以为，福寿是不会投降的。如果挨到晚上，福寿很可能会趁着夜色冲出包围圈。"

朱元璋认为徐达说得有理，福寿和阿鲁灰这么英勇，如果有夜色掩护，是极有可能冲出去的。而朱元璋不想让福寿或阿鲁灰活命，英勇的人，要么为他朱元璋效力，要么就只能死。因此，朱元璋就传令三军：继续对元军发动全线攻击，一定要在天黑前结束战斗。

在这关键时刻，像常遇春这种猛将往往能起着别人无法代替的作用。中午之前，常遇春就已经带人向山包子发动了两次进攻，虽杀死了不少元兵，但未能全胜，心里实在窝得慌。依常遇春的脾气，他还要连续不断地向山包子进攻。然而朱元璋见他已经累得不成样了，几乎连两把板斧都提不动了，于是就强令他退下来休息。可常遇春哪里能休息？眼看着红巾军的一次又一次进攻都被元军击退，常遇春真是又急又气。终于，下午的时候，常遇春再也憋不住了，提着两把大板斧就跑到朱元璋的面前请战。

朱元璋一时没言语，他很清楚，打这种恶仗，非得有像常遇春这样的猛将不行。可是，福寿和阿鲁灰也确实太顽强了，如果常遇春任性厮杀万一出了意外怎么办？然而，不派常遇春上阵，山包子就是攻不下来。从中午攻到下午，依然没攻出个结果来。再拖延下去，天就要黑了。

徐达得知此事后，走过来对朱元璋言道："大哥，我看就让五弟再攻一回吧。五弟带一支人马从左边主攻，我带一支人马从右边配合。大哥看怎么样？"

朱元璋突然一跺脚谓："二弟，我看这样，五弟从左边攻，你从右边攻，我带人从中间攻。我们三个人一起攻，要是再攻不下来，我们三个就都不要回来了。"

李善长赶紧言道："大元帅切莫生如此绝念，你如果不回来，红巾军岂不是群龙无首了？"

徐达笑道："李先生不要害怕。我大哥是福将，没人能伤得了他。"

常遇春仿佛挑战似的言道："大哥、二哥，我们来一场比赛，看谁最先攻到山包子顶上。"

朱元璋点头道："好，谁最先攻上去，谁就是这场战斗的功臣。"

进攻前，朱元璋把廖氏兄弟叫到跟前吩咐道："我们去攻山，你们在下面小心地防守，绝不能让一个元兵从这里溜掉！"

跟着，对福寿的最后一战便开始了。朱元璋、徐达和常遇春，每人率五千人，同时向土山包子发动了进攻。因为对这场进攻抱定了必胜的信念，所以朱元璋、徐达和常遇春都不约而同地命令手下道："只许前进，不许后退！"

单说常遇春，提着两把大板斧，冲在队伍的最前头。不时有弓箭向他射来，不时有石块向他砸来……他全然不顾，只顾瞪着血红的双眼向山包上冲。他的手下见他拼命了，也都摆出一副拼命的架势，不顾一切地跟在他的后面。

一千多元军士兵排成横队从山包子顶上反冲了下来。这种面对面的厮杀，站在高处的一方显然比站在低处的一方有明显的优势。实际上，元军就是这样一排一排地往下反冲才击退了红巾军的一次又一次的进攻。常遇春冲着左右大叫道："弟兄们，给我顶住！只要能冲到山顶上，元兵就完蛋了！"

一千多元军官兵的手里几乎都拿着长枪。一千多支长枪列成一排从上面往下面刺，那威力确实巨大，那阵势也确实吓人。红巾军的好多次进攻，就是这样被元军刺退的。但这一次不一样了，这一次常遇春和他的手下都不打算再活着回去了。所以，反冲下来的元军虽然一下子刺死了不少红巾军，但活着的红巾军依然一窝蜂地向山上冲。这下子，轮到元军害怕了。因为红巾军的人数比元军多，双方裹在一起拼杀，人多的一方自然胜算要大。故而，那一千多元军，看未能把红巾军杀退，不敢在山坡上停留，丢下一批尸体后，就拼命地朝山顶上跑。常遇春又大叫道："弟兄们，快点冲，就要冲到山顶了！"爬到山顶上，常遇春往下面一看，朱元璋和徐达的两支人马还正在山坡上苦战呢。按照事先的约定，常遇春第一个攻上山顶，心中应该感到高兴才对。但常遇春不仅没有感到高兴，反而感到有些惭愧。因为，他已经看出来了，同朱元璋和徐达交战的元军，都至少在两千人左右。换句话说，如果有这么多的元军一下子向他常遇春冲来，他常遇春就很难这么快冲上山顶。

常遇春决定马上冲下去支援。他见朱元璋那边的元军已经被打乱，而徐达那边的元军依然保持着很整齐的队形，于是就命令一个手下带一千人去支援朱元璋，自己则带其余的兵马去支援徐达。

这一回，常遇春是居高临下地往下冲了。同徐达交战的那两千来个元军，经常遇春这么一冲，顿时就乱了阵脚。红巾军士兵趁机将元军打散，然后分别围而歼之。徐达看见常遇春高兴地嚷道："五弟，看来我和大哥都输给你了。"

常遇春有些不好意思地应道："二哥万万不能这么说。你和大哥这边元兵多，而我那边却没什么元兵。"

徐达笑道："五弟太客气了。赢了就是赢了，用不着找借口的。"

正说着呢，一个手下满脸血污地跑来报告说，有一个元兵太过凶猛，已经伤了许多红巾军弟兄，可还是杀他不得。

　　徐达和常遇春急忙跟着那手下跑去，只见在一处较为平坦的空地上，至少有数十个红巾军官兵团团地围着一个元军将领。但也只是围着，没有人敢轻易地上前与那元军将领交手。那元军将领手舞双剑，独立在包围圈中，很是不可一世。他便是福寿麾下最得力的干将——阿鲁灰。阿鲁灰的脚下，躺着好几具红巾军的尸体。

　　常遇春一见，真是气炸了肺，一边向阿鲁灰冲去一边狂叫道："都给我闪开，让我来会会这元人！"

　　徐达连忙喊道："五弟小心！这元人与我交过手，的确十分嚣张。"

　　常遇春才不管什么嚣张不嚣张呢，两把大板斧一拎，就冲到了阿鲁灰的面前。众红巾军士兵都知道常遇春的神勇，忙着向四面后退，给常遇春让出了一个打斗的空间。而徐达则提剑静立一边，准备在常遇春危急时出手相助。

　　常遇春是双斧，阿鲁灰是双剑。双斧对双剑，说不上哪个讨巧哪个吃亏。几个回合下来，常遇春和阿鲁灰竟然打了个平手，不仅看不出胜负，甚至连谁占上风也很难看得出来。

　　就在这时候，打斗的场面发生了变化。阿鲁灰的右剑向常遇春刺来，常遇春却没有用左斧子架挡，而是将左斧子朝着阿鲁灰的脑袋砍去。这是一种鱼死网破的打法，有点类似"龙虎剑"中的第四式"龙争虎斗"。阿鲁灰没有这种思想准备，见常遇春的左斧子兜头砍下，就慌忙一边撤身一边用左剑去迎挡，因为他的剑来不及收回，常遇春这下子可逮着机会了，在左斧子砍向阿鲁灰脑袋的同时，右斧子也砍向了阿鲁灰的左肋。阿鲁灰即便是天下最灵巧的人，也躲不开常遇春的这一斧子。常遇春的力气该有多大？就听"咔"的一声暴响，阿鲁灰的腰差点被常遇春的斧子齐齐砍断。阿鲁灰连哼都没来得及哼就去见了阎王。

　　围观的红巾军士兵都欢呼雀跃起来。他们只知道常遇春一斧子就砍死了阿鲁灰，却不知道常遇春的这种拼命打法有多么危险。

　　消灭了福寿，就该去攻打集庆城了。朱元璋等人刚把部队整顿好，还没来得及朝集庆城开呢，一小队红巾军就从集庆城里开到了朱元璋的跟前。原来，那周德兴听说朱元璋等人已经包围了福寿和阿鲁灰，心中实在痒得难受，也顾不得等候什么命令了，于当天下午，也就是朱元璋等人向福寿发动最后一击的那个时候，对手下下达了攻打集庆城的命令。集庆城内虽然还有一些元军，也有一些地主武装，但根本挡不住周德兴的进攻。尤其是那个康茂才，周德兴刚一开始攻城，他就急忙打开东城门，投降了。朱元璋等人战斗最激烈的时候，周德兴就已经完全地控制了集庆城。

　　于是朱元璋等人带领队伍开向集庆，一路上说说笑笑，路程就显得短了。几乎是在不知不觉间，朱元璋就走到了集庆城的南城门。南城门洞开着，周德兴带着康茂才及一干手下在那儿恭候着朱元璋等人。常遇春抢先一步跑到周德兴的身边道："三哥，在这次战斗中，你的功劳最大了！"

周德兴憨憨地一笑道："五弟这是说的什么话？我不费吹灰之力就占了集庆城，哪里有半点功劳？"

朱元璋笑嘻嘻地走过去道："三弟，你为什么不费吹灰之力就占了集庆城，那是因为有康元帅在帮你。所以啊，在我看来，这次攻打集庆，数康元帅的功劳最大。"

康茂才本来就有些提心吊胆的，不知道朱元璋会怎么处置他，现在听朱元璋这么说，以为朱元璋是在讽刺挖苦他，所以心里就更加害怕，见了朱元璋，竟然不知道该说些什么才好了。

谁知，朱元璋走到康茂才的身边，语气非常温和地言道："康元帅，你献城有功，可我却没什么奖赏你。如果你愿意，就留在我身边做个将军。只不过，你本是元帅，现在做了将军，也有些太委屈你了。"

康茂才慌忙单腿点地道："大元帅如此厚待我康某，康某愿为大元帅效犬马之劳，赴汤蹈火，万死不辞！"

朱元璋又招来廖永安、廖永忠兄弟，然后对康茂才道："康将军，你本是水军出身，以后，你就与两位廖将军一起，共同掌管我的水军吧。"康茂才点头称是。

集庆城打下来了，便了却了朱元璋的一块大心病。打下集庆城的第二天，朱元璋在征得徐达、李善长等人的同意后，将集庆改作"应天府"。其中的含义是，他朱元璋之所以要打下集庆，乃是"顺应了天意"。看来，这时候的朱元璋，已经多少有点"天子"的味道了。

有人向朱元璋建议，马上派人去太平府把那些红巾军官兵的家属接到应天府来。朱元璋回答说："应天府的秩序还有点乱，等几天再说。"听起来，朱元璋说得很有道理，而实际上，他是在等着汤和的归来。

汤和一行人顺利地到达亳州后，见到了"宋"丞相刘福通和"宋"皇帝小明王。小明王还只是个孩子，汤和一看便知，大"宋"王朝的事情，全由刘福通说了算。于是汤和就恭恭敬敬地向刘福通禀告了朱元璋等人已经打下集庆城的事（汤和向刘福通禀告的时候，朱元璋确实已经占领了集庆）。刘福通听了异常高兴，也异常兴奋。刘福通之所以这么高兴这么兴奋，原因是，他当时虽然拥有很强大的兵力，但只控制江北一带，江南的许多红巾军并不受他刘福通的管辖，现在，朱元璋攻占了江南重镇集庆，就等于是为他刘福通日后向江南发展建立了一个稳固的桥头堡，至少，他刘福通当时是这么认为的。所以，汤和就受到了刘福通的热烈欢迎和盛情款待。刘福通叫汤和一行人在亳州一带好好地玩几天，待他与小明王商量好了再对朱元璋等人进行封赏。然而，汤和并没有在亳州逗留多长时间，理由是，集庆刚刚拿下来，千头万绪的事情太多，他汤和不能在外面耽搁太久。见汤和振振有词，刘福通也就没再挽留。

汤和带着亲兵赶到了孤庄村，依照朱元璋的吩咐，先是看望了汪大娘及大老爷刘继祖的家人，并留下了许多银两后，就专心地去找令朱元璋"牵挂"的胡充和郭宁去了。

数年来征战南北，汤和早已练就了一副铁石心肠，他不顾胡、郭二女对家人的不舍，掳来便塞进了车中，径直向集庆而去。但汤和粗中有细，离开孤村庄时，他没有忘记让亲兵悄悄地把胡、郭二女的丈夫"解决"掉，以绝后患。

汤和虽然把胡氏、胡充和郭宁弄出了孤庄村，但心也只是放下了一半。因为，要是三个女人在半道上出了什么意外，那他汤和前一阵子就是白忙了。所以，在回集庆的路上，汤和真可以说是既小心翼翼又提心吊胆，生怕那三个女人会出一点点差错。

还好，差不多都能看见和州城了，汤和一行人也没出什么事情。胡氏、胡充也好，郭宁也罢，都老老实实地待在马车里，没给汤和惹太大的麻烦。

在汤和一行人走到距和州城大约不到十里路的地方，前面有一个大土堆。过了大土堆，就隐隐约约地可以看到和州城的城墙了。汤和鼓动手下道："再加把劲儿，我们赶到和州吃晚饭。"

当时还没到黄昏，一直走下去的话，就是走进和州城天也不会黑，吃晚饭当然更不迟。几十个亲兵眼看就要到家了，便真的鼓起劲来，撒开马蹄，把两辆马车赶得飞快。可就在走到那个大土堆旁边的时候，汤和一行人却不敢继续向前走了。原来，有一百多号人突然从大土堆上跃了下来，挡住了汤和一行人的去路。

那一百多号人也都骑着马，而且每个人的头上还缠着一块黑布条，手中拿的不是刀就是剑。为首的一条大汉，脸上一道长长的疤痕异常醒目。不难看出，这大汉当属于那种亡命徒之列。

那疤痕往汤和一行人前面一堵，紧接着就说了几句非常流行的顺口溜："此树是我栽，此路是我开，要打此路过，留下买路财！"

汤和遇到打家劫舍的强盗了。汤和北上路过此地的时候，并没有撞见这些头扎黑巾的人。显然，这是一股流窜作案的强盗。

由于黑巾人的数量是汤和亲兵的两倍，若是搁在平常，汤和不会吃眼前亏，十有八九会选择逃跑。但是，当时情况特殊，马车里装着三个女人。从某种意义上说，这三个女人甚至比汤和自己的性命还要重要。因此，当时的汤和不能逃，也不敢逃。

汤和故作镇定地一笑，然后冲着那疤痕言道："这位好汉可能是误会了，我是小明王陛下臣子朱元璋大元帅麾下汤和大将军，不远处的和州城里就驻扎着我们好几千红巾军的弟兄。"

汤和说出那一大串头衔，是想吓唬那疤痕，又特意点出"不远处的和州城"，是暗示那疤痕，这里是红巾军的地盘，容不得你这股土匪撒野。谁知，那疤痕根本不吃这一套。他一边朝汤和逼近一边"哈哈"大笑道："什么红巾军？告诉你，老子的黑巾军是专门对付红巾军的。你要是乖乖地丢下买路财，老子也许还会留下你们一条性命，否则，老子就叫你们人财两空！"

左一声"老子"右一声"老子"，汤和实在气得不行。然而，汤和又不敢发火。另一方面，汤和也想多磨蹭点时间，好让和州城的红巾军发现这里的情况。于是，汤和就赔着笑脸对那疤痕言道："这位好汉豪气冲天，如果兄弟我真有钱财，一定如数奉上。可是，兄弟我只是去办军务，身边并无什么钱财，还望这位好汉体谅，放我们从这里过去，兄弟我一定不会忘记好汉的大恩大德。"

汤和说的倒也是实话。本来身上是带了不少银子的，但几乎都赠给汪大娘和刘继祖的儿子刘英，尽管从亲兵们的身上也还能凑出一些银两，但汤和知道，那点银子疤痕根本就看不上眼。

疤痕自然不会相信，他朝那两辆马车瞟了一眼，问汤和道："马车上装的是什么？"

汤和恭恭敬敬地回道："马车上装的是几个女人，也并无钱财……"

疤痕"嘿嘿"一笑道："你叫那几个女人下车让我看看，如果长得漂亮，我就把她们带走，算作是你们的买路财了，你们也能因此而保住一条性命，否则……"

汤和赶紧言道："这位好汉，车上的那几个女人从未见过大世面，如果下得车来，见了好汉，肯定会吓坏她们。"

疤痕冲着汤和大叫道："你既然如此不识好歹，那老子就只能自己动手抢了！"

疤痕也知道这里离和州太近，时间不能耽搁。要是从和州开过来一支队伍，那他就竹篮打水一场空了。故而，疤痕一挥手，他的一百多个手下就跟着他一起朝那两辆马车冲了过去。

事已至此，汤和也别无选择了。他连忙退到马车跟前，吩咐几十个亲兵道："把马车围起来，今天我们就跟他们拼了！"

汤和和几十个亲兵一下子就将马车围在了中间。这些亲兵大都能征惯战，汤和的"龙虎剑"虽然还没练到朱元璋的那个水平，但冲锋陷阵了这么多年，一身功夫当也不容小觑。只不过，以疤痕为首的那一百多个黑巾人，既然是以打家劫舍为职业，而且还敢在红巾军的眼皮子底下拦路打劫，当然也大都是些杀人不眨眼的货色。这样一来，汤和人数少，显然是处于劣势了。

　　疤痕和一百多个黑巾人先是将汤和等人团团围住，然后便从四面八方向汤和发起了攻击。而汤和等人则死死地护住两辆马车，拼命地抵挡着黑巾人的攻击，绝不让黑巾人靠近马车一步。只见马蹄狂舞、尘土乱扬，刀光剑影中，不时有人哀叫着从马背上摔下去。汤和几乎是发了疯了，一连捅死了好几个黑巾人。尽管他的战马死了，身上也多处负伤，但他仍然站在马车的前面，不后退半步，表现出了一个红巾军大将军的风采。这个时候，天色已是黄昏了。汤和的处境明显地更加艰难和危急了。他身边只有十来个亲兵了，而且半数还负了伤，只能勉强地将两辆马车护住。而黑巾人，连疤痕在内，至少还有二三十人。二三十个黑巾人显然也杀得累了，正在稍作调整，准备对汤和发动最后一次攻击。

　　汤和知道自己快要顶不住了，他不禁暗暗骂起和州城的那些红巾军来。汤和情知最后的关头到了，于是就扯开嗓门叫道："弟兄们！我们是朱元璋大元帅的手下，我们无论如何也不能给大元帅丢脸！杀一个够本，杀两个赚一个！弟兄们，给我杀啊！"

　　也许"朱元璋"这三个字确有鼓舞士气的作用，汤和的叫声还未落，那仅存的十来个亲兵便齐声呐喊着迎住了扑过来的黑巾人。然而，毕竟众寡太过悬殊，纵然汤和等人英勇异常，也实难抵挡黑巾人最后的攻击。亲兵一个个倒下，最后只剩下汤和与另一个亲兵了，而且还被十多个黑巾人团团地围住。那一边，那个疤痕已经走到了马车跟前。只要疤痕的手一举，就可以看见马车里的女人了。就在疤痕伸出手将要探进马车车厢的时候，几十匹战马驮着几十名红巾军官兵如闪电一般地突到了这里。这几十名红巾军官兵自然是从和州城赶来的。疤痕慌了，也顾不得看马车里面装的是什么东西了，慌慌张张地翻身上马朝北跑去，围住汤和及另一个亲兵的十多个黑巾人，动作也不慢，疤痕刚刚翻身上马，他们就已经勒转马头向北逃跑了。

　　几十名红巾军官兵冲到汤和近前，刚要下马，汤和叫道："快追呀！你们要是不把他们追到杀死，你们就不要回来了！"

　　等汤和拖着疲惫的身体带着那三个女人走到集庆城（应该叫应天府了）外的时候，已经是后半夜了。城门已经紧闭，护城河上的吊桥也高高地挂起。但这难不倒汤和，他一亮出身份，吊桥就降了下来，城门也开了。

　　汤和带着那三个女人，在一个士兵的引导下，走到了朱元璋的住宅前。虽是后半夜了，但朱元璋住宅的院门两边，依然直挺挺地站着好几个卫兵。这些卫兵都认识汤和，汤和刚一靠近，便有一个卫兵迎上来道："汤将军可是要见大元帅？大元帅早就休息了。"

汤和撇了撇嘴道："大元帅休息了也要把他喊起来，我有军机大事要向他报告。"

这些卫兵都知道汤和北上亳州的事，又见汤和身后站着三个美貌的女人，也不清楚汤和究竟有什么军机大事，所以不敢怠慢，忙着请汤和在院门前稍候，他们进去禀告大元帅。一个卫兵打开院门跑进了院里，找着一个仆人，将汤和的事情说了一番，然后，那仆人蹑手蹑脚地走到朱元璋的卧房前，在门外轻声地唤"大元帅"。待把"大元帅"唤醒了，这才又转声地禀告了汤和的到来。

朱元璋醒了之后，连外衣都没顾上穿，套上鞋子就一溜烟地跑到了院门外。跟在他身后的那个仆人，已经上了年纪了，好不容易地小跑到院门边，早已累得气喘吁吁了。

朱元璋第一眼看到的是汤和，之后才看见汤和身后的那三个女人。他看汤和时的目光是激动的，朱元璋猛然扑上去，一把抱住汤和的肩膀道："四弟，你可想死大哥我了。"

朱元璋那么热情地一抱，恰好抱在了汤和的伤口上。汤和忍不住地"啊呀"一声，表情十分痛苦。

朱元璋大惊："四弟，你这是怎么了？"

汤和苦笑道："大哥，真是一言难尽啦。"

朱元璋连忙道："四弟别急，我们进去坐下慢慢说。"

朱元璋就带着汤和走入院内了。当然，他不可能忘了那三个女人。在走进院子之前，他吩咐跟在他身后的那个仆人道："带她们到后面去，先弄些热水给她们洗洗澡，然后再找些干净的衣裳给她们换上。"朱元璋还特意对那个仆人交代，哪个女人应该睡哪间卧房。仆人点头答应，领着三个女人率先走入院内。

胡氏母女从朱元璋身边经过的时候，很是恐惧。朱元璋冲着她们一笑，她们差点吓晕过去。郭宁就不一样了，脸上的表情冷冷的，朱元璋对她笑的时候，她冷冷的表情一点儿也没有变化。朱元璋知道她们各自的性格，所以也没太在意。反正，等一会儿，他就要给她们好看了。

一间小客厅里亮起了灯，有几个仆人在里面忙碌。朱元璋领着汤和走进去后，摆了一下手，那几个仆人就悄悄地退去了。

汤和把自己一去一回的经过详详细细地说了一遍。也不是什么事情说的都那么详细，汤和主要是把从亳州回来的过程说得很透彻，虽没有多少夸张，但讲述得十分生动。

汤和讲述经历的时候，朱元璋主要是在聆听，只是在比较重点比较关键的地方，他才偶尔插上一句两句评论。等汤和把来回的经历都讲完了之后，朱元璋总的评价是："四弟，真难为你了，也太辛苦你了。"

而汤和则强忍伤口的疼痛，笑道："为大哥做事，再辛苦我也心甘情愿。"

朱元璋长叹道："知我朱元璋者，四弟也。"

接下来，朱元璋就要汤和留下来与他一起休息。汤和低低地言道："大哥有那几个女人相陪，我留下来何用？"

朱元璋似乎还想挽留，但汤和已经起身告辞了。朱元璋无奈般地把汤和送到院门口，又命令一个卫兵把汤和领到他的住处去——每个红巾军将领在应天城都有自己的住宅，只是汤和当时不知道。

送走了汤和之后，朱元璋的热血马上就沸腾起来。自己小的时候在孤庄村看中的三个"天底下最美貌的女人"，现在就在后面的卧房里等着他，这叫朱元璋如何不亢奋万分？

但朱元璋往后面走的时候，步子迈得并不是很大。他好像很能沉得住气，尽管，他恨不得马上就跨到她们的房里。

原先的那个上了年纪的仆人依然在恭候着朱元璋。他的身边，还站着几个女仆。朱元璋问那仆人道："一切都弄妥当了吗？"

那仆人小声地答应了一声，朱元璋点了点头道："你们辛苦了，都去休息吧。"

那仆人带着几个女仆迅速地消失在黑暗中。也不全是黑暗，有三间相邻的卧房依然亮着灯。朱元璋知道，那三间卧房从左到右依次住的是胡氏、胡充和郭宁。

朱元璋走进了胡充住的卧房，可怜的胡充，竟然一直站在房内。朱元璋走进来的时候，她吓得连看都不敢看他。朱元璋哼了一声，然后大大咧咧地走到床边坐下了。

她虽然也知道应该面对着朱元璋，但头颅怎么抬也抬不起来，只能跪在了朱元璋的面前。

朱元璋很温和地道："胡充，抬起头来，看着我。"

她就像是一只木偶，任由他操纵。他叫她抬头，她就抬头。他叫她看着他，她就看着他，只是她看他的那种目光，实在难以形容，也说不上是凄凉还是悲伤。

朱元璋双脚一抬，就夹住了她的脸颊，差点把她蕴在眼眶里的泪水夹出来："嗯，不错，脸蛋还和以前一样漂亮……"又更加温和地问道，"胡充，你喜欢我吗？"

胡充不自主地点点头。

"那就快上床。"朱元璋说着把胡充抱到了床上……

朱元璋在胡充的身体上玩耍好了，自己的身体也差不多恢复过来了，于是就去准备找郭宁。

就这么着，郭宁和胡充一样，都成了朱元璋的小老婆了。

不久，小明王的钦差到了应天城。小明王御封朱元璋为大"宋"朝的枢密院同佥。可仅仅过了几天，小明王的又一个钦差赶到了应天，升朱元璋为大"宋"朝的江南等处行中书省平章——江南等处最高军事行政长官，封李善长为左右司郎中，徐达等朱元璋手下原来的大将军一律升为元帅。

这一年，朱元璋才二十九岁，却已经是大"宋"朝的一位拥有十万大军的封疆大吏了。后因军功卓越，小明王又封朱元璋为吴国公。当然，朱元璋绝不会满足于此。他接受小明王的封号只不过是一种权宜之计。他对徐达、李善长等人道："我们现在最主要的任务，就是以最快的速度扩大我们的地盘，发展我们的势力！"

朱元璋虽然占据了应天，但距离皇帝的宝座，还有很长很长一段路程。

【第五回】

智太祖巧断地理，神刘基妙算天机

朱元璋攻占应天府的时候，元朝统治者更加腐朽，君臣貌合神离，元朝已经陷入一片混乱之中。

以刘福通为首的北方红巾军——"宋"政权统辖下的红巾军（朱元璋除外），抓住这个有利时机，分派几路大军北伐，把北方红巾军的形势推到了鼎盛时期。

总起来看，当时北方红巾军的北伐战争，可以说是攻无不克战无不胜。刘福通北伐，不仅取得了辉煌的战果，而且还牵制住了元军的主力，使元军主力无法南下作战，这就为其他一些割据势力的迅猛发展——主要是长江以南的一些军事集团——创造了极其有利的条件。

比如前面提到的那个建立"天完"政权的南方红巾军首领徐寿辉，从1355年（"天完"政权治平五年）开始，接连攻克襄阳、中兴（今湖北省江陵县）、武昌和汉阳等地，接着又攻占了岳州（今湖南省岳阳市一带）和饶州（今江西省鄱阳县一带）等地，并于1356年正月迁都汉阳，改元太平，重组了政权，以倪文俊为丞相。一时间，浙江和安徽等地境内的许多城市，也被徐寿辉红巾军所攻占。

再比如那个张士诚，他在高邮转危为安之后，四处出击，拼命地扩大地盘。富饶的长江三角洲一带，几乎全成了张士诚的天下。

这便是朱元璋攻下应天后的天下大势。从这个大势上看，朱元璋当时是十分安全的。北面是刘福通的红巾军，元军主力忙着与刘福通交战，一时不可能顾及他朱元璋。

西面是徐寿辉的"天完"政权，东面是张士诚的部队，虽然徐寿辉和张士诚跟朱元璋并不是一家子人，不属于刘福通的"宋"政权统辖，但他们当时也都在与元军交战，这便从客观上保护了朱元璋。

而朱元璋的南面，主要是浙江的东部地区，只存在着一些零散的元军据点，这些元军据点，自保都成问题，当然更不可能对朱元璋构成什么威胁了。

朱元璋对天下形势的了解是很透彻的。看起来，应天城的北面、西面和东面都有一股很强大的军事势力阻挡着元军，朱元璋的红巾军似乎应该向南向浙东一带发展才对头。但朱元璋不这么看，他以为，向南发展那是以后的事，首要的是确保应天城的安全。

朱元璋当时的地盘很小，以应天为中心，西北到滁州，西南到和州，东南到句容溧阳，南面仅达芜湖。

朱元璋看得很清楚，西边的徐寿辉和东边的张士诚，现在虽然都在与元军交战，但只要一腾出手来，就肯定会朝着应天一带发展。

所以，朱元璋就必须抓紧时间在应天的东西两面抢占一些战略要地作为屏障，来拱卫应天城。

相比较而言，当时的徐寿辉距应天城还有一段距离，即使徐寿辉想向应天一带发展，也还要等相当长一段时间。

而张士诚就不一样了，他几乎只要向西跨一步，就可以跨到应天城下了。因此，当务之急，是要在应天城的东面构建一道防线，挡住张士诚西进的步伐。而且动作要快，慢一点儿，等徐寿辉也要图谋应天了，那朱元璋就两面受敌了。而以朱元璋当时的实力，无论如何也不可能同时向张士诚和徐寿辉开战的。

朱元璋和徐达、李善长等人一致认为，应尽快地向东扩展。经侦察得知，应天城的东边、距应天有一百多里路程的镇江，目前还在元军手里，守城的元军将领是一个平章，叫定定。

如果把镇江攻下来，不仅可以挡住张士诚西进，而且还把朱元璋的地盘向东扩展了一百几十里。

于是，朱元璋决定派徐达去攻打镇江。实际上，只要朱元璋不亲自挂帅，那么统军出征的人就肯定是徐达。因为攻打镇江事关重大，所以朱元璋又派周德兴做徐达的副手。

徐达、周德兴带着两万兵马，在这一年的三月下旬向镇江开进。应天距镇江虽然只有一百几十里，但那是直线距离，一路上拐拐弯弯的，再加上地形又不是很熟悉，徐达、周德兴用了两天多的时间才赶到镇江附近。

镇江同应天一样，是一座江边城市，城的北边就是滚滚的长江。守将平章定定，本来身边也有两万多兵马，可近年来，镇江东面和南面的一些元军据守的城市，老是遭到张士诚部队的攻击，定定只好常常派兵去驰援。可结果是，不仅遭到张士诚攻击的那些城市最终没能保住，而且定定派出的援兵也总是有去无回。这样一来，定定身边的军队就越来越少，只剩下几千人了，还得不到补充。所以定定就整天提心吊胆的，生怕哪一天张士诚的大军就突然开到了镇江城外。

然而叫定定感到意外的是，张士诚没来，却从西边开过来一支红巾军。别看朱元璋在应天一带闹得红红火火的，但定定却对朱元璋知之甚少。定定的注意力全放在了张士诚的身上。

故而，当手下报告，说是有一支两万人的红巾军已经开到了镇江西郊时，定定就十分恐慌。

徐达接到报告，说是在镇江的东边发现了一小股张士诚的侦察部队。于是徐达、周德兴决定马上攻城，怕时间长了就会有麻烦。既然张士诚的侦察部队已经到来，那张士诚的大部队也就会很快来到。

徐达、周德兴没用到一天时间就占领了镇江城。虽然占了镇江，但徐达并没有高枕无忧。他对周德兴道："我估计，张士诚迟早会派兵来攻打我们。"

周德兴同意徐达的估计，本来，隔着镇江等地，朱元璋和张士诚之间还有个缓冲地带，现在好了，徐达占了镇江，朱元璋的地盘和张士诚的地盘就互相接壤了。两支不是一家子的部队挨在一起，总归是要发生冲突的，只是不知道这种冲突是由谁先挑起、又有多大的规模罢了。

徐达派人回应天向朱元璋报告已经占领镇江的事情，并要求尽快地派一支水军到镇江来，以防张士诚的攻击。然而，十几天之后，朱元璋派来的廖永安和两百多艘战船早早地开到了镇江水面上，但张士诚却一直没有动静。

周德兴和徐达认为张士诚最近占地太多，目前没有足够兵力打到这里，于是决定趁机向南发展。

经侦察，镇江以南六十来里是丹阳城，丹阳以南八十来里是金坛城，从金坛城再往南走一百来里，就是溧阳了，而溧阳当时已经是朱元璋的地盘了。

徐达对周德兴道："如果我们从这里一直打到金坛，那镇江和溧阳之间就可以连成一条线了。这条线以西是我们的地盘，以东是张士诚的地盘，这岂不是很有意思吗？"

周德兴表示同意，反正丹阳和金坛当时还在元军手里，攻下这两个地方并不等于就是向张士诚宣战。元军占的地方谁抢到就是谁的，不抢白不抢。而对朱元璋来说，占了丹阳和金坛，就是在应天城东边竖起了一道长长的屏障。

南进的部队是周德兴率领的，徐达留守镇江。周德兴只带了五千人马南下，因为同丹阳、金坛比起来，镇江毕竟是一处战略要地，谁占了镇江，谁就直接对应天城构成威胁。而张士诚若要与红巾军开战，肯定首先攻打镇江，所以徐达一定要在镇江留下足够的兵力。另一方面，丹阳、金坛虽然都驻有元军，但两处元军加在一起也不足五千人，更不用说，这些元军早就被朱元璋和张士诚闹得人心惶惶的了。故而，周德兴带五千人马南下，应该是绰绰有余的了。

果不出徐达所料，周德兴的南进行动十分地顺利。三天之内，周德兴连下丹阳和金坛。由于周德兴的部队对老百姓几乎秋毫无犯，所以深受老百姓的欢迎。他带去五千人马，攻下几座小城后，部队不仅没有减员，反而增加到万余人。周德兴在金坛和丹阳等地各留下一支队伍镇守，然后依然带着五千人马回到了镇江。

徐达连忙派人回应天向朱元璋报告周德兴的军事行动成果。而实际上，朱元璋早就得知了这一消息，是朱元璋驻溧阳的军队派人回应天报告的。不仅如此，驻溧阳的红巾军虽然只有千余人，但见周德兴一路上打得红红火火的，也不甘寂寞地向东推进了四十多里，占领了太湖西岸的小城宜兴。可不要小看了红巾军这一举动，红巾军占了宜兴之后，对张士诚的震动非常大，因为过了太湖向东走约七十里，就是张士诚的大本营隆平府了（今江苏省苏州市）。

朱元璋充分考虑到了这一点，他招来李善长、汤和、常遇春等人言道："我们现在已经和张士诚全面接壤了，弄得不好，我们之间就会爆发全面战争。"

常遇春道："打就打吧。反正迟早是要打的，还不如早点打来得痛快。"

汤和言道："五弟，大哥的意思是，能不打暂时就不打，尽量多拖点时间，扩大我们的地盘，壮大我们的力量，然后再同张士诚痛痛快快地打一场。"

常遇春笑道："四哥，我们是这样想啊，可人家张士诚会同意吗？"

朱元璋问李善长道："不知李先生对此有何高见？"

李善长沉吟道："依李某之见，不如先修书一封给那张士诚，就说我们只是在驱除元兵的势力，根本无意与他张士诚为敌，看张士诚接到信后是何态度。如果他执意要开仗，那我们就只能奉陪了。"

朱元璋同意道："好，就照李先生的意见办。李先生不是说过先礼后兵吗？我们也就先礼后兵一回，看张士诚怎么办。"

于是，由朱元璋口授大意，由李善长润色书写，二人合作完成了一封洋洋达数千言的信。信的文字虽不少，但内容也并不是很多。大致有这么三点内容：一、高度赞扬了张士诚所建立的丰功伟绩；二、指出了红巾军和张士诚只有元朝这么一个共同敌人；三、表达了红巾军及朱元璋本人想与张士诚永远友好相处的强烈愿望。

信写好后，李善长特地派了一个亲信前往苏州去面见张士诚。

朱元璋在应天城里等候着张士诚的消息，也不是干等，他一边叫常遇春、汤和等人在应天城内强化训练，准备和张士诚打一场硬仗，一边命令驻扎在芜湖的红巾军向东南方向扩展地盘。

驻芜湖的红巾军首领邓愈接到朱元璋的命令后，率一支红巾军迅速向东南挺进，用不到一个月的时间，连续攻占了许多城池，一直打到距芜湖三百多里外的广德。朱元璋不让邓愈再继续打下去了，因为再继续打下去，就容易引起那个徐寿辉的警觉了。张士诚的事情还没有处理好，当然不能再与徐寿辉引发什么事端。

不过，朱元璋占领广德是有自己的意图的。广德就在浙江的边上，浙江境内的那些元军零散的据点，朱元璋是很想把他们统统占为己有的。占了广德，就等于是为朱元璋向浙江进军建了一个桥头堡。当然，这必须等处理好了张士诚的事情之后，朱元璋才能放开手脚到浙江潇洒走一回。

然而，一连数月，张士诚也没有消息。不仅如此，李善长派去送信的人也好像失踪了。朱元璋知道情况不妙，他对李善长道："张士诚肯定是在调集军队呢。"

朱元璋说得没错，张士诚确实是在调集军队，他才不会相信朱元璋的鬼话呢。李善长的信差刚一到苏州，就被张士诚扣押了起来。

他只是苦于地盘占得太多，兵力太过分散，苏州虽有不少兵马，但张士诚又怕朱元璋的军队会越过太湖向苏州发起进攻，所以不敢轻易地动用苏州城的军队，只能从别处抽调人马来应急。这样，张士诚就一连数月没有动静。

终于，在这一年的七月，朱元璋在应天得到消息，张士诚派了一支三万人的军队，从水、陆两路向镇江发起了攻击。很快，朱元璋又得到消息，一支近万人的张士诚的部队，从苏州出发，越过太湖，将占领宜兴的红巾军又赶回到了溧阳，而且，占领宜兴的那支红巾军的首领阵亡了。

张士诚从南北两个方向同时挑起了战事，朱元璋就是不想应战也不可能了。关键在于，朱元璋该如何应战。

朱元璋已经看出，张士诚出兵攻占宜兴，其目的只是要确保大本营苏州城的安全，并非是要在南边与红巾军全线开战。更何况，宜兴距应天城有好几百里路程，就是让张士诚的部队从宜兴跑到应天，也要跑上好几天呢。

所以，朱元璋认为，南边的战事当不足为虑，只需叫从宜兴到应天一线的红巾军保持足够的警惕就可以了。而镇江就不一样了，如果镇江失守，朱元璋在应天就睡不好觉了。故而，朱元璋就决定在镇江好好地同张士诚打一仗，一定要把张士诚打老实了，让他轻易地不敢再挑起事端。

于是，朱元璋就决定向镇江派出援兵。常遇春和汤和都争着要去，朱元璋考虑后面可能还有硬仗要打，便让汤和做了援兵的统帅。另外，朱元璋又派廖永忠再率两百艘战船去镇江支援廖永安。

实际上，镇江一带的战事并不很激烈。张士诚的军队虽有三万之众，但都是从各处抽调来的，没有一个明确的指挥中心，这样，虽然攻城也还算猛烈，但大都各自为战，形不成大气候。徐达、周德兴身边有两万人，虽然比张士诚的人马少，但守起城来却也从容自如。

但江里的廖永安就没有徐达那么快活了。张士诚派来的水军战船，几乎是他廖永安的两倍，尽管张士诚水军中的火枪火炮很少，但廖永安也不敢大张旗鼓地在江面上与张士诚的水军决战，而只能听从徐达的吩咐，把两百来艘战船全部靠在岸边，依仗占明显优势的火枪火炮与张士诚的水军周旋。

廖永安觉得这样打仗太窝囊，敌人进攻，自己只能防守，像个缩头乌龟一般。有几次，廖永安实在憋得难受，便准备把战船开出去，却都被徐达劝住了。徐达告诉他要等朱元璋的援兵来了再打一场硬战。

援兵很快就到来了，首先是汤和的步军。汤和带着一万多人赶到镇江的西郊时，正是下午，张士诚的一万多攻城部队正在那儿休息呢。汤和也不管三七二十一，指挥着手下就朝张士诚的部队扑了过去。

徐达见机会来了，当然不会放过，领着七八千人就杀出了城外。经汤和与徐达两面一夹击，攻西城的那支张士诚的军队迅速地就溃散了。徐达、汤和会合后，也没停留，接着就向镇江的南郊开进。城内的周德兴也闲不住了，他率着城内所有的红巾军，倾巢而出，配合徐达、汤和作战。

这样，红巾军仅仅用了半天时间，就解了镇江之围，而且还杀死了一万多敌人，逮住了上千名俘虏。

岸上如此，水里也不例外。好几天了，廖永安被张士诚的水军打得不敢应战，心中实在气得难受，闻听兄弟廖永忠正带着船队向这里赶来，他便把徐达的劝告抛在一边，也没等廖永忠赶到，就指挥着自己的船队杀向张士诚的水军。

好在那时候张士诚的步军已经开始溃散，张士诚的水军得知这一消息后未免有些慌乱，廖永安这一主动出击，便把张士诚的水军杀得节节败退。正好廖永忠又适时赶到，廖氏兄弟便在长江里大显威风。

天黑下来了，张士诚的水军也早已退却，可廖永安依然穷追不舍。廖永忠劝廖永安不要再追了，但廖永安不听，一直追到大半夜才恋恋不舍地掉头回来，等船队开回镇江江面时，已是第二天的上午了。廖氏兄弟一共击毁了张士诚近两百艘战船。

但徐达对廖永安的这种穷追不舍极为不满，他很是严厉地对廖永安道："你如此盲目地追赶，如果遇到张士诚的大批水军，你还能活着回来吗？"

因为徐达在军中的地位仅次于朱元璋，再加上徐达说的也确有道理，所以面对徐达的训斥，廖永安就只能保持沉默。不过从廖永安的表情来看，他对徐达的训斥是很不以为然的。

周德兴为廖永安解释道："他主要是被张士诚的水军逼急了，逼得难受了，才做出如此举动的。"

事后，徐达不无担忧地对周德兴、汤和言道："廖永安过去做事一向稳重，现在竟然变得如此莽撞，他如果不改变这种做法，那早晚是要吃亏的呀。"

周德兴、汤和听了，都没说话，只是摇了摇头。而事实是，不幸被徐达言中了。

但镇江之围解了，总是一件值得高兴的事情。汤和对徐达言道："二哥，张士诚这次被我们狠揍了一下，恐怕好长时间都不敢再派兵来攻打了。"

徐达却沉吟道："难道我们就这样坐在这里等着张士诚再来攻打？"

周德兴道："照我看呀，反正我们也已经同张士诚撕破脸皮了，他既然敢来攻打我们的地盘，那我们也就可以去攻打他的地盘。"

徐达点头道："三弟说得有理。实际上，我们这次虽然打了胜仗，但并没有把张士诚打疼。我们应该趁张士诚的兵力还不够集中，再主动地狠狠地打他一下，把他真正地打痛了，打得他再也不敢重新挑起事端了，这样，大哥才可以放心地向南去发展。"

周德兴、汤和都认为徐达说得有道理。于是，他们就派人回应天向朱元璋报告，一是报告这里的战况，二是报告他们的想法。

徐达等人的使者赶回应天城的时候，是一个深夜。遵照徐达事先的吩咐，这使者走进应天城之后，没敢休息，而是连奔带跑地来到了朱元璋的住宅前，要求马上觐见朱元璋大人。

见了徐达的使者，得知一切情况之后，朱元璋马上派人把李善长叫了来。朱元璋先是将有关情况说了一遍，然后问李善长道："徐达他们的想法可有道理？"

李善长回道："我以为，徐将军他们的想法确有见地。与其被动地挨打，还不如主动地出击。更何况，大人一心想南下发展，如果不与张士诚作个明确了断，大人的愿望又如何实现？"

朱元璋点头道："李先生言之有理。在我看来，我们这次要么不打，要打就找一个张士诚的重要据点打。把那个重要据点拿下了，张士诚就会知道我们的厉害了，就会知道害怕了。他一害怕，我们的东边就会没事了。"

李善长言道："大人，如果我们真的去攻打张士诚的一个重要据点，恐我们的兵力不足啊，我们的兵力太分散了。"

朱元璋笑道："李先生不必担心。我在应天还有三四万人马，到时候，我可以把这些人马全部开出去。张士诚跟我不一样，他的大本营虽然也有很多兵马，但他不敢轻易使用。这样一来，尽管他的人马总数比我多，但在局部地区，我们却会占人数上的优势。李先生，我的话可有道理？"

李善长心悦诚服地道："大人气高胆大，那张士诚只能俯首称臣了。"

接下来，朱元璋就与李善长一起，仔仔细细地研究商量，看究竟向张士诚的什么地方发动攻击比较合适。朱元璋总的原则是，选定攻击的地点，既不能离苏州太远，也不能靠苏州太近。离苏州远了，对张士诚不会产生太大的震动；而如果靠得太近，张士诚就极有可能倾苏州之兵前去增援。

狗急了还会跳墙，如果朱元璋对张士诚的大本营苏州构成太大的威胁，那张士诚是肯定会倾全力与朱元璋交战的。而朱元璋暂时还不想同张士诚做最后的决战，因为他没有多少取胜的把握。只要能够将张士诚打得不敢乱动弹，朱元璋就满足了。

一直到鸡鸣时分，朱元璋和李善长才最后敲定了方案。朱元璋对李善长道："你速速派人把我们的计划通知徐达他们，叫他们不要耽搁，立即行动！"

徐达派使者回应天之后的第二天深夜，朱元璋的使者就赶到了镇江城。朱元璋的使者是李善长的手下，李善长的手下详细地向徐达传达了朱元璋的命令。徐达闻听后不觉自言自语道："大哥实在是英明！"

你道徐达为何会说出这种话来？原来，朱元璋和李善长商定，叫徐达等人除留下一支兵马驻守镇江外，其余兵马立刻向东南开进，攻打当时张士诚的第二大城市常州。

常州不仅是张士诚的一个大据点，而且地理位置十分重要。它距镇江大约有一百六十里，距苏州大约有两百里。如果占了常州，就可以确保镇江的安全，确保镇江的安全也就是确保应天的安全，同时还可以对张士诚的大本营苏州进行监视和威慑，而又不至于叫张士诚调动所有兵马来与红巾军交战，因为常州毕竟和苏州还有一段距离，是全力保卫常州还是全力保卫苏州，张士诚显然会选择后者。这就是徐达为什么会说朱元璋"英明"的原因。

第二天一大早，徐达、汤和就带着两万多步军离开了镇江城。走的最早的是廖永安，徐达、汤和的军队还没有出发，他的两百艘战船就从镇江东边的长江里开进了大运河。可见，廖永安求战的心情是何等的迫切。

徐达、汤和走后，镇江以东的张士诚的一些部队，果然联合起来进攻镇江，但都被留守镇江的周德兴和廖永忠击退。

有一回，周德兴甚至带兵出城追击，一直追击到镇江以东六十里外的江边小镇大港，只是考虑到镇江的安危，周德兴才从大港撤兵回来。周德兴牢牢地控制着镇江，无形中就给徐达、汤和攻打常州创造了一个十分安定的北部环境。

徐达、汤和几乎一直是沿着大运河进军的，大运河从长江几乎是一条直线地通到丹阳，再从丹阳又几乎是一条直线地拐向常州。因为丹阳已经在红巾军的手里，所以徐达、汤和就先南下，到丹阳补充了给养，然后再拐向东南，沿着大运河直向常州开去。

一路上，最威风的，要数廖永安的水军了。因为从镇江到常州，陆地上几乎没有什么张士诚的军队，而水里就不一样了。张士诚的水军主要集中在两个地方，一个是太湖，另一个是长江，而连接太湖和长江的，就是那条大运河。

所以，廖永安的水军在大运河里开进的时候，常常可以碰到一些零散的张士诚的战船。这些张士诚的战船，有的是运送粮食钱财的，有的是抓丁抓女人的。

只要碰到张士诚的战船，廖永安的指挥船总是第一个冲上去，先用火枪火炮猛打猛轰一阵，然后再把张士诚的手下杀死。还别说，廖永安一路上倒也抢了不少粮食珠宝，还解救了许多老百姓。

不几日，徐达、汤和的两万多大军就开到了常州城下。常州城里的张士诚守军，大约有一万人，得知红巾军南下的消息后，早就做好了守战的准备。

徐达、汤和也没急着攻城，而是先派出一小股侦察部队，继续沿着大运河往东南走，一直走到太湖东北边的无锡城附近。

无锡距常州大约有一百里，距苏州大约也是一百里，正好处在常州和苏州之间。徐达派出小股侦察部队赶到无锡城附近的目的，是为了监视张士诚的动静。红巾军只要对常州发动攻击，张士诚肯定会派兵增援常州的。而张士诚援兵奔往常州的最近路线，就是经过无锡沿着大运河北上。

徐达、汤和暂时没动手，那廖永安却率先动上了手。常州城附近的大运河里，停泊着张士诚的一百多艘战船。廖永安也没跟徐达打招呼，就带着自己的船队向张士诚的水军扑了过去。廖永安也不愧为一名红巾军的大将，他的指挥船一直是身先士卒。有好几回，张士诚的水军冲到了廖永安的指挥船上，但硬是被廖永安杀退了。

廖永安如此英勇，他的手下当然不会装孬。加上廖永安的水军无论是战船数量上还是火力上都明显地占优势，所以常州水战的结果，只能以廖永安的大获全胜而告终。

徐达对廖永安的辉煌战绩大为赞赏，称廖永安为红巾军攻打常州城"开了一个好头"。

常州城确实很难打，不仅城墙又高又厚，而且城内的守军也抱定了与常州共存亡的决心。还有一点，城内的守军也知道，红巾军来攻打常州，张士诚是不会坐视不救的，他们只要固守待援就可以了。更何况，前来攻城的红巾军也不是太多，只有两万多人。城内的守军是很有信心力保城池不失的。

当时固守常州城的头领叫吕珍，他是张士诚手下的一名悍将。据说吕珍为人有两大特点，一是不怕死，二是擅长守城。就是这个吕珍，让红巾军在常州城下吃尽了苦头。

徐达、汤和一连向常州城猛攻了数日，竟毫无收获，自己反而折损了一千多兵马。几天过去了，张士诚的援兵也该到了。

果然，侦察小队回来报告，说是张士诚的援军已经从无锡开来。不过是水军，大约有三百艘战船。徐达转告廖永安道："廖将军，你又有仗要打了。"

第二次大运河水战，廖永安更是战果累累。自己几乎没损失一艘战船，却击毁了敌人一百多艘战船，还俘获了好几十艘战船。张士诚的水军，只有不到一百艘战船，想法子弄破了渔网，夺路逃往无锡。看得徐达、汤和等人，真是好不开心。

但很快，徐达就开心不起来了。因为有一天夜里，廖永安擅自将船队开往无锡方向。

汤和很是气愤地对徐达道："二哥，廖永安怎能自作主张？你是军中主帅，他应该征求你的意见才对啊！"

徐达深深地叹了一口气道："但愿廖永安还能回来……"

几天之后，侦察小队回来报告：廖永安在无锡附近把张士诚的一支水军打得溃不成军。

徐达又叹道："廖永安真是一员不可多得的猛将啊。"

又过了两天，侦察小队回来报告，说是廖永安把他的船队开到太湖里去了。

徐达再次叹道："看来，廖永安是再也回不来了。"

徐达、汤和二人，继续领兵攻打常州，可攻了快一个月了，依然无法攻破城池。汤和有些灰心了，他找到徐达言道："二哥，我们把这里的情况向大哥说明一下，看看是不是可以换一个城市攻打。"

徐达摇头道："四弟，什么地方也比不上这常州重要啊！"

汤和皱眉道："二哥，张士诚的大本营才重要呢，可就是攻不下来有什么用？"

徐达轻轻一笑道："四弟不要太性急，几天前我就派人回应天了，看大哥对这件事情怎么处理。"

几天过后的一个夜里，徐达正在营地里休息，汤和突然跑过来道："二哥，五弟来了……"

徐达闻言精神一振，连忙跟着汤和跑出营地。果然，营地外站着常遇春和一小队骑兵。算起来，自攻打镇江那时候起，徐达和常遇春就没有再见过面了，现在兄弟相逢，自然是格外亲切和高兴。

让徐达更为高兴的是，常遇春还带了三万大军前来。常遇春解释道："我怕二哥、四哥着急，所以先来一步，大部队明天早晨可以到达。"

徐达笑道："看来大哥是非要把常州拿下来不可了。"

常遇春道："大哥说了，过一阵子，他把手里的事情处理完了，也要到这里来。"

徐达又笑道："大哥好像在给我们施加压力呢！"

汤和突然问常遇春道："五弟，你一下子带了这么多兵马过来，应天岂不是空了？"

常遇春回道："应天差不多是空了，还有不到一万兵马，加上康茂才的几千水军。"

汤和不禁吐了一下舌头道："大哥的胆子也太大了。"

徐达却道："如果张士诚也有这么大的胆子，我们别说来攻打常州了，就是镇江也未必攻得下来。"

因常遇春走得匆忙，还没吃晚饭，徐达就在营地里弄了几个菜，还弄了一壶酒，为常遇春接风。待常遇春吃好喝好了，徐达便叫汤和领常遇春去休息，因为常遇春马不停蹄地赶路，实在太累。

可是，常遇春的头刚刚碰到枕头，汤和却又来把他叫起了，说是徐达有紧急情况要吩咐。常遇春不敢耽搁，跟着汤和就跑到了徐达的跟前。

原来，常遇春刚去休息，徐达的侦察小队就派人回来报告了，说是张士诚的一支增援常州的军队，已经从苏州开到了无锡，准备明天早晨向常州开来。这支军队有两万五千人左右，军中统帅是张士诚的二弟张士德。

张士诚的天下几乎就是张士德打下来的，所以这个人很难对付。不过张士德不知道常遇春已经带援军到来，所以只带了两万五千人。徐达认为这是一个大好机会，他们要活捉或打死张士德。

徐达的心中已经有了一个计划，他对常遇春道："五弟，看来你今晚别想睡觉了，你马上回去，迎住你的部队，然后把你的部队从常州东边带到常州南边来。注意，不要被常州城里的敌人发觉，以免城里的敌人会给张士德通风报信。我和四弟明天上午在常州南面等你。"

常遇春答应一声就匆匆走了。徐达又对汤和道："四弟，你也别闲着，你马上去把我们的部队都悄悄地开到南城外，防止到时候城里的人会冲出来救援张士德。"

汤和也答应一声匆匆地走了。徐达也没闲着，带着一小队卫兵就纵马驰向常州城南郊。徐达是去察看地形的，他要在常州南面打张士德一个伏击。

这天晚上的月色不是很明亮，但地形地貌倒也能看个大概。徐达带着卫兵一直向南走了有三十来里路，走到一个叫戚墅堰的地方时，徐达不走了。

戚墅堰这个地方简直就是一个天然的伏击场所。西边是大运河，东边是几座连绵的小山，山坡上的树木十分茂盛，在树林里藏起千军万马，那是谁也难以察觉的。而且，几座小山与大运河之间的距离很短，几乎就是一条窄窄的通道，大军经过这条通道时，必定会拥挤不堪。徐达在戚墅堰站了一会儿，又看了一会儿，然后情不自禁地笑了。

第二天上午，准确点讲，是第二天的早晨，常遇春就带着三万大军赶到了戚墅堰。徐达问常遇春，经过常州东边时，城里的敌人是否有可能发觉。常遇春回道："不可能发觉。我们经过常州边上时，天还没亮呢。"

徐达点点头，叫人把汤和喊了来。然后，徐达就给每个人分配了任务。汤和的任务是，带一万多人在常州城南警戒，如果城里的敌人出来，就坚决堵住。当然，在张士德的兵马到达戚墅堰之前，汤和还应该对常州城佯攻几次，以麻痹城里的敌人。

常遇春的任务，是带着手下三万兵马藏入东边的山坡树林中，等张士德的部队从山脚经过时，一起冲出来杀敌。

徐达的任务，则是带着几千人往南走，将张士德引入常遇春的埋伏地点，因为徐达担心张士德有可能会从戚墅堰的东边绕过去。

在常遇春设伏之前，徐达嘱咐常遇春如果不能活捉张士德，就一定把张士德杀死。

吃过中饭后不久，徐达派人通知了常遇春和汤和一声，然后就带着五千多人离开戚墅堰向南走去。徐达骑着一匹马，他的部下大多步行，所以整个行进的速度就很慢。徐达也不想走得太快，他估计，张士德的部队离戚墅堰至少还有二十多里地。

然而，徐达离开戚墅堰不到一盏茶的时间，打前哨的士兵就回来报告，说是前面发现一股敌人，像是张士德的侦察部队。

张士德的侦察部队只有几百人，而且是直直地朝着戚墅堰这个方向来的。徐达又得到报告，说是张士德的大队人马就跟在他侦察部队后面不到五里远的地方。

徐达命令五千多手下散开，做出要打伏击的样子，却又故意让张士德的侦察兵发现。张士德的侦察兵退回去了。

约有半个时辰，张士德的一支三千多人的队伍大摇大摆地朝着徐达的阵地开过来。手下问这是怎么回事，徐达言道："这三千多人是张士德的诱饵。只要我们一扑上去，张士德的大队人马就会很迅速地从两边包抄上来。"

手下又问徐达该怎么办，徐达言道："既然张士德送三千多人过来了，我们当然要打他一家伙。不过，打的时候要注意，一是要狠，二是千万不能被这三千多人拖住。等张士德的大部队包抄过来之后，我们就掉头往戚墅堰跑。"

张士德的三千人越来越近。徐达一声令下，五千多红巾军就从三面向敌人扑去。因为张士德的三千人早有准备，所以一点儿也不慌乱，而是排成整齐的队形，一边应战一边向后退却。手下问徐达要不要追赶，徐达回道："追，要是不追，就被张士德看出破绽来了。"

果然不出徐达所料，红巾军只追了不到一里路，张士德的大队人马就从左右两侧包抄了过来。包抄速度之快，令徐达也不禁暗自赞叹。亏得徐达的部下都早有了北逃的思想准备，不然的话，五千多红巾军，恐怕一个都跑不掉。尽管这样，仍然有一千多红巾军被张士德的人马团团围住。那一千多红巾军肯定是凶多吉少了。

徐达顾不得那一千多红巾军了，带着四千余人拼命地向戚墅堰方向跑。后面，一支数百人的骑兵在拼命地追赶。徐达手下，只有数十人有马，所以张士德的那数百骑兵就越追越近。徐达想，这样跑下去，会有许多弟兄被张士德的骑兵砍死的，于是就把骑马的几十个手下召到身边道："我们留下来抵挡一阵。只要抵挡一小会儿，我们那些弟兄就可以跑到戚墅堰了。"

徐达和几十个骑兵停下步子勒回马头，迎住了追上来的几百个骑兵。几十个对几百个，当然处于劣势。不过，徐达等人这么一停下来，张士德的那几百个骑兵也只好停了下来。这样，徐达就为其他红巾军逃跑争取了宝贵的时间。

张士德的几百个骑兵呈扇形向徐达等人围了过来。显然，张士德的手下也看出了徐达不是一个普通的将领，他们要将徐达等人一网打尽。徐达当然看出了对方的意图，不过他一点儿都不担心，他很自信。这里的地形比较开阔，想逃跑还是很容易的。

突然，一个手下在徐达身边叫道："徐将军，冲上来的那个人就是张士德，我以前见过他。"

徐达一惊。只见一个长得像铁塔一样结实的男人，催着一匹纯白色战马，舞着一把似刀非刀似剑又非剑的怪样兵器，径直朝徐达冲来。徐达吩咐左右道："都睁大眼睛留神点，我去会会这个家伙！"

说着，徐达一抖缰绳一夹马肚，战马就驮着徐达迎住了张士德。为了拖延时间，徐达装作不认识的样子朝着张士德喝道："来者何人？我徐达不斩无名之鬼！"

张士德一震："你，就是徐达？"

徐达哈哈一笑道："行不更名，坐不改姓，我乃朱元璋大人手下大将徐达是也。你究竟是何人？"

张士德微微一笑："我是张士德。"

徐达假装吃惊地道："你是张士德？你好像不是张士德吧，张士德有你这么笨吗？"

张士德两道剑眉一竖："徐达，你这是什么意思？"

徐达言道："如果你真是张士德，你就不会带着人马在后面拼命地追赶了。"

张士德的两道剑眉又攒到了一起："徐达，却是为何？"

徐达回道："你要真是张士德，你就会这么想，我徐达之所以拼命地向回跑，是因为前面有埋伏……"

张士德"嘿嘿"一笑道："徐达，你以为我会怕你的什么埋伏吗？"

徐达佯装不解道："这我就不明白了，领兵打仗的人，有几个不怕埋伏的？"

张士德将手中的那件怪样的兵器朝徐达一指道："徐达，你手中拢共不到两万兵马，你即使布下天罗地网，我张士德也敢去钻。你以为你在这里说了几句鬼话，就能骗得了我张士德吗？"

徐达故意轻轻一笑道："好吧，你既然不相信前面有埋伏，那我就先走了。我在前面等着你。"

说完，徐达一勒马头，真要往北走。张士德大叫一声："徐达，哪里走！"手中怪样的兵器就朝着徐达的脑袋砸去。

徐达心想："别看你的兵器怪模怪样的，我倒要试试你的斤两。"

徐达使出八分力气，举剑架住了张士德的兵器。就听"咔"的一声，徐达的长剑竟然被张士德那件怪样的兵器给震飞了。亏得徐达躲闪得快，要不然，即使徐达脑袋没事，徐达战马的脑袋也肯定会被张士德的兵器砸碎。

徐达真的吃惊了，能一下子就将徐达长剑震飞的人，并不多见，看来，只有常遇春能和这个张士德比力气了。

徐达再也不敢耽搁，一边往北跑一边冲着手下叫道："快逃啊！这家伙太厉害，再不逃就没命了！"

尽管张士德的骑兵已经从两边包抄了过去，但徐达的几十名手下还是保护着徐达安全地冲了出去。

徐达这么一副狼狈相，惹得张士德异常地开心："都说徐达英勇善战，今天一见，也不过如此！"又吩咐左右道，"叫后面的大队人马加快速度，天黑以前，把徐达从常州一带赶走，再用三天的时间，拿下镇江。"

看来，张士德的雄心还是怪大的，他不仅要打败徐达，还要占领镇江。也许，在张士德的眼中，徐达带五千人前来，只是想吓唬他张士德，而且，徐达也着实不堪一击。

有了这种念头，张士德部队的行军速度就陡然加快。几乎是在眨眼之间，张士德的先头部队就开到了戚墅堰。

见先头部队打住不走了，张士德就赶上前去询问为什么。一个部将解释说，戚墅堰的地势太险要了，左边是运河，右边是几座小山，中间的道路非常窄，两万多军队挤在这窄窄的道路上，如果山坡的树林里真的有埋伏的话，那形势就非常不妙了。

张士德很是不以为然地道："徐达就那么点兵马，就算他在山坡上设有伏兵，又能把我怎么样？"

一个部将建议是否派一支小部队到山坡里去搜索一下。张士德摇头道："不用了。命令部队，继续前进！"

张士德是一个久经沙场的老将，为何会如此大意？原来，如果没有徐达前来搅和，那张士德在经过戚墅堰时，是极有可能派兵去搜索那些山坡的，然而，经徐达那么一搅和，张士德反而放松了警惕。由此可以看出，张士德的力气是比徐达大许多，但论智谋，张士德就远不如徐达了。

张士德的军队陆陆续续地开进了戚墅堰的那条狭窄的通道。先头部队回来报告，说是已经同徐达交上了手，徐达及手下不再往北跑了。

张士德笑对左右道："徐达哪里有什么埋伏？他只不过想借这狭窄的通道堵住我前进，好让他在常州城外的那些兵马有时间逃跑罢了。"

也不能说张士德的这种推断一点儿道理也没有。只见张士德将那件怪样的兵器往天空中一举，道："后队跟上，前队攻击，快速通过这里，不然，大股敌人就真的从常州城外逃掉了。"

张士德本来以为徐达身边只有四千多人，他的部队只要一冲，徐达就肯定顶不住。然而，他的部队硬冲了好几次，却都被徐达杀退了。

一个部将向张士德报告说，徐达身边的人马至少已达七八千之众。张士德有些闹不明白了，莫非，那徐达要在这里与我大战一场？却原来，汤和见常州城里的敌人毫无出城的迹象，便又抽调三千多人马赶来支援徐达。这样徐达有七八千兵马在手，就足可以将那条狭窄的通道封住了。

徐达封住通道当然不是主要目的，他的主要目的是，通过封住通道来使张士德的兵马拥挤和混乱，为常遇春即将发动的攻击创造最有利的条件。

徐达的目的达到了。张士德前面的部队打不通道路，后面的部队还继续朝前涌，很快，两万多兵马一起挤在了狭窄的道路上。这么多人挤在一条窄路上，就是不想混乱恐怕也只能混乱了。

张士德直到这时才猛然醒悟过来。部队这样拥挤，拥挤得几乎连刀剑都难以拔出，要是这时候从山坡上冲下一支军队来，哪怕只是冲下来一支万余人的军队，他张士德恐怕都难以应付了。

这么想着，张士德就知道大事不妙了。他也才真正地感觉到，那个徐达并不是一个不堪一击的人。然而迟了，张士德刚一下令后撤，常遇春就指挥着三万大军从山坡上的树林里钻出，朝着张士德混乱不堪的兵马凶狠地扑了过来。

整整三万兵马，比张士德的兵马还多。张士德顿时就明白了自己的处境：完了，一切都完了。他也不想组织什么抵抗了，抵抗的结果只能是全军覆灭。他只给部队下了这么一道命令：掉头，不顾一切地往回跑，能跑回去多少就是多少。

但跑也不是一件容易的事。常遇春的兵马钻出树林之后，首先就是拼命地朝着张士德的军队放箭。距离那么近，又是居高临下，加上张士德的军队都挤成一团，就是瞎子当时在那儿放箭，恐怕也不会有一箭落空。

常遇春的部下差不多都把箭射完了，到底射死了多少人，谁也说不清。跟着，常遇春的军队就一排排地冲下山去，杀得张士德的兵马只能"咕咚、咕咚"

地往大运河里跳。

常遇春没有放箭，也没有立刻就冲下山去，指挥放箭和指挥冲锋的，都是他的手下将领。他只是带着几十个亲兵在山坡上乱窜，他在找张士德。常遇春不认识张士德，但常遇春带着的那几十个亲兵当中，却有好几个人见过张士德。

然而山坡下的人太多，太多的人乱七八糟地拥挤在一起，想从中找到一个人确实很难。这可急坏了常遇春，因为等天黑下来，要找张士德就更难了。

也活该那张士德倒霉，要是张士德不骑在马上，就不会很醒目，或者说，张士德要是不骑着一匹纯白色的马，常遇春的亲兵在短时间内也不一定能够发现他。

就在常遇春急得要骂爹骂娘的当口，一个亲兵突然兴奋地大叫道："将军，张士德在那匹白马上！"

常遇春急忙朝亲兵手指的方向看去，只见一个五大三粗的男人骑在一匹白马背上，手舞着一件常遇春从未见过的兵器正在胡乱地杀人。

常遇春为了不搞错，便叫凡是认得张士德的亲兵都认一下那骑在白马上的人是谁。当确信无疑了之后，常遇春就拎着大板斧冲下了山。

几十个亲兵不敢落后，赶紧跟在了常遇春的后边。等常遇春冲到张士德的附近时，张士德已经杀开一条血路，正准备逃跑。常遇春飞身一跃，恰好堵在了张士德的马前，两把斧子往胸前一架，瞪大眼睛吼道："张士德，我常某找你半天了，好容易才把你找到，你就想逃，天下会有这样便宜的事吗？"

张士德虽不认识常遇春，但一看到那两把沉甸甸的大斧子，就知道常遇春不是一个好惹的角色。若是平日，张士德碰见常遇春，说不定还想着较量一番，可今天这种情况，张士德就只能想着逃跑了。

主意拿定，张士德左手执定缰绳，右手举起那件怪样兵器，一边朝常遇春砍去一边叫道："谁家毛头小子，敢来送死！"

别看张士德的那件兵器砍下来的时候怪凶狠的，其实只是虚招。他右手兵器砍下来的同时，左手的缰绳也抖动开来，他是要趁常遇春招架的时候策马逃遁。

如果常遇春仅仅是个勇猛的人，那张士德就真的可能逃掉了。只是，常遇春是个粗中有细的人。他情知张士德此刻要逃跑，所以就做了两手准备。他左手的斧子架向张士德的兵器，右手的斧子却砍向张士德坐骑的一条腿。

马失前蹄，张士德一下子就从马背上摔了下来。不过张士德的动作也挺麻利，他刚一栽倒在地，便立刻又爬起身来。常遇春先是将两把板斧"当"地互相一撞，然后冲着张士德嬉皮笑脸地道："我跟你说句老实话，凡是撞上我常遇春的人，没有一个能跑掉的。你张士德也不会例外。"

张士德眉毛一紧："你，就是那个用两把板斧砍开太平城门的常遇春？"

常遇春多少有些意外："张士德，你也知道我的名号？看来我常某的名气还不小啊！"

张士德"哈哈"一笑道："早就听说朱元璋的手下有一位天生神力的大英雄，只可惜一直无缘相见。今日幸会，张某当与常英雄痛痛快快地比试一番！"

双方比试了一个多时辰，张士德终于没了力气，他认输了。此时，常遇春也累得一点儿力气都没有了。

徐达招来几个手下，把张士德绑起来带走了。他要把张士德交给朱元璋去处理。

而押送张士德回应天的任务，徐达交给了常遇春。常遇春很想留下来攻打常州，但转念一想，押送张士德也不是一件小事情，于是就又点了点头。

常遇春押着张士德走后，徐达和汤和继续围攻常州，但还是久攻不下。这里暂且搁下不说。却说常遇春押着张士德回应天的路上，十分顺利。四天之后，常遇春走进了应天城。

听说抓住了张士德，朱元璋高兴得很。张士德对张士诚来说太重要了，所以朱元璋就有了招降张士德的念头。如果能够把张士德招降过来，那对张士诚及张士诚的部将无疑有着莫大的震动，说不定，张士诚的部将都会效仿张士德而来投奔他朱元璋。要真是那样的话，即使张士诚部队再多，也不足为虑了。

于是，在张士德被解到应天的第二天，朱元璋就去劝降张士德。朱元璋用尽了方法，说干了口舌，张士德都无动于衷。但朱元璋认为，抓住了张士德也就抓住了张士诚的痛处，张士诚不会无动于衷的。

恰在这当口，手下向张士诚报告，说是在太湖里抓住了朱元璋的水军大将廖永安。张士诚闻言大喜，以为兄弟张士德这下子有救了。

廖永安在太湖里被张士诚的手下捉住，应该说是咎由自取。他在大运河里接连打败张士诚的水军，一下子就趾高气扬起来，认为张士诚的水军全是纸老虎，一戳就破。故而，在无锡附近又击溃了一支张士诚的水军之后，他命令船队南下，直接开进了太湖里。他以为，太湖顶多和巢湖差不多，他既然能在巢湖里自由地来往，就肯定能在太湖里任意地遨游。

他开进太湖的动机也应该说是不错的。他听说张士诚的大本营苏州就在太湖东岸不远的地方，他就想，如果把战船开到苏州附近，朝着苏州方向开上几炮，虽然不一定能够打得到苏州城，但对张士城来说，却肯定有极大的震撼作用。

等廖永安把船队开进太湖之后，他才发觉一切都跟他想的不大一样。首先，太湖的水面太大，比巢湖不知道要大多少，船队开进太湖后，简直就分不清东南西北了，连想找个岸靠靠都很困难。

其次，太湖里有许许多多的张士诚的水军，廖永安想凭借自己两百来艘战船就在太湖里为所欲为，那只能是一种梦想。再次，当时的太湖周围还都是张士诚的地盘，即使廖永安的船队靠上了太湖的岸，可凭他手下三千多人马，也实难打通一条逃生的路。

廖永安对自己的一意孤行开始懊悔了，他觉得自己很对不起手下三千官兵。终于，在一个雾气蒙蒙的早晨，张士诚的水军袭击了廖永安的船队。廖永安见逃生无望，便含着眼泪对手下道："……是我连累了你们。你们投降吧，投降也许还有一条生路……"

廖永安的三千多手下全部投降，因为抵抗只能是死路一条。但廖永安没有投降，他是在杀死杀伤多名敌人后力竭被擒。

张士诚逮住廖永安后，简直有一种喜出望外的感觉。他马上给朱元璋写了一封信，要求用廖永安换回张士德。

朱元璋接到张士诚的这封信后，半天没言语。他不想用张士德去换廖永安，张士德对他太重要了。然而，他又怕如此置廖永安生死于不顾会引起廖永忠等水军的不满。

于是朱元璋让李善长去镇江说服廖永忠。李善长此行不负众望，他循循善诱，连廖永忠都觉得廖永安是自作自受。

许是廖永安被俘，朱元璋很气愤，故而，朱元璋就断了那张士德的饮食，胁迫他投降。张士德也称得上是铮铮男儿了，忍饥挨饿，就是不投降。结果，张士德竟活活地饿死在应天城的监牢中。

廖永安的日子也不妙，张士诚见朱元璋不同意交换，便在极大失望中改变了主意，三番五次地劝说廖永安投降。

谁知，廖永安也是那种宁折不弯的硬男儿，任凭张士诚说干了口舌劝破了嘴皮，廖永安自始至终就是一个态度：决不投降。

张士诚没有办法了，只好将廖永安囚在了死牢中。不过，张士诚比朱元璋要仁慈点，廖永安在牢中的吃喝还是不成问题的。廖永安的结局是，被张士诚囚禁了好几个年头，最后因病死在牢中。

失去了廖永安，张士德又饿死了，而徐达、汤和那边，常州城老是攻不下，朱元璋就来火了。他先是想方设法地拼凑了两万来人，重新夺回了太湖西岸的小城宜兴；又命令占领广德的红巾军首领邓愈，领兵向东北攻入浙江境内，占领了太湖西南岸的小城长兴，从太湖西面和西南面两个方向威胁和牵制着张士诚的大本营苏州，然后亲自赶往常州城外，与徐达、汤和一起谋取常州。

几天下来，朱元璋明白了，常州城确实不好攻，城墙太高，城内的弓箭滚石檑木又特别充足，还有不少火枪火炮。即使红巾军最终能够攻下常州，那付出的代价也太大了。为一个常州城，付出那么大的代价，朱元璋不乐意。但常州城的地理位置很重要，朱元璋又确实想把它拿下来了。

于是，在与徐达、汤和二人商量了之后，朱元璋作出决定：对常州城围而不打。他还对红巾军官兵们这样说道："我倒要看看，常州城里究竟储存了多少粮食。"

由于缺少了张士德，再加上朱元璋在太湖西面和西南面都囤积了一定数量的兵马，所以张士诚权衡再三，决定放弃常州，力保苏州不失。故而，自朱元璋抵达常州城外之后，张士诚就没再派过一兵一卒去解救常州。

朱元璋的红巾军前前后后共围困了常州城八个月，守将吕珍实在支撑不下去了，才带着精疲力竭的手下冒死突围。吕珍侥幸地逃回了苏州城。

朱元璋占领了常州之后，又命令徐达向常州东北面的江阴城发动攻击。这回很顺利，徐达只用了三天时间便拿下了江阴城。江阴是长江南岸的一座小城，距常州约八十里。朱元璋占领江阴的目的，是堵住太湖进入长江的又一个出口，因为从江阴到无锡有一条人工运河连接。

朱元璋占领了江阴、常州和宜兴、长兴之后，就从三面对张士诚的大本营苏州构成了威胁，而且还把张士诚的主要势力紧紧地压缩在了太湖流域以东。

张士诚如果想向太湖以北、以西、以南发展，就必须要同朱元璋爆发全面战争。但张士诚似乎被朱元璋打怕了，不敢贸然同朱元璋决战。而且张士诚的"老毛病"又犯了，见自己孤立无援、势单力薄，便赶紧向大元朝廷表示归顺。

元廷正愁没有力量来对付江南的红巾军呢，见张士诚归顺，马上表示同意，而且还封了张士诚一个"太尉"的官衔。

当时，朱元璋发展的空间确实很大。他可以向南发展，也可以拐向东南向浙东一带发展。浙东一带是朱元璋特别想占领的地方，因为那里盛产粮食，占了浙东，大军的粮草供应就有了充足的保障。

不过，南边的土地，朱元璋也不想放弃。因为南边的土地要是被徐寿辉的红巾军占了，那即使朱元璋完全拥有了浙东地盘，也会很不安全的。于是，朱元璋就决定，在攻占浙东之前，先把南边的地盘抢到手。

向南发展的最大后顾之忧，就是那个张士诚。虽然张士诚目前很老实，但朱元璋不能掉以轻心。他让周德兴依然驻守在镇江，而让汤和镇守在常州。考虑到常州距苏州比较近，地理位置特殊，朱元璋又把廖永忠的船队从镇江开到常州，协助汤和一起监视苏州的动静。

后顾之忧基本上解除了，朱元璋就开始全力向南发展了。这里的"南"，指的是今天的皖南，也就是今天安徽省的东南和中南部。当时，徐寿辉"天完"政权的控制范围，还只到达安徽省的西南部，安庆以东地盘，依然是元军小股武装据守。朱元璋就是要赶在徐寿辉之前，把安庆以东、芜湖以南、浙江以西和江西以北这一大块地盘率先抢到手。

朱元璋千方百计地从各处抽调了近六万兵马，然后集中在芜湖一带。统帅这支大军的，是朱元璋，以下有徐达、常遇春等大将。镇守广德的邓愈，也被朱元璋调到了身边。因为在皖南一大块地盘当中，只有宁国城里面的元军最多，所以朱元璋就命令大军首先集中兵力攻克宁国，然后再分兵出去。

宁国在芜湖的东南方，距离芜湖有两百多里地。朱元璋命令徐达、常遇春率两万人作为先头部队开赴宁国。攻打宁国的战斗也许是朱元璋在夺取皖南地盘的过程中所进行的最激烈的战斗了。红巾军伤亡较大不说，常遇春还负了伤。所幸常遇春伤势不太重，还能行军打仗。宁国之战结束后，朱元璋的红巾军在皖南一带就没有遇到过什么像样的抵抗了。

占了宁国之后，朱元璋决定兵分两路。一路向西，由徐达、常遇春统帅，向铜陵一带开进；一路向西南，由朱元璋、邓愈统帅，向徽州一带开进。占了铜陵、占了徽州，皖南一大片地区就属于朱元璋的了，朱元璋夺取南方的战略计划也就实现了。

两个多月后，徐达、常遇春十分轻松地攻占了铜陵。按照朱元璋的部署，攻占铜陵之后就可以止步不前了。因为再往西去，就要进入徐寿辉的地盘了。

然而，徐达、常遇春见铜陵西南一百多里外的池州非常空虚，就自作主张地由常遇春率一支军队开进了池州。徐达、常遇春的动机应该说是很正确的，池州西南一百多里就是安庆城，安庆城是徐寿辉的地盘，安庆在江北，池州在江南。占了池州，就可以不远不近地监视着徐寿辉的动静。

朱元璋、邓愈一路，从宁国出发，直向徽州地区挺进。当时的徽州地区叫"徽州路"，设一州五县。"州"就是徽州，五县分别为：歙县、绩溪、休宁、祁门，徽州治所设在歙县。

徽州地区距宁国有四百多里地。就像徐达、常遇春一样，朱元璋、邓愈在向徽州开进的过程中，也没有打过什么恶仗。徐达、常遇春占领铜陵、池州后不久，朱元璋和邓愈也拿下了徽州路一州五县。

邓愈攻下休宁之后，听说本地有一个非常有学问的读书人，叫朱升。邓愈知道朱元璋现在很喜欢和读书人交往，于是就派人向朱元璋推荐。

休宁一带多山，朱升就隐居在休宁城附近的一座小山上。朱升本来不是一个隐士，他曾做过池州学正，任期满后，觉得做"学正"一类的小官很难施展自己的聪明才智及远大抱负，于是就退隐故乡休宁，闭门读书、著书。

朱元璋听说后，便亲自前往休山，去请朱升，谁知朱升开始时因年事已高不愿下山等原因隐藏了身份，使朱元璋白跑了四趟。然而最后朱升被朱元璋这种锲而不舍的精神感动了，他主动表明身份，并送了朱元璋九个字——"高筑墙，广积粮，缓称王"。

朱元璋热忱地邀请朱升到应天城去为红巾军做事，朱升欣然答应下来。这样，朱元璋的帐中就又多了一名智囊。

到1358年年底，朱元璋拥有的地盘已经超过了张士诚，兵力总数也已经超过了张士诚。但朱元璋没有急着朝外作新的发展，而是依照"高筑墙，广积粮，缓称王"这个方针，巩固后方，积储军粮。

到1359年秋，朱元璋就变得更加强大。于是朱元璋就决定，先把浙东肥沃的土地抢到手，然后北上与张士诚展开决战。

在朱元璋向浙东进军之前，朱元璋听说了这么一件事："天完"红巾军的丞相倪文俊死了，是被一个叫陈友谅的人害死的。倪文俊死后，徐寿辉的"天完"政权实际上就操纵在陈友谅的手中了，只是名义上的皇帝还是徐寿辉而已。

"天完"政权的内讧，有利于朱元璋向浙东一带发展。于是，朱元璋全心全意地着手准备向浙东进军了。

这里讲的"浙东"，指的是元朝浙东道宣慰司属下的温州、庆元、台州、婺州（今浙江省金华市）、处州（今浙江省丽水市）、衢州和绍兴七个地方。当时，这七个地方中，绍兴在张士诚的手里，而温州、庆元和台州却在方国珍的手里。朱元璋决定，暂不向张士诚和方国珍开战，集中力量先把婺州、处州和衢州拿到手。

绍兴在浙江的北面，温州、庆元和台州在浙江的东南拐角，而婺州、处州和衢州则呈三角形状态居于浙江的中心地带。也就是说，占了婺州、处州和衢州，就等于占了大半个浙江了。

要是在一年前，朱元璋恐怕还不敢轻易地率兵进军浙江。但现在不一样了，朱元璋占领皖南都一年多时间了。他按照朱升提出的那个"九字方针"办，实力得到了大大的加强。过去，他要想集中五万兵马很是不易，而现在，他在很短的时间内集中个十万八万兵马，也是非常从容的了。

于是，在1359年的秋天，朱元璋派他的义子李文忠（李文忠就是保儿，本是朱元璋姐夫李贞的儿子，也就是朱元璋的亲外甥。保儿是在滁州投奔朱元璋的，朱元璋把他收为义子，并改姓名叫朱文忠，后来又将姓改了回去，唤作李文忠。）任他的亲军左副都指挥——率一支数万人的军队首先挺进浙江。朱元璋给李文忠的任务是，一步步地靠近婺州，如果有可能就率先把婺州拿下。

李文忠率数万大军从皖南进入浙江境内后，进展十分顺利且迅速。他先是攻占了新安江水库西岸的淳安城，然后绕过新安江水库，又拿下了水库东岸的建德。

建德是浙江西部的一个重镇。李文忠奉朱元璋之命，将建德改作严州府。婺州元军曾几次发兵攻打李文忠，想把严州府夺回来，但都被李文忠击退。

李文忠在严州府经过短暂的休整后，继续向东攻掠。几天工夫，他越过新安江，攻克了婺州以北一百多里的浦江小城。又过了几天，他拿下了婺州以北仅三十多里地的兰溪城，直接对婺州构成威胁。

当时守婺州的元军大将叫石抹厚孙，石抹厚孙和母亲及妹妹住在一起。石抹厚孙的妹妹，当时大约二八年纪，尚未出嫁。石抹厚孙的哥哥石抹宜孙，是元军驻守处州的统兵元帅。听说红巾军占领了兰溪，石抹宜孙就赶紧派人赴婺州，问石抹厚孙要不要增援。石抹厚孙回复石抹宜孙道："这股红匪，谅他们也破不了婺州城。"

石抹厚孙不是在说大话，他当时手中还有两万多兵马，这还不包括城中上万名的地主武装；加上婺州城高墙厚，石抹厚孙对守住婺州还是很有信心的。

果然，李文忠带兵从兰溪南下，一连对婺州猛攻了十几天，但除了伤亡万余人之外，毫无结果。

朱元璋得知李文忠攻婺州受挫的消息后，勃然大怒道："这石抹厚孙，竟然把我的义子给打退了，是可忍孰不可忍？"

当时徐达和常遇春也在应天，得知此事后，便向朱元璋请求带兵去驰援李文忠。而李善长、朱升等人则建议朱元璋"亲征"，理由是，婺州城一带文化名人很多，朱元璋去了，有更大的号召力和影响力。

朱元璋最后决定，徐达留守应天，他和常遇春、李善长等人远征婺州。朱升本也想去，但朱元璋考虑到他年岁较大、行动不便，就没有同意。

于是，这一年的十二月初，朱元璋带着常遇春、李善长及十万大军开始远征婺州。

晓行夜宿，饥餐渴饮，朱元璋等人到了李文忠占据的兰溪城。见到朱元璋，李文忠很是惭愧地道："义父大人，孩儿实在无能，久攻婺州不下，孩儿辜负了义父大人的期望。"

朱元璋安慰李文忠道："忠儿，这并不是你无能，你一路能顺利地打到这里，很是不容易了。攻不下婺州，本在我的意料之中，你不必对此耿耿于怀。"

因为人多势众，朱元璋也就没采取什么战术，只命令大军将婺州城围起来，不分昼夜地攻打。十多天打下来，石抹厚孙的守军越来越少。眼看着，婺州城就要保不住了。

李文忠高兴地对朱元璋道："义父，顶多再攻上几天，我们就要攻进城里去了。"

朱元璋却道："忠儿，先别想着攻进婺州城。我们还有别的仗要打呢。"

你道朱元璋为何说出这样的话？原来，朱元璋看得很清楚，驻守在处州和衢州的元军，是不会眼睁睁地看着婺州被红巾军攻下而坐视不救的。

婺州如果被红巾军拿下，那处州和衢州跟着就要挨打了，这就是唇亡齿寒的道理。更何况，处州守将石抹宜孙的弟弟、母亲和妹妹都在婺州城里，石抹宜孙是没有任何理由不全力来救婺州的。故而，朱元璋在猛攻婺州城的同时，便派出手下去密切监视处州和衢州的动静。

果然，就在婺州摇摇欲坠、即将被红巾军攻克的时候，朱元璋接到报告，说是处州和衢州的元军，同时向婺州方向开来。

衢州在婺州的西南，二者之间的直线距离在一百六十里左右。处州在婺州的东南，处州到婺州的路程稍微远一些，二者之间的直线距离大约有二百里。

朱元璋对李善长、常遇春和李文忠等人道："婺州的石抹厚孙已经绝望了，就等着他的哥哥和衢州的元兵来救他了。如果我们将两路的元军援兵击溃，我估计，就是我们不再攻打，石抹厚孙也要开城投降了。"

从衢州开出来的元军援兵大约有三万人，由衢州守将宋伯颜不花率领；而处州的石抹宜孙像是拼了老命了，也不知从哪里拼凑了五万人马，亲自统帅着，向婺州城一路开过来。

宋伯颜不花的军队主要是步行，所以行军速度不是很快。而石抹宜孙为了驰援婺州，一边四处调集兵马一边赶造了数百辆大战车，每辆大战车上都能装载数百人，军队坐战车开进，速度当然很快。

李善长对朱元璋道："石抹宜孙和宋伯颜不花都亲自出动了，看来元兵是志在必得啊！"

朱元璋笑着回道："元兵志在必得，我也志在必得。谁能够如愿，就看谁能够打胜仗了。"

朱元璋找到李文忠道："忠儿，你带你的部队，把婺州城围起来，只要不让石抹厚孙一家人跑掉就行了。"

李文忠领命而去。朱元璋又找到常遇春道："五弟，元军分两路来援，我和你也就分两路去迎战。你看你想迎战西路呢还是迎战东路？"

西路是宋伯颜不花，东路是石抹宜孙。西路的元军较少，但宋伯颜不花据说很强悍，也很会打仗。东路的石抹宜孙，就打仗而言，虽然比不上宋伯颜不花，但手下兵马较多。常遇春考虑了片刻，终也拿不定主意，于是就对朱元璋道："大哥，你叫我跟谁打，我就去跟谁打吧。"

朱元璋笑道："五弟，我就知道你会这么说。我看这样吧，那宋伯颜不花听说很能打仗，这个苦差使就交给你了。石抹宜孙脓包一个，这个便宜我来拣。"

常遇春言道："石抹宜孙再脓包，也有五万人马，大哥你并不占什么便宜呢。"

朱元璋言道："五弟，我话还没说完呢。我说我拣了便宜，是因为我只能给你三万人马，其余的人马，我都要留下来对付石抹宜孙。"

常遇春回道："大哥只要给我两万人马，我保证能把那个宋伯颜不花堵住。"

朱元璋想了想，最终给了常遇春两万五千人马。而朱元璋身边，则至少留了七万人马。常遇春知道朱元璋为什么这么安排。就宋伯颜不花和石抹宜孙而言，石抹宜孙是打击的重点对象。如果集中兵力把宋伯颜不花击溃了，石抹宜孙是不会轻易退兵的，因为他要去解救自己在婺州城的亲人；而只要击溃了石抹宜孙，那宋伯颜不花十有八九会退兵。

所以，朱元璋吩咐常遇春道："从衢州到婺州，地势比较平坦，你应该找一个比较有利的地形，只要能够将宋伯颜不花堵住，或者拖住他前进的步伐就可以了，不要想着一下子就把他打败。"

常遇春点头道："大哥的话我明白。我只要给大哥争取到足够的时间就可以了。"

朱元璋夸奖道："五弟真是越来越聪明，越来越会打仗了。我们虽然兵马比元军多，但也不能一口就吃个胖子。一下子吃得太多，会撑死的。我们只要打退了元军的援兵，婺州城就算是拿下了。拿下了婺州之后，那处州和衢州还不就是我们的口中肉，我们想什么时候吃就什么时候吃？"

常遇春领两万五千人朝西去了。朱元璋也没耽搁，带着七万余人就朝婺州的东南方开去。他也不敢耽搁，拢共只有二百多里地，石抹宜孙的军队又都坐着战车，元军说不定什么时候就开到了婺州城外。

婺州东南一带的地形有点特殊，不是山就是水。婺州东边有一条金华江，东南边有一条武义水，武义水西边和东边几乎全是大大小小的山峦。石抹宜孙来增援婺州，就必须要在武义水西边的山岭山谷中穿行。

朱元璋命令手下道："去看看石抹宜孙到了哪里，他的军队是否还乘着战车。"

手下回报："石抹宜孙已经到达武义，他的军队依然乘着战车。"

朱元璋自言自语地道："看来那石抹宜孙真不会打仗哦，只顾着赶速度了，连命都不想要了，这样的山路，还坐着战车，战车一翻，要摔死多少人？"

当时，朱元璋的军队是在离婺州城外二十里的一个叫雅畈的地方。雅畈距武义大约有六十里。石抹宜孙的军队虽然都乘着战车，但山路既狭窄也不平坦，战车走得再快，恐也得花两个时辰左右才能到达这里。

于是朱元璋就命令手下道："都到两边的山坡上隐蔽起来，多多地准备一些大石头，等石抹宜孙的战车开过来了，就往山下推大石头，砸翻他的战车，然后，你们再冲下山，与元军交战！"

朱元璋估计得很准确，黄昏时候，石抹宜孙的军队出现在了朱元璋的埋伏区域内。几百辆战车，一辆跟着一辆地朝前开进。

石抹宜孙的几百辆战车全部进入了朱元璋的伏击圈。朱元璋对身边的一个将领道："给对面的山上发信号吧。"

几十支火枪，一起开响。枪声在山谷里来回地飘荡，就是十里路以外的人，恐怕也能听得清清楚楚。顿时，从两边山坡上，滚出一块又一块大石头。那些大石头，本来就很沉重，在山坡上滚了一阵之后，那冲击力就更是怕人。有的大石头，在山坡上弹起很高，然后一下了砸在元军的战车上。一时间，只见山谷里，人仰马翻、鬼哭狼嚎，真是好不热闹。

山谷里的战斗一直持续到第二天的黎明前。那是一天当中最黑暗的时候。石抹宜孙眼见毫无取胜的希望了，就趁着黑暗带着残兵败将逃向处州。

这一仗，虽然只有一夜的工夫，但石抹宜孙却是惨败而归。他不仅在那山谷里丢下了两万多具尸体，还丢了一万多名俘虏给了朱元璋。

这样，石抹宜孙不但没有救出自己的亲人，还把自己的老本也差不多拼光了。石抹宜孙逃回处州后唯一能做的事情，就是赶紧把处州周围那些零散的元军都集中到处州城里来，以保卫处州不被朱元璋攻占。至于在婺州城里的母亲、弟弟和妹妹，石抹宜孙就是再想管，也只能是心有余而力不足了。

打垮了石抹宜孙，朱元璋的部下也很累。但朱元璋不能休息，他还要去看看西边的常遇春怎么样了。于是，朱元璋就打起精神，带了一支两万人的军队，朝着西边开去。

走了二三十里地，朱元璋就停止了西进，因为，先头部队回来报告，说是常遇春已经带着人马回来了。原来，那宋伯颜不花刚一得知石抹宜孙战败的消息，就急急忙忙地领兵撤回了衢州。

常遇春也和宋伯颜不花交上了手，他们是在婺州西南五十多里外的汤溪小镇交手的。因为婺州西南一带没什么险山恶水，所以常遇春就抢先一步占了汤溪镇，依托汤溪镇上的房屋建筑同宋伯颜不花相持。

常遇春告诉朱元璋道："我和那个宋伯颜不花一共交了三次手，要不是大哥你迅速地击溃了石抹宜孙，我恐怕就要被宋伯颜不花赶出汤溪镇了。"又紧跟着补充了一句道，"那个宋伯颜不花确实英勇善战。"

朱元璋言道："那个石抹宜孙不值一提。我就弄不明白了，像石抹宜孙这种狗屁不懂的家伙，怎么能做统兵的元帅？"

常遇春笑道："大哥，有这样的家伙守处州，处州还不一攻就破？"

朱元璋没有笑："五弟说得对，处州肯定不难攻打。但是，攻打衢州，肯定是一场恶战。"

常遇春问什么时候攻打处州、衢州，朱元璋回道："不要急。先把婺州拿下来，再把婺州周围的城池都占领，等我们在婺州一带真正地站稳了脚跟，然后再去攻打处州、衢州不迟。不然的话，光占那么多的地盘，一切都是乱七八糟的，有什么用？"

常遇春点头道："大哥说得对。反正处州、衢州都是我们嘴边的肉了，迟一点吃也没关系。"

而实际上，常遇春并没有真正理解朱元璋为什么不急着去攻打处州、衢州。浙东跟皖南不一样，皖南距朱元璋的老根据地比较近，后方比较稳固，四周又没有什么强大的敌人，所以攻取皖南的速度放快一些，没有多大的后顾之忧。

而浙东的情况就不一样了。浙东离朱元璋的老根据地很远，几乎没有什么稳固的后方可言，而且北边有张士诚，东南有方国珍，虽然张士诚和方国珍暂时都与朱元璋处于一种休战状态，但在朱元璋的心目中，他们总是两个比较强大的敌人，所谓防人之心不可无，朱元璋不该冒险的时候是绝不会轻易地去冒险的。

他要在浙江一步一个脚印地走，先把婺州拿下来，再花费一段时间，把婺州周围及婺州以西的地区都建成自己的根据地，那这块根据地就与皖南连成一片了。有了稳固的根据地，朱元璋就不仅可以放心大胆地去进攻处州、衢州等地，而且也不用太担心张士诚或方国珍可能发起的攻击了。朱元璋这等心机，常遇春当然难以参悟。

打跑了石抹宜孙，吓跑了宋伯颜不花，婺州城就真的孤立无援了。常遇春和李文忠向朱元璋建议，趁此机会地将婺州城拿下来。

朱元璋笑着回道："我不是说过了嘛，元军的援兵没有了，那石抹厚孙就只能开城投降。既然如此，我们为什么还要强行攻打、白白牺牲弟兄们的性命？"

常遇春和李文忠对朱元璋的话都将信将疑。尤其是常遇春，认为石抹厚孙虽然算不上什么能征善战之辈，但也可以称得上是顽固透顶的家伙。这样的家伙，会主动地投降？

常遇春把自己的想法跟朱元璋说了，朱元璋道："五弟如果不信，那就等着瞧好了。"

果然，红巾军又对婺州城围困了三天三夜之后，石抹厚孙真的主动打开城门向红巾军举起了白旗。常遇春疑惑地问朱元璋道："大哥，你怎么就敢肯定石抹厚孙一定会向我们投降？"

朱元璋回道："因为石抹厚孙不是一个人，他还有母亲和妹妹。他要想保证他母亲和妹妹的性命安全，就只能走投降这条路。"

然而，最终石抹厚孙没有保住自己和母亲的性命，妹妹也被朱元璋收为小妾。

朱元璋占领了婺州之后，叫李善长等人把"约法四章"——杀人者死、伤人及盗抵罪、抢人者亡写在纸上贴满婺州全城。朱元璋对李善长道："我们刚刚来浙江发展，军中又有很多新兵，所以军纪一定要严。军纪涣散了，以后的事情就不好办了。"李善长深以为然。

朱元璋不仅贴出了"约法四章"，还命令义子李文忠组建了一支"执法队"，不分昼夜地在婺州城内巡逻检查。朱元璋对李文忠道："只要抓住了违犯

'约法四章'的人，不管是谁，一律就地正法！"

同时，朱元璋了解到官兵中喝酒的人太多，他怕官兵喝酒误事，便又下达了"禁酒令"。

接着朱元璋在婺州城内设置了"江南等处行中书省分省"，或者叫"浙东行省"。"浙东行省"就是应天城在浙江的一个派出机构。也就是说，朱元璋在名义上已经把浙东地盘正式划为他的势力范围了。

但分明可以看出，朱元璋为贯彻朱升提出的"缓称王"策略，依然打出的是"大宋"旗号，而且，为强调这一点，朱元璋还叫李善长在"浙东行省"衙门前竖起两面黄色的大旗，旗上分别写着"山河奄有中华地""日月重开大宋天"；大旗两边又各立一块木牌，木牌上分别写着"九天日月开黄道""宋国江山复宝图"。

旗上有"大宋"，牌上有"宋国"，朱元璋好像是刘福通"宋"政权下面的一名忠实的臣仆，而实际上，朱元璋只是在借"宋"这一块招牌，来争取汉族地主人士的支持罢了。

几个月之后，朱元璋觉得以婺州为中心的一大块根据地已经比较稳固，便决定返回应天城。恰在这时——1359年即元至正十九年的五月——小明王得到朱元璋的战报，升朱元璋为"仪同三司、江南等处行中书省左丞相"。朱元璋愉快地接受了这一任命，从此，他便是"宋"政权属下赫赫有名的丞相大人了。

陪同朱元璋一起回应天的，有李善长、李文忠、王冕、宋濂及那个石抹氏。朱元璋已经决定让石抹氏做自己的又一个小老婆。朱元璋对暂时留守婺州的常遇春道："我回应天后，马上就叫二弟前来助你，等二弟来了之后，你们再合力去攻打处州、衢州。"

这一年的七月，徐达、常遇春领兵八万围攻衢州。衢州城内元军有三四万人，守将除了宋伯颜不花之外，还有一个叫张斌的将领。宋伯颜不花负责防守东门和北门，张斌负责防守南门和西门。这两个元将，领着近四万手下，硬是把徐达、常遇春的红巾军堵在城外整整两个多月。

徐达对常遇春言道："看来这宋伯颜不花打起仗来确实不赖。如果他有足够的援兵，我们还很难攻进城里去呢。"

最后是徐达想出了一个点子才攻破衢州城的。徐达见衢州城防很牢固，不易攻打，就命令手下挖地道，一直挖到衢州城里，然后用火药炸开几个通道，开辟了从地下进攻的路线。这样，红巾军从地上地下同时发动进攻，元军就难以招架了。毕竟，红巾军的人数要占绝对的优势。

因为比较起来，宋伯颜不花比张斌要强悍得多，所以徐达的地道就是在张斌负责防守的南门和西门城下挖掘的。张斌见防得了地上就防不了地下、防得了地下又防不了地上，便丧失了继续守城的信心。为自己的后路打算，张斌就主动地打开城门投降。城门一打开，红巾军如潮水一般涌进衢州城。宋伯颜不花即使再有能耐也顶不住了，只得带着一队人马冲出城外准备逃命。谁知，宋伯颜不花刚刚冲出城外，那常遇春就带人将他团团包围了起来。

宋伯颜不花在汤溪小镇曾与常遇春几度交手，要不是石抹宜孙早早地被朱元璋打败，他那回就肯定把常遇春赶出了汤溪小镇。所谓仇人相见、分外眼红，又加上逃跑无望，所以宋伯颜不花就纵马扬刀直向常遇春扑去。待战马冲到常遇春的近前后，宋伯颜不花手中的大刀兜头就朝着常遇春砍了下去。

常遇春将两把大板斧舞将起来，一把架住砍来的大刀，另一把朝着宋伯颜不花的人和马一起剁了下去。先听到"当"的一声脆响，那是宋伯颜不花的大刀被板斧震飞，又听到"扑"的一声闷响，那是宋伯颜不花的坐骑被板斧生生地剁折了脊背，宋伯颜不花落下马来。

旁边的红巾军官兵见了，一起拥过去，七手八脚地将宋伯颜不花五花大绑了起来。

常遇春押着宋伯颜不花走进了衢州城，把宋伯颜不花推到徐达的面前请徐达发落。徐达让降将张斌去杀宋伯颜不花，这样张斌就不可能再反叛到元人那去啦。

过了一个多月，徐达认为衢州的一切基本上都上了红巾军的轨道，于是就与常遇春一道，在这一年的十一月，领兵六万，去攻打石抹宜孙的处州城。

正如事先预料的那样，处州城的确不堪一击。红巾军把处州城围了两天，攻打了一天，到第四天，城内的元军就投降了。然而红巾军没能抓住那个石抹宜孙。石抹宜孙早在衢州被红巾军占领之前，就早早地在自己的住处里挖了一条通往城外的一片小树林的地道。红巾军开进处州城之后，他就带着几个亲信从地道里逃跑了，而且一直逃到了福建境内，叫红巾军抓他不着。

红巾军攻下处州之后，浙江中部和西部就都成了朱元璋的天下了。这样，朱元璋的地盘便大为扩展，在当时的中国大地上占有了很重要的一席之地。朱元璋的地盘扩大了，而敌人也随之多了起来。他的领土，东面、北面邻张士诚，西面邻陈友谅，东面邻方国珍，南面邻陈有定。四周的邻居，没有一个不是朱元璋潜在的敌人，而且还都十分强大。

朱元璋得知衢州、处州相继被攻下，心里异常高兴，急忙派人通知徐达、常遇春马上着手做好两件事情：一件事情是，着人南下去笼络方国珍，不要让方国珍与红巾军发生摩擦；另一件事情是，叫徐达、常遇春筹集十万精兵，先北上攻取张士诚的地盘绍兴，然后马不停蹄地朝北打，一直打到江苏境内，最后逼向张士诚的大本营苏州。

与此同时，朱元璋命令镇守镇江的周德兴南下，与驻守常州的汤和、廖永忠会合，先攻取无锡城，再向苏州城挺进。朱元璋还告诉徐达、常遇春、周德兴、汤和等人，他自己已经调集了十几万大军，计划先开到芜湖，然后一路东进，到达太湖西岸后，分兵两路，一路北上，与周德兴汤和会合；一路南下，与徐达、常遇春会合。两路大军，沿太湖东岸，从南北两面夹击苏州城，一举将张士诚的势力清除干净。

徐达攻下处州之后，便到处拉拢知识分子在处州城里为官。就在这拉拢的过程当中，徐达听人谈起，说是在处州青田县境内，住着一位名声十分显赫的读书人，姓刘名基。徐达还听人说，那刘基不仅满腹经纶，而且极富军事韬略。

既有文化，又懂军事，徐达自然要把刘基推荐给朱元璋。不过，徐达是个稳重的人，在向朱元璋推荐刘基之前，他把刘基的情况摸了个一清二楚。

刘基，字伯温，处州青田县人，世代书香门第，据说是北宋杨国公刘光世的后人。刘基打小的时候起就很聪明，有"神童"的美誉。长大后，刘基更是聪颖过人，十四岁考中了秀才，两年后考中了举人，二十三岁一举中进士。只是因为当时的元廷贬压南人，刘基虽然考中了进士，但却在家乡闲居了整整三年，三年之后，才被选派到江西高安县做了一个县丞。

虽做了县丞，但也郁郁不得志，一是觉得自己的才华难以施展，二是那些蒙古贵族根本就看不起他刘基。于是刘基就有了辞官的念头。不久，刘基被擢升为江浙行省儒学副提举。看起来刘基的官是升了，但刘基仍然觉得自己毫无作为，一是那些蒙古贵族经常无端地陷害他，二是他自己的主要兴趣好像不是在什么学问上而是在军事谋略上面，所以他做了儒学副提举之后没多长时间，便辞官回到了家乡。

方国珍起兵反元之后，元廷浙江行省推荐刘基为元帅都事，帮助那石抹宜孙镇守处州。刘基以为，他大显身手的机会到了。于是，走马上任之后，他鼓动石抹宜孙对浙江的农民起义军采取诱降和屠杀两种手段进行镇压，使浙江的农民起义大大受折。对方国珍，他坚决主张用武力解决，并亲自征调军队，还拟好了对方国珍的作战计划。然而，元廷不想对方国珍动武，只想对方国珍招安。刘基的想法与元廷的想法发生了冲突，冲突的结果是，刘基被贬为处州路总管判官。刘基做了总管判官之后，手中就没有兵权了。没有兵权，刘基就不可能在军事上有一番大作为了。所以刘基就非常失望，再度辞官回到老家青田。这期间，他写了许多诗篇，用来反映自己内心的不满和失望。

除了以上一些情况，徐达还了解到了这么一些相关的情况。刘基有一个八十多岁的母亲，非常相信占卜算命一类的玩意儿。刘基是个大孝子，对母亲几乎是言听计从。刘基还有一个兄弟叫刘陞，为人机智勇敢，统帅着一支数千人的军队，保护着刘氏家宅不受方国珍等人兵马的侵扰。到刘基二度辞官回家乡之后，刘陛的手下，已有一支近万人的军队了。

摸清了刘基的情况，徐达知道了那刘基确实是个非常有本事的人，大哥朱元璋要想得到天下，肯定用得着刘基这样文武兼备的人。徐达认为，刘基已经被元廷伤透了心，只要派几个人去游说一番，刘基就必然会兴高采烈地到应天去为朱元璋效力。

但是，徐达连续派出了四支说客，都没有请来刘基，主要原因是他不愿意去应天。不愿意的理由有两个，一是刘基以为，他已经50岁了，上有80多岁的老母，下有两个未成年的儿子，他难以离开家；二是刘基以为，忠臣不事二主，他既然做过元廷的臣子，那就不可能再为其他的什么人效力。

徐达尽管知道刘基的理由都是托词，但同时也知道，凭他徐达，是很难将刘基请出青田的。于是徐达不敢怠慢，连忙叫人把刘基的情况及自己派人去请刘基的情况一一写在纸上，然后派亲信回应天向朱元璋报告。

当时的朱元璋正在积极地征调军队准备同张士诚爆发一场全面战争。接到徐达的报告后，朱元璋一开始很高兴，认为自己马上就要同张士诚开仗了，如果有刘基这样富有谋略的人来相帮，肯定大有益处。可等把徐达的报告看完，朱元璋的眉头就皱了起来。朱元璋皱眉的原因当然是：刘基不愿意到应天来。

朱元璋爱才心切，急忙把李善长和宋濂、朱升等一班高级幕僚召集在一起商议。最后，李善长想出了一个绝妙的办法。李善长在朱元璋等人热切期待的目光中，不慌不忙地说出了一番道理来，惹得朱元璋眉开眼笑地夸赞李善长道："李先生，我看你越来越像那个刘邦身边的萧何了……"

李善长带着一队随从就要离开应天了，朱元璋一直把李善长送到了城外。李善长临行前对朱元璋言道："大人，李某从青田回来之前，请大人不要急着对张士诚用兵。李某以为，如果刘基来到应天，必然会对大人作一番形势分析，以刘基的满腹韬略，说不定就会给大人指出一条正确的道路来。"

朱元璋点头答应了。就这样，李善长别了朱元璋之后，就直奔浙东而去。一路上跋山涉水，虽然辛苦，倒也安全。不一日，李善长就赶到了处州城，与徐达、常遇春等人见了面。

徐达得知李善长要赴青田去劝说刘基，就不无担忧地言道："那刘基一心忠于元朝，又是个出了名的大孝子，恐李先生很难说服他离开青田呢。"

李善长胸有成竹地言道："李某既然千里迢迢而来，那就一定会让刘基离开青田。"

徐达没有追问李善长究竟有什么锦囊妙计，李善长也没有明说。李善长领着两个随从，优哉游哉地走进了青田县城。这时候的李善长，已经是一副看相算命者的打扮。随从的手里高举着一条黄幡，上写着斗大的三个字：李天师。

　　李善长虽然从没有给人算过命看过相，但对于阴阳五行八卦之说，却颇有领悟，加上肚子里面装的都是学问知识，又能说会道，所以，进了青田县城没几天，"李天师"的名头就几乎妇孺皆知了。

　　李善长当然不是来青田县城闯什么"李天师"的名头的，他是在等一个人。他是在等一个肯定会来找他算命看相的人。他知道，只要"李天师"的名号传到那个人的耳朵里，那个人就没有理由不来找他。因为徐达在那份报告中写得很清楚，刘基那个八十多岁的老母亲，笃信阴阳卜卦之说。

　　果然，在李善长住进青田县城的第五天，一个白发苍苍而又腰板硬朗的老妇人，在几名丫环的搀扶陪同下，走到了李善长的住处，说是要找"李天师"占上一卦。不用说，这老妇人就是刘基的母亲了。

　　据说，李善长见到刘基的母亲时，不知运用了什么法子，两眼竟然放出异样的光来，唬得刘基的母亲战战兢兢不知所以，以为李善长真的是什么"天师"下凡。接着，李善长依据刘基母亲提供的一个生辰八字，煞有介事地说了一通似人话又似鬼话的道理来，说得刘基的母亲一愣一愣的，既不敢相信又不能不信。而实际上，李善长早就知道刘基母亲所提供的那个生辰八字，不是别人，正是刘基的。李善长说的那通半人半鬼的话，只不过是在暗示刘基的母亲：刘基本是大富大贵之命，之所以现在闲居家里，抑郁不得志，是因为他过去没有找到真正的明主，只要他离开青田一直向西北走，就一定能找到真正的明主，从而干一番惊天动地的大事业，光宗耀祖，名垂千世。

　　刘基的母亲刚一回到家，便把刘基悄悄地喊到自己身边，先告之以"李天师"的那一番宏论，然后劝说他向西北去投奔真正的"明主"以成就一番大事业。聪明的刘基马上便悟出，所谓的"西北"，就是指的应天城，所谓的"明主"，就是指的朱元璋。

　　刘基对母亲说道："孩儿确实想干一番大事业来光宗耀祖，但母亲大人年事已高，如果孩儿离家出走，着实放心不下。还有，西北也好，西南也罢，在孩儿的眼里，只不过是打家劫舍的强盗，并无什么明主可言，所以孩儿也不想离家。"

　　显然，当时的刘基对朱元璋的所作所为还不是很了解。他把朱元璋与陈友谅、张士诚及方国珍、陈有定等人混为一谈了。刘基的母亲劝刘基道："孩子，现在的世道是很乱，打家劫舍的强盗也很多，但是，天意要你往西北去，你岂可违背？你想想看，你忠心耿耿地为大元朝廷效力，可到头来你又得到了什么？现在，天意为你指明了方向，你可千万不要错过辅佐明主的机会啊。"

　　刘基微微皱着眉头道："母亲，孩儿可以听从您的吩咐去西北走一遭，但是，孩儿要真的走了，母亲大人您怎么办？"

　　刘基的母亲轻轻一笑道："基儿，亏你还是个读书人，连忠孝不能两全的道理都忘了。再说了，你去辅佐明主了，陞儿不是还留在家里吗？有陞儿孝敬我，我就很知足了。即使你留在家里陪伴我，又能陪伴到几时？如果你错过了去辅佐明主的机会，那你就要懊悔终生了。"

刘基终于听从了母亲的话。别人的话他可以不听，但母亲的话他是不能不听的。不过他对那个神乎其神的"李天师"的来历颇多怀疑，于是准备暗暗地察访一番。谁知，那个"李天师"自给刘基的母亲算过命之后，就从青田县城里消失得无影无踪了。就在这当口，刘基又接到了宋濂写给他的一封信。在信中，宋濂先历数了朱元璋如何不妄杀、不掳掠又如何礼待读书人的大量事实，然后奉劝刘基到应天来为朱元璋出谋划策。

刘基自然是知道宋濂这个人的，他不知道的是，宋濂写给他的这封信正是那个"李天师"从应天带到青田来的，送信人便是"李天师"的随从。

可以这么说，刘基母亲的话，是刘基决定前往应天的主要因素，而宋濂的那封信，也是刘基作出这种决定的不可或缺的重要因素。刘基作出决定之后，就对兄弟刘陞仔细地叮咛了一番，叫他带好军队，时刻提防着方国珍可能发动的侵扰，还说如果方国珍真的向青田发动大规模的进攻了，就去处州向红巾军求援。然后，刘基便独自一人，不紧不慢地朝着应天的方向而去。他一边走一边还想着这么一个问题：那个李天师究竟是什么来路？他为什么要在青田县城里突然消失？

实际上，"李天师"李善长并没有消失。他只是考虑到刘基聪颖无比，如果一直待在青田城里恐出事端，所以给刘基的母亲算过命之后，他就带着两个随从迅速地离开了青田城，转移到了青田城西北四十里开外的一个小镇上。这时候的李善长，已不是什么"李天师"的打扮了，而换成了一副生意人的装束。在小镇上住了两天之后，李善长派一个随从返回青田城，把宋濂的那封信送到了刘基的手中。又过了两天，刘基背着一个小包裹也来到了李善长住的小镇上。李善长特地与刘基打了个照面，还故意与刘基搭讪了几句闲话。只不过，李善长知道刘基是谁，但刘基却不认识李善长。

等刘基离开小镇半天之后，李善长才带着两个随从往处州赶去。到了处州，见了徐达、常遇春，李善长淡淡地一笑道："徐将军、常将军，那刘基已经往应天去了。"

李善长没在处州停留，他要急着赶回应天向朱元璋汇报。李善长走后，常遇春很是不解地问徐达道："二哥，你派了那么多人去青田，都没能说服刘基，李先生只一来，那刘基就乖乖地离开了青田，李先生究竟用的是什么法子？"

徐达摇头道："我也不知道。但我知道的是大哥尊重读书人，读书人在有些方面，确实比我们这些粗人强。"

先说李善长。李善长带着一队随从，除了吃饭和睡觉外，其余时间都用在了赶路上，不多日，便返回了应天城，见到了朱元璋。得知刘基已经向应天走来，朱元璋十分激动，但同时也多少有些担忧。他问李善长道："你说刘基一开始是走在你的前面的，可你回来了，他怎么不见人影呢？"

李善长回道："我们走的不是一条路。还有，我们走得快，他走得慢。"

朱元璋一眨不眨地望着李善长道："那刘基，会不会走到半路，又返回青田呢？"

李善长肯定地道："不会。刘基既然来了，就绝不会再走回头路。我估计，顶多等个三五天，刘基就会出现在应天城里。"

李善长估计得没错。只不过，刘基为什么会慢上个三五天，倒不是因为他步子迈得小，而是因为他在某些城池里逗留的时间比较长。他之所以会在某些城池里逗留比较长的时间，是因为他已经明明白白地看出来了，朱元璋确实与别的"造反起家"的"盗贼"大为不同。在朱元璋统治的区域内，一切封建秩序都得以完整地保存下来，而且保存得还相当完美。大批读书人，都成了朱元璋手下的官吏。这一点，刘基极其看重。如果说，刘基离开青田往应天去的时候，心中还多少有些勉强的话，那么，通过一路上的所见所闻，刘基就恨不得一步便跨入应天城里了。朱元璋在他统治区内的所作所为，正是刘基朝思暮想要实现的东西。从这个意义上说，刘基便也和他母亲一样，完全相信了那个"李天师"的话：西北有一位明主，等着他刘基去辅佐。

李善长回到应天后的第五天黄昏，刘基风尘仆仆地出现在了应天城的南城门外。当时，护城河上的吊桥还没有悬起来。刘基便径直走到南城门附近，冲着守城门的红巾军官兵大声吆喝道："快快去禀报你家丞相大人，就说青田刘基刘伯温来也！"

李善长这几日常到城门等候刘基，今天候个正着，赶忙上去，恭敬地把刘基请进了城。李善长和刘基并肩朝着朱元璋的住处走去。见刘基的目光老是在自己的脸庞上转悠，李善长便笑着问道："刘先生是否觉得李某似曾相识？"

刘基点头道："不错，刘某确实好像在哪儿见过李先生……"

刘基猛然想起，自己是在青田城西北的一个小镇上见过李善长。李善长从应天跑到那个小镇上去干什么？

刘基恍然大悟道："李先生，如果刘某没有猜错的话，你就是青田城里的那个李天师。"

李善长赶紧冲着刘基一拱手道："李某对令堂大人多有冒犯，还请刘先生海涵。"

刘基苦笑道："李先生的天师扮得很逼真，家母对李先生深信不疑……不过刘某也太过愚钝，刘某应该早就想到这一点了。"

李善长忽然道："刘先生，丞相大人迎你来了。"

朱元璋得知刘基到来的消息，就急急忙忙地奔出了宅院去迎接刘基。朱元璋奔出宅院的时候，天已经上了黑影。见李善长的身边傍着一位半大老头，朱元璋就直奔过去，一把攥住半大老头的手道："这位一定是青田刘先生了！"

刘基的手被朱元璋攥得生疼，从这有力的一攥中，刘基感受到了朱元璋的热切和挚诚。于是，刘基就真心真意地言了一句道："青田刘基，见过丞相大人。"

朱元璋哈哈一笑道："刘先生，朱某盼星星盼月亮，今天终于把你给盼来了！"

刘基慌忙道："刘基何德何能，竟让丞相大人如此挂牵？"

朱元璋一边大笑着一边拉着刘基的手，双双走入"丞相府"——这丞相府，便是朱元璋刚进入应天时所住的那个大元帅府。

朱元璋快人快语，对刘基道："刘先生，一家人不说两家话，我竹筒倒豆子，一股脑儿全倒给你吧。我朱元璋要在今生今世，把大元的江山夺过来。只是感到我一个人的力量太有限，所以才千方百计地把刘先生请来为我出谋划策。"

刘基刚才还笑容满面神气活现的，突然间，他却沉吟不语起来。朱元璋一时猜不出究竟，李善长倒明白这是为了什么。不管怎么说，刘基也做过"大元"朝廷的臣子，朱元璋适才那句"把大元江山夺过来"，多少会刺激刘基的心。

于是，李善长就用一种淡淡的语调问刘基道："刘先生，莫非你以为朱大人今生今世当不成皇帝？"

刘基连忙开口道："李先生何出此言？刘某从青田一路走到应天，所见所闻，颇有感慨，夺大元天下者，非朱丞相莫属也！"

朱元璋不由得心花怒放，但他的脸上，却又显得十分平静："刘先生，你这么说话，朱某自然高兴。不过，就目前来看，朱某四周强敌环伺，想夺得大元天下，恐不是一件容易的事呢。"

刘基轻轻地摇了摇头，"朱丞相未免过虑了。放眼天下，能与朱丞相一争雄风者，寥若晨星。"

李善长笑道："刘先生，寥若晨星，并不等于无人啊！"

刘基点了点头："李先生说得对。就目前而言，确有人能与朱丞相一争高低，但是，只要朱丞相避虚就实、弃轻从重，假以时日，定无人能与朱丞相一争高低！"

朱元璋赶紧道："请刘先生说得具体点儿。朱某现在最想听到的，就是刘先生这样的话。"

李善长也道："李某也在洗耳恭听！"

刘基不紧不慢地言道："大元疲废，群雄并起，势力强大者，莫过于北方的刘福通。但在刘某看来，刘福通只不过是昙花一现。兵力太过分散，内部纷争不已，要不了多久，刘福通必将败于大元军队之手……只可惜，大元朝廷也像刘福通一样……"

　　刘基停了下来，显然，他为元廷内部只顾钩心斗角不顾国家安危而痛心疾首。朱元璋当然不会和刘基有同样的想法，他只是从刘基的口中听出了这么一个意思：刘福通虽然在北方闹得红红火火的，但要不了多久便会完蛋了。

　　刘基对刘福通的这种预测，使得朱元璋非常兴奋。朱元璋本来是这样想的，等自己把南部天下都打下来之后，再与刘福通公开翻脸。也就是说，在朱元璋的心目中，刘福通是最后一个敌人，也是最强大的敌人。可现在看来，刘福通不仅不强大，也不是什么最后一个敌人了。但问题是，刘基的这种预测，准吗？

　　李善长低低地问道："刘先生，如果刘福通真的战败，那元军岂不会大举南下、直接威胁朱大人的地盘？"

　　刘基言道："李先生的担心不无道理。如果元军打败刘福通之后大举南下，那朱丞相就确实面临着巨大的威胁。但是，在我看来，元军之所以能够打败刘福通，是因为刘福通已经直接威胁到了元廷的存在，故而元廷内部才会暂时团结起来。待打败刘福通之后，元廷内部又必将陷入混乱之中。这，恰恰是朱丞相在南方大力发展的最佳时机。待朱丞相完全控制了南方天下，即使元廷内部又团结起来，恐也为时已晚，更何况，这种团结几乎是不可能发生的事。"

　　刘基显然对元廷完全丧失了信心。而朱元璋却对刘基的话听得入了迷："刘先生，我朱元璋怎么样才能把南方天下完全控制住？"

　　刘基笑眯眯地反问道："刘某在来应天的路途中，偶尔听说了朱丞相已经有了一个大的行动计划，不知可否说出来与刘某一听？"

　　朱元璋直言不讳地道："我确实有了一个计划，而且正在加紧准备。我的计划是，东边的张士诚所占的地盘最富有，我要集中全力先把张士诚打败。只要夺得张士诚的地盘，大军的粮草供应就永远没有问题了！"

　　刘基转问李善长道："莫非李先生也和朱丞相的看法一致？"

　　李善长回道："是的。撇开粮草问题不说，就地理位置而言，我们的地盘与张士诚的地盘已经成犬牙交错之势，即使我们不主动同张士诚开战，我们的军队也会和张士诚的军队经常地闹摩擦。与其这样，还不如主动同张士诚大打一场以定输赢。"

　　刘基先是看了朱元璋一眼，然后轻轻地言道："我以为不然。"

　　李善长一怔，朱元璋也一怔。怔过之后，朱元璋盯着刘基的眼睛道："愿闻刘先生高见。"

　　刘基不慌不忙地言道："天下诸雄，除去刘福通和朱丞相外，只不过张士诚、陈友谅、方国珍和陈有定四人耳。此四人中，陈有定最弱，虽对元廷忠心耿耿，但也终难成多大气候，又偏居福建一隅，实难有较大的发展，朱丞相目前完全可以把他放在一边不理。那方国珍虽有一定的实力，但却是个目光短浅、胸无大志之人，他时而降元时而又背叛，目的只有一个，保土割据，以维护他在江浙沿海一带的霸权。故而，朱丞相也大可不必把方国珍放在心上。待剿灭了张士诚和陈友谅之后，朱丞相再去对付方国珍和陈有定也不迟。此四雄中，张士诚最富，陈友谅最强。最富者，顾虑最多，疑心也最大，无论做什么事情，都小心翼翼。所以，张士诚现在最紧要的事，就是设法保住自己的地盘，不让别人把肥肉从自己的口里抢走。而实力最强者，野心最大，欲望也最高。那陈友谅就是这样的人。他杀死倪文俊，就是要实现自己的野心。他架空徐寿辉，正是要满足自己的欲望。野心越大，欲望就越高。倪文俊死了，徐寿辉成了傀儡，陈友谅就必然要向东扩张。这样，朱丞相就成了他陈友谅最大的敌人了。我以为，即使朱丞相不找陈友谅开战，陈友谅也会主动地来找朱丞相开战。"

朱元璋简直听得入迷了："听刘先生这么一分析，我们好像不应该先找张士诚开战……"

刘基重重地点了点头："不错！如果朱丞相同张士诚开战，那陈友谅必定大举东进，朱丞相就要面临东西两线同时开战的危险。而如果朱丞相同陈友谅开战，那张士诚极有可能按兵不动，朱丞相就可以集中全力与陈友谅大打一场。像陈友谅那样的人，兵马虽多，实力虽强，但充其量也不过是一介匹夫。只要朱丞相巧妙周旋、沉着应战，打败陈友谅也当在情理之中！"

朱元璋马上问道："刘先生的意思，是叫我朱元璋首先与陈友谅开战？"

刘基显得很激动，居然站起来："对方国珍和陈有定置之不理，对张士诚以守为攻，对陈友谅以攻为守，我估计，少则三五年，多则七八年，南部天下将尽属朱丞相。朱丞相据有南部天下之后，便就算是夺得大元江山了！"

只见朱元璋，"啪"地一拍桌子，"腾"地就站起来，说道："人说听君一席话，胜读十年书。可在我看来，就是读上一百年的书，也抵不上刘先生刚才讲的一番话！当年刘邦夺得天下主要依靠萧何、韩信和张良。现在，我就是刘邦，你就是张良，徐达就是韩信，李先生是萧何，有你们在身边，我又何愁拿不下元朝的天下呢？"

就这么着，朱元璋在刘基的帮助下，彻底改变了原先的要与张士诚大打一场的战略方针，而是调兵遣将向西，准备与陈友谅一决雌雄。当然，朱元璋也没有对张士诚掉以轻心。他在张士诚的大本营苏州城的北、西、南三面，依然陈设着一定数量的兵马，对苏州城形成一种遏制的态势。

就在朱元璋加紧准备同陈友谅开战的当口，一条战报从皖南传到了应天：陈友谅的部将赵普胜领兵攻打池州。

朱元璋得到战报后，不禁自言自语地道："一切果然如刘先生所料……"

【第六回】

失太平花云闹帐，讨安庆太祖兴兵

徐寿辉虽然于元至正十一年（1351年）十月便在湖北蕲水县（今湖北省浠水县）建立了"天完"政权，自己当了皇帝。但实际上，在倪文俊死后，"天完"政权早已被陈友谅架空。

不过，当时徐寿辉名义上依然是"天完"政权的皇帝，陈友谅虽然独揽大权，但人前人后，也依然要尊称徐寿辉一声"陛下"或"圣上"。

所以，当得知陈友谅已经准备和决心同朱元璋大打出手的消息后，徐寿辉便招来陈友谅，说红巾军都是兄弟何必自相残杀呢。陈友谅早把朱元璋看成了他称帝的阻碍，战争必不可免，所以他花言巧语地说他打朱元璋是为了皇上好。徐寿辉无奈，只能任他这么做。

陈友谅说做就做，他的计划是，一步步地将朱元璋在长江沿岸的地盘夺去，然后沿长江顺流而下，直取朱元璋的大本营应天。

因为朱元璋在长江沿岸上距陈友谅地盘最近的一个城市是池州，所以陈友谅就决定率先在池州燃起战火。

池州在长江南岸，沿池州向长江上游走一百多里（直线距离），便是陈友谅的一个军事重镇安庆城。安庆城位于长江北岸，是陈友谅向东北扩张的一个桥头堡。故而，陈友谅不仅在安庆城里屯兵数万，而且还让"天完"政权麾下的一员猛将赵普胜镇守安庆。攻打池州的任务，陈友谅就交给了赵普胜。

赵普胜接到陈友谅的命令后，没有丝毫的耽搁，立马就领军两万一举攻下了池州，并活捉了守将赵忠，诛杀了守城的大部分士兵。

赵普胜高兴了，朱元璋却气坏了。池州失守，就意味着应天的南边门户洞开了。陈友谅占了池州之后，就可以顺江而下，掠取铜陵、芜湖，进而侵犯太平、应天。所以，朱元璋就急命徐达率数万人马南下，迅速夺回池州，并在夺回池州之后，设法谋取安庆，给陈友谅来一个迎头痛击。

徐达当时正在从浙东回应天的路上，到达芜湖的时候，他接到了朱元璋要他夺回池州并相机谋取安庆的命令。徐达知道同陈友谅的战争已经正式打响，于是就在芜湖周围调集了五六万人马，火速开往西南去夺取池州。

赵普胜知道徐达是何许人，所以当得知徐达要来攻打池州时，他一点儿也不敢大意，一边拼命地加固池州城防，一边又从安庆调两万人马入池州。赵普胜想先固守池州，待徐达攻得累了、攻得疲了，再出城反击，一举将徐达击溃。

赵普胜的如意算盘打得不错，但还是低估了徐达。徐达率军赶到池州城外后，得知池州城内敌军很多，硬行攻打实难奏效，而且还会招致重大伤亡。

所以，徐达在对池州佯攻了一天后，便玩了一个小小的计谋，他突然在夜里率军从池州城外"悄悄"地撤走了。之所以给"悄悄"二字打上引号，是因为徐达的撤军虽然突然，但并不绝密，那赵普胜知道徐达是往何处去的。徐达并不是真的撤走了，而是率军朝着安庆方向开去。

赵普胜慌了，他并不知道徐达是故意泄露行踪的。他只知道，安庆城内的守军已大半被他搬到了池州，那里只剩下不足两万人了。如果徐达真的去攻打安庆，安庆定然凶多吉少。池州固然重要，但安庆更重要。

于是，赵普胜就匆忙下令：立刻离开池州，迅速回援安庆。他很清楚，尽管他攻取了池州俘获了赵忠，立下了大功一件，但要是把安庆丢了，他就只能有罪而无任何功劳可言了。

实际上，徐达根本就没打算去攻打安庆。他虽然有不少兵马，但没有水军配合，甭说攻取安庆了，连长江也很难渡过。他做出去攻打安庆的态势，目的只是要把赵普胜调出来。只要赵普胜出了池州城，他徐达就有把握击溃赵普胜。幸运的是，赵普胜回救安庆心切，果然依徐达的想法行事了。

赵普胜率三万多步军在岸上走，另有一万多水军在江里行。本来，赵普胜和水军还能够保持步调一致，后来，赵普胜嫌水军行进速度太慢，就丢开水军，领步军加速向安庆方向开去。这样，赵普胜就不仅中了徐达的"调虎离山"之计，还犯了盲目冒进的错误。两军遭遇在乌沙镇，一阵厮杀后，赵普胜大败，侥幸逃回了安庆，而手下的两万兵马，或被徐达部下杀死或被俘。

徐达得胜之后，并没有马上就去攻打安庆，而是先回到池州，一边派人向朱元璋报告，一边等候着水军的到来。

很快，一支万余人的水军从铜陵方向开到了池州，水军头领叫俞通海。

徐达与水军头领俞通海商量决定，由俞通海率水军经长江向安庆进发，先去试探一下赵普胜的虚实，然后再行研究如何攻取安庆。

于是，俞通海领着两百多艘战船及一万多水军官兵往安庆开去了。大约走了一半水路，俞通海便无法再向前进了，他遭到了赵普胜水军的强有力的拦截。

俞通海问徐达怎么办，徐达道："水路走不通，我们就走陆路。我们从枞阳绕过去，赵普胜的水军就没有作用了。"

徐达走陆路围住了安庆，但是徐达率军一连猛攻了十几天，都未能踏进安庆城半步。虽然赵普胜的守军比徐达的人马少，但仗着地利之势，还是很轻易地就打退了徐达的进攻。徐达见攻取安庆无望，又处在陈友谅的地盘中，不仅供给比较困难，而且说不定陈友谅就会在什么时候派大批援兵过来，再加上始终牵挂着赵普胜的水军会偷袭池州城。所以，徐达经过再三考虑之后，决定停止攻打安庆，先撤回池州城，待向朱元璋禀报后再行定夺。

朱元璋接到徐达的报告后，很是焦虑，于是他找来刚被召回应天城不久的汤和、常遇春商量破城之计。朱元璋认为只能智取，最好先杀掉赵普胜，但在怎样才能杀赵普胜这个问题上朱元璋又犯了难。

这时，汤和言道："大哥，我的一个手下同赵普胜的一个部下过去是朋友，这种关系不知道能不能派上用场。"

朱元璋急忙道："四弟，你怎么不早说啊？快把你那个手下给我找来！"

汤和的那个手下叫王仁义，本来是在徐寿辉的红巾军里当差的，最近投奔到汤和的门下，成了汤和的一个亲信。王仁义告诉朱元璋，他过去的那个朋友叫吴三省，现在赵普胜的手下做一名千夫长。王仁义还告诉朱元璋，赵普胜和陈友谅的关系一直不好，因为赵普胜很同情徐寿辉，对陈友谅大权独揽极为不满，只是自己的实力还无法与陈友谅抗衡，所以才不得不听从陈友谅的调遣。

朱元璋听了王仁义的介绍后，先是低头不语，接着慢慢腾腾地言道："我也许有办法能够除掉那个赵普胜了。"

很快，朱元璋便南下池州，同行的有常遇春和那个王仁义，还有那个善于穴位按摩的孙氏。

朱元璋到达池州之后所做的第一件事情，就是吩咐王仁义前去安庆城，设法找到赵普胜的那个千夫长吴三省玩耍几天，然后再返回池州。王仁义走后，徐达问朱元璋道："大哥这么做有什么意义？"

朱元璋回道："没什么太特别的意义，只是想让赵普胜晓得，王仁义已经找过吴三省了。"

几天过后，王仁义从安庆返回了池州，说是见到了吴三省，而且吴三省和老婆马氏对他非常热情。朱元璋便找来一个读书人，叫读书人用王仁义的口吻给吴三省写了一封信。信中，王仁义对吴三省的热情招待表示衷心地感谢，并追问"那件事情"考虑得怎么样了。然后，朱元璋就派人把这封信送到了安庆城里。不过，这封信并没有送到那个吴三省的手里，而是"无意中"送到了赵普胜的手里。

常遇春问朱元璋道："大哥，信中说的'那件事情'，指的是什么事情？"

朱元璋回道："我也不知道是什么事情，但我想，赵普胜是肯定会知道的。"

果然不出朱元璋所料，赵普胜得到王仁义写给吴三省的那封信后，神经一下子高度紧张起来。他盯着"那件事情"反复琢磨，最终琢磨出一个结论来：吴三省想投降朱元璋，而且极有可能为朱元璋攻打安庆做内应。

于是，赵普胜就找来吴三省，脸色阴沉地问道："听说你的一个老朋友叫王仁义的，最近来这里找过你？"

吴三省心中一慌，但又不敢否认，因为王仁义来安庆，许多人都看见的："王仁义有事路过这里，我就留他玩了几天……"

赵普胜直勾勾地盯着吴三省："只是玩吗？你就没和他谈些别的东西？"

吴三省小心翼翼地回道："除了叙叙旧，别的东西，我们什么也没谈。"

赵普胜冷冰冰地言道："吴三省，有这么一句话你该是听过的吧？要想人不知，除非己莫为。我看，你还是从实招来的比较好。"

吴三省赶紧言道："大将军，小人即使有天大的胆子也不敢欺骗你呀。"

赵普胜哼了一声，然后掏出那封信来："吴三省，你先回去把这封信好好地看上几遍，然后再来找我谈。"

赵普胜之所以没有马上就对吴三省采取什么行动，是因为证据还不太充分。虽然有了那封信，但好像还不能据此就定吴三省一个死罪。赵普胜找吴三省谈论一番，是想给吴三省一个下马威，叫吴三省主动地把一切都招供出来。因为赵普胜认为，王仁义给吴三省的这封信里，肯定藏着一个不可告人的大阴谋。至于究竟是什么大阴谋，赵普胜就说不出个所以然来了。

吴三省拿到王仁义的那封信后，也很是不知所以然。他与老婆马氏商量之后，决定投靠朱元璋，因为赵普胜已经对他产生怀疑了，就算他没干过这件事，终究也百口莫辩。于是二人就挑了一个阴沉沉的夜，溜出城去，慌不择路地逃向池州。

吴三省和老婆马氏还算是比较顺利地逃到了池州城里。朱元璋对吴三省和马氏的到来表示热烈的欢迎，并当即赏给吴三省和马氏许多金银珠宝，还许诺以后一定会升吴三省的官，高兴得吴三省夫妻嘴都合不拢了。

吴三省和老婆马氏来到池州之后，徐达逐渐明白朱元璋想用什么方法去除掉赵普胜了。他找到朱元璋言道："大哥，如果我没猜错，你恐怕会叫吴三省去找陈友谅……"

朱元璋笑道："二弟这么聪明，自然一猜就中。我就是要借陈友谅的手来帮我们除掉那个赵普胜。"

徐达也笑道："大哥这一招'借刀杀人'，当真让人防不胜防啊！"

　　朱元璋找到吴三省，为吴三省布置了任务：到汉阳去，找到陈友谅，就说赵普胜阴谋投降朱元璋。朱元璋还为吴三省出谋划策道："见到陈友谅之后，你就说赵普胜想投降，你不同意，赵普胜要杀你，你只好跑来报告。"

　　听了朱元璋的话后，吴三省心里一凉。他实在不愿意去汉阳，因为陈友谅冷酷无情，谁知道去了之后会发生什么事。然而，如果不去，朱元璋肯定不高兴。朱元璋不高兴了，说不定也会发生什么意料不到的事。所以，紧张地思忖了片刻之后，吴三省吞吞吐吐地对朱元璋道："大人，那陈友谅……会相信我说的话吗？"

　　朱元璋回道："陈友谅相不相信与你无关。你只要这么跟他说了，再平安地回来，你就算是完成任务了。"

　　吴三省没法子，只得表示同意。吴三省还想带着他老婆马氏一块去，但朱元璋没同意，朱元璋是想把马氏当人质。于是吴三省只身踏上了去汉阳的路。从池州到汉阳，弯弯曲曲的，差不多有一千多里。吴三省尽管快马加鞭，也走了好几个日夜才赶到汉阳。进了汉阳城，吴三省没敢耽搁，而是立即想法子见到了陈友谅，把朱元璋吩咐的话几乎是原原本本地对着陈友谅说了一遍。

　　听了吴三省的话后，陈友谅马上就产生了怀疑。这怀疑是两方面的，一方面，陈友谅确实怀疑那赵普胜有投降朱元璋的可能，因为赵普胜一直和陈友谅不对付，陈友谅是知道的；另一方面，陈友谅对吴三省大老远地跑到汉阳来也心存怀疑。这一怀疑不大要紧，吴三省可就回不了池州了，陈友谅把吴三省软禁了起来。

　　相比较而言，陈友谅对赵普胜的怀疑要远远大于他对吴三省的怀疑。所以，软禁了吴三省之后，陈友谅就立即派了一个亲信去安庆，以慰问犒劳之名，去摸一摸赵普胜的虚实。那亲信带着秘密使命到了安庆，赵普胜在那亲信的面前大吹特吹自己是如何打退徐达对安庆的围攻的，言下之意，只有他赵普胜才是安庆城的保护神。那亲信依据陈友谅的授意，在赵普胜的面前"暗示"陈友谅很可能要另换一个人来守安庆。赵普胜马上表示反对，说自己要在安庆城外与徐达的人马一决高低。

　　那亲信回到汉阳后，把赵普胜所说的话对着陈友谅添油加醋地说了一遍，还评论道："赵普胜大肆鼓吹自己的功劳，分明是想蒙骗大人你。他坚持不离开安庆，又分明想把安庆城拱手送给朱元璋。"

　　陈友谅对亲信的话非常赞同，他自言自语地道："赵普胜既然不仁，那就不能怪我不义。"

　　于是，陈友谅就带着一队精干人马，火速赶往安庆。这一队人马当中，便有那个吴三省。闻听陈友谅开到了安庆城外，赵普胜虽然不明其意，但也只好出城迎接。陈友谅是乘船来的，赵普胜迎出城外的时候，陈友谅已经在自己的座船上摆下了一桌丰盛的宴席，说是要为赵普胜击退徐达的围攻而庆贺。赵普胜虽然知道陈友谅不会安什么好心，但也没朝更坏处着想，于是就不冷不热地上了陈友谅的座船。这一上船不大要紧，赵普胜可就踏上了一条万劫不复的死路了。

一开始，陈友谅对赵普胜也还算是热情，杯来盏往的，气氛好像十分融洽。可一会儿，形势就发生了剧变。陈友谅重重地拍了一下巴掌，一个人从船舱里钻了出来，正是吴三省。

陈友谅皮笑肉不笑地问赵普胜道："大将军，这个人你不会不认识吧？"

吴三省在这个时候这个地方出现，的确令赵普胜很吃惊。一吃惊，赵普胜的脸上就变了色，而且说话也不自觉地走了调："吴三省，你不是投奔朱元璋了吗？你怎么跑到陈大人的座船上来了？"

当时的吴三省非常恐慌，只差那么一点点，他就要把事实和盘托出了。陈友谅适时言道："赵大将军，你又何必恶人先告状？"

赵普胜越发地惊愕："陈大人，你这话是什么意思？"

陈友谅阴冷地言道："赵大将军，是这个吴三省想投奔朱元璋，还是你赵大将军想投降朱元璋？"

赵普胜明白了，一定是吴三省在陈友谅面前捣的鬼。想想自己，一时手软，没能及时干掉吴三省，现在倒好，反而让吴三省在背后咬了自己一口。这么想着，赵普胜就怒气冲天，一边拔剑一边冲着吴三省吼道："你这个小人，竟敢在陈大人的面前信口雌黄，真是气炸了我的肺……"

然而，赵普胜的剑未能拔出来，他的手刚一触到剑柄，便有好几把剑同时架在了他的脖子上，架得他动弹不得。陈友谅还阴阳怪气地言道："赵大将军，你想杀死吴三省，来个死无对证吗？"

赵普胜急促地喘了几口气，然后冲着陈友谅问道："大人，你是相信这个吴三省的话还是相信我赵普胜的话？"

陈友谅毫不犹豫地回道："我当然相信吴三省的话！"

赵普胜急了："陈大人，你真的相信我赵普胜会投降朱元璋？"

陈友谅冷冰冰地言道："赵普胜，别想抵赖了。如果你老老实实地交代，说不定我会放你一条生路。"

"生路"一词，明白无误地道出了赵普胜当时的处境。事已至此，赵普胜也就管不了那么许多了，破口大骂道："陈友谅，你早就想除掉我了，又何必找这个借口？你要杀就杀，我姓赵的要是皱一下眉头，就不算是个男人！"

骂得陈友谅七窍生烟："赵普胜，我再问你最后一次，你到底招还是不招？"

赵普胜是这样回答的："陈友谅，你别废话了！"

陈友谅一摆手，一把剑割断了赵普胜的脖子，另一把剑捅进了赵普胜的背，还有一把剑戳进了赵普胜的胸。即使赵普胜有三条性命，也顷刻间就全玩完了。直看得那吴三省头皮发胀、目光一个劲儿地在晃悠。

"咕咚"一声，赵普胜的尸体被抛入江中。如果就事论事的话，朱元璋的"借刀杀人"之计算是成功了。赵普胜死了，徐寿辉的"天完"政权就失去了一员大将；而对徐寿辉来讲，失去了赵普胜，他就变得更加孤立无助了。

其实，从赵普胜之死中获利最多的，不是陈友谅，也不是朱元璋，而是那个吴三省。赵普胜沉入了江底，陈友谅不知出于什么考虑，居然把镇守安庆城的大将军之职，封给了吴三省。吴三省由一个小小的千夫长，一跃升至为统帅数万兵马的大将军，其内心的兴奋，自然可想而知了。

陈友谅回汉阳前，拍着吴三省的肩膀道："吴大将军，我把安庆城就交给你了！"

吴三省真想给陈友谅磕几个响头，虽然最终没有磕，但感恩的泪水却止不住地在眼窝里直打转："请大人放心！吴三省在，安庆城在，安庆城亡，吴三省亡。"

吴三省是说的真心话。如果没有陈友谅，他吴三省何年何月才能熬成一个指挥千军万马的大将军。所以，陈友谅离开安庆之后，吴三省就立即着手检查、加固安庆的防务。他知道，朱元璋得知赵普胜的死讯后，肯定会举兵来犯。他要死心塌地地与朱元璋大战一场。

赵普胜被杀的消息，很快就传到了朱元璋的耳朵里。朱元璋高兴地对徐达、常遇春道："我们可以去攻打安庆了！"

还没来得及向安庆发兵呢，朱元璋又得到消息，说是那吴三省已经是安庆城内最高统帅了。朱元璋笑眯眯地对徐达、常遇春道："二弟、五弟，陈友谅这样做，不是明摆着要把安庆城白白地送给我们吗？"

常遇春领会了朱元璋的意思："是呀，那吴三省的老婆还在我们手里，他不能不听我们的话。"

徐达却对吴三省有点儿不放心，他对朱元璋道："大哥，世上见利忘义的人多的很，我们也不能全指望那个吴三省的。"

朱元璋认为徐达说得有道理，于是就没有急着出兵安庆，而是派人给吴三省送了一封信。信是以朱元璋的口吻写的，朱元璋在信中，首先对吴三省升任大将军表示祝贺，然后叙说吴三省的老婆马氏是如何如何地思念吴三省，希望吴三省能在合适的时候来池州走一趟，以免去马氏的相思之苦。

明眼人一看便知，朱元璋的这封信，是借马氏在要挟吴三省。不几天，吴三省的回信到了。吴三省在信中首先对朱元璋"善待"自己的老婆马氏表示感谢，接着委婉地告诉朱元璋，自己名义上虽然是安庆城的最高统帅，但城中多是赵普胜的旧将，他吴三省并不能说一不二。最后，吴三省向朱元璋提出建议，叫朱元璋先派一支军队潜入安庆城里，由他吴三省负责安排接应。这样，等朱元璋攻城的时候，有吴三省和那支潜入城里的军队做内应，安庆城就可以拿下来了。

徐达看完吴三省的回信后，不无担忧地对朱元璋道："我以为，吴三省这家伙好像在跟我们玩点子……"

尽管朱元璋认为徐达说的不无道理，但正如常遇春所言，安庆城是一定要去攻打的。所以，朱元璋就作出决定：徐达留守池州，他和常遇春去攻打安庆。

赵普胜死了，他在枞阳一带建立的水军也随之撤销了。这样，朱元璋和常遇春就得以从水陆两路向安庆开进。开到安庆附近时，是一个黄昏。那吴三省派了几个人出城与朱元璋联络，说是今天夜里，安庆的东城门洞开，朱元璋可派一支军队入内，吴三省在东城门内接应。朱元璋答应了。

送走了吴三省的联络人，朱元璋对常遇春道："今晚，我们派一支三千人的队伍先行，你带两万人紧随其后，如果东城门真的打开了，你就带着弟兄们杀进城去。这样，不管吴三省有没有没跟我们玩点子，安庆城都能拿下来。"

从此不难看出，朱元璋对那个吴三省其实也是很不放心的。朱元璋那么聪明，怎么会轻易地就上吴三省的当？

当天夜里，朱元璋的三千人马率先朝安庆城的东城门方向摸去。与三千人马相距不远，常遇春领着两万人马悄悄地跟随着。常遇春牢记朱元璋的话，只要东城门打开，只要那三千人马进得了城，他就率着两万人马跟着杀进城去。常遇春这样想："如果两万三千人真的进了城，还不把整个安庆城闹得天翻地覆？"

可想是一回事，做起来又是另一回事。那吴三省本来是想打开东城门的，目的是要把朱元璋的三千人马放到城里来加以歼灭，可后来得知，那三千人马的后面还跟着一个常遇春，吴三省就不敢冒险了。于是，吴三省临时改变了计划，不打开城门，而是抽调了大批弓箭手和火枪手赶到东城门一带来。

朱元璋的那三千人马自然不知道吴三省的计划。他们按照事先的约定，一起摸到了东城门的边上，等候着城门的打开。三千人马虽然不算很多，但一起聚集在城门边上，那人口密度就非常大了。这么大的密度，就是从城墙上撂下一块石头来，恐怕也能砸伤好几个人，更不用说那些弓箭和火枪了。

吴三省当时就站在东城门的门楼上，他见朱元璋的三千人马都挤在了城门之外，便"嘿嘿"一声冷笑对左右言道："你们还等什么？"

顿时，弓箭像雨点一样射向朱元璋的三千人马，上百条火枪也迸发出耀眼的光芒，更有磨盘大的石头和碗口粗的木头从城墙上砸向城墙下。

朱元璋的三千人马眼巴巴地等着城门打开呢，却等来了致命的弓箭、火枪、石头和木头。等他们逃到常遇春的身边时，剩下的拢共也不足千人。也就是说，就这么一下子，朱元璋便损失了两千多人。

朱元璋知道上了当，便先让几万人马在安庆城外安了营扎了寨。

第二天凌晨，朱元璋带着常遇春等大将走出营地去察看形势。看到又高又厚的安庆城墙矗立在面前时，朱元璋不禁叹道："难怪二弟上一回攻不下来，也难怪吴三省这一回敢跟我们玩点子……"

常遇春连忙问道："大哥，听你的口气，你是不是不想攻城了？"

朱元璋缓缓地摇了摇头："不。既然来了，总要攻上几阵试试！"

很显然，朱元璋对攻打安庆城是没抱多大希望的。常遇春则不然，朱元璋刚一下达了攻城的命令，他就亲自带着两万人马对着安庆城的东门猛攻。但常遇春一连攻了四天，都没有撼动安庆城。

这时，侦察人员回来报告，说那陈友谅带着一支水军正朝安庆方向开来。朱元璋对常遇春道："我们赶紧撤回池州。陈友谅的水军比我们的水军厉害，我们要是不赶快撤，就会遇到麻烦。"

就这样，朱元璋和常遇春多少有些灰溜溜地撤回了池州。不久前，徐达攻安庆，没有结果。现在，朱元璋和常遇春联手攻安庆，还是没有结果。如此一来，安庆城就自然而然地成了朱元璋的一块心病了。

朱元璋和徐达、常遇春等人都认为，既然安庆暂时难以攻下，那就换一个地方同陈友谅开战。至于换个什么地方，朱元璋决定等回应天之后同李善长、刘基等人商量了再作定论。不过，朱元璋想在回应天之前，在池州这个地方再同陈友谅打上一仗。

朱元璋对徐达、常遇春道："我们两次攻打安庆都失败而归，陈友谅必定很狂妄。他一狂妄，就会来攻打池州。这样，我们就有了一个出气的机会。"

徐达、常遇春都同意朱元璋的看法，俩人都攻打过安庆，都憋了一肚子的气，当然都想找一个出气的机会。

朱元璋接着道："我们几万大军都待在这小小的池州城里，很不利于防守，就粮草问题便够我们头疼的了。所以，我们应该把大部队撤到城外去隐蔽起来，城中只留下小股部队吸引敌人。等陈友谅来攻打我们的时候，我们城内城外一夹击，胜利就属于我们了。"

接下来的问题是，几万大军应该撤到城外的什么地方去。经过几天的侦察，徐达认为池州东南边的九华山是一个大军的好去处。九华山距池州只有几十里路，大军跑得快，一天工夫差不多可以跑一个来回，而且山高林密，很适合大军藏身。

徐达把九华山的情况跟朱元璋说了。朱元璋对徐达道："你和五弟带大军去九华山，我带五千人留在这城里。"

徐达不同意，非要自己留在城里。常遇春知道了，也要留在池州。朱元璋对二人言道："我留在这里，可以更好地吸引敌人的注意力。只要你们行动得快，我是不会有什么危险的。"

是啊，朱元璋是大"宋"朝堂堂的丞相，留在池州城里自然可以更好地吸引陈友谅的注意力。徐达、常遇春听朱元璋这么说了，也不好再坚持自己的意见，只得听从朱元璋的安排，带上几万大军往东南方向的九华山开去。临走前，徐达对朱元璋道："如果陈友谅的军队真的来攻打池州了，如果情况真的很危急，大哥可以考虑先放弃这个地方。"

徐达如此关心朱元璋的安危，朱元璋很感动："二弟放心，如果真的到了那一步，我会照你的话去做的。"

徐达、常遇春是在一个夜里离开池州城的，走得悄没声息，连池州城里的老百姓都不知道他们去了何处。不过，徐达、常遇春在往九华山开去的时候，一边牵挂着朱元璋的安危一边在想着这么一个问题："那陈友谅，真的会很快地来攻打池州吗？"

还真的让朱元璋料着了，徐达、常遇春开往九华山后的第三天，陈友谅的军队就从安庆向池州开来。不仅是陈友谅的军队，连陈友谅自己，也参加了这次攻打池州的行动。陈友谅是这样安排的，叫那吴三省带三万多步军渡到江南，从东边攻打池州，而他则带两万多水军沿长江北上，从西边夹击池州。陈友谅这样对吴三省道："朱元璋两次攻打安庆未果，我这次要一举拿下池州！"

吴三省听了陈友谅的话后很兴奋。拿下池州，就能让朱元璋真正知道他吴大将军的厉害了，说不定，还能和自己的老婆再度重逢呢。

一个人一兴奋，就很容易忘乎所以，加上曾在安庆城内击退过朱元璋和常遇春，吴三省就更加觉得自己是个了不起的人物了。有这种心理在作怪，吴三省便想一步就跨到池州城下，率先把池州拿下来，在陈友谅的面前显露一下自己的能力。因为据侦察，吴三省得知，池州城里已经没有多少朱元璋的军队了。

吴三省虽然不可能一步就从安庆跨到池州，但他的行军速度确实很快。凌晨从安庆出发，黄昏时候就赶到了池州城的东边。一天不到的时间，他和他的部队至少走了一百多里。而当他赶到池州城外的时候，陈友谅的水军才刚刚开到枞阳附近的江面上。

如果吴三省开到池州城东边之后马上就接着攻城，那说不定吴三省就能立下大功一件：攻进池州城里。但吴三省没有这么做，因为他心里没底，有点害怕。

朱元璋身边只有五千兵马，为什么会令吴三省感到害怕呢？原来，吴三省行军速度这么快，朱元璋也感到意外。即使徐达、常遇春得到消息马上从九华山赶来，至少也要花上半天的时间，而有这半天的时间，吴三省差不多就可以攻进池州城了。所以，朱元璋就决定，要想个办法来拖住吴三省，为徐达、常遇春突袭吴三省争取时间。

在吴三省的军队开到池州城外之前，朱元璋命令把池州城的东城门打开，自己则和小老婆孙氏上了东城门的门楼，在那儿调情嬉笑。很明显，朱元璋是在学诸葛亮玩"空城计"。

朱元璋命令打开东城门，其手下大为震惊。那孙氏跟着朱元璋走上城门楼，也战战兢兢好不害怕。而实际上，朱元璋这么做，自己也很是担心。事后朱元璋向徐达、常遇春承认道："当时我心里也没底，如果吴三省不吃我这一套。我恐怕跑都来不及呢。"

而事实是，吴三省吃了朱元璋这一套。吴三省开到池州东边之后，马上就带着一干手下赶到池州城外察看。吴三省看到的是，在那东城门楼上，朱元璋正和那孙氏在搂搂抱抱、说说笑笑，而东城门就在他吴三省的眼皮子底下敞开着。

吴三省的第一个感觉是大惑不解：朱元璋这是玩的什么鬼把戏？第二个感觉是高度的警惕：朱元璋为人诡计多端，他不可能就这样轻易地让我进城，城内定有什么鬼名堂。吴三省的第三个感觉是十分害怕，还是稳妥点好，等陈友谅来了再谈攻城的事。

心里一害怕，吴三省原先的锐气和豪气就消失了。他不仅不再想着攻城的事，反而命令部队东撤二十里安营扎寨、防止遭到朱元璋的暗算。吴三省将部队东撤二十里，不仅丧失了攻打池州城的绝好机会，还加速了自己灭亡的进程。因为他向东撤得越远，离九华山就越近，就为徐达、常遇春的西进节约了许多时间。

如果当时的吴三省能够靠近了看朱元璋，便会发觉自己东撤是多么的愚蠢。从城外看城楼上的朱元璋，朱元璋搂着那孙氏笑逐颜开、轻松自若，一双手还时不时地在孙氏的身体上摸捏几把，好像完全陶醉在女人的妩媚之中了。而实际上呢，你要是站在城楼上看朱元璋，情况就大不一样了。朱元璋的衣裳早就被汗水浸透，连坐在他腿上的那个孙氏身上的衣裳，也完全被朱元璋的汗水浸透。

等确知吴三省的军队东撤之后，朱元璋才一把推开孙氏，又抹了一下满脸的汗水，然后长出一口气道："那个诸葛亮确实了不起。"

一部将问朱元璋下一步该怎么做，朱元璋回道："先把城门关上，然后把所有能打仗的人都集中到这里，等徐将军、常将军在那边打起来了，你们就一起冲出去，痛打吴三省！"

部将忙着干活去了，朱元璋依然不轻松。他找到水军头领俞通海道："如果在击溃吴三省之前，那陈友谅赶到了，你就拼死地顶上一阵。哪怕把你的水军都拼光了，也要坚持到我们把吴三省彻底击溃为止！"

一切都准备妥当了，朱元璋又带着那孙氏上了东城门的城门楼。

吴三省的军队开到池州城东边的消息，徐达和常遇春傍晚时分才得到。得到这一消息后，徐达和常遇春马上就带着队伍离开了九华山，他们担心吴三省会向池州城发动攻击。后来经侦察得知，吴三省的军队已经向东边撤过来了，徐达和常遇春这才略略放下了心。

部队行进了两个多时辰，侦察兵回来报告："前面不远处发现吴三省的营地。"

徐达赶紧命令部队停止前进，然后带着常遇春等人赶到前面去观察。不远处，有一个小村庄。小村庄很小，只有十几户人家。十几户人家的周围，驻扎的都是吴三省的军队。

徐达对常遇春等几个将领言道："我估计，那吴三省就住在那个小村庄里面……"

常遇春不禁嘀咕了一句道："吴三省也怕死啊，叫他的军队把他围在中间。"

徐达问常遇春道："这么一个形势，你准备怎么去抓吴三省？"

常遇春挠了一会头，然后望着徐达言道："你给我一万人，我直接冲到那个村庄跟前，把村庄包围起来，如果吴三省真的在村庄里面，他就跑不掉了。"

徐达言道："五弟，一万人太少，如果吴三省真的在那村庄里面，那他的部下就会拼命地去救他。所以，我给你两万人，你的任务是：既要把那个村庄团团地围住，又要在我赶到之前，顶住周围敌人对你的冲击。五弟，你能做得到吗？"

常遇春慢腾腾地从腰间抽出两把大板斧道："二哥，我现在不想说大话。待会儿，我让我的斧子开口说话。"

徐达点了点头，接着对常遇春道："五弟，你带两万人，就从这里冲过去，在敌人反应过来之前，率先把那个小村庄围起来。然后我再带兵从这里往你那里打，只要我们先合力把东边的敌人击溃了，那西边的敌人也就不难打了。"徐达又仔细叮咛道，"五弟的动作一定要快，稍稍慢一点儿，那吴三省就有可能撤出小村庄。"

常遇春答应一声，回转身便去召集军队了。徐达对身边的几个将领言道："我们也别闲着啊，该去准备战斗了。"

徐达当时有四万多人，被常遇春领去两万后，还剩两万多人。徐达嘱咐手下道："等常将军冲到那个小村庄里之后，我们马上就对敌人发起攻击！"

半夜时分，常遇春的两把大板斧朝夜空中一举，两万官兵就一起朝着吴三省的营地冲去。吴三省的军队正在熟睡，经常遇春这么一冲，顿时就炸了锅、乱了套。只是常遇春此时的任务不是杀敌，而是去围吴三省，所以他的两把大板斧虽然舞得"呼呼"作响，却并没有砍杀多少人。他的手下也都牢记自己的任务，只顾往村庄方向冲，并不恋战。

在小村庄东边的敌人一片混乱之际，常遇春率着部队没费多大劲儿就冲到了小村庄的跟前。小村庄似乎还没有从睡梦中醒来，常遇春连忙冲着手下大叫道："先把村子围起来，然后准备战斗！"

常遇春见村庄里面住着不少吴三省的军队，便又冲着手下大叫大嚷道："吴三省肯定就在村子里，千万不能让他跑了！"

原先被常遇春冲得晕头转向的吴三省的军队，慢慢地清醒过来，开始集合到一起，准备向包围小村庄的常遇春发起进攻了。可还没等他们完全集合好，徐达就又带着两万多人从东边压了过来。吴三省拢共只有三万多人，除去住在村庄里边的，其余全分散在村庄的四周。单就小村庄东边而言，吴三省的军队不过五六千人。这五六千人先是被常遇春冲了一阵子，正惊魂未定呢，徐达就又带兵冲杀了过来。徐达跟常遇春不一样，常遇春只是冲，徐达却是杀，两万多人杀五六千人自然不在话下。更何况，那几千人毫无防备，而徐达却是有备而来。因此，驻扎在小村庄东边的几千吴三省的人马，还没来得及向常遇春发起攻击，就被徐达冲杀得七零八落、四散而逃。

徐达也冲到了小村庄的跟前，他派人找来常遇春吩咐道："你先不要对村子里发动进攻，等我把村外的敌人都打垮了，你再进攻也不迟。"

常遇春点头道："这个我晓得。现在很乱，如果我进攻，那吴三省就可能趁乱跑掉。"

徐达问常遇春能不能围得住小村庄，常遇春回答说："没问题。吴三省身边只有几千人，他怎么冲也冲不出我的包围圈。"

常遇春想拨一些兵马给徐达，徐达道："你不要管我，你只要围住吴三省就行了。"

徐达话虽这么说，仗却打得很艰难。因为吴三省在村外的军队纠合起来，达三万余众，而徐达只有两万多人。更主要的，吴三省在村外的军队，一是要拼命地救出吴三省，二是知道只要坚持打到天亮，那陈友谅就会带着两万多水军赶来增援。所以，吴三省在村外的军队，经过短暂的慌乱之后，便马上集中全力向小村庄反扑。这样一来，徐达就只能由进攻转为防守了。即使防守，徐达也感到十分吃力。

有两种方法能减轻徐达的吃力，一是常遇春调兵过来支援徐达，二是常遇春立即对小村庄发动攻击，先解决小村庄里的敌人，然后再配合徐达击溃村外的敌人。但无论采用这两种方法中的哪一种，那吴三省都有可能逃掉。

常遇春不想让吴三省逃掉，但要是徐达无法击溃村外的敌人，想抓住吴三省也不是一件容易的事。吴三省好像明白自己的处境，也没有对常遇春发起什么反冲击，而是固守在村庄里，等着村外的军队来解围，等着陈友谅的到来。

常遇春虽然不清楚那陈友谅也正在朝着池州开来，他却知道，时间拖得越久，就越可能有麻烦事发生。更何况，朱元璋身边只有那么一点儿人马，要是朱元璋出了什么意外，那可不得了。于是，常遇春决定对小村子里的吴三省发动总攻，尽快地击溃吴三省的军队，然后赶去同朱元璋会合。

巧的是，常遇春刚刚作出这个决定，那徐达就派人来通知常遇春：攻打小村庄。

常遇春立刻行动起来。行动之前，他招来几个得力手下言道："告诉弟兄们，谁要是抓住或者打死吴三省，他要什么样的奖赏我常遇春都答应！"

不难看出，只要有一点点可能，常遇春都想置那吴三省于死地。很快，常遇春就指挥着两万人马从四面八方向吴三省盘踞的小村庄发动了猛烈的进攻。小村庄只有十几户人家，又没有什么险要的地势可守，吴三省和几千手下当然挡不住常遇春那凌厉的攻势。仿佛只是片刻工夫，吴三省的防线就土崩瓦解，吴三省的手下便四处逃窜。常遇春急忙大叫道："弟兄们，不要让一个敌人漏网啊！"

小村庄的战斗结束了。常遇春虽然只杀死了一千多敌人，却抓住了三千来个俘虏。常遇春命人将这些俘虏都捆绑起来，也顾不上去辨认那些俘虏和死尸中有没有吴三省，就忙着带一万多人去增援徐达了。

有了常遇春的增援，徐达就开始向村外的敌人反攻了。徐达从左，常遇春从右，两路人马一起朝敌人扑过去。恰在这时，敌人的后方一阵慌乱。常遇春不明白是怎么回事，徐达却明白是怎么回事：一定是朱元璋派池州城的守军赶来支援了。

徐达猜得不错，从敌人两边攻过来的一支人马，正是朱元璋派来的五千池州守军。这样，除了俞通海的水军外，池州城里几乎就剩下朱元璋和小老婆孙氏两个人了。天下最大胆的人，似乎莫过于朱元璋了。

吴三省在村外的军队支撑不住了，加上又得知吴三省已经生死不明，就更无心恋战，纷纷掉头向南边逃跑。徐达率军追杀了一阵之后，便命令鸣金收兵。这时，东边的天空才刚刚泛起红色。

就在这当口，徐达听到了消息，那吴三省没有能够逃掉，成了常遇春的俘虏。

徐达、常遇春二人在池州城东边共杀死了一万多敌人，而且还生擒了吴三省，真可谓是大获全胜。等二人押着吴三省赶回到池州城时，天正好大亮。朱元璋和小老婆孙氏这才从城门楼上走下来。

天大亮的时候，那陈友谅的水军也开到了池州附近的江面上。闻听吴三省的军队已经溃散，陈友谅不敢单独与朱元璋交手，只得命令水军掉头返回安庆。陈友谅又觉得就这样返回去太过窝囊，于是就派人给朱元璋送去了一封信。陈友谅的这封信写得很有意思，大致内容如下：朱元璋，这一仗你虽然赢了，但不算数，因为我没有跟你交手，等下一回，我去应天跟你好好地打一仗！

常遇春看到陈友谅的信后差点笑破了肚皮，他对朱元璋言道："大哥，陈友谅这家伙不敢跟你打，只能说说大话哄哄自己了。他连池州都不敢来，还敢去应天？"

徐达却静静地道："我以为，陈友谅也许不是在说大话。说不定，他真的会带兵开到应天城去……"

朱元璋听了徐达的话后也道："二弟说得有理。陈友谅那家伙野心不小，军队又多，什么事情都能干得出来。我们还是抓紧时间回应天吧。"

一回到应天，朱元璋就找来李善长和刘基等人，商讨如何对陈友谅用兵的事。李善长道："既然安庆一时攻不下来，那就按朱大人说的，去攻陈友谅别的地方。"

问题是，该朝陈友谅的哪个地方发起攻击？最后是刘基拿了主意。刘基道："我们已经在浙东站稳了脚，那里现在又没有什么大的战事发生，我们可以从那儿调集一些兵马，向西攻打江西。"

当时的江西差不多已经全被陈友谅占了。而浙东是朱元璋的，皖南也是朱元璋的，如果从浙东向江西进军，再加上皖南一带军队的配合，只要运筹得当，就极有可能将江西的东北部分抢到手。

朱元璋明白了刘基的意思，于是派人去通知驻守在浙江处州的大将胡大海，叫他调集一支精锐部队，伺机攻打陈友谅的地盘信州（今江西省上饶市信州区），又命令驻扎在皖南的军队做好配合胡大海的准备。

然而，胡大海接到朱元璋的命令后，部队还没有调集好，那陈友谅就率先向朱元璋发动了进攻。而且，陈友谅这一回进攻的对象，不是池州，也不是别的什么地方，而是应天城的南方门户——太平。

这是元至正二十年（1360年）的夏末秋初时节，陈友谅在江西鄱阳湖一带纠集了二十余万兵力，包括大小战船近七百艘，从江州（今江西省九江市）出发，顺长江水而下，置朱元璋的地盘池州、铜陵和芜湖等据点于不顾，直达太平，向朱元璋发起了面对面的挑战。

陈友谅如此兴师动众，当然不只是要攻占一个小小的太平。他是想先把太平拿下来，然后以太平为落脚点，去攻打朱元璋的大本营应天。太平距应天只有不到二百里路，打下太平，就等于是打到应天的大门口了。这样看来，陈友谅在池州送给朱元璋的那封信，当真不是开玩笑。

陈友谅本来想，二十多万大军，六七百艘战船，攻打一个小小的太平府，还不像随手捏死一只蚂蚁那样轻松自如？然而，陈友谅一连向太平猛攻了三天，竟然没有攻下来。

陈友谅连攻太平三天失手，固然与太平府城墙比较坚固有关，但更主要的还是因为驻守太平的朱元璋的将领太过英勇了。

因为太平是应天城的南方门户，所以朱元璋就派了两个得力大将镇守。一个是在朱元璋军中赫赫有名的黑脸猛将军花云——花云的勇猛之名，在朱元璋军中仅次于常遇春，另一位大将叫朱文逊。

如果花云和朱文逊的身边，有个一两万人马，那陈友谅要想拿下太平城，恐怕很难。只可惜，由于朱元璋在长江沿线及皖南浙东一带发展太快，兵力都分散了。当时的花云和朱文逊的身边，只有三千兵马。三千兵马要想抗住陈友谅的二十多万大军，谈何容易。所以，尽管花云和朱文逊连续打退了陈友谅的三天进攻，但手下的弟兄已所剩无几，而且，在第三天的战斗中，朱文逊不幸中箭身亡。

纵然如此，花云也保持着高昂的斗志。他明知不会有什么援兵到来——当时的应天府，城内城外的军队加到一起，也不抵陈友谅军队的一半，水军就更不用提了，连自保都不足，哪还有余力来增援太平——但花云决心以自己的鲜血和生命来捍卫太平城。

可是，到了第四天，情况却突然发生了变化。长江水突然暴涨，竟然涨到了太平府的南城门边上。陈友谅抓住了这一难得的机会，把巨型战船开到了太平府的南城门边。这下好了，战船停在江面上，居然比太平府的南城墙还要高。陈友谅的军队从战船上便可以直接跃入城里。这样一来，花云纵然有通天的本领，也守不住太平城了。

陈友谅的军队一批批地涌入城里，花云只得领着手下苦苦地巷战。手下越战越少，最后，几乎只剩下花云一个人了。尽管花云勇猛异常，但毕竟独木难支，成百上千的敌人一起向他扑过来，他被陈友谅的士兵逮住了。

陈友谅闻听生擒了花云，十分高兴，忙叫手下把花云带到他的面前。他要好好地看看这个只有三千人却能坚守太平三天的人到底是个什么长相。

陈友谅的士兵抓住花云之后，就找了一段绳子把花云的手反捆起来，然后推着花云来到了陈友谅的面前。可不知是因为太过匆忙了，没能把花云的双手捆牢，还是由于花云的力气太大，反正，花云被推到陈友谅的面前之后，双手一用力，竟然挣脱了绳索。而且，在周围的人反应过来之前，花云顺手夺过一把大刀，径向陈友谅砍去。花云距陈友谅不过几步远，若是被花云的大刀砍中，陈友谅就只能一命呜呼了。好在陈友谅的反应极快，花云刚一朝他冲来，他就像一只猿猴般灵巧地躲在了手下人的背后。这可就苦了那些为陈友谅做挡箭牌的官兵了。花云的大刀"呼呼"一舞，眨眼间便有六七颗人头落地，而且这六七颗人头里面，大都还是这个将军那个将军的。就算花云在守城的时候一个敌人也没有杀死，可有这六七颗人头垫背，也着实够本了。

陈友谅的手下反应过来了，一拥而上，又擒住了花云。这一次，他们再也不敢大意，找来绳索，将花云的手脚连同身体一起捆上，丢在陈友谅的脚下听候发落。

陈友谅虽然躲过了一劫，却也吓得面色惨白，浑身虚汗直冒。他气急败坏地命令道："把这个混蛋吊到桅杆上去！"

花云被吊在了陈友谅战船的一根桅杆上。陈友谅找来一批弓箭手命令道："朝那个混蛋的身上射！"

一支又一支利箭，重重地射进了花云的身体。花云死时，身上足足中了好几十根箭。不过，直到临死前的那一刻，花云还在破口大骂陈友谅。

攻占了太平之后，陈友谅十分得意，以为应天城指日可下。他这么想当然是有道理的。应天城内，朱元璋的兵马不过十万，而水军只有一百多艘战船。短时间内，朱元璋还无法从别处调集兵马，即使朱元璋有时间从别处调集军队，那朱元璋的地盘就得大大地收缩。

所以，陈友谅反而不急于去攻打应天了。一是应天毕竟是朱元璋的大本营，要去攻打，总得要准备准备；二是陈友谅以为，在攻打应天之前，自己得先把一件事情做了。

这件事便是杀徐寿辉，他要想当皇上，这条路是必须走的。于是，陈友谅让自己的亲信张定边去汉阳接皇上到太平来。单纯的徐寿辉一来到太平便送了命，陈友谅在为徐寿辉接风洗尘的时候，让张定边杀了他。

杀死徐寿辉的第二天，太平一带连天的大雨。然而陈友谅等不及了，带着一帮人，冒雨跑到太平附近的五通庙里，先祭天地，后祭祖宗，然后就自封为皇帝。为显示与徐寿辉的不同，陈友谅改"天完"国号为"大汉"，将都城从汉阳迁至江州。

匆匆称帝之后，陈友谅命张必先、张定边二人速回汉阳，带上邹普胜等一干原来的"文武百官"，迁至江州，营建新的皇宫，等他打下应天后去享用。接着，陈友谅又派人去苏州同张士诚联系，约张士诚一同出兵。陈友谅的意思是，张士诚从东边向应天攻击，他从西边向应天攻击，东西夹击，一举将朱元璋彻底消灭。

陈友谅以为，张士诚接到他的信后，一定会欣然同意向应天出兵的，因为朱元璋是张士诚的最大威胁。然而，陈友谅未能等到张士诚的回音，却等到了朱元璋的水军统帅康茂才的一封信。

这里就不能不说说朱元璋和应天城的事了。陈友谅带着二十余万大军乘坐着近七百艘战船开到太平的时候，朱元璋就很快地得到了消息。朱元璋知道花云和朱文逊的身边只有三千人，太平定难保全，所以就想发兵去救援太平。毕竟花云是朱元璋的爱将，朱文逊又是朱元璋的义子，朱元璋不可能坐视太平危险而不救。只是，朱元璋的这一想法遭到了刘基的反对，徐达也同意刘基的观点，他们认为保应天才是重中之重。

朱元璋同意了他们的观点，决定不派兵去太平，就商讨如何保卫应天城了。朱元璋把应天城内的大小文武官员召集到一起开了一个会。会上，朱元璋先是通报了陈友谅大兵压境的情况，然后叫文武百官为保卫应天城献计献策。

谁知，这些官员被陈友谅的大军吓破了胆，有的主张投降，有的主张逃跑。朱元璋有些沉不住气了，他无意中看见刘基、李善长及徐达都沉吟不语，便心里一动，马上宣布散会，只把刘基、李善长和徐达留了下来。

朱元璋问三人对刚才的会议怎么看。徐达望着李善长，李善长望着刘基，刘基望着朱元璋道："大人，必须先把主张投降和主张逃跑的人都杀了，然后才能商谈怎么样保卫应天的事。"

朱元璋静静地问道："刘先生何出此言？"

刘基回道："投降也好，逃跑也好，结果只能是一个，即放弃应天城。大人，如果应天城被陈友谅占去，会有什么样的后果？"

朱元璋沉吟不答。刘基自己回答道："如果应天城被陈友谅占去，那么我们在其他地方的官兵就会人心浮动、不知所措，而东边的张士诚肯定就会趁火打劫，向我们的地盘大举进犯。大人，如果陈友谅和张士诚联起手来同时向我们发难，我们必将无力应付。我们好不容易抢占到的地盘必将丧失殆尽，大人想成就一番帝业的雄心也必将化为泡影！大人，刘某以为，应天城无论如何也不能丢啊！应天城就像是一面旗帜，如果这面旗帜倒了，大人的手下将何去何从？"

朱元璋重重地点了点头道："刘先生说得真是太好了！只不过，那陈友谅兵强马壮，却也是事实。"

刘基缓缓地摇了摇头："大人莫不是被陈友谅的假象迷住了双眼？"

朱元璋愕然问道："先生何出此言？"

刘基不慌不忙地言道："陈友谅有二十多万兵马，看起来强大，其实不然。第一，他来时匆忙，劳师远征，太平以下，都是我们的地盘，他心中必有后顾之忧；第二，他挟主自重，独揽一切，手下将领必然有与其同床异梦者。而我们则正好相反，我们是以逸待劳。只要杀了那些想投降想逃跑的人，我们就会团结起来。如此，我们还怕打不过那个陈友谅吗？"

朱元璋深为叹服道："朱某也想在此与那陈友谅一决高低，但没有先生你想得透彻。听先生这么一说，我朱元璋就大大地增强了战胜陈友谅的信心！"

李善长和徐达也纷纷对刘基的话表示赞许。刘基微微眯着双眼道："我以为，只要在应天城下打败了陈友谅，那我们就可以抢到陈友谅的大批地盘。说不定，陈友谅会因此一蹶不振。"

朱元璋就按照刘基所说的那样做了，命令常遇春、汤和等人把那些主张投降和逃跑的文武官员统统逮住砍头示众，又根据刘基、李善长等人的提议，把应天城内库存的所有金银财物全部拿出来，分给守城的将士，以激励他们誓死保卫应天的决心。同时，朱元璋打算从各处调兵马入应天，只是成效不大，调来调去，应天城内只增加了一万多人。原因是，当时朱元璋的兵马，主要集中在南边和东边。南边距应天太远，一时过不来，而且还被陈友谅阻隔了。东边虽然距应天较近，但那些兵马是用来防范张士诚的，谁也不敢肯定那张士诚会一直老老实实地待在苏州。考虑到应天城下即将爆发的战斗必然十分激烈，朱元璋便把周德兴从镇江调回了应天。

很快，朱元璋得到这么两个消息，一是那陈友谅把徐寿辉杀了，自己在太平称"大汉"皇帝；二是陈友谅已经派人去和张士诚联络，要与张士诚东西合击应天。

听到第一个消息，朱元璋很高兴。陈友谅杀了徐寿辉，他的某些部下肯定大为不满，这必将影响其军队的战斗力。而听到第二个消息时，朱元璋就有些担心了。陈友谅主动去联络张士诚，张士诚会不会响应呢？

刘基认为张士诚不大可能出兵，其主要原因是，朱元璋和陈友谅开仗，就像是两虎相争，张士诚自然愿意做一个"坐山观虎斗"的人了。

不过，刘基向朱元璋强调道："如果我们被陈友谅赶出了应天，那张士诚就肯定会向常州、镇江发起攻击。所以，应天一战，我们只能胜不能败！"

为确保应天保卫战的胜利，刘基向朱元璋建议："派人通知处州的胡大海，继续率军进攻江西的信州。"刘基的意思是，江西是陈友谅的大后方，在那里用兵，就会使陈友谅分心，就会让陈友谅产生急躁冒进的情绪。陈友谅不能安心地对待即将开始的战斗，当然对朱元璋有利。朱元璋认为刘基的话很对，就立即派人南下去通知镇守处州的胡大海。

康茂才本来是元廷驻应天城的水军元帅，朱元璋攻破应天城的时候，康茂才率部投降并愿意归附红巾军，朱元璋就让康茂才做了红巾军的水军头领。之后，康茂才一直得到朱元璋的重用。俗话说得好，"投之以桃，报之以李"。朱元璋对康茂才如此看重，康茂才也就兢兢业业地为朱元璋效力。刚一听说陈友谅要来进犯应天的时候，康茂才就想找朱元璋谈谈了，但因为自己的心中也没有把握，多少有些顾虑，所以康茂才就一直把话憋在肚里。憋得时间长了，很难受，于是终于有一天，康茂才把肚子里的话说了出来。不过他并不是直接对朱元璋说的，而是先对刘基说的。他知道刘基是朱元璋的军师，如果刘基认为他的话可行，那朱元璋十有八九会同意。

那是一个上午，康茂才找到刘基，把话说了出来。刘基一听，立即大叫道："康将军，你早就应该把这件事情讲出来了！"

原来，康茂才和陈友谅是老乡。陈友谅是湖北玉沙县人，康茂才也是那儿的人。不仅是老乡，康茂才还救过陈友谅的性命。陈友谅力气很大，脾气又硬，仗着识得几个文字，在县衙里混了一个差事，可因为不服上司的管辖，常常受到上司的责骂。陈友谅怀恨在心，总想好好地收拾上司一顿。终于，有一回，他喝多了酒，在县衙里当差，他的上司又来训斥他，他便借着酒劲，先是甩了上司一个耳光，把上司的嘴巴甩得好几天都合不上，又踹了上司背部一脚，把上司踹得半个多月直不起身来，整天弓着腰身像一个虾米。当时的陈友谅，看到上司那么一副熊样，简直是开心极了。

可开心归开心，麻烦事却跟着来了。陈友谅被投进了监牢，还不是一般的监牢，是死牢。他的家人四处情打点，但无济于事。

恰在这时，康茂才回到了故乡，听说了陈友谅的事。二人小的时候是朋友，现在陈友谅落难了，康茂才自然要拉陈友谅一把。康茂才是元军的大元帅，在一个小县城里搭救一个人，那自然是易如反掌。陈友谅被救出死牢后，对康茂才千恩万谢。康茂才劝说陈友谅跟他到应天去当差，陈友谅委婉地谢绝了，因为陈友谅对官府充满了憎恶。尽管如此，二人的私交还是很深厚的。康茂才在故乡的日子里，陈友谅天天和他泡在一起。康茂才前脚离开故乡，陈友谅后脚就去投奔了徐寿辉。

刘基马上就带着康茂才去见朱元璋。听了康茂才的故事后，朱元璋异常兴奋："康将军，你和陈友谅是这种关系，那陈友谅就应该很相信你这个老朋友的话了？"

康茂才回道："是的，大人。我就是想利用这种关系，让陈友谅上一回当。"

朱元璋连忙道："康将军，你快把你的想法说出来给我和刘先生听听。"

康茂才言道："我想写一封信给陈友谅，我就说我不想在大人你这里干了，想投奔到他那里去。我说他要来打应天，我可以做内应。我约好他在一个地方见面，只要他相信我的话，就一定会带着军队赶到我所指定的地点。"

刘基接道："我们事先在那个地点设下伏兵，等陈友谅一到，就四面出击！"

朱元璋一拍巴掌道："康将军真是好主意。我相信，陈友谅一定会按康将军所说的去做的。"

刘基也认为康茂才的主意切实可行，说道："陈友谅过于狂妄自大，又急于拿下应天，所以他对康将军的话定然深信不疑。"

朱元璋忽然道："康将军，你这主意好是好，可找不到一个合适的送信人啊？"

朱元璋的意思是，如果找一个陌生的人去送信，陈友谅不一定会相信。而如果康茂才自己去太平，陈友谅也会产生怀疑，因为康茂才是军中大将，在这军情紧急之时，是不可能轻易地就离开应天的。

刘基嘀咕道："最好是能找到一个康将军和陈友谅都认识的人去送信。"

康茂才轻声言道："刘先生，这样的人我能找到。"

原来，现在给康茂才看家门的老头，就是康茂才从自己的老家带到应天来的。这老头在家乡的时候和陈友谅家是邻居，可以这么说，这老头是看着康茂才和陈友谅长大的。现在是万事俱备，只等陈友谅上当了。

当天中午，朱元璋留刘基、康茂才在自己的丞相府里吃饭，作陪的有徐达、李善长等人。刚吃罢饭，筷子一撂，朱元璋等人就各骑一匹马驰出了应天城，他们是去察看城外哪个地方最适合打伏击。

同刘基等人商定了之后，朱元璋作了如下军事安排：命常遇春等大将率三万人埋伏在城东北的石炭山（今南京市幕府山）；命徐达等人率三万兵马埋伏在应天南门外的雨花台一带；命周德兴等几位大将埋伏在应天城西南的大胜茎（今南京巿城西南三十里处），兵力也是三万人；朱元璋则带着汤和及一万兵马埋伏在城北的卢龙山（今南京市狮子山）。朱元璋给康茂才的任务是，待陈友谅的战船全部开进了通往江东桥的那条小河里之后，就设法用沉船把小河口堵住，不让陈友谅的战船再开回到长江里去。看来，朱元璋是想在应天城外把陈友谅的大军一举歼灭。

朱元璋还规定，战斗打响前，以举旗为号。司旗的是汤和，如果汤和在卢龙山上举起了红色大旗，那就是要各路伏兵做好战斗准备；如果汤和举起了黄色大旗，那就是要各路伏兵一起扑向敌人。

朱元璋和他的军队严阵以待，就等着那陈友谅来上钩了。可问题是，陈友谅会来上钩吗？

就在朱元璋等人商定了把江东桥一带作为伏击陈友谅的地点的那个晚上，

有一只小船悄悄地从应天方向朝着太平方向驶去。驾船的是一位年过半百的小老头，这小老头不是别人，正是替康茂才看家门的那个同乡人。

小老头的小船刚一划到采石附近的江面上，就被陈友谅的水军给拦下了。他们见小老头不像是渔民之类，便认定小老头是奸细。小老头也没辩解，由着他们把自己带到了太平。

住在太平城里的陈友谅，这几天是又急躁又不安。急躁是因为那张士诚一直没有什么回音，不安是因为他得到消息，说朱元璋的一支军队已经从浙江打进了江西，正伺机攻打信州。虽然信州距陈友谅的"都城"江州还很远，但朱元璋的军队在自己的大后方活动，总是让陈友谅感到头疼的事。所以陈友谅就作出决定，再等三天，如果张士诚还没有答复，就单独去攻打应天。

就在这当口，手下禀报说是在采石江面上抓到了一个朱元璋的奸细，陈友谅闻听大喜，忙着叫把那个奸细带过来。这样，那小老头就在太平城里同"大汉"皇帝陈友谅见了面。

开始陈友谅并没有认出小老头是谁，后经小老头一提醒，陈友谅才认出，小老头是他的同乡。

虽然不敢说陈友谅和小老头的见面属于"他乡遇故知"之类，但在太平城里见到自己的一个同乡，陈友谅也是十分高兴的。所以，陈友谅忙着命令手下道："给这位老人家松绑！"

待小老头坐稳了之后，陈友谅面带笑容地走到小老头的跟前问道："你真的是从应天城来的？"

小老头点点头，继而反问道："陛下是否还记得康茂才大人？"

陈友谅轻轻叹息道："朕如何不记得？当年如果没有康公的搭救，又怎么会有朕的今天？只可惜，康公如今跟在朱元璋的身边，朕想来委实感慨万千啊。"

一声"康公"，多少道出了陈友谅对康茂才的感激之情。小老头连忙压低嗓门道："陛下，小老儿正是康大人派来的。"

陈友谅眼睛里面发出异样的光来："你，真的是康公派来的？"

小老头不觉轻舒了一口气，一边伸手在怀里摸索一边言道："小老儿怎敢欺骗陛下。"

小老头从怀里摸出的是一封信。陈友谅一把将那封信抓在手里，飞快地把信读完了。读完之后，陈友谅仰天大笑道："真是天助朕也！"

陈友谅如此大笑，自然与康茂才的信有关。康茂才在信中称，他实在不愿跟朱元璋干下去了，当年投降朱元璋，实在是无奈之举，也是权宜之计。康茂才还说，如果陈友谅想拿下应天，就快点行动，因为应天城内现在乱得很。康茂才最后说，如果陈友谅兵发应天，他会在江东桥边接应。

陈友谅大笑后问小老头道："应天城内现在真的乱得很？"

小老头立即回道："可不是吗，应天城内的老百姓听说陛下的大军开过来了，都人心惶惶的。这阵子，每天都有人逃出城去，朱元璋想拦都拦不住。"

陈友谅得意地点了点头，又问道："朱元璋的军队现在怎么样？"

小老头回道："哪有人想跟陛下打啊！也不敢跟陛下打啊！小老儿听康大人说，朱元璋军队中的许多将领，都主张向陛下投降，还有人主张躲到钟山里去，说是躲在山里陛下就抓不着了。朱元璋对此很生气，几天前，一连杀死了几十个大将，可就是不管用。听康大人说，很多将领都在想着自己的退路，根本不买朱元璋的账！"

陈友谅真是越听越心花怒放："朱元璋，你的末日到了。"

于是，陈友谅就摆了一桌丰盛的酒席，热情地款待那个小老头。

喝完了酒，陈友谅就和小老头商谈具体的细节了。比如，陈友谅问小老头那江东桥是木桥还是石桥。小老头答是木桥。陈友谅又问他的船队是否可以一直开到江东桥。小老头说有一条小河从长江一直通到江东桥。最后，陈友谅同小老头商定，三天后的傍晚，他的大军开到江东桥，叫康茂才在桥边等候，并约定联络暗号是：陈友谅在江东桥上连喊三声"老康"。

陈友谅亲自把小老头送出了太平城，还嘱咐小老头道："回去告诉康公，就说朕拿下应天之后，让康公做'大汉'的丞相。"

小老头刚一离开太平，陈友谅就迫不及待地准备起向应天进军的事宜来。有手下向他提醒，说康茂才的信有可能是朱元璋玩的诡计。陈友谅不屑地言道："康公是朕的救命恩人，朕不相信他还能相信谁？"

转眼间，两天时间就过去了，陈友谅的大军开始向应天挺进。因为太平南面的芜湖等地都是朱元璋的地盘，陈友谅不敢让太平城空着，留下五万多人及一百多艘战船镇守太平，以防朱元璋的军队从南方来对他进行骚扰。尽管如此，陈友谅开往应天的军队，也达十五万之众。

过了采石镇，陈友谅找了一个熟悉应天城外地形的老百姓做向导。在这个向导的带领下，陈友谅的船队十分顺利地开到了应天城附近。那向导指着一条河对陈友谅道："从这里一直向前开，就能开到江东桥了。"这时候，正是第三天的黄昏。

陈友谅的部将张志雄见那条岔河又窄又弯，就对陈友谅言道："陛下，我们的船队开进这样的小河里，岂不是太过困难？万一遇到什么不测，我们就是想掉头也不可能啊。"

这张志雄便是先前在太平提醒陈友谅防止康茂才的信有诈的人。陈友谅没好气地指着那条小河回答张志雄道："小河里的水这么满，船队行进有什么困难！"

　　说来也巧，当时的长江正在涨潮，那小河里的水的确很多。张志雄还要说什么，陈友谅打断道："你不要再啰嗦了！快命令船队开进小河，康公正在江东桥那儿等着朕呢！"

　　虽然正是涨潮时候，但陈友谅的巨型战船，也只能两艘一排勉强地在小河里行驶。如果陈友谅的头脑还有点儿清醒的话，他便会预见这种潜在的危险：如果长江突然退潮，他的大战船还能在小河里行进吗？

　　陈友谅似乎不知道这一点，他更不知道的是，他的船队刚一全部驶进那条小河，那康茂才就带着自己的水军在小河口处沉下了许多破船。也就是说，即使长江永不退潮，陈友谅的大战船也很难再开回到长江里了。

　　陈友谅糊里糊涂又明明白白地率着他庞大的船队开到了江东桥的边上。这时，正是傍晚，也是陈友谅与康茂才约定的时间。

　　只是，陈友谅刚一接近江东桥便大吃一惊。你道是为何？原来，陈友谅看到的江东桥不是木桥而是石桥。

　　其实江东桥本来的确是木板桥，打听到陈友谅已经从太平出兵了，朱元璋就临时叫李善长派人把木桥改成了石板桥。朱元璋这样做的目的，是想引起陈友谅的惊慌。陈友谅惊慌了，他的部将就会更为慌乱。如此一来，当然有利于朱元璋的伏击了。

　　朱元璋的目的达到了，陈友谅当时的确有些惊慌。不过，他还是强作镇定地对身边的部将言道："定是那小老头记错了这桥的模样……"

　　陈友谅强打起精神，走到了江东桥上，按照事先约定的联络暗号，他把双手撮成喇叭状，放在嘴边，一连喊了三声"老康"。

　　当然没有人回答陈友谅，那康茂才正忙着在小河口沉船呢。陈友谅预感到大事不好了，但还是一连喊了十几声"老康"。甭说是十几声了，就是陈友谅喊破了嗓子，也不会有人答应他的。

　　就在这时，江东桥对面的卢龙山上飘起了一面夺目的红旗。虽是傍晚，那红旗也清楚得就像是在陈友谅的面前飘动。陈友谅不知道这红旗是朱元璋在命令各路伏兵做好战斗准备，而忐忑不安地问身边的张志雄道："爱卿，那红旗，你知道是什么意思吗？"

　　张志雄有点哆嗦地回道："陛下不知道的事情，微臣怎么会知道？"

　　张志雄说完就悄悄地溜走了，他已经知道今天一定是凶多吉少，他要为自己留条后路。而实际上，当时陈友谅的手下大将中，有许多人都有着同张志雄类似的想法，比如梁铉、俞国兴和刘世衍等人。也就是说，战斗还没有开始，陈友谅的军队就已经成了一群乌合之众。究其原因，当然与陈友谅杀死徐寿辉有关。像张志雄等人，本来都是徐寿辉手下的大将，陈友谅几乎是明目张胆地害死了徐寿辉，张志雄等人当然不会甘愿为陈友谅卖命了。

可惜的是，陈友谅并没有清醒地认识到这一点，更没有看清江东桥一带的地形对他很不利。尽管他已经知道康茂才的那封信确实是一个诡计，心中也确实很慌乱，但他还是仗着人多，要与朱元璋在应天一决雌雄。因此，他就没有下达撤退的命令，而是命令十几万大军全部弃舟登岸，向应天城开进。

这时，天已经渐渐地黑了。陈友谅的十几万大军刚刚全部登岸，天空中突然乌云滚滚、雷声大作。顷刻工夫，一场大暴雨就兜天而下。说来也神奇，那豆大的雨点直往陈友谅的十几万大军身上砸，而朱元璋的各路伏兵却几乎没有挨着雨淋。这便是老天爷又在帮朱元璋的大忙了。

朱元璋见时机已到，急令汤和竖起黄色大旗。黄色大旗刚一竖起，朱元璋的各路伏兵就一起向着陈友谅的军队冲了过去。徐达等人领着三万兵马从雨花台一带冲向了江东桥，常遇春等人领着三万兵马从石炭山一带冲向了江东桥，周德兴等人领着三万兵马从大胜茔一带冲向了江东桥。最后，汤和也带着一万兵马从卢龙山上冲了下来。只有朱元璋，带着李善长、刘基等人，坐镇卢龙山上，关注着山下那一场空前的大拼杀。

再说陈友谅和他的十几万大军，正忙着找地方躲避暴雨呢，突然间，周围的山上鼓声大作、鞭炮震天——这是刘基安排的上万名老百姓在山坡上鼓弄的，目的是迷惑和震慑陈友谅——跟着，朱元璋的几路伏兵就朝着他的军队冲杀了过来。天黑，又下着雨，陈友谅实在搞不清朱元璋到底有多少兵马，只听得耳边到处都是鼓声、鞭炮声和喊杀声，好像他的周围全是朱元璋的军队，而他自己的军队却莫名其妙地消失了。

事实是，陈友谅的十几万大军几乎真的是消失了，既看不清朱元璋军队冲来的方向，也没有人指挥他们该如何应战，勉强有几位将领指挥着自己的手下想抵抗一番，可因为地形不熟，到头来只剩下挨打的份了。最后，陈友谅的十几万大军，至少有一半多官兵都放弃了作战的念头，纷纷往战船上跑，想离开这里跑到江面上去。可奇怪的事情又发生了，虽然江东桥一带暴雨不断，但长江却退潮了，加上那条小河九曲十八弯的，陈友谅的大小战船只能在小河里搁浅。见逃不掉，他们就只能往水里跳，跳到深水里的，大都被淹死，跳到浅水里的，好不容易爬上岸，还没来得及喘口气呢，朱元璋的军队就又冲到了跟前。

圆圆的月亮不见了，圆圆的太阳从东边升了起来，江东桥一带的战斗便基本上结束了。再看朱元璋，同李善长、刘基等人一起，有说有笑，精神抖擞地从卢龙山上走了下来。

朱元璋完全有理由为这场大战感到自豪。虽然这场大战只进行了一夜时间，但朱元璋取得的战果却无比巨大。陈友谅的十几万大军，掉到河里淹死的数以万计，被朱元璋军队杀死的实在难以计数。光是俘虏，朱元璋就逮了两万多。陈友谅的数百艘战船，包括那些巨型战舰，十有八九都成了朱元璋的战利品。说"十有八九"，是因为陈友谅见势不妙，带着一干亲信，乘坐小战船溜回了太平，并迅速带上在太平的驻军，又狼狈地溜回到了自己的"都城"江州。

对朱元璋而言，应天城外一战的意义，不仅仅是他取得了完全的胜利。主要的意义在于，经此一役，陈友谅元气大伤，他当时所能调集的有生力量，几乎全被朱元璋给消灭了，在较短的时间内，他陈友谅已经很难再调集到一支比较大规模的军队了。也就是说，应天城外一战之后，朱元璋和陈友谅的攻守形势正好调了个个儿，轮到朱元璋集中兵力向陈友谅的地盘发动大规模的进攻了。

那张士诚虽然没有直接出兵配合陈友谅的军事行动，但在内心里也是期盼着朱元璋打败仗的。朱元璋要是吃了败仗，他张士诚就会毫不犹豫地向常州和镇江发动进攻，把应天城以东的地盘全部抢过来。然而，张士诚得到的消息却是，陈友谅不仅战败了，而且还败得很惨。这样一来，张士诚就只好老老实实地待在苏州城里，再也不敢轻举妄动了。

朱元璋经审问俘虏得知，陈友谅兵发太平的时候，几乎把安庆城内的守军都带走了。也就是说，安庆差不多是一座空城了。

于是，朱元璋命令徐达去攻取安庆。常遇春知道了也要随同徐达南下，因为他曾同朱元璋一起攻打过安庆，但没有攻下来。朱元璋劝阻常遇春道："攻取安庆当然是一件大事，但更大的事情还在后面。有二弟一个人南下便足够了。"

常遇春问还有什么"更大的事情"。朱元璋反问道："五弟想不想去攻打江州？"

江州是陈友谅的"都城"。常遇春赶紧道："我当然想。陈友谅敢来打应天，我们就应该去打他的江州！"

朱元璋笑着道："五弟既然想去打江州，那就老老实实地在应天待着吧。"

只不过，常遇春是不可能老老实实地待着的，他遵照朱元璋的吩咐，同周德兴、汤和等人一起，四方调集军队、筹措粮草，虽然没捞着南下攻打安庆，却也忙得不亦乐乎。看应天城内那副模样，朱元璋真的是在做攻打江州的准备了。

徐达带兵半天就拿下了空虚的安庆城。安庆拿下来了，徐达也要回应天向朱元璋交差了。临行前，徐达对赵仲中是千叮咛万嘱咐，因为安庆太重要了，陈友谅肯定会再攻打安庆。

徐达走了，但走了很远之后，徐达还朝着安庆的方向眺望，似乎他对赵仲中守安庆很是不放心。

几乎与徐达攻下安庆同一时间，朱元璋手下大将胡大海也成功地攻下了信州。没多久，陈友谅的浮梁（今江西省景德镇）守将于光投了朱元璋。就像连锁反应似的，陈友谅的袁州守将欧普祥也步了于光的后尘。

于光和欧普祥等人归降了朱元璋之后，朱元璋的势力就扩张到了江西的东北部。浮梁距江州不过三百里，加上已经沦入朱元璋之手的安庆城，陈友谅的"都城"江州已经受到朱元璋来自北面和东面的双重威胁了。尽管朱元璋暂时还没有对江州发起攻击，但待在江州"皇宫"里的陈友谅，其日子肯定是不好过的。

元至正二十一年（1361年）正月，朱元璋积极准备着对陈友谅大举用兵。

到了这一年的五月底，朱元璋做好了一切准备，要去攻打陈友谅的江州城了。可就在这时，驻守在池州城的俞通海派人回应天报告：安庆失守。

朱元璋大为震惊，安庆失守，就意味着从长江去攻打江州的道路又被陈友谅给堵上了。朱元璋马上派汤和前往池州去调查安庆失守的原因。不调查似乎还没有什么，一调查，朱元璋差点气破了肚皮。

原来，陈友谅见自己的"都城"江州东边和北边都受到了朱元璋的威胁，很是惊恐不安，但苦于兵力不足，一时无法在东边和北边同时和朱元璋的军队开战。权衡一下，朱元璋在江州东边的军队并不很强大，且距江州还有一段距离，一时不可能对江州发动多大的攻势。但北面就不一样了，朱元璋占了安庆，他在应天的大军就可以顺着长江一直开到江州城下。所以，陈友谅就决定，调集现有的军队，首先把安庆夺回来，堵住朱元璋南下的主要通道。

当时陈友谅在江州还有近八万军队，他把自己最得力的手下、任大"汉"知枢密院事兼太师的张定边召到身边道："朕给你四万人马和两百艘战船，你去把安庆夺回来，然后在江面上建立水寨，把长江封锁住。"

张定边身为陈友谅的亲信和大"汉"朝廷的重臣，自然知道江州的危险处境，于是欣然领了"圣旨"，率四万大军分乘两百艘战船，径向安庆开去。

再说朱元璋的安庆守将赵仲中，本来也算是个久经沙场的人，可自从做了行枢密院佥事之后，他就不再想奔波征战了，以为自己好歹也算得上是个"大人"了，理应留在应天城里公干。不想，这一回却被朱元璋派到了安庆来，心里自然不快活。

心里不快活了，就会表现在行动上。赵仲中自任安庆守将之后，几乎从来没有加固过安庆城防，只顾着吃喝玩乐了。

那张定边率着四万人马开到安庆城外的时候，是一个上午，当时赵仲中还没有起床。

赵仲中听说陈友谅的四万人马攻打过来了，他慌了，没敢抵抗，领着手下弃城逃到了池州。

朱元璋本来是想直接去攻打陈友谅的"都城"江州的，可安庆失守，他只能临时改变作战计划。他把徐达、周德兴、汤和、常遇春几个兄弟叫到身边道：

"先下安庆，再下江州！"

朱元璋决定亲自披挂出征，陈友谅敢跑到应天来向他朱元璋叫板，他朱元璋当然就可以跑到江州去还以颜色。

尽管，朱元璋把一切都准备好了，也有信心和能力让那陈友谅再吃一次苦头，但打仗毕竟不是儿戏，更何况，南下安庆南下江州有那么远的路程，而且陈友谅的整体实力还不容低估，这一次南下作战究竟要打到什么时候、打到什么地步，其实朱元璋也是说不清楚的。途中，会不会发生什么意外的事情，朱元璋同样拿不准。所以，出征前的那个晚上，独自就寝的朱元璋，翻来覆去，怎么也睡不着，他要考虑的问题实在太多了。

第二天，朱元璋率大军离开应天南下。大军整整十万人，包括徐达四兄弟及康茂才、廖永忠等大将，还有以刘基为首的一大帮军事参谋。应天城内一切事务，朱元璋交给了李善长。

不多日，朱元璋率大军抵达池州，驻守在池州的水军头领俞通海慌忙迎接。朱元璋对俞通海所说的第一句话是："你把陈友谅在安庆的兵力部署情况给我们详细地讲一讲。"可见，朱元璋对安庆，可以说是念念不忘了。甚至可以这样说，安庆成了朱元璋心中一个难以化解的结了。

俞通海不敢怠慢，把侦察到的情况一五一十地告诉了朱元璋等人："陈友谅在安庆的守将是他最得力的亲信张定边，张定边手下有四万人，两万人守城，两万人守水寨。俞通海特别强调说："张定边的水寨封锁了整个江面，水寨里配备着几十门火炮，有一次我去那儿侦察，差点被张定边的火炮击中。"

朱元璋问廖永忠道："我们这次来带了多少门火炮？"

廖永忠回答："能带的几乎都带了，一共是两百门。"

朱元璋微微一笑道："两百门对几十门，我们还是有优势的。"

在池州休整了两天，第三天，朱元璋亲率大军南征安庆。因为有了俞通海的加入，朱元璋的兵力就变得更加强大了。光军队人数，就增加到了十几万。

朱元璋的安庆一战，打得很是艰苦，也很漂亮。他先是阻断了张定边军的水陆呼应，又用炮火攻开了安庆城的大门，光是城内的巷战就持续了一天。朱元璋的几位弟兄在此役中异常英勇，不管是徐达、汤和还是常遇春、周德兴都完成了朱元璋交给他们的任务。

这一仗，朱元璋共消灭了陈友谅三万多人，包括几千个俘虏，而自己的损失却不到两万人。可以说，安庆一战的完全胜利，为朱元璋顺利进军江州打下了坚实的基础。

朱元璋在安庆城休整了三天，之后率六百多艘战船和十二万人马浩浩荡荡地离开了安庆，直向陈友谅的"都城"江州开去。为确保后方无虞，朱元璋把得力干将康茂才暂时留在了安庆。

在开往江州之前，朱元璋派人从陆路驰往江西东北部，一是通知占了信州的胡大海立即回浙东镇守婺州，以防不测；一是命令浮梁降将于光先行出兵逼向江州，以监视陈友谅的动静。

于光接到朱元璋的命令后，为了表现自己，立即纠集了一万多人西进，两天后到达鄱阳湖东岸，抢得一百多条战船，然后沿鄱阳湖北上，又两天，占领了鄱阳湖和长江的交汇处湖口镇。从湖口沿长江向西行进八十多里水路，便可到达江州。

有手下向于光建议道："等朱元璋的大军到达湖口后，再进军江州。"

于光言道："朱大人是命令我先去江州，我怎能在这里等待？"于是，于光就在湖口镇留下一千多人恭候朱元璋，自己率一百多艘战船继续开往江州。

于光的船队占领湖口镇的时候，朱元璋的大军已经抵达安徽南部的江边小城华阳。华阳距湖口约有二百里，不过，朱元璋的先锋廖永忠，则开到了复兴镇一带。复兴也是安徽南部的小城，距湖口不过八十里路。

于光当时虽然不知道朱元璋到了哪里，但他知道，要不了多久，朱元璋就会率大军到来。有朱元璋在后面撑腰，于光自然底气十足。在从湖口开往江州的水路上，于光大张旗鼓地打出了大"宋"的旗号。

再说陈友谅，整天躲在江州城的"皇宫"里战战兢兢的。张定边从安庆兵败归来，更加深了他的恐惧。本来，江州周围都是他的地盘，他应该能从各处抽调一些兵马入驻江州城的。可是，自他从应天打了败仗回来，许多地方的守将都对他阳奉阴违起来，嘴里答应派兵去江州"保驾"，却不派一兵一卒，或者只派少量兵马敷衍应付，更有些将领，干脆不买他陈友谅的账。故而，陈友谅忙活了好长时间，到张定边兵败回来的时候，江州城里才勉强地凑集了五六万兵马。

这天早晨，陈友谅刚一迈出宫门，迎面撞上匆匆而来的张定边。陈友谅言道："爱卿，你如此慌张，莫非是那朱元璋已经打到了江州？"

陈友谅本是随口问的一句话，谁知，张定边却回道："陛下，朱元璋真的打来了。"

陈友谅闻言大惊失色："爱卿，朱元璋怎么这么快就打到了这里？难道他会飞？"

张定边哭丧着脸言道："陛下，微臣也弄不明白是怎么回事，但据手下报告，江对岸确实发现了朱元璋的军队。"

江州位于长江南岸，所以陈友谅就跟着张定边急急忙忙地爬上了江州的北城墙。江州城对面，隔着长江，是一个叫小池口的小镇。站在江州的北城墙上，虽然不能看清小池口镇内的情况，却能把小池口的江岸看得明明白白：那里，停泊着一百多艘小战船，战船上确实打的是大"宋"旗号。

陈友谅小声嘀咕道："这恐怕是朱元璋的先头部队。"

张定边疑惑地道："朱元璋的先头部队也不会来得这么快呀！"

陈友谅吩咐张定边道："爱卿，你速派人过江去侦察，看看小池口那边到底是怎么回事。"

张定边马上言道："微臣早已派人过江了！"

就在这时，张定边派过江去的几个手下回来了。听完手下的报告，确切说，还没听完手下的报告，陈友谅就气炸了肺。你道为何？原来，占据小池口镇的，是陈友谅原来的浮梁守将于光。

陈友谅气急败坏地命令道："张定边，你赶快带人过江，在朱元璋到来之前，把于光这个大逆不道的叛徒消灭掉！"

张定边答应一声，慌忙跑下城墙，点起两万兵马和两百余艘大小战船，气势汹汹地扑向了江对岸。当时，陈友谅在江州的水军拢共只有三百多艘大小战船，张定边这一去，就把水军的战船带走了一多半。显然，张定边是想一口就把那于光吞下去。

于光从湖口开到江州附近时，考虑到朱元璋的大队人马还没来，自己只有一百多艘小战船和万余手下，如果公然开到江州江面上挑衅，那无疑是自取灭亡。于是，于光就带队开到江北，拿下了小池口，把小池口作为监视江州的据点。于光也考虑到了陈友谅会派兵来攻打他，所以就在小池口一带做好了防御的准备。他把一百多艘小战船用铁链拴在一起，固定在江边，作为第一道防线，把小池口镇作为第二道防线。第一道防线有五千人，一半是弓箭手一半是刀斧手；第二道防线有六千人，几乎全是长枪兵。看于光这架势，是想坚守小池口决不后退一步，而实际上于光也正是这么想的。他不久前才归降朱元璋，还没立过什么功，他要在小池口证明一下给朱元璋看：他于光并不是个孬种。还有一点于光也考虑到了，那就是，只要他能在小池口坚守三两天，朱元璋的大军肯定会赶到。

张定边当然不会知道于光的想法，他是奉"皇上"旨意来消灭于光这个叛徒的。因此，他带着两万人乘船过了江心之后，就迫不及待地朝着于光的第一道防线发动了进攻。

张定边的两百多艘战船中，有几十艘能载千人以上的大战船，这些大战船上还都架着数量不等的火炮。然而，张定边费力地攻了一上午，却未能突破于光的第一道防线。

下午的时候，张定边改变了进攻的策略。他一边加强对于光第一道防线的攻势，一边派出一万人登岸，想绕到小池口镇和于光的第一道防线之间，来个里外夹击，一举摧毁于光的第一道防线，然后再去攻打小池口镇。

张定边的这一意图被于光发觉了。于光想，在这种情况下若是还要保住第一道防线的话，就只能从镇里派兵去救援。然而镇里一共只有六千人，就是全部派出去，也未必能保住第一道防线。更主要的，如果军队全部开到镇外的话，那就只能同张定边硬拼了，而自己人少，张定边人多，这样硬拼的结果可想而知。于是于光决定，主动放弃第一道防线，把第一道防线所剩的官兵都撤到镇里来，利用镇里的有利地形和张定边周旋，只要周旋到天黑，要打要跑就都方便多了。

于光的第一道防线上还剩下不到两千人，这些人接到于光撤退的命令后，赶紧掉头朝小池口镇跑。幸亏跑得及时，跑得慢一点儿的话，就被张定边上岸的部队给截住了。

占领了于光的第一道防线，张定边很是得意，他把手下几个高级将领召到一起道："叛徒于光已经顶不住了，你们再加把劲儿，天黑前拿下小池口！"

然而又出乎张定边意料的是，他的两个战斗梯队轮番向小池口攻了十多次，也未能达到预期的效果。原因是，那于光在小池口镇周围挖了许多陷阱。陷阱虽不是很大，但里面布满了削得尖尖的木桩，人只要掉下去，十者九死一伤。尽管一个陷阱并不能陷进去多少人，但陷进去之后所呈现出来的惨象，足以令人胆战心惊。而于光的那些陷阱布置得还十分巧妙，肉眼根本看不出来。因此，张定边的军队在向小池口发动进攻的时候，只能小心翼翼又磨磨蹭蹭的，谁也不想让那些尖木桩戳断了自己的肠子。故而，张定边的军队虽然向小池口镇发动了十多次进攻，但真正攻到镇里去的次数，也实在是有限。勉强地攻到镇里去了，又被于光给打了出来。

这样，从下午到黄昏，又从黄昏到傍晚，那于光依然坚守在小池口镇里。张定边虽然心急如焚，但一时也没有什么好办法。眼见得天就要黑了，如果战船出了什么意外，那就回不到江南了。于是张定边决定暂时收兵，待明天早晨再来继续攻打。

张定边撤回了江南，于光不觉松了口气。但于光也只是松了一口气，就再也不敢松第二口气了。因为，虽然打退了张定边一天的进攻，小池口镇周围的陷阱却差不多都暴露了。如果张定边明天再来攻打，他于光就无险可守了。看来，自己原先想在这里坚守三两天的想法是不现实的。这样一来，于光就不能不考虑自己的退路了。在考虑退路的同时，于光还这样想："如果朱元璋的大军能在今天晚上赶到这里，那该有多好啊。"

于光没能盼到朱元璋，却盼到了廖永忠。于光正在小池口镇外裹着夜色焦急不安地踱步呢，一个手下匆匆跑来报告道："朱大人手下大将廖永忠来了。"

于光闻言大喜，慌忙跑去迎接廖永忠。廖永忠正站在江边，随廖永忠一起来的，还有两艘不大不小的战船。于光和廖永忠不熟悉，于是廖永忠就自我介绍道："我是朱元璋大人南征江州的先锋官，于将军和张定边的战斗虽然我没有看到，但张定边撤回江南时，却被我的侦察兵发现了。"

于光紧紧握着廖永忠的手道："廖将军，你要是再不赶到，于某明天就不知道怎么办了。"

于光热情地邀请廖永忠到镇里去叙谈。廖永忠道："我的船队停在几里路外，我马上还要赶回去。我们就在这里把事情安排妥当就可以了。"

于光点点头，然后把自己的想法说了出来："我估计张定边明天还要来攻打我，我只有八千多人，实难抵挡得住，所以我想请廖将军把你的人马带过来，与于某一起防守小池口，等待朱大人的到来。"

廖永忠没有直接回答于光，而是问道："于将军，你估计那张定边明天会带多少人过江？"

于光沉吟道："我就剩下这么多人了，我估计张定边明天过江顶多带两万人。"

廖永忠言道："这样的话，我的部队就没有必要马上开到小池口来了。"

于光急道："廖将军，你的部队不开过来，我顶多只能守两个时辰。"

廖永忠笑道："你只要守一个时辰就可以了。一个时辰之内，我的船队保证开到这江面上。"

于光不明白廖永忠的意思，廖永忠解释道："张定边来攻你了，你就在小池口镇里守着，然后我带人从水路包抄过来。你有八千多人，我有一万五千多人，虽然不一定能将张定边击溃，但张定边带到江北的军队，是肯定回不到江南了。这样，等朱大人来攻打江州的时候，就少了一分阻力。"

于光马上言道："廖将军，你和我夹击张定边确实是个好主意，但问题是，我们在这边打起来了，那陈友谅是不会坐视不救的，他肯定要派兵过江支援张定边……"

廖永忠微微一笑道："我就等着陈友谅派兵过江呢。他派的兵越多，江州城内就越空虚，到明天中午，朱大人的大军开到这里，一切便都解决了。"

于光惊喜地问道："朱大人明天中午就可到达这里？"

廖永忠言道："问题的关键在于，如果明天陈友谅真的派军队过江来支援张定边，你和我是否可以坚持到中午。"

于光赶紧道："廖将军放心，只要我还有一口气，我就坚守在小池口镇内，死死地拖住张定边和陈友谅的援军。"

廖永忠笑道："于将军这么说，我廖某也放心了！"

　　又叙谈了几句，廖永忠就和于光分手了。分手前，廖永忠把特地带来的二十门火炮留给了于光，还丢下一百多名炮兵给于光指挥。

　　却说张定边撤回江州之后，总感到脸上无光，花费了一整天工夫，竟然没有消灭于光，甚至都没能把于光打跑。好在陈友谅不仅没有责备他，反而安慰他道："爱卿切莫灰心丧气，胜败乃兵家常事。今日未能消灭叛贼，明日再把叛贼消灭了也不迟。"

　　得到"皇帝"的安慰，张定边顿感轻松不少。辗转反侧地睡了一夜，第二天，天刚蒙蒙亮，他就又率兵向江北开去。陈友谅嘱咐他多带些人马，他却只带了一万五千人和一百五十多艘战船。

　　开到江北之后，天才刚刚大亮。除留下千余人守战船之外，其余的官兵全被张定边驱赶上了岸。张定边气势汹汹地对手下言道："如果今天再拿不下小池口，你们就跟着我一起跳到长江里去！"

　　张定边带着一万四千人张牙舞爪地扑向了小池口镇。因为陷阱大多已经暴露，所以张定边扑的速度很快。他是从南边逼向小池口的，来到小池口的边上，镇内竟然毫无动静。一手下疑惑地对张定边道："大人，莫非叛贼已经从镇里撤走了？"

　　张定边大手一摆："不管他，冲进镇里再说！"

　　张定边的军队就开始向镇里冲，突然，"轰隆隆"一阵乱响，二十发炮弹在张定边的军队里开了花。虽然炮弹并没有炸死多少人，却把张定边的官兵吓得不轻。"呼啦啦"，张定边的军队一下子后退老远，跑得快的，差不多又退到江边了。

　　一名手下慌慌张张地问张定边道："大人，叛贼于光怎么有了火炮？"

　　张定边当然也弄不清这是怎么回事，他最担心的，是怕于光有了援兵。如果就这么撤回去的话，又实在不甘心，他可是在陈友谅的面前说过大话的。紧张地思索了片刻，他招来两个手下吩咐道："你们一人带上四千人，分别从东西两面向小池口发动攻击。如果叛贼于光确实有了大批援兵，你们就赶紧撤到江边。"

　　两个手下领命而去。半个时辰过后，两个手下先后回来报告："镇内并没有什么援兵，也没有发现火炮。"

　　张定边笑道："定是那于光早就有了火炮，昨天不拿出来，今天拿出来想吓唬我，我张大人是那么好吓唬的吗？"

　　笑过之后，张定边立即命令那两个手下："全力进攻，把叛贼于光消灭掉！"

　　因为小池口的南边有火炮，所以张定边就把大部分兵力集中在小池口的东西两面，自己则带着几千人在小池口南边防御，怕于光弃镇冲向江边夺取他的战船。

就在这时，留守战船的一个部将跑来向张定边报告道："从东边江面上开过来一支船队，大约有两百艘战船。"

张定边一惊，连忙问道："是谁人的部队？"

部将回道："不清楚，但战船上打的是我们大汉的旗号。"

张定边不觉"哦"了一声，原来是自己人，又吩咐那个部将道："这支军队可能是来江州护驾的，你去告诉他们，叫他们直接开到江州去，我这里不需要他们。"

那部将匆匆地跑向江边了。张定边叫过两个手下道："你们去东西两边看看，我们的人是否已经打进了镇里。"

两个手下很快地跑开，又很快地跑了回来。可是，两个手下刚要向张定边汇报东西两边的战事，张定边却率先听到了一种不祥的声音。那是一阵炮声，炮声不是来自镇里，而是来自江边。原先打着"汉"旗号的那两百来艘战船，已经开到江边，正在向他留在江边的那一百五十多艘战船开炮。透过弥漫的硝烟，张定边发现，那支船队原先的大"汉"旗号不见了，代之而出的是大"宋"旗号，而且有两面大战旗非常醒目，一面大战旗上飘着一个斗大的"朱"字，另一面大战旗上扬着一个斗大的"廖"字。这自然就是廖永忠的船队了。

廖永忠一开始打出大"汉"旗号，是为了迷惑张定边。如果廖永忠不这么做，恐怕他的船队还没开到小池口，那张定边就带着手下乘船溜了。

这下好了，廖永忠的船队将张定边留在江边的一百五十多艘战船团团围住，几十门火炮猛轰了一通之后，廖永忠的军队就冲上了张定边的战船。张定边的战船上只有千余人，根本就谈不上什么抵抗，只片刻工夫，千余人就死伤殆尽，剩着几个命大的，屁滚尿流地逃到岸上，去找张定边诉苦去了。廖永忠当然不会善罢甘休，亲自带着一万人冲上江岸，直向张定边杀去。吓得张定边也顾不上三七二十一了，领着手下就朝着西北方向逃去。正在攻打小池口镇的张定边的军队，听说朱元镇的军队从江里打上岸了，马上停止进攻，慌不择路地四散逃去。那于光来劲儿了，率着手下四处追杀逃兵，追杀了好一阵子，才恋恋不舍地回来与廖永忠会合。

于光问廖永忠道："张定边被我们打跑了，我们现在应该做些什么？"

廖永忠看了看江面然后言道："我们要做两件事情，一件事情是密切监视陈友谅的动静，另一件事情是准备同陈友谅的援兵开战。"

于光点点头，接着又问道："廖将军，朱大人什么时候能开到这里？"廖永忠回道："我估计顶多两个时辰之后，朱大人就要来了。"

于光笑道："这样的话，就是陈友谅把江州城里的所有兵马都开到江北来，我于光也不会害怕！"

是呀，有朱元璋在后面撑腰，世上还有什么可怕的事？忽然，一手下匆匆赶来报告，说是打江州方向开出几十艘战船，正朝着小池口西面驶去。

于光问廖永忠这是怎么回事，廖永忠道："陈友谅是想把张定边接到江州去。"

于光又问廖永忠该怎么办，廖永忠回道："我先带人去截住那几个艘战船，如果陈友谅再派兵去攻打我，你就带上所有的弟兄和战船去支援我。"

于光点头道："我明白。我们要把陈友谅的军队拖在江面上，等着朱大人来一网打尽。"

廖永忠带着一百艘战船及一万名手下去拦截陈友谅渡江的那几十艘战船了。廖永忠刚走，于光就命令剩下的所有官兵全部上船，做好随时出发的准备。当时，于光的身边还有一万多人和近两百艘战船。这些战船，有一半都是从张定边手里缴获的。

手下向于光报告，从江州一带又开出两百艘战船，向廖永忠开去的方向开去。于光即刻命令道："马上去支援廖将军！"

一个时辰左右，于光的船队开到了廖永忠的附近，廖永忠正在同两百多艘敌船苦战。于光冲着手下吼叫道："弟兄们，冲过去，奋勇杀敌，朱大人马上就赶到了！"

陈友谅出动了他当时在江州的几乎所有水军：两百多艘战船，两万多官兵，加上张定边逃回来的近万人军队，陈友谅当时在江面上的兵力达到三万多人。而廖永忠和于光，虽然战船数量占优势，但兵力不足，所以在江面上近距离地拼杀，很是吃力，不少战船，没费多大工夫就被敌人夺去了。好在廖永忠和于光都无所畏惧，因为他们知道，要不了多久，朱元璋的大军就会从天而降。

"从天而降"虽然不可能，但朱元璋确实在中午时分开到了江州一带。闻听江州西边的江面上正在进行大战，朱元璋就高兴地对刘基道："看来廖永忠和于光两个人干得不错啊！"

刘基笑道："陈友谅把那么多的军队都开到江面上，江州城岂不是空了？"

朱元璋当即下令：俞通海率三百艘战船及三万兵马去支援廖永忠、于光；徐达、周德兴、汤和、常遇春率六万人马登长江南岸，向江州城逼近；他自己则端坐在船头，和刘基等近万名官兵及近百艘战船漂在江面上。

朱元璋笑问刘基道："你估计，那陈友谅现在会想些什么？"

刘基微微地抖动了一下胡须道："我估计，陈友谅现在只能想着一件事情，那就是，赶紧逃跑！"

刘基估计得没错，但也不是全对。陈友谅确实有了逃跑的念头，却并没有

"赶紧"逃跑。徐达等人率军向江州城下逼近的时候，他正颤抖着身体站在北城墙上四处张望。见守城无望，再加上张定边的劝说，他慌慌地打开江州西门，带着儿子陈理和善儿（善儿被陈友谅立为"太子"）及张定边等一干亲信大臣，惊慌失措地逃往湖北武昌。

陈友谅一逃，江州城内就乱了套，廖永忠、俞通海、于光等人击溃了陈友谅的水军之后，赶到岸上与徐达等人会合。在徐达统一指挥下，十万大军将江州城围了个严丝合缝，连一只苍蝇都飞不出来。只用了一个下午时间，徐达就拿下了江州城。然后，朱元璋、刘基等人气宇轩昂地踏入了江州。

攻下江州，朱元璋着实春风得意。不过朱元璋不是那种容易被胜利冲昏头脑的人，他立刻就冷静了下来。他很清楚，尽管陈友谅连吃败仗，但陈友谅依然拥有不小的地盘，如果陈友谅把他散布在各地的军队都集中起来，那也是足以让人生畏的。因此朱元璋和刘基商定，趁现在形势一片大好，陈友谅在各地的守将大都人心惶惶的时机，分兵出击，争取在较短的时间内把陈友谅的地盘最大限度地抢到手。

于是，在江州休整了一段时间后，朱元璋命令周德兴、常遇春等人领兵五万，渡江北上，向湖北南部发动进攻。同时，朱元璋又命令徐达、廖永忠等人领水、步军五万，南下鄱阳湖，向江西腹地挺进。

朱元璋的南北两路人马进展得都十分顺利。先说北路，周德兴、常遇春是八月下旬过江的，从八月到十一月，三个来月的时间，他们连下湖北南境的蕲州、黄州、黄梅和广济等州县，对陈友谅的"新都城"武昌形成了直接的威胁。要知道，黄州（今湖北省黄冈市）距武昌的直线距离不过一百多里。若不是抢占地盘太快太多，兵力实在不够用，周德兴和常遇春等人恐怕就要对武昌发动进攻了。

徐达、廖永忠的南路兵马进展得就更为迅速。他们也是八月下旬离开江州南下，先是拿下了距江州八九十里路的鄱阳湖西岸的小城南康（今江西省庐山市），然后横扫整个鄱阳湖。一个多月时间，向南推进了数百里。接着他们兵分两路，一路由廖永忠率领，沿赣江向南推进；一路由徐达率领，在鄱阳湖南端登岸，然后向西南开进。两路人马于十一月中旬同时逼近江西腹地最重要的城市洪都（今江西省南昌市）。洪都是当时陈友谅"汉"政权的江西行省衙门所在地，驻在洪都的是陈友谅的江西行省丞相胡廷瑞。胡廷瑞见徐达、廖永忠大兵压境，很是紧张。经过再三斟酌，胡廷瑞于十二月中旬主动向朱元璋投降。胡廷瑞这一投降影响可就大了，江西中部和南部的州县，纷纷向朱元璋举起了白旗。朱元璋打下江州之后数月间，江西全境和湖北南境，统统归了朱元璋。考虑到洪都城在整个江西境内的重要性，朱元璋便把自己唯一的侄儿朱文正调到洪都任大都督，节制江西和湖北南境的军事。只是当时朱文正尚在应天，一时未能到洪都赴任。

攻克江州之后，刘基、汤和等人劝朱元璋搬进陈友谅的"皇宫"里住。朱元璋却道："陈友谅鼠目寸光，天下大局未定，他就妄称皇帝，我怎么能住在他住过的地方？"

于是朱元璋就在"皇宫"旁边找了一个地方居住。住进江州城之后，朱元璋天天都和刘基在一起。准确点说，除了睡觉，朱元璋几乎时时刻刻都和刘基在一起。同陈友谅开战，许多军事部署，朱元璋都要征询刘基的意见。时间长了，朱元璋对刘基自然而然地产生了一种依赖感。

刘基的老母亲在青田去世，刘基是大孝子，自然要回浙江奔丧。朱元璋虽然舍不得刘基走，却也不好阻拦，只是叮嘱刘基早去早回。刘基走前对朱元璋道："一定要把陈友谅彻底打垮，然后才能去考虑东边的战事。"朱元璋郑重地答应了。

刘基离开了，朱元璋有一种很浓的失落感。加上陈友谅的江西行省丞相胡廷瑞又投降了，朱元璋以为江西一带大局已定，便萌发了回应天的念头。正好徐达等人相继返回江州，朱元璋便命令徐达、常遇春为正副元帅，在江州一带集结兵马，准备去攻打陈友谅新的老窝武昌，然后自己带着周德兴、汤和、廖永忠及降将胡廷瑞等人，踏上了返回应天的路。

朱元璋是在元至正二十二年（1362年）初回到应天的。占了江西全境和湖北南境之后，朱元璋的地盘空前扩大，而陈友谅的地盘却日渐缩小。论实力，朱元璋已经完全能够将陈友谅彻底打垮了。就是同时再与张士诚开战，朱元璋也能够从容应付。

按理说，这一年应该是朱元璋最为春风得意的一年。然而事实是，在朱元璋通往皇帝的道路上，这一年却是最为坎坷的一年，这就是天有不测风云。

【第七回】

平兵变重八施计，守洪都邓愈制敌

元至正二十二年（1362年）年初，朱元璋回到了应天。这时，天下的局势已经发生了重大的改变。

首先是"宋"皇帝小明王和刘福通遭到了元军的重创，"宋"都汴梁失守被元军占领，刘福通和小明王退缩到了安丰，不再敢出来，手下的红巾军所剩不多；其次是元军把注意力转向了朱元璋。这样，朱元璋不但不可能去全力对付陈友谅，也不可能东进攻伐张士诚了，现在首要问题是如何对付元军的围攻。

朱元璋得到这个消息后大为震惊，也很是有点恐慌。他对着李善长发问道："刘福通的军队怎么这么不经打？我还没有把陈友谅打败呢，他怎么就被元兵打败了呢？"

朱元璋的这个问题，李善长自然无从回答。李善长只是这样说道："我们还是尽快地想出一个应对之策吧。"

刘基不在身边，朱元璋就少了一个参谋。但即使刘基当时在应天，恐也想不出什么好计策来。察罕帖木儿的元军已经南下了，东边是虎视眈眈的张士诚，西南边是尚有余力挣扎反抗的陈友谅，三面受敌，就算刘基是天底下最有能耐的战略家，也不会有什么回天之术。

朱元璋不怕陈友谅，也不怕张士诚，但着实惧怕察罕帖木儿的元军。元军有数十万之众，打到应天来了，朱元璋拿什么去抵挡？

如果朱元璋把自己所有的兵力都集中起来，也可以同察罕帖木儿一战。但朱元璋不会这么做。这么做了，几年来好不容易抢占到的地盘就又会被陈友谅和张士诚重新夺去。失去了地盘，朱元璋便失去了一切。

就在这关键时候，那李善长为朱元璋出了一个主意。李善长对朱元璋道："我们可以向察罕帖木儿投降。"

朱元璋立即就明白了李善长的意思，投降是假，缓兵之计是真。只要察罕帖木儿同意了朱元璋的请降，那朱元璋就至少可以获得以下两大好处：一、元军不会再来攻打应天了，张士诚也不会对应天有什么图谋，因为张士诚早已投靠了元廷；二、"投降"元廷之后，朱元璋就可以堂而皇之地打着元廷的旗号，继续他对陈友谅的军事行动。消灭了陈友谅之后，再回过头来迅速地打垮张士诚。待打垮张士诚之后，朱元璋就不会惧怕那个察罕帖木儿了。

不过话又说回来，投降元廷毕竟不是一件什么光彩的事。所以，朱元璋和李善长虽然决定了要"投降"察罕帖木儿，但也没敢声张，而是极其秘密地做着有关准备。

李善长为朱元璋写了一封"请降书"，其言辞诚恳委婉，足以让人动容。朱元璋立即派亲信手下北上，将这封"请降书"送到了察罕帖木儿的手中。这以后，朱元璋就一心一意地等候着察罕帖木儿的回音了。

让朱元璋有些不解的是，察罕帖木儿好长时间都没有回音，而且，朱元璋派去送信的手下也没有回来。只不过，元军向应天进军的步伐，暂时停止了。

很快，朱元璋就得到这么一个消息：那察罕帖木儿被手下田丰、王士诚等人刺死，其兵权由养子扩廓帖木儿继承。

经与李善长商量，朱元璋决定再"投降"一回。于是李善长又写了一封"请降书"，其措辞比上一回的"请降书"更为委婉诚挚。朱元璋派人将它送到了扩廓帖木儿的手中。

这一次，扩廓帖木儿的回音马上就传到了应天。说得准确点，也不是什么"回音"，而是扩廓帖木儿派了三个使者到应天来直接与朱元璋洽谈"投降"事宜。

这三个使者的来头都不小，为首的叫张昶，是元廷的户部尚书，另外两个人分别是郎中马合谋和张琏。张昶等人给朱元璋带来了御酒、八宝顶帽以及任命朱元璋为荣禄大夫、江西等处行中书省平章政事的诏书。显然，招降朱元璋，不仅仅是扩廓帖木儿的主意，更是元顺帝的决定。

张昶一行三人到达应天后，受到了朱元璋的热情款待。照这种情形发展下去的话，朱元璋是极有可能戴上元顺帝所赐的那八宝顶帽的，尽管这一切并非朱元璋真心所愿。

然而，朱元璋最终并没有戴上那八宝顶帽。原因是，元廷内部的钩心斗角再一次成全了朱元璋：握有兵权的扩廓帖木儿和另一位握有兵权的元廷大将孛罗帖木儿互相打了起来。

这可不是一般的争权夺利，扩廓帖木儿和孛罗帖木儿的几十万大军绞缠在一起，打得昏天黑地、不可开交。元顺帝几次下诏调停，也无济于事。也就是说，元军主力忙于内战，已经没有时间、没有力量再南下应天了。

实际上，扩廓帖木儿和孛罗帖木儿的这次内战，使元廷的军事实力消耗殆尽了。从此，元军差不多已经无力再向朱元璋发动致命的进攻了。

朱元璋笑问李善长道："李先生，我们现在还要向元投降吗？"

李善长认真地回道："该投降时就要投降，不该投降时决不投降！"

于是，朱元璋就在应天城里召开了一次文武官员大会。会上，朱元璋声如洪钟地言道："嚣张的元兵，竟然派了几个人到这里来劝我投降，你们说，我朱元璋能投降吗？"

以周德兴、汤和为代表的一批文官武将立即高叫道："不能投降！决不能投降！"

朱元璋慷慨激昂地言道："我朱元璋领着弟兄们起事，目的就是要彻底打垮元兵。那元兵不知好歹，竟然敢派人来劝我投降，这不是天底下最大的笑话吗？"

朱元璋当即下令：把元廷派来的户部尚书张昶等一行三人即刻处死，并悬头示众。

三颗人头高高地悬挂在了应天城的城门楼上。这一举动，表明了朱元璋要与元廷斗争到底的坚强信念，无疑受到了广大汉人的支持和赞扬。

只是李善长多少有些遗憾，他找到朱元璋道："大人，那张昶是元朝的户部尚书，对宫廷里的各种典章制度十分熟悉，大人以后做了皇帝，是能够用得着像张昶这样的人的……"

李善长的意思是，元廷派来的其他两个人可以杀，但张昶却应该留下后用。朱元璋淡淡一笑道："李先生可知道中书省衙门里刚刚添了一个都事？"

李善长摇头道："李某近来琐事太多，并不知道衙门里多了一个中书省都事……大人此时提起此事有何意义？"

朱元璋言道："衙门里的大小官员都归你李先生管辖，现在多了一个都事，你自然应该认识一下的。"

朱元璋随即派人叫那个新上任的中书省都事来参见李善长。李善长一时有些糊里糊涂。可等那个"中书省都事"来到李善长的面前时，李善长恍然大悟，这个新添的中书省都事不是别人，正是那个张昶。原来，朱元璋为张昶找了一个替死鬼，却暗暗地把张昶留了下来。

李善长不禁感慨道："大人这般求贤若渴，李某真是佩服得五体投地。"

朱元璋"哈哈"一笑道："李先生太夸奖我朱某了。我并不懂得什么求贤若渴，但我知道，只要是有本事的人，我就一定要想方设法把他留在身边。"

不管怎么说吧，在元朝统治者的"帮助"下，朱元璋的北方威胁总算是解除了。按理说，朱元璋可以安安稳稳地去同陈友谅开战了。可就在这关口，朱元璋的"后院"却突然起火，而且这火还一把接着一把地燃烧，把朱元璋烧得焦头烂额。

朱元璋的"后院"突然起火，与北方形势的发展变化密切相关。短短几年内，朱元璋在北方刘福通红巾军的庇护下，地盘日渐扩大，许多原来元廷的将领，摇身一变，都成了朱元璋的手下。朱元璋的"后院"起火，问题就出在这些元廷降将身上。

在许许多多的元廷降将中，有不少人是真心归顺朱元璋的，比如朱元璋的水军大将康茂才，对朱元璋可以说是忠心不二，也立下了赫赫战功。但同时也有不少降将，本无心归顺朱元璋，只是迫于朱元璋强大的军事压力，才假意向朱元璋投降。这些人，只要形势一发生变化，他们就会蠢蠢欲动。而刘福通北方红巾军的溃败，正好成了这些人蠢蠢欲动的契机。他们以为，刘福通败了，朱元璋也就快要完了，于是他们就一个接着一个地露出了真实的面目，开始向朱元璋发难。

先是婺州的守将蒋英、刘震反叛，杀了朱元璋的心腹胡大海，继而是处州的李贺又背叛了朱元璋，再下来是衢州的夏毅也反了。这样一来，徐达、常遇春两名大将不得不率军到处救火，今天去夺回处州，明天又要去平叛衢州，最后虽然是杀了叛将，夺回了失城，但也费了不少时间，耽误了剿杀穷寇陈友谅的最佳时机，给了陈友谅喘息、调整的时间。

徐达夺回洪都后，接到了朱元璋召他速回应天的指令。北方的军事形势又发生了重大变化。元军攻下了刘福通在山东的最后一个据点益都后，自己跟自己打了起来，这一打，元军就没有什么余力去攻打刘福通的"都城"安丰了。

元军虽然没有什么力量了，但元顺帝却还有力量让他的"圣旨"满天飞。这一天，不知怎么搞的，元顺帝的"圣旨"就飞到了那个张士诚的手里。元顺帝在"圣旨"中命令张士诚速速派兵去攻打安丰。张士诚马上就依"旨"而行，从各处调集兵马，做着攻打安丰的准备。

张士诚这一回为什么会这么听从元顺帝的话？他虽然归顺了元廷，但那只是表面上的，实际上，他根本就不买元廷的账，元顺帝也休想随意差遣他。过去都如此了，现在元军自己跟自己打得焦头烂额，张士诚就更没有理由听从元顺帝的号令了。

然而事实是，张士诚这一回真的调集了一支大军，共十万人，派手下最得力的大将吕珍做统帅，去攻打刘福通盘踞的安丰城。

实际上，即使元顺帝没有发下那么一道"圣旨"，张士诚也在做着去攻打安丰的准备。原因是，安丰城就像是一根鱼刺卡在张士诚的喉咙里，使得他连咽口唾沫都感到非常难受。

安丰城在江苏的中部、高邮湖的北面，距离高邮湖不过一百多里。高邮湖一带是张士诚的地盘，刘福通占了安丰，就等于是堵住了张士诚北进的通道。所以，打刘福通从汴梁退到安丰的那天起，张士诚就想派兵去攻打了，只是担心去攻打安丰会引起与朱元璋的全面战争，张士诚才迟迟没有行动。

现在好了，朱元璋的降将一个跟着一个地发动叛乱，张士诚的胆子就大了起来。胆子大了，过去不敢做的事情自然也就敢做了。所以这才有了张士信领兵十万南下进攻诸全州和吕珍领兵十万北上去攻击安丰的事。只不过，张士诚南攻诸全仓皇而归，吕珍北攻安丰又会如何？真要说起来，张士诚的心里面其实也是没底的。

张士诚的心里没底儿，那刘福通的心里面就更没有底儿。安丰城内只有数万兵马，而且还大都是残兵败将，虽然一时间安丰城还算是安全的，但刘福通也只是在苟延残喘。闻听张士诚的十万大军已经向安丰开来，刘福通慌了，急忙派人去应天，叫朱元璋发兵安丰护"驾"。朱元璋就是在这种情况下调徐达、常遇春回应天的。

朱元璋调徐达、常遇春回应天，显然是想发兵去安丰。同意朱元璋这种决定的人不少，但不同意的人更多。李善长就是不同意的人当中的一个，只是苦于朱元璋已经决定了的事情别人很难轻易地改变，所以李善长就在期盼着那刘基能早一点儿从浙江回到应天。李善长以为，也许只有刘基才能够说服朱元璋。因为自刘基来了之后，朱元璋对刘基几乎是言听计从。

徐达、常遇春回到了应天，可刘基还是不见踪影。眼看着朱元璋就要发兵安丰了，李善长真是心急如焚。然而就在这当口，应天城内发生了一起变故。

朱元璋本来决定，派徐达、常遇春和邵荣这三个最善于打仗的人领兵十五万去救援安丰。因为邵荣平定了浙东降将叛乱后早早地回到了应天，所以朱元璋就把调集组织救援安丰的兵马的任务交给了邵荣。邵荣很卖力，不但在规定的时间内调集了十五万兵马，而且组织了一个大规模的阅兵式，请朱元璋前去阅兵。

变故就发生在阅兵的那天。阅兵的时间定在下午。上午的时候，徐达和常遇春走进了应天城。朱元璋叫他们好好地休息一下，下午跟他一起去阅兵。可就在中午的时候，汤和慌慌张张地跑来告诉朱元璋："邵荣准备在朱元璋阅兵的时候搞兵变，兵变的重要内容之一便是杀死朱元璋。"

朱元璋听了汤和的话后当然极度震惊，但同时也很是不相信。不相信的理由有两点，一是邵荣与朱元璋已经共事多年，朱元璋在濠州城做郭子兴的亲兵九夫长的时候，邵荣是朱元璋手下的一名亲兵。后来，朱元璋离开濠州独自发展，邵荣是紧紧跟在朱元璋的身边的。可以这么说，邵荣和朱元璋的关系，与朱元璋同徐达等人的关系，也实在是差不了多少。这样的一个邵荣，怎么会生起谋害朱元璋的念头？

第二点，朱元璋对邵荣并不薄。邵荣当时位居"行中书省平章政事"，这个官，在应天城内，仅次于朱元璋的"行中书省左丞相"，比徐达、常遇春等人的官位都要高。邵荣既有了这么高的官位，为什么还要对朱元璋图谋不轨？如果汤和的情报属实的话，那只能有一种解释，那就是，邵荣有野心，想取朱元璋而代之，成为应天城内说一不二的人物。

叫朱元璋多少有些失望的是，汤和的情报的确属实，是邵荣的一个手下向汤和密报的。据邵荣的那个手下称，邵荣和他的一帮亲信早就想对朱元璋下毒手了。那些亲信们三番五次地鼓动邵荣暗害朱元璋，但邵荣没有同意。

许是还惦记与朱元璋共事多年的情谊吧，邵荣这样对他的得力干将赵继祖道："我们不必干偷鸡摸狗的事，要干掉朱元璋，就光明正大地干！"

赵继祖当时任中书参政，论官位，他和常遇春一样高。他对邵荣这种"君子"作风很是不满，但又无奈，只得同邵荣一起设计了这次"阅兵"阴谋。

阴谋是这样的：在邵荣的中军大帐内埋下伏兵，待朱元璋站在大帐前阅兵的时候，以邵荣摔杯为号，伏兵冲出擒住朱元璋，然后邵荣当着众官兵的面宣告朱元璋的罪状，最后把朱元璋处死。

邵荣要发动兵变的消息，徐达、周德兴、常遇春及李善长等人很快就知道了。其实也就这么几个人知道，绝大多数的人都还蒙在鼓里。常遇春愤愤地对朱元璋等人道："邵荣太不知好歹了，竟然敢谋害大哥，这样的人还留他何用？"

按常遇春的意思，应该马上就去把邵荣和赵继祖抓起来处死。周德兴和汤和跟在常遇春的后面附和。徐达却静静地言道："邵荣和赵继祖犯上作乱，自然要严加惩处。但我以为，现在最紧迫的事情，恐怕还是大哥下午要不要去那儿阅兵。"

汤和即刻言道："二哥，你是不是打仗打糊涂了？邵荣和赵继祖在那儿埋下伏兵，大哥岂能眼睁睁地往死路上走？"

朱元璋言道："四弟没能听明白二弟的意思。那些军队，是我用来去救援安丰的，我去阅兵，是为了鼓舞弟兄们的士气，如果我不去，弟兄们就肯定会有这样那样的看法。"

李善长一旁言道："朱大人说得是。如果大人真想发兵安丰，那这阅兵就不可以不去。不过，如果大人并非诚心想发兵安丰，则又另当别论。"

显然，李善长是借"阅兵"一事再次婉劝朱元璋不要去救援刘福通和小明王。朱元璋轻声地道："发兵安丰，我已经作出决定，所以，阅兵一事，当然就不会取消。"

周德兴皱眉道："大哥，明知阅兵是个圈套，你还要硬往里钻，这是不是……太傻了？"

徐达言道："三弟多虑了。能用圈套套住猎物的，应该是好猎手，但邵荣不是这样的猎手，大哥更不是什么轻易就能让人套住的猎物。"

朱元璋不禁笑道："二弟这种说法通俗，我很爱听。阅兵的时间地点，我都不想改变。"朱元璋接着便作出了决定：下午按原计划阅兵，晚上处理邵荣和赵继祖的事情，明天上午发兵安丰。见朱元璋主意已定，李善长只得深深地叹了一口气。

下午，朱元璋在徐达等文武官员的陪同下，雄赳赳气昂昂地走出了应天城，向预定的阅兵场走去。刚出应天城，那邵荣和赵继祖等人就赶来迎接。见徐达、常遇春一左一右地护卫着朱元璋，邵荣和赵继祖都不觉一怔。因为，徐达和常遇春上午返回应天城，邵、赵二人都不知道。

可以这么说，徐达、常遇春的到来，着实让邵荣和赵继祖感到意外。邵荣还感到意外的是，那周德兴和汤和并不在朱元璋行进的队列中。邵荣不禁暗自嘀咕道："周德兴、汤和跑到哪里去了呢？"

走出应天城几里，便是阅兵场地。邵荣的中军大帐两边，飘扬着难以计数的五颜六色的旗帜。中军大帐的前边，一溜摆放着十几张条桌，条桌面上又一溜摆放着细瓷茶杯。茶杯里早已注满了香气四溢的热茶。这阵势，很有点像现在的大会现场：一溜条桌，便等于是大会的主席台了。

邵荣恭恭敬敬地请朱元璋在主席台的正中位置坐下。朱元璋就像什么都不知道似的，面带着微笑坐下了。接着赵继祖又请李善长、徐达、常遇春等文武官员入座。李善长等文武官员按官位高低依次落座。只有徐达、常遇春二人，直挺挺地站在朱元璋的身后，就像没听见赵继祖的邀请似的。

徐达还好，看上去面部很平静，只用右手紧紧地握住剑柄。而常遇春就不一样了，双手一直探在腰间，像是随时都要把两把大板斧抽出来，且时不时地有意无意地朝着身后的中军大帐瞟上一眼。

邵荣和赵继祖等人确实是想趁朱元璋阅兵的时候发动兵变。邵荣心肠软些，本只想用"兵变"的手段逼朱元璋下台。但赵继祖死活不同意，非要一了百了地将朱元璋干掉。最终，邵荣答应了赵继祖。

然而，打看见徐达、常遇春的那一刻起，邵荣就隐隐约约地感觉到了一种异样。现在，见那常遇春站在朱元璋的身后保持着一种高度戒备的姿势，邵荣就本能地估计到，"兵变"的计划十有八九泄露了。

于是邵荣就找了一个机会对赵继祖言道："今天的事情恐怕会有麻烦。"

赵继祖恶狠狠地言道："不管有多大的麻烦，计划都不能改变，若是改变了，以后就不会再有机会了！"

很显然，赵继祖也看出了情况有些不对头。邵荣对着赵继祖点了点头，但心里却一下子变得空落落起来。依据丰富的作战经验，邵荣知道，如果朱元璋真的是有备而来，那朱元璋就肯定做好了应变的准备。邵荣还知道，如果朱元璋真的是做好了应变的准备，那就肯定与周德兴、汤和二人有关。

还真的让邵荣猜对了，阅兵式刚一开始，便有一个手下凑到邵荣的耳边道："中军大帐后面不远处发现一支军队。"

邵荣问那手下道："领头的可是周德兴、汤和？"

手下点点头。邵荣不由得暗自摇了摇头，果然如此。他邵荣究竟该怎么做呢？

论打仗，邵荣丝毫不比徐达、常遇春逊色。但论心肠，邵荣却比徐达、常遇春软得多。更何况，朱元璋已经知道了一切，并且做好了相应的准备。所以，一直到黄昏来临，阅兵式都结束了，邵荣手中的茶杯也没有摔出去。急得那赵继祖对邵荣使了好几次眼色，可邵荣却装着什么也没看见。

阅兵式结束之后，朱元璋笑呵呵地对邵荣言道："邵大人搞的这次阅兵，真让朱某大开眼界了！"

邵荣勉强堆上笑容言道："朱大人过奖了，邵某只是尽力而已。"

朱元璋接着言道："邵大人和赵大人这阵子太辛苦了，朱某已在城内摆下一桌酒席略表谢意，还请两位大人务必赏脸光临！"

邵荣和赵继祖当然不想去赴宴，可同时又知道，不去是不行的。于是邵荣就回道："朱大人如此厚待邵某等人，邵某真是感激不尽……请朱大人先行一步，待邵某整顿了军队之后便即刻入城。"

朱元璋言道："邵大人已经够辛苦的了，整顿军队这样的小事情我看就让别人代劳吧。"说着转向徐达言道："你留在这里整顿军队，我和邵大人、赵大人即刻入城畅饮。"

邵荣无奈，只得和铁青着脸的赵继祖一起走进了应天城。邵荣和赵继祖刚一离开，徐达就发出信号，叫周德兴、汤和带队冲过来，将一直埋伏在中军大帐内的几百名邵荣的刀斧手生擒。徐达对周德兴、汤和言道："有这么多证人，邵荣和赵继祖即使想抵赖也赖不掉了。"

徐达的这种担心其实是多余的。事已至此，邵荣也好，赵继祖也罢，都不会再作无谓的抵赖。二人默默无语地跟着朱元璋走进了应天城，走到了一桌丰盛的酒席边，刚一落座，常遇春就带人将他们捆绑了起来。常遇春这一突如其来的举动，惊得在场的不知内情的文武官员一个个都目瞪口呆。

朱元璋冲着常遇春摆了摆手道："邵大人和赵大人现在是我的客人，你不应该这样对待他们。"

常遇春装聋作哑，站着不动弹。李善长走过去，命人给邵荣和赵继祖松了绑。朱元璋淡淡地言道："邵大人，我先撇开赵大人不说，就你来讲，同我共事多年，我们虽不是兄弟，但应该比兄弟还亲，可是，你竟然勾结赵大人要谋害我，这到底是为什么？"

朱元璋这么一说，那些目瞪口呆的文武官员这才明白发生了什么事。就听邵荣回道："朱大人，我邵某常年在外征战，吃尽了千辛万苦，可你却一直把我的妻儿老小扣在应天做人质，我一年到头竟然见不到妻子几回面，你这样做，公平吗？又是何等居心？"

朱元璋把手下大将的妻儿老小扣在应天做人质，目的是防止他们背叛自己。不过，仅仅因为这件事邵荣就想谋害他朱元璋，朱元璋确实大感意外。故而，邵荣说过了之后，朱元璋就很是疑惑地盯着邵荣的脸看。朱元璋那眼光，分明是怀疑邵荣说了假话。谁知，邵荣又言道："朱大人，邵某说得还不够清楚吗？"

朱元璋情不自禁地笑了。因为朱元璋已经看出，邵荣说的不是假话而是地地道道的大实话。朱元璋问："邵大人，就因为一年到头见不了老婆几回面，你就想害死我朱元璋？"

没等邵荣回答，朱元璋紧接着又道："邵大人，我把你的老婆留在应天，是为她的安全着想。你常年征战在外，确实很辛苦，也确实很寂寞，但你可以讨小老婆嘛。为一个女人与兄弟反目成仇，值得吗？"

如果，邵荣当时能够诚心诚意地向朱元璋赔个罪，说不定他的命运就会改变。然而邵荣没有这么做。赵继祖口气十分冰冷："朱大人，世上有几个会像你？见到漂亮的女人，也不管她是什么来路，就把她弄来做自己的小老婆。"

赵继祖敢当着文武百官的面说出这样的话，只能有一种解释，那就是，他不想活了。所以，赵继祖的话刚一落音，那些文武官员的脸上就大都变了颜色，并随即有人呵斥赵继祖"大胆"，叫赵继祖"住口"，还有人向朱元璋建议立即将赵继祖"推出去斩了"。表现最为强烈的，是那常遇春。常遇春的一只手早伸到了赵继祖的颈边，只要朱元璋一声令下，他就会马上置赵继祖于死地。

令许多人大感意外的是，朱元璋居然一点儿也没有发火，而且还笑容可掬地言道："赵大人快人快语，我很喜欢。我开头就讲过，赵大人和邵大人今天是我朱元璋的客人，我要陪两位客人好好地干上几杯！"

接着，朱元璋端起酒杯，冲着邵荣和赵继祖言道："两位大人，朱元璋这里有请了！"

邵荣哪里还有什么心思喝酒，怔怔地坐在那里，一动也不动。赵继祖则把酒递到邵荣的手上道："邵大人，事情已经到了这个地步，也就用不着去考虑那么多了。头掉下来，不过碗大的疤。我们出生入死这么多年，还怕一个死字吗？"

邵荣认认真真地看着赵继祖的脸，末了轻叹道："赵贤弟，我邵某是那怕死的人吗？我只是觉得，我邵某太对不起贤弟你了。"

邵荣的言外之意是，如果他听从赵继祖的话，那朱元璋早就没命了。赵继祖当然明白邵荣的意思，于是就"哈哈"一笑道："邵兄，人生自古谁无死？二十年之后，我们还是一条好汉，我们还是一对好兄弟！"

邵荣明显地受到了赵继祖的感染，也"哈哈"一笑道："赵贤弟，有你这句话，我就再无他虑。来，我们兄弟今晚上就痛痛快快地喝他几杯！"

"当"的一声，邵荣和赵继祖的酒杯重重地碰到了一起。邵荣言道："愚兄先敬贤弟一杯。"

赵继祖道："应该小弟先敬仁兄才对。"

两人互相谦让一番，然后同时喝干了杯中的酒。接着，两人不再温文尔雅，而是大块肉大碗酒地胡吃海喝起来。

邵荣和赵继祖二人，当着朱元璋和众人的面，只顾大吃大喝，好像这里只有他们两个人似的。那些文武官员看到邵荣和赵继祖那么一副吃喝相，都气坏了，最气愤的，还是那个常遇春。他几次向朱元璋使眼色，希望朱元璋对邵荣、赵继祖采取行动。然而朱元璋不仅对常遇春的眼色熟视无睹，而且还笑眯眯地看着邵荣、赵继祖吃喝。

最终，邵荣和赵继祖都吃饱了喝足了。邵荣连声喊叫"痛快"，赵继祖也不住地拍打着鼓胀胀的肚皮，很是心满意足的模样。恰好徐达、周德兴、汤和等人赶到，李善长就对周德兴、汤和言道："邵大人和赵大人都吃好了，请周将军和汤将军带他们下去休息吧。"

李善长又接着道："各位大人各位将军，那邵荣、赵继祖阴谋行刺朱丞相，你们看该如何处置啊？"

在场的文武官员，几乎都表示应将邵荣和赵继祖立即处死。其中，常遇春叫得最响，而徐达却没有吭声。

李善长对朱元璋道："大人，大家的意见你都听到了，该如何处置邵荣和赵继祖，现在全凭你一句话了！"

朱元璋先是有意无意地看了徐达一眼，然后仿佛自言自语地道："如果不杀他们，我心里面实在气愤不过，但如果杀了他们，我又感到十分可惜。邵大人和赵大人，尤其是邵大人，能征善战，放眼天下，又能找着几个像邵大人这样的人才？"

李善长轻轻地问朱元璋道："大人，对邵荣和赵继祖，究竟是该杀该留，你还没有明确表态啊？"

朱元璋缓缓地扫了众人一眼道："你们都先回去，我要在这里好好地想一想。"

众人依次同朱元璋道别，离去。被邵荣、赵继祖吃得杯盘狼藉的酒桌边，坐着朱元璋，还站着李善长、徐达和常遇春。朱元璋问徐达道："刚才看二弟的意思，是不是想放了邵荣和赵继祖？"

徐达回道："大哥误会我的意思了。邵荣和赵继祖既然敢谋害大哥，那就断无释放的道理。我的意思是，邵荣追随大哥多年，又立下过许多功劳，是不是可以留他一条性命。"

常遇春立刻道："二哥，像邵荣这种混蛋，你为什么还要替他求情？"

徐达接着言道："我们虽然可以留下邵荣一条性命，但却不能让他获得自由。我们可以将他关在牢里，永远都不许他出来。"

徐达想饶邵荣一条性命，并不是说徐达已经变得比较慈悲了。主要原因是，徐达是个英才，那邵荣也是个英才，英才对英才，有时难免会有一点儿"惺惺相惜"的味道的。朱元璋马上言道："二弟这种想法不错。那邵荣毕竟跟着我干了这么多年，没有功劳也是有苦劳的。把他永远关在牢里，既消了我心头恶气，又给他邵荣留足了面子，这岂不是两全其美的好事？"

常遇春立即表明自己的观点，无论如何也要处死邵荣和赵继祖。

李善长表示支持常遇春的观点，还侃侃而谈道："留下邵荣，就等于留下了一个隐患。即使把他关在牢里，可稍有不慎，他就有可能逃脱。邵荣逃脱了之后会做些什么？只能与朱大人为敌。朱大人，我们如果真有邵荣这么一个敌人，那麻烦事可就多了。"

朱元璋沉吟不语，看那模样，也确实像是在思考。不一会儿，朱元璋望着徐达言道："二弟，李先生刚才说的话，好像也很有道理啊！"

徐达赶紧言道："大哥，我只是随便说说，究竟如何处置邵荣和赵继祖，自然还是大哥说了算。"

朱元璋对常遇春言道："五弟，邵荣和赵继祖就交给你处置了！"

常遇春自始至终都主张杀掉邵荣和赵继祖，朱元璋把邵荣和赵继祖的命运交给常遇春摆布，那结局就可想而知了。常遇春接到任务后，一点儿也没耽搁，连招呼也没跟朱元璋等人打，就火急火燎地跑走了。惹得朱元璋开心地大笑道："五弟的性子，好像也太急了点。"

常遇春刚一跑出去，迎面就撞上周德兴和汤和。常遇春问他们来干什么，汤和回答说是来询问大哥到底什么时候处死邵荣和赵继祖。得知常遇春就是去杀邵赵二人的，汤和便高兴地道："我就知道，大哥是绝不会放过那两个混蛋的。"

因为邵荣和赵继祖是周德兴、汤和关起来的，所以一会儿工夫，常遇春等人就站在了邵荣和赵继祖的面前。此时的邵荣和赵继祖，被沉重的铁链束缚着，连移动身体都很困难。

常遇春问用什么方法处死邵赵二人。汤和言道："就用五弟的大板斧吧。一斧子砍下去，什么都结束了，还干净利索。"

周德兴低低地道："念在他们曾经跟着大哥征战多年的份上，还是赏他们一个全尸吧。"

常遇春点头道："三哥说得有理，反正只要处死他们就行了。"

最后，常遇春、周德兴、汤和三个人，用绳子活活地勒死了邵荣和赵继祖。

杀完了邵荣和赵继祖，汤和觉得余兴未尽，便问周德兴道："三哥，像这种谋杀之罪，是不是该满门抄斩？"

周德兴点头道："按道理，应该是这样。"

汤和立即对常遇春道："五弟，我们去满门抄斩吧。"

常遇春略略犹豫道："大哥没有对我说要满门抄斩。"

汤和解释道："大哥把这两个混蛋的事情交给你处理，实际上就包含满门抄斩这一条。"

常遇春高兴了："四哥对大哥的话理解得比我透彻。我们现在就去满门抄斩吧。"

就这样，汤和、常遇春及周德兴三人，在杀死了邵荣和赵继祖之后，又马不停蹄地带人将邵荣和赵继祖两家男女老少数十口全部杀死，其中包括一个年逾七旬的老头和一个还未满周岁的小孩。朱元璋后来听说了这件事，只是笑笑，未作任何评论。

邵荣和赵继祖虽然被处死了，朱元璋的心里却依然沉甸甸的。浙东和江西境内的降将接二连三地发动叛乱，朱元璋似乎还能理解；邵荣和赵继祖想谋反，朱元璋就意识到问题的严重性了。他以为，从邵荣阴谋叛乱这件事中，可以看出这么一个不容忽视的事实，那就是，随着形势的进一步向前发展，想发动叛乱想谋害他朱元璋的人会越来越多。如此下去，那还怎么得了？

基于这种认识，朱元璋对手下的大将越来越不放心，越来越疑神疑鬼。于是，除了徐达、周德兴、常遇春等极少数人外，其他带兵将领的身边，包括驻守浙东的李文忠和驻守江西洪都的朱文正，都被朱元璋偷偷地安插了奸细。

确切讲，安插奸细的事情，是汤和为朱元璋去做的。汤和干这种特务勾当很在行，一张特务网被他编织得十分庞大，从事特务活动的人数以万计。朱元璋地盘的每个角落几乎都有汤和的特务在活动，而且活动得还极其自然隐秘，被特务暗中监视的将领绝大多数都被蒙在鼓里。

这些分散在各地的特务，定期把自己监视对象的情况向汤和汇报，然后汤和再告诉朱元璋。通过这些特务，朱元璋能及时而准确地掌握各个将领的动向。

这一招还真管用，好几次，有几个将领想背叛朱元璋，可他们还没来得及行动呢，就被朱元璋抓了起来。他们人头落地时，也没有弄清楚朱元璋为何对他们的事情这么清楚。从这个角度来看，朱元璋大行特务活动，确实起到了防患于未然的效果。

朱元璋本来想派徐达、常遇春和邵荣去救援安丰的，现在邵荣去不成了，朱元璋就得临时改变一下计划。改变的结果是，朱元璋决定亲自去安丰。他做了这么多年大"宋"朝的官，却还从未见大"宋"朝的皇帝小明王和大"宋"朝的实际统治者刘福通。

一想到要去安丰见小明王和刘福通，不知怎么搞的，朱元璋就异常兴奋起来。人一兴奋了，就很难入睡。尽管朱元璋也知道，第二天要兵发安丰，应该好好地休息一晚，可朱元璋心中的那种兴奋，怎么也抑制不住。

最后，朱元璋索性不睡了，爬起身，走进了小老婆李淑的房间。与李淑温存了一会儿后，朱元璋便想回自己的卧房休息。不管怎么说，第二天出兵安丰的事情是不能耽搁的。可就在这时，一仆人过来通报，说是李善长和刘基二人求见。

朱元璋先是一喜："刘基终于从青田回来了。"继而又有些疑惑，"李善长和刘基此时结伴前来，所为何事？"

原来，在周德兴、汤和、常遇春对邵荣、赵继祖两家进行满门抄斩的时候，刘基就走进了应天城。刘基当然不知道邵荣和赵继祖的事，当时的刘基只知道一件事情，那就是，徐达和常遇春二人被朱元璋调回了应天。朱元璋对陈友谅的军事行动暂时停止了。因此，刘基走进应天城后，没有马上回自己的宅第，而是立即找到了李善长。

见着刘基，李善长真是大喜过望："刘先生，你终于回来了。"

刘基顾不得同李善长叙旧，而是迫不及待地问李善长道："大人为什么要把徐达、常遇春调回应天？"

李善长回道："因为大人要去救援安丰，而且明天就要出兵。"

刘基愕然道："大人为什么要这么做？不把陈友谅彻底击溃，何必急着对张士诚用兵？"

李善长轻叹道："我多次奉劝大人，可大人就是不听，就像铁了心似的，又像着了魔似的，非要去救援安丰。所以我就天天盼望刘先生早日归来。也许，只有刘先生才能让大人改变主意。"

刘基摇头道："我就是听说了北方形势发生了重大变化才匆匆赶回来的。我担心大人会因此而改变原先的战略。没承想，大人真的这么做了！"

李善长赶紧道："这时候去劝大人，应该还来得及。"

刘基轻声问道："李先生，你以为我能劝说得了大人？"

李善长回道："刘先生如果做不到这一点，那谁还能做到？"

刘基默然片刻，然后言道："行与不行，都得去试试。"

就这样，刘基和李善长二人就踏着夜色走向朱元璋的丞相府。尽管朱元璋平日很尊重刘基的意见，但这一回是否能劝朱元璋改变主意，刘基心中也是没底的。

刘基和李善长走到了朱元璋的丞相府门前。守门的卫兵不敢怠慢，慌忙把二人带进府内。按照惯例，刘基和李善长走进一间小客厅等候。很快，那朱元璋就来到了刘基和李善长的身边。

刚一跨进小客厅，朱元璋就抢上两步，一把抓住刘基的手道："刘先生，你知道吗？你回青田的这段日子，可把我朱元璋想坏了。"

刘基微微一笑道："让大人如此牵挂，刘某心中委实不安……刘基此时前来打搅，还望大人多多谅解。"

朱元璋忙道："刘先生这话就说错了，你和李先生什么时候都可以来找我。我早已吩咐过门卫，只要是刘先生和李先生前来，一律不得盘问不得拦阻，并要速速通知我知道。喂，刚才门卫没有耽误你们的时间吧？"

刘基回道："大人的命令，谁人敢不从？也甭说是小小的门卫了，就是徐大将军和常大将军，大人一纸手令，他们不也是乖乖地从武昌前线回到了应天？"

朱元璋立刻就猜出了刘基和李善长的来意："刘先生，听你的口气，好像也不同意我出兵安丰？"

刘基明明白白地点了点头："是的，大人，刘某不赞成对安丰用兵。"

朱元璋看了一眼李善长，李善长静静地站着，好像什么都不知道，好像这一切跟他无关似的。朱元璋便把目光慢慢地移回到了刘基的脸上："刘先生，能说说你不同意对安丰用兵的理由吗？"

刘基回道："理由我过去对大人说过的，应该先把陈友谅彻底地解决了，然后再对张士诚用兵。"

朱元璋言道："刘先生对朱某说过的话，朱某没有忘记，也不会忘记。只不过，这一回的情况有点不同。朱某的意思是，先救援安丰，然后再继续对陈友谅开战也不迟。"

刘基缓缓地摇了摇头道："大人，如果真的发兵安丰，再继续对陈友谅开战，恐怕就为时已晚了。"

朱元璋笑着问道："刘先生是不是在担心，如果我出兵安丰了，那陈友谅会在背后攻击我们？"

刘基点头道："大人说得对，我以为，那陈友谅是绝不会错过这千载难逢的机会的。"

朱元璋摆了摆手道："刘先生太多虑了吧？那陈友谅被我打得溃不成军，仓促之间，他还有多少兵马能向我发起攻击？我去救援安丰，只不过是让那陈友谅多喘几口气罢了。"

朱元璋说得相当自信，仿佛陈友谅只是一只小毛毛虫，而且已经攥在了他的手中，他想什么时候捏死他就什么时候捏死他。刘基却道："大人，有句俗话叫'百足之虫，死而不僵'。更何况，陈友谅这只百足之虫现在还根本没有死啊！"

朱元璋似乎对"百足之虫"四个字来了兴致："刘先生，依你之见，我们现在该怎么去对付陈友谅这个百足之虫？"

刘基道："让徐将军和常将军重回西线，集中兵力，一举拿下武昌！"

朱元璋稍稍皱了一下眉头："刘先生的意思是，张士诚去攻打安丰，我们不闻不问？"

刘基言道："张士诚去攻打安丰，正好给了我们时间去拿下武昌，待我们拿下武昌、将陈友谅真正击溃之后，再回到东线与张士诚开战，这才是上上之策啊！"

朱元璋道："刘先生说的这上上之策，我懂，我本来也就是想这么做的。可后来我又想，如果真的这么做了，那安丰就肯定会被张士诚抢去。凭刘福通现在的实力，根本守不住安丰。"

刘基立刻问道："大人为何在乎一个小小的安丰？"

朱元璋回道："如果安丰在我的手里，那就至少有两点好处。第一，张士诚不敢轻易地向北扩张；第二，元朝的军队如果南下，就必须先拿下安丰，这样，我们便有了时间去做必要的准备。"

一直默然不语的李善长此时言道："听大人的话，大人是把安丰当成一颗钉子钉在了元兵与张士诚之间了。"

朱元璋道："李先生的这个比方非常恰当。只要安丰不失，元兵就不好南下，张士诚就更不好北上。"

实际上，元军如果真要南下，一个小小的安丰城是根本挡不住的。不过，从战略的角度上来看，朱元璋的这种说法还是能够站得住脚的。所以，听了朱元璋的话后，李善长就又闭了嘴。

第二天，朱元璋亲率近二十万大军和徐达、常遇春、汤和诸将，离开应天城向北开去。留守应天的李善长、刘基和周德兴等人，一起赶到城外为朱元璋送行。朱元璋信心十足地对刘基等人言道："要不了多久，我就会回师应天，西攻陈友谅！"

李善长没有多说什么，只是预祝朱元璋"旗开得胜、马到成功"。刘基也没有多说什么，而是跟在李善长的后面，也说了几句"马到成功"之类的话。就这样，朱元璋开始了他的救援安丰大行动。

安丰和应天城的直线距离有四百多里，从苏州到安丰，路程比从应天到安丰还要远，但因为张士诚的部将吕珍走得早，速度也快，所以，朱元璋离开应天城之前，吕珍的十万大军就已经把安丰围困了一个多月。

安丰城很小，粮食也不足，在这种情况下，刘福通和他的残兵败将能在这里坚守一个多月，也着实不容易。那吕珍面对着如此顽强的刘福通，既恨得咬牙切齿，又暗暗地钦佩不已。

然而，一个多月以后，安丰城内的情况就变得万分严峻起来。城内的粮食吃完了，不仅仅是粮食，凡是能吃的东西，比如战马什么的，都被刘福通的军队吃光了。那少不更事的大"宋"皇帝小明王韩林儿，又饿又怕，整天啼哭不已。即使吕珍不再攻城，安丰城也守不了几天了。

刘福通当然知道事情的严重性，他之所以死守安丰，是想等待朱元璋前来救援。可是，等待了一个多月，朱元璋却不见踪影。刘福通只得招来几个亲信手下道："早就说那朱元璋有野心，现在看来，这种传闻一点儿不假。朱元璋是在借张士诚的手要把我们给消灭了啊。"

一手下问刘福通现在怎么办，刘福通长叹一声道："趁弟兄们还能走得动，往外突围吧，能突出几个就是几个。"

是呀，再不突围，即使吕珍网开一面，放刘福通等人一条生路，恐刘福通等人也没有力气走出安丰城了。

刘福通决定深夜突围。当天下午，天降大雨，雨大得站在别人的面前都看不清对方是谁。刘福通靠着天气的掩护，逃出了安丰城。

刘福通带着小明王及二百来个手下艰难地向南挪动着。对未来和前途，刘福通不敢再多作考虑。身后有吕珍的追兵，脚下踩的是张士诚的地盘，只要再碰到张士诚的一小股军队，哪怕这股军队只有几十个人，刘福通恐怕都无力抵抗了。

走了小半天，来到一个小村庄，刘福通的一个手下好不容易找来了一点儿吃的东西。刘福通把食物平均分给二百多个手下，小明王也分得了一份。看着小明王狼吞虎咽的模样，刘福通的鼻子不禁一阵阵地发酸。

就在这时，一个手下跑来向刘福通报告："村子里开进来一支军队，有两千多人。"刘福通不禁悲从心来：完了，一切都完了。然而，那手下接着又道："那支军队是从南边开过来的，是朱元璋的红巾军。"刘福通又一下子喜，"吾这回有救了！"

这两千多人的军队的确是朱元璋的先头侦察兵。闻听刘福通和小明王就在这个小村庄里，这支侦察队的头领不敢有丝毫懈怠，一面派人回去向朱元璋禀告，一面派人继续向北搜索，而自己则留在了村庄里保护刘福通和小明王。

再说朱元璋，得到刘福通和小明王的消息后，很是吃惊地对徐达汤和常遇春言道："这么说，安丰已经被那吕珍攻破了？"

徐达轻轻地言了一句道："安丰城丢了，我们这次出兵也就没有多大意义了。"

对朱元璋决定救援安丰，徐达其实是有不同意见的，只是没有明说而已。常遇春好像不这样想，常遇春沉沉地对朱元璋言道："大哥，我们既然来了，就不能白跑一趟。听说那吕珍现在是张士诚手下最得力的干将，我们就在这里同他好好地打上几仗吧。"

朱元璋言道："我们还是先去见见刘福通大人和小明王陛下吧。"

于是，朱元璋一行人就匆匆地开到了那个不知名的小村庄里。要是过去，刘福通和小明王肯定会一动不动地待在村里等着朱元璋来拜见。然而现在不行了，落毛的凤凰连鸡都不如了。没有朱元璋，刘福通就无路可走。所以，听说朱元璋等人朝着村子开来了，刘福通就连忙带着小明王堆着笑脸赶到村口去迎接。

不过，朱元璋见了刘福通和小明王之后，规矩还是有的。他先规规矩矩地给小明王请了安，接着又规规矩矩地对刘福通言道："朱某救驾来迟，让刘大人和陛下受了惊吓，还请刘大人恕罪。"

朱元璋把"刘大人"放在"陛下"的前面，是因为他早就知道，"陛下"只不过是"刘大人"手中的一个傀儡。

而从外形上看去，似乎也的确如此。刘福通长得横眉怒目又膀大腰圆，确乎是一个能操纵别人的大英雄。再看小明王韩林儿，因为年少，长得瘦叽叽的，又可怜巴巴的，只能任由别人操纵了。

只见刘福通紧走两步，一边搀扶单腿点地的朱元璋一边言道："朱大人何罪之有？若不是朱大人及时赶来救驾，我刘某和陛下就真不知道该往何处去了。"

而实际上，在刘福通的心里，朱元璋的"救驾"一点儿也不及时，这便犯了"弥天大罪"。只不过，事情到了这步田地，刘福通也只能这么说罢了。所谓人在屋檐下，不能不低头。

紧接着，朱元璋又恭恭敬敬地请刘福通和小明王回到村子里"安坐"。朱元璋的意思是，只有打退了吕珍的追兵，才能把刘福通和小明王平安地接回到应天。刘福通听了，心中也多少有些喜欢："朱元璋既然想把小明王接回应天，就说明朱元璋还没有背叛大'宋'朝廷，尽管，大'宋'朝廷早已名存实亡。"

侦察兵回报：吕珍的数万追兵已经开到了村子的北面。朱元璋找来徐达、常遇春言道："你们一个人带五万兵马，好好教训一下吕珍吧。"

徐达、常遇春领命而去。吕珍的数万追兵，因为不知道朱元璋的到来，被徐达、常遇春打了个措手不及，损失很惨重，加上道路泥泞，行动不便，有好几千人做了徐达、常遇春的俘虏。

遭到徐达的追杀后，吕珍再也不敢轻举妄动了，一边死守安丰，一边派人去苏州向张士诚求援。

朱元璋趁胜率军开抵安丰城外，又打了一次大胜仗。依常遇春的意思，干脆一鼓作气拿下安丰。徐达不同意，他对朱元璋言道："大哥，你还记得我们当年攻打常州的事吗？就是这个吕珍，在常州城里坚守了八个月，让我们吃尽了苦头。"

朱元璋当然没有忘记，他还记得，就是这个吕珍，在太湖里捉住了廖永安，让朱元璋失去了一个不可多得的水军大将。常遇春硬硬地对徐达道："二哥，安丰不是常州，我就不相信吕珍也能在安丰城里守上八个月！"

徐达言道："就算我们能够拿下安丰，那又能怎么样？莫非五弟想在这里与张士诚一决生死吗？"

常遇春无话可说了。既然攻打一座城池，那就是要占领它的。如果朱元璋攻下安丰又占了安丰，那张士诚就肯定会倾全力来安丰与朱元璋决战，而在张士诚的地盘中与张士诚决战，显然对朱元璋不利。

更主要的，如果把力量都集中东线了，那西线的陈友谅就会死灰复燃，这绝对是朱元璋不想看到的事情。既然如此，就正如徐达所言，安丰城还是不要攻打为妥。把安丰让给张士诚，张士诚就会老老实实地待在苏州城里而不会乱动弹。

朱元璋不无怨尤地言道："都怪那个刘福通。如果他能在安丰城里多守两天，我们大军一到，吕珍岂不就被打跑了吗？吕珍一跑，张士诚就不敢再轻易地对安丰用兵。这样，安丰就可以堵住张士诚北上的道路，叫张士诚连饭都吃不香。可现在，安丰丢了，如果我们再把它夺回来，那张士诚即使再胆小，也会拼出老命与我们决斗的。唉，都怪那个刘福通啊。"

朱元璋言道："只有回应天了。先抓紧时间把陈友谅消灭，然后再掉过头来跟张士诚算账。"

闻听朱元璋已经决定回师应天，刘福通很高兴，那小明王也很高兴，竟然破天荒地咧嘴笑了。朱元璋撤军的时候，那吕珍并没有追赶。很显然，张士诚只想夺回安丰，不想与朱元璋大动干戈。张士诚这种只图自保的观念，无疑成全了朱元璋一步步地向皇帝的宝座迈进。

为了避免不必要的麻烦，朱元璋率军先向西行，绕过高邮湖，从洪泽湖的南端进入安徽地界，然后南下，向应天开进。经过十几天不紧不慢的行军，朱元璋的队伍开到了滁阳（今安徽省滁州市）。

滁阳是朱元璋的地盘，距应天不过一百多里。郭子兴和小妾张氏就葬在滁阳城外。刚一进滁阳城，朱元璋就找来徐达常遇春道："那左君弼竟然敢帮着张士诚与我们开战，我心中实在气不过。你们两个带十万人到庐州去，把庐州城拿下，狠狠地教训一下左君弼。"

有仗打，常遇春自然高兴。徐达对此也没有什么意见，因为从庐州到应天只有两三百里路程，左君弼盘踞在庐州，对应天大小也是一个威胁。还有，庐州恰好位于安徽的中部，如果拿下庐州，那安徽的中南部就都是朱元璋的地盘了，这对巩固应天的后方显然大有好处。

庐州在滁阳的西南，两地相距三百来里路。徐达、常遇春在滁阳休整了一天后，就带着十万大军匆匆地奔庐州而去。朱元璋叮嘱二人道："你们要快去快回，我还指望你们两个去攻打陈友谅的老窝武昌呢。"

徐达、常遇春离开滁阳之后，朱元璋在滁阳做了两件事情。第一件事情不算大，但意义不小。朱元璋带着汤和等百余名将军一起到城外拜谒了郭子兴夫妇的陵墓。朱元璋直直地跪在郭子兴夫妇的墓前，神情十分凝重而悲伤，感动得在场的百余名将军一个个都眼泪汪汪的。只有汤和知道朱元璋这一切都是装出来的。

第二件事情好像也不算大。这件事情是，朱元璋离开滁阳回应天的时候，把小明王和刘福通留在了滁阳城里。

他亲自带人在滁阳城里盖起了一座金碧辉煌的宫殿，宫殿的规模，就是放到应天城里，也是数一数二的。这座偌大规模的宫殿，便是大"宋"皇帝小明王的皇宫。据说，小明王入住这座新"皇宫"的时候，高兴得又是哭又是笑，还一把鼻涕一把眼泪地连连夸赞朱元璋是大"宋"朝中"最大的忠臣"。

只是刘福通却一点儿也高兴不起来，他找到朱元璋问道："为什么不让陛下去应天？"

朱元璋笑容可掬地回答刘福通："我这是在为陛下和刘大人的安全着想。现在天下的形势很乱，应天城内的局势也不稳，如果刘大人和陛下去了应天万一出了什么事情，朱某如何能担待得起？刘大人放心，等天下不乱了，应天城内的局势平稳了，我保证马上就派人来把刘大人和陛下接到应天去。"

刘福通立即又问道："朱大人，陛下去应天不安全，莫非在这滁阳就一定安全吗？"

朱元璋"哈哈"一笑道："刘大人，你这个问题问得好啊！天下大乱的时候，待在任何地方都不会绝对安全的。只不过，相比较而言，滁阳应该比应天要安全得多。"

刘福通的表情有些冷："朱大人，你的话我有点儿听不懂。"

朱元璋的话倒非常热乎："刘大人，如果我在滁阳留下一支军队，你和陛下不就非常安全了吗？"

这下刘福通懂了，朱元璋不仅在滁阳留下了一支军队，而且还把刘福通和小明王身边的侍从都换成了汤和的亲信。换句话说，刘福通和小明王已经被朱元璋软禁起来了。从某种意义上说，刘福通和小明王在滁阳确实是十分"安全"的。

刘福通不是笨蛋，他已经明白无误地看出了朱元璋的野心。然而，为了苟且偷生，或许是为了其他什么原因，刘福通并没有与朱元璋翻脸，而是默认了被软禁这一事实。

不仅如此，他还在这一年（1363年）的三月十四日，以大"宋"皇帝小明王的名义，封赠朱元璋三代：封朱元璋曾祖父朱九四为资德大夫江西等处行中书省右丞上护军司空吴国公，曾祖母侯氏为吴国夫人；封朱元璋祖父朱初一为光禄大夫江南等处行中书省平章政事上柱国司徒吴国公，祖母王氏为吴国夫人；封朱元璋父亲朱五四为开府仪同三司上柱国军国重要中书右丞相太尉吴国公，母亲陈二娘为吴国夫人。

虽然，朱元璋也知道，刘福通的这种"封赠"实际上没有多大意义，但是，"没有多大意义"总比"没有意义"要强。所以，在"封赠"以后的日子里，朱元璋就有事没事地与汤和一起，设酒宴款待刘福通和小明王。甚至，朱元璋还生起了这么一个念头：在滁阳多待些日子，等徐达、常遇春拿下庐州之后，再回应天不迟。

有一回，小明王酒喝多了，竟然当着刘福通和汤和的面，冲着朱元璋喊"万岁"，喊得刘福通面容失色，喊得汤和窃笑不已，而朱元璋却半真半假地言道："人们常说酒后吐真言，可对陛下来讲，陛下酒后吐的却是假话。"

朱元璋并没有在滁阳待多久。小明王的"皇宫"还没有完全建造好，朱元璋就匆匆地赶回了应天，而且，回应天前，朱元璋还派汤和赶往西南去通知徐达、常遇春，停止攻打庐州，立即回师应天。原因是刘基派人到滁阳向朱元璋报告：陈友谅率大军离开武昌，沿长江向东发起进攻了。陈友谅重燃战火，朱元璋怎能不心急如焚？

陈友谅兵败应天城下，又丢了都城江州，只得仓皇逃往武昌，不仅元气大伤，而且内心也实在沮丧得很。虽然武昌城暂时还在他陈友谅的手中，但徐达等人的大军已经开始进逼武昌，如果武昌再丢失，他陈友谅就几乎无处可逃了。

故而，那一段日子里，陈友谅整天战战兢兢的，也不知道该怎么办才好，似乎只有在武昌等死了。可就在这当口，朱元璋的内部接二连三地发生降将叛乱，刘福通的北方红巾军又发生了重大变故，朱元璋便暂停了对武昌的军事行动。

　　这样一来，陈友谅就获得了喘息的机会。陈友谅当然不会只在武昌城里喘息，他要找朱元璋报仇。他的实力本来比朱元璋强大，被朱元璋逼迫到这步田地，他实在是不甘心。所以，武昌城的危机刚一解，他就迫不及待地着手做了两件事情。一件事情，是把大"汉"政权统辖下的所有官兵和青壮百姓统统集中到武昌来，组成一支庞大的军队，由他陈友谅亲自指挥；另一件事情，是建造巨型战船。

　　陈友谅共征集了数十万人，不到六十万，号称六十万。需要指出的是，陈友谅的军队人数虽众，但半数以上都是没有受过什么训练的普通老百姓。得知朱元璋亲率二十万军队北上去救援安丰的消息后，陈友谅就迫不及待地倾巢而出。

　　除了几十万大军和上千艘大小战船外，陈友谅离开武昌沿长江向东攻击的时候，还把自己的两个弟弟陈友仁、陈友贵和两个儿子"太子"善儿、陈理统统带在了身边。此外，以张定边为首的一百多位"汉"朝文武大臣及一百多个陈友谅的"皇妃"，也都乘坐巨型战舰随陈友谅一同出征。很显然，陈友谅此次出征，是抱着"必胜"或"必死"的决心的，有"不成功便成仁"的准备。

　　可惜，陈友谅最终还是错了。他应该趁朱元璋北援安丰、应天城内比较空虚的时候，直扑应天，把应天城占了。可是，陈友谅没有这么做。当他的庞大舰队沿长江开到江州水面时，他突然命令军队南下，经湖口驶入鄱阳湖，然后在鄱阳湖南岸登陆，径直扑向朱元璋的侄子朱文正驻守的江西重镇洪都。

　　得知陈友谅转攻洪都的消息后，已经回到应天的朱元璋不禁冲着刘基和李善长等人摇头道："现在看来，还是刘先生想得深远。我北上安丰，确实冒了极大的风险……实际上，是我朱元璋低估了陈友谅。"

　　刘基淡淡一笑道："朱大人确实低估了陈友谅，但同时也没有低估……陈友谅许是被朱大人打昏了头，他应该直接来攻打应天才是。"

　　李善长言道："如果陈友谅直接发兵应天，那我们现在就不可能在这里说话了。"

　　朱元璋心有余悸地道："最糟糕的是，如果陈友谅攻占了应天，那张士诚就肯定会趁火打劫。真要是那样的话，我朱元璋辛辛苦苦挣来的一切，恐怕就全完了。"

　　刘基言道："陈友谅倾巢而来，朱大人可千万不能掉以轻心啊！"

　　朱元璋慢慢腾腾地道："我以为，这正是我们彻底解决陈友谅的好机会。"

　　李善长问道："大人是想去驰援洪都吗？"

　　朱元璋重重地点了点头："等徐达回到应天，我们就去洪都同陈友谅决战！"

　　刘基微微地皱了一下眉头："但不知那个朱文正能在洪都城内守多久。"

　　朱元璋信心十足地回道："只要朱文正没有战死，那洪都城就不会丢失！"

朱元璋相信朱文正，朱元璋之所以对朱文正充满了信任，也不仅仅是因为血缘关系。常遇春曾对朱元璋这么言道：“除了二哥，就数文正最会打仗了。”

朱元璋纠正常遇春道：“应该这么说，除了二弟和你，就数文正最能打仗了。”也就是说，朱文正能坐上洪都大都督的交椅，确实并非浪得虚名。还有一点，当时镇守洪都城的，并不只有朱文正一员大将。朱文正的手下，虽不敢讲强将如云，也确实不少。像邓愈，几乎是家喻户晓的人物。还有赵德胜、牛海龙等将领，名气虽没有邓愈大，却都是不畏生死的勇士。有这么一批勇猛而善战的大将协助朱文正镇守洪都，朱元璋是没有理由不放心的。

朱文正手下虽然有一批悍将，兵却很少，总共不足万人。尽管江西境内还散布着一些朱元璋的军队，但朱文正根本就没有时间去调集那些零散的军队。因为陈友谅的动作很快，当朱文正得知陈友谅的船队已经开进鄱阳湖的时候，陈友谅的先头部队就已经切断了洪都城与外界的联系。

朱文正把邓愈、赵德胜和牛海龙等人召到一起商议对策。邓愈言道：“大都督，这有什么好商议的，把洪都城守住也就是了。”

朱文正道：“邓将军说得倒轻巧。陈友谅有几十万大军，想守住洪都城绝非易事。”

赵德胜瓮声瓮气地道：“守住守不住，大不了一死，有什么可怕的？”

牛海龙接道：“长这么大，还没死过一回，就是这回死了，也值得。”

朱文正立即道：“赵将军和牛将军不要老想着死。你们不怕死，难道我和邓将军就怕死了吗？现在最关键的问题，是要想着怎样才能守住洪都。如果我们能够确保洪都不失，那就可以为朱丞相争取到足够的时间。”

朱文正这么一说，赵德胜和牛海龙马上明白了自己的责任。经过一番商议之后，各人有了明确的分工：朱文正守东门，邓愈守南门，赵德胜守西门，牛海龙守北门。在陈友谅对洪都城发起攻击之前，朱文正还对城内的老百姓进行了紧急动员：除去老幼病残，其余的人，不管男女，一律参加洪都保卫战。

可别小看了朱文正的这个紧急动员，至少有一万多名老百姓加入到了洪都保卫战的行列中。这样一来，防守洪都城的兵力，至少在人数上平添了一倍多。

大约是朱元璋率着二十万军队北上安丰与刘福通小明王见面的那个时候，陈友谅的军队对洪都城发起了攻击。一开始，陈友谅根本没把洪都城当一回事，他派兵将城池包围着，只命令两个兄弟陈友仁和陈友贵带两万多人对洪都的南门发动攻击。而陈友仁和陈友贵更没有把洪都城放在眼里，又只派了几千人对洪都的南门攻击，似乎这几千人一冲，洪都城就被冲破了。这当然是陈友仁和陈友贵的一厢情愿。虽然攻城的敌人数量众多，但邓愈自有应付的办法。敌人攻城的主要器械是云梯，而邓愈却有弓箭和火枪，还有不少火炮，只要把敌人的云梯毁掉，敌人就没法攻进城里来。所以，邓愈就命令弓箭手和火枪手少放箭少开枪，目的是节省箭矢和枪弹。

谁也说不准洪都保卫战究竟要打多少天。邓愈只命令那些火炮手设法抬着火炮在城墙上游走，发现哪里有云梯了，就朝着云梯放上两炮，把云梯炸毁就行，不要想着去炸死多少敌人。陈友谅的几十万军队是炸不完的，而炮弹却要算计着用，如果炮弹一股脑儿打完了，那洪都城恐怕就很难守得住了，因为敌众我寡，力量太过悬殊。

邓愈的这种炸毁云梯的方法还真的很奏效，一连十几天，陈友仁、陈友贵前前后后共动用了五六万兵马，结果却只能看着邓愈干叹气。不仅仅是邓愈，朱文正和赵德胜、牛海龙等人也都是采用的这种方法。故而，尽管陈友谅早就对洪都城发动了全方位的攻击，可攻了二十多天，陈友谅几乎一无所获。

有大臣向陈友谅建议："既然洪都一时难以攻克，不如放弃洪都，转攻应天。"可陈友谅是个刚愎自用的人，他对这种建议根本不予理睬，非要把洪都拿下不可。又有大臣向陈友谅建议换一种方法攻打洪都。然而陈友谅不仅没问应该换什么方法，反而将那个提建议的大臣骂了个狗血喷头。这样一来，就没有什么人再敢向陈友谅提什么建议了。

不过，有些人的话，陈友谅还是听的。比如"太子"善儿，见洪都城久攻不下，就向陈友谅建议道："我们应该把战船上的火炮搬到岸上来炸开城门。"

陈友谅觉得善儿说得很有道理。洪都城之所以久攻不下，就是因为城里的人有火炮。于是，陈友谅就下令：把所有火炮都搬到岸上来。

为掩护埋炸药，张定边调集了两万多人，从黄昏到第二天的黎明，对邓愈攻了整整一夜。整一夜过去了，张定边的火药也埋好了。太阳出现的时候，张定边埋下的火药开始爆炸。火药炸出的红光，几乎要将初升的太阳吞没。这一回，张定边成功了，火药把洪都的南城墙炸开了一道十几丈宽的大口子。

成千上万名官兵，在陈友谅的催迫下，咆哮着涌向那道被火药炸开的缺口。缺口本有十几丈宽，但因为涌来的人太多，就显得十分狭窄。而且涌来的人越来越多，缺口就显得越来越狭窄。那么多的人一起拥到狭窄的缺口处，如果有一发炮弹落下米，那定会有许多生命在瞬间消失的。

邓愈就是这么准备的，他有几十门火炮，几十门火炮朝着一个地方开火，那威力就不可小觑了。只听得"轰隆隆"一阵乱响，邓愈的几十发炮弹一起落在陈友谅的官兵群中。几十发炮弹究竟炸死了多少人，当时无人清点。不过，地上躺着的一层明明白白的尸体，却是显而易见的。尸体当中还有不少垂死的人，他们痛苦地爬着、痛苦地呻吟着，其情其景，比那些僵死的尸体还要恐怖。

陈友谅的官兵害怕了，纷纷掉头往回逃。陈友谅几乎喊破了嗓子，也没人再愿意继续向前冲。气急败坏的陈友谅，找来了兄弟陈友仁和陈友贵，组建了一支督战队，专门砍杀那些往回逃跑的人。只要往回逃了，不管是谁，也不管官居何职，一律就地处死。在陈友谅如此胁迫下，陈友谅的军队便又开始一窝蜂地扑向那道缺口。

陈友谅想从缺口处突进城里，邓愈当然是想千方百计地堵住缺口。当陈友谅的军队再一次涌到缺口附近时，邓愈先是放了一通炮，然后趁敌人慌乱之际，命令手下用早已准备好的木栅栏堵住缺口。木栅栏虽然没有原来的城墙坚固，但有一层东西阻挡着，总比敞开一个豁口容易防守。只是陈友谅的军队实在太多，一个劲儿地朝缺口处冲，尽管有木栅栏挡着，但邓愈的防守也异常吃力。有一回，要不是朱文正带人前来支援，邓愈的木栅栏防线就要被陈友谅的军队突破了。

更严重的问题还在后面，陈友谅似乎铁了心要从邓愈的防区突破。有一次，当陈友谅的军队隔着木栅栏同邓愈的手下厮杀得正紧时，陈友谅招来张定边命令道："抬几十门火炮过来。"

张定边着人抬来了几十门火炮。陈友谅又命令道："朝那个缺口开火！"

张定边以为是自己听错了："陛下，那里有我们的弟兄……"

隔着木栅栏，里面是邓愈的军队，外面是陈友谅的军队，双方用火枪弓箭乱射、用长矛乱捅。朝这个地方开炮，那谁都有可能被炸死。

然而，陈友谅就是命令火炮朝木栅栏发射。张定边终于明白陈友谅的意思了，陈友谅有几十万大军，而洪都城内所有的人都加在一块儿也不过几万人。就是陈友谅用十个人换洪都城内一个人的性命，陈友谅也会是最终的胜利者。

张定边不觉倒吸了一口冷气，然后遵"旨"命令炮手开火。炮弹在木栅栏内外爆炸，邓愈的手下纷纷倒地，陈友谅的官兵也纷纷倒地。

很快，陈友谅的官兵又扑向缺口，邓愈的手下只好抬着木栅栏又迎上来。陈友谅的火炮又一次响起，邓愈和陈友谅的部下又纷纷同时倒地。

邓愈看出了陈友谅的险恶用心，要是照这么打下去的话，要不了几天，他的手下就会全部被陈友谅的火炮炸死。虽然陈友谅的损失也不比邓愈小，但陈友谅有几十万替死鬼，邓愈无论如何也不敢这样同陈友谅赌博的。然而，邓愈又不敢放弃那个缺口，放弃了缺口，就等于是放弃了洪都。只要陈友谅的军队从缺口处冲进城，那洪都就完了。

朱文正找到邓愈和牛海龙等人道："如果我们能有一天的喘息时间，把城墙上的缺口窟窿都补上，那我们就可以在这里再坚守一段时间。"

牛海龙苦笑道："大都督，那陈友谅现在攻得我们连吃饭睡觉的时间都没有，我们如何会有一天的喘息时间？"

邓愈却道："我倒有个主意……只怕大都督未必同意。"

朱文正赶紧道："邓将军有主意就快说。只要对守城有帮助，什么主意我都会同意。"

邓愈轻轻地道："我们可以向陈友谅投降。"

牛海龙立即冲着邓愈叫道："你这出的什么馊主意？怎么能向陈友谅投降？"

朱文正微微一笑道："牛将军冤枉邓将军了。古人云，兵不厌诈。"

牛海龙恍然大悟地道："原来邓将军是想诈降。"

邓愈轻声道："如果我们真的投降，那怎么能够对得起丞相大人？也甭说丞相大人了，就是想想死去的兄弟，我们也问心有愧啊！"

诈降有什么好处？诈降的最大好处是可以拖延一点儿时间。有了这点儿时间，就可以把城墙上的缺口窟窿尽最大限度地修补好。城墙修补得差不多了，便又可以在洪都城里多守上三两天了。

朱文正言道："由我出城去找陈友谅。我是这儿的大都督，我说要投降，陈友谅应该不会怀疑的。"

邓愈马上道："大都督此言差矣！你虽是这里的大都督，但你更是丞相大人的义子。陈友谅即使相信天下所有的人都会向他投降，也不会相信大都督你要向他投降的。"

邓愈紧接着言道："我以为，由我出城去诈降最为合适。"

牛海龙重重地哼了一声道："邓将军此言也差矣！放眼天下，谁不知道邓将军对丞相大人忠心耿耿？如此忠心耿耿的人，只能战死沙场，决不会轻言投降。邓将军如果去找陈友谅谈投降事宜，岂不是明显有诈？"

最后，牛海龙好像自然而然地得出了一个结论："我以为，我才是去找陈友谅的最佳人选。"

三个人的讲话听起来都不无道理，但实际上，他们都是在找借口争着出城。之所以要争，是因为他们都知道，只要踏出城去，恐怕就永远回不来了。

朱文正言道："我们都不要争，我们没有多少时间在这争论。我们现在抽签，谁抽到就由谁出城。"

邓愈、牛海龙没有意见。朱文正用小棍棒做了三支签，两长一短。朱文正事先说明，谁抽到短签谁去找陈友谅。结果，短签抽在了牛海龙的手中。看着那支短签，朱文正和邓愈紧闭着双唇一言不发。

牛海龙先是认真地将抽得的短签细心地纳入怀中，然后故意轻松地一笑道："大都督，邓将军，这洪都城就交给你们了！"

朱文正一把攀住牛海龙的肩膀，他的双眼早已红润，语调也有些哽咽起来："兄弟，你要多保重。"

邓愈也低声道："牛将军，我和大都督在这里等你回来。"

邓愈的话当然是安慰。牛海龙平静地言道："如果牛某的这条性命能换来洪都城的几天平安，又何憾之有？"

牛海龙就那么独自一人走出了洪都城。那是一个早晨，还下着淅淅沥沥的雨。刚走出城不多远，牛海龙就被陈友谅的手下逮住了。牛海龙气定神闲地言道："我要见大汉皇帝。"

实际上，牛海龙就是一句话也不说，陈友谅的手下也会抓着他去见陈友谅的，因为陈友谅的手下认出了牛海龙。在洪都城内，牛海龙也算得上是一个举足轻重的人物了，抓住这么一个重要的人物，自然要交与大"汉"皇帝亲自处理。

见了陈友谅，牛海龙规规矩矩地下跪磕头，神态十分恭顺。陈友谅本来是窝着一肚子的火的，可见牛海龙这么老实，肚里的火气也就不自觉地消去了一多半，还很是客气地询问牛海龙为什么独个儿出城。牛海龙回道，洪都城内差不多已经弹尽粮绝，朱文正和邓愈都不想再死守下去了，逃又无路可逃，遂起了归顺大"汉"的念头，但不知大"汉"皇帝对此事持何态度，所以朱文正就派他牛海龙先行出城拜谒大"汉"皇帝。

陈友谅闻言，不禁龙颜大悦："哈哈……好个朱文正，终于被朕打怕了，要向朕投降了！"

牛海龙问道："陛下是否同意朱文正投降？"

陈友谅没有直接回答牛海龙，而是反问道："那个朱文正，打算什么时候向朕投降啊？"

牛海龙恭恭敬敬地回道："如果陛下同意纳降，朱文正准备明天一早就打开城门恭迎陛下入城。"

陈友谅眼睛一转："牛海龙，你老实回答朕，那朱文正为什么不现在就投降而要等到明天早上？"

牛海龙答道："陛下对城内的情况有所不知。朱文正和邓愈虽然有归顺之心，但他们手下的将领却各有各的想法。他们必须要花上一定的时间来处理这件事情。"

牛海龙的回答，合情合理。再说了，也只不过是一天一夜的时间，陈友谅大可不必那么着急。于是，陈友谅招来兄弟陈友仁吩咐道："命令各路人马，暂停攻城，并做好入城的准备。"又招来张定边吩咐道："派一个人进城去，告诉那个朱文正，朕同意他的请求。"

陈友谅如此轻信牛海龙，是有原因的。尽管他暗自发誓不拿下洪都城决不罢休，但两个多月过去了，洪都城依然没能得手，陈友谅也着实疲惫和沮丧。如果能够以"招降"的形式顺顺当当地开进洪都城，岂不是再好不过的事情？另一方面，陈友谅也并非绝对相信朱文正和邓愈会真心投降，只不过，进得洪都城之后，马上就可以把朱文正、邓愈及牛海龙等人统统杀掉，以绝后患。

转眼间，第二天的早晨就到了。朱文正和邓愈利用宝贵的一天一夜的时间，将千疮百孔的洪都城墙尽力修补了个大概。有了这个"大概"，朱文正和邓愈便又可以在洪都城里与陈友谅周旋几日了。当然，当这个阳光灿烂的夏日早晨来临的时候，朱文正也好，邓愈也罢，他们的心始终牵挂在牛海龙的身上。

牛海龙沐浴着灿烂的夏日晨光正昂首挺胸地朝着洪都城的东城门走来。昨天，牛海龙对陈友谅说朱文正要打开洪都东城门迎接大"汉"皇帝入城。张定边派进城去找朱文正的那个人回来后证实牛海龙所言非虚。

牛海龙的左右，簇拥着一百多名满脸横肉的大块头壮汉。这些壮汉，看起来是为牛海龙保驾护航的，但实际上，是在监视牛海龙。

牛海龙的身后，紧跟着大"汉"朝的"太子"善儿。善儿的身后，是数十名大"汉"朝文武官员。这些文武官员的后面，是一千多名"禁卫军"，"禁卫军"的后面，才是骑在高头大马上的陈友谅。陈友谅威风凛凛、不可一世，颇有一种"马上皇帝"的派头。

陈友谅的身后，是一百多名"皇妃"。"皇妃"的后面，又跟着张定边、陈友仁、陈友贵等数十名文武大臣。队伍的最后，是数万名大"汉"军队。也就是说，不管陈友谅对牛海龙存有多少戒心，陈友谅还是摆出了一副要入住洪都城的架势的。

洪都城近在咫尺了，站在东城门门楼上的朱文正和邓愈等人，已经把城外的牛海龙的眼睛、鼻子看得一清二楚。而牛海龙，也似乎逼真地看清了朱文正和邓愈二人眼中闪烁的泪花。牛海龙扯开嗓门叫道："大都督、邓将军，牛某回来啦。"

牛海龙的叫声，在天地间回荡。"太子"善儿立即就意识到情况不对头。他一把抓住牛海龙的领口喝问道："朱文正为什么不打开城门？"

牛海龙努力一挫身，伸手就想去拔善儿胯下的剑。两旁的那些壮汉动作也不慢，死死地制住了牛海龙。牛海龙只得奋力扭过头去，冲着城门楼上喊道："大都督，快开炮啊！杀死赵德胜兄弟的凶手就在这里。"

善儿不仅是杀死赵德胜的凶手，也是杀死牛海龙的凶手。牛海龙正大声喊叫呢，善儿猛地拔出剑来，一下子就将牛海龙戳了个透心凉。牛海龙多少有些悲伤地言道："死去的兄弟，牛某来陪你们了。"

站在城楼上的朱文正，将这一切全都看在眼里。他转身冲着邓愈吼叫道："快开炮！把这些人都炸死！"

几十门火炮在城墙上发出了怒吼，尽管没能炸着善儿，却把善儿身后的那几十名大"汉"文武官员炸个了人仰马翻。邓愈默默地念道："牛将军，有这些人给你垫底，你也够本了。"

而朱文正却捶胸顿足地大喊大叫道："牛兄弟，我要是不为你报仇，我朱文正就不是人！"

陈友谅从地上跳了起来，大叫道："你们还站在这里干什么？快去攻城啊。"

这一回，陈友谅可真是拼了老命了，从早到晚，从晚到早，一刻不停地对洪都城发动猛攻。幸亏洪都城墙得到了一定程度的修补，不然，即使朱文正和邓愈都长了三头六臂，也是不可能在洪都城里又坚守六七天的。六七天过后，情况发生了一点儿小的变化。散布在江西境内的朱元璋的军队，慢慢地集中了起来，大约集中了有几万人。几万人的军队当然无法为洪都解围，但却可以骚扰一下陈友谅。于是，这几万人的军队就在一个夜里对陈友谅的中军大营发动了一次突袭，突袭虽然不很成功，最后被陈友谅的十几万军队打垮了，但却在很大程度上延缓和减弱了陈友谅对洪都城的进攻。这样，朱文正和邓愈便又得以在洪都城里坚守了十来天。

十来天过后，陈友谅的攻势更猛，而朱文正和邓愈却到了粮尽弹绝的地步了，且四周城墙早已被攻得残缺不堪，城里的人，连妇女小孩都计算在内，也已不足万数。

那是一个黄昏，陈友谅突然停止了进攻。朱文正也没去思考这是为什么，而是拖着疲惫不堪的身躯找到邓愈问道："你说，我们还能在这里坚守多久？"

邓愈回答道："如果陈友谅继续进攻，那我们只能坚守到晚上。"

也就是说，如果陈友谅再攻上一两次，洪都城就破了。朱文正苦笑着对邓愈道："看来，我们要去见赵德胜和牛海龙两位兄弟了。"

邓愈的笑容里也多少有些苦涩："大都督不用担心，就是到了阴间，你还是我邓某的顶头上司。"

然而，出乎朱文正和邓愈意料的是，陈友谅自在黄昏时分停止进攻之后，一直都没再有什么动静。这"一直"，指的是整整一夜。整整一夜，朱文正和邓愈都是坐在一段残缺的城墙边上的。他们已经说好了，要死就死在一块。可因为一夜都没有战事，朱文正和邓愈实在太累太困，也就忍不住睡着了。

是手下把朱文正和邓愈唤醒的，唤醒了之后，朱文正和邓愈下意识地仗剑就要投入战斗，可是哪儿也没有战斗。

原来，陈友谅的几十万大军已经全部从洪都城外撤走了。邓愈不禁仰天长叹道："真是谢天谢地啊！"

朱文正却静静地言道："邓将军，你不要谢天，也不要谢地，我们要谢的，是我义父丞相大人！"

邓愈幡然醒悟道："大都督言之有理。陈友谅如此匆忙撤走，只能有一种解释：丞相大人的援军已经向这里开过来了……"

朱文正拍了拍邓愈的肩膀道："邓将军，我想我们已经尽了最大的努力了……但是，我们现在还有很多事要做。"

邓愈言道："请大都督吩咐吧。闲着也是闲着，还不如找点儿事做。"

朱文正道："第一，找着牛海龙兄弟的尸体，把他和赵德胜兄弟埋在一起。俩人在一块儿，也算是有了一个伴儿了。第二，到洪都周围去调集兵马，能调集多少就调集多少，然后去追赶陈友谅。我想，我义父大人同陈友谅开战，也是需要我们的帮助的。"

朱文正和邓愈等人的洪都保卫战，从陈友谅的第一次攻城算起，到陈友谅撤出洪都为止，前后共持续了八十五天。在这八十五天的战斗中，朱文正和邓愈虽然没有消灭陈友谅太多兵马，却为朱元璋从容应对陈友谅争取到了最宝贵的时间。还有很重要的一点也不能忽视，那就是，朱文正和邓愈等人如此英勇顽强，极大地动摇和挫伤了陈友谅军队的士气。试想想，几十万大军连一个不足万人军队把守的洪都城都久攻不下，又怎么能与朱元璋亲率的大批军队交战？

善谋能断

田芳芳 ◎ 著

朱元璋

（下册）

中国铁道出版社有限公司
CHINA RAILWAY PUBLISHING HOUSE CO., LTD.

【第八回】

艨艟舰群虎夺位，鄱阳湖双龙争天

朱元璋一边等待着徐达、常遇春从庐州归来，一边在应天周围紧急调集兵马。调来集去，只有十万来人，加上徐达、常遇春的兵马，也不过二十万。以二十万兵马长途奔袭去解洪都之围，显然力量单薄了些。以二十万对陈友谅的六十万，似乎也差得太多了。

镇江、常州及太湖西岸的军队就更不能随便动用了。当时的朱元璋，除了陈友谅，最大的敌人就是张士诚了。此次朱元璋去救援洪都，应天城几乎空了，如果再动用或减少镇江、常州及太湖西岸的军队，那张士诚即使真的胆小如鼠，也是绝对不会放过占领应天城这一大好机会的。如果张士诚在东边燃起战火，那朱元璋就只能东西两线作战。尽管朱元璋现在的实力已经今非昔比，两线作战也不一定就会落败，但是，如果能够集中兵力，把对手一个一个地吃掉，岂不是更保险？还有，如果朱元璋真的面临两线作战，那形势就很有可能进一步复杂化，更有可能进一步恶化。朱元璋把兵力都用在陈友谅和张士诚的身上了，那东南的方国珍和陈友定还不趁机抢占朱元璋的地盘？更甚者，北方的元军虽然已经失去了大气候，但如果元顺帝一时兴起，发兵南下，那朱元璋就要陷入四面挨打的局面。

尽管，这种"群而攻之"的局面很难形成，但也不是没有形成的可能性。阻止这种局面形成的最大关键，就是缩短救援洪都的时间，要在尽可能短的时间里把陈友谅彻底击溃，要在张士诚蠢蠢欲动之前真正地解决西线战事。

话虽这么说，但去救援洪都的军队只有二十万人。尽管朱元璋、李善长、刘基等人都对此次出兵江西充满了信心，但应天城内众多的文武官员中，却有不少人对此心存疑虑。这也难怪，陈友谅号称有六十万人马，还有数百艘巨舰，能不令人感到恐慌吗？

于是，在徐达、常遇春领着十万军队回到应天的当天晚上，朱元璋在自己的丞相府召开了一次战前大会。会上，朱元璋、刘基、李善长认真分析了一下战情，说陈友谅虽然兵多但战斗力很差，而且陈友谅很不得人心，所以这一战胜利的几率非常大。到会的文武官员听得异常亢奋，信心提升了几倍，就等着与陈友谅大战一场啦。

当然，在战略上要藐视敌人，而在战术上一定要重视敌人。虽然朱元璋对此次出征江西充满了必胜的信心，但在具体的军事部署上，却也不敢有丝毫的大意。在人员安排上，除去周德兴、汤和等人留守应天外，其他能征惯战的大将，像徐达、常遇春、康茂才、廖永忠、俞通海等人，朱元璋统统带在了身边。武将如此，文官也不例外。李善长、刘基自不必说，就是那个曾向朱元璋提出过"高筑墙、广积粮、缓称王"的老儒朱升，也出现在朱元璋远征江西的队伍中。那陈友谅倾巢倾"国"而来，朱元璋也摆出了生死决战的架势而去。当然，朱元璋与陈友谅还是有很多地方不尽相同。举例说吧，陈友谅几乎把所有的"皇妃"都带在了身边，而朱元璋连一个老婆都没有带。

朱元璋在离开应天前，特地把周德兴、汤和叫到自己的身边叮嘱道："三弟、四弟留守应天责任重大，一是要严防应天城内出什么纰漏，二是要密切注意那张士诚的动静。"

周德兴回道："我已经同四弟商量好了，四弟在应天城内维护治安，我准备到镇江、常州一带巡视一番，叫那里的弟兄们时刻保持警惕。"

朱元璋对周德兴这样安排很满意，因为相比较而言，周德兴为人持重，到东线巡察军情很合适，而汤和善于玩小聪明，手段也毒辣，维护应天治安应该是最佳人选。

朱元璋又吩咐道："你们只要把应天和张士诚这两件事处理好就行了，其他地方出了任何事情，你们都不要管，等我回来再说。"

汤和言道："大哥放心去吧。就是你走后，这里的天塌了下来，我和三哥暂时也能顶着。"

元至正二十三年（1363年）七月初，朱元璋率二十万大军分乘一千多艘大小战船离开应天，浩浩荡荡地逆江而上去解江西洪都之围。有意思的是，朱元璋的一千多艘战船都涂成了白色。白茫茫的船队行进在白茫茫的江面上，颇为肃穆。据说这是李善长和刘基想出的主意。白色有"孝"的含义，古人云："哀兵必胜"。看来朱元璋远赴江西，是抱着必死的决心了。与此相映成趣的是，陈友谅的大小战船一律涂成了红色。红色含有"喜庆"之意，古人又云："骄兵必败"。莫非，双方战船所涂的颜色，已经暗示了双方交战的最终结果？

朱元璋的船队不舍昼夜地在长江里行进了十余日，到达了江西北端的湖口。湖口是一个小镇，也是从长江进入鄱阳湖的必经之地。此时，朱元璋并不知道洪都仍在朱文正的手里。他派廖永忠率一百余艘战船先朝鄱阳湖南边开去，自己率大队人马在湖口一带做了短暂停留。

朱元璋暂停湖口一带，休整部队固然是一个原因。自离开应天之后，部队几乎没有好好地休息过一回，连日的强行军，焉有不累之理？但更主要的，朱元璋是想趁部队短暂休整的机会，与李善长、刘基等人好好地商议一下对付陈友谅之策。

刘基还是原来的意见："陈友谅特地赶造了那么多艘巨型战船，其目的就是想在水里与我们决战。我的意思是，我们干脆将计就计，把陈友谅拖到鄱阳湖里来，把鄱阳湖当成主战场，这样，如果陈友谅是一头野兽，那这头野兽就被我们关在鄱阳湖这只笼子里了。"

李善长补充道："我们再派一些弟兄到鄱阳湖四周去联络活动，把湖周围的粮草统统转移，这样一来，陈友谅这头野兽就要被困死、饿死在鄱阳湖这只笼子里了！"

朱元璋下定了决心："好，就照刘先生、李先生说的做。俗话说，关起门来打狗。我们就把陈友谅这只狗关在鄱阳湖里打！"

于是，朱元璋在离开湖口的时候，顺便在湖口留下了一小支军队，把湖口封住，堵住陈友谅船队开进长江，把陈友谅严严实实地关在鄱阳湖里。朱元璋的船队在长江里拐了一个弯，折向烟波浩渺的鄱阳湖里了。这时，朱元璋得到消息：朱文正还牢牢地守着洪都城。朱元璋对船队下令：全速前进，把陈友谅引到鄱阳湖里来。

朱元璋全军上下得知洪都城的战况后，精神大振。无论是大战船还是小战船，都划得像箭一般，直向鄱阳湖的纵深处开去。

刘基感慨万千地对朱元璋言道："朱文正真是一员不可多得的战将啊，竟然能在洪都城守上这么多天！"

李善长也很有感触地道："我本以为，等我们赶到这里时，洪都早已失守……现在看来，我是太过多虑了。"

朱元璋不无得意地道："我早就知道，文正这孩子是不会让我失望的！"

刘基深深地点了点头道："洪都还在我们手中，那陈友谅就已经失败了。"

鄱阳湖是中国四大淡水湖之一，但形状与太湖、洪泽湖及巢湖都不一样。鄱阳湖的南北跨度很大，有好几百里长，而东西跨度相对比较小，最宽的地方也不过百里。从湖口入鄱阳湖直向南走一百多里，湖东岸有一个小城叫都昌。从湖口到都昌这一段鄱阳湖最为狭窄，宽处不过二十多里，窄处只有几里，而且湖水很浅，有的地方，大战船行驶起来须格外小心，稍不留神就会搁浅。

都昌小城是朱元璋的地盘，只是没有朱元璋的军队驻扎。朱元璋只任命了几个读书人在都昌城里做官。朱元璋的船队经过都昌的时候，又得到关于洪都的最新消息：陈友谅已经撤出洪都，正在鄱阳湖南岸一带集结军队。

朱元璋马上找来几个亲信手下吩咐道："你们马上在西岸登陆，找几匹快马直奔洪都，告诉朱文正，叫他设法多调集些军队，然后在湖四周监视陈友谅，如果陈友谅企图上岸或上岸抢粮，就坚决堵住。"

几个亲信刚要动身，刘基一旁言道："还有一件事，告诉朱文正大都督，叫他设法保证我们大军的粮草供应。"

几个亲信带着朱元璋和刘基的嘱托登湖西岸而去。实际上，朱元璋和刘基考虑到的问题，那朱文正早就考虑到了。

几天过后，打前锋的廖永忠回来禀报，说是陈友谅的几十万军队都上了战船，正向北开来。朱元璋命令道："继续南进，先跟陈友谅见个面再说。"

李善长言道："陈友谅看见我们，便会放心地在这湖里待着了。"

当然不会真的只是跟陈友谅见个面，见面就意味着开仗，所以朱元璋马上就进行了军事部署。大致安排如下：廖永忠率两百多艘战船突前，朱元璋和徐达、常遇春率四五百艘战船跟在廖永忠的后面，在廖永忠和朱元璋之间，左边是俞通海的两百多艘战船，右边是康茂才的两百多艘战船。朱元璋的作战意图是，廖永忠接敌之后，俞通海和康茂才马上从两边包抄过去支援，而朱元璋的主力船队则视具体的战况而行动。

以能征善战著称的徐达、常遇春二人，一开始就被朱元璋放在了预备力量的位置上。原因何在？朱元璋以为，越是能征善战的将领，在这种生死攸关的大决战中，就越要放在后面使用，这样才能达到"奇兵"之效。还有一个原因是，徐达、常遇春虽然是令对手谈之色变、遇之丧胆的战将，但那多是在陆地上，而在水面上，徐、常二人的威力恐怕就比不上康茂才、廖永忠和俞通海等人了。朱元璋把这么三个人推在战斗的首发阵容中，自然是量材使用的。当然，在两军短兵相接的时候，徐达、常遇春就可以尽情地施展他们过人的才能了。

七月二十日，朱元璋的船队与陈友谅的船队在鄱阳湖南端的康郎山（今鄱阳湖内的康山）相遇。双方战船总数达两千余艘，兵力总数达八十万众，这里要爆发一场空前绝后的水战了。

大军在鄱阳湖南岸集结好了之后，陈友谅决定自己亲自带军作战。于是，陈友谅的庞大船队开始向鄱阳湖的北面进发了。仗着战船高大坚固，陈友谅把他的船队排成一字长蛇阵横亘在鄱阳湖水面上。最西边的是陈友仁，最东边的是陈友贵，靠着陈友仁的是张定边，挨着陈友贵的是"太子"善儿。陈友谅则坐在张定边和善儿之间的一条巨型战船上，带着小儿子陈理及一班文武大臣和"皇妃"，全盘调度指挥。从西边的陈友仁到东边的陈友贵，陈友谅的庞大船队东西绵延了二十多里，的确蔚为壮观。

下午，张定边的哨船回来报告：前面不远处的康郎山附近，发现朱元璋的船队。张定边跑来向陈友谅请示，陈友谅命令道："你冲过去，把它打垮！"

张定边就带着两百多艘战船冲向了康郎山，驶到康郎山附近的正是廖永忠的船队。廖永忠和张定边曾在长江里交过手，这番相遇了，真是仇人相见分外眼红，也没客气双方就炮来箭往地打了起来。

陈友谅又得到消息，说是左翼发现一支朱元璋的船队正向康郎山一带靠拢。陈友谅即刻给陈友仁发号令："冲过去，截住它，消灭它！"

陈友仁马上就率着两百多艘战船冲了过去，迎面碰上的是俞通海的船队。

陈友谅再次得到战报：右翼有一支朱元璋的船队正开向康郎山水域。陈友谅命令陈友贵："火速前进，把他消灭掉！"

陈友贵没有怠慢，领着两百多艘战船在康郎山东部水域截住了康茂才的船队。因为康茂才曾经以诈降的手段使得陈友谅惨败于应天城外，故而陈友贵怀着无比的仇恨对康茂才的船队发起了一波更猛于一波、一波更凶于一波的攻击。

陈友仁、陈友贵和张定边的三路人马都派出去之后，天色已近黄昏。没捞着仗打的"太子"善儿未免有些手痒心痒，便爬到陈友谅的大船上请战。陈友谅故意用一种漫不经心的口吻言道："你如此求战心切，朕很喜欢，但朕先要考你一个问题，你以为，朱元璋现在何处？"

善儿皱了皱眉道："以儿臣之见，朱元璋现在一定是躲在他与我们交战的船队后面。"

陈友谅非常满意地点了点头："不错，朱元璋十分狡猾，他在这个时候是不会轻易露面的。他在观察，他在考虑，他会在他认为最恰当的时候率主力船队冲出来。"

善儿也进步了很多："儿臣以为，儿臣应该带领船队绕过康郎山，直扑朱元璋……"

陈友谅猛地一拍巴掌："对！直扑朱元璋，把他的主力船队打乱打垮，如此一来，这场战斗的主动权就操纵在朕的手中了！"

善儿信心十足地道："父皇放心，儿臣定会把朱元璋的主力船队打个稀巴烂！"

善儿本想带三百艘战船前往，陈友谅却给了他四百艘战船，善儿就指挥着四百艘大小战船向北开去了。开到康郎山附近时，天已经大黑。康郎山一带水域里，不时蹿出一道道火炮火铳的闪光，那张定边和廖永忠二人激战正酣。善儿不顾，绕过康郎山，直向前扑去。行不多远，哨船回报：前边水面上漂着一支船队，因为天太黑，看不清有多少船。善儿大喜，那一定是朱元璋的主力船队了。于是，善儿命平章陈普略率一百艘战船从左，平章姚天祥率一百艘战船从右，自己带两百艘战船从中间，一起向前面漂着的那支船队扑了过去。

那支船队的确是朱元璋的主力船队。近五百来艘白色的战船，在朦胧的星月映照下，虽然很难辨清具体的数目，但那么多白乎乎的东西漂荡在湖面上，却也是比较醒目的。

在善儿扑过来之前，朱元璋正准备派一支援军去康茂才那。俞通海和陈友仁交战，虽不敢讲占多大的上风，但优势还是比较明显的。廖永忠与张定边交手，打得难解难分，尽管没有什么优势可言，却也不会很快落败。只有康茂才那一边形势比较危急，在陈友贵猛烈地攻击下，康茂才实在难以招架，只得且战且退。所以，经与刘基、李善长等人商量后，朱元璋决定派部将陈兆先带一百艘战船去支援康茂才，先把康茂才那边的败势扭转过来再说。朱元璋知道，陈友谅肯定留下了一支预备力量，故而他命令徐达、常遇春二人按兵不动。

然而，陈兆先还没来得及出发，那善儿就凶狠地扑了过来。这的确大出朱元璋所料，朱元璋马上准备应战。于是，徐达迎住了陈普略，常遇春接住了姚天祥，那陈兆先一马当先，指挥着两百多艘战船堵在了善儿的面前。从战船数量上来看，朱元璋有五百来艘，而善儿只有四百艘。但是，善儿的四百艘有一大半都是巨型战船，而且，善儿所携的官兵数量，至少是朱元璋的三倍。尤其是，善儿亲自指挥的那两百来艘直冲向朱元璋中军的战船，几乎全是巨型战舰。故而，为朱元璋保驾护航的陈兆先，尽管拼尽了全力，也只能节节败退。

眼看着善儿就要击溃陈兆先，冲到朱元璋的船前了。徐达见情况不妙，赶紧撇开陈普略，向朱元璋的中军靠去。陈普略自然不会罢休，紧紧咬住徐达，双方又混战在一起。那边的常遇春，听说朱元璋情形危急，也连忙甩开姚天祥，朝着朱元璋拢去。姚天祥可不是那么好甩的，紧跟着常遇春，也朝着朱元璋扑去。如此一来，近千艘大小战船，杂乱无章地绞缠在一起，几乎是闭着眼在厮杀。

善儿铁了心要把朱元璋杀死或生擒，仗着舰大兵多，一次又一次地催逼着手下向前猛攻，企图将陈兆先的防线撕开一个缺口，好直接对朱元璋发动攻击。尽管陈兆先早已将生死置之度外了，但朱元璋身边的人都能看得出，善儿冲破陈兆先的防线，只不过是个时间上的问题。

朱升、李善长、刘基等人劝朱元璋改乘小船先向北撤，但朱元璋怕他一走军心就会动摇，所以执意不走。就在这当口，善儿所乘的巨舰冲破了陈兆先的防线，径直向朱元璋的船冲来。朱元璋坐船旁边的一只小战船，想上前拦堵善儿，善儿的巨舰只轻轻一撞，那小战船就在湖面上翻了个底朝天。李善长急忙劝朱元璋道："大人快走吧，再不走就来不及了！"

朱元璋磨磨蹭蹭地终于有了走的意思。可说时迟那时快，善儿早瞅准了朱元璋的所在，拿过弓，搭上箭，仔细瞄定了，"嗖"的一声就朝朱元璋射去。这善儿不仅力道大，箭头也准，朱文正的部将赵德胜就是被善儿一箭射死的。善儿射出的箭直直地朝着朱元璋的胸膛窜去，朱元璋一点儿也不知晓。李善长等人都忙着去准备别的战船来撤走朱元璋了，当时朱元璋的身边只有老儒朱升一个人。朱升看到了那支箭，想喊朱元璋躲避已然来不及，情急之下，朱升鼓足力气，一头朝着朱元璋撞去。朱升这一撞，只把朱元璋撞了一个趔趄。可就是这一趔趄，救了朱元璋一条命。善儿射出的箭，擦着朱升的头皮从朱元璋的右臂边上飞了过去，重重地钉在了船舱板上。

李善长、刘基等人跑过来，听说朱元璋差点玩完儿，都大惊失色，慌忙劝朱元璋赶紧北撤，说是北撤的船只已经准备妥当。朱元璋脖子一梗道："我不走了！我要在这里战斗到底！"

朱元璋为什么又改变了想法？原来，善儿的船已经停止了前进，原因是，那陈兆先带着几只小战船冲破重重拦阻靠近了善儿的船，而且，陈兆先身先士卒，第一个爬上了善儿的船，与善儿的手下展开了面对面的厮杀。陈兆先如此，陈兆先的部下也纷纷不顾一切地爬上善儿的船。也就是说，善儿已经自顾不暇了，朱元璋岂有仓皇逃走的道理？

说善儿已经"自顾不暇"也不够准确，因为善儿的坐船上至少有两千名官兵，而陈兆先的身边只有一千多人。只不过，陈兆先及其手下，个个舍生忘死、奋勇杀敌，用"以一当十"来形容也不为过。故而，善儿虽然人数上占优，但局面却是大为被动。

突地，李善长叫道："那善儿跑了！"

那善儿逃离自己的船之后，马上招来几艘巨舰，将自己的船围了起来，并且命令手下朝自己的船上放箭。善儿是要将陈兆先的部下和他自己的部下一起射死。

朱元璋喊道："快，快通知陈兆先，叫他离开那条船……"

然而，陈兆先无法离开。他和一千名手下，还有善儿的两千多手下，已经完全笼罩在善儿的箭雨中了。甚至，善儿还命令炮手对自己原来的船开炮。

朱元璋自然很想救陈兆先回来，但他无能为力。他自己的船，根本无法冲到陈兆先的身边，相反，在几艘敌船的压迫下，朱元璋的船只能一步步地向后退。

而实际上，朱元璋应该感到庆幸才是。如果那陈友仁、陈友贵和张定边都能够像善儿一样拼命，那朱元璋的整个船队说不定就被陈友谅完全击溃了。事实是，经过一夜激战之后，陈友仁见取胜俞通海无望，首先脱离战场南撤。张定边虽然和廖永忠打得难解难分，但听说陈友仁撤了，也不敢恋战，匆匆鸣金收兵。尽管陈友贵在与康茂才的交战中一直处于上风，可听说陈友仁、张定边相继撤走，生怕自己独木难支，所以也慌忙向陈友谅靠拢。这样一来，俞通海、廖永忠和康茂才三人才得以集中力量回援朱元璋。善儿再英勇，也架不住这么多人对他的攻击，苦战一番之后，不见援兵到来，只得无奈地向南而去。

陈友谅失去了打败朱元璋的一个好机会。主要原因是，陈友仁、陈友贵及张定边都不知道善儿正在与朱元璋交战，更不知道善儿极有可能击溃朱元璋的船队。如果他们知道这一点，他们就不会撤离战场，只要善儿击溃了朱元璋，那俞通海、廖永忠和康茂才就只能跟着溃败。究其根本原因，还是陈友谅太过刚愎自用了，善儿去攻击朱元璋，陈友谅无论如何也该派人去通知陈友仁等人一声。然而，陈友谅好像忘记了这一点。

既有过失，那就要想法补救。陈友谅把自己所有的战船都纠合到一起，气势汹汹地朝北扑去。但有些迟了，朱元璋已经溜了。陈友谅不甘心，继续率军北上，他要追到朱元璋与之决战。

但朱元璋不想与陈友谅决战，朱元璋已经看出来了，这么硬碰硬地跟陈友谅打，绝无便宜可占。所以，当善儿被回援的俞通海等人打跑了之后，朱元璋便急急下令：全线北撤。

陈友谅追得快，朱元璋跑得更快。七八天工夫，朱元璋的船队就从鄱阳湖的南端跑到了鄱阳湖的中部，再往后跑一点儿，就要跑到都昌小城跟前了。陈友谅追得累了，暂时停止了追击。朱元璋也稳住了阵脚，没再继续往北跑。

八月初一那天黄昏，陈友谅得到侦察报告，说是在左前方发现一支朱元璋的船队，大约有两百来艘战船，开着开着就停在湖面上动也不动了，意图不明。得知那支船队的统帅是俞通海时，陈友仁便主动向陈友谅请战。因为前番与俞通海交手，陈友仁没占到什么便宜，这回他要找俞通海算总账。陈友谅理解陈友仁的心情，就拨给陈友仁两百艘战船，而且几乎都是那种巨型战舰。

陈友谅倒多少有些疑惑，俞通海的船队停在那儿动也不动，目的何在？所以，陈友谅虽然决定派陈友仁前去迎战俞通海，但还是谆谆告诫陈友仁道："你此番前去，当处处小心，以防有诈。"又明确指示陈友仁道，"如果俞通海不战而退，你切莫穷追不舍。"尽管对陈友谅的话不以为然，但陈友仁还是点头答应了。

陈友仁走了之后，陈友谅的心一直是悬着的。他实在猜不透朱元璋为什么要派俞通海到那儿漂着。陈友谅的心悬到天黑下来之后，终于落到了肚里。因为他接二连三地得到相同的报告：右前方发现朱元璋的船队向南移动。

陈友谅的侦察兵发现，在陈友谅的右前方，前前后后共有四支朱元璋的船队在向南移动，而每支船队的战船数量都在两百艘上下。

陈友谅认为朱元璋是想在背后袭击他们，于是立即下了两道命令。一道命令是，平章陈普略和平章姚天祥马上前往陈友仁处，协助陈友仁把俞通海彻底歼灭。陈友谅对陈普略和姚天祥道："即使俞通海逃到长江里，你们也要追上他，把他消灭！"

陈友谅的第二道命令是，剩下的八百艘大小战船迅速向东开进，把朱元璋的四支南下船队全部堵住，与朱元璋展开决战。陈友谅还重重地对善儿、陈友贵和张定边等人道："这一回，无论如何也不能再让朱元璋逃掉了！"

破晓时分，陈友谅发现了朱元璋的一支船队，有一百艘左右战船，战船上飘着"徐"字大旗。显然，这支船队的头领是徐达。陈友谅大手一挥，那善儿就领着船队向徐达冲过去。徐达也不接战，只放上几炮就掉头北上。

陈友谅坚信，朱元璋肯定就在前面不远处，所以就命令船队加快速度向北开进。行不多远，又看见朱元璋的一支船队，有一百多艘战船，战船上飘着"常"字大旗。一只小战船上，挺立着一个手握板斧的大汉，正是常遇春。张定边遵"旨"冲向常遇春，常遇春同徐达一样，放过几炮后马上掉头北上。张定边不敢贸然追赶，只得回撤向陈友谅交差。

善儿有些疑惑地问陈友谅道："父皇，那朱元璋究竟在何处？"

陈友谅沉吟道："徐达和常遇春是朱元璋的左膀右臂，他们相继出现，就说明朱元璋一定在离此不远的什么地方躲着。"

果然，侦察兵回报，前面发现朱元璋的一支船队，船上飘着"朱"字大旗。陈友谅兴奋得自言自语道："朱元璋，朕终于找到你了，这回看你还往哪儿跑！"

陈友谅下令，陈友贵率两百艘战船从左，张定边率两百艘战船从右，他和善儿率四百艘战船居中，三路人马一起扑向朱元璋，与朱元璋的主力船队决战。

可是，大出陈友谅意料的是，前面根本就没有什么朱元璋的主力船队。前面确实有朱元璋的一支船队，而且朱元璋也确实在那支船队当中，但朱元璋身边的战船，大大小小加在一起，也不过百艘。见陈友谅的船队从三面压过来了，朱元璋二话没说，领着近百艘战船就向东开去，似乎要弃舟登岸。

善儿问陈友谅要不要去追赶朱元璋，陈友谅缓缓地摇了摇头道："先别急着追赶……朕有些糊涂了，朱元璋到底在玩什么鬼把戏？"

但没多久，陈友谅便笑了，他以为他已经弄清了朱元璋的真实意图。因为他几乎同时接到了两份报告，一份报告是，常遇春的船队重新在北边出现；另一份报告是：徐达的船队已经绕到了陈友谅的南边。

陈友谅问善儿、陈友贵和张定边等人道："你们可知朱元璋在搞什么名堂？"

陈友谅故意停顿了一下，以强调他说话的权威性："朱元璋他们这样做的目的只有一个，那就是要诱使朕分散兵力，好让他们各个击破！"

善儿第一个反应过来："父皇的意思是，朱元璋的主力船队就藏在这一带的某个地方，如果我们分兵去追击他们，朱元璋的主力船队就会集中力量打垮我们的一路人马！"

张定边马上歌颂道："陛下英明！纵然那朱元璋满肚子都是鬼点子，也逃不出陛下的手心。"

陈友谅微微点了点头道："朱元璋想叫朕分兵，朕就偏偏兵合一处。传令下去，不管那徐达、常遇春如何骚扰，都不要理睬，直向东追，哪怕朱元璋逃到天涯海角，也一直追下去。朕倒要看看，朱元璋的主力船队究竟能藏到何时。"

陈友谅的八百艘战船就一起向东去追击朱元璋了。陈友谅的意思是，穷追个三两天，不怕朱元璋不派出主力船队来决战。陈友谅是下定决心要在鄱阳湖东边与朱元璋一决生死了。

陈友谅悟出情况不对，是在追击朱元璋的三天之后。一连追了三天，除了朱元璋、徐达、常遇春的三支船队共近四百来艘战船外，陈友谅没再发现朱元璋其他什么船队。

陈友谅不能不疑虑重重了。朱元璋和徐达、常遇春的三支船队，仗着船小速度快，与他陈友谅在这湖的东边兜圈子，已经兜了整整三天了。如果朱元璋的主力船队真的在这一带藏着，那陈友谅至少也该发现它的行踪了，因为除去湖西边的俞通海的两百艘战船，朱元璋至少还有五百艘战船没有露面。五百艘战船不是个小数目，想把它藏得不露一丝痕迹几乎是不可能的。然而陈友谅就是没有发现那五百艘战船的一丝痕迹。这说明了什么？这只能说明，朱元璋的那五百艘战船根本不在湖东。

陈友谅的脊背上觉着了一股股的寒意。朱元璋的那五百艘战船如果真的不在湖东的话，那就只能在另外一个地方，而另外一个地方又只能是湖西。湖西有什么？湖西有俞通海的两百多艘战船，还有陈友仁和陈普略、姚天祥的两百多艘战船。要命的是，陈友仁的两百多艘战船几乎全是那种巨型战舰。如果朱元璋的那五百余艘没露面的战船真的在湖西的话，那陈友仁的两百多艘巨型战舰恐怕就凶多吉少了。要知道，陈友谅一共就造了四百余艘巨舰，如果陈友仁有什么闪失的话，那陈友谅在水面上的优势就差不多减少了一半。

陈友谅越想越觉得害怕，越想越觉得自己现在的判断是正确的。陈友谅慌了，忙着把自己的担心说与善儿、陈友贵和张定边等人听。最后，他们决定向湖西进发。

朱元璋当然看出了陈友谅的意图，于是就把徐达、常遇春的船队集合在一起，率着近四百艘战船拼命地在陈友谅的后面追。这一回，朱元璋不仅追得快，更追得紧。有几次，常遇春带着十数艘小快船都冲进为陈友谅殿后的张定边的船队里面了。

陈友谅自然知道朱元璋这么做是想拖住他，不让他快速西进，于是就对手下下令：不管朱元璋如何骚扰，也不要停止西进。因为陈友谅似乎感觉到了这么一点：朱元璋越是骚扰得厉害，就说明陈友仁还有救。只不过，陈友谅越是不理睬朱元璋，朱元璋骚扰的胆子就越大。有一回，朱元璋亲自率着十多艘小炮船，一下子冲到了陈友谅的船附近，朝着陈友谅的船连开了十几炮。虽然因为距离的关系，朱元璋的火炮未能打中陈友谅的船，只在陈友谅的船的旁边击起一朵朵水花，但把陈友谅吓得不轻。陈友谅被吓着了，整个船队的行进速度就大大减慢。万般无奈之下，陈友谅吩咐张定边道："你留在这里，堵住朱元璋！"

张定边得"旨"之后，领着三百多艘大小战船挡在了朱元璋的前面。可别小看了这个张定边，他硬是把朱元璋、徐达、常遇春等人死死地挡着，让他们不能前进一步，而且还与朱元璋等人展开了一场血雨腥风的大搏杀。

没有了朱元璋的骚扰，陈友谅的西进速度明显加快。两天之后，陈友谅的船队开到了湖西水面。然而，陈友谅没再继续向西开进，因为他撞见了姚天祥。姚天祥的身后，跟着三十多艘巨舰，有的巨舰上还在冒着浓烟。而三十多艘巨舰的后面，就什么都没有了。陈友谅不禁仰天长叹道："朕还是来迟了一步啊！"

听姚天祥说，朱元璋的手下太厉害了，他是死里逃生的。陈友仁战死，陈普略阵亡，还有十多万官兵不是被打死就是成了廖永忠等人的俘虏。更严重的，陈友谅一下子就在湖西损失了两百来艘巨舰。如此巨大的打击，大"汉"皇帝陈友谅如何能禁受得住？"哇"的一声，从陈友谅的口中喷出来一股鲜血。陈友谅咬碎钢牙指着湖东方向道："回去，消灭朱元璋！"

陈友谅还算比较清醒，他知道廖永忠等人得胜之后肯定跑得远远的了，现在唯一出气的法子，就是回去找朱元璋。不过陈友谅还是很糊涂。他从湖东开到湖西，花了两天的工夫，现在从湖西往湖东开，又得花上两天时间。整整四天，朱元璋岂能待在原地等候他陈友谅？

不过话又说回来，朱元璋虽然没有在原地等候陈友谅四天，却差不多整整等了两天。在这两天里，朱元璋是和张定边一起度过的。

张定边是被陈友谅留下来拦截朱元璋的。张定边很称职，硬是迫使朱元璋等人不断退却。说"退却"，是因为朱元璋等人本来不想与张定边交火。朱元璋此役的目的，就是要廖永忠等人把陈友仁的船队打垮或歼灭。估计等陈友谅赶到湖西的时候，廖永忠那边的战斗早已结束了。既然被张定边挡着过不去，朱元璋就想按原计划北撤到都昌以西的水面上与廖永忠等人会合。

在湖东和陈友谅兜了三天圈子，常遇春早就兜得烦了。听说朱元璋马上要北撤，常遇春实在耐不住了，就找到徐达言道："二哥、廖永忠他们在西边打得热火朝天的，我们倒好，一枪没放，就灰溜溜地跑了，这算是怎么一回事啊？"

徐达自然明白常遇春的心意，就故意问道："依五弟之见，我们现在应该怎么做？"

常遇春脱口而出道："我们不要急着跑，先在这里跟张定边打一仗再说。"

别看徐达的面部表情很平静，其实他的内心也挺渴望战斗的，一个打惯了仗的将军，老是不打仗心里肯定很急。于是徐达就对常遇春道："我去问问大哥，看大哥是什么态度。"

徐达找到朱元璋，笑模笑样地言道："大哥，听五弟说，他很想在这里打一仗呢。"

朱元璋微微一怔，然后也笑模笑样地问道："五弟想在这里打一仗，二弟你想不想在这里打一仗呢？"

徐达老老实实地回答："我也有和五弟同样的想法。"

朱元璋很信任徐达，徐达既然想在这里打一仗，就必然有充分的理由。不过朱元璋也没有马上草率地作出决定。本来计划中没有同张定边交手这一项，现在要临时改变计划，就一定要慎重，更要稳重。不打则已，打则必胜。

夜幕降临之后，朱元璋的船队开始一点点地向张定边接近，张定边顿时紧张起来。还好，朱元璋的船队西进了一段距离之后，就又一动不动地泊在湖面上了。但张定边依然很紧张，他怕朱元璋的船队会趁着夜色溜到西边去，所以就派了许多小战船从南北两个方向监视着朱元璋。朱元璋当然不会有什么异常的举动。天色微明的时候，张定边紧张的神经开始逐渐地松弛，他以为，天一亮，朱元璋就甭想从他的眼皮子底下溜到西边去。

殊不知，天亮了之后，张定边的神经就怎么也松弛不下来了。朱元璋的船队开始大摇大摆地西进。张定边的船队刚一拦截，朱元璋就开了炮。朱元璋一开炮，张定边当然要还击。朱元璋对张定边发起进攻的时候，摆出了三路纵队阵法：南路纵队由陈弼、徐公辅一百艘战船组成；北路纵队，由丁普郎、余昶带领一百艘战船组成；中路纵队是主力，由徐达、常遇春一百六十多艘战船组成。朱元璋则带着十几艘小战船，与李善长、刘基等人一起，在三路纵队的后面观敌掠阵。徐达本想叫常遇春待在朱元璋身边做护卫的，但常遇春显然有些不情愿。后来徐达又想叫丁普郎或者别的大将担当朱元璋的护卫，朱元璋知道了，就对徐达道："二弟，你不要老是为我着想，你应该把心思全部放在张定边的身上。你只要把张定边打垮了打呆了，我还要人护卫干什么？"

既然朱元璋这么说，徐达只好一笑了事。虽然三路纵队阵法是朱元璋拟定的，但战场总指挥却是徐达。徐达把全部心思都用在战斗上了，他第一波攻击，就要把张定边的船队打乱。丁普郎、余昶的北路纵队和陈弼、徐公辅的南路纵队几乎是同时向张定边发动攻击的。他们牢记徐达的"快、狠"要诀，领着手下奋不顾身地扑向张定边的船队。

张定边的船队在丁普郎等人的勇猛冲击下，一下子就混乱起来。徐达对常遇春道："五弟，我们再对张定边的中路冲他一回，张定边就肯定招架不住了！"

常遇春哪里还能等得及？两把大板斧一挥，常遇春带着几十条船径直朝着张定边的船方向冲去。徐达怕常遇春有闪失，不敢怠慢，率着百余条战船从南端向张定边的船一带包抄过去。张定边只好分兵迎击常遇春和徐达。一时间，喊杀声不绝于耳。

湖东的战斗与湖西的战斗不同。湖西的战斗以火器较量为主，而湖东的战斗则主要是面对面的肉搏。火器较量讲究的是数量和技巧，而肉搏战则只能是"狭路相逢勇者胜"了。战至中午，张定边丢下数十艘战船和上万名官兵，仓皇向西退出了战场。徐达等人也没追赶。

但没过多久，张定边就卷土重来。他用北路和南路的两百艘战船分别拖住丁普郎和陈弼等人，自己带中路人马用优势火力从徐达、常遇春身边杀开一条通道，然后直扑朱元璋，张定边的这招叫"射人先射马，擒贼先擒王"。

徐达没料到张定边会把所有的火器都集中起来。直到张定边的中路船队快要开到自己近前时，徐达才感觉到情况有些不妙，因为张定边冲在最前头的几十艘战船的船头上，几乎都架有火炮。徐达刚要去嘱咐常遇春小心提防，张定边的火炮就一起开口说话了。

一阵炮火过后，挡在张定边前面的十几艘徐达的战船，有半数以上都起了火。张定边命令炮船继续前进，他带着后面的船只紧紧跟上，一边不停地开枪放箭一边不顾一切地向前冲。在如此猛烈的火力冲击下，徐达、常遇春的部下一时乱了阵脚，纷纷把战船往南北两个方向撤避，尽管徐达、常遇春拼命地抵抗，也难以遏止这种混乱的局面。张定边如愿以偿地撕开了徐达、常遇春的防线，开始凶猛地朝着朱元璋扑去。

张定边留下六十多艘战船拼命地阻拦徐达、常遇春的追击，自己率数十艘战船径直扑向朱元璋。而朱元璋的身边，当时只有十几艘小战船护卫，官兵不过千人，更无什么勇猛的战将，自己的船虽然较大，上面有近千号人手，但除了百十名亲兵外，大都是像李善长这样的文官幕僚。

眼看着张定边的战船越冲越近，李善长急忙对朱元璋道："大人，快下令撤吧，再不撤，张定边就要开炮了！"

只见朱元璋哈哈一笑，朗声言道："刘先生、李先生，你们的好意，朱某心领，但朱某身为主帅，岂可擅离战场？还有，如果朱某一人离开，你们岂不是都要被那张定边抓去？"

刘基、李善长还要再劝，朱元璋却早跳入一只小战船之中，并立即打出鲜艳的"朱"字大旗，领着十多艘小战船，竟向张定边迎了过去。

李善长深深地唱叹道："朱大人这是在为我等安危着想啊！"

刘基扫了一眼浩渺的湖水，然后重重地道："朱大人有如此胸襟，天下谁与争锋？"

李善长和刘基所言当然有道理，朱元璋离开自己的船，确有保护李、刘等人之意。要知道，朱元璋的船上，不仅有李善长、刘基这样的高级幕僚，还有一大批在应天城内任职的文官，这些人，朱元璋都很需要。如果朱元璋不离开自己的船，必将招来张定边的火炮火枪轰击，也甭说什么火炮火枪了，只要张定边的一排弓箭射来，朱元璋的那些幕僚文官就肯定会有人毙命。

朱元璋打着自己的旗号，率着十几艘小战船明目张胆地迎着张定边冲去，这确实很危险，但朱元璋却深知，这种危险只是暂时的。因为他相信徐达、常遇春被张定边冲破了防线，只能是由于一时的疏忽，要不了多久，徐达、常遇春就会反扑过来，把张定边打走。有徐达、常遇春在附近，朱元璋才敢冒这个险。朱元璋的身边只剩下五艘小战船了，自然不敢与张定边硬碰，而是忽左忽右地同张定边捉迷藏。徐达带着十几条战船飞快赶到朱元璋船边上，一阵箭雨，将张定边的那几艘小战船射得魂不附体，除了逃跑就别无选择了。

包围一解，朱元璋就轻松多了，他开玩笑地朝徐达喊道："徐将军，你来得是不是太快了？"

朱元璋勇敢地与张定边周旋，为徐达和常遇春赢得了时间。见朱元璋已经无碍，两人身先士卒，跃上张定边的大船，一阵拼杀。张定边知道再不逃，命就会丢在这里，于是，他带着一身血污溜掉了。

湖东一役，张定边折损了一百五十多艘大小战船及两万多名官兵。而朱元璋的损失，还不到张定边的一半。尤其是人员伤亡方面，朱元璋似乎就更讨巧。虽然阵亡了万余官兵，却抓住了近七千个俘虏。这些俘虏，大都成了朱元璋的手下。

八月初十那天，朱元璋的船队停泊在都昌以西的湖面上。他在这里停泊了两天，主要是休整部队和补充给养。给养是朱文正和邓愈等人筹措的。朱元璋因而在都昌附近的湖面上见到了朱文正和邓愈。

朱元璋吩咐朱文正等人道："我对这一带的情况也不是很熟悉。不过，陈友谅的船队正在北上，我也打算在这里跟他打一仗。如果他要在这一带上岸抢粮的话，就极有可能去两个地方，一个是这里的都昌，另一个是湖西的吴城。而吴城附近的水面上尽是礁石，船只不好行驶，加上他刚刚在那里吃过大亏，所以，我估计，陈友谅真要在这一带抢粮的话，那最有可能去的地方，就是东边的都昌，当然，湖西的吴城也不能不防。"

朱文正点头道："义父大人放心，不管陈友谅企图在哪里抢粮，孩儿都保证叫他空手而归！"

朱元璋哈哈大笑道："你和邓愈兄弟能在洪都城里坚守三个月，义父还有什么不放心的？"

两天之后，朱元璋的军队不仅休整好了，还在都昌以北的湖面上构起了一道防线。都昌以北正是鄱阳湖湖面拐弯的地方，这一带湖面非常窄，最窄的地方，东西跨度不过十几里，且断断续续地还有不少明礁暗礁。经与李善长、刘基等人商量后，朱元璋命令徐达、常遇春等人在此构筑防线。这一道防线大致是这样构成的：由三百多艘大小战船首尾相连，配合那些明礁暗礁，把这一带的湖面从东到西严严实实地封堵住。

三百多艘大小战船和一些明礁上面，驻扎着数万名官兵，配有数百门火炮、近千支火铳，还有数不清的弓箭。朱元璋建立这座水寨的目的，自然是要把陈友谅的船队死死地堵在鄱阳湖里。朱文正和邓愈不仅为朱元璋补充了粮草，还为朱元璋补充了一百多门火炮、两百多支火铳及三百多艘大小战船。朱文正和邓愈把在江州一带弄到的所有火器和战船全送给了朱元璋。也就是说，朱元璋的兵马虽没有得到什么补充——实际上，朱文正和邓愈身边的兵马，也就等于是朱元璋的兵马——但作战的船只更多，作战的火力更猛。朱元璋以为凭着如此猛烈的火力，是完全有把握将陈友谅牢牢地封在鄱阳湖里的。

只要这座水寨挡住了陈友谅，朱元璋就好办了。陈友谅出不了鄱阳湖，只有两种选择，或者弃舟登岸逃往武昌，或者四处抢粮继续在湖里死撑活挨。但不管陈友谅选择哪条路，朱元璋都有办法对付他。如果陈友谅选择逃往武昌，则势必士气低落、军无斗志，朱元璋可以叫徐达、常遇春与朱文正、邓愈兵合一处，对陈友谅进行围追堵截，再叫廖永忠等人的水军逆江而上，直捣武昌，先断了陈友谅的后路，然后配合徐达等人将陈友谅一举歼灭。如果陈友谅选择继续在湖里同朱元璋开战，那陈友谅就要忍受饥饿的煎熬，等陈友谅煎熬得走投无路之时，朱元璋就可以率主力船队大举寻歼陈友谅了。

一句话，只要将陈友谅死死地封在鄱阳湖里，朱元璋就可以把心腹大患陈友谅除掉。陈友谅也知道，朱元璋是不会让他轻易地冲出鄱阳湖的。但陈友谅不想弃舟登岸。因为如果没有了战船，他陈友谅岂不是太过被动了？于是陈友谅下令：所有战船，速速北上。

八月十二的凌晨，朱元璋构筑的那道防线上，看起来一片宁静，没有人走动，也没有人说话，似乎把守防线的五六万官兵都还在睡梦里。其实不然，替朱元璋把守这道防线的常遇春和丁普郎、余昶三位大将只是各自眯盹了一会儿，便聚在一起瞪大眼睛朝着黑乎乎的南边张望呢。陈友谅的船队前一天下午开到了都昌以西的湖面上，常遇春等人及时地得到了消息，并迅速向防线后面的朱元璋作了报告。朱元璋分析说，陈友谅不大可能马上就发起进攻，可能的进攻时间，是在第二天的凌晨。现在，第二天的凌晨到了，常遇春等人哪还敢沉浸在梦乡里？

为防止陈友谅搞突然袭击，头天晚上，常遇春把十几只小船派往防线以南去监视陈友谅船队的动静。现在，一夜即将过去，陈友谅没有什么异样的动静，只发现陈友谅的几只侦察船在附近活动，常遇春也没有理会——如果常遇春知道那几只侦察船上有"太子"善儿和平章姚天祥的话，他恐怕就要有所理会了。

常遇春和丁普郎、余昶都以为，这一夜就算是平安地过去了。可就在他们正要休息的当口，头天晚上派出去监视的那十几只小船一艘跟着一艘地回来了。十几只小船向常遇春报告了同一个消息：陈友谅的船队攻过来了。常遇春忙问陈友谅开过来多少战船，是小船还是巨舰。常遇春的这两个问题只得到一个答案：因为天黑，看不清陈友谅开过来多少战船，但从战船的影子上去判断，陈友谅开过来的全是巨舰。

常遇春不敢耽搁，连忙对丁普郎和余昶道："时间紧迫，我们按原计划行事。"

原计划是这样的：丁普郎守西边，余昶守东边，常遇春坐镇中间。原计划还有一项内容，那就是，如果陈友谅攻过来的是巨舰，常遇春等人便集中几十门火炮去轰击一艘。防线上有几百门火炮，一下子就可以轰掉十多艘巨舰，再加上近千支火铳协助配合，陈友谅巨舰再多，也难以冲到防线的跟前。

天色微明的时候，常遇春看见了陈友谅冲过来的战船，果然都是巨舰，大约有六十艘，一字儿在湖面上排开，舰与舰之间都用金属链条勾连，东西绵延达数里之长，远远望去，像是湖面上突然耸出了一座山脉，正一步步地朝着常遇春的防线压来。

开始，常遇春没觉着有什么不对劲儿，相反，他还觉得，陈友谅这种做法太傻。几十艘巨舰排在一起，那该是多么大的目标？火炮手用不着瞄准，也可以把炮弹准确地送到那些巨舰上，而且，只要一艘巨舰被火炮打着了火，其他的巨舰便都要跟着遭殃。所以，常遇春就忍不住地在心里暗笑道："陈友谅，简直是天底下最笨的人。"

于是，常遇春就派人去通知丁普郎和余昶："只要距离够了，就开炮开枪。"

陈友谅的巨舰越开越近，常遇春的火炮响了，这场战斗正式爆发，而战斗的进程却大出常遇春所料。没出常遇春所料的是，他的几百门火炮和近千支火枪确实都击中了那些巨舰，那些巨舰也确实一艘跟着一艘燃起了火，湖面上，好像燃起了一座火山。只不过，这座火山不是静止的，而是运动的，一点一点地，朝着常遇春的防线运动。等那些着火的巨舰就要运动到防线跟前时，常遇春才明白过来这是怎么一回事。只可惜，他明白得太晚了。

前面说过，陈友谅的这种巨舰分上下三层，每层都可容纳千人左右。通常情况下，第一层和第二层住着两千左右官兵，而第三层，也就是甲板下面，住有几百名水手，专门负责划船的。这一回，为了突破朱元璋的防线，陈友谅把这种巨舰的人员分布做了调整，也不是全部巨舰都调整，只调整了五十多艘。是这样调整的：第一层和第二层空着，不设一兵一卒，只在第三层里面，配有千名官兵，几个人合划一支大桨，每个人还都挎着刀剑，既是水手，也是战士。甲板上，泼了一层厚厚的湖水。

陈友谅想，朱元璋的火器再凶猛，也只能把巨舰的第一层和第二层打毁打起火，在一定的时间内，巨舰的第三层里面是安全的，加上有那层湖水隔着，甲板上面的火短时间内不会蔓延到甲板下面。等甲板上面的火能够把甲板下面也烧着的时候，巨舰早就开到了目的地，甲板下面的官兵也早就冲了出去。也就是说，陈友谅要以五十多艘巨舰的代价来突破朱元璋的那道防线。突破那道防线之后，陈友谅就没有什么太大的顾虑了。

陈友谅的目的达到了，五十多艘巨舰虽然都被常遇春的火炮火枪打得燃起了熊熊烈火，但甲板下面的官兵一时却都安然无恙。一艘巨舰甲板下面的官兵以千人计，五十多艘巨舰的官兵总数就达五万多人。这五万多人抱着船桨拼命地划，划来划去的，五十多艘巨舰就一并排地划到常遇春防线的近前了。这个时候，常遇春的那些火枪火炮就几乎完全失去了作用。

巨舰上烈火熊熊，巨舰却依然向前开动。常遇春知道大事不好，立即下达了两道命令：迅速向朱元璋报告；防线上的所有人马上做好肉搏战的准备。

去向朱元璋报告的小船刚刚离开，陈友谅的那五十多艘冒着烈烈火光和滚滚浓烟的巨舰就一起冲到了常遇春的防线前。跟着，巨舰的船头打开，陈友谅的五万多手下连滚带爬地从船肚子里面钻了出来，并大呼小叫地举刀舞剑跃上常遇春手下把守的战船和礁石，与常遇春的手下展开了一场殊死的搏杀。

用"殊死"二字来形容当时的战斗，一点儿也不夸张。常遇春的防线上有五万人，而陈友谅冲过来的官兵也有五万多人，可谓是旗鼓相当。更主要的，陈友谅的这五万多人还都是大"汉"军队中的精锐，是"太子"善儿和"王爷"陈友贵直接统率的大"汉"禁卫军。善儿和陈友贵都在这五万多人之中。可见，陈友谅为了能够一举冲破朱元璋的这道防线，可谓是下了血本了。

丁普郎和余昶双双战死后，常遇春的压力陡然增大。东西两边的敌人，一个劲地向中间涌。丁普郎和余昶的手下，也一个劲地向中间败退。人太多，又太乱，用来组成防线的三百多艘战船，有一大半都被混乱的人群挤翻了。

火枪火炮纷纷落入水中，双方的官兵也纷纷落入水中。好在朱元璋和陈友谅都派了战船来接应，会水的官兵玩命似的朝自己的战船跟前游，而不会水的官兵就惨了，在水里折腾几下就沉入了湖底。那地方湖底里到底沉下了多少人，谁也说不清。

在丁普郎和余昶双双战死后不久，朱元璋就亲率着两百多艘战船赶到了防线的附近。眼看着防线实难保全，朱元璋也就放弃了向防线上增兵的打算，而是命令手下尽可能多地把防线上的弟兄救回来。

正午时候，朱元璋精心构筑的那道防线已经全面崩溃。朱元璋悲伤地看了一眼狼藉的防线，然后命令身边的两百多艘战船速速北撤。陈友谅的巨舰正全速向北开来，再迟一点，恐怕就走不掉了。

朱元璋悲伤不已，陈友谅却是兴高采烈。他用五十多艘巨舰作为代价，终于成功地摧毁了朱元璋的防线。防线一破，陈友谅踌躇满志，认为冲出鄱阳湖已是十拿九稳。他对平章姚天祥吩咐道："你带两百艘战船在前面开路，朕带一百艘巨舰在后面跟着。朕倒要看看，那个朱元璋敢不敢挡住朕的去路！"

因为陈友谅不仅毁掉了朱元璋的防线，还毁掉了朱元璋的大部分火器，这样一来，陈友谅就占有舰大人多的优势了，所以他就摆出了一副一鼓作气冲出鄱阳湖的架势：姚天祥带两百艘速度较快的小战船在前面开路，遇有朱元璋的小股船队就冲上去歼灭它，遇到朱元璋的主力船队就冲上去缠住它，等着他陈友谅亲率的由一百艘巨舰组成的强大战队赶上去交战；陈友谅的后面，是张定边带队的几百艘大小战船，其中包括五十艘巨舰。也就是说，陈友谅这回把他所有的战船都聚拢在一起了，朱元璋要想拦住他，就必须与他展开总决战。

朱元璋当然不敢冒冒失失地就与陈友谅总决战，他只能带着身边的两百多艘战船尽最快速度往北撤。北边还有六百多艘战船，他要赶回去兵合一处，然后再与李善长、刘基等人共商破敌之策。无论如何，也不能让陈友谅跑到长江里去。

一件意外的事情就在八月十三日的下午发生了。因为朱元璋下的命令是：快速向北跑，能跑多快就跑多快。所以，朱元璋身边的两百多艘战船，包括徐达、常遇春所乘坐的那艘战船，都争先恐后地朝北开，而且速度一个比一个快。

朱元璋坐船的速度本来也挺快的，可开着开着，船身猛地一抖，跟着，船就开不动了。当时，大将陈弼和徐公辅都在朱元璋的船上。徐公辅发现，战船右侧的水面下，有一块暗礁。战船正好卡在明礁和暗礁之间，左右前后都动弹不得。

朱元璋看起来似乎很镇静，大将陈弼和徐公辅却慌了手脚。因为那姚天祥的船队正在后面追来，而徐达、常遇春的两百多艘战船已经开出去一段距离了。于是，陈弼和徐公辅就带着船上的几百名官兵一起冲着徐达、常遇春的方向狂喊起来，还"乒乒乓乓"地将船上的几支火枪朝空中乱放。

其实，徐达、常遇春早发现了这一情况，正带着两百多艘战船拼命地往回开。而紧追朱元璋不舍的姚天祥，也发现了这一情况，便冲着手下高叫道："快，冲过去，抓住朱元璋，陛下有重赏！"

徐达、常遇春心急如焚，没想到，姚天祥的攻击速度竟然这么快，抢在他们之前把朱元璋的船围了起来。还好，徐达常遇春的船队在整体上占了优势，从四面八方把姚天祥的船队围了起来，并逐步靠近朱元璋的船。只要朱元璋的船能再坚持片刻，那徐达、常遇春就有把握将姚天祥彻底击溃。

事实是，朱元璋带着陈弼、徐公辅等人在坐船上坚持了差不多有一个时辰。

一个时辰之后，姚天祥的船队被打得七零八落，已经很难再对朱元璋的船发动攻击了。徐达、常遇春的几只战船已经靠近那块礁石，想把朱元璋接走。此刻看起来，朱元璋的危机已经化解，站在朱元璋身边的陈弼和徐公辅等人都不觉松了一口气。

然而，陈弼和徐公辅等人的气都松得太早了。他们没有发现，由陈友谅亲率的一百艘巨舰已经开到了近前。其中，有两艘巨舰开得最快。一艘巨舰上站着陈友贵，另一艘巨舰上站着善儿。这两艘巨舰就像是两头野兽，并排冲向那块礁石。准备前来搭救朱元璋的那几艘战船，一艘被陈友贵的巨舰撞翻，一艘被善儿的巨舰撞毁，剩下两艘战船，一艘好像被吓呆了，不知所措地停在那里，另一艘好像被吓清醒了，掉过船头就朝不远处的徐达、常遇春跟前跑。

陈友贵冲着善儿"哈哈"大笑道："太子殿下，这回朱元璋可是上天无路、入地无门了！"

善儿也"哈哈"一笑道："皇叔，这份功劳，好像应该记在那姚大人的头上。"

陈友贵和善儿如此旁若无人地谈笑，似乎朱元璋已经是他们的口中肉了。就在这时，那姚天祥不知从何处爬上了善儿的船，听到善儿的话，心中不禁一喜，忙着叫道："太子殿下，微臣在这儿呢。"

姚天祥是从水里钻出来的，活像一只落汤鸡。善儿大加赞赏道："姚大人此番表现得非常出色。现在，你去帮王爷对付徐达、常遇春，我去抓朱元璋。得胜之后，我定在陛下面前举荐你，记你头功！"

姚天祥说了声"多谢太子殿下"，然后就乐颠颠地又从善儿的船上爬到了陈友贵的船上。陈友贵嘱咐善儿道："太子殿下，可千万不要让朱元璋跑了！"

说完，陈友贵就开着巨舰并纠合起姚天祥被打散的战船去对付徐达、常遇春了。而善儿则站在自己的船上对其手下言道："你们谁要是抓住了朱元璋，当官的，我连升他五级，当兵的，要什么赏赐我都给！"

因为顶多再过半个时辰，陈友谅的一百艘巨舰就能赶到，而朱元璋的船却卡在礁石间动弹不得，且朱元璋的船上至多还有两百来名战士，所以善儿的手下在向朱元璋的船发动攻击之前，都显得精神十足。

善儿的手下没等善儿下命令就一起朝着朱元璋的船扑去。他们以为，抓住朱元璋，是手到擒来的事，打死朱元璋，就更轻松，但要是去得迟了，这份功劳和赏赐就要被别人抢去了。

第一批扑向朱元璋船的，少说也有七八百人。尽管朱元璋领着陈弼和徐公辅等人不停地砍杀，但防不胜防，不大会儿工夫，善儿的手下就一个接着一个地爬上了朱元璋的船，并很快将朱元璋等人围逼在了船的中央。这个时候，朱元璋的身边只剩下陈弼、徐公辅等几十个人了。

朱元璋将握在手里的剑紧了紧，然后对陈弼、徐公辅道："兄弟，最后关头到了。我们打起精神来，死也要死出个英雄模样来！"

陈弼言道："大人放心，我和徐将军绝不会给大人丢脸！"

说完，陈弼长剑一摆，身子一纵，就朝着正前方的敌人扑了过去。他身后的二十多个手下，也一起呐喊着，跟着他杀过去。然而，善儿的部下太多，尽管陈弼奋不顾身，但最终还是倒下了，跟着他冲过去的那二十多个手下也横七竖八地倒在了甲板上。

朱元璋异常悲恸地叫了一声道："好兄弟，你是为我而死的啊！"

一边的徐公辅仿佛受到了感动，一挥长剑，作势也要冲过去。可他还没有迈开步子呢，善儿的手下就从四面围攻了过来。一阵乱七八糟的砍杀之后，徐公辅含恨死去。朱元璋身边的部下全部阵亡，只剩下朱元璋一人，还硬硬地挺立在船上，身上居然没有一处伤痕。

朱元璋双眼一瞪，拔剑投入了厮杀之中。他的功夫了得，一时间，敌兵难以近前。

善儿急了，眼看着天就要上黑色了，他知道，如果天黑前抓不到朱元璋，那天黑后就麻烦了。所以，善儿身子一纵，就要往朱元璋的船上跳。可就在这当口，有手下惊慌失措地叫道："太子殿下，那个使板斧的冲过来了。"

使板斧的当然是常遇春，常遇春不顾姚天祥在后面如何追赶，硬是带着八艘战船靠住了善儿乘坐的巨舰，并第一个爬上巨舰的第一层，朝着善儿猛扑了过去。常遇春的数百名手下，也分别爬上巨舰的第一层或第二层，与善儿的手下展开了激战。善儿无奈，只好指挥巨舰上的部下抵挡常遇春的进攻。因为善儿领教过常遇春的厉害，不敢有丝毫的大意。如此，善儿一时间就无法去顾及朱元璋坐船上的事了。

常遇春直扑善儿的巨舰，目的就是要拖住善儿。尽管善儿的巨舰上还有千余官兵，那姚天祥也紧紧地追在后面，常遇春不可能在巨舰上支撑多久，但是，只要支撑一定的时间，就可以为徐达去援救朱元璋创造机会。因为，在常遇春扑上善儿巨舰的同时，那徐达也带着五六艘战船靠上了朱元璋的船。跟着，徐达的几百名手下也一起跃上朱元璋的船，与善儿的几百名手下展开了厮杀。因为有朱元璋和徐达领头，徐达的几百名手下勇气倍增，一会儿工夫，善儿的那几百个手下不是被砍倒在甲板上就是被砍翻到湖里。朱元璋便又控制了自己的船。这时，夜幕已经徐徐拉开。

朱元璋和徐达处在了陈友谅和陈友贵的夹击当中。朱元璋的船又无法开动，虽然天黑下来了，但朱元璋和徐达似乎也只有束手就擒的份了。陈友谅和陈友贵的手下正吵吵嚷嚷要往朱元璋的船上涌。

　　如果这时，能有一种什么办法，把朱元璋的船从明礁和暗礁间解脱出来，那朱元璋和徐达就可以趁着夜色逃遁。巧的是，这种幸运的事儿真的降临到了朱元璋的头上。陈友谅的那一百艘巨舰，本来是并排着行驶的，可偏偏有一艘巨舰，不知道是贪功心切还是因为别的什么，居然一头撞在了朱元璋坐船的船尾上，而且还撞得不轻不重、恰到好处：既没有把朱元璋的船撞毁，又恰恰把朱元璋的船从明礁暗礁间撞了出去。

　　徐达简直不敢相信眼前发生的事，朱元璋则急忙下令手下操桨开船。陈友谅愣了，陈友贵慌了。愣过慌过之后，陈友谅和陈友贵就命令手下拼命地朝朱元璋的船上开枪开炮放弓箭。朱元璋当然不加理会，徐达也不管手下有多少伤亡，只顾催促着手下将船一个劲儿地朝北开。

　　朱元璋知道，能脱身而逃就是莫大的胜利。可是，逃着逃着，朱元璋突然想起了一件事，便忙着下令停船。因为常遇春还在与善儿厮杀，他朱元璋不能忘恩负义扔下常遇春不管，所以他决定等一下常遇春。

　　这夜的星月都很黯淡，黯淡的星月搅和在湖水里，显得既怪异又恐怖，不时地有一艘两艘战船从南边开过来。这时从南边开过来的战船，自然都是朱元璋的手下。徐达一一拦住，问询常遇春的情况，可都没有结果。

　　正当他们以为常遇春遇难时，常遇春从水里冒了出来。

　　朱元璋命人把常遇春从水里捞上来，然后一把将常遇春紧紧地搂在怀里。常遇春泅了一路的水，早已精疲力竭。他软软地躺在朱元璋的怀里，硬是挤出一丝笑容望着徐达道："二哥，我不是叫你和大哥不要等我吗？"

　　徐达故意皱着眉头道："我是这么跟大哥说的，可大哥不同意，我有什么办法？"

　　常遇春挣扎着脱离了朱元璋的怀抱："大哥，我就知道你和二哥会在这里等我，所以我就拼命地往这游……只可惜我的两把大板斧被我游丢了。"

　　朱元璋忙道："大板斧丢了固然可惜，但五弟你的性命才是最最重要的！"

　　徐达笑道："五弟不必可惜。李先生离开应天前，考虑到五弟的大板斧可能会在此次水战中途丢失，所以就特地命人仿造了一对以备五弟后用。"

　　常遇春浑身的疲惫顿时一扫而光，并立即爬起身子道："大哥说得对，那李先生果然是天底下最细心的人！"

　　三兄弟说笑了几句，不敢在此久留，就领着收拢来的几十艘大小战船，摸黑向北去了。子夜时分，到达庐山以东湖面，与李善长、刘基等人会了面。朱元璋向李善长、刘基等人大略说了一番战况，众人一时都唏嘘不已。

　　十三日一天的水战，朱元璋不仅战败，且损失极为惨重。大小战船损失了数百艘，火枪火炮大半丢失，还折损了丁普郎、余昶、陈弼、徐公辅等战将及数万官兵。如果说，鄱阳湖水战是朱元璋一生中所经历的最艰苦的一次战役，那十三日这一天的水战，便是朱元璋在鄱阳湖水战中所经历的最艰苦的一次战斗。

八月十四日凌晨，陈友谅率所有战船向北挺进。陈友贵和善儿及姚天祥指挥着一百五十余艘巨舰列成一排在前面开路，陈友谅和张定边带着五百多艘大小战船殿后。一路上可谓是旌旗招展、浩浩荡荡，大有无坚不摧之势。朱元璋不敢硬行拦阻，只得下令全军继续北撤。一日之内，陈友谅的船队向北开进了几十里，至黑夜来临，方才停住阵脚。

十五日一天的情况，同十四日差不多。陈友谅北进，朱元璋北撤。一进一退，又是数十里。到夜晚，陈友谅的船队在距朱元璋船队约三里远的地方抛锚歇息。陈友谅得意地对部下言道："明天，朕就可以进入长江了！"

陈友谅不是在说大话，此地距湖口不过二十里，朱元璋要么在这里与陈友谅决战，要么眼睁睁地看着陈友谅冲出湖口。朱元璋当然不想让陈友谅冲出湖口，但也不敢与陈友谅在这里决战。陈友谅不仅船大兵多，而且自十三日打了胜仗之后，士气也提高了不少。可问题是，既不想让陈友谅冲出湖口，又不敢与陈友谅在这里决战，朱元璋究竟该怎么做呢？

十五日这一天的夜里，确切说，是上半夜，朱元璋和李善长、刘基及徐达等一大批人，可谓是伤透了脑筋，都在想着如何才能把陈友谅堵在鄱阳湖里。想来想去，众人的思路好像都集中到一点：退到湖口去，与湖口的几千驻军会合，再把朱文正、邓愈的几万人马招来，在湖口一带同陈友谅交战。

这种想法看起来是切实可行的。湖口是鄱阳湖和长江的联结点，那儿的水道极其狭窄，且朱元璋留在湖口的那几千人恐怕早已在水道里设置了重重障碍，如果能够及时召回朱文正和邓愈的人马，如果能够牢牢地守住湖口，那陈友谅的船队就出不了鄱阳湖。可是，以上的这两个"如果"真的能够实现吗？如果其中的一个"如果"实现不了，那就堵不住陈友谅的船队。李善长沉重地对朱元璋道："大人，朱文正大都督和邓愈将军的兵马，距此少说也有一百多里，一时间恐难以召回啊！"

朱元璋道："我们可以先在湖口一带拦住陈友谅，然后派人南下去通知朱文正。"

朱元璋这种说法十分勉强，如果在朱文正、邓愈赶到之前，陈友谅已经从湖口突到了长江里怎么办？还有，即使朱文正、邓愈及时赶到，就一定能够挡得住陈友谅吗？要知道，眼看就要冲到长江里了，无论是陈友谅还是陈友谅的部下，肯定都会拼死一战的。疯狗尚且叫人害怕，玩命的人岂不是更加令人恐惧？

刘基站起身轻轻地对朱元璋道："大人，我想摸到陈友谅的船队跟前看上一看。"

朱元璋思忖了片刻，然后叫过廖永忠和康茂才道："请廖兄弟和康兄弟陪刘先生走一遭。记住，无论如何也要确保刘先生的安全。"

廖永忠和康茂才答应一声，然后带着数十名官兵乘坐几艘小船护卫着刘基往南去了。

一个时辰之后，刘基在廖永忠和康茂才的陪同下安全地返回了。朱元璋的部将一拥而上，七嘴八舌地问询刘基。朱元璋言道："先让刘先生歇口气，然后让刘先生自己说。"

刘基顾不上歇气，迫不及待地言道："那陈友谅将他的一百多艘巨舰用铁链勾连在一起，并排地停泊在湖面上，使我想起了三国时候的赤壁大战。"

朱元璋马上言道："刘先生指的是诸葛亮巧借东风火烧曹操战船的故事？"

刘基微微一笑道："朱大人，其实这火攻的办法，是廖将军和康将军一同想出来的。"

廖永忠略略有些腼腆地道："大人，廖某曾经用火攻的办法战斗过。"

朱元璋重重地道："三国的时候，诸葛亮借东风火烧曹操，今天，我朱元璋要借北风火烧陈友谅！"

说来也巧，朱元璋的话音刚落，原本刮得好好的东南风，居然变成东北风了。风向瞬间发生变化也许还算不上什么稀罕事，稀罕的是，当时是夏天。夏天刮起东北风，着实有点异常。

李善长趁机言道："朱大人火烧陈友谅，看来这是天意啊！"

"火烧"的办法算是确定了。但刘基看出，陈友谅的巨舰太过高大，如果只用火烧，恐很难收到理想的效果。所以在火烧的时候，必须辅以炸药，才能确保将陈友谅的那些巨舰一举摧毁。而有了炸药，那前去火烧陈友谅战船的人就基本上回不来了。

因此廖永忠、康茂才和俞通海向朱元璋请战的时候，朱元璋就淡然一笑言道："火烧陈友谅，只是手到擒来的事，哪用得着你们这样的大将亲自出马？"

显然，失去一些寻常的官兵，朱元璋还无所谓，但要失去廖永忠、康茂才和俞通海这样的战将，朱元璋就很是舍不得了。

因为时间紧，任务又很特殊，所以刘基就亲自带了一些心腹手下，布置好了用来火攻的十几艘小船。之所以用"布置"这个词，是因为那十几艘小船里有些门道。看起来，那些小船上只是堆放着一些易燃的东西，比如干草之类，而实际上，那些干草之类的东西里面，满放着火药。只要干草一被点燃，火药就会立即爆炸。

火烧陈友谅船队的十几艘小木船准备停当之后，朱元璋叫徐达从军中挑选了一百多个胆大而心细的官兵去完成这个任务。那一百多个官兵划着满满当当的十几艘小木船悄悄地离开了。此时，离天亮还有一个多时辰。

过了半个时辰，南部水域突然响起了震耳欲聋的爆炸声。跟着，南部水域燃起了冲天的大火——而实际上，朱元璋等人应该先看见火光，然后再听到爆炸声，而且，相距有三里多路，尽管爆炸声很大，但要想使朱元璋等人"震耳欲聋"，好像也很难。

朱元璋让徐达派人去看看到底烧毁了陈友谅多少巨舰。徐达也没派什么人，而是招呼常遇春一起去看个究竟。

许久之后，徐达、常遇春驾舟回来了。徐达告诉了朱元璋等人一个惊天动地的消息：昨夜火攻，烧毁了陈友谅一百多艘巨舰。

朱元璋立即下令：所有战船，全速南下。

朱元璋还大笑着对刘基、李善长等人道："这回，我看那陈友谅还敢不敢再向湖口冲了！"，

遭受如此惨重的损失后，陈友谅又被气得吐了一次血，这是他离开武昌之后的第三次吐血。吐血完毕，他略略清醒过来，忙着吩咐张定边道："速速向南撤退。"

是呀，一下子损失了这么多巨舰和官兵，亲弟弟陈友贵也被烧死，陈友谅的士气肯定大为低落，如果不速速南撤，朱元璋趁热打铁地扑过来，那陈友谅就很难招架了。只有撤到比较安全的地带，把部队调整好，才有希望扭转战局。

这样一来，形势就发生了逆转。本来是陈友谅大举北进，朱元璋仓促北撤。现在，是朱元璋大举南进，陈友谅仓皇南退了。从这个角度来看，朱元璋火烧陈友谅的战船，应该是鄱阳湖水战的一个转折点。尽管陈友谅的兵马，从人数上看，依然比朱元璋要多，但论实力，朱元璋却可以放手与陈友谅一搏了。

从八月十六到八月十九日，朱元璋的船队不停地南进，陈友谅的船队不停地南退。至八月二十日，陈友谅的船队退到了都昌小城以西的湖面上，朱元璋也暂时停止了追击。朱元璋之所以停止追击，是因为都昌以南的湖面极其辽阔，如果把陈友谅追到那里，就不容易找到他的船队与其交战。还有，朱元璋估计，陈友谅的粮食应该所剩无几了，如果追得急了，很容易迫使陈友谅孤注一掷或弃舟登岸，与其这样，还不如让陈友谅继续待在湖水里，然后趁陈友谅兵疲马乏之时，寻机在鄱阳湖里将其歼灭。

还真的让朱元璋猜着了，陈友谅的粮食的确所剩无几了，即使再节省着吃，也吃不上几天了。而要想在湖里继续待下去，就必须想办法去弄粮食，并且要趁朱元璋停止追击的机会去弄。不然，朱元璋追得紧，即使湖边有成堆的粮食，陈友谅也没有时间去搬。

陈友谅招来善儿，问其对未来战局的看法。善儿以为，大"汉"尚有几百艘

战船、十多万官兵，依然可以在湖里与朱元璋一战。如果仓促弃舟登岸，则朱元璋势必乘胜追击，那样一来，不仅这十多万军队前途未卜，就是"都城"武昌也会岌岌可危。善儿的意思是，要想扭转不利战局，就只有在鄱阳湖里与朱元璋一决高低。只有在这里打败朱元璋、挫其锐气，大"汉"才有振兴的希望。

陈友谅认为善儿说得有道理，但旋即又忧郁地言道："在湖里打败朱元璋固然是上上之策，但大军目前的处境，也实在是雪上加霜啊！"

陈友谅的意思是，"汉"军刚吃了大败仗，现在粮食又趋紧张，如不抓紧时间解决粮食问题，那人心惶惶的，是很难打败朱元璋的。

善儿言道："父皇不必过分担忧，儿臣今夜就去弄粮食。"

于是，那天夜里，善儿带着一百多艘战船及一万多名官兵东去都昌强抢粮食。因为距离比较近，善儿的船队很快就抵达了都昌岸边。按原计划，是要入都昌城内抢粮食的。但善儿多了个心眼儿，临时改变了计划。他考虑到，都昌是朱元璋的地盘，说不定里面会驻有朱元璋的军队。虽然一个小城里不会驻有太多的军队，但要是开起仗来就势必会影响抢粮大计。所以善儿就命令船队离开都昌岸边，继续向东南方向行驶。应该说，善儿的考虑是对的，只不过，无论他的船队往哪行驶，他的一举一动，也都在朱文正手下的监视之中。

善儿的船队在都昌东南十几里的岸边泊住了。善儿一声令下，一万多名官兵纷纷涌上了岸，见村子就闯，见粮食就抢。闯了一夜又抢了一夜，善儿还真的弄到许多粮食。天刚亮的时候，善儿把粮食装上战船，准备回去。只是，善儿高兴得未免早了点儿。他之所以能够平平安安地抢一夜粮食，是因为当时朱文正和邓愈的大部人马还在都昌以北。等善儿把粮食装到战船上之后，善儿和一万多部下正要上船的那个当口，朱文正和邓愈带着四万多人从北边扑了过来。

因为天色还不是太亮，加上善儿对朱文正和邓愈几乎毫无防备，所以朱文正和邓愈这么一扑，就具有很大的突然性。实际上，朱文正和邓愈是兵分两路的。邓愈率一路人马直扑湖边去对付善儿的战船，朱文正则带着一路人马死死地堵住善儿及其手下的退路。显然，朱文正不仅要毁掉善儿业已抢到手的粮食，而且还要把善儿及其手下一网打尽。

时间不长，朱文正和邓愈便双双告捷。不仅夺回了粮食，杀光了敌兵还把善儿用乱箭射死了，仅有几个命大的逃回了陈友谅的船上。

八月二十三日，情况有了一些变化。朱元璋在刘基等人的建议下，把抓到的陈友谅的俘虏，挑出几千来，又放回到陈友谅的军中。朱元璋这么做，显然是想动摇陈友谅的军心。朱元璋的目的达到了，那些俘虏一回到陈友谅的军中，就叽叽喳喳地说个不停，有说朱元璋的士气多么多么高昂，有说朱元璋手下的战将如何如何勇猛。陈友谅虽然知道朱元璋这一着的用意，但也不敢轻易地就将朱元璋放回的俘虏杀掉，只好拿那些被他抓住的朱元璋的官兵出气。

陈友谅一道"旨意"，张定边和姚天祥就把抓来的朱元璋的官兵全部处死。陈友谅以为，如此一来，军心就会被稳住。殊不知，事与愿违，陈友谅这么做，反而更加涣散了军心。其手下肯定会这么想：陈友谅多么残暴，而朱元璋又多么宽厚。芸芸众生，有几个会喜欢残暴而不喜欢宽厚？军心一涣散，局面就对陈友谅很不利了。

到了八月二十四日，局面朝着对陈友谅更加不利的方向进一步发展。因为粮食眼看着就没有了，抢又没处去抢，所以陈友谅就在自己的船上召开了一次御前军事会议，商讨军队的去向和前途。当时众人的意见主要有两种，一种意见以左金吾将军为代表，主张与朱元璋拼死一战，以杀出一条血路；另一种意见以右金吾将军为代表，主张逃离，迅速南下。

张定边小心翼翼地请陈友谅"圣裁"。陈友谅先是沉吟，然后铁青着脸言道："朕，同意右金吾将军的意见。"

陈友谅的脸之所以铁青，是因为在这之前，他从没有想过要弃舟登岸，现在，他同意右金吾将军的意见，就意味着他已经改变了自己固有的想法。对陈友谅这样的人来说，改变自己的想法是一件非常痛苦的事情。

左金吾将军明白，陈友谅同意右金吾将军的意见，就说明陈友谅对他左金吾将军心怀不满。根据以往的经验，陈友谅对谁不满了，对谁怨恨了，那谁就没有好果子吃。这么一想，左金吾将军就害怕了。整整一个白天，左金吾将军都是在提心吊胆中度过的。到了晚上，左金吾将军思前想后，几乎把孙子兵法中的三十六计都想遍了，最后想起了"三十六计走为上计"这条。于是，当天夜里，左金吾将军就带着本部人马北上，向朱元璋投降了。

直到第二天的早晨，也就是八月二十五日的早晨，陈友谅才得知左金吾将军投降了朱元璋。虽然在二十四日的御前会议上明确表态同意右金吾将军的意见，可到了二十五日，他却没有下达南撤的命令。陈友谅没有下达南撤命令不大要紧，可着实把一个人吓坏了，这个人便是那个右金吾将军。

右金吾将军主张南撤，显然是早就对战胜朱元璋失去了信心。现在，左金吾将军投降了，陈友谅又迟迟不下达南撤的命令，右金吾将军就自然而然地这么想了：陈友谅这是什么意思？莫不是又改变了想法？

右金吾将军慌了，如果陈友谅真的改变了主意，那对他右金吾将军就肯定不利。为明哲保身，右金吾将军就在二十五日的下午，仓皇带着一路人马，走了左金吾将军的老路，也北上投降了朱元璋。

左金吾将军和右金吾将军相继投降朱元璋，使得陈友谅军中一片的恐慌。若不是陈友谅派亲兵亲将严加看管，光二十五日那一天晚上，就不知道会有多少人或投降或逃跑。张定边惊恐不安地对陈友谅道："陛下，再不采取果断措施，恐局面就不好收拾了。"

听了张定边的话，陈友谅半晌没言语。半晌沉默之后，陈友谅有气无力地问张定边道："爱卿，你对朕说实话，就你所见，朕究竟应该北上还是南下？"

不难看出，骄横刚愎的陈友谅，到了这步田地，也变得犹豫不决甚至是无所适从了。对大"汉"朝廷忠贞不贰的张定边，几乎是声泪俱下地言道："陛下，微臣以为，就目前局势而言，陛下应该北上而不宜南下。"

陈友谅道："爱卿所言极是。只不过，朕如果北上，士无斗志、军心不稳的问题，恐也很难解决啊！"

张定边言道："重赏之下，必有勇夫。只要陛下赐以重赏，微臣以为，军中面貌必将焕然一新。"

陈友谅言道："只要能提高士气，冲破朱元璋的拦阻，什么样的重赏朕都可以许诺！"

张定边道："如果陛下信得过微臣，重赏之事，就交予微臣去办。"

陈友谅点头道："你就放开手脚去办吧。但不知爱卿以为，何时与朱元璋交战为妥？"

张定边回道："依微臣之见，与朱元璋交战一事，当宜早不宜迟。"

是呀，对一支军心涣散的部队来说，拖的时间越长，就越没有什么战斗力。陈友谅最后对张定边言道："爱卿今晚去动员军队，明天一早，朕北上与朱元璋做最后一搏！"

张定边诺诺领"旨"，当晚，在官兵当中做了战前动员。所谓动员，也就是张定边以大"汉"皇帝的名义对官兵许下重赏：只要能冲破朱元璋的拦截，保护陛下平安地回到武昌，则原来的将军，一律入朝为重臣，原来的官佐，一律升为大将军，原来的士兵，一律赏金千两。

张定边重赏之后，还真的收到了明显的成效。许多官兵，一时间情绪激昂了起来。

八月二十六日凌晨，陈友谅的船队开始向北开进。在张定边的安排下，陈友谅率两百艘战船居中，姚天祥率近两百艘战船护卫在陈友谅的东侧，而张定边自己则率近两百艘战船护卫在陈友谅的西侧。张定边给官兵们制定的战术思想是：不可恋战，只一心保护陛下勇敢地向北冲。

因为两军相距并不太远，所以陈友谅的船队没行多久，就碰上了朱元璋的前哨船队。前哨船队是负责监视陈友谅的动静的，由廖永忠统领，拥有大小战船百余艘。看见陈友谅船队开来，廖永忠一边派人回去报告一边率队径直迎上陈友谅。

张定边见廖永忠的船队扑来，急忙发信号给姚天祥。姚天祥率一百多艘战船火速赶到。姚天祥从东，张定边从西，陈友谅从中间，三路人马一起杀向廖永忠。廖永忠支撑不住，一个时辰不到，船队就被打散。

张定边传令各部：不要追击逃敌，保持原来队形，继续向北挺进。

行不多远，陈友谅的船队遭遇朱元璋的主力船队。双方在都昌以北、庐山以南的湖面上，展开了一场生死大搏杀。

陈友谅兵分三路，朱元璋也兵分三路。俞通海迎击张定边，康茂才迎击姚天祥，朱元璋率徐达、常遇春等人迎战陈友谅。败退回来的廖永忠也加入到了朱元璋的战场，所以朱元璋一路兵马的实力最为强大。

大战开始后不久，三路战场的形势大致是这么一种局面：中路战场，朱元璋明显占优势，陈友谅压力越来越大；东路战场，康茂才和姚天祥基本上呈现一种胶着状态；西路战场，俞通海比较吃紧，张定边略占上风。张定边见陈友谅情况不妙，就拼命地往中路靠，想与陈友谅会合一处，而俞通海则死死地咬住张定边不放，张定边的船队冲到哪儿，俞通海的船队就紧跟到哪儿缠住厮杀。故而，三路战场中，数西路战场的战斗最为紧张激烈。

朱元璋当时是和刘基、李善长等人同乘一条战船的，闻听西边的俞通海有些吃紧，便想派廖永忠过去支援一下。刘基劝阻道："俞将军在几个时辰内不会有事，大人还是集中精力先把陈友谅这边的战事解决掉。"

朱元璋听从了刘基的建议。是呀，不管俞通海那边的战事多么吃紧、损失多么严重，只要把陈友谅彻底击溃，这场战斗就算是取得了完全胜利。

朱元璋命令徐达、常遇春和廖永忠道："狠狠地冲，狠狠地杀，要冲得陈友谅的船队七零八落，要杀得陈友谅的手下闻风丧胆！"

徐达、常遇春和廖永忠其实早就在狠狠地冲、狠狠地杀了，然而冲了半天也杀了半天，陈友谅的船队却并没有被冲得七零八落，而是紧紧地簇拥在陈友谅坐船的周围，陈友谅的手下也没有被杀得闻风丧胆，而是顽强地抵抗着徐达等人的进攻。陈友谅的手下之所以有如此的战斗力，当然是张定边的那个"重赏"在起作用，只要保护陈友谅冲破朱元璋的拦阻，他们人人都可以升大官发大财。

朱元璋怔怔地望着刘基、李善长问道："陈友谅的手下今天是怎么了？怎么个个都像中了邪似的拼命地战斗？"

刘基无从回答，李善长也无从回答，急得朱元璋兀自摇头叹息不已。

战至下午，双方的火药用之殆尽，火器失去了作用，只有弓箭还在"嗖嗖嗖"地乱飞。双方战船的距离越拉越近，许多地方，双方的官兵早已绞缠在一起展开肉搏战了。然而陈友谅坐船的四周，依然护卫着几十艘战船。徐达、常遇春和廖永忠一连发动了好几次进攻，均被打退。

朱元璋急了，连徐达、常遇春都攻不到陈友谅坐船的近旁，看来要在天黑之前结束战斗是不大可能了。这时，刘基、李善长向朱元璋建议："如果朱元璋的坐船冲在最前头，或许能够缩短结束战斗的时间。"

于是，朱元璋的坐船就冲在了船队的最前头。朱元璋站在船头的最中央，两边分别站着刘基和李善长。朱元璋这一身先士卒的举动的确起到了巨大的作用。主帅如此，手下哪还敢惜命？战至黄昏时分，陈友谅船四周的护卫船终于被打散。

眼看着，徐达、常遇春等人就要攻上陈友谅的船了。就在这当口，那张定边摆脱了俞通海的纠缠，带着几十艘战船迅速赶到了陈友谅船的旁边。张定边还率着一批手下爬上了陈友谅的船。徐达、常遇春等人只好又同张定边的援兵混战在了一起。

陈友谅本来是躲在船舱里的，在张定边率众爬上他坐船的一刹那，不知从何处飞过来一支冷箭，不偏不倚地射中他的头颅，而且那支箭的力道奇大，从他头颅的左太阳穴穿进，又从他头颅的右太阳穴穿出，陈友谅死了。

陈友谅没了，即使能够冲破朱元璋的拦阻、能够平安地回到武昌，也没地方去领重赏了。故而，陈友谅的部下听说了陈友谅的死讯后，纷纷停战投降，连东边的姚天祥也向康茂才举起了白旗。尽管天黑，尽管场面很是混乱，但朱元璋一方，也至少俘虏了陈友谅的五六万官兵。

张定边没有投降，他趁着夜色逃走了。不仅他自己逃走了，他还带着陈友谅的小儿子陈理和陈友谅的尸体及部分大"汉"朝臣、皇妃，还有一万多名手下一起逃走了。他们几经周折，安全地逃回了武昌。

虽然张定边逃了，但历经三十六天的鄱阳湖大水战，却以朱元璋的完全胜利而告终。此役过后，陈友谅建立的大"汉"政权基本上名存实亡。朱元璋最为强劲的对手不复存在了，朱元璋朝着皇帝的宝座迈出了最为坚实的一步。

鄱阳湖水战结束后，根据刘基、李善长等人的建议，朱元璋并没有马上就挥师直捣武昌，而只是派了一支规模不大的军队进驻武昌城附近监视张定边的动向。朱元璋没有直捣武昌，原因有三，一是张定边只剩下一些残兵败将，想东山再起绝无可能，已不足为患；二是鄱阳湖水战虽然取得全胜，但朱元璋的军队也损失惨重，急需休整补充；三是应天城内虽有周德兴、汤和等人坐镇，但朱元璋对东边的张士诚实在是不放心，要回应天城去看看。

回应天前，朱元璋召见侄儿兼义子朱文正。因朱文正在此次战役中功劳显赫，朱元璋便委任他为江西等处行省左丞相兼洪都大都督，坐镇洪都城，总制江西全境及湖北南部的军政大权。

这一年的八月底，朱元璋离开江西，带着他的文官武将，沿长江顺流而下，轻快地返回了应天。

【第九回】

双吴王并立吴地，孤旅人独行应天

朱元璋从江西回到应天后，不觉长长地舒了一口气。朱元璋在鄱阳湖里与陈友谅进行生死大决战的时候，张士诚在东边没有给朱元璋制造任何麻烦。

汤和告诉朱元璋，张士诚曾派人给应天送了一封信，在信中，张士诚表示要与朱元璋永修和好。周德兴却告诉朱元璋，他往镇江、常州等地巡察的时候，发现张士诚在许多地方都增派了兵力。朱元璋言道："张士诚这个家伙，既不敢明目张胆地跟我打，又时时刻刻提防着我会去打他。不过，就目前来看，我也只能与他和好一段时间了。"

朱元璋这么说，是因为他现在还没有足够的兵力与张士诚开战。鄱阳湖水战后，朱元璋的机动兵力损失殆尽，只能一点一点地去补充。还有，朱元璋从鄱阳湖水战中汲取了这么一个教训，尽管自己占有天时地利人和，但因为战船小、兵马少，所以在与陈友谅交战的时候就很是被动。因此，要么不与张士诚开战，要开战，就一定要具备充足的实力，不让张士诚有任何取胜的机会。另外，就是现在有足够的兵力与张士诚开战，朱元璋也会缓一缓的。因为，陈友谅虽然死了，陈友谅的残余势力还在，不仅武昌被张定边占着，湖南省大部也都还是大"汉"的地盘，只有把陈友谅的所有地盘都抢到手，朱元璋才会一心一意地去与张士诚摊牌。

招兵买马的事情，用不着朱元璋亲自去过问。步军的问题，徐达、常遇春等人会去解决；水军的问题，廖永忠、康茂才等人会去解决。这样一来，朱元璋从江西回到应天之后，好像一下子就十分清闲起来。

清闲下来，朱元璋就想起了自己的那些娇妻美妾来。当然，他也没有冷落自己的正妻马氏。

仿佛是倏忽之间，就到了这一年（1363年）的年底。朱元璋觉得不能老在女人堆里混了，应该要干点正经事了。于是，他就把徐达、常遇春、廖永忠和康茂才等人找来，详细地询问了步军和水军的建设情况。然后，他又招来刘基、李善长言道："我以为，现在是到了征讨武昌的时候了。"

刘基表示同意，李善长也没有异议。只不过，李善长在表示没有异议之后，多少有些神秘兮兮地道："丞相大人，我以为，在去征讨武昌之前，大人应该先办一件很重要的事。"

朱元璋不知这件重要的事是什么，李善长说出了让朱元璋登基称帝的想法。朱元璋吃惊之后，便将目光转到了刘基的脸上："刘先生，你也有叫我朱元璋现在就当皇帝的意思？"

刘基对着朱元璋深深地作了一个揖后言道："大人，李先生对我提起此事，我以为非常适当。现在，西边战事只剩下尾声；东边的张士诚虽拥有重兵，但实不足为大患；北方的元兵虽有些残余，却早无力南下；南方的几股割据势力，既图自保又互相攻击，很难形成什么气候，更难以对大人构成较大的威胁……刘某以为，现在是大人登基称帝的大好时机！"

分析和把握天下形势，应该说是刘基的强项。但朱元璋听了，却未置可否。李善长迅速地从怀中摸出一本奏折呈与朱元璋。原来是一本敦请朱元璋登基称帝的奏折，上面密密麻麻地签满了名字，有李善长、刘基、朱升、宋濂等一大批文人智士的名字，也有徐达、周德兴、汤和、常遇春等一大批带兵将领的名字。换句话说，当时凡在朱元璋手下担任军政要职的人，都在这本奏折上写下了自己的名字。

朱元璋沉思之后不紧不慢地言道："陈友谅之前，是徐寿辉当皇帝，陈友谅把徐寿辉杀了，自己当了皇帝，结果呢？陈友谅又被我杀了。还有啊，那小明王不也是什么大'宋'皇帝吗？可现在呢？和刘福通一起待在滁阳城里，可怜兮兮的。要不是我朱元璋大发慈悲，他们连饭都吃不上。这皇帝……可不是好当的啊！"

李善长赶紧言道："大人，那陈友谅、小明王之流，怎能与大人相提并论？陈友谅、小明王只是凡俗之辈，唯大人才是真龙天子。"

朱元璋对李善长言道："李先生不要再多说了，我主意已定，未打下江山之前，至少，在没有消灭张士诚之前，我朱元璋是不会当皇帝的。"

朱元璋态度如此坚决，李善长纵有口吐莲花之功，也无可奈何。那刘基见此情状，先是大声咳嗽一下，然后低低地对朱元璋道："大人襟怀宽广，刘某钦佩之至。只是，刘某以为，如果大人执意不肯称帝，恐弟兄们的心会冷落许多啊。"

刘基的话音虽低，但朱元璋听了却不由得一震。你道是为何？原来，刘基那"冷落"二字，至少有两层含义。一层含义是，那么多的文臣武将都拥戴你朱元璋称帝，你却不肯，这岂不是让那些文臣武将们难过？另一层含义是，文臣武将们拥戴你朱元璋称帝，固然表现了他们的一片忠心，但同时，他们也想趁你登基称帝之机，给自己挣一个封官加爵的更美好的前程，你朱元璋拒绝称帝，他们的愿望岂不是全部落空？愿望落空了，岂不就很是伤心？

故而，听了刘基的话后，朱元璋一时没言语。见朱元璋沉吟不语，李善长眼珠子一转，想出一个折中的办法。既然朱元璋不想称帝那就学张士诚称王好了。

张士诚见元廷气数将尽，便一脚踹开元廷，于1362年九月在苏州自称"吴王"。苏州在元朝统治时期，是元朝平江路的治所，张士诚在1356年二月攻下苏州后，曾改苏州叫隆平府。不过，朱元璋等人习惯把苏州称之为"平江"。

朱元璋思考了一会儿之后，同意称王。接下来的问题是，朱元璋究竟该称什么王。应天是三国时孙吴的旧都，朱元璋连同祖上三代，都曾被小明王御封为"吴国公"，从这个角度来看，朱元璋应该称"吴王"比较合适。但问题是，那张士诚已经抢先一步把"吴王"的名头占了，如果朱元璋再称吴王，那岂不是一下子冒出来两个"吴王"？

李善长思忖了片刻，然后对刘基言道："我以为，我们不应该理会张士诚，朱大人称吴王，并没有什么不妥。"

刘基点头道："李先生说得是。张士诚可以称吴王，朱大人为何不可以称吴王？"

朱元璋最后拍板道："就这么定了。张士诚称吴王，我朱元璋也称吴王。"

朱元璋和张士诚都拥有广袤的土地和众多的百姓。一下子冒出来两个吴王，老百姓确实不便称呼。为加以区别，老百姓就擅自以地理位置划分，称张士诚的地盘为"东吴"，称朱元璋的地盘为"西吴"。

因为是老百姓擅自划分的，所以朱元璋和张士诚都不买账，依然称自己是"吴王"。

有了"吴王"，就有了"吴国"。有了一个国家，就应该有一批文武大臣。经与李善长、刘基等人紧急磋商后，朱元璋开始为其手下封官加爵：刘基为太师，掌管军机大事；徐达为左丞相，掌管兵马；李善长为右丞相，负责处理行政事务；其余各人，像周德兴、汤和、常遇春、廖永忠、康茂才、俞通海、邓愈等有头有脸的人物，不是被封为平章，就是被封为参政。一句话，朱元璋向上升了一级，其手下也都跟着升迁。各人的称呼也随之发生了变化。别人称朱元璋为"大王"或"王爷"，朱元璋自己则称"孤"道"寡"。而刘基、李善长和徐达等人见了面，也不再称什么"先生"和"将军"，一律互称"大人"。乍一改变称呼，众人都有些不习惯，但称呼的遍数多了，众人也就皆大欢喜、其乐融融了。

朱元璋当了王，马氏自然而然地升格成为"王后"。但不知为何，众人都不称马氏为"王后娘娘"，而喜欢称其为"马娘娘"。就是后来朱元璋当了皇帝，马氏再次升格成为"皇后"，人们还是称之为"马娘娘"。

马氏当了"王后"，朱元璋的那些小老婆当然也跟着沾光，一律升为"王妃"。按照惯例，朱元璋当了王，要立一个王位继承人。在中国，皇位王位的继承人一般都是由长子担任的。朱元璋也不例外，下旨立朱标为"世子"。

从此以后，朱元璋发布命令就不再以小明王的名义而是以"吴王圣旨"的名义了；出征作战，打出的也不再是什么大"宋"旗号而一律是"吴王"的招牌了。

朱元璋在应天正式称王，是在元至正二十四年的正月。这一年的二月初，征得刘基、李善长等人的同意后，朱元璋以吴王的身份，亲率十万大军去征讨武昌。因为考虑到武昌城内的张定边已经没有什么实力，而湖南大部虽然名义上还是大"汉"的地盘，实际上早已经空虚一片，所以朱元璋此次出征，就没有动用徐达，让徐达留在应天与刘基、李善长等人一起防范东吴张士诚。不过，朱元璋也不敢大意，虽没带上徐达，却把常遇春、邓愈两员猛将带在了身边，还让汤和作为自己的亲兵头目也带在了身边。

朱元璋二月初从应天乘船出发，二十来天时间，抵达武昌城下。在这之前，朱元璋于前一年八月底从江西派出的一路兵马，已经将武昌城紧紧地包围了起来。也就是说，张定边虽然在鄱阳湖水战中带着陈友谅的小儿子陈理，成功地逃回了武昌，但打那以后，约有半年时间了，张定边没过上一天安稳的日子。

张定边带着陈理逃回武昌之后，马上就立陈理为大"汉"新皇帝，并改元德寿。只不过，无论张定边玩什么新花样，也都没有任何意义了。

朱元璋抵达武昌城外后，马上观察起武昌周围的地形地貌来。他发现，武昌城的城墙十分高大坚固，要是强行攻打，必将招致较大的伤亡。不过，武昌城的南面有一座小山，如果将这座小山占了，在小山上架起火炮，则炮弹就可以直接打到武昌城里去。

朱元璋的手下告诉朱元璋，张定边在那座小山上放了近一万兵马。朱元璋招来常遇春和邓愈道："先把那小山攻下来，再架起火炮朝城里轰，看那张定边投降还是不投降。"

就在这当口，汤和跑来报告，说是侦察兵发现，武昌城西南三十多里路以外的地方，有一支五六万人的军队正朝这里开来，领头的是张必先。

张必先是陈友谅的丞相，陈理称帝之后，曾下一道圣旨到岳州：张必先依然是大"汉"国的丞相。陈理在那道圣旨中，还叫张必先设法调一支军队去武昌救驾，因为武昌城外，始终有一支朱元璋的军队在活动。张必先"设法"了，可是怎么调也调不出一支军队来，湖南各地的官员，不是空虚无兵就是不听他张必先的丞相号令。张必先绞尽脑汁，花了几个月的时间，才拼凑出一支几万人的军队来。因为是七拼八凑出来的，所以这支军队的战斗力，连张必先自己都羞于提起。但好歹算是有了一支军队，也好去武昌向陛下交差了，故而这支军队拼凑好了之后，张必先就急急地领着朝武昌赶来。

朱元璋轻声笑道："真没有想到啊，这个张定边居然还会有援军。"

常遇春和邓愈都争着要去打南来的张必先，朱元璋最后作了如下安排：常遇春领兵六万去迎战张必先，他自己和邓愈领兵两万去攻打那座小山，汤和率剩下的兵马继续对武昌城采取包围的态势。

朱元璋和邓愈二人领着两万兵马迅速地开到了那座小山的西边。因为经侦察得知，只有西边的山坡比较平缓，其余三面山坡都很陡。

邓愈问朱元璋怎么个打法，朱元璋言道："张定边早就成了惊弓之鸟，他的手下也不会比惊弓之鸟好多少。告诉弟兄们，只管往山头上攻就是了。"

邓愈得令，领着一万多人就向山头攻去。没承想，邓愈的第一次进攻被打退了。朱元璋问其原因，邓愈回答："山上虽没有什么火器，但弓箭十分厉害……"

朱元璋"刷"地抽出长剑，冲着左右言道："弟兄们，跟着本王往上攻！"

朱元璋执剑第一个冲上了西山坡，邓愈不敢怠慢，赶紧傍在了朱元璋的身侧。从山上射下来的箭，不时地在朱元璋的左右飞舞。但奇怪的是，竟然没有一支箭能射中朱元璋。

邓愈慌了，忙着对朱元璋言道："大王，你还是到后面去压阵吧，由微臣领兵冲锋就是了……微臣要是再拿不下山头，大王就揪下微臣的脑袋。"

朱元璋却冲着众官兵言道："你们都看到了吧？张定边的手下冲着孤射了这么多的箭，可连孤的一根毫毛都没有碰到，你们还有什么可害怕的？"

朱元璋这一席话，说得部下豪气顿生，一窝蜂地就朝山顶上涌去了。这个时候，朱元璋才悠然地走下山坡，看邓愈领着手下如何为他朱元璋卖命了。

最终，邓愈领兵攻上了山顶，经过一番不很激烈的厮杀，邓愈控制了整座小山。朱元璋招来邓愈命令道："搬几十门火炮到山顶上去，孤要给张定边·点颜色瞧瞧！"

邓愈带着手下，费了很大的力气才把几十门火炮运到了山顶上。把火炮架好，炮口都对准武昌城了，邓愈正要下令开炮的当口，朱元璋却传过话来：暂时停止炮击。邓愈有些纳闷，但旋即便释然。原因是，常遇春半天的光景就抓住了那个张必先。

常遇春带着张必先赶回武昌城下向朱元璋交差。朱元璋对张必先言道：

"你不要害怕，本王不会杀你，也不会为难你。只是本王觉得，如果山顶上的那几十门火炮一响，武昌城内的许多无辜老百姓就要遭殃了。张大人，你看这如何是好呢？"

见张必先沉吟不语，朱元璋又道："如果孤下令开炮，武昌城内的老百姓肯定要遭殃，可如果孤不下令开炮，这武昌城又拿不下来。张大人，孤真是左右为难啊！"

张必先终于道："吴王陛下，请允许罪臣去劝降。"

朱元璋点了点头，他要的就是这个。如果张必先能够劝降成功，则不仅可以省去许多时间，还可以减少许多官兵的伤亡。

张必先在汤和等人的"陪同"下，走到一座城门附近，高声喊叫起来。一会儿工夫，那张定边在城门楼上出现了。张必先冲着张定边说了一通，然后回到了朱元璋的跟前。

张必先告诉朱元璋："张定边答应考虑投降事宜。"

朱元璋言道："张定边投降，孤欢迎，但孤有一个缺点，就是没有多大耐心。"

半个时辰之后，张定边没有什么动静。于是朱元璋叫邓愈轰它几炮，催一催张定边。

张必先慌忙言道："大王手下留情……请让罪臣再去劝说一次。"

朱元璋绷着个脸望着张必先道："你告诉张定边，他虽然很有耐心，但孤没有。"

张必先唯唯诺诺地又跑到城门附近，喊出张定边，急急地说了一番。少顷，他返回来告诉朱元璋："张定边同意马上投降，但有一个条件，那就是，陛下必须保证陈理和大'汉'文武百官及众'皇妃'的生命安全。张定边还说，他个人的生命无关紧要，可以任由陛下处置，但如果陛下不答应他提的条件，他就将带领武昌城内军民，一直战斗到最后一个人。"

朱元璋对张必先道："麻烦张大人再跑一趟，你告诉张定边，他提的条件，孤全部答应。孤不会杀害武昌城内的任何一个人，包括他张定边。"

这是至正二十四年二月十九，武昌城门洞开，张定边带着陈理率大"汉"文武百官及众"皇妃"，匍匐在城门前，恭迎西吴大王朱元璋的到来。至此，陈友谅建立的大"汉"政权，正式灭亡。

朱元璋说话也真的算话，不仅没杀武昌城内任何一个人，而且后来把陈理带回应天后，还封陈理为"归德侯"。朱元璋之所以这么做，自然是因为当时天下未定，他要收买、拉拢人心。

朱元璋轻轻松松地拿下武昌城之后，就准备返回应天了。临走前，朱元璋在武昌设立了"湖广行中书省"，由常遇春暂领左丞相一职，由邓愈暂领武昌大都督一职。

朱元璋带着汤和及陈理、张定边、张必先等一干大"汉"君臣和众"皇妃"，乘船离开武昌，顺流而下，直向应天而去。

朱元璋征讨武昌回到应天之后，主要关注两个问题，一个问题是张士诚有没有什么异样的举动，另一个问题是常遇春和邓愈在湖南的进展情况。得到的回答是：张士诚没有什么异样的举动，而常遇春和邓愈在湖南的进展情况也十分地顺利。

湖南大部和广东北部虽是陈友谅的老地盘，但自陈友谅战死在鄱阳湖之后，那里就几乎没有什么正规军了，残存的一点儿地方武装，根本经不起常遇春和邓愈的一击。所以，常遇春和邓愈在扫荡陈友谅在湖广一带的残余势力过程中，打仗的机会少，纳降的机会多，更没有什么硬仗好打了。不过，等常遇春和邓愈完成了朱元璋交给的任务后，已是第二年（1365年）的正月了。从此，陈友谅的老根据地汉水以南，赣州以西，韶州以北，辰州（今湖南省沅陵县）以东，这么一大片疆域，都并入了朱元璋的版图。朱元璋在西边的战事，算是彻底地结束了。

朱元璋派人通知常遇春和邓愈，把部队带到武昌好好地休整一段时间，然后返回应天，准备投入对张士诚的战斗。

然而，一件突发的事件，却使得朱元璋对张士诚的战争推迟了大半年。原因是朱文正要谋反。

朱文正要谋反的消息，是汤和向朱元璋密报的。为了监视各级官吏对自己是否忠心，朱元璋在自己控制的地盘内，散布了许多的特务，这些特务的总头目便是汤和。朱文正要谋反的消息，就是汤和安插在洪都城里的特务向汤和报告的，然后汤和又报告给了朱元璋。

朱元璋对汤和的这个密报一点儿也不相信，他以为汤和在开玩笑。因为朱文正虽然毛病不少，经常酗酒，但造反还是不太可能的。

汤和很严肃地说："朱文正这几个月来一直在招兵买马，洪都城内，已聚集了十多万兵马……还有，一个月前，张士诚的一个特使秘密地走进了洪都城。"

提到"张士诚"三个字，朱元璋立即就敏感起来。他直直地盯着汤和看，就像是从来没见过汤和似的。末了，他一个字一个字地问道："四弟，张士诚的特使走进洪都城一事，你敢绝对肯定？"

朱元璋的"绝对肯定"四个字咬得非常沉重。汤和回道："我的一个手下就在朱文正的身边当差，他曾亲眼见过张士诚的那个特使。"

朱元璋脸上的表情凝固了，好长时间后，他毫无表情地言道："我要去洪都走一趟。"

朱元璋要去洪都走一趟，当然不是小事情，更何况，朱元璋还决定只带几个人以微服私访的形式去洪都，众人就更加关注和焦虑不安了。刘基、李善长等人一开始是竭力阻止朱元璋亲自去洪都的，理由很简单，那就是，如果朱文正真的有狼子野心，那朱元璋空手而去，岂不是太过冒险又太过危险了？刘基等人自愿代朱元璋去江西走一遭。

徐达没有企图去阻止朱元璋，因为徐达知道，无论怎样阻止，对朱元璋都不起作用。因而徐达只是找到朱元璋道："大哥，我想同你去洪都。"

朱元璋看了看徐达，一时没言语。说实话，他真想带徐达同行。有徐达不离左右，朱元璋好像干什么事情都踏实得多。然而，朱元璋最终还是言道："二弟，我带三弟和四弟去就行了。如果朱文正真想图谋不轨，或者他真的与张士诚有什么勾搭，那我去了洪都之后，张士诚就说不定会有什么反应。五弟远在武昌，应天城不能没有二弟你坐镇啊！"

朱元璋考虑问题还是很深远的，徐达也没再坚持。

马娘娘的做法与刘基、李善长不同，与徐达也不同。她既没有劝阻朱元璋，也没有要求与朱元璋同行。她只是哽咽着求朱元璋，如果朱文正真的有谋反之心，不管怎么样，都不要急着在洪都处理，一定要把文正带回应天来。朱元璋思忖片刻后，答应了。

于是，这一年的二月，朱元璋便踏上了西去洪都的路途。朱元璋一行是以微服私访形式出行的，他们脱去了华贵的官服，一律扮成生意人模样。汤和的身上还背着一个大包袱，看起来像是带了不少的衣裳，其实，那个大包袱里藏着几把剑。周德兴的身上也背着一个包袱，只是没有汤和身上的那个包袱大，里面裹着许多的金银珠宝。这当然都是李善长的主意，现在的朱元璋，早用不着考虑这些问题了。

朱元璋一行人离了应天沿长江逆流而上。从应天到湖口，一路上虽然很单调，但天气却很好，阳光明媚，鸟语花香。只是对朱元璋等人而言，哪怕把春色装进衣兜里，恐也不会有什么好心情。

那是一个黄昏，朱元璋的小船停靠在赣江边上一个不知名的小渔村附近。朱元璋等人准备到小渔村里弄些饭吃，然后继续赶路。越靠近洪都，朱元璋的心情就越迫切。

弄饭一类的杂事自然轮不到朱元璋，也轮不到李善长，一般的人去办朱元璋还不放心，所以一路上的吃饭喝水问题，都是周德兴和汤和办理的。路过城镇还好，大伙一块儿到饭馆吃上一顿，反正周德兴身上有的是银钱，且朱元璋还可以借吃饭之机听听老百姓的议论，顺便考察一下民情。可是没城没镇的时候，周德兴和汤和就要到老百姓家想法子弄伙食了。有时候，朱元璋只能就着凉水啃干粮。李善长见了，心中实在有些不忍，但又没法子，因为朱元璋已说过，决不允许无端惊扰老百姓。

这一回也一样，小船刚一靠岸，周德兴和汤和就准备到渔村里去找一户人家商量吃饭的事情了。就在这时，李善长忽然低低地叫道："大王，你快看！"

朱元璋一扭头，只见不远处，有一个人正急急地朝着江边奔来，那个人的身后，紧紧地跟着一个老太婆，口里在拼命地呼喊道："回来……你快回来呀"。

朱元璋等人一时没明白是怎么回事，但很快，一切就清楚了。三月的季节，很少有人会到江里洗澡的，可那个奔到江边的人，脚步也没停，一头就栽到了江水里。李善长惊叫道："大王，恐怕要出人命。"

朱元璋立刻命令船上的水手道："快，把投江的人捞上来！"

七八个水手跳到江里，很快就游到了那人投江的地方。那地方水很浅，不容易淹死人，可投江的那人命该绝，一头撞在了石头上。所以七八个水手捞上来的，就只能是一具尸体了。

跟上来的那个老太婆，一下子扑在尸体上，顿时就哭天号地起来。那死去的人显然很年轻，脸上似乎还有未褪尽的稚嫩，而那个老太婆却早已白发苍苍，满脸的皱纹。

朱元璋听说过"白发人送黑发人"之类的，心中隐隐地有些难受，于是就屈下高大的身躯，劝老太婆不要太悲哀，并问询这到底是怎么一回事。可老太婆只顾号哭，一点儿也不理会朱元璋。这时候，那周德兴领了一个老头子走了过来。老头子双眼红红的，像是刚刚哭过。老头子哽咽着说出一番话来，朱元璋等人这才明白是怎么一回事。

死去的这个年轻人是那个老太婆的独生子，一月前结的婚，媳妇就是那个老头子的独生女儿。一对年轻人自小在一块长大，可谓青梅竹马、两小无猜，同结连理也就是自然而然的事了。然而天有不测风云，这对男女青年刚刚结过婚，也就是新婚的第二天，大都督的手下闯到了这个小渔村，见新娘美貌，就不由分说地将她抢走了。新郎的父亲当时多说了几句话，被大都督的手下活活打死。新娘的母亲闻听女儿被抢，一口气没喘上来，含恨辞世。剩着新郎，整天地寻死觅活，亏家人和乡邻们防范得紧，他几次上吊终都解救了下来。渐渐地，新郎像是认命了，也吃饭了。可就在今天早晨，有人带来消息，说是新娘不堪忍受大都督及其手下的凌辱，已经坠城而死。这下子，新郎就又重燃了死的念头，最终，在这日薄西山的时候，他逃出家门，投江而死。

那老头叙述完毕，早已是泪流满面。李善长低低地问道："老人家，你刚才提到的那个大都督，是什么地方的大都督？"

老头子胡乱地抹了一把脸上的泪水，顿时显出一种愤恨的神色来："还会是谁？就是洪都城里的朱文正！"

尽管这本在意料之中，但李善长的脸上还是现出了一丝愕然之色。要知道，这个小渔村距洪都城差不多有一百里，朱文正抢女人都抢到这儿来了，那洪都城里和洪都周围的女人还有好日子过？

就听那老头又愤愤地言道："小老儿要不是腿脚不便，真想去应天找朱元璋评评理。他不是每到一处都贴什么约法三章约法四章吗？可朱文正在这里无法无天，他为什么不管？他这不是明摆着在欺骗小老儿吗？"

因为老头的话里直接提到了朱元璋的名字，所以汤和似要发作。朱元璋立即用眼色加以制止，并轻轻地对那老头言道："老人家，你说得没错，应天城里的那个朱元璋，确实不是个东西。他对别人是一套，对朱文正又是另一套，这不明摆着是在欺骗老百姓吗？"

说着话，朱元璋从周德兴的身上解下那包袱，从中取出一大把金银递在那个老头的手里，且言道："老人家，我们是生意人，不能在这里久留，这点金银，就算作是你的女儿和这位老太太的儿子的丧葬费。我虽然没有什么能耐，但我一定会替你到应天去找那个朱元璋评理。他要是敢不从严从快惩治那个朱文正，我就把他的脑袋割下来给你老人家当球踢！"

说完，朱元璋就大踏步地返回到了小船上。朱元璋返回小船之后一共说了三次话。第一次是这样说的："今晚孤与你们一起啃干粮。"第二次是这样说的："孤到洪都来，不该乘船，该骑马。"数第三次的话说得最为精彩："朱文正，你让孤在老百姓面前的脸都丢尽了，即使你没有一点点谋反之心，孤这回也绝不会轻饶你！"

按理说，朱文正是不该谋反的，也不会谋反。他是朱元璋的侄子，又是朱元璋的义子，还是朱元璋的"封疆大吏"，吃香的喝辣的，可以呼风可以唤雨，在洪都城里跺上一脚，整个江西都要抖上三抖，实在没有必要走上什么谋反之路的。然而事实是，朱文正真要谋反了。朱文正本来并没有谋反之心，相反，他本来是怀着一颗对朱元璋的感激和忠诚之心从应天抵洪都任职的。初来乍到，他暗下决心，要像朱元璋那样，把一切事情都处理好。甚至，他都记得，朱元璋是很讨厌喝酒的，故而他刚到洪都的时候，几乎是滴酒不沾。

不过，就在洪都保卫战之前，朱文正也感觉到了有点异样，那就是，在应天的时候，他几乎事事都要听别人的，而到了洪都以后，别人却要事事都听他的了。想想应天，再看看洪都，朱文正就沾沾自喜起来。当然，无论是变"好"还是变"坏"，再"很快"，也都有一个渐进的过程。以酒为例，朱文正一开始几乎不喝酒，除了应酬，他连酒杯都难得端一下，可渐渐地，朱文正就这么想了，为什么不喝上几杯呢？喝也是这样，不喝还是这样，反正没人问，反正没人管，在洪都，也没人敢问没人敢管。于是朱文正就开始喝上几杯了。喝几杯是喝，喝一壶也是喝，喝一坛还是喝。如此一来，朱文正就由杯到壶、由壶到坛，越喝越上瘾，越喝越过瘾，最终是三天两头醉，不醉不罢休。

起初，由于老婆不在身边——长期出外征战或驻守他地的将领，其妻子儿女都被朱元璋"保护"在应天，朱文正也不例外——夜里闲得慌，也闷得慌，朱文正就设法找来一个两个女人陪自己过夜，起初找得很小心，也有些偷偷摸摸的。可就像喝酒一样，没人问这事儿，更没人管这事儿。于是朱文正想起来了，自己是这里的主宰。既是主宰，还用得着偷偷摸摸地找女人吗？于是朱文正找女人的方式变了，由偷偷摸摸变成无法无天了；找女人的数量也变了，由一个两个到十个八个地找了；找女人的范围也随之发生了变化，先在城里找，后在城外找，最终，方圆百里，都成了他找女人的范围。最典型的是朱文正对女人的选择和找女人的手段所发生的变化。一开始，朱文正只找那些没有男人的女人，包括未婚的、寡居的和专操皮肉生意的女人。到最后，朱文正选择女人只剩下一个标准了：只要年轻美貌，不管她是什么女人，全要。这就涉及朱文正找女人的手段了。最初，是用银钱收买，接下来，是暗地里强抢，发展到最后，就是公开地掳掠了。

事情的严重性还不仅如此。如果只是朱文正一个人在那胡作非为，洪都地区的百姓似乎还能勉强忍受下去。问题的严重性在于，朱文正还纵容他的手下也仿效他的所作所为。朱文正该有多少手下？那么多的手下整天耍酒疯，任意地强抢民女，看谁不顺眼就取谁的性命，洪都城及周边地区还不成了人间地狱？

在朱文正众多的手下中，有两个手下最为得力，一个叫朱一刀，另一个唤朱一剑。其实，这两个男人本不姓朱，本来也不是朱文正的手下，朱文正是在一个偶然的机会同他们相遇的。

那是在鄱阳湖大战之后没多久，那时候的朱文正，虽然已经变"坏"，但还没有变到"荒淫残暴"的地步。那是一个下午，朱文正在两个光溜溜的女人中间醒来，醒来之后，便嚷着要喝水。就在这当口，朱文正的几个手下没头没脑地钻了进来。朱文正开始很生气，但他发现，几个手下都不同程度地负了伤，说话的那个手下，鼻子好像被人打歪了，说出的话音都跑了调。朱文正觉着了事情的严重性，慢慢地下了床，慢慢地走到那个歪鼻子手下的面前，一指那歪鼻子问道："说，这是怎么一回事？"

原来，距洪都城十几里路远的地方，有一座小山，山脚下住着一户人家，有父亲、儿子和女儿。女儿正当妙龄，长得像山涧溪水那么清纯，又像溪边小花那么亮丽，却不慎被朱文正的那几个手下发现了。他们便跑到山脚下索要那个姑娘。谁知，姑娘的父亲和哥哥根本不买账，双方话不投机便动起了手。别看朱文正的手下人数占优，但却一点儿也占不到便宜。姑娘的父兄均使一柄捕猎用的钢叉，把朱文正的几个手下叉得抱头鼠窜。许是山里乡民心地淳朴，终究手下留情，要不然的话，朱文正的那几个手下早就变成两柄钢叉下的孤魂野鬼了。

朱文正闻言，勃然大怒。于是，在手下的帮助下，朱文正很快装束停当，骑一匹快马，领着十几个手下直奔十几里外的那座小山而去。来到那户有美貌姑娘的人家，朱文正的手下吆五喝六地将屋内的三个人全叫到了屋外。朱文正一见那姑娘，浑身都酥软了。姑娘的父亲言道："我们是山野小民，只想安安稳稳地过日子，你们为何一次又一次地前来骚扰？"

朱文正倒也振振有词："你们不是什么山野小民，你们是乱贼陈友谅的余党，不把你们全部剿灭，本大都督就难以心安！"

这一家三口是不是陈友谅的余党，不得而知，反正，朱文正这么说了，就算是给这一家三口定了性了。这一定性不大要紧，这一家三口便算是犯了死罪了。既犯了死罪，自然要被抓捕归案，打入死牢了。

所以朱文正厉声喝道："来啊！把这些乱贼余党统统给我拿下！"

说"统统"拿下，其实只要拿下那姑娘就足够了。姑娘的父亲和哥哥立即各操起一柄钢叉，将那姑娘护在了身后。看他们对朱文正不在乎的样子，还真有点像是陈友谅的什么余党。

朱文正两眼一瞪道："怎么？你们胆敢违抗本大都督的指令？"

姑娘的哥哥冷冷地道："光天化日之下，竟然强抢民女，甭说是什么大都督了，就是天王老子来了，我也要戳他几叉！"

朱文正气得冲着手下就嚷道："你们还等什么？快上去抓人啊！"

尽管那两把大钢叉寒气逼人，但有朱文正在后面撑腰，十几个手下还是冲了上去。朱文正的手下勉强冲了两次，就再也不敢向前冲了。这十几个手下，有五个人被钢叉扎中了大腿，有三个人被钢叉扎中了胳膊，还有一个人的一只耳朵被钢叉挑去了大半，剩着几个没受伤的，只能眼巴巴地看着朱文正。

朱文正"嗖"地翻身下马，将长剑在半空中一舞，冲向那姑娘的父亲。开始，朱文正占据了上风，但没过多久朱文正就落败，再战下去只有死路一条。

朱文正倒也有自知之明，在两把钢叉又一次向他扎来的时候，他也不用剑去封挡了，而是一个驴打滚，滚离了战场。滚离了战场之后，他一边急急地上马，一边对手下言道："都回去，明日推几门火炮来，把这些陈友谅的爪牙全都炸死！"

两把钢叉并没有追赶，朱文正这才得以带着手下离开山坳。然而，麻烦事又出现了。先前经过的那个小山口，现在直直地堵着两条大汉，显然是要收"买路财"的那种强盗。

朱文正真是气不打一处来，他腾身下马，徒步执剑朝着那两个拦路的大汉走去，一边走一边还言道："真是无法无天了，竟有人敢拦本大都督的去路！"

两条大汉没有听见朱文正的话。朱文正走近前来，也不客气，操剑就向两条大汉刺去。两条大汉一个使剑一个使刀，见朱文正攻来，两人身形一晃，不仅闪过了朱文正攻来的剑，还把手中的刀剑分别指在了朱文正的胸部和腹部。朱文正动弹不得了，只有仰天长叹道："想不到我朱文正英雄一世，今日却要屈死在这荒山野岭，真是造物弄人啊！"

那两条大汉闻之是朱文正便一起扔了刀剑，"扑通"一声伏在朱文正的脚下。其中一条大汉言道："我等兄弟久在江湖上混迹，平日靠做这无本买卖挣钱糊口，不想今日冒犯了大都督大人，乞望大都督恕罪。"

朱文正对这一变化自然感到意外，但反应也很快，马上爬起身来，故作庄重地道："本大都督一向赏罚分明，你们既然不知，不知者无罪。你们都起来吧。"

两条大汉谢过之后相继爬起了身，并向朱文正表示，想投在大都督门下混口饭吃。朱文正见他们身手不凡，就一口答应。两条大汉见朱文正的手下个个都有伤在身，便问朱文正是怎么一回事。朱文正叹道："手下报告，说山坳里有几名陈友谅余党，本大都督就想亲自来抓捕，没料到，那几名贼人武功高强，本大都督竟然奈何他们不得。"

一大汉小声地对朱文正言道："不瞒大都督，我等兄弟适才就是想入那个山凹，找那个女人玩耍玩耍，不期误撞了大都督。"

朱文正不禁脱口而出道："本大都督也看上了那个女人。"

一条大汉对另一条大汉道："我等兄弟投在大都督门下，还未曾立下半点儿功劳，我们去把那女人抓来送与大都督，也算作是你我兄弟献给大都督的见面礼吧。"

朱文正听了不觉心中大喜，但嘴上却对那两条大汉言道："你们兄弟的心意，本大都督已经领了，只是那贼人的钢叉端的厉害，本大都督实在不忍心看到你们兄弟受伤害。"

一大汉言道："大都督的关怀，我等兄弟感激涕零，既是我等兄弟自愿前往，即使遇有不测，也不敢怨恨大都督的。"

朱文正叫了一声"好"，然后言道："本大都督与你们一同前往！"

两条大汉走在前面，朱文正跟在后面，还有十几个不停呻吟的伤员尾随，一行人便又来到了那几间茅屋的近前。此时已是黄昏时分，山凹里好像弥漫着一股腐朽的气息。

有两条大汉护身，朱文正的劲头就上来了，单人单骑走到那茅屋的门边，放声大叫道："山野毛贼，还不快快出来受死？"

那姑娘的父兄各执钢叉"呼"地就冲出了屋子，朱文正连人带马本能地向后退了几步。一条大汉言道："大都督请闪开，我等兄弟要动手了！"

说话间，使剑的大汉就向姑娘的父亲扑去。姑娘的父亲钢叉一抢，迎着使剑的大汉就狠狠地扎来。明明看到那钢叉已经扎中了使剑大汉的身体，可结果却是，钢叉从使剑大汉的肋边滑过，而使剑大汉的剑却准确地捅入了姑娘父亲的胸膛。

几乎在使剑大汉扑向姑娘父亲的同时，那使刀大汉也扑向了姑娘的兄长，其过程和结果与使剑大汉如出一辙，使刀大汉也只是一招便将姑娘的兄长砍翻在地，而且手段更为毒辣，硬是把姑娘兄长的身体一劈两半。

麻烦事就这么结束了。两条大汉闯进茅屋，拽出那姑娘，利利索索地用绳子捆了，再将她的嘴堵上，然后架在朱文正的马背上驮着。这一连串的动作，两条大汉一气呵成，就像是他们天天都在干这种勾当似的。

朱文正对他们大加赞赏，愿意收他们为义子。当问及他们姓甚名谁时，朱文正得知二人名叫诸葛不三和诸葛不四。朱文正觉得这名字不好，便赐名朱一刀和朱一剑。

就这样，朱一刀和朱一剑就成了朱文正最得力的帮凶。朱文正有了朱一刀和朱一剑后，越发地荒淫和残暴。那么，朱文正的谋反念头，究竟是什么时候开始形成的呢？

仔细想来，大概是在1363年的年底，也就是朱元璋在应天快要称王的那个时候，朱文正开始有了一点儿谋反的苗头。起因是，朱元璋得知朱文正在洪都花天酒地得有些出格，就两次派专人赴洪都警告朱文正不要太过扰民，应该检点自己的私生活。

朱文正慌了，如果照朱元璋说的那样去做，不扰民而检点自己，那自己蒸蒸日上的醉生梦死的好时光岂不就从此终结？如果不照朱元璋说的那样去做，依然故我，那朱元璋一气之下，就很可能把他召回应天，而只要一回到应天，他朱文正的美好时光同样从此终结。

换句话说，那时候的朱文正，已经在考虑和担忧自己在洪都的崇高地位和无上权力了。有这个地位在，就有这种权力在，只要拥有这种至高无上的权力，那自己就可以随心所欲地安排生活。反之，如果失去了这种地位和权力，那他朱文正就将一无所有。

朱文正谋反之心的正式生成，应该是在朱元璋称王之后，也就是1364年正月的那个时候。朱元璋称王了，大封百官，便重重地刺激了朱文正。朱文正虽然是洪都城大都督，还挂着一个"江西等处行省左丞相"的名头，但他仍不满足。他认为自己是朱元璋得以称王的最大功臣，理应得到最大的封赏，然而朱元璋以为，自己没有得到应有的待遇。虽然独霸江西一方，但终究是个地方官吏，远没有在"朝"为臣来得显赫。

朱文正对徐达等人官居高位十分不服气，更觉得朱元璋对他朱文正太不公平。因此朱文正就对朱元璋产生怨恨之情了，这样就极容易滋生反叛的念头。再联想到过去朱元璋对他"扰民"的指责和警告，朱文正就自然而然地认为朱元璋不信任他了，要除掉他朱文正了！

这个时候，朱文正才想起如何才能保住自己地位和权力的方法：脱离朱元璋，不买朱元璋的账，自己闹独立。这个"独立"就与"谋反"二字具有共同含义了。

朱文正也知道，凭自己这点儿可怜的实力，要想与朱元璋分庭抗礼，那只能是一厢情愿。所以，朱文正一边命令朱一刀和朱一剑快速地扩充兵马，一边思索着要给自己找一个强大的靠山。找来找去，只有张士诚了。他曾两次派朱一刀和朱一剑秘密赴平江找到张士诚商谈"归顺"事宜。张士诚当然求之不得，如果朱文正在江西反叛，那朱元璋就有了后顾之忧，就不可能全力对付他张士诚了。而且，朱文正是朱元璋的亲侄子，叔侄俩人反目成仇，很可能会将朱元璋的势力闹得四分五裂，那样的话，他张士诚就可以坐收渔翁之利了。所以，张士诚也就两次派人到洪都去与朱文正联络感情。一时间，朱文正同张士诚打得十分火热，大有相见恨晚之意。

张士诚还向朱文正建议派人到浙东，去试探那李文忠的口气。朱文正对张士诚的这一建议大为折服。如果能挑动李文忠起来反叛，那朱元璋岂不是顾得了头便顾不了腚了吗？加上张士诚在东边牵制，朱元璋就只能看着他朱文正在洪都在江西称王称霸了。

这么想着，朱文正就没派什么人去浙东，而是亲自乔装打扮去浙东见李文忠。朱文正用尽各种方法暗示李文忠，但李文忠没有一点儿反应，朱文正无奈，只好离开了浙东。尽管遭到了李文忠的拒绝，但朱文正谋反之心依然没有泯灭。他一边加紧招兵买马，一边盘算着何时公开与朱元璋摊牌。张士诚向他承诺：朱文正这边宣布归顺东吴，张士诚那边就向应天用兵。

得到张士诚这般承诺，朱文正便以为自己算是找到了靠山。有了靠山，朱文正的腰就粗了，就不怕朱元璋了。

朱元璋一行人乘着一只小船慢慢地接近洪都城了。在一个黄昏，朱元璋的小船晃晃悠悠地朝着洪都城的西城墙而去。朱元璋是想先赶到洪都城里察看情况，然后根据情况再决定是吃晚饭还是立即就去找朱文正算账。

洪都城西边的江面上，停着近百艘大小战船，而且战船上还都架着火炮。朱元璋皱着眉头言道："孤不记得在这里留有什么水军。"

李善长言道："定是朱文正自己组建的水军。"

朱元璋自言自语地道："看来，朱文正真的是想谋反了。"

突然，有两只小战船飞快地朝着朱元璋开来，且老远就吆喝道："停船！停船检查！"

眨眼间，两只小战船就将朱元璋的小船夹在了中间。每只小战船上有二十多个兵丁，船头上赫然架着一门火炮。一个独眼的家伙，看来像是一个头目，先用仅存的那只眼将朱元璋等人打量了一番，然后拍了拍腰间悬挂的长剑，冲着朱元璋等人喝问道："尔等是何人？为何要在此时从洪都经过？若不从实招来，休怪我腰间的家伙不客气！"

朱元璋没言语，李善长赔起笑脸言道："我等是生意人，打江州来，要到洪都城里做笔买卖，请这位兄弟高抬贵手放我等过去。"

独眼龙不相信他们是生意人，李善长便从周德兴的身上取下包袱，亮出包袱里的金银珠宝来。那独眼龙一见，一只眼睛马上就放出比黄金还要明亮的光来。

李善长招招手，独眼龙一下子就跳到了朱元璋的小船上。李善长指了指那包袱道："这位兄弟，你行行好，只要你放我等过去，这些钱财，你可以拿去一半，如何？"

独眼龙大模大样地将包袱扎好，背在了自己的身上，然后"哈哈"一笑，爬回自己的战船。李善长故意慌慌地道："这位兄弟，你把钱都拿走了，我等回到赣州老家如何向家人交代啊？"

独眼龙告诉李善长，还是回江州吧，因为大都督已经发布命令，只要是从东边或北边来的人，一律严加盘查，稍有值得怀疑的地方，就以陈友谅余党的名义处决。

李善长连忙点头，对独眼龙感谢了一番。

在独眼龙得意的大笑声中，朱元璋的小船掉头向北划去。划不多远，天就黑下来了。朱元璋低低地命令道："把船划到西岸去！"

天黑了，江风吹过来，很有些冷。冷冷的江风中，朱元璋一边眺望着洪都城一边若有所思地道："看来，这洪都城一时是进不去了。"

李善长接道："是呀，洪都城内外不仅戒备森严，而且朱文正对大王的到来，好像也有所防备了。"

汤和一旁气呼呼地言道："那独眼龙，竟然将钱都抢走了，我要不是再三克制，早冲上去结果了他的性命！"

朱元璋轻轻一笑道："汤和，是钱财重要还是性命重要？"

汤和忙着回道："自然是……性命重要。钱财再多，没了性命，也等于是一场空。"

周德兴言道："今晚吃饭成问题了。干粮没了，银子也没了，看来今晚要饿肚皮了。"

李善长道："我身上还有一些银两，只要能找着一户人家，肚子还是能填饱的。现在最大的问题是，怎么样才能够进得了洪都城。"

朱元璋言道："还是先把肚子填饱再说。那朱文正想跟孤来真的，那孤就不能当儿戏，孤应该好好地考虑考虑，怎么样才能抓住他。"

说话间，小船就靠上了赣江的西岸，朱元璋等人下了船，去找吃饭的地方了。

中午就没吃饱，现在又饿着肚子，朱元璋一行人跌跌撞撞一直往西走了大约有十来里路，到了一个叫新建的大村落，才终于看到了一点儿灯光。

新建这个地方有近百户人家，但十室九空。亮出一点儿灯光的那户人家，正忙碌地收拾东西，好像要出远门。汤和领着七八个水手刚一走到那户人家门口，便有五六个壮汉从屋里冲了出来，有拿菜刀的，有拿棍棒的，吓得汤和等人赶紧一溜烟地跑到朱元璋等人的跟前，口里还言道："这家人好不懂道理，我们还没开口呢，他们无缘无故地就要杀人。"

周德兴一把从汤和身上扯下那大包袱，抽出剑来就要冲过去。李善长连忙拦阻道："周大人休要冲动，此事定有蹊跷。"

朱元璋认为这家人定是把他们当做朱文正的手下了，于是叫李善长去向这家人解释一下。

李善长独自一人向那户人家走去，不一会儿，李善长缓缓地回来了，他向朱元璋禀报道："他们果然把汤大人当做朱文正的手下了。微臣向他们解释了一番，他们才略略向微臣道出了事情的原委。"

原来，这户人家本来只剩下一对老夫妻和一双年幼的孩子，其他的人不是被朱文正手下抓走就是被迫远走他乡。今天下午，老夫妻在湖南的一房亲戚，因为躲避匪患，举家迁到了这里，其中有一女子，刚交二八芳龄，长得清秀可喜。不料，天黑时分，朱文正的几个手下喝得醉醺醺的打此路过，一下子看见了那个女子，便要抢去献给朱大都督。那女子的几个胞兄，一时气愤不过，就打跑了朱文正的几个手下。老夫妻知道惹下了大祸，就劝亲戚一家赶紧离开这里。最后，老夫妻和亲戚一家决定一起离开这里。至于要去何处，老大妻等人心中就没底了，反正是朝北走，离洪都越远越好。朱元璋等人若是迟来一步，恐就再也见不着这户人家了。

朱元璋听罢，不禁摇了摇头道："朱文正如此胡作非为，这是在逼老百姓造孤的反啊！"

李善长言道："大王，微臣没有向他们表明真实身份，他们马上就要离开。"

朱元璋略一思忖道："孤去向他们表明身份。不管怎么说，也得先把肚子填饱，饿肚子是对付不了朱文正的。"

说着话，朱元璋就率先朝那户人家走去，李善长等人紧紧跟随。到了那户人家门口，朝里一看，嗬，大大小小老老少少近二十口人，正准备朝门口涌呢。朱元璋拦住这家人，又向他们表明了身份。

那老头愕然片刻，接着"扑通"一声跪倒在地，道："朱大王，你可要替小民一家做主啊。"

老头这么一跪，其他的人不分男女老少，一起都跪在了朱元璋的面前。朱元璋一时大为感动，多么好的老百姓啊！如果没有这样的老百姓在社会的最下层铺垫着，他朱元璋日后就是当上了皇帝，又还有什么意义？

朱元璋紧趋两步，一把托住老头子的双臂，语调深沉地言道："老人家快快请起。孤此番前来，就是要替像老人家这样的人主持公道的。"

扶起了老头子之后，朱元璋还十分亲切地将那位少女也搀扶了起来，一边搀扶一边还安慰她道："姑娘莫要恐慌，有孤在此，就是天塌将下来，也用不着害怕。"

李善长适时地插话道："乡亲们都请起来吧，我们大王还没吃晚饭呢……"

李善长这么一说，屋子里就忙活开了。烧火的，淘米的，择菜的，忙得不亦乐乎。反正有朱大王在此，也用不着再害怕，只管专心弄饭就是了。那老头还把家中仅有的一公一母两只鸡杀了。

饭做好了，可惜没有酒，老头觉得非常地不好意思。李善长一边付给老头银子一边言道："我们大王素不饮酒，因为酒是粮食造的，如果人人都喝酒，就必然加重老百姓的负担。"

李善长给老头银子，老头死活不要。李善长煞有介事地言道："老人家，如果你不收下银子，一旦朱大王知道我们白吃了你的饭菜，那我们的脑袋就都要搬家了！"

真有李善长说得这么严重？反正，那老头听了李善长的话后，朱元璋的形象就在他的心目中变得无比高大起来。除去两个在外面放哨的水手另有人送饭外，其他的人——朱元璋、李善长、周德兴、汤和及五六个水手，就围着一张简陋的小桌子吃起来。那老头子怕影响朱元璋等人的食欲，把家人及亲戚都支走了，只留他自己和那个少女在一旁伺候。所有的饭菜几乎都被朱元璋等人吃光了，只有一只空碗里还剩有两个鸡大腿。这是朱元璋要求留下的，因为老头的家里还有两个小孩子。朱元璋吩咐那少女把两个鸡大腿送给两个小孩吃，少女愉快地答应了。

吃过饭，就要干正事了。朱元璋、李善长、周德兴、汤和四个人与那老头凑在一起，听老头讲述有关朱文正和洪都城的事情。老头把自己所知道的情况全部倒了出来，其中，涉及朱一刀和朱一剑的事情最多。老头不无担忧地道："朱大王，那朱一刀和朱一剑心狠手辣，你只带了这么几个人，恐不是他们的对手啊。"

朱元璋微微一笑道："老人家不必担心。孤既然来了，那孤就自有对付他们的手段。"

话虽是这样说，但当老头走了之后，朱元璋却低低地对李善长言道："李大人，如果朱一刀和朱一剑两个家伙明天真的到这里来，还真是一件麻烦事呢。"

周德兴一向很少说话，这时忍不住言道："明天，他们若真的来了，我就冲出去把他们给杀了。"

汤和接道："就是。什么朱一刀朱一剑的，我一剑就把他们全解决了！"

朱元璋缓缓地摇了摇头道："朱一刀和朱一剑恐怕不是那么好对付的。就算把他们全解决了，也解决不了朱文正和洪都城的问题。"

李善长沉吟了片刻，然后道："大王，微臣离开应天的时候，叫刘大人速速派人去武昌通知常大人和邓大人……微臣估计，常大人和邓大人的兵马这两天就可以赶到，是不是等他们的兵马来了之后再行定夺？"

朱元璋皱了皱眉："不行，如果常遇春和邓愈的兵马开到了洪都城外，那就可能引发一场战争。要是孤在这里同朱文正打了起来，岂不是让那张士诚笑掉了大牙？孤以为，对付朱文正，只能智取，不能强攻。"

朱元璋略略思忖道："李大人，可不可以在朱一刀和朱一剑的身上下点儿功夫？"

李善长点了点头道："微臣也在琢磨这两个人。"

朱元璋言道："听刚才那个老头说，他们当初之所以饶过朱文正一马，是因为他们得知了朱文正是洪都大都督。"

李善长若有所思地道："洪都大都督的官位虽然不低，但比起大王来……"

朱元璋接道："如果孤给他们一点儿承诺，那他们是不是就会不买朱文正的账？"

李善长言道："微臣以为，大王此计应该能成功。"

朱元璋言道："应该能成功还不行，还要做好成与不成两手准备。"周德兴和汤和被朱元璋和李善长二人说得云山雾罩，就像是在听谜语一般。不过，当朱元璋和李善长二人接着商讨具体的细节时，周德兴和汤和就豁然开朗了。原来，他们在明天的计策中，也扮演着相当重要的角色。

计策商讨好了，已是半夜时分，朱元璋等人也该休息了。那老头把房间腾出来让朱元璋等人睡，自己一家全挤在一间大屋里。一夜过去，天刚刚亮，朱元璋就被吵醒了，睁眼一看，李善长几位及那个老头都站在自己的身边。朱元璋起身问道："莫不是那朱一刀和朱一剑来了？"

李善长回道："只看见有两匹马朝这里奔来，不知是谁人。"

那老头言道："一定是朱一刀和朱一剑。他们作恶的时候，几乎从不带帮手。"

朱元璋下了床，冷静地道："如果真的是朱一刀和朱一剑前来，那就按既定方针办。如果不是，则见机行事。"

所有的人都待在屋子里。待在堂屋里的，是朱元璋、李善长、周德兴、汤和及那个老头。堂屋的门半掩着，这样大致可以看清屋外的情况而屋外的人又不容易看清屋内。

只见两匹马飞似的就冲到了屋外的一小块空地上，显然马上之人对这老头子的家很熟悉。朱元璋碰了碰老头的身子，问："是他们吗？"

老头的话语一下子变得吞吞吐吐："就……就是他们。"

屋外，朱一刀和朱一剑已经下了马。朱一刀不无埋怨地道："兄弟，我说昨天晚上来，你偏要今天早晨来。如果这个女人昨天晚上跑了，看你回去怎么向大都督交代。"

朱一剑讪讪一笑道："大哥，昨天晚上刚弄到几个小女人，怎不想好好地玩一玩呢？大哥你不是也弄去两个小女人吗？"

原来，朱一刀和朱一剑昨晚上没来这里，是顾着自己同女人寻欢作乐了。朱一刀言道："兄弟，别再啰唆了，快进屋去看看吧。"

朱一剑答应一声，抬脚就朝屋门跟前走。就在这时，半掩着的屋门一晃悠，打屋里走出两个人来，是周德兴和汤和，手里都提着剑。朱一剑乐了："大哥，我说他们不会走吧？他们怎能料到我们会来得这么快！"

朱一刀却有些疑惑起来："兄弟，情况有些不对头。弟兄们回去的时候，没说这里有兵器。"

朱一剑大大咧咧地道："大哥，管那么多干吗？把那小女人抢回去不就得了吗？"

朱一刀点了点头道："兄弟说得也是，放眼洪都方圆百里，还无人是你我兄弟的对手。"

周德兴忍不住了，长剑一弹，就照着朱一刀冲了过去。周德兴之所以找准了朱一刀，是因为他知道，使刀的人力气都比较大，如果汤和跟朱一刀打，肯定吃亏。而周德兴的力气，虽不能和常遇春相比，但也不在朱元璋和徐达之下。

见周德兴冲向了朱一刀，汤和就别无选择，长剑在空中绕了一朵花，然后就直直地朝着朱一剑冲去。朱一刀和朱一剑当然不会退避，双双迎上了周德兴和汤和，于是四个人就在一块不大的空地上捉对厮杀起来。

四个人正在空地上剑来刀往地厮杀呢，打屋内又走出一个人来，是李善长。

李善长一走出屋子，就使劲儿地拍了几巴掌，然后高声言道："朱一刀、朱一剑，不愧为当今盖世的豪杰！"

李善长那边一拍巴掌，周德兴、汤和这边就跳出了战圈。剩着朱一刀和朱一剑，气咻咻地站在那里，一起翻着白眼瞪着李善长。

这时候的朱一刀和朱一剑，都明白今天的事有点儿邪门。俩人不觉对看了一眼，然后朱一刀冲着李善长喝问道："你这个瘦猴，是什么来路，敢在一边如此大叫大嚷？"

朱一刀称李善长为"瘦猴"，李善长不仅一点儿不动怒，反而笑容可掬地回道："我乃应天城吴王麾下右丞相李善长是也，不知两位大英雄可否听得明白？"

朱一刀和朱一剑都大吃一惊，他们虽然从未见过李善长的面，但早在他们行走江湖打家劫舍的时候，就闻听过李善长的大名。朱一刀不觉后退了半步，然后用未拿刀的手指着李善长道："你……就是那个李善长？你……找我们兄弟有什么事？"

看朱一刀的表现，李善长在天底下的名头还是怪响亮的，至少，不亚于江湖上什么"绝顶高手"的名头。只见李善长"哈哈"一笑言道："两位大英雄许是误会了，李某不是专程来找两位大英雄的。李某此番出行，是替吴王陛下暗访国家栋梁之材，只是在此巧遇两位大英雄罢了，贤昆仲可听得明白？"

既是"贤昆仲"，当然就能听得明白。朱一刀低低地对朱一剑言道："兄弟，你听到了吗？他一口一声地称我们是大英雄呢！"

朱一剑回道："大哥，我当然听到了。我还听到他说他正为吴王陛下暗访国家栋梁之材呢。"

朱一刀问朱一剑道："兄弟，你说我们……是不是国家的栋梁之材？"

朱一剑很快地言道："大哥，我们既然是盖世的大英雄，那自然就是国家的栋梁之材了。"

朱一刀点头道："兄弟说得是，待我好好地问上一问。"

于是，朱一刀大声地咳嗽了一下，接着挤出一丝笑容问李善长道："李……大人，你可曾为吴王陛下访到了国家的栋梁之材？"

李善长意味深长地回道："李某从应天到洪都，一路上跋山涉水，倒也确实为吴王陛下寻到了两位国家的栋梁。"

朱一剑赶紧问道："李大人，不知你寻到的那两位国家栋梁，现在何处？"

李善长向前跨了一大步："所谓远在天边、近在眼前，李某所寻到的那两位国家的栋梁，就是贤昆仲两位大英雄啊！"

朱一剑忙着转向朱一刀："大哥，他真的以为我们是国家的栋梁哎……"

朱一刀向朱一剑丢了一个眼色，意思是暂时不要太激动。就见朱一刀的脸上，现出了一种十分谦恭的表情，这种表情还一点一点地加浓："李大人，你既然认为我们兄弟是国家的栋梁，但不知，你对我们兄弟会作如何安排？"

李善长不动声色地言道："李某既然认为你们是国家的栋梁，那李某就会向吴王陛下郑重地举荐。只要李某这么一举荐，那你们兄弟就可以高官任做、骏马任骑了！"

朱一刀也忍不住地激动起来，他用一只眼看着李善长，用另一只眼看着朱一剑道："兄弟，看来我们这回真的是时来运转了！"

是呀，能得到吴王陛下的青睐，那还不飞黄腾达？然而，朱一剑却突然有了一个疑问，他直直地盯着李善长问道："李大人，你莫不是在哄我们兄弟玩吧？"

李善长故作惊诧道："一剑兄弟何出此言？"

朱一剑的表情十分地认真："李大人，你虽然是吴王陛下的右丞相，但你说话能算数吗？"

朱一剑的这个问题倒也有几分见地，虽是丞相，终也要听从吴王的旨令。就在这时，屋门吱呀一声，又走出一个人来，正是朱元璋。朱元璋刚一走出屋门便朗声问道："朱一剑，孤说话能算得了数吗？"

朱一刀、朱一剑虽然也未见过朱元璋，但自称"孤"的人，还会是谁？一时间，朱一刀和朱一剑都愣住了，呆呆地站在那里，既不知道说什么，也不知道做什么，只直直地看着朱元璋越走越近。

李善长及时地"提醒"道："你们的好运来了！还不快快拜见大王？"

慌得朱一刀和朱一剑，一个丢刀一个撇剑，双双匍匐于地，口中呼道："草民叩见大王陛下，祝大王万寿无疆。"

朱元璋微微地点了点头："你们都起来吧，孤有话对你们说。"

朱一刀、朱一剑规规矩矩地爬起了身，朱元璋煞有介事地言道："你们刚才的表现，孤都已经看到了。孤以为，你们的确是国家不可多得的英才。现在是多事之秋，也正是孤用人之际，像你们这样难得的人才，已经十分罕见了。"

朱一刀和朱一剑被朱元璋说得晕乎乎的，不禁有些飘飘然起来。仿佛，经朱元璋这么一说，他们真的是"国家不可多得的英才"了。要知道，朱元璋所言，显然比李善长所言更具权威性。

朱元璋继续在朱一刀、朱一剑的面前表演："孤在军事上取得节节的胜利，地盘就一天比一天扩大。孤现在急需一批能够替孤镇守一方的帅才人物。就江西而言，孤现在还有两个比较重要的空缺，一个是江州大都督一职，一个是赣州大都督一职。"

朱元璋的目光停在了朱一刀和朱一剑的脸上："如果你们没有什么意见，那孤就派你们去江州和赣州赴任，如何？"

真是天上掉馅饼的幸运事啊！做了江州或赣州的大都督，岂不是就和朱文正平起平坐了吗？岂不是就不要看朱文正的眼色行事了吗？无论抢多少女人，岂不是都可以自己首先享用了吗？

这一回，朱一刀和朱一剑也用不着李善长再作什么"提醒"了，"咕咚"一声就跪在了朱元璋的面前，口中诵道："微臣谢大王隆恩！"

瞧，这两个家伙的反应还挺快的，刚才还是"草民"，现在就是"微臣"了。朱元璋对他们的称呼当然也随之发生了变化："两位爱卿平身。只要两位爱卿对孤忠心，在江州、赣州做出一些业绩来，孤就会召你们入应天为官。"

到应天为官，岂不就又和李善长等人平起平坐了？喜得朱一刀和朱一剑在爬起身子之前，又"嘣嘣嘣"地冲着朱元璋一连磕了三个响头。殊不知，那周德兴和汤和正在一边偷偷地乐呢。尤其是汤和，差点乐出了声。

待朱一刀和朱一剑重新爬起身子之后，朱元璋脸上的表情发生了变化。他带着一种"威而不怒"的表情对朱一刀、朱一剑言道："在两位爱卿去江州、赣州赴任之前，孤有一件小事需要两位爱卿在一旁做个证明，不知两位爱卿可否愿意？"

到了这步田地，朱一刀、朱一剑还有什么不愿意的事情？朱一刀躬身言道："大王有事尽管吩咐，即使赴汤蹈火，微臣也在所不辞！"

朱元璋淡淡地言道："事情没那么严重，只是孤听到一些传言，说是洪都大都督朱文正似有不轨之心。两位爱卿本届就在朱文正府下，不知可曾听到过有关的传言？"

为表白对朱元璋的忠心，朱一刀还没来得及开口呢，朱一剑就抢先言道："大王，那不是传言，是事实。朱文正早就在招兵买马，要对大王发难。"

朱一刀忙着言道："朱文正还派微臣等两次赴平江去找张士诚。"

朱元璋摆了摆手，用不着再说下去了，朱文正谋反已是不争的事实。尽管朱元璋对此早有心理准备，但当事实确凿无疑之后，他的心里依然很难受。朱文正可是他朱元璋的亲侄子啊，而且是唯一的一个侄子。

尽管心里难受，但朱元璋面上的表情依然是那么威严，威严得叫你不敢说谎话，威严得让你只能按他所说的去做。朱元璋是这样对朱一刀和朱一剑说的："两位爱卿陪孤往洪都城走一遭，与朱文正三面对证之后，两位爱卿便去江州、赣州赴任。"又强调了一句道："江州、赣州正等着两位爱卿去大展宏图呢！"

朱一刀和朱一剑的心里差点乐开了花，他们现在一点儿也不在乎那个朱文正了。都是大都督了，还有吴王在后面为他们撑腰，朱文正现在应该怕他们才对。所以他们就乐颠颠地牵过两匹马来，殷勤地服侍朱元璋和李善长上马，自己则兴高采烈地与周德兴、汤和等人一道步行，心里在做着去江州、赣州任大都督的美梦。

过了赣江，就是洪都城的西城门了。城门两边，排列着至少有三百多名全副武装的官兵，且一个个如狼似虎、如临大敌。李善长向周德兴、汤和使了一个眼色。周德兴、汤和会意，紧紧地握住了剑柄。原来，朱元璋和李善长对朱一刀和朱一剑还是留有戒心的，于是他们就做了两手准备。如果见了朱文正之后，朱一刀、朱一剑变卦，则周德兴、汤和就杀掉朱一刀、朱一剑，而由朱元璋去制服朱文正。所以自出了新建村之后，周德兴和汤和就寸步不离地紧跟在朱一刀和朱一剑的身后，只要朱一刀和朱一剑有异常行为，周德兴和汤和就马上动手。

尽管如此，朱元璋一行人闯进洪都城也是极其危险的。如果朱一刀、朱一剑在进了洪都城之后马上就变卦，则即使周德兴、汤和立即杀了朱一刀和朱一剑，恐朱元璋等人也出不了洪都城。故而，朱元璋敢闯洪都城，除了自信之外，恐怕就只能用"胆大包天"来解释了。

西城门外虽然刀枪林立，但有朱一刀和朱一剑在，西城门还是洞开。朱一刀和朱一剑先是往城门两边一站——周德兴和汤和自然是紧紧地跟上——然后躬身恭请朱元璋和李善长先行。朱元璋也没客气，大踏步地就迈进了洪都城。

洪都城已经变成一个偌大的军营了。触目所见，几乎都是三五成群的士兵。只是这些士兵的着装既不整齐，也不划一，且兵器五花八门。

朱元璋唤过朱一刀，低声问道："可知朱文正现在何处？"

朱一刀抬头看了看太阳，离正午还早着呢。他告诉朱元璋道："大王，朱文正这个时候肯定还在睡觉。"

朱元璋吩咐道："那就去他睡觉的地方找他。"

朱一刀、朱一剑在前头带路，周德兴、汤和紧随其后，而朱元璋和李善长则带着七八个水手不紧不慢地走着，似是来洪都城闲逛的游客。因为朱元璋敢肯定那朱一刀和朱一剑绝对不会发生什么变卦的事情了。

来到朱文正的大都督府门前，朱元璋轻声地对李善长言道："看出来了吗？这地方比孤的王府气派多了。"

大都督府门前，自然更是戒备森严，但有朱一刀和朱一剑带路，就如履平地了。进了府门，府内通道纵横交错，乍进这里的人，根本不知道该往哪里走。而朱一刀和朱一剑却是轻车熟路，七拐八弯，就把朱元璋等人带到了大都督府的后院。来到一扇虚掩着的门前，朱一刀先是伸头向屋里探了一下，然后缩回头来低低地向朱元璋禀报道："他正在里面睡着呐！"

朱元璋向周德兴、汤和看了一眼，接着把屋门推开，一步就跨进了屋内。好家伙，屋内一张宽大的床上，至少横七竖八地躺着五六个赤体的女人，而那个朱文正，就挤在五六个女人的中间，也是赤条条的一丝不挂。屋内弥漫着一股浓浓的酒味，还有酸溜溜的汗味，更有一种难以言说的气味。

朱元璋闯进屋内的时候，有两个女人恰巧睁开了眼，并随即尖叫起来。这一尖叫，其他的女人也都惊醒了。朱文正当然也被吵醒了，可能是昨天晚上酒喝得太多了，还没有完全清醒过来，正准备发火呢．猛听得当头一声棒喝："朱文正，你还认得孤吗？"

朱文正眨巴眨巴眼，这可不得了了，眼前站着的，不就是朱元璋吗？还有李善长，还有周德兴、汤和，这些人他全认识。还有朱一刀和朱一剑，他就更认识了。朱文正慌了。见了朱元璋，没几个人不心慌的，尤其是朱文正的心里还有鬼。他一边拽过一件衣服遮住下身一边强作镇定道："父王何时来的洪都？也该事先通知一声，好叫儿臣前去恭迎啊。"

朱元璋冷冷地问道："朱文正，你可知罪？"

朱文正装糊涂道："儿臣只是同几个女人喝酒玩耍，又何罪之有？"

那几个女人，看今天情况不对头，早慌慌张张地溜了，也没人拦阻。朱元璋看了朱一刀和朱一剑一眼，朱一刀抢上一步道："朱……文正，你不要再装糊涂了！你做的那些事情，我们兄弟都禀告了大王！"

朱一剑也抢上一步道："告诉你，朱文正，从现在起，我们兄弟就是大王手下的人了！"

朱文正知道事情已经败露，就不想抵赖，只是瞪着朱一刀和朱一剑言道："我朱文正待你们兄弟不薄，你们因何要背叛于我？"

朱一刀回道："水往低处流，人往高处走。朱文正，你也怨不得我们兄弟的。"

朱一剑更是洋洋得意地道："朱文正，我们兄弟现在不怕你了，我们也是大都督了。"

朱元璋转向朱一刀和朱一剑言道："两位爱卿，这里没你们什么事了，你们去收拾收拾，准备到江州、赣州赴任吧。"

朱一刀、朱一剑应诺一声，不屑地看了朱文正一眼，就双双走出了屋子。没走多远，他们忽觉脊背一凉，跟着，胸前冒出一个东西来：那是一把剑的剑尖儿。回头看时，周德兴和汤和正站在他们的身后。

朱一刀在倒地前是这么跟周德兴、汤和说的："你们，说话不算话。"

朱一剑似乎比朱一刀明白得深刻，他留下的遗言是："大哥，不怪他们，怪那个朱元璋……朱元璋是个狐狸……"

周德兴、汤和也没说话，杀了人之后，就若无其事地回到了屋内。屋内，朱文正已经穿好了衣裳，但旋即就被朱元璋身后的七八个水手捆绑得结结实实。朱文正也没反抗，他很清楚，在朱元璋的面前，反抗是徒劳的。

朱元璋正儿八经地言道："李大人，你宣布一下，这朱文正究竟犯了哪些罪条，该如何处治。"

李善长不假思索地言道："查原洪都城大都督朱文正，为官一方，不仁不义，论律该斩；淫人妻女，祸害百姓，论律该绞；勾结仇敌，企图谋反，论律该剐。"

朱元璋盯着朱文正道："你都听到了吧？你所犯的每一条罪，都是死罪。你还有什么话要对孤说？"

事已至此，朱文正也就无话可说了。他也算得上是一条硬汉子，自始至终没讲一句软话，更没有向朱元璋求饶，只是闭口不言。若论朱元璋的脾气，恨不得马上就把朱文正千刀万剐。但想起在离应天前，他曾答应过马娘娘，要把朱文正带回应天，于是就暗自叹了口气，只得暂时作罢。

紧接着，朱元璋做了两件事情。一件事情是，把洪都城内所有被朱文正及其手下掳掠来的女人统统放回。仅朱文正的大都督府内，就放走了近千名女人，这让朱元璋感慨良久。另一件事是，朱元璋叫李善长写了一张告示贴在了洪都城内，其大意是：朱文正作奸犯科，已遭拘捕，不日将押赴应天严加审讯惩治，其帮凶朱一刀和朱一剑已被就地正法；着各级官吏严于律己，好自为之；凡被强征入城的壮丁，一律自行解散，各回原籍。

"告示"一出，城内十来万壮丁，一下子走散十之七八。只是"各级官吏"，被朱文正砍头的砍头、流放的流放，已经所剩无几了，连汤和安插在朱文正身边的几个特务，不久前也被朱文正杀掉了。尽管洪都城被朱文正搞得千疮百孔，而谋反的隐患和危机却算是彻底地解除了。

却说朱元璋等人，在洪都逗留了几日后，把洪都城内外的秩序整顿得差不多了，就准备押着朱文正返回应天了。这时，那常遇春和邓愈带着大军急急地赶到。见了朱元璋和李善长等人，常遇春就像是不认识似的，围着他们左看右看、上瞧下瞧，还不停地嘀咕道："真把我常某人吓坏了……"

李善长笑道："大王亲自出马，焉有不成功的道理？"

朱元璋则淡淡一笑道："只是一场虚惊而已。"

等朱元璋一行人返回应天时，已是这一年（1365年）的四月下旬了。回到应天后，朱元璋念念不忘的，就是尽快地处死朱文正。因为朱文正要谋反，而且还勾结张士诚，那就不是他朱元璋的什么亲侄子了，而是他朱元璋的一个政敌。既是政敌，朱元璋就绝无饶恕的理由。

这个道理，马娘娘懂，但马娘娘不想让朱元璋处死朱文正。虽然她与朱文正并无什么特别的关系，但她知道，论血缘关系，除去儿女外，朱文正是朱元璋在这个世上最亲的人了，而且也是唯一的一个亲人了——当然还有李文忠，不过按照当时的传统，李文忠毕竟不是朱家的人——如果朱文正死了，那朱元璋岂不是连一个亲人都没有了吗？马娘娘暗下决心，一定要救朱文正一命。

想救朱文正的命，就必须设法使朱元璋改变想法。使朱元璋改变想法的最简便方法，是直接说服朱元璋。马娘娘自然有这个条件，但她没有利用这个条件。因为她知道，在朱文正的问题上，她对朱元璋起不了多大作用。朱元璋能答应把朱文正带回应天，就已经是对她做了很大让步。如果她再在朱元璋的耳边唠叨，只能适得其反。

不过，马娘娘也是有这方面的思想准备的。朱元璋带着朱文正回到应天的当晚，马娘娘一个人去了徐达的丞相府。见了徐达，马娘娘就直接说明了来意，叫徐达去劝朱元璋留下朱文正的一条性命。徐达虽然很为难，但是答应想办法。

答应是答应了，但办法却是不好想的。此事还不能拖延，稍一拖延，朱文正就人头落地了。想来想去，徐达连夜找着了刘基和李善长，把马娘娘的请求说了一番，希望他们从中帮帮忙。刘基和李善长倒也热心，答应了徐达的请求。徐达又分别找到周德兴、汤和、常遇春，把马娘娘的事说了，三兄弟答应与徐达一起去向朱元璋求情。

刘基、李善长来为朱文正说情了，徐达四兄弟也来为朱文正说情了，朱元璋就多少有些犯了难。硬把朱文正杀掉吧，那刘基等人就太没有面子了，朱元璋不想这么做。可要是把朱文正放了，朱元璋实在心有不甘，也不想这么做。考虑来考虑去，朱元璋对朱文正作了这样的处理决定：死罪可免，但活罪不饶。

如果你以为朱元璋只是把朱文正打上一顿然后就放了，那你就大错特错了。朱元璋没有打朱文正，甚至连一根手指头都没有碰过。朱元璋"活罪不饶"的意思是，永远禁锢朱文正。而且还不是禁锢在应天城里，是禁锢在远离应天的桐城。

桐城位于安徽的中南部，与应天的直线距离也有六百里左右。朱元璋派往桐城的押送大员是汤和。在汤和离开应天之前，朱元璋曾找他去谈了一次话。

朱元璋问汤和道："四弟，你说老实话，朱文正所犯罪行，该不该杀……"

汤和回答："该杀。他竟然敢谋大哥的反，当然该杀！"

朱元璋紧接着问道："既然你认为朱文正该杀，那你就知道我为什么要派你去押送了吧？"

汤和本能地一怔："大哥的意思，莫非是要小弟我……"

朱元璋拦住汤和的话："四弟，意思既然明白了，也就不必说出来了。我这里只强调一点，那就是，事情要做得自然，不能留下什么明显的痕迹。"

汤和来了精神："大哥放心。此番我带几个得力手下同行，保证把事情做得干净、漂亮。"

朱元璋亲热地拍了拍汤和的肩："四弟，你办事，我一直都是很放心的。"

汤和就带着一些手下押送朱文正去桐城了。一个月之后，汤和从桐城回来了，但他的那些手下却没有回来。又过了一个月，从桐城方面传来消息：朱文正在狱中用裤腰带上吊自尽而死。

朱文正自杀，好像在情理之中。谋反不成，心灰意冷，只好一死了之。所以马娘娘得知朱文正的死讯后，不胜悲伤地自语道："文正这孩子，为什么这么想不开啊。"

除了朱元璋、汤和等少数人外，几乎所有的人都以为朱文正真的是因为想不开而寻了死路。

因为朱文正谋反一事的影响，朱元璋对张士诚的战争就耽搁了下来。这一耽搁，就是好几个月。在这好几个月里，朱元璋也不是什么事情都没做。他至少做了两件事情。第一件事情，他叫汤和又培训了一大批特务，分散到各地去监视那些地方军政要员；第二件事情，朱元璋去了一趟滁阳，也就是安置刘福通和小明王的那个地方。朱元璋去滁阳的冠冕堂皇的理由是：好长时间没见着小明王陛下和刘福通大人了，也不知他们生活得怎么样，怪想念的。

朱元璋去滁阳的具体时间是八月下旬，天气依然比较热。陪朱元璋去滁阳的，是汤和及其一干手下。叫许多人稍感意外的是，在去滁阳的一行人当中，有两个女人，这两个女人是陈友谅的"皇妃"。

从应天渡江往西北走，经过江苏的江浦和安徽的乌衣等地，就到滁阳了，全程不过二百里。到了滁阳之后，朱元璋也没顾得上休息，带着汤和等人及陈友谅的那两个"皇妃"就去"皇宫"拜见小明王和刘福通。

这"皇宫"是朱元璋特地为刘福通和小明王盖的。但因为把守皇宫的，全是汤和的手下，所以这皇宫实际上是囚禁刘福通和小明王的监牢，只是这"监牢"比一般的监牢要宽敞些，也更美观些。

见了朱元璋，刘福通就不冷不热地言道："吴王爷大驾光临，刘某真是受宠若惊啊！"

朱元璋"哈哈"一笑道："刘大人是在说气话，这个我晓得，但刘大人也不能全怨我。陈友谅的战事才结束，那孽畜朱文正又给我出难题。不然，我早就来看望刘大人和陛下了。"

刘福通嗤之以鼻道："朱王爷，在你的眼中，还有陛下？"

朱元璋佯作惊讶状："刘大人这是说的什么话？我朱某虽然在应天称王，但那只是一种形势的需要。说到底，我这个吴王，也是在大'宋'皇帝统治下的吴王。陛下对我有大恩大德，我朱元璋岂会做出那等不仁不义的事来？刘大人是不是太过多虑了？"

刘福通哼了一声道："朱王爷，话不要说得那么好听。我问你，如果你眼里真的还有我刘某和陛下，为什么我刘某和陛下连这个皇宫都不能自由地进出？"

朱元璋回道："我这不是在为刘大人和陛下的安全着想吗？如果刘大人和陛下遇到什么不测，我朱元璋哪还有脸面再活在这个世上？"

刘福通直面看朱元璋，仿佛要把这个面貌丑陋又凶狠的男人的心看个明白透彻："朱王爷，如果你真的是在为陛下的安全着想，为什么不把陛下接到应天去？莫非朱王爷的应天也不安全吗？"

朱元璋又回道："朱某的应天当然是安全的，只不过，朱某马上就要对张士诚开仗，这仗一开起来，应天城就难免混乱。朱某的意思是，等张士诚的事情解决了，朱某就马上派人来把陛下和刘大人一起接到应天去。刘大人放心，不管我朱某以后会怎么样，我对陛下和刘大人的忠诚是永远不会改变的。"

见了小明王，朱元璋领着汤和等人规规矩矩地伏地磕头，还山呼"万岁"，感动得十几岁的小明王眼泪珠子"噼里啪啦"地直往下掉，还一个劲儿地冲着朱元璋、汤和说"爱卿平身、爱卿平身"。然而那刘福通，只是冷冷地站在一边，不言不语。从刘福通的表情看去，他应该是明白了，朱元璋所做的一切只不过是在表演，更准确点说，是在戏弄。

朱元璋"平身"了，歪了歪头，汤和带出那两名陈友谅的"皇妃"来。朱元璋对着小明王和刘福通躬身言道："微臣虽然忙于战事，但一刻也不敢忘却陛下和刘大人的寂寞处境，所以微臣在攻下武昌之后，就特地从陈友谅的皇妃当中精选了这么两名，送与陛下和刘大人消遣解闷，希望陛下和刘大人能够喜欢。"

别看小明王只有十几岁，但毕竟是皇帝，对女人是不陌生的。朱元璋的话音刚落，他就迫不及待地从座位上跳下来，三步并作两步地蹿到那两个女人的跟前，将两个女人的手分别抓在自己的手里，且急不可耐地问朱元璋道："爱卿，你准备把哪个女人送与朕啊？"

朱元璋笑容可掬地道："陛下可以先行挑拣，微臣以为，刘大人应该不会有什么意见。"

刘福通一旁言道："刘某多谢朱王爷的一番好意。但陈友谅的皇妃，刘某不敢享用。"

小明王高兴地对朱元璋道："爱卿，刘大人说他不要了，那这两个女人都归朕了！"

说着话，也不管朱元璋同意不同意，小明王就拽着两个女人的手回到了座位上。

那刘福通突然重重地言道："陛下，既然朱王爷对你如此关照，你何不把皇帝之位让与朱王爷？"

小明王木呆呆地看着刘福通道："刘大人，如果朕不是皇帝了，那朱爱卿还会对朕这么好吗？还会专门送女人给朕玩耍吗？"

是呀，小明王虽小，但提出的这个问题却似乎很老到。朱元璋仰天大笑道："刘大人，你这玩笑开得也太大了！这皇帝之位，如何能说让就让？"

小明王连忙言道："朱爱卿说得对！朱爱卿只是在应天称王，并没有要当皇帝的意思！"

刘福通也猛然大笑道："陛下，朱王爷要当皇帝，也不必来这里征求你的意见的。"

朱元璋笑嘻嘻地看着刘福通道："刘大人说错了。如果朱某真想当皇帝，那就肯定先来这里征求你刘大人的意见！"

小明王赶紧自作聪明地言道："刘大人，你听清楚了吗？朱爱卿还是不想当皇帝！"

说完，小明王还莫名其妙地大笑起来。而朱元璋的这趟滁阳之行，便就在这小明王的莫名其妙的大笑声中结束了。

在返回应天的途中，汤和问朱元璋道："大哥，我有些不明白，你大老远地跑到滁阳来，就为了送给他们两个女人？"

朱元璋回道："四弟错了，我来滁阳，只是想玩一回猫捉老鼠的游戏。"

猫捉到老鼠，总是先尽情地耍弄一番，然后才将老鼠吃掉。于是汤和就又问道："大哥，猫什么时候才吃老鼠呢？"

朱元璋不假思索地回道："等大哥我把张士诚消灭了之后。"

汤和继续问道："大哥准备什么时候去消灭张士诚？"

朱元璋略略思忖后回道："那要等到张士诚把所有的粮食都收上来之后。"

张士诚把粮食都收上来了，朱元璋就可以在用兵的时候"借"张士诚的粮食来解决大军的吃饭问题。那应该在十月份前后。而朱元璋从滁阳回到应天时，已经是九月份了。

【第十回】

探危城叶飞殒命，入濠州太祖还乡

在朱元璋消灭陈友谅之前，张士诚所拥有的地盘就已经很大了，北到济宁（今山东省济宁市），西到泗州（今安徽省泗县）、濠州（今安徽省凤阳县），南达浙江的杭州、绍兴，东临大海。这一块地盘略有些狭长，东西虽不很宽阔，但南北却绵延两千多里。

更主要的，张士诚所占的地盘，是当时天下最富庶的地区，谓之"鱼米之乡"。加上又有海盐之利，故而，在当时的群雄中，数张士诚的经济基础最为牢固。

朱元璋把进攻张士诚的日期定在这一年（1365年）的十月份，刘基、李善长和徐达等人都没有意见。十月份，张士诚地盘上的庄稼都收割完毕，且都已入仓了，这个时候对张士诚发动攻击，只要攻下一个地方，就不愁军队的粮草供应。最重要的一点是，应该确定首先向张士诚的什么地方发动进攻。这个问题要是解决不好，就会带来一系列的麻烦。

张士诚的地盘大致呈南北走向，太湖东边的平江当然是张士诚的老窝。太湖以北，主要是长江以北的泰州、高邮及安徽的濠州等地，可以看作是平江的北大门。而太湖以南，主要是浙江中北部的杭州、湖州和嘉兴等地，则可以看作是平江的南大门。换句话说，张士诚的地盘大体上可以分为三大块，长江以北一块，太湖流域一块，浙江中北部一块。

如果把张士诚比作是一只鸟的话，中部地区（太湖流域）当然是他的身体，北部地区（长江以北）则是他的羽毛，而南部地区（浙江境内）便是他的两个翅膀。

基于这种形势分析，朱元璋和刘基、李善长、徐达等人达成了这么一个共识：先拔去张士诚的羽毛，叫他飞不起来，只能在地上乱蹦；再砍断他的两只翅膀，叫他只能流血而不能动弹；最后，把他光秃秃的身体一口吞掉。也就是说朱元璋等人决定，先攻打张士诚的北部地区，再攻打张士诚的南部地区，最后攻打张士诚的中部地区——平江。

　　大体框架定下来之后，就要制订具体的战略步骤了。长江以北地区是张士诚地盘中东西跨度最大的地区，包括江苏中部、北部和安徽北部。把这么一大片地方拿下来，那张士诚的地盘就差不多被削去了一半，只剩下江苏南部和浙江北部了。问题是，张士诚的长江以北地区那么大，究竟该从什么地方先下手呢？

　　经商讨，朱元璋决定从应天出兵向东，直接攻打江苏中部。如果得手，就切断了张士诚的大本营平江与江苏北部和安徽北部的联系，然后再向江苏北部或安徽北部进军。

　　首选目标有两个，一个是靠南一点的泰州，另一个是靠北一点的位于高邮湖东岸的高邮。如果把这两座城市拿下来，江苏中部地区的问题就算是解决了。因为要急于割断平江与江苏北部、安徽北部的联系，所以泰州就成了朱元璋等人的首先攻击目标。拿下泰州之后，再北上攻占高邮。

　　具体的进攻目标确定了之后，接下来就是挑选领兵出征的大将军了。朱元璋、刘基、李善长等人一致认为，由左丞相徐达任主帅、平章政事常遇春任副帅领兵出征泰州最为合适。

　　攻打泰州当然是最主要的任务，但其他的细节也不能忽视。

　　故而，朱元璋便又做了如下军事安排：通知浙东的李文忠，向浙江北部佯动，牵制张士诚在杭州、湖州一带的兵力；命邓愈率一路兵马进驻太湖西岸，防止张士诚狗急跳墙领兵攻打应天；命俞通海进驻常州，监视平江的动静，遏制平江发兵北上；命康茂才率两百艘战船开往江阴，与俞通海一起，东西呼应，像两把钳子一样，夹住平江的北上之路；命周德兴和廖永忠率步军水军各一路开赴镇江，任务是，如果南方吃紧，就支援南方，如果北方吃紧，就驰援北方。朱元璋和刘基、李善长等人则坐镇应天统一调度指挥。应天与各路兵马的总联系人是汤和。

　　这一年的十月十七，西吴左丞相徐达和平章常遇春，率大军二十万——含部分水师——从应天出发，去攻打东吴张士诚的重镇泰州。徐达、常遇春率大军出应天向东，过镇江、大港等地，然后横渡长江，直扑泰州。

　　泰州守将严再兴，为人狡猾，鬼点子多。闻听徐达、常遇春的大军即将到来，自忖身边的数万兵马根本不是对手，就不主动出击，而是龟缩在城里，派人去向张士诚求救，作出一副固守待援的态势。他还命手下和百姓把泰州两边的一条小河堵塞住，叫徐达、常遇春的水军无法开到泰州城下。

　　徐达、常遇春的二十万大军是在一天下午抵达泰州城附近的。徐达见泰州城墙比较高大，且水师又无法直接开过去，便没有马上发动进攻，而是命令部队先在泰州城南边安营扎寨，然后叫一名弓箭手把一封劝降书射进了泰州城里。常遇春很不以为然地对徐达道："二哥是想不战而屈人之兵啊！"

徐达笑言道："其实我也没抱多大的希望，只是闲着也是闲着，还不如碰碰运气。"

黄昏的时候，严再兴的回信到了。严再兴在信中对徐达说，他可以率众出降，但因为手下有些部将不愿意，他要进行说服动员工作，所以希望徐达能给他三四天的时间准备。

徐达问常遇春道："你看这个严再兴是真心想对我们投降呢，还是在跟我们玩点子？"

常遇春回道："我说不清楚。不过，他要是投降，我们欢迎；他要是跟我们玩点子，我们就揍他！"

徐达言道："我认为，严再兴八成是在跟我们玩点子，他是想拖延时间来等张士诚的援兵。反正我们也还有事情没准备好，就将计就计地与他玩一回吧。"

常遇春没有意见，于是徐达就又叫人射了一封信入城里，说是三四天的时间太长，只能给严再兴一天时间。

徐达就利用这一天的时间做了两件事，一是准备攻城的器械，二是把部队散开，从南、东、北三面包围泰州城。徐达以为，严再兴不大可能再"回信"了。没承想，严再兴的第二封回信又到了，说是一天时间确实太仓促，他至少需要两天的时间。

常遇春对徐达道："二哥，严再兴在跟你讨价还价呢。"

徐达思忖道："五弟，我们就给严再兴两天的时间。即使他真的在跟我们耍花招，张士诚的援兵也不可能两天就赶到这里。不过，我们也要做好两手准备。说不定，东边的小股敌人会纠合在一起到这里来骚扰。"

于是，常遇春就按徐达的吩咐，领着一支五万人的军队悄悄地开到了泰州东南二十多里外的一个叫张甸的小城附近驻扎了下来。果然，两天之后，一股约三万人的张士诚军队，从张甸东南的黄桥一带向泰州城开进。这股张士诚的军队，根本没料到张甸附近会有敌人，所以被常遇春打了个冷不防。常遇春也不罢休，从张甸往东南一直追击了一百多里，差不多就要追到长江边了，斩杀俘虏敌人万余。后来还是徐达派人通知，常遇春才心有不甘地撤回泰州城外。

几乎与常遇春在张甸一带开战的同时，徐达也对泰州城发动了进攻。两天过去，严再兴一点儿也没有投降的迹象，于是徐达就下令军队从东、南、北三个方向开始攻城。攻势很猛烈，但收效甚微。等常遇春从东南撤回来的时候，泰州城还在严再兴的手里。常遇春不服气，亲自领兵攻打了一整天，可不但没有攻入城里，自己的左臂还挂了彩。所幸只是皮外伤，不影响他挥动大板斧。

虽然徐达、常遇春一时没能攻占泰州城，但朱元璋等人对此几乎毫不担心。如果连泰州这样不算大的城市也拿不下来，那就不是徐达、常遇春了。可就在这当口，朱元璋得到情报，一支由四百多艘战船、十多万兵马组成的张士诚的军队，由无锡出发，经大运河的一条支河，开到了江阴附近。很快，驻守江阴的康茂才的手下，赶到了应天城向朱元璋告急。

朱元璋一时有些紧张起来，看样子，张士诚是想攻占江阴。康茂才的水、步军加在一块不过几万人，无论如何也是敌不住张士诚的十几万大军的。如果江阴失守，那常州就失去了支撑，很容易被张士诚攻破。如果江阴和常州相继失守，那张士诚的水、步军就可以沿大运河北上去攻打镇江。如果朱元璋不想让张士诚夺去镇江从而打通江苏南部和江苏中部的联络，使徐达、常遇春腹背受敌的话，那朱元璋就只得在镇江一带的长江沿岸与张士诚展开一场大战。虽然朱元璋并不惧怕与张士诚混战，但若真的混战起来，那就打乱了朱元璋的战略计划。更主要的，战局会如何发展，朱元璋就很难预料了，只能走一步看一步，看一步再走一步。换句话说，这样一来，朱元璋就差不多失去了战争的主动权。

朱元璋即刻招来汤和吩咐道："你马上派人分头传达孤的命令：一、命令徐达、常遇春至多用十天时间拿下泰州，然后他们兵分两路，常遇春带一路人马去攻高邮，徐达带一路人马在泰州和长江之间进行扫荡，把西从扬州东到南通这一片地盘全都占了，完全卡死张士诚北上的道路。二、命令镇江的廖永忠，火速率五万水军驰援江阴，一刻不能耽误，并告诉周德兴，镇江城空不用怕，只要江阴没事，镇江就不会有事。三、命令江阴的康茂才，无论如何也要坚守到廖永忠到来，然后与廖永忠一起，至少要在江阴坚守十天，十天过后，江阴就安全了。四、命令俞通海，时刻保持警惕，严防张士诚北攻镇江。你告诉俞通海，他要是把常州丢了，孤就砍下他的脑袋。五、命令邓愈向太湖西岸挺进，最好能把宜兴拿下来，给张士诚制造点紧张气氛，好像孤要进攻他的老窝平江了。这样，他就会感到害怕，一害怕，他就会从江阴撤军了。"

朱元璋连下五道命令，一气呵成。汤和的手下带着命令飞奔而去。朱元璋的五道命令都得到了实施，各路兵马按预期完成了任务。

当然，最重要的战斗还是在泰州城。如果泰州久攻不克，张士诚向江阴增兵，那局势就很难预料了。所以，接到朱元璋的命令后，常遇春也感到了巨大的压力，他对徐达言道："二哥，大哥还从来没有对我们下过这样的死命令呢，看来大哥这一回真的是急了。"

徐达回道："不是大哥急了，而是江阴那边的战事太过紧急。我们也确实不能再拖下去了。"

常遇春挺认真地道："二哥，你的鬼点子多，你倒是快想出一个来攻进泰州城里去的策略啊！"

徐达轻叹道："五弟你别急，我这不是正在想吗？"

徐达、常遇春攻打泰州，与张士诚的军队攻打江阴很相像。张士诚的军队攻打江阴，只能从东、南、北三个方向发动攻击，而徐达、常遇春攻打泰州，也只能从东、南、北三个方向发动攻击。略有不同的是，江阴的西面是廖永忠守着，张士诚的水军一时冲不过去，而泰州西边的那条小河却是被严再兴设置了重重障碍，徐达的水军无法开到泰州城西。而要拆除那重重障碍，虽不困难，但麻烦，需要花许多的时间，而对徐达、常遇春来说，现在最缺的就是时间。

徐达开口说话了："五弟，我想出了一个办法，不知道行还是不行。"

常遇春马上道："只要是二哥想出的办法，就肯定行。"

徐达笑道："五弟你先别吹捧我，如果这个办法真的可行，那就要劳五弟你的大驾。"

常遇春回道："只要能尽快地拿下泰州，二哥你怎么支派我都行，哪怕是叫我挖个洞钻进城里我都愿意。"

徐达言道："挖洞太慢了，我的意思是，叫五弟你带一些人偷偷地从西边爬到城里去。"

常遇春催道："二哥快说，我怎么偷偷地爬到城里去？"

徐达却说得不紧不慢："我们这几天都是从东、南、北三个方向攻城的，那严再兴肯定对西城疏于防守。今天下午，你把两万水军都带到河的西岸去，晚上，我从三面攻城。你先带两千弟兄，记住，不能带多，带多了目标大，容易被发现，你带两千弟兄游过河去，偷偷地从西面爬进泰州城，把西城门打开并控制住，然后发信号，叫两万水军弟兄都游过河，冲进城里。我想，严再兴在城里不过四万多人，如果两万水军全部冲进了城，那泰州就算是拿下来了。"

是啊，如果真有两万多人冲进了城里，徐达在城外再猛攻一回，那严再兴即使是天底下最能打仗、最能守城的人，也守不住泰州了。常遇春一拍腰间的大板斧："二哥，你这鬼点子妙，那严再兴肯定想不到。我这就带两万水军过河去。"

徐达轻轻地道："五弟不卅性急，现在才中午，吃过饭，好好地休息一会儿，然后再带弟兄们过河也不迟。"又看着常遇春的脸言道："五弟，那严再兴即使在西城有兵防守，也不会很多，你带两千弟兄爬入城里，应该是没有什么困难的。困难的是，你打开西城门后，究竟能不能够控制得住……"

常遇春立即道："二哥，我既然能够打开西城门，那我就一定能够控制得住。"

徐达点点头，接着又道："五弟，两万水军弟兄从河西岸游到河东岸并冲到城里，这过程要花很长时间。在这很长的时间内，严再兴肯定会派手下拼命地夺回西城门……五弟，我考虑来考虑去，只有你才能守住西城门，所以就只好让你辛苦一回……五弟，你明白我的意思吗？"

如果常遇春顺利地拿下西城门，那在水军全部游过河之前，西城门内的战斗肯定异常地激烈。所以，徐达话中那"辛苦"二字，含有别样的意思。常遇春听出了这别样的意思，于是就对徐达道："二哥，我明白。大不了一死，就是死，我也不会让严再兴再把西城门关上的。"

徐达笑了笑道："五弟现在讲死未免太早了，张士诚没有被消灭，大哥还没有当上皇帝，你怎么就能够随随便便地死呢？"

常遇春也笑了："所以呀二哥，我常遇春就是想死恐怕也死不掉呢。"

下午，常遇春带着两万水军乘船渡到了河的西岸，然后往北走，走到泰州西城门对面找地方隐蔽了起来。他先挑好两千个身强体壮的官兵，然后对其他的人言道："晚上，等我把西城门打开了，发出信号了，你们就拼命地朝河对岸游，游上岸之后，就拼命地向城里冲。哪个要是敢慢腾腾地像乌龟爬，我就一板斧剁下他的脑袋，你们听明白了吗？"

没有人敢说没听明白，常遇春那两把大板斧别说是剁了，就是往人的脖子上那么一摺，那人的脑袋就肯定要搬家了。一切准备妥当，常遇春便焦急地等待着天黑了。

天刚一黑，徐达就动用七八万人从东、南、北三个方向对泰州城发动了猛攻。徐达的进攻刚一开始，常遇春就耐不住了，恨不得马上就游过河去。好在常遇春管住了自己，没有过分地冲动。

西城墙上，严再兴只派了一百多人进行象征性的守卫，而且夜深之时，这一百多人还都呼呼地睡着了，尽管东城、南城和北城三面正交战得如火如荼。

常遇春好像又是第一个攀上了城墙，巧的是，他爬上城墙的时候，看见就在离自己几步远的地方，有两个严再兴的手下正抱着火枪在睡觉。常遇春也没客气，两板大板斧只轻轻一划拉，严再兴的那两个手下便吭都没吭一声就告别了人世。

常遇春的一千多手下都爬上城墙之后，城墙上的战斗就结束了，不过有几个敌人醒得早，溜了。常遇春知道，要不了多久，北城墙和南城墙上的敌人就会分兵向这里扑来。当然，最重要的还是快把西城门打开。所以常遇春就招来一个头领道："我给你一千人，你守这段城墙，我带其他的人去守城门。我们俩比一比，看谁守的时间最长。"

常遇春说完，拎着两把大板斧第一个冲下了城墙。守西城门的只有几十个老弱残兵，常遇春的两把大板斧一竖，他们就投降了。常遇春吩咐手下道："打开城门，向河对岸发信号！"

西城门很快被打开，一堆熊熊大火在西城门外燃烧了起来。河对岸两万水军官兵看到大火后，"扑通扑通"地往河里跳。常遇春对身边的人道："如果我们在那些弟兄们到来之后，还站在这里，那我们就胜利了！"

严再兴闻听西城门失守，大惊失色，慌忙从北城墙和南城墙各抽出一千人夹击西城墙，又从东城墙抽出两千人，由其兄弟严再旺率领，扑向西城门，企图把城门夺回来。

严再旺带着两千手下气势汹汹地扑向了西城门。因为火器和弓箭都留在城墙上去应付徐达的进攻了，严再旺的手下拿的也大都是大刀长矛之类，所以，常遇春和严再旺之间的战斗，一开始就是刀光剑影的肉搏战。

常遇春和严再旺之间的战斗，顶多只持续了大半个时辰。可就在这大半个时辰的时间里，泰州城的西城门内外，至少躺下了两千具尸体，这还不包括西城墙上的数以千计的尸体。由此不难看出，当时的战斗该有何等的激烈残酷。

常遇春留下两千人把守西城门，防止那严再兴趁乱从水路逃走。然后，他带着一批手下，也向南城门方向冲去。

等常遇春赶到南城门附近时，天已经蒙蒙亮。此时南城门早已洞开，徐达的手下正一股一股地朝城里涌，泰州城的战斗显然已接近尾声。

常遇春见徐达正在四处张望，便一个箭步蹿过去叫道："二哥，你可是在找我？"

徐达一把攀住常遇春的肩："五弟，听说你还活着，可就是不见你的人影，我委实放心不下，正想去西门找你呢。"

常遇春大笑道："早知这样，我就躺在地上装死，好好地吓唬二哥你一回。"

徐达也大笑道："五弟，你这模样，就是装死也装不像呢。"

天完全亮了之后，泰州城的战斗便算是基本结束了。这一仗，徐达、常遇春共消灭近两万敌人，俘虏了一万多，另有几千个敌人趁乱溜走。只是那严再兴没溜掉，他见大势已去，便带了两百多人想出西门从水路逃走，但被常遇春的手下活捉了。徐达、常遇春这边主要是在攻城的时候有较大伤亡，攻进城里之后的损失就微乎其微了。战后清点了一下人数，受伤的不算，徐达、常遇春手下共阵亡了九千多人。

在泰州城休整了两天后，按照朱元璋的命令，常遇春率步军十万、水军两万，先沿着新通扬运河向西，走了大概一百里，攻下江都城，然后沿着京杭大运河向北，直扑张士诚在江苏中部的最重要城市高邮。

而徐达则继续留在泰州，先把一万多俘虏整编了一下，然后带着七八万军队，离开泰州。他先是朝西南方向打，接着向东打，一直打到长江的入海口。用了不到一个月的时间，徐达把泰州以南、长江以北这一地区全部扫荡了一遍。至此，从应天到入海口这一段长江的南北两岸，全划归到了朱元璋的名下。张士诚的地盘，被徐达硬生生地从中间割开。这一割开不大要紧，正如刘基所预料的那样，张士城见北援泰州无望，在得知泰州失陷后不久，便匆匆下令从江阴撤兵。看来，张士诚是把自己长江以北的大片地盘抛下不要了，而集中兵力来确保太湖流域和浙江北部这两块地盘了。

泰州被徐达、常遇春攻下，张士诚又从江阴撤兵，一切都在按照朱元璋的战略计划进行着，所以朱元璋就非常高兴。一高兴了，朱元璋就通令嘉奖各路兵马的大小将领。像徐达、常遇春、廖永忠、周德兴、康茂才、俞通海及邓愈等主要将领，包括汤和，全被朱元璋记了大功一次。朱元璋还对各主要将领许诺："待消灭了张士诚之后，一定论功行赏。"

立下功劳，应该高兴才是，然而有一个人却好像不怎么太高兴。这个人是周德兴，他对从江阴撤回镇江的廖永忠言道："你们记大功一次，本在情理之中，而我周某只在镇江城内闲逛了多日，如何与你们相提并论？"

原来，周德兴是以为自己没什么贡献而受功有愧，这境界让廖永忠肃然起敬。

廖永忠言道："周大人此言差矣。廖某带五万水军驰援江阴之后，镇江就成了一座空城，如果没有周大人坐镇于此，此城岂能不乱？所以，周大人此番虽没有冲锋陷阵，却也功不可没啊！"

廖永忠所言，好像也不无道理，但周德兴仍耿耿于怀地道："尽管如此，周某也应该只记小功而不能记大功……"

廖永忠只得笑道："周大人执意这么想，那下一回就立下奇功一件给大王看看好了！"

"下一回"很快就来了。朱元璋的命令传到了镇江，命令说：常遇春吃紧，令周德兴留守镇江，令廖永忠率三万水军火速开往高邮。

周德兴无奈地道："看，这回又没我什么事。"

廖永忠笑道："这是大王的命令，廖某也无能为力啊！"

于是，廖永忠就率水军三万、战船两百余艘，过长江，入大运河，经江都，直向北开去。

张士诚在高邮的守将叫俞同金，徐达、常遇春攻打泰州，俞同金当然知道。他本也想派兵南下增援泰州的，但考虑到自己的兵马并不多，去了也无多大用处，于是就改变了想法。他把高邮湖内所有的战船都集中到高邮城西边，组成了一支拥有官兵近三万人、大小战船三百余艘的水师。他又把高邮东边各小城镇的军队全调入高邮城内，使得高邮城内的防守兵力一下子增加到七八万人。到常遇春领兵向高邮开来的时候，俞同金手中已经拥有水、步军近十一万，比常遇春的十二万人马少不了多少，且水军比常遇春当时的水军还要强大。不仅如此，俞同金还把能寻到的粮食统统运到高邮城里。俞同金的用意很明显，他要凭借高大坚固的城墙，与西吴军队在高邮打一场持久战。他甚至派人入平江禀告张士诚和张士信，说他能把西吴的大军死死地拖在高邮城下，希望张士诚和张士信能派大军西攻应天。只可惜，无论张士诚还是张士信，都不相信他的话，俞同金只落得个一厢情愿了。

常遇春率大军开到高邮南边一个叫车逻的小城附近停了下来。车逻距高邮不到二十里地，因为这里全是张士诚的地盘，常遇春不敢太冒进，而是先派人进车逻城搜寻了一番，然后才把自己的指挥部安在了车逻城里。接着，常遇春派水军向高邮湖西边巡查了一次，没发现什么敌船，又派步军向车逻东边巡查了一次，也没发现什么张士诚的军队。常遇春放心了，就开始着手实施他"不战而屈人之兵"的计划了。

常遇春把严再兴叫到身边道："你进高邮城去，对那个俞同金说，如果他识好歹，打开城门投降，我常遇春就保他一条性命。如果他不识好歹，顽抗到底，我常遇春就即刻踏平高邮城！"

严再兴的脸上是一副诚惶诚恐的表情，他指着常遇春的腰间道："大人的两把大板斧天下无敌，那俞同金如何不识得好歹？大人请放宽心，严某此番入高邮，一定能劝说俞同金开门献城。"

常遇春似乎多了个心眼，他盯着严再兴的脸道："记住，你不要以为进了高邮城，就自由了。你要是敢耍我，你就是钻到高邮湖的湖底儿，我也会把你揪出来碎尸万段！听清楚了吗？"

严再兴连忙点头道："严某哪敢耍常大人？就是借给严某两个胆子，严某也不敢啊！"

常遇春哼了一声道："算你还识相。我谅你也没有胆子敢耍我！"

严再兴去高邮了，当然不是严再兴一人前往，押送严再兴的，是常遇春手下一员猛将，姓叶名飞。常遇春嘱咐叶飞道："严再兴进城以后，你就在城外等着，等着确切消息了，再回来。"

叶飞和严再兴一行人是在一天早晨离开车逻北上的。拢共就十几里路，也用不了多少时间。傍晚时分，叶飞回来了，他告诉常遇春，严再兴说，俞同金同意投降，约定明天下午打开高邮南城门迎接常遇春进城。

常遇春听了很高兴，却也有点儿疑虑。他问叶飞道："那严再兴为何没有同你一道回来？"

叶飞回道："严再兴说了，他要留在城里同俞同金一起准备欢迎常大人的仪式。"

常遇春不觉笑道："这严再兴，投降就投降嘛，还要准备什么仪式，也不嫌麻烦。"可因为心中欢喜，原先的那种疑虑也就不复存在了。

第二天早晨，常遇春叫叶飞挑选了一万人作为去高邮受降的先锋队。常遇春还把那一万人集合起来训了一次话。训话的大致内容是：进得高邮城后，要维护城内的秩序，不许抢老百姓的东西，更不许强奸妇女，违者一经发现，立即沉入湖底。

吃罢中饭，常遇春和叶飞就带着一万人马朝高邮开去了。一个时辰左右，常遇春站在了高邮的南城门外。望着高高的城墙，常遇春扭头对叶飞言道："这座城池要是硬攻，怕不大好攻呢。"

叶飞点头道："常大人说得是。俞同金同意投降，就省去了许多麻烦。"

常遇春笑道："这番功劳，好像应该记在那严再兴的头上。"

就在这时，有手下叫道："常大人，城门打开了！"

果然，高邮的南城门一阵"吱呀呀"地乱响，向着常遇春和叶飞等人洞开。常遇春不禁笑道："看来，那严再兴果然没敢耍我。"

常遇春拍了一下坐骑的屁股，便要率先入城。叶飞突然叫道："大人且慢！"

常遇春不觉停下了马蹄："叶将军有什么话要说？"

叶飞皱着眉头道："大人，我觉得有些奇怪……严再兴昨天说他在城里与俞同金一起准备欢迎大人的仪式，可现在他们两个怎么一个也不见踪影？还有，既然要投降，那城墙上就不该再有兵马，可我刚才分明看见，城墙上有人影在闪动，好像在监视我们……"

叶飞这么一说，常遇春也就警觉了起来："叶将军，你的意思是说，那严再兴在耍我？"

叶飞点头道："小人以为，这其中恐怕有诈。"

常遇春小声嘀咕道："如果有诈，为何要打开城门？他就不怕我率军冲进去？"

殊不知，高邮城内有七八万人马，还在乎常遇春的一万人？俗话说，知己知彼，百战不殆。常遇春对高邮城内的情况几乎一无所知，焉能不吃亏？

那叶飞一旁轻轻地道："大人，城门既然开了，那就得进去看看。小人愿带一些弟兄先入城察看，然后大人再作定夺。大人以为如何？"

常遇春考虑了片刻，最后道："好，叶将军先入城，我在城外接应。如果情况不对，叶将军就赶紧朝外跑，千万不能吃他们的亏。"

叶飞微微一笑道："大人放心，小人有马，即使有事，小人也能溜掉的。"

叶飞就带着两千人朝城里去了。两千人当中，就叶飞一人有马，其他的人都是步行。常遇春的目光当然是一直尾随着叶飞的，他忐忑不安地想：要是一切正常，那该有多好啊。

叶飞从南城门进入高邮城里了，那两千个人也进入高邮城里了。常遇春的脖子向前伸到了最大限度，像是要把高邮城内的情况看个一清二楚。就在这时，高邮南城门上面的左右两段城墙上，突然涌现出大批的东吴官兵，并一起朝着常遇春的方向开枪开炮放箭。因为常遇春及其手下离城墙很近，所以那些枪炮和弓箭就具有很大的杀伤力。只片刻工夫，常遇春的手下就至少有数百人被枪炮弓箭击中。亏得常遇春胯下的那匹白马十分地机警灵活，左跳右闪地，才保得常遇春安然无恙。常遇春知道大事不好，连忙冲着手下喊道："快往后退，快往后退！"

常遇春的手下跟着常遇春退到了枪炮和弓箭不及的地方。回头看时，城墙上的东吴官兵也停止了射击。蓦地，有人高叫道："大人，那是叶将军。"

只见有一人一骑，飞快地从南城门内冲了出来。顿时，城墙上的东吴官兵又一起朝着叶飞开枪开炮放弓箭。叶飞马快，一时居然平安无事。可就在这时，城墙上现出一人，弯弓如满月，射箭如流星，一箭恰恰射在了叶飞的后背上。叶飞狂叫一声，一头从马背上栽了下来。射倒叶飞的，正是那个严再兴。常遇春的头"嗡"的一声就炸开了，他一边高叫着"兄弟，你不能死啊！"一边催马直向叶飞坠马的地方驰去。手下喊叫道："大人，危险！不能去啊……"可常遇春哪里能听得进去？一人一马直向前蹿去。

数不清的枪弹和箭朝着常遇春迎面射来，常遇春就像没看见似的，只顾往前蹿。而那些枪弹弓箭似乎很害怕常遇春，都像长了眼睛似的，只在常遇春的身边"嗖嗖"乱飞，就是不向常遇春的身上去。而炮弹就没有那么客气了，就在常遇春驰到叶飞的近旁时，一发炮弹刚刚巧巧落到了常遇春的马肚子下。"轰"的一声，常遇春的坐骑被炸了个稀巴烂。常遇春从空中摔下来之后，就地一个驴打滚，正好滚到了叶飞的身边，一把将叶飞抄在了怀中。

常遇春抱着叶飞往回跑的速度似乎比马还快，东吴官兵打出的枪炮和射出的弓箭愣是在后面追不上他。跑到安全地带，常遇春这才顾得上去看叶飞，叶飞只剩下一口气了。

叶飞断断续续地对常遇春道："大人，城里贼兵太多……两千个弟兄，全完了。"

说完，叶飞头颅一顿，便含恨死去。常遇春悲怆地呼道："好兄弟，是我害了你啊！我常遇春对不起你啊。"

常遇春缓缓地放下叶飞的身体，慢慢地直起身来。这时候从常遇春眼中射出的目光，恐怕就叫"仇恨的目光"了。

南城门依然开着，好像在诱惑常遇春进城去。城墙上，那严再兴正和一个干巴老头在指手画脚地说笑着，似是在嘲讽常遇春是一个胆小鬼。那干巴老头，肯定就是高邮守将俞同金了。

按常遇春平时的脾气，是不会就此罢休的，他哪能忍受如此屈辱？然而，常遇春当时却并没有太冲动。也许，是叶飞的死，促使他由冲动变为悲哀，再由悲哀变为冷静。他死死地盯了一眼城墙上的严再兴和俞同金，然后吩咐手下道："撤军，回车逻。"

常遇春出车逻的时候是整整一万人，回车逻的时候只剩下七千多人和一具叶飞的尸体。俞同金也没派人追赶，显然，俞同金是抱定决心要死守在高邮城里了。

如果以为常遇春真的是很冷静了，那就错了。回到车逻小城之后，已是傍晚。常遇春当即传令三军：好好地吃顿晚饭，好好地睡上一夜觉，明天早晨，攻打高邮城。第二天早晨，常遇春亲率九万兵马，扑向高邮南城，命水军头领俞通江率水军两万攻打高邮西门。常遇春本想借兵马众多一举攻下高邮，不承想高邮城坚兵众，攻了几次都没有拿下，反而痛失俞通江及数万兵马。他想来想去，知道一时半会儿攻不下高邮了，便下令撤兵，并派人报告朱元璋。

常遇春如实向朱元璋做了汇报，汇报的内容大致可以分成这么几个部分：一、攻城失利，一天战斗损失官兵一万一千余人，大将俞通江阵亡；二、高邮城防太过坚固，贼兵实力强大，出人意料，尤其是贼兵的火器和水军更难应付，请求相应的支援；三、由于轻信严再兴，导致大将叶飞战死，实难推卸责任；四、听凭大王处置。

朱元璋接到常遇春的战报后，首先就是对着战报中的"出人意料"之类的字眼发火。他当着刘基、李善长的面，将常遇春的战报重重地扔在地上，大骂常遇春是笨蛋，还要治常遇春的罪。在刘基与李善长的劝说下，朱元璋才决定让常遇春戴罪立功。

既然已经决定让常遇春继续留在高邮前线"戴罪立功"，那接下来就要商讨如何帮助常遇春攻破高邮城了。李善长首先言道："臣以为那高邮城墙坚固，贼兵众多，即使徐丞相前去，恐也大伤脑筋啊。所以，大王与臣等应该为常大人想出一个攻城的妙法才是。"

只见朱元璋"哈哈"一笑言道："两位大人，孤以为，攻城的问题，也不难解决。"

刘基马上言道："臣愿闻大王高见。"

朱元璋言道："用炮，撕开高邮的城墙。"朱元璋立即招来汤和道："你现在有两项任务。一项任务是，速速派人去镇江，叫周德兴留守，叫廖永忠带三万水军和两百艘战船北上去增援常遇春。还有，叫廖永忠把镇江城内所有的火器都带上。另一项任务是，你自己带五万人去协助常遇春攻打高邮。"又附在汤和的耳边道："告诉常遇春，打仗不能只靠勇猛，要学会用脑子。他要是再出什么纰漏，大哥我就很为难了。"最后还补充道："你对五弟说，最好能把严再兴和俞同金那两个抓住，抓住了就砍头。以后，你们打仗的时候，凡不战而降的人，你们可以考虑留他一条性命，而凡是战败而降的人，一律处死，用不着假慈悲。"

朱元璋最后的话，好像跟他以前的做法有些矛盾。他以前打仗，总体上还是主张"优待俘虏"的，而现在，他要大开杀戒了。这是为何？原因是，以前的朱元璋，实力还不够强大，"优待俘虏"的做法，是在表现他宽厚仁义以拉拢人心。而消灭了陈友谅之后，他认为自己已经是天下无敌了，不需要再拉拢什么人心了——这里的"人心"，当然是针对东吴和其他敌对势力的官兵而言的，而普通老百姓的"人心"，朱元璋似乎一辈子都在"拉拢"——所以，他就要用"大开杀戒"的做法来表现他天子般的威严以震慑对手，令对手不敢反抗，只能乖乖地投降。

过了一天多，汤和的五万兵马终于抵达车逻。常遇春和廖永忠摆下一桌酒席为汤和接风洗尘。

汤和把常遇春的战报送到应天城之后的一些情况大略地说了一遍，常遇春感慨言道："若不是大王宽恕于我，我这颗脑袋就要落地了。看来，日后回到应天，我应该好好地谢谢李大人和刘大人为我说情。"

那廖永忠轻轻言道："廖某以为，大王如此对待常兄，只不过是希望常兄在攻打高邮之战中能有更出色的表现而已。"

连廖永忠都听出了朱元璋要取常遇春的人头只是说着玩的，常遇春却正儿八经地道："廖兄所言虽不无道理，但俞通江和叶飞战死，常某确实应负全责。尤其是那俞通江……日后见到俞通海，常某该如何交代？"

廖永忠淡淡地道："常兄不必多虑，打仗嘛，总是要死人的，那俞通海不会不明白这个道理。"

汤和一边言道："廖大人、常大人，我们还是商议一下如何攻城的事吧。"

常遇春言道："有了大王炮轰这一招，攻破高邮城应该是不成问题了。但我担心的是，如果不先把俞同金的水军彻底打垮，那俞同金和严再兴这两个混蛋就多了一条逃生的路。"

廖永忠言道："打垮俞同金的水军并不困难，难的是，不仅要把他的水军打垮，还要叫他的水军人马进不了高邮城，这样就可以减少我们攻城的压力。"

汤和言道："想办法把俞同金的水军引到这里来，然后堵住它、消灭它，不就行了吗？"

常遇春摇了摇头道："谈何容易啊！俞同金就像一只缩头乌龟，你怎么引，他都不出高邮城一步，他的水军也始终漂在西城门附近的水面上。"

汤和自言自语地道："这样一来，廖大人去攻打他的水军，他的水军即使不战自溃，也可以上岸逃到高邮城里。"

常遇春点头道："问题就在这里。俞同金的水军，至少还有两万五千人，要是这两万五千人都进了城，确实对我们攻城不利。"

廖永忠突然问道："常兄，如果你原来的水军前去向俞同金的水军挑战，他的水军会不会向西追击？"

常遇春沉吟道："我的水军曾经吃过败仗，如果真的去挑战，做出一副鱼死网破的架势，那俞同金的水军是很有可能向西追击的，但不会追得太远。"

廖永忠一拍大腿道："这就行了！只要俞同金的水军能向西追击，我廖某就有办法了！"

廖永忠接着就说出了自己的想法：选一个半夜时分，常遇春的水军去偷袭俞同金的水军，然后且战且向西退。这时，廖永忠率自己的水军贴着湖岸，插入俞同金的水军和高邮西城门之间，如此一来，俞同金的水军就受到两面夹击了。

廖永忠信心十足地道："我们一共有三百五十多艘战船，近五万名官兵，而且我战船上的火炮还多得很，只要我能顺利地插到俞同金的水军和高邮西城门之间，那俞同金的水军就再也进不了高邮城门了。"

汤和即刻高叫道："廖大人这主意妙！"

廖永忠谦逊地笑了笑，道："一切但凭常兄最后定夺。"因为常遇春是这里的主帅。

常遇春笑道："常某只管攻城，水里的任何事情，都由廖兄说了算。"

廖永忠也没有再客气，匆匆吃完饭就去着手准备了。就在汤和到达车逻的当天晚上，廖永忠开始行动了。

一切都如廖永忠所料，但水战的激烈程度却多少出乎他的意料。受到东西夹击的俞同金水军，拼命地向东冲，企图冲上岸逃进高邮城。廖永忠虽然粉碎了他们的企图，但损失非常大。他身边的两百来艘战船，最后只剩下八十艘了。他的大腿上还中了一箭，血流如注。

廖永忠损失再大，终也是取得了胜利。这样，常遇春就也要动手了。动手之前，他想起了朱元璋托汤和向他交代的两句话。一句话是朱元璋叫他常遇春打仗时要动脑子，另一句话是朱元璋叫他常遇春最好能把俞同金和严再兴捉住并处死。

于是常遇春就问汤和道："四哥，如果我攻进了城，把俞同金和严再兴的部队打垮了，他们要是逃跑的话，会往哪个方向逃？"

汤和回道："西边是逃不掉的，廖大人在那里堵着。南边他们不敢逃，因为二哥还在那里打仗。他们只有往东或者往北逃了。"

常遇春又问："如果我在城东留下大队人马，那他们还能往哪里逃？"

汤和笑道："他们只有向北逃了。"

常遇春便说出了自己的想法："四哥，我想请你带一支人马，偷偷地绕到高邮城的北边埋伏起来，等俞同金和严再兴向北逃的时候，你就把他们抓住。"

汤和没有表示异议。一来常遇春是这里的主将，说出来的话就是军事决定，汤和不便反对；二来抓住俞同金和严再兴是朱元璋的吩咐，不是什么小事情，汤和没有理由不去执行。

依朱元璋炮轰之计，常遇春果然攻下了高邮。高邮一战，常遇春收获颇丰：砍死了东吴官兵五万余人，俘虏了一万，另有一万多东吴官兵下落不明。最大的收获，是抓住了俞同金和严再兴。

汤和把俞同金和严再兴交给常遇春，并建议道："是不是把这两个家伙押回去交给大哥处理？"

常遇春回道："四哥，这两个家伙又不是什么重要人物，用不着这么麻烦的，大哥不是叫我们就地解决的吗？"

汤和笑了："五弟说得是，你就看着办吧。"

常遇春先走到严再兴的跟前，硬是挤出一丝笑容言道："严大将军，常某不久就要北上去攻打安丰，你想不想替常某再当一次说客啊？"

严再兴点头哈腰地回道："如果常大人你不杀我，我情愿替常大人再跑一趟安丰。安丰的守将和我是老朋友，我一定能说服他。"

严再兴的话没能说完，原因是，常遇春早早地抓住了他的双臂，只一发力，竟活生生地将他的两条胳膊撕离了身体。严再兴还没来得及痛晕过去呢，常遇春又飞起一脚，一下子就把严再兴残缺的身体踢到了高邮湖里。

常遇春仰天大叫道："叶飞老弟，我常遇春总算为你报了一箭之仇了！"

常遇春这一仰天大叫不大要紧，可把那俞同金吓坏了。俞同金战战兢兢地请求道："常大人，你能不能让俞某死得痛快些？"

常遇春看了看俞同金："你这个干巴小老头，也架不住我常某一撕的。这么着吧，你自己看，你愿意怎么个死法？"

俞同金指了指常遇春的腰："请常大人用大板斧劈我……也算我俞某战死在沙场上了。"

说完，俞同金闭上眼，垂下手，静静地站在了常遇春的面前。常遇春拿起大板斧一挥，俞同金的小脑袋就飞了。

常遇春轻轻地自语道："俞通江老弟，我常某也算为你报仇了。"

常遇春和汤和一共抓了有一万名东吴俘虏。这一万名俘虏中，有五千来人主动要求加入西吴军队，另五千人则要求返回各自的家乡。

常遇春问汤和道："四哥，那些人真的是想回到他们的家乡吗？"

汤和回道："很难说，我认为，他们想回到家乡，只是他们想逃跑的一个借口。"

常遇春动脑子了："要是他们再跑到东边或北边的什么地方继续与我们为敌，我们岂不是自己给自己找麻烦？"

汤和深以为然："五弟说得是，所以大哥叫我们对他们用不着客气。"

"用不着客气"也就是不客气了，于是，在一个夜里，常遇春和汤和亲自带着人手，将要求返回家乡的那五千东吴官兵，一个个捆住手脚，然后全部丢进了高邮湖里。

一切都处理妥当了，常遇春就一边派人回应天报告请求指示，一边派出一支军队向高邮的东边地区扫荡。大约花了半个月的时间，常遇春的军队从高邮往东一直打到了黄海边。至此，江苏中部地区已完全被朱元璋抢占。

很快，朱玩璋的命令抵达高邮：汤和回应天，廖永忠率水军回镇江，常遇春暂留高邮，等徐达北上后合兵攻占江苏北部地区。

不久，徐达率十万大军开到了高邮，常遇春率千余部将在高邮城外迎接。兄弟别后重逢，自然有说不出的高兴和亲热。

在高邮休整了两天后，徐达和常遇春就准备向北征战了。可就在这时，朱元璋的一道命令又传到高邮，命令徐达、常遇春兵分两路，常遇春领一路仍按原计划北上去攻占安丰等地，而徐达则领一路兵马折而向西，去攻打安徽北的濠州，得手之后，再北上攻打安徽的宿州等地。

常遇春笑对徐达道："二哥，看来大哥是想加快进攻的速度呢。"

常遇春的意思是，如果他与徐达兵合一处，去攻打江苏北部地区，然后再攻安徽北部地区，那显然要花比较长的时间，而他与徐达分兵出击，就能大大地缩短作战时间。

应该说，常遇春的说法是有道理的。泰州和高邮被打下来后，张士诚在长江以北地区就没有什么难打的城市了，既如此，也就没有必要把徐达和常遇春的兵马合在一处。那么多的兵马聚在一起，不仅是一种浪费，而且也会给后勤工作带来许多麻烦。

谁知，徐达却不是这么认为。徐达轻轻对常遇春言道："五弟，你说错了，大哥叫我们分兵出击，主要不是想加快进攻的速度，而是他想回家看看了。"

1366年正月，徐达用一天时间攻下濠州。朱元璋得到消息后，特地将周德兴从镇江调回应天，让周德兴和汤和一起，率几千人马作为他还乡的先锋队，率先开往濠州以接替徐达，让徐达继续北上征战。这几千人的先锋队中，有不少都是来自朱元璋的家乡孤庄村及孤庄村邻近的村落，有些还是朱元璋儿时的玩伴。凡朱元璋儿时的玩伴儿，此时都至少是大将军身份。也就是说，朱元璋要回乡了，还顺便让周德兴、汤和这些人"衣锦还乡"一回。朱元璋本来还想把外甥李文忠也带回家乡，但考虑到浙江地区情况复杂，最后就打消了这个念头。就像徐达，朱元璋虽然也很想与他共同在孤庄村的土地上走一遭，但北征的任务，换了徐达，朱元璋就不放心，于是只好作罢。

朱元璋开始往故乡的土地迈进了。随朱元璋一同去濠州的，有以李善长为首的一干文武大臣。刘基除外，朱元璋让刘基坐镇应天。既是"衣锦还乡"，自然就少不了带上妻妾。随朱元璋同行的"王妃"有胡充、郭宁和郭惠。

不一日，朱元璋的车驾就开到了濠州城下。周德兴、汤和等人早领着上万名官兵在濠州城外夹道欢迎。朱元璋在李善长等人的簇拥下，春风得意地跨进了濠州城。是呀，当年的朱元璋，在濠州城里尝尽了酸甜苦辣，今番故地重游，他能不感慨万千？

夜幕降临了，但李善长同周德兴和汤和等人都没有休息。因为朱元璋第二天一早就要回孤庄村，他们都在为朱元璋即将荣归故里而忙碌。

实际上，天还没黑的时候，周德兴和汤和就带着一班人驰去了孤庄村，他们要在孤庄村里做好迎接吴王陛下大驾光临的准备工作。

第二天早晨，匆匆地吃罢早饭，在李善长的统一安排下，朱元璋踏上了回家乡的路。

首先开出濠州城的，是几千名打道的禁卫军，禁卫军的后面，是千余人组成的仪仗队，仪仗队的后面，是朱元璋的辇车，之后是三辆凤辇，分别载着郭惠、郭宁和胡充。龙辇和凤辇的两侧，照例是数以千计的禁卫军护卫。凤辇之后，跟着数百名随从仆佣，随从仆佣的后面，才是以李善长为首的一干文武大臣，有骑马的，有坐轿的，还有乘车的。文武大臣的后面，又是殿后的几千名禁卫军。

朱元璋从濠州回家乡时的队伍排得很长，足足绵延了有十多里。前边的禁卫军都踏了孤庄村的土地了，殿后的禁卫军才刚刚踏出濠州城。这一回，朱元璋衣锦还乡，的确是风光无限。

到达孤庄村的村头时，朱元璋的龙辇缓缓地停了下来。头天晚上到达孤庄村的周德兴、汤和，正领着一班人在那拼命地敲锣打鼓放鞭炮，间或还有几声唢呐，虽不是太悦耳，倒也喜庆热闹。

朱元璋就是在这种喜庆热闹的气氛中步履从容地走下了辇车。村边上，整齐地跪着上千个服装各异的人，有男的女的老的少的，还有不懂事的婴儿在哇哇哭叫。孤庄村内所有的人，都在这里跪迎他——当年的重八、如今的吴王爷了。因为孤庄村的村民从没有见过像朱元璋回乡这么大的场面，所以一个个都低垂着头不敢随便动弹。

孤庄村看起来好像一点儿都没有改变。看着熟悉的一草一木，看着给自己下跪的孤庄村百姓，朱元璋油然生起了一种从未有过的自豪感。他就带着这种自豪感足足站了有一袋烟的工夫，然后才道："各位父老乡亲平身！孤这次回乡，没有什么大不了的事情，就是想与各位父老乡亲叙叙旧情、拉拉家常！"

朱元璋缓缓地走到他们的近前，首先冲着汪大娘笑吟吟地问道："老人家，还认得孤吗？"

汪大娘已是老眼昏花了，且要儿子汪文扶着才能站得住。她瞅了朱元璋半天，依然不敢相信自己的眼睛："你，果真就是重八？"

朱元璋含笑回道："是的，老人家，孤就是重八！"

汪大娘突然大笑起来，笑得眼泪一把鼻涕一把的，还一边笑一边道："哈哈哈，重八今天真的是有出息了，做起王爷来了，要是五四和二娘泉下有知，定会比老身还要开心！哈哈哈哈。"

汪大娘兀自笑个不停，朱元璋正要问她一些什么，突地，却见她两眼一翻，一口气没喘上来，猝然倒地。那汪文连抓也没能抓住她的身体，她就直直地倒在朱元璋的脚下。

朱元璋几乎被吓了一大跳，连忙后退半步问身边的李善长道："这，这是怎么回事？"

李善长见多识广，躬身言道："禀大王，这位老人家因见了大王太过高兴，以致喜极而死。"

听说母亲死了，汪文顿时就要号哭。李善长赶紧吩咐左右道："把这位老人家抬回家去，好好地安葬！"

汪文终也没有哭出声来，他知道，在这喜庆的时候，如果自己哭起来，那该有多么的扫兴啊。而朱元璋却在一边自言自语地道："汪大娘是一个多么好的女人啊！"

朱元璋接着同刘继祖的儿子刘英打了声招呼，最后走到刘德的身边笑微微地言道："二老爷，你看上去还是那么富态啊！"

的确，刘德除了多增几根白发之外，依然长得那么油光光圆滚滚的。但刘德不是这么想也不敢这么想。现在站在他面前的，不是过去的那个重八了，而是操着生杀予夺大权的吴王爷了。

刘德的脑门上沁出了豆大的汗珠，但他不敢擦，他只能堆起笑容诚惶诚恐地道："吴王爷取笑小老儿了，小老儿哪有什么富态可言？倒是吴王爷，一看便知是大富大贵之人。"

朱元璋盯着刘德的眼睛道："二老爷，孤当年还是重八的时候，你好像不是这么看的吧？孤记得，当年孤在山上与徐达、周德兴、汤和一起偷吃了你的一条小牛，你差点把孤活活打死。二老爷还记得这件事吗？"

朱元璋说完大笑而去，笑得刘德呆呆地站在原地老半天，没敢喘气。

朱元璋先是在李善长、周德兴、汤和及三位"王妃"等一干人马的簇拥下，把孤庄村的里里外外转个遍，然后叫上那汪文和刘英二人，一起来到了自己的父母坟前。

朱五四和陈二娘的坟墓，在汪大娘和汪文的精心呵护下，依然保存得很好。随从在坟前摆上贡品和香火，朱元璋倒地便拜。他这一拜不大要紧，"呼啦啦"地，至少有上千人都跟在他的身后跪在了地上。如果朱元璋的父母真的在天有灵，看到这么多人给他们磕头，肯定会大吃一惊。

跪拜完毕，李善长建议把这个坟墓彻底地整修一番。朱元璋沉吟道："现在还不是大兴土木的时候，待孤大业已成再整修这里不迟。"李善长又建议从濠州方面拨些银两下来先把这坟墓简单地装饰一番，朱元璋同意了。

朱元璋拜完了父母的坟后就回到了孤庄村中。此时已是正午，孤庄村内，早摆开了一百多桌酒席。这是朱元璋事先吩咐好了的，他要大宴父老乡亲，与民同乐。酒桌上的大鱼大肉所散发出来的扑鼻的香味，勾引得饥肠辘辘的村民们口水直流。

朱元璋刚一回到村中，那些村民们便齐刷刷地一起朝他看去。这时候的村民们好像都不怎么害怕朱元璋了，一来已经知道了朱元璋的底细，二来都急等着朱元璋下令开饭。朱元璋先是会心地一笑，然后吩咐周德兴道："叫乡亲们都吃饭吧。"

周德兴一声令下，再看那些孤庄村的村民们，一个个都像是刚从饿牢里放出来似的，抓起肉就吃，端起酒就喝。朱元璋也破例地喝了几杯酒。喝着喝着，他突然停杯问汤和道："那二老爷怎么没来与孤同桌？"

汤和回道："他不敢来，怕大王追究他从前的罪过。"

朱元璋淡淡一笑道："二老爷真是太见外了，许多年前的事情，孤早已抛诸脑后。去，把二老爷请来。孤一进村就对他说过，孤中午要好好地陪他饮几杯。"

那刘德战战兢兢地跟着汤和走过来了，朱元璋笑道："二老爷，你怎么躲着孤啊？"

刘德讪笑道："小老儿哪敢与王爷坐在一起。"

可他不敢坐也得坐，刚一落座，朱元璋就举杯言道："二老爷，孤年幼在家乡的时候，承蒙你多多照顾，现在孤就敬你三杯。"

朱元璋敬酒，刘德哪敢不喝？可刘德刚要举杯，朱元璋却发话了："汤和，二老爷是海量，你怎么就给他那么小的一只杯子？如此一来，二老爷岂不是怪孤王太过小气？"

看朱元璋的眼神，汤和一下子就明白了朱元璋的意思，忙着给刘德换上了一只大碗。刘德虽不情愿，却也只能与朱元璋连喝了三碗。确切说，是朱元璋连喝三小杯，刘德连喝三大碗。

三大碗连喝下去后，刘德的舌头开始发硬，可还没来得及吃上一口菜，那汤和就又言道："二老爷，汤某在孤庄村的时候，也承蒙你多照顾，现在，汤某就敬你三杯。"

刘德不想喝，朱元璋言道："二老爷，这就是你的不对了。汤和虽然是你看着长大的，但他现在毕竟是孤手下的一名大臣，你总不能这点面子也不给汤大人吧？"

桌旁的那几位年迈的村民也一起鼓噪，说刘德无论如何也不能薄了汤大人的面。刘德支吾几声，只好又喝下去三大碗酒。再看刘德，脸也红了，脖子也粗了，两只眼睛里似乎蕴满了酒。或许，那不是酒，是泪。

朱元璋转向胡充、郭宁和郭惠道："三位爱妃，孤与汤大人都已敬了二老爷三杯酒，你们为何不也来凑凑热闹？"

三个女人中，胡充胆子最小，所以她就第一个端起酒杯，且强颜欢笑道："二老爷，我借王爷的酒，敬你三杯。"

刘德这时还有点儿清醒，他怔怔地看着朱元璋，一边摆手一边言道："王爷，小老儿……实在不能喝了……"

朱元璋还没开口，一个年迈的村民好像看不下去了："二老爷，王妃娘娘敬你的酒，是你的福气，你怎么说不能喝了呢？"

朱元璋笑模笑样地道："汤大人，二老爷看起来有点儿不好意思，你就帮他一把吧。"

汤和心领神会，一手摁住刘德，一手端起酒碗硬朝刘德的嘴里倒。倒下去三碗之后，刘德就一点儿也不清醒了，只呆呆地坐在桌边，动也不动，像是傻了。

朱元璋暗暗地瞪了郭惠一眼，郭惠慌忙端起酒杯道："二老爷，我也敬你三杯。"

可刘德一点儿反应也没有，眼睛里的酒或泪仿佛一下子都干枯了。汤和不管这些，仰起刘德的脖子，"咕嘟咕嘟"地又灌下去三碗。汤和手一松，刘德就软软地瘫到了地上。汤和抓住刘德的衣领一提，硬是将刘德拖到了座位上。刘德趴在桌沿，翻着白眼，已是人事不知。

朱元璋笑着对汤和道："汤大人，看来二老爷确实是喝多了，你把他弄到一边休息去吧。"

汤和叫两个手下像拖一条死狗似的把刘德拖到了一处空地上。当时喝醉酒的村民很多，谁也没有特别去注意刘德，看到刘德躺在地上，还以为也是喝醉了酒。殊不知，刘德早已被酒灌死了。

事后，汤和由衷地佩服朱元璋道："大哥，你用来对付刘德的这招，真是极妙！"

朱元璋轻描淡写地言道："刘德这老家伙作恶太多，也怨不得我的。"

第二天，朱元璋就迫不及待地返回应天了。朱元璋此次还乡，虽然声势浩大，却也可以用八个字来概括：来也匆匆，去也匆匆。

不久，朱元璋在应天得到消息，徐达已经攻占了宿州等地，平定了安徽北部；常遇春已经攻占了安丰等地，平定了江苏北部。朱元璋高兴地忙着下令叫徐达、常遇春班师回应天，准备下一阶段的军事行动。至此，朱元璋攻打张士诚的第一阶段的军事行动顺利结束。

第一阶段的军事行动，从元至正二十五年的十月开始，到次年的四月结束，前前后后约半年时间。结果是，张士诚在长江以北的大片地区——几乎占张士诚原有地盘的一半——全部被朱元璋抢占。张士诚的势力，只局限于长江以南了。准确点讲，张士诚还有两片地盘，一片是以平江为中心的太湖流域，另一片是以杭州和湖州为中心的浙江北部地区。

按照原定计划，朱元璋的第二阶段军事行动，是攻占张士诚的浙江北部地区。这期间，有一点小小的波折，原因是，在第二阶段军事行动开始前，在一次军事会议上，以常遇春为代表的一批将领，主张先不去攻打杭州、湖州等地，而直接去攻打张士诚的老窝平江。常遇春等人认为这样做的理由有二：一是如果攻下了平江，则杭州、湖州等地就可能不战而得；二是平江的西边和北边都已在西吴军队的牢牢控制之下，只要从西边和北边两路同时用兵，则平江地区就不难拿下。

听起来，常遇春等人的意见也不无道理，但朱元璋却很不以为然。朱元璋也没理会其他的将领，只针对着常遇春。他针对着常遇春也不是做什么解释，而是这样问道："常大人，如果孤给你二十万兵马，你能保证拿下平江吗？"

常遇春掷地有声地回答："如果微臣有二十万兵马，微臣保证能够拿下平江！"

朱元璋绷着脸继续问道："如果你拿不下平江，孤将如何处置你？"

常遇春脱口而出道："微臣愿当着众位大人和将军的面，与大王立下生死军令状！"

朱元璋好像也来真的了："来啊！拿笔墨纸砚来！"

汤和一见，笔墨纸砚真的拿来了，就赶紧附在常遇春的耳边道："五弟，你忘了高邮城的教训了？"

常遇春一怔，是啊，他连高邮都差点没打下来，怎么敢说一定就能攻下平江？许是在征战江苏北部地区的过程中，一切都太顺手了，常遇春有些得意忘形了。可是，当着这么多人的面，话既已说出了口，要是再收回来，那多丢人。所以，常遇春就只能暗自叹了口气，并眼巴巴地看了徐达几回。

周德兴以为徐达没看见，就低低地对徐达道："二哥，五弟刚才看你呢。"

徐达如何能看不见？他悠悠地站了起来："大王，微臣以为，常大人是因为没把目前的形势搞清楚，所以才说了一些冒冒失失的话。"

那李善长也忙着言道："微臣与徐丞相所见略同。微臣以为，如果常大人能够仔细地听听刘大人对形势的分析，恐常大人就会改变刚才的看法。"

刘基慢条斯理地说开了："常大人，各位大人，各位将军，就目前的形势来看，平江不是不能攻打，但大王之所以决定先取湖、杭二州，是因为如果率先攻打平江，则弊大于利。原因是，湖州守将吕珍、李伯升、张天祺和杭州守将潘元明等人，都是张士诚在泰州起兵的十八兄弟当中的人，与张士诚的私交甚深，如果我们先攻打平江，那这些人肯定会全力相救张士诚，而如果我们先取湖杭等地，则张士诚就无从支援。湖杭之地那么广大，他该兵派何处？再则，张士诚也不敢倾巢出动，他总要留下大部兵马镇守平江吧？还有，只要我们顺利地取下湖杭等地，那张士诚和平江就成了瓮中之鳖，任由我们宰割了。"

朱元璋冷冷地问道："常大人，刘大人把该说的都说了，你还有什么话要说？"

常遇春讪讪言道："微臣以为，刘大人所言透彻，确实比微臣所言更有道理。"

有人忍不住轻声笑起来，但朱元璋的脸色依然是冷冷的。他环视了一下众人，然后威而不怒地道："对张士诚开战，最终胜利肯定在孤这边，但是，现在还没有取得最终胜利，有些人就已经被胜利冲昏了头脑。那陈友谅正是因为整天头脑发昏，才被孤打得一败涂地。所以，孤现在郑重警告各位，任何时候，都要保持清醒的头脑。就是攻下了平江、消灭了张士诚，头脑也不能发昏，因为天下还没有打下来，孤与各位还有很长的路要走。只要头脑一发昏发热，孤与各位就可能走错了路。一走错了路，就什么都完蛋了！"

常遇春吓得连大气都不敢出，其他的人，也赶紧正襟危坐，仰视朱元璋。

朱元璋的第二阶段军事行动仍然按原计划实施。但朱元璋也没有马上派大军前往浙江北部地区。道理很简单，诸多将帅刚刚征战回来，总得要有一个休息和调整的时期。还有，应天和浙江北部地区相隔千里，后勤保障工作也要花相当的时间来准备。故而，从元至正二十六年四月到这一年的八月，整整四个月的时间，朱元璋和张士诚之间，基本上处于停战状态。朱元璋没什么军事行动，张士诚也老老实实地待在平江城里。

不过，在这休战的四个月时间里，也不是什么事情都没有发生。至正二十六年五月，朱元璋发布了非常著名的讨伐张士诚的檄文《平周榜》。

《平周榜》列举了张士诚的八大罪状，颇有"不杀不足以平民愤"之势。最后一段则是向张士诚辖地里的军民展开了强大的舆论攻势。张士诚的"臣僚"，如果识得时务，"或全城附顺，或弃刃投降"，就能得到朱元璋的重重赏赐。所有张士诚的"百姓"，只要"安业不动"，就是西吴的"良民"。反之，如果东吴军民敢以"千百相聚、旅拒王师"的，则西吴将毫不留情地"移兵剿灭"。朱元璋在檄文的最后，还把自己的承诺比作是天上的"皎日"，好像他是天底下最守信用的人。至正二十六年八月四日，西吴的二十万大军开赴浙江北部地区，统帅依旧是徐达，副统帅也还是常遇春。朱元璋对张士诚的第二阶段军事行动正式开始。

在徐达、常遇春开赴浙江北部地区前，朱元璋命令浙东的李文忠集合一批人马，分路去攻打杭州和嘉兴等地。虽然李文忠兵力有限，不大可能攻占那些地方，但却可以叫那些地方的东吴官兵不敢乱动，而且，多少也能分散张士诚的注意力。显然，徐达、常遇春的第一个攻击目标是湖州。

张士诚似乎没有受朱元璋的骗，他好像猜到了朱元璋的意图。湖州守将本来就张天祺一人，张士诚怕湖州有闪失，就把自己的结义兄弟李伯升也派到了湖州。但他还是不放心，又把自己的另一位结义兄弟吕珍也派往湖州。

西吴的二十万大军一开到湖州西郊，徐达就不无感慨地道："看来张士诚整日花天酒地，真是花昏了头了！"

常遇春问道："二哥何出此言？"

徐达回道："如果他把李家巷的兵马一起并入湖州城里，最主要的，如果他让吕珍守湖州城，那我们就会遇到许多的麻烦！"

常遇春赞同地点了点头道："二哥说得是，那吕珍的确是个难缠的角色。"

徐达微微一笑道："可张士诚把他放到李家巷那个地方，岂不是明摆着让吕珍自寻死路？"

常遇春也笑道："李家巷无险可守，那吕珍自然就不是我们的对手了。看来张士诚的确是玩昏了头。"

于是徐达、常遇春决定，由徐达率十万人去攻打李家巷，常遇春率十万人留在湖州北面拦截李伯升和张天祺的增援。常遇春问徐达多久可以拿下李家巷，徐达回道："如果不想生擒吕珍，两天时间就够了，但我想多花一天时间把吕珍逮住。"

徐达又嘱咐常遇春道："我去打吕珍，你不要去攻湖州。李伯升他们派兵出城，你只要把他们打回去就可以了。"

常遇春没有违背徐达的嘱咐。徐达走后的第二天，李伯升派张天祺率五万人北上。常遇春只是打了个伏击，将张天祺赶回湖州城了事。李伯升又亲自带兵出战，还是被常遇春打退。

三天之后，徐达回来了。果如徐达所言，吕珍被生擒了，只是吕珍从头到脚都是伤。常遇春惊叹道："二哥，你真是神了，说逮着就逮着了。"

徐达言道："其实吕珍是有机会逃的，但他没有逃，说是回去无脸见张士诚。"

常遇春言道："吕珍这家伙还是有骨气的。对了，二哥，你怎么不一剑把他给宰了？这种人留着终是个祸害。"

徐达言道："我想叫他去劝李伯升投降，如果他不肯，再杀他也不迟。"

见常遇春要说话，徐达又补充道："五弟放心，我不会放吕珍进湖州城的。五弟恐怕是被严再兴那个家伙弄害怕了。"

常遇春急着就要去攻打湖州，徐达言道："湖州不是个大问题，大问题是，我们必须把张士诚的援兵打回去。只要打得张士诚不敢再派援兵来了，湖州城就算是攻下来了。"

常遇春点头道："二哥考虑得周全，张士诚不会丢下湖州不管的。"

于是，徐达就叫常遇春带十万人到湖州东面偏北约三十里的一个叫织里的地方设伏。织里的北面就是太湖南岸，徐达估计张士诚的援兵可能乘船而来。果然，张士诚派他的弟弟张士信率六万兵马从太湖南岸登陆，被常遇春打了个措手不及，吓得张士信把随军携带的几十名女人统统丢在了岸上，自己乘船狼狈逃回平江。

常遇春把军队丢在织里，自己赶到湖州北面见徐达。常遇春对徐达言道："我估计，张士诚还会派大军前来，所以没把军队带回来。"徐达赞许道："五弟估计得对，做得更对！"

常遇春谦虚地笑道："还不都是跟二哥学的。"

徐达估计张士诚这回要是派兵的话，规模肯定比较大，所以就又挑了五万人马让常遇春带走。常遇春愕然言道："二哥，我再带五万人走，你这里就没有人了！"

徐达笑道："只要五弟在那边打得狠，我这边就会没事。大不了，我一边跟李伯升打，一边往五弟那边退就是了。"

徐达的意思是叫常遇春不仅要打得狠，还要打得快。而常遇春也没有叫徐达失望。这一回，张士诚亲率十万大军前来湖州增援。常遇春与张士诚在太湖南岸整整激战了三天三夜。这也是徐达、常遇春在浙江北部地区所打的最为激烈的一场仗。结果，张士诚丢下两万多具尸体和几千名俘虏，大败而归。

打跑了张士诚之后，常遇春估计北边一时不会再有什么危险，就急急忙忙地率军往回赶，走了大约二十里路，见徐达正与李伯升的军队苦苦纠缠，他便率军猛扑过去，一下子就把李伯升的军队赶回了湖州城。

徐达向常遇春表示祝贺，常遇春却道："当时，我真想跟着张士诚一直追到平江去。"

徐达笑道："五弟又性急了不是？张士诚在平江一带有几十万军队，就凭我们，能打赢吗？"

常遇春不好意思地笑道："那就先把湖州拿下来吧。"

徐达先派兵将湖州城团团围住，然后叫常遇春押着那吕珍到城墙下去劝降李伯升和张天祺。常遇春很高兴，只身一人押着吕珍来到了湖州的北城门外，先是将李伯升和张天祺唤到了城墙上，然后叫吕珍开口说话。吕珍开口说话了，他是冲李伯升和张天祺说的："李大人、张大人，我等皆是吴王臣子，即使被俘，也决不能投降朱贼……"

气得常遇春大板斧一亮，那吕珍的身体就从头到脚一分为二。可怜东吴一位悍将，竟然死得如此凄惨。他这一凄惨不大要紧，站在李伯升旁边的一个东吴士兵，居然被吓得从城墙上摔了下来，做了吕珍的陪葬。而常遇春却从中悟出了一个破城的妙计。

常遇春找到徐达道："二哥，我有一个法子，湖州城很可能不攻自破。"

徐达言道："湖州城内已经绝望，只要猛攻一次，便能突进城里。"

常遇春急道："二哥你没听清我的话，我是说，我有一个法子，可能不用打，李伯升和张天祺就会投降了。

徐达"哦"了一声，常遇春说出了自己的想法。徐达沉吟道："五弟此法未免残忍了些，不过或许真的管用。"

常遇春大大方方地道："二哥，不就是杀一些人吗？反正也用不着你动手。再说了，大哥现在也不反对这样做。"

提到了"大哥"朱元璋，徐达就不好多说些什么了："五弟，你去办吧。"

那是一个早晨，太阳将出未出之际，也就是朝霞最为绚丽多姿的时候，常遇春带着一干人马押着一千多个张士诚的俘虏，气宇轩昂地开到了湖州城北门外。他先是把一千多个俘虏排成一排，都面对着城墙方向，然后大呼小叫地将李伯升和张天祺二人唤到了城墙上。接着，常遇春冲着城墙上厉声喝道："李伯升和张天祺听好了！你们要是不快快地打开城门投降，我常遇春就发誓要把城内的所有人统统杀死！为了让你们相信我所说的话，我常遇春现在就杀一些人给你们看！"

常遇春可不是说着玩的，也不是吓唬人，他说杀就杀。只见他操起一把大板斧，照着一个俘虏的脑袋就砍了下去。那脑袋应声而落，脑袋下面的身体也跟着倒地。而常遇春的手下还在旁边齐声报数："1，2，3，4……"

常遇春一连砍下二十多颗脑袋，居然跟玩似的。而那些靠近常遇春的俘虏，知道死期将临，一个个都不由得泪流满面。那么多珠泪涟涟的人，一起面对着城墙，城墙上的人看了，该会有何种想法？

张天祺低低地对李伯升道："李大人，常遇春这个家伙可是说到就做到啊，请大人速速定夺。"

李伯升回道："我知道……可大王把湖州交给我等，如果就这么丢了，又如何对得起大王？"

张天祺急道："难道大人就眼睁睁地看着城外的那些弟兄一个个地被常遇春砍下脑袋？还有，大人也应该为全城的人着想啊。"

李伯升情知湖州难保，但又不甘心束手就擒，哪怕一战而败，也总比不战而降要强得多。所以，尽管认为张天祺说得有理，但李伯升却没有言语。张天祺重重地看了李伯升一眼，先是叹了口气，然后缓缓地走下了城墙。

城外，常遇春依然在不紧不慢地杀人。大约是在常遇春的手下齐声数到"99"的时候，有人在李伯升的耳边叫道："张大人出城了……"

只见，湖州城的北城门洞开，那张天祺领着一干部将走出了城。城外不远处的徐达手一挥，西吴官兵就像潮水一般涌进了湖州城。李伯升知道大局已无法挽回，身子一纵便要跳下城墙。慌得几个手下死死地将李伯升的身子抱住，李伯升这才未能轻生而与张天祺一起，成了徐达、常遇春的俘虏。

张士诚的重镇湖州就这么被徐达、常遇春攻占了。常遇春高兴地对徐达言道："二哥，以后攻打城池，只要逮些俘虏在城外这么一杀，城池恐怕就拿下来了！"

徐达摇头道："五弟想得太美了。要知道，我们也会有弟兄被他们抓住的，要是他们也这样干，我们怎么办？"

常遇春一时怔住了，是呀，如果东吴将领也像他这样滥杀西吴俘虏，他常遇春该如何是好？怔过之后，常遇春便向徐达提议宰了那李伯升和张天祺。徐达沉吟道："李伯升不是寻常人物，应先禀报大哥再作处理。"

常遇春没有意见，徐达就派人火速驰往应天。不久，朱元璋的指令传到湖州：李伯升和张天祺暂时不杀，待荡平整个浙北地区后一起押赴应天。朱元璋还对常遇春杀戮俘虏的做法作出了评价和建议：此法甚有效用，但不可再试，如果激起民愤，将得不偿失。

而常遇春接到朱元璋的指令后却不无失望地对徐达道："大哥这么一说，俘虏就不能这么随随便便地杀了！"

常遇春的意思是，俘虏虽不能随随便便地杀，却可以偷偷摸摸地杀。徐达劝道："五弟，不杀俘虏，也同样可以攻城拔寨的！"

按照原定计划，攻下湖州之后，徐达和常遇春就兵分两路，一路由常遇春领着向东打，直取嘉兴等地；一路由徐达率领向南打，攻略杭州等地。嘉兴在湖州东边，杭州在湖州南边，三地几乎成一个等边三角形分布，每个边长的直线距离约两百里。

在徐达、常遇春攻打湖州的时候，李文忠的兵马就已经在嘉兴和杭州一带活动。故而徐达、常遇春的两路出击就十分地顺利。常遇春向东连克菱湖、乌镇等地，到达嘉兴城外与李文忠的一部兵马会合。嘉兴城内张士诚的守将不战而降。嘉兴一失，嘉兴以东的一些张士诚的部将，或仓皇逃往平江，或率众主动归附常遇春。这样，从安徽东南角直到大海边这一东西走向的长条区域，尽被常遇春所占。因为东吴官兵主动投降的多，顽强抵抗的少，所以常遇春在这一阶段的征战中，杀人并不是很多。

徐达率一路兵马离开湖州向南，先克青山再下德清，然后占据塘栖，逼向余杭。在余杭，徐达打了一次硬仗，花了一天一夜的工夫才将余杭收归己有。接着，徐达马不停蹄地继续向南挺进，在杭州东北二十里地的笕桥见到了李文忠。杭州守将潘元明听说徐达已经逼近，料想杭州已不能保全，为全城军民的性命计，就亲自跑到笕桥向徐达请降。徐达叫李文忠开进杭州城，自己则率军越过钱塘江开向东南。不久，张士诚在浙江北部最南端的一个城市绍兴，落入徐达之手。至此，朱元璋对张士诚的第二阶段军事行动宣告结束。

朱元璋的第二阶段军事行动，从至正二十六年八月初开始，到这一年的十一月初结束，共历时三个月。这三个月过后，张士诚在浙江北部的地盘全部丢失。加上江苏境内长江以北的地盘和安徽北部地区，在短短的不到一年的时间内——撇开四个月休战不算——张士诚所控制的领土，已经被朱元璋抢去了十分之九。张士诚只剩下太湖东岸的平江、太湖北岸的无锡及平江以东、无锡以东的一些小城镇了。而朱元璋东扩的势力，已经抵达太湖南岸、太湖西岸和无锡北面的常州。换句话说，朱元璋已经构成了对平江的三面包围之势，张士诚的末日为期不远了。

徐达、常遇春遵照朱元璋的指示，率大军开到湖州一带休整，并派人将李伯升、张天祺和潘元明三人及三人的亲属统统押赴应天交由朱元璋处理。

朱元璋为何命令徐达、常遇春暂不杀死李伯升等人？不是朱元璋发了什么善心，而是刘基认为，张士诚虽然只剩下那么一小块地盘了，但兵力却相对集中，而且平江城墙高大坚固，"困兽犹斗"，攻打平江的战役定将十分地艰苦。基于此，李善长就向朱元璋建议，李伯升、张天祺和潘元明等人都是张士诚的结义兄弟，不如暂且留下他们的性命，叫他们派人去平江劝说张士诚投降。朱元璋一开始对李善长的建议很不以为然，因为他认为，平江再难打，终也会打下来，还有，那吕珍也是张士诚的结义兄弟，结果顽抗到底被常遇春杀了。李善长又劝朱元璋说，人跟人是不一样的，吕珍顽抗到底，李伯升等人不一定是这样。再说了，如果李伯升等人不肯劝降，再杀也不迟，而如果李伯升等人肯劝降又劝降成功，岂不是省了许多麻烦？朱元璋想想也是，再急着杀人也不急这一时，于是最终同意了李善长的建议。

朱元璋是在自己的吴王府里亲切接见李伯升、张天祺和潘元明的，同时被接见的还有他们的妻儿老小。朱元璋态度非常和蔼，不仅让汤和为李伯升等人松绑，还叫周德兴给李伯升等人搬椅子就座，甚至命人为李伯升等人端来了香气扑鼻的热茶。看得一旁的刘基忍不住低声对李善长道："大王今天好像有些反常。"

李善长却用一种很了解朱元璋的语气言道："大王只不过是在演戏而已。"

朱元璋开始演戏了，他冲着李伯升等人笑容可掬地道："孤欢迎三位大人弃暗投明。所谓识时务者为俊杰，那张士诚龟缩在平江城里，已经没有几天奔头了。只要三位大人能与孤同心同德，那三位大人就会有享不尽的荣华富贵。不知三位大人意下如何啊？"

张天祺和潘元明紧闭着口，李伯升轻轻问道："大王所言的同心同德是何意思？"

朱元璋咧了咧嘴言道："孤本想立即发兵平江，但考虑到平江城内有数十万百姓，如果开起仗来，那些百姓岂不是遭了殃？孤实在不忍，所以就想请三位大人各派一名心腹去往平江城内劝说张士诚打开平江城门，与孤化干戈为玉帛。佛语说得好，放下屠刀，立地成佛。只要张士诚同意孤的建议，孤就决不会亏待他。孤素来宽厚仁慈，想必三位大人也略有所闻。"

李伯升闭了口，那张天祺和潘元明说话了。张天祺说的是："要杀要剐由你，但叫我等派人去平江劝降，这等无情无义的事情，我张某实难答应。"

潘元明说的是："我潘某放弃杭州，只是如你刚才所言，不想让城内百姓遭殃，除此之外，别无他意。"

还别说，张士诚能有这样的结义兄弟，也算是一种幸运了。但朱元璋不高兴了，他冷冷地望着李伯升道："莫非李大人也是这样想法？"

李伯升顿了一下，然后道："我等不战而降，已经是背信弃义，倘若再派人去平江劝降，岂不是让天下人耻笑？"

朱元璋的脸色马上就变了，不再是冷冷的，而是凶凶的了。

朱元璋道："既然三位大人如此执迷不悟，要死心塌地地对张士诚愚忠到底，那也就怪不得孤不讲情面了！"

朱元璋说完，冲着汤和挤了挤眼。汤和会意，一剑就将张天祺的老婆砍翻在地。不知是汤和有意还是无意，张天祺的老婆倒地后并没有立即死去，而是一边痛苦地呻吟一边悲伤地看着张天祺。张天祺慌忙蹲下身，一把将老婆抱在怀里，凄凉地呼唤着："夫人，你不能死啊！"

朱元璋就像是没看见似的，悠然地转向潘元明问道："不知潘大人可想改变成见？"

潘元明冲着朱元璋怒吼道："朱贼，你这禽兽不如的东西！屠杀无辜算什么英雄好汉？"

朱元璋竟然煞有介事地点了点头道："潘大人批评得对，张大人的老婆跟你没关系，所以是无辜的，现在孤就杀一个有辜的。"

汤和就好像是另一个朱元璋，朱元璋的话音刚落，汤和的剑就捅进了潘元明老婆的身上。这一回汤和杀得干净利落，潘元明的老婆只惨叫一声，便一头栽在了潘元明的脚下。

朱元璋刚要取笑潘元明几句，突地，那潘元明两眼一瞪、双脚一挫，两只拳头就朝着朱元璋打去，一边打一边还叫道："朱贼，我跟你拼了！"

因为潘元明发难突然，距离又那么近，朱元璋毫无准备，虽然慌乱之中躲开了潘元明的左拳，却被潘元明的右拳结结实实地击中了胸部。一个人玩命的时候，力气出奇地大，纵然朱元璋身躯魁梧，也被潘元明一拳打得踉跄，差点栽倒。

就在潘元明击中朱元璋的同时，那张天祺也从地上蹿起，一边朝着朱元璋扑去一边也大叫道："朱贼，还我夫人的命来！"

朱元璋立足未稳，根本无法闪避，所以就又吃了张天祺一拳。亏得潘元明和张天祺是徒手，若有兵器，哪怕只是一柄匕首，朱元璋便也早早地玩完了。李善长、刘基人惊失色。周德兴、汤和虽然反应了过来，却不敢轻易出剑，因为潘元明、张天祺和朱元璋三人紧紧地绞缠在一起，如果出剑，则极有可能误伤了朱元璋。同时，尽管"呼啦啦"地拥进来许多侍卫，也只能制住李伯升及潘元明和张天祺等人的亲属，却帮不了朱元璋什么忙。

然而，这顶多只是一场有惊无险的闹剧，朱元璋没那么容易被打倒。在连吃了两拳之后，朱元璋稳住了身子，左手在潘元明的眼前一晃，右拳就重重地击在了潘元明的脸上。潘元明把持不住，一连后退几步，摔倒在地，被周德兴摁住。跟着，朱元璋右手在张天祺的眼前一晃，左手便重重地击在了张天祺的胸部，张天祺"哎呀"一声，仰摔倒地。汤和抢过来，用剑指在了张天祺的咽喉处。

朱元璋刚才使出的，正是他自诩为平生两大绝技之一的"无赖拳"。打倒潘元明的，是"无赖拳"中的第一招"无事生非"；打倒张天祺的，是"无赖拳"中的第二招"无中生有"。打倒潘、张二人后，朱元璋笑问刘基、李善长道："两位大人，孤的这套无赖拳效果如何？"

刘基喘着粗气言道："大王的这套……神拳，真是天下无敌！"

因为"无赖"二字太难听，刘基就把它绕过去了。李善长则心有余悸地言道："大王，今日之事，是微臣的罪过。"

李善长这么说，是因为要李伯升等人去劝降张士诚，是他提出的，如果朱元璋受到了什么伤害，他李善长恐怕就吃不了兜着走了。

朱元璋却像毫不在意地摆了摆手道："李大人何罪之有？孤正想找几个人练练拳脚呢。再不练上一练，孤这套无赖神拳就越发地生疏了！"

接着，朱元璋用"无法无天"送走了张天祺，又用"无恶不作"打发了潘元明，但仍觉得不过瘾，于是就懒懒地冲着周德兴、汤和道："把这些狗东西都杀了！"

突地，那李伯升急急地叫道："请大王手下留情。"

朱元璋似乎早料到李伯升会这么说："李大人是不是想与孤合作了？"

李伯升看了自己的妻儿一眼，然后垂下头去，低低地言道："李伯升愿由大王差遣。"

朱元璋"哈哈"一笑道："孤早就看出李大人跟那两个混账东西不一样。一个人要是不知好歹，还会有好下场？"

跟着，朱元璋下令：李伯升一家人留着，其他的人全部绞死。刘基委婉地向朱元璋建议，是不是可以把张天祺和潘元明的儿女们放了，因为他们都还年幼。朱元璋却道："刘大人怎么会有妇人之仁？那些小杂种一个都不能放！放走一个，就留下一个祸害！"

张天祺和潘元明两家数十口人，全部被绞死在应天城内。事后，刘基突然有了一种莫名的恐慌，他曾经这样对李善长言道："刘某以为，大王似乎有一种杀人的爱好。"

李善长不以为然地言道："非常时候，大王自然应该有非常的手段。"

再说说那个李伯升，因为顾及妻儿老小的性命，被迫向朱元璋妥协投降。他按照朱元璋的意思，写了一封亲笔信，然后派一个家人前往平江劝张士诚投降。得知张士诚拒绝了李伯升的劝降，朱元璋就马上作出决定：立即攻打平江。

【第十一回】

平江城张王势败，奉天殿太祖立国

朱元璋对张士诚的第三阶段军事行动，从至正二十六年的十二月开始。第二阶段军事行动与第一阶段军事行动中间相隔了四个月，而第三阶段军事行动与第二阶段军事行动中间只隔了一个月。可见，朱元璋要消灭张士诚的心情是多么迫切。这也难怪，消灭了张士诚之后，这天下就差不多姓朱了。

朱元璋坐镇应天，在刘基等人的辅助下，发布了一系列军事命令。他命令徐达、常遇春从湖州出兵向东，攻占平江以东和无锡以东地区，先扫清平江的外围；命令康茂才从江阴南下，绕过无锡，与徐达、常遇春互为配合；命令邓愈率军沿太湖西岸北上，将无锡城包围起来，但围而不打；命令镇江的廖永忠率水师经大运河与常州的俞通海会合，然后合兵开进太湖，将张士诚在太湖里的水军彻底打垮；命令周德兴、汤和领兵二十万从应天出发，开赴无锡一带，待徐达、常遇春从东边回来之后，再一起合围平江。

显然，徐达、常遇春的部队和周德兴、汤和的军队是朱元璋用来攻打平江的主力。对张士诚的最后一战，朱元璋把他的四个异姓兄弟全推到了战争的第一线。

朱元璋下达的最后一道命令是：合围平江之后，所有水步军队，一律听从徐达的调遣。也就是说，徐达是这次攻打平江的前线总指挥。

在朱元璋攻打平江之前，战斗主要是在平江以东和平江以西两个地方展开。平江以东地区，大致包括今天的江苏东南角和上海大部；平江以西地区，就是太湖了。

徐达、常遇春从浙江湖州起兵后，一直向东打，差不多打到了今天的上海吴淞口，也没有遇到什么像样的抵抗。

然后他们折回头来向西打，占领了江苏的太仓。闻听从江阴南下的康茂才已经攻占了昆山，徐达、常遇春就放弃太仓赶到昆山与康茂才会合。在昆山休整了两天后，徐达等人继续向西挺进，一天后，逼近阳澄湖南岸的唯亭。

唯亭在平江东面偏北一点，距平江只有四十里路。拿下唯亭，就等于是打到平江的东大门了，也标志着徐达、常遇春和康茂才等人扫清平江外围的战斗已经结束。故而，徐达对攻打唯亭就显得十分慎重。

唯亭守将名叫潘元绍，是那个被朱元璋用"无赖拳"打死的潘元明的亲弟弟。唯亭城比较小，所以守军只有三万来人，且城墙也比较矮，矮到一个人踩在另一个人的肩膀上似乎就能爬上去。

攻打这么一个小城池，对徐达、常遇春和康茂才的二十多万大军来说，应该只是小菜一碟。常遇春就是这么以为的，康茂才也有这种看法，但徐达却说："唯亭肯定很难打！"

常遇春不知道徐达为何会这样说，于是对徐达道："你给我五万兵马，我两天内保证拿下唯亭！"

康茂才也道："康某虽不才，但如果徐丞相拨给我五万军队，我拿下唯亭，大概也只需要两天的时间。"

徐达轻轻一笑道："如果唯亭不是在这里，而是在昆山或太仓一带，那两位大人如果有五万兵马，恐怕只需一天就能结束战斗了。"

常遇春和康茂才还没有反应过来呢，徐达紧接着又道："可唯亭就在这里，就在张士诚的眼皮子底下，张士诚不会不知道失去唯亭将意味着什么，所以，我们只要一攻打唯亭，那张士诚就会全力来相救。张士诚的援兵，顶多半天就可以赶到这里。而有了张士诚的全力救援，则唯亭城内的潘元绍就会殊死抵抗。一个人玩命了，谁不害怕？所以，不仅唯亭城不好攻打，而且我们还要做好在这里与张士诚的援兵打一场大仗的准备。"

徐达这么一说，常遇春和康茂才算是明白过来了，明白过来之后，便问徐达怎么办。徐达言道："不管怎么样，唯亭也是要拿下来的。而且，我也很想在这里与张士诚的援兵大打一场。多歼灭一些张士诚的援兵，就少了一些攻打平江的压力。但我现在担心的是，我们的兵马不够用……"

康茂才愕然言道："徐丞相，那张士诚能派多少援兵过来？"

是呀，徐达、常遇春本来有二十万兵马，康茂才从江阴南下的时候，带了五万人。虽说在东征的时候，多少有些折损，但折损得微乎其微。近二十五万军队，难道还不够用？

徐达沉沉地言道："我估计，张士诚这回要么不来增援，要增援就会倾巢而出，因为他不仅仅是要保住唯亭，他还要设法在这里将我们击溃。如果我们真的在这里被他击溃，那平江就可以高枕无忧了。"

常遇春问道："张士诚究竟会派多少人过来？"

徐达思忖道："张士诚究竟会派多少人，我也说不准。但据我所知，平江城内本来有三十多万贼兵，从各地逃入平江的贼兵有十多万。如果张士诚真想在这里击溃我们，那他就很可能留十万人守城，其余兵马，全部开到这里来。"

"其余兵马"是多少？三十多万。康茂才喃喃自语道："如此说来，唯亭还就真的不好打呢！"

徐达言道："不是唯亭不好打，而是平江不好打。我听说，刘基大人在应天就曾预料到这一点。刘大人是有远见的。"

常遇春的牛脾气好像上来了，他气呼呼地对徐达和康茂才道："用不着说这么多话。你们带十万人攻唯亭，我带其余的人在这里堵着。就算张士诚把平江城里的贼兵都开过来，我常某也不怕！"

徐达言道："既然已经打到这里了，就决不能往后退。唯亭也一定要拿下来，早日形成对平江的合围之势。只有这样，我们才能掌握这场战争的主动权！"

接着，徐达做了分工：康茂才率五万人攻打唯亭，他和常遇春带二十万军队驻扎在唯亭和平江之间，阻击张士诚的增援。另派人火速北上，通知无锡城外的周德兴、汤和立即南下，向平江开进。

徐达道："只要周德兴、汤和的动作快，那张士诚就必有顾忌，不敢全力对付我们。"又对康茂才言道："如果张士诚真的派三十多万军队前来，那我和常大人就堵不了几天。我给你三天时间拿下唯亭，然后赶过来与我们一起抗击张士诚的援兵。"

康茂才保证道："如果我三天拿不下唯亭，请徐丞相把我的脑袋拿去！"

徐达重重地道："我不要你康大人的脑袋，我要你康大人拿下唯亭。我们占了唯亭，张士诚也就死了一半心了！"

康茂才领命而去，常遇春低低地问徐达道："二哥，那康大人以前是水军头领，一直擅长水战，这攻城拔寨的活儿，他能干吗？"

徐达多少有些不快地道："五弟，就你能攻城，别人就不能拔寨？"

常遇春赶紧道："我不是这个意思，我是说，攻打唯亭的事情这么重要，万一康大人出了什么差错，那将影响整个战局啊。"

徐达不动声色地言道："我听说，康大人在守江阴的时候，非常出色，没有他牢牢地守着江阴，我们当初就很难安心地攻打泰州。这一回，我相信他一定能够如期地拿下唯亭！"

常遇春忙着点头道："二哥说能，那康大人就一定能够完成任务。"

徐达又十分严肃地对常遇春道："你带十万人守北边，我带十万人守南边，要是在三天之内，张士诚的援兵从你的防线突破过去了，我就要你的脑袋；要是张士诚的援兵从我这里突破过去了，我就砍下我的脑袋送到应天！"

常遇春不敢再多嘴，急急忙忙地布置防线去了。

唯亭在阳澄湖的南岸，从唯亭向南走不到十里便是吴淞江。徐达和常遇春就是在阳澄湖和吴淞江之间设防的。

徐达的防线南抵吴淞江边，常遇春的防线北达阳澄湖岸。张士诚的援兵要想解救唯亭，就必须要从徐达和常遇春的防线上踏过去。

徐达真的是料事如神，康茂才那边刚一向唯亭发起攻击，张士诚就派援兵打过来了。而且这援兵还是张士诚亲自带队，不多不少，整整三十万人。一下子派出来三十万军队，对张士诚来说，这还是第一次。可见，西吴军队攻打唯亭，张士诚确实急得不行。

张士诚率大军开出平江城二十里地，就遇到了西吴军队的阻击。北有常遇春，南有徐达，东吴军队感到很害怕。张士诚十分之九的地盘，都是被徐达、常遇春抢去的。

张士诚连攻了三天，也没能突破徐达的防线，又听说唯亭失守，张士诚知道自己再去唯亭已没有任何意义了。

有了康茂才的加入，西吴的防线就又重新稳住了阵脚。战至薄暮，张士诚的军队全线后撤，徐达也没有下令追击。第四天早晨，西吴官兵们发现，东吴军队已经撤回平江了。

常遇春高兴地对徐达言道："二哥，你说得没错啊！那张士诚见康大人拿下了唯亭，就真的死心了，赶紧跑了。"

徐达言道："五弟你只说对了一半，康大人拿下唯亭，固然是张士诚撤兵的一个很重要的原因，但更重要的原因，恐怕还是三弟、四弟他们已经威胁平江城了。"

徐达又说对了，张士诚之所以仓促撤军，正是因为平江城的局势十分的糟糕。在他与徐达等人作战的同时，周德兴和汤和的二十万军队已经占领了浒墅关。

浒墅关位于平江西北，距平江城不过三十里地。而廖永忠和俞通海的水军，在打垮了东吴的水军之后，也从太湖东岸登陆，攻占了太湖东岸的小城光福。光福距平江大约有五十里。

还有，浙江的李文忠也不甘寂寞，凑了一支数万人的军队，先占领平江南边的小城吴江，然后向西北拐，盘踞在了灵岩山上。灵岩山距平江只有二十里，站在山顶，差不多可以看见平江城了。

也就是说，加上徐达、常遇春和康茂才的军队，平江已经被四面包围了。如此一种局面，张士诚哪还敢带着东吴主力部队待在城外？

就这样，西吴官兵在徐达等人的指挥下，花了大约一个月的时间，基本上扫清了平江城的外围。东吴地盘，除了无锡外，就只剩下一个平江城了。而无锡城还被邓愈围得动弹不得，似乎只有喘息的份了。

徐达即刻命令北边的周德兴、汤和与西边的廖永忠、俞通海马上向平江城逼近。因为南边的李文忠兵马较少，所以徐达就命令他依旧占据着灵岩山，暂不作进一步的行动。

等徐达站在了平江东城外的时候，徐达禁不住长吁了一口气道："第一步终于走过来了！"

"第一步"即是指完成了对平江城的合围。不管以后的路还有多么艰难，只要能顺利地迈出第一步，那就是个良好的开端。完成了对平江城的合围，就差不多看到了最后的胜利。

不过，徐达的头脑很清醒。当他仔细地观察了平江城的城墙之后，便越发觉刘基的话说得对，平江确实很难打。

平江城很大，从外面看起来，似乎比应天城还要大。平江城有八个城门，除了东南西北四个方向有城门外，东南角、东北角和西南角、西北角也都各有一个城门，只不过比东南西北四个城门略小些。一个城市八个城门，在当时是比较少见的。

城市大，城门多，这并不是"很难打"的原因。徐达之所以认为平江很难打，主要是因为平江的城墙很奇特。

张士诚在平江经营多年，城墙既高大又坚固那是必然的。但这不是奇特之处，奇特之处在于，平江城的城墙上面是双层的。

通俗地讲，在平江城的城墙上面，好像盖了一个两层的楼房，楼上住着人，楼下也住着人，而且楼下的人明显比楼上的人多。也就是说，守在平江城墙上的东吴官兵，暴露在外面的少，更多的是藏在城墙里面，里面还架设火炮、火铳和弓弩。

徐达对常遇春和康茂才道："这样看来，要攻下如此坚固的平江，至少也要花上十个月八个月的工夫。"

康茂才点头表示同意："是呀，张士诚那个家伙鬼点子不少，竟然想起来把人藏在城墙里面，这样，他能打着你，你却很难打着他，确实不好攻。"

徐达果断地言道："暂不攻城，通知各路兵马，原地待命，并要防止贼兵出城偷袭。"

数十万西吴军队，随着徐达的一声令下，就都在平江城外"原地待命"了。他们当然是在待徐达的"命"，而徐达却无"命"可下。朱元璋把攻打平江的指挥棒交给了他，他就只能一边握着沉甸甸的指挥棒一边绞尽脑汁地思索着破城的良策。

徐达也是懂得"三个臭皮匠，顶个诸葛亮"的群计群策的道理的，所以，他就一边自己苦思冥想，一边发动西吴的广大官兵一起动脑筋想办法。

几天下来，西吴官兵向徐达"贡献"了上百种攻城的法子，但徐达认为，这些法子大都不可用，有的法子看起来很美妙，却不现实。不过，有一种法子却与徐达的想法不谋而合，那就是，既然平江难以攻打，就干脆"围而不攻"。

是啊，就目前看来，"围而不攻"的确是一个好办法。只要能够将平江城围得牢、围得死，哪怕是围个一年两年，张士诚也终有撑不住的一天。

于是，徐达就一边派人回应天向朱元璋报告自己的想法，一边对平江城外的西吴官兵作了新的军事部署。

部署完以后，平江城外的西吴军队大致成了这么一种格局：城东十五万人马，由徐达和康茂才率领；城南十五万人马，由常遇春和李文忠统率；城西十五万人马，由周德兴和俞通海率领；城北十五万人马，由汤和与廖永忠统率。

一句话，西吴共动用了六十万大军，将张士诚的平江城严严实实地包围了起来。平江城再大，六十万人也能把它围得水泄不通。

不几天，朱元璋的"吴王圣旨"传到了徐达的手里。朱元璋同意徐达的"围而不打"的想法，但同时也有一个建议，建议徐达尽量在一年之内解决平江问题。

徐达对康茂才道："要想在一年之内解决平江问题，那就不能光围不打，必须边围边打才行。"

康茂才道："可平江城这个模样，不好打啊。如果硬打，我们的损失肯定大。损失太大了，恐怕就无力包围平江了。"

朱元璋当时已经把西吴所有的机动部队都开到平江城外了。如果这些军队遭到了重大的损失，那朱元璋一时就无兵可援了。所以徐达就这样对康茂才道："我们不能硬打，我们要想办法。"

所谓功夫不负有心人，徐达花了一天一夜的时间，真的想出了一个好办法。徐达命令康茂才去传谕各部队：在平江城外筑土墙，土墙的高度要与平江的城墙差不多，土墙与平江城墙的距离要保持在火炮轰不到的地方。

徐达还对各部队强调两点：一、一半官兵筑墙，另一半官兵警戒，防止贼兵出城袭击；二、官兵白天筑墙，夜里休息警戒。

徐达又特别组织了一支巡逻队，不分昼夜地围着平江城巡逻，以加强各部队之间的协调和联系。如果一方军队出现紧急情况，其他方面的军队就及时赶去支援。反正从城南到城北或从城东到城西，也用不了多长时间就能赶到。

各部队接到徐达的命令后，都以为徐达在平江城外筑一圈土墙是为了更好地围困住平江。诚然，如果平江城外有一圈土墙围着，那张士诚即使想突围也恐怕很难成功了。

殊不知，徐达还有一层用意。那就是，他发明了一种木架，这种木架既可以向前伸，又可以左右地转动，木架的顶端有一个小平台，平台上可以放置一到两门火炮或站上二三十个士兵。

徐达的打算是，待土墙筑好了之后，就把木架建在土墙上。前伸的木架上的火炮或火铳或弓箭，可以射击前方城墙上的任何目标，而左右转动的木架又不容易被对方的火器或弓箭射中。只要能够把平江城墙上的火器手和弓箭手压制住，那徐达就可以找机会攻城了。机会一来，徐达就不愁攻不下平江城。

西吴六十万大军将平江城团团围住，那张士诚并不是很吃惊，因为这种情形和局面似乎早在他的预料之中。

东吴的地盘都丢光了，西吴的军队当然就会来包围平江城了，只不过平江城这么快地就陷入西吴军队的包围之中，张士诚也多少有些意外。

也就是说，东吴被西吴打败，张士诚早有所料，但东吴败得这么快，张士诚没有想到。好在平江城还在，张士诚依然有饭吃，有酒喝。只是四面环敌，张士诚怎么吃喝也不香。

西吴军队合围平江十几天了，也没有攻城，这好像也在张士诚的意料之中，他对自己的平江城防是抱有极大信心的。

有些朝臣面对着西吴军队的包围恐慌不安，他就劝慰他们道："你们不用担心，即使朱元璋派来一百万军队，也休想攻进平江城！"

但有一件事情却多少引起了张士诚的一点儿不安。那是一天上午，张士诚照例到城墙上转了一圈，他突然发现，包围平江的西吴官兵正在离城墙不远的地方筑土墙。他先是纳闷，后感到不安："徐达这是在搞什么鬼名堂？"

张士诚实在摸不透徐达的心思，于是派手下刘义在夜间悄然出城，抓回了几个西吴的俘虏，想从这些士兵口中了解徐达玩的到底是什么花招。

刘义出城偷袭成功，并顺利地抓回来十几个俘虏，张士诚非常高兴，先大大地夸奖了刘义一番，然后就连夜审问俘虏。审问俘虏的时候，张士诚稍稍地动了一点儿脑筋，那就是，他没有把十几个俘虏放在一起审讯，而是把他们关押在不同的房间里，分别审讯，为的是防止俘虏们"串供"。

张士诚也没要人帮忙，而是亲自逐一地审讯俘虏。审讯的问题只有一个，那就是，徐达在城外筑土墙目的何在？

张士诚整整忙活了大半夜，一直到天亮的时候审讯才结束，但结果却令张士诚大失所望。十几个俘虏的回答都是一样的：徐达在城外筑土墙，是为了能把平江围得更牢。张士诚再问还有没有其他的目的，俘虏们都无一例外地摇头。

这其实也不能怪那些俘虏们，他们说的都是实话。也甭说是像他们这样普通的士兵了，就是西吴军队中的一般将领，也不知道徐达正在建造那种木架。

除非，张士诚把西吴各路兵马的统帅捉来，诸如常遇春、周德兴和汤和等人，不然的话，他就破译不出徐达筑土墙的密码。当然，待徐达的木架子出现在土墙上之后，那又是另一回事了。

张士信得知张士诚审问俘虏一无所获的消息后，曾自作聪明地对张士诚言道："大哥，我说徐达筑土墙没有其他的目的吧？可你就是不信，现在总算是相信了吧？"

张士诚摇了摇头道："我还是不相信，徐达不会这么简单。他若是这么一个简单的人，我们的地盘就不会丧失得这么快！"

平江城外的西吴官兵，好像只专心筑土墙，无心攻城。而城墙上的东吴官兵，也只是在看着城外的土墙一天天地在升高，不再轻易地出城偷袭。原本杀气腾腾、危机四伏的平江战场，似乎变得和风细雨起来。

然而，有一天，这种和风细雨的场面被突然打破了。那是张士诚的部将刘义出城偷袭成功后的第五天，东吴官兵们发现，在平江城外东南方的西吴防线上，出现了二十来架抛石机。后经从江北逃回来的人指点说明，东吴官兵们才知道，那不是什么抛石机，那是可以抛出火药的抛弹机。

守在平江东南方城墙上的东吴官兵们有些恐慌起来，因为那二十来架抛弹机开始向他们抛炸弹了。虽然他们都躲在城墙上面的第二层里头，抛弹机抛出的炸弹很难伤着他们，但炸弹老是在头顶上"轰轰"地爆炸着，不仅炸得他们头皮发麻，更炸得他们心底发麻。

最要命的是，西吴的抛弹机一抛，他们就不敢轻易地从城墙下到城里边了，因为抛弹机抛出的炸弹，有许多都落在城墙里边，靠近城墙的一些房屋，被炸弹炸得七零八落。他们换防的时候，就一个个地绕到东城墙或南城墙上，然后再回到城里。

可以这么说，西吴的抛弹机虽然没有炸死多少东吴官兵，却抛得东吴官兵和城内的老百姓都人心惶惶的。而且也确实有一些老百姓，本来是住在平江城内东南角的，被西吴的炸弹断送了性命。

西吴的抛弹机就那么从早到晚、不紧不慢地抛着，东吴官兵眼睁睁地看着抛弹机就在他们的眼皮子底下抛炸弹却奈何它不得。因为抛弹机的抛程比火炮的射程远。东吴官兵们又不敢轻易地出城去毁掉那些抛弹机，一是没有上司的命令，二是那些抛弹机的旁边有许多西吴官兵守着。

西吴的抛弹机一连抛了三天，终于抛恼了平江城内的一个大人物，这个大人物就是张士信。说来也巧，张士信的丞相府也在平江城内的东南方，虽然并不紧靠城墙，抛弹机对他没有什么直接的威胁，但抛弹机抛出的炸弹老是那么"轰轰"的响，对他的吃喝玩乐生活也的确大有影响。

于是张士信就找到张士诚，要张士诚想办法去对付那些抛弹机。张士诚摇摇头，表示没有什么好办法。张士信言道："夜里派人出城突袭一下，不就把那些抛弹机给毁了？"

张士诚回道："不能派人出城，徐达既然这么做了，那他就肯定会有防备。"

张士诚所言应该是正确的，但张士信却没放在心上，只把它当作了耳旁风。他决计要出城偷袭一下，给徐达一点儿颜色瞧瞧。

殊不知，这正中了徐达的圈套。徐达使出抛弹机，就是要激怒东吴官兵，让东吴官兵出城，再迎头痛击。

徐达这么做，一方面是要报那刘义出城偷袭的一箭之仇，另一方面是想通过报这一箭之仇来吓唬东吴官兵，使他们不敢出城，好让他的筑土墙计划得以顺利地进行。张士诚没受骗，张士信却上了徐达的当。

他在一个黄昏找到那个刘义吩咐道："今天夜里你随本相出城，我要把那些抛弹机全都给毁了。"

刘义忙着问道："丞相大人，这事大王知道吗？"

张士信有些不快活："刘将军，你是不是只听大王一个人的话，本相的话就可以当作耳旁风？"

刘义回道："属下不敢，属下只是以为，如此出城，恐怕有些冒险。"

张士信把脸一板："刘将军，本相都不怕死，你还怕什么？莫非，你刘将军的命比本相的命还要值钱？"

刘义没奈何，只得应道："属下听从丞相大人差遣。"

张士信笑了："这就对了。待大功告成之后，本相一定保举你入朝为官。"

张士信要拖刘义一同出城，是因为刘义曾经出过城，有成功的经验。而刘义听了张士信的话后却不觉苦笑起来："东吴只剩下这么屁股大的一块地方了，还入什么朝为什么官？"

当天夜里，张士信领着刘义及一支四万人的军队摸出了平江城。天不是很黑，东吴军队都摸到那抛弹机营地的跟前了，西吴官兵居然一点儿动静也没有。

按理，西吴军营曾经被偷袭过一次，不该还如此麻痹松懈。所以刘义就低低地对张士信道："大人，情况好像不对头……"

张士信都亲眼看见那些抛弹机了，哪能就这么罢手："不，刘将军，你别疑神疑鬼的，情况对头得很。你现在去毁抛弹机，本相在后面为你压阵。"

张士信说得很好听，但实际上他根本就没压什么阵。他似乎也看出了今夜的情况有些不对劲儿，所以对刘义讲过这番话之后，他就带着一批亲兵只顾往后退。

刘义就没有张士信那么自由了，张士信叫他进，他就不能后退。所以，张士信向后退了，他只能向前进。这一向前进就麻烦了。明明看着那二十架抛弹机跟前空荡荡的，却突然间，冒出一大片黑压压的人头来。不光是人头了，还冒出来许多的火炮、火铳和弓弩，而且那些火炮、火铳和弓弩还毫不客气地朝着他刘义的面前打过来。

刘义知道不妙，赶紧下令撤退，可哪里还能撤得掉？从刘义的身后，又包抄过来两支军队。一支军队来自徐达的防区，另一支军队来自常遇春的防区。每一支军队都有两三万人，很明显，徐达和常遇春早就等待着这一时刻的到来了。

刘义问身边的手下道："丞相大人现在何处？"

手下回道："丞相大人早跑到城里去了。"

刘义又问手下道："丞相大人跑了，我们该怎么办？"

手下言道："不如投降吧……"

刘义说得更干脆："投降就投降，战败而降，也不丢人！"

于是，刘义就率众投降了。跟着张士信跑回平江城的，不足万人。有意思的是，张士信跑回平江城里后，有手下建议是否派一支军队出城去解救刘将军，张士信没好气地冲着那手下道："你要是活得不耐烦了，你就出城去救刘将军。"

有谁会觉得自己活得不耐烦了？就这样，张士信偷狐狸不成反而惹了一身臊，没毁掉西吴的抛弹机，自己却丢掉了三万多人，还丢掉一员大将。

张士诚得知这件事后，先是暗自叹了口气，然后不轻不重地说了张士信几句。是啊，一般的将领打了败仗回来，张士诚都不忍心多说，更何况是自己唯一的亲弟弟呢？

从此，到平江城摇摇欲坠之前，张士诚再也没有派部队出城过。实际上，在徐达的土墙完全筑好之前，张士诚如果要突围，是完全有可能的。平江城内还有三十多万兵马，这些兵马如果集中朝一个方向猛冲，西吴军中谁人能抵挡得住？然而，张士诚在平江城实难保全之前，好像从没有过突围的念头。

张士诚不想突围，可能有这三个原因：一、平江城如果丢失，张士诚便认为东吴已经灭亡了，作为东吴的"国王"，他当然不会甘心国家灭亡；二、张士诚不相信平江会被攻破，既然如此，也就没有必要突围了；三、四周已是朱元璋的天下，即使成功地突围，又能突到哪里去呢？

时间一晃，三个月过去了，西吴官兵终于把那道土墙筑好了，时间也随之进入了第二年的春天。

三月底，徐达从东边正式开始对平江城发起攻击。他先是用抛弹机对平江城内一阵乱抛，然后九十多个木架子从土墙上伸出去，对着东城墙上狂轰猛炸，把城墙上面第一层的东吴官兵打得死的死逃的逃；又把第二层里头的东吴官兵打得魂飞魄散，怎么抬也抬不起头来，因为只要一抬头，就极有可能被木架子上的西吴射手打死。

在这种强大火力的掩护下，徐达的军队开始攻城了。他们抬着云梯冲出土墙，冲到城墙的边上，把云梯架好，跟着就往云梯上爬。

这样一来，城墙上面第二层里头的东吴官兵就不好办了，要是光缩着头不起身，那西吴军队很快就会爬到城墙的顶端去；可要是起身来对付云梯，那木架子上的西吴射手就会向他们开火。

东吴官兵究竟该怎么办才好呢？为保住城池，东吴官兵只能起身抗击。一开始，他们不管木架子上的西吴射手怎么射，只一心与云梯和云梯上的西吴攻城部队格斗，这样，东吴官兵的伤亡就比较大。

不过几天之后，那张士诚看出点眉目来了。他命令东吴官兵分出一些火枪手和弓箭手，专门用来对付那些木架子。

尽管那些木架子左右移动不易射中，但木架子老是那么移来移去的，木架子上的西吴射手也就失去了准头。这样，东吴官兵的伤亡就减轻了许多。而且，只要木架子一停止不动，东吴官兵便也能打中木架子上的西吴射手。

所以，在战斗的过程中，也不时有西吴射手从木架子上摔下来，摔下来当然就没命了。但不管怎么说吧，木架子总是占有很大优势的。

故而，在一般的攻城战中，攻城一方的伤亡肯定比守城一方的伤亡要大——攻进城里之后则另当别论——而徐达在攻打平江城的时候，守城的东吴官兵的伤亡却比攻城的西吴官兵的伤亡要大得多。出现这种反常的现象和结果，自然与徐达那一颗聪慧的脑袋有关。

攻了两个月，虽未能攻进平江城，但徐达却很高兴。因为，攻不进平江城本在他们的预料之中，而大量杀伤东吴官兵才是他那时的主要目的。徐达估算了一下，如果以每天攻城杀死一千个东吴官兵来计，那这两个月下来，他已经消灭至少六万东吴官兵了。平江城内的东吴官兵，拢共有几个六万？

还不止这些呢，徐达攻了两个月的城，那些能工巧匠又造出了六十个木架子。徐达把这些木架子全给了常遇春，叫常遇春从南边也开始攻城。东边、南边都攻城了，每天该要杀死多少东吴官兵？

徐达和常遇春又孜孜不倦地攻了两个月的城。这时候，已经是骄阳似火、烈日炎炎的夏季了。

徐达信心十足地对常遇春道："我以为，再攻上一个月，那张士诚恐怕就撑不住了！"

很快，就到了九月份。徐达估计平江城内已没有多少东吴官兵了，便决定对平江城发起最后的攻击。那一天，徐达率军从东边，常遇春率军从南边，周德兴、俞通海率军从西边，汤和、廖永忠率军从北，四路兵马同时向平江城发起攻击。

平江城内的东吴官兵再也无力抵抗，只半天时间，常遇春就率先从南边攻进了平江城。当时，土墙外面的那个康茂才，正站在田野里，望着即将收割的庄稼满面春风。

张士诚闻听南城已破，慌忙纠集起仅剩的残兵败将一两万人，赶往南城与常遇春进行巷战。残兵败将怎敌常遇春的两把大板斧？一个时辰不到，张士诚纠集的一两万人就被常遇春砍得落花流水。张士诚看看身边，只有十几个亲兵了，不敢再战，慌不择路地退到了自己的王爷府内。

王爷府内早已是混乱一片。听说平江城破，张士诚的那些"王妃"们就像被掐去头的蚂蚱一样，在王爷府内到处乱蹦乱跳。数以千计的女人都在一个地方乱蹦乱跳，那会是一副什么样的景象？

张士诚一狠心，把女人们赶到几间房子里，一把火都烧死了，他不想连城带女人都留给朱元璋。

张士诚燃起的那把罪恶的大火还没有熄灭，常遇春的脚步就逼近了东吴的王爷府。张士诚知道最后的时刻已来临，就把头颅伸进了早已悬挂好的绳套里。慌得左右亲兵连忙把张士诚解下来，硬是把张士诚拖进了密室。

常遇春拎着两把大板斧，第一个冲进了东吴的王爷府。可转了半天，什么人也没有发现。这时，徐达走了进来。徐达的身后跟着一人，正是那李伯升。

朱元璋闻听平江城就要攻破，特地派专人将李伯升送到徐达身边协助搜寻张士诚。朱元璋还嘱咐徐达："最好能活捉张士诚，如果张士诚已死，就把他的尸体带回应天。"

李伯升走到常遇春身边，指了指那密室的门，然后就赶紧躲到一边去了。显然，他心中有愧，不敢直面张士诚的目光。

常遇春才没有愧不愧的呢，右脚一抬，一脚就踹开了密室的门。密室里的那几个亲兵刚冲过来，常遇春的两把大板斧一划拉，密室里就只剩下张士诚一个活人了。

常遇春也没进密室，就站在密室的破门前大叫道："张士诚，你快滚出来！你再不滚出来，我常遇春就对你不客气了！"

张士诚缓缓地从密室里走了出来，看也没看常遇春一眼就直直地向前走去。气得常遇春当即喝令手下把张士诚捆起来，徐达劝阻道："五弟，不必了，用不着。"

张士诚走到徐达的面前，突然住了脚，先是死死地盯着看了一会儿，然后长叹一声言道："徐达，如果我张士诚有你这样的人做丞相，我又何至于沦落到这种地步？"

徐达几乎面无表情地回道："所谓谋事在人，成事在天，你沦落至此，也是天意啊！"

张士诚不再说话，沉沉地走开了。从这一刻开始，一直到被押进应天城，张士诚一言不发。张士诚的心中，究竟会想些什么呢？

听说平江城破，那无锡守将便不再犹豫，乖乖地向围城的邓愈投了降。至此，东吴地盘尽为西吴所占，两"吴"对峙的局面不复存在。朱元璋对张士诚的最后一个阶段的军事行动胜利结束。

朱元璋最后一个阶段的军事行动，也即第三阶段军事行动，从至正二十六年十二月开始，到次年九月结束，共历时十个月，是三个阶段军事行动中耗时最长的，最后以东吴的彻底灭亡而告终。

攻破平江之后，徐达让康茂才暂驻平江，然后与周德兴、汤和、常遇春及廖永忠、俞通海等人，押着张士诚和二十万东吴俘虏一起回应天向朱元璋报捷。

在此之前，廖永忠曾回过一次应天，做了一件重要的事。那是至正二十六年的年底，也就是廖永忠和俞通海等人的西吴水军在太湖里把张士诚的东吴水军消灭得差不多的时候，廖永忠曾回去过应天一趟。当然不是他自己要回去的，而是朱元璋以"吴王令旨"召他回去的。

廖永忠奉"吴王令旨"回到应天后，朱元璋马上就在王爷府召见了廖永忠，当时就朱元璋和廖永忠二人。廖永忠便猜想，大王一定是叫他去办一件极其重要又极其秘密的事情。

朱元璋先是简单地问了一下廖永忠在太湖里作战的情况，然后仿佛是自言自语地道："一年前，孤去滁阳的时候，曾这样对刘福通说过，待孤消灭了张士诚，就一定把他和小明王陛下从滁阳接到应天来。现在，平江城虽还未破，但消灭张士诚的日子也为期不远了，孤如何能说话不算话呢？"

廖永忠一听，低低地问道："大王是要差遣微臣去滁阳接刘福通和小明王陛下来应天吗？"

朱元璋点了点头道："廖爱卿很聪明，孤正是此意。孤本想亲自去滁阳走一遭的，但廖爱卿也知道，现在孤不可能离开应天。那刘太师和李丞相也无法脱身，徐丞相他们正在打仗，所以孤思来想去，只有廖爱卿去滁阳最为合适，廖爱卿可愿意为孤辛苦一趟？"

廖永忠赶紧道："为大王效劳，微臣万死不辞！"

朱元璋笑呵呵地道："好！有廖爱卿这句话，孤也就放心了。孤之所以特地挑选廖爱卿去办这件事情，是因为孤觉得，廖爱卿是值得孤信赖的人。廖爱卿明白孤的意思吗？"

廖永忠嘴里说"明白"，但心里却不禁嘀咕道："大王今日是怎么了？大王过去说话，从来没有像今天这样啰嗦啊？虽说去接刘福通和小明王不是一件小事情，但沿途都是自己的地盘，也实在没有什么大不了的问题啊？"

就听朱元璋轻轻地言道："如果廖爱卿方便的话，收拾收拾马上就可以动身了。"

廖永忠躬身言道："微臣这就告退，不知大王可还有别的什么吩咐？"

朱元璋还真的有"别的"吩咐，他紧紧地盯着廖永忠，像是要一直看到廖永忠的心坎里去，说出来的话，也沉甸甸的，还不圆润，像生了锈的秤砣，震得廖永忠的耳鼓发出一阵阵的钝响："廖爱卿，现在是冬天，长江里的风浪也大，如果船翻了，人掉进江里，就是不被淹死也会被冻死，你明白孤的意思吗？"

廖永忠一时没明白："大王放心，微臣一定处处小心，绝不会发生任何意外……"

朱元璋依然紧盯着廖永忠："不错，你一定要处处小心，一定不要发生任何意外！"

廖永忠还是没完全明白，唯唯诺诺地退到了房门口，准备告辞了。可就在这时，朱元璋突然又唤住廖永忠道："廖爱卿，孤再重复一遍，你此去滁阳，一定不要发生任何意外！"

最后那一句话，朱元璋像是咬牙切齿说出来的。廖永忠本能地一震，这下子，他算是真的听懂了朱元璋的意思了，朱元璋是在正话反说。一定不要发生任何意外的反面意思是什么？廖永忠的心底里不禁冒出了一股冷汗。原来，朱元璋是要他去害死刘福通和小明王。

虽然朱元璋没有明说，但廖永忠敢和阎王爷打赌,朱元璋的话里就是这个意思。朱元璋要当皇帝，几乎人所共知。既如此，那小明王不就成了累赘？

廖永忠悟出了朱元璋话中的真谛后，多少有些害怕，但他还是决定按朱元璋的意思去做。一来他不能违抗朱元璋的旨意，二来廖永忠觉得，自己为朱元璋做了这件大好事后，朱元璋肯定会格外器重他。于是廖永忠就喜滋滋地上了路。

可怜那刘福通和小明王，对此一无所知。见了廖永忠之后，刘福通还如释重负地道："吴王爷心里毕竟还有陛下！"

那小明王更是乐得手舞足蹈："朕终于可以到应天去玩了！"

廖永忠也不言语，只在心里偷偷地笑。从滁阳走到一个叫瓜步的渡口，廖永忠请刘福通和小明王上了第一只渡船，廖永忠是上的第二只渡船。

天已暮色苍茫，江面上看不见别的什么船只，两只渡船一前一后地慢慢地驶到了江心。因为没有风浪，渡船行驶得很平稳。船到江心之后，刘福通发觉了情况不妙，替他和小明王驾船的那个船工，突然一下子跳到廖永忠的船上去了，而且，廖永忠迅速拔出剑来，将两只渡船推开了一段距离。

小明王也知道大事不好了，因为他乘坐的渡船船舱里突然冒出一股股的江水来，而且江水冒得极快，仿佛只是一刹那，江水就冒到了他的脚踝处。

在渡船即将沉没之前，小明王痛苦地询问刘福通道："刘爱卿，这个廖永忠为什么要害死朕啊？"

刘福通没有什么痛苦，有的只是悲愤："陛下，你到现在还不明白？害死你的不是廖永忠，是那个朱元璋！"

刘福通和小明王随着渡船一起沉入了江底，刘福通费力建立起来的大"宋"政权也随着渡船彻底沉没。直到面前什么也看不见了，廖永忠才吩咐身边的两个船工道："开船吧！"

两个船工当然乐意听从廖永忠的差遣，因为廖永忠已经跟他们讲好，事情办完后，他们每人将得到百两黄金的奖赏。所以他们就一边划船一边说笑一边还漫不经心地看着廖永忠慢慢地一点一点地把拔出来的剑送入鞘中。

然而，两个船工很快就既不能划船也不能说笑了。因为，廖永忠的剑并没有入鞘，而是极其快速地舞动了起来。长剑一舞，一个船工的脖子处就汩汩地冒出血来，怎么说也说不出话来。长剑再一动，另一个船工的身体就多出一个窟窿来。这个船工临死前还问了廖永忠一句道："你，你为什么要赖账？"

廖永忠向那个船工解释道："廖某人身上连一两黄金都没有，当然要赖账了。"

廖永忠几乎是一口气就奔回了应天，奔回应天之后，廖永忠就又马不停蹄地赶去向朱元璋报告。当时，刘基和李善长也在朱元璋的身边。廖永忠便装作一副诚惶诚恐的模样对朱元璋道："启禀大王，微臣奉旨去迎接刘福通和小明王陛下，但不料江中风浪太大，掀翻了渡船，刘福通和小明王陛下双双沉入江中……微臣自知所犯乃弥天大罪，请大王处置。"

刘基和李善长闻之不觉一愣，因为他们并不知道此事。廖永忠心里却在说："大王啊，我为你做了这件天大的好事，你还不说两句好听的话来安慰安慰我？"

谁知，朱元璋双眼一瞪，拍案而起，厉声喝道："廖永忠，你犯下如此弥天大罪，还不自行了断以谢刘福通和小明王陛下？"

"自行了断"可就是自杀啊，廖永忠慌了，结结巴巴地解释道："大王，这纯属一次意外，微臣实在无力回天啊。"

廖永忠用"意外"二字来解释，实际上是在对朱元璋作暗示。但朱元璋好像根本就不加理会："廖永忠，你不要无耻狡辩，孤绝不会宽恕于你！"

廖永忠真的恐惧了，朱元璋要杀他，他无话可说。他能说什么呢？朱元璋并没有亲口要他让刘福通和小明王发生意外，是他廖永忠自作聪明、自作主张的。所以廖永忠就有些可怜巴巴地言道："大王，这真的是一次意外啊！微臣委实冤枉。"

李善长首先看出眉目来了，虽然他并不知道事情的前因后果，但他敢肯定其中必有蹊跷，于是李善长就淡淡一笑，言道："大王，微臣以为，廖大人行事不慎，固然有过，但江中翻船一事，好像也是天意啊！"

刘基也瞧出端倪来了，便紧接着李善长的话尾言道："大王，微臣同意李大人的看法。微臣还以为，普天之下，只应有一主，若有二主，民将滋生二心，故而江中船翻，既合天意，又符民意。"

朱元璋的脸色有些好转，他朝着廖永忠随随便便地挥了挥手道："廖永忠，既然李大人和刘大人都这么说了，孤也就不处置你了，你回平江前线戴罪立功去吧。"

廖永忠这才暗暗地舒了一口气，他明白过来，朱元璋刚才都是瞎咋呼的。不过，他也不敢将此事告诉别人。回到平江前线后那么多天，他对任何人也没有提起过此事。

倒是那刘基有一天曾这么问李善长道："李大人，你说江中翻船一事，究竟是天灾还是人祸？"

李善长模棱两可地回道："李某以为，这既可以说是天灾，也可以说是人祸。"

刘基最后仿佛是自己对自己言道："应该是人祸大于天灾啊！"

实际上，此时的刘基已经逐渐地认清了朱元璋的真面目。但正如俗话说的，既然已经踏上了贼船，再想收回脚就不是那么容易了。

朱元璋最大的两个对手陈友谅和张士诚消失了，剩下的，还能称之为朱元璋对手的，主要是南方的一些割据势力和北方衰微的元朝廷。南方的割据势力大致有这么几处：占据浙江东南沿海的方国珍；占据福建，依然表示效忠元廷的陈友定；占据四川的"夏"国皇帝明升——明升是明玉珍的儿子。

明玉珍是徐寿辉的部将，奉徐寿辉之命攻略四川。陈友谅杀死徐寿辉后，明玉珍就与陈友谅断绝来往，在四川称帝，国号为"夏"。1366年，明玉珍逝世，其子明升继位——此外，云南和广东、广西等地，依旧是由元廷将官驻守，其中驻守广东的元将何真还具有一定的实力。

相比较而言，朱元璋在南方的那些对手，都没有北方的对手元廷强大。因为元廷的气数虽然将尽，但黄河以北的半壁江山依然是它的势力范围。甭说打了，就是把黄河以北的土地都跑上一遭，也要花费相当长的时间。

而南方的那些对手就不行了，地盘小，人口少，根本无法与朱元璋抗衡；而且有的对朱元璋还心存恐惧，不敢抵抗。比如占据浙江沿海的那个方国珍，因为与朱元璋的地盘靠得太近，朱元璋消灭了张士诚之后，第一个攻击目标就是他。朱元璋只派汤和、廖永忠往浙江一去，加上李文忠的适当配合，也没打什么仗，方国珍就投降了。

张士诚的东吴灭亡之后，虽然朱元璋还有一些对手，但那些对手，朱元璋已经不放在眼里了。消灭他们，只是一个时间上的问题。不过朱元璋也没有松懈，不把整个天下抢到自己的手里，他是无论如何也放心不下的。

所以，朱元璋除了派遣周德兴、汤和、廖永忠和李文忠等人南征之外，还派出了一支强大的北伐军去抢占元廷在黄河以北的土地。

北伐军的统帅自然是徐达，谓之"征虏大将军"，副将便是常遇春。徐达、常遇春离开应天一个多月，就将山东全境拿下，真可谓是气势如虹、势不可挡。

朱元璋在这时才觉得称帝的时候到了，但他心里想当皇帝，嘴里还不好明说，所以在1367年的年底，朱元璋就显得很是闷闷不乐。亏得李善长看出了朱元璋的心思，便找刘基商量，说是要劝朱元璋登基称帝。刘基淡淡地言道："这还用商量吗？大王早就想当皇帝了。"

按照自古以来做皇帝的一套形式，是臣下劝进三次，主人推让三次，推让三次之后，主人才"勉强"地答应下来。可朱元璋倒好，李善长、刘基等人只劝进了一次，朱元璋就爽快地答应道："好，孤就当一回皇帝吧！"并当即吩咐李善长道："孤登基一事，全仗爱卿操办。"

元至正二十八年（1368年）正月初四，朱元璋正式登基称帝。这天一大早，朱元璋先在应天城内拜祭天地，然后赶到应天的南郊即皇帝位。李善长率文武百官及应天城内老百姓的代表匍匐在朱元璋的面前，一边磕头一边山呼"万岁"。

接着朱元璋又匆匆赶到太庙里追尊列祖列宗为皇帝，再顺便祭告了一下社稷，最后穿上龙袍，进"奉天殿"接受文武百官的朝贺。

中国历史上的又一个皇帝，就这样诞生了。此时，朱元璋41岁。

"奉天殿"是朱元璋皇宫的正殿，所以朱元璋颁发的诏书的开头就规定写上"奉天承运"这四个字。后来历代皇帝诏书开头的"奉天承运，皇帝诏曰"，就是从这里来的。

朱元璋建立的这个朝代，国号叫"大明"，年号叫"洪武"。1368年便是"洪武元年"，所以民间又称明太祖朱元璋为"朱洪武"。

大明王朝的都城设在应天，左右丞相还是李善长和徐达，其他文武大臣也都加官晋爵了。只有刘基例外，据说朱元璋本打算叫刘基任右丞相的，可刘基没答应，不仅没答应，还借口身体不好，回浙江青田老家去了。朱元璋苦留不住，只好作罢。

大明王朝的"太子"当然是朱元璋的长子朱标。王后马娘娘晋升一级成了皇后，其他王妃也都跟着升为皇妃。

放牛娃朱元璋，就这么建立起了中国历史上又一个封建专制王朝——大明王朝。

【第十二回】

远朝政半仙归隐，拒仕途二神遭诛

称帝后的第二天清晨，朱元璋睁开眼睛，发现有一个老太监正哆哆嗦嗦地在地上跪着。朱元璋问道："你有什么话就快对朕说，别只顾着打哆嗦。"

老太监说话了。原来，一个时辰前，刘基出了应天城要回浙江青田老家。刘基"告老还乡"朱元璋是知道的，然而令他感到意外的是，他昨天刚称帝，刘基今天就走了，而且，还走得这么早。

刘基如此不辞而别，朱元璋多少有些不高兴。但转念一想，自己能够穿上龙袍，刘基确实功不可没。于是，朱元璋就对老太监道："起来，陪朕去送送刘基。"

刘基虽然走得匆忙，但也有人相送。相送的有两个人，一个是徐达，另一个是李善长。徐达、李善长和刘基三个人站在应天城外的一个断桥边。徐达只轻轻地对着刘基言道："刘大人不必这么早就急着赶路。"

刘基微微一笑道："刘某既然决定要走，那就迟走不如早走。"

李善长看着刘基道："李某始终以为，刘大人大可不必回青田老家……如果刘大人现在改变主意，那李某马上就回去禀告皇上，皇上一定会高兴万分的。"

刘基摇了摇头道："刘某谢过李大人好意，但刘某既已作出决定，就不会再轻易地改变。"

徐达微微叹息道："刘大人执意要走，徐某不便拦阻，但皇上赏赐的财物，刘大人理应带上。"

朱元璋曾赏赐给刘基大批金银珠宝，还赏赐了十多位美女，然而刘基把这些赏赐全送给了朋友和属下。出应天城的时候，他只带了两个男仆和三匹马，外加几只行李箱。徐达看了，觉得有点儿凄凉。

刘基却笑道："徐大人多虑了。刘某在青田本就有不少田产，皇上昨日又赐给刘某大批田地，刘某知足矣！更何况，对身外之物，刘某向来无多少贪恋。"

李善长感叹道："刘大人秉性高洁，李某自叹不如啊！"

刘基回道："亦人各有志耳！"

三人又聊了一会儿，眼看着天就要亮了。刘基突然问道："两位大人，可还记得皇上曾把我等三人比作谁人？"

徐达和李善长不会忘记，朱元璋曾把李善长、刘基和徐达分别比作汉高祖刘邦的开国功臣萧何、张良和韩信。不知为何，听了刘基的问话后，徐达的身体不由得一震。

李善长却低低地反问道："不知刘大人此时提起此事有何用意？"

刘基淡淡一笑道："刘某只是忽然想起便随口说出，并无什么用意。不过，刘某以为，今日之事与当年汉高祖之事，确有许多相似之处……"

刘基说得没错，刘邦能够当上皇帝，主要就是依赖萧何、张良和韩信，而朱元璋能够顺利地登基，李善长、刘基和徐达三个人的功劳无疑是最大的。在众多的开国功臣中，李善长堪称是文臣之首，徐达则是武将之冠，而刘基介于文武之间，与徐李二人并列为第一功臣。

徐达忍不住问道："刘大人，你此时提起此事，莫非是在给我徐某一个暗示？"

刘基回答徐达道："刘某并无任何暗示，可能是徐大人有些多虑了吧！"

李善长一旁言道："李某以为，是刘大人太过多虑了！"

李善长这话至少有两层含义。一层含义是，朱元璋刚一称帝，刘基就功成身退，显然是记住了"飞鸟尽，良弓藏；狡兔死，走狗烹"的古训。在李善长看来，刘基这样做是"多虑"了。另一层含义是，当年的韩信能够发迹，是萧何的功劳，而吕后能够成功地杀死韩信，则又是萧何帮她出的主意。李善长的意思是，尽管朱元璋登基与刘邦称帝有许多相似或相同之处，但毕竟二者不是一回事。不说别的，单就徐达与朱元璋的个人关系而言，也比韩信与刘邦的个人关系亲密何啻百倍。朱元璋无论如何也不会对徐达有什么过分举措的。

刘基笑道："李大人言之有理。刘某辞官回家，就是一介草民了。一介草民，犯不着多管什么闲事的。更何况，徐大人与当今皇上情同手足，徐大人的前程当不可限量啊。"

说完，刘基冲着徐达和李善长拱了拱手道："草民刘基，万分感谢两位大人相送。不敢过于打搅两位大人，刘基这就告辞！"

刘基说走就走，似乎对应天城一点儿留恋都没有。徐达还想再送刘基一程，李善长劝道："送君千里，终有一别，还是让刘大人安心地上路吧。"

刘基上路了，但好像并不太安心。只见他在仆人的扶持下一边上马一边念念有词道："城外断桥边，不知谁相送。一去三千里，忍看血纷纷。"

徐达虽没有什么文化，但似乎也听懂了刘基此诗的含义。故而，刘基和两个仆人都走得很远了，他还怔怔地站在断桥边，盯着刘基离去的方向发呆。

就在这时，猛听得身后有人大叫："皇上驾到！"

徐达和李善长赶紧原地跪下，却见朱元璋在周德兴、汤和和常遇春及宋濂等一班文武大臣的簇拥下，急急地朝断桥方向走来。老远，朱元璋就高声喊道："李爱卿、徐爱卿快快平身，告诉朕，那刘基现在何处？"

李善长弓身回道："刘基已然离去。"

朱元璋抬脚似要追赶，李善长急忙言道："陛下，已经到了早朝的时间了！"

朱元璋先是一顿足，然后"唉"了一声道："这刘基为何走得如此匆忙？难道连跟朕打个招呼的时间都没有吗？"又转向徐达、李善长问道："你们说，刘基如此匆忙离京，是不是对朕有了什么意见！"

徐达没言语，李善长忙堆上笑容言道："回皇上的话，微臣以为，那刘基绝非对皇上有什么意见。他之所以未与皇上辞别，乃是因为他不想打扰皇上。"

朱元璋皱了皱眉，然后忽然笑道："李爱卿说的是，待日后朕想念他时，再把他召回京城数落他一顿也不迟。"

跟着，朱元璋就起驾回城径往奉天殿，文武百官早在殿内恭候。这是朱元璋登基之后的第一个早朝，事情不是太多，但十分重要。本来，徐达、常遇春等人都在北方打仗，汤和、廖永忠、李文忠等人都在南方征战，因为朱元璋登基的缘故，他们都临时赶回了应天。现在，朱元璋已经当上皇帝了，他们也就该重返前线了。所以，朱元璋就在早朝上传谕：徐达、常遇春等人继续北伐，汤和、廖永忠、李文忠等人继续南征。

散朝后，朱元璋没有直接回乾清宫，而是准备到坤宁宫绕一趟，看看马皇后。半道上，朱元璋碰见了太子朱标。十四岁的朱标鼓着个小嘴，像是在跟谁生气。朱元璋觉得有趣，便首先招呼道："标儿，过来，告诉父皇，谁惹你不高兴了？"

朱标先是冲着朱元璋叫了一声"父皇"，接着便依然鼓着双腮不作声。朱元璋越发觉得有趣："标儿，看来你肚子里的气不少啊！"

朱标终于憋不住了："父皇，你怎么能够随便杀人呢？"

朱元璋一时不明白："标儿，父皇何曾随便杀人？"

朱标显得很激动，激动得小脸一阵红似一阵："父皇，儿臣今日清晨到东门处走动，看见几个公公把一具尸体抛到城外。儿臣拦住几个公公询问，才知那尸体是一位宫中小宫女，是被父皇活活地打死的。"

朱元璋这才明白是怎么一回事。昨晚，小宫女侍候他不周到，一掌被他拍断了脖子："标儿，死了一个小女人，也值得你如此生气？"

朱标当然生气："父皇，那小姑娘所犯何罪？父皇为何非要置她于死地？"

见朱标一副很认真的样子，朱元璋就转动了一下眼珠言道："标儿，你知道吗？那小女人有谋害父皇之心，所以侍卫就将她除掉了。"

朱标当即睁大了眼睛："那小姑娘手无缚鸡之力，如何敢起谋害父皇之心？父皇如此说法，儿臣委实不敢相信……"

朱元璋有些不高兴了："标儿，你这等软弱心肠，将来何以君临天下？"

朱标还想争辩，朱元璋猛然一挥手："别再啰唆了！宋濂还在等你去上课呢！"

经李善长等人的推荐，宋濂做了太子朱标的老师。见朱元璋起了火，朱标不敢再多言，只得向朱元璋施了礼，而后默默退去。朱元璋凝望着朱标的背影，不觉长长地叹了一口气。

直到走进坤宁宫，见到了马皇后之后，朱元璋的那口气好像还没有叹完："标儿这孩子，心肠似乎太过仁慈了！"

马皇后微微一笑道："标儿一大早就跑来找我，说起那小宫女的事。"

朱元璋摇头道："一个小宫女死去，标儿竟如此大惊小怪！如果朕也像他这般妇人之仁，这天下岂能姓朱？"

马皇后却道："臣妾以为，打天下要暴，治天下却要仁，而标儿将来便是一位仁君。"

朱元璋沉吟片刻，然后道："皇后所言，也不无道理。但朕还是以为，不管是打天下还是治天下，都要猛。不猛不足以服天下，不猛别人就会打你江山的主意！"

马皇后多少有些小心地问道："如此说来，标儿的身上，岂不是有太大的欠缺？"

朱元璋笑了："标儿的欠缺就是假仁慈。不过不要紧，朕会让他的心肠一点点变硬的。"

这一年正月底，汤和、廖永忠和李文忠等人攻占了福建，一直割据福建并表示永远效忠元廷的陈友定兵败被俘。旋即，汤和等人率大军扑向西南，攻入广东境内，镇守广东的元将何真见大势已去，被迫投降。与此同时，徐达、常遇春力克北方重镇汴梁。同年八月，徐达率军继续北上，一鼓作气，攻占了元廷的首都大都（今北京市）。

南方、北方捷报频传，朱元璋自然高兴万分，忙着下旨嘉奖徐达、常遇春、汤和等人。高兴之余，朱元璋还改"应天"为"南京"，改"汴梁"为"北京"，改"大都"为"北平"。

汤和、廖永忠等人继续在南方扫荡一些割据势力。徐达、常遇春等人则在北方把元廷的残余势力一个劲儿地往大沙漠里赶。这个时候的朱元璋，真的觉得天下已定，于是就开始认真考虑如何治理天下的问题了。

虽然，朱元璋在马皇后的跟前曾说过要以"猛"治国，但是，这种"猛"跟"冲锋陷阵"是有着很大区别的。朱元璋也知道，打天下的时候固然离不开武将，但治天下的时候就不能少了文人了。故而，有那么一段时间，南京城中，几乎到处都有文人的身影。而朱元璋，也常常浪迹于大小文人之中，吟诗作对。

夏煜本是一个写诗的人，但名头不够响亮，很难进入朝中瞻仰龙颜。他的诗虽然写得不怎么样，却工于心计，一眨眼便能生出一个鬼点子来。他见许多人整天忙着设法把自己的诗文送到朱元璋的手中，很是不以为然。他这么想，朱元璋是皇上，事情那么多，哪有时间整天地看诗文？既如此，就算你的诗文真的送到了朱元璋的手上，朱元璋也未必会看。

夏煜躲在南京城的一家小客栈内苦思冥想了很久，最终决定走这么一条道路：先去巴结朝中某个有地位的大臣，然后通过这个大臣来接近皇上。

他选中的巴结目标是太子的老师宋濂。他之所以选择宋濂，有两方面的考虑：一、宋濂在朝中虽然算不上数一数二的人物，但身份特殊，如果能与宋濂打得火热，就不愁见不到皇上；二、正因为宋濂还算不上数一数二的人物，所以相对那些数一数二的人物来说，更容易接近。

于是，摸清了宋濂的住处之后，夏煜就三天两头地往宋濂家跑。他当然不是跑去玩，而是拿着自己的诗稿去向宋濂请教。三十多岁的人了，站在宋濂的面前谦恭得就像是一个孩童，而正是因为这种谦恭，打动了宋濂的心，博得了宋濂的好感，俩人的关系日渐火热、亲近。

夏煜的机会终于来了。那是一个午后，夏煜正要从小客栈到宋濂家去，宋濂主动找来了。见了夏煜，宋濂直截了当地道："换换衣裳，我带你进宫去见皇上。"

因为朱元璋今晚又要在乾清宫宴请文人，宋濂觉得夏煜跟自己"学习"这么长时间了，也该带他去宫中见见世面了，所以就顺便把夏煜带上了。然而宋濂没想到的是，就因为这个"顺便"，却成全了夏煜，同时也为自己的命运埋下了祸根。

夏煜跟着宋濂往宫中走的时候，既激动又紧张。走进乾清宫的一刹那，夏煜紧张得几乎都迈不动步子了。其实，朱元璋一开始根本就没有注意到夏煜。他招来的文人数以百计，像夏煜这种名声黯淡的诗人，根本不可能成为他注意的对象。而夏煜，除了宋濂之外，好像只认识李善长一个人。那是在宋濂的家里，李善长有事找宋濂，夏煜便得以见过李善长两回面。

而李善长和宋濂等人，只顾着与朱元璋饮酒阔论，好像所有的人都把他夏煜给遗忘了，他成了一个十足多余的人。

朱元璋与众人论诗，论着论着就论到了这么一个题目：从古至今，哪个诗人的哪首诗可以称得上是最好的。

这题目很大，也很难回答。只不过，这题目是朱元璋提出来的，众人不能不议论。故而，朱元璋刚一提出这个问题，李善长、宋濂等人就相继发表了自己的看法。有说这个诗人的这首诗是最好，有说那个诗人的那首诗为最佳。一百多个文人，竟然发表了一百多种观点，而且每种观点的后面还都跟着一大串理由和论据。

朱元璋显然有些不高兴，他先摆了一下手，消去下面乱哄哄的争吵声，然后不动声色地问李善长和宋濂道："两位爱卿，你们就不能找出一个定论来？你们这样公说公有理婆说婆有理的，叫朕到底听谁的？"

李善长忙着言道："回皇上的话，这等问题，在微臣看来，实在难以下定论。"

宋濂也赶紧言道："微臣以为，论诗之好坏，全凭主观，并无客观标准，故微臣等争执不休，似也在情理之中。"

朱元璋眉头一紧："如此说来，朕适才所出题目，岂不是有失妥当？"

皇上出题竟然有失妥当，这怎么可能？又怎么得了？所以，李善长、宋濂等人跟着就要解释。就在这当口，有一个声音高高地呼叫道："皇上圣明！皇上所出题目乃千真万确！草民以为，自古至今，只有一首诗堪称最佳。"

朱元璋循声看去，看到的是一张十分陌生的脸，于是就环视了一下众人后问道："大呼小叫的是何人？"

宋濂叩首道："回皇上，适才大呼小叫之人，乃微臣的一个学生，姓夏名煜……微臣疏于禀报，祈望皇上恕罪！"

那夏煜却也乖巧，宋濂刚一开口，他就直直地跪在了朱元璋的面前。朱元璋哈哈一笑，接着把目光转向了夏煜，先叫夏煜抬起头来，然后和颜悦色地问道："你刚才说，自古至今，只有一首诗堪称最佳，但不知，这是何诗啊？"

李善长、宋濂等人的目光一下子全罩在了夏煜的脸上。无疑，夏煜成了当时的焦点人物。只见夏煜的脸渐渐地浮起一团肃然之色，跟着，夏煜便昂首挺胸又声情并茂地吟诵起来："杀尽江南百万兵，腰间宝剑血犹腥。山僧不识英雄汉，只凭哓哓问姓名。"

这首七言绝句中所蕴含的思想感情，被夏煜朗诵得非常到位。头两句，他吟得杀气腾腾；后两句，他又诵得豪气十足。吟诵完毕，杀气犹在，豪气犹存。再看朱元璋，不禁被夏煜吟诵得动容起来。

但旋即，朱元璋的脸上就恢复了严肃，他还用一种漠然的语气问众人道：

"诸位爱卿，适才夏煜所吟诗篇，可否称得上是古今第一？"

一百多个文人，大都呈现出一种茫然不知所措的神色。因为在他们看来，夏煜所吟诵的七绝，虽然有其独到之处，但要称得上是"古今第一"，也未免差强人意了。

然而，李善长却伏地称颂道："皇上圣明！夏煜适才所吟诗篇，的确堪称冠绝古今！"

第二个称颂的是宋濂，跟着，又有十多个人叩首称颂。后来，在李善长、宋濂等人的一再暗示下，众人才一起伏地"万岁万岁万万岁"。

朱元璋明显得有些不高兴，他挥了挥手，这场原来热热闹闹的文人大聚会便不欢而散了。只有两个人被留了下来，一个是李善长，另一个就是夏煜。

朱元璋问李善长道："朕想让夏煜入朝为官，你可有什么意见？"

李善长确实有意见，但不便提，也不敢提。李善长只得道："但凭皇上圣裁！"

李善长的心理，朱元璋一眼就看穿了。朱元璋本想让夏煜做个响当当的朝臣，但考虑一番之后，这样对李善长言道："夏煜无甚功劳，如果入朝为臣，恐众爱卿不服。暂时……就让他在朕的身边做一个检校头目吧。"

夏煜慌忙磕头谢恩。李善长的心里却老大不快活，又不好发作，最后只能言道："皇上圣明。"

"检校"其实就是谍报人员，"检校"头目则相当于谍报局长之类的官。朱元璋还有一个特务机构叫"锦衣卫"，"锦衣卫"的头目有个名称唤作"指挥使"。"锦衣卫"的头目和"检校"的头目虽然不是正儿八经的朝廷大臣，但级别也不算低，都是正三品。更重要的，"检校"头目和"锦衣卫"头目都直属朱元璋辖制，除了朱元璋，其他任何人，包括李善长在内，都不能随意处置他们。"检校"和"锦衣卫"的活动有着明显区别，前者主要负责监视窥探，后者则主要负责捕人杀人。相同的是，"检校"头目和"锦衣卫"头目都是朱元璋的亲信。而那个夏煜，只凭着吟诵了一首诗便摇身一变成了大明皇帝的亲信，真可谓是一步登天了。

原来，夏煜朗诵的那首诗是朱元璋夺取南京后大举向江南进军之时所作。除了李善长、刘基、宋濂等一批早年跟随朱元璋的文人外，知道这首诗的人寥寥无几。而夏煜当着那么多的文臣声情并茂地将它吟诵出来，且称它为自古至今"最佳"，这当然会博得朱元璋的喜欢。

那天晚上，李善长回到家中，正闷闷不乐呢，胡惟庸串门来了。李善长十分高兴，忙着拉胡惟庸坐下，跟着就向胡惟庸倾吐心中的不快。

胡惟庸，定远人，与李善长是同乡。朱元璋占了和州城后，他投奔了朱元璋。因为有李善长这层关系，所以他的官运就比较亨通。胡惟庸拥有的一切都是李善长的功劳，而李善长也理所当然地把胡惟庸引为亲信和知己。

胡惟庸刚一落座，李善长就急急地道："贤弟，为兄今晚在宫中与皇上……"

李善长刚说到这，那胡惟庸就忙着"嘘"了一声，然后离座，用一对眼珠在四周滴溜溜地乱转。李善长明白了，多少有些不以为然地道："贤弟，在为兄家中，似乎不必如此紧张。"

胡惟庸却正儿八经地道："小弟以为，谈论宫中之事，还是多个心眼儿为妥。"

李善长皱了一下眉，最终言道："贤弟所言也不无道理。"

胡惟庸口中"多个心眼儿"是何意思？原来，朱元璋的间谍、特务几乎无处不在，朝中大臣的一举一动几乎都在那些间谍、特务的监视之中，甚至，有些大臣晚上在家中是如何与女人睡觉的，朱元璋都了若指掌，且朱元璋还常常拿知道的这些事情与大臣们开玩笑。

李善长领着胡惟庸走进了一间密室，李善长苦笑道："贤弟，这下你该放心了吧？"

胡惟庸讪讪言道："请兄长接着说。"

于是李善长就把晚上在乾清宫与皇上饮酒论诗的事情大略说了一遍，说得既苦恼又气闷。

胡惟庸却笑了："皇上提拔那个夏煜为官，本不干兄长何事，兄长又何必自寻烦恼？"

李善长不禁长叹一声道："贤弟有所不知啊！想当年，皇上雄才大略，知人善用，决不会因为某人溜须拍马而大加赏识。可今晚，那夏煜只吟诵了皇上早年的一首诗就被皇上引为亲信，这着实让为兄很是费解啊！还有，那夏煜的诗文为兄见过，纯粹是一庸庸碌碌之辈，皇上重用这等庸人，岂不让为兄很是气恼？"

原来，令李善长气恼得并非那夏煜，而是朱元璋用人不当。胡惟庸"嘿嘿"一笑言道："兄长何必气恼？正所谓此一时彼一时也！"

李善长一怔："贤弟此话何意？"

胡惟庸侃侃而谈道："皇上当初打天下的时候，只能知人善用，不然何以得天下？而皇上得了天下之后，就大可不必知人善用了。也甭说是皇上了，就是兄长你和小弟我吧，不也喜欢听一些逢迎拍马的话吗？"

胡惟庸还说道："兄长一直跟随皇上，本应该能看出这种变化的。"

胡惟庸说得没错，李善长一直跟在朱元璋的身边，应该对朱元璋的一切都很了解。莫非，此时已五十冒头的李善长，已经老了？已经变得迟钝了？李善长不禁想起刘基来，想起刘基离开京城时那孤独的背影。这么想着，他又不禁吟诵起刘基别时所吟的那首诗来："城外断桥边，不知谁相送。一去三千里，忍看血纷纷……"

叹息了一阵，李善长似是无可奈何地吁了一口气，然后对胡惟庸道："贤弟，为兄有些疲倦，改日再聊吧。"

胡惟庸"哦"了一声，拍拍屁股走了。往常，李善长总是要把胡惟庸送到大门口的，可这一回，李善长好像忘了这档子事，只是继续把自己关在密室里。

洪武三年（1370年）五月，从北伐的"征虏大将军"徐达那里传到南京城一个振奋人心的好消息：元顺帝妥懽帖睦尔得了病于四月底死了。一时间，大明朝野上下，群情激动。而最兴奋的，当然是朱元璋。半年前，徐达攻占了元廷都城大都，现在，元顺帝又死了，这就意味着，大元王朝都不复存在了。换句话说，朱元璋的大明王朝已经正儿八经地取代了大元王朝，这怎能不令朱元璋热血沸腾？

所以，听到元顺帝已经死去这一消息的当天晚上，朱元璋就让郭惠侍寝。第二天凌晨，天还没有亮，也就是朱元璋睡得最熟的那个时候，一个老太监跪在了郭惠的寝房门外，焦急而又小心地呼着"皇上"。郭惠先听到了这呼声，但不敢喊醒朱元璋。如果此时把他弄醒，他肯定会大发雷霆的。可是，听门外老太监那急促的呼声，显然是有万分火急的大事。如果不把这万分火急的大事及时禀告朱元璋，那朱元璋就同样有一万个理由发脾气。

就在郭惠左右为难的当口，朱元璋醒了。尽管他很疲倦，但他却时刻保持着警觉。老太监禀报韩国公和江夏侯现就在宫门外等候皇上。

韩国公就是李善长，江夏侯则是周德兴。朱元璋登基称帝后，大封有功之臣，功劳最为显著的一批人，全部封为"公"爵，如"韩国公"李善长、"魏国公"徐达、"鄂国公"常遇春、"曹国公"李文忠、"卫国公"邓愈（邓愈死后其子邓镇被封为"申国公"），连汤和也被封为"信国公"。比"公"爵次一等的是"侯"爵，如廖永忠被封为"德庆侯"等。

朱元璋在郭惠殷勤地服侍下穿好衣裳，然后便大踏步地朝宫门走去。天色虽暗，但宫门处的灯笼却清晰地映着李善长和周德兴的脸。灯笼发出的光本是红色，但这红色的光几乎一点儿都不能掩去周德兴脸上的惨白。李善长看起来要比周德兴镇静些，却也在宫门外不停地徘徊，手中捏着的一封信，因为徘徊而在颤抖。

朱元璋心中一紧，赶忙三步并作两步跨到宫门之外。朱元璋刚一跨出宫门，那周德兴就跪在了朱元璋的脚下，口中只呜咽出"大哥"二字后，就再也泣不成声了。

朱元璋情知不妙，不然，当着李善长的面，周德兴不大可能唤出"大哥"二字，而且，在朱元璋的印象中，周德兴好像还从没有如此悲伤过。几乎就在周德兴跪地的同时，李善长一言不发地将手中的信呈给了朱元璋。

信很短，没有多少字，朱元璋只扫了一眼，身体就马上颤抖起来，而且颤抖得越来越厉害，眼看着，朱元璋就摇摇欲坠了，慌得李善长赶紧抢上一步，抱住朱元璋，口中急急言道："皇上千万保重。"

朱元璋悲凉地唤了一声道："五弟，你走得太早了。"

原来，那封信是徐达从北边写来的。信中，徐达告诉了朱元璋这么一件事：常遇春在领兵攻克开平之后，突然暴病死于军中。元顺帝得病死了，朱元璋大喜一场。接踵而来的，常遇春得病死了，朱元璋又大悲一场。在这种大喜大悲的冲击下，朱元璋也突然病倒了。

朱元璋在病床上躺了一阵子之后，就康复了，他又坐在奉天殿里处理国家大事了。他首先处理的自然是有关常遇春的事情。痛定思痛之后，朱元璋马上就追封常遇春为"开平王"，还加封常遇春的儿子常升为"开国公"。追封加封之时，朱元璋也没忘了北伐的战事。元廷虽然灭亡了，但残余势力还在。不把元廷的残余势力全部扫荡干净，朱元璋的心总是放不下。所以，把常遇春的善后事宜办完了之后，朱元璋便立即让蓝玉顶替常遇春的职务，迅速赶往北方，与徐达一起继续征伐元廷残余势力。

常遇春的死，好像也给了朱元璋的头脑以莫大的刺激，从此，朱元璋就变得更加喜怒无常了。

比如，有一回，奉天殿里早朝，朱元璋阴沉沉地坐在那儿，紧闭双唇，不发一言，吓得文武百官即使有本想奏也不敢乱动弹。可偏偏有一个文臣叫李仕鲁，不识时务地奏上了一本，为自己招来了杀身之祸。

他奏的是：大明王朝应该摒弃诸学和佛学，而大力发扬南宋朱熹的理学。李仕鲁自己是研究朱熹理学的。他上奏的本意是想讨得朱元璋的欢心。他以为，朱元璋姓朱，朱熹也姓朱，他劝朱元璋发扬朱熹的理学，朱元璋没有理由不高兴。但是，李仕鲁没有想到的是，朱元璋虽然没有理由不高兴，却也没有理由非要高兴。朱元璋根本就没有认真地去看李仕鲁的奏折，他只是扫了奏折几眼便来火了。他将奏折朝着李仕鲁的面前一扔，厉声喝问道："李仕鲁，你可知罪？"

李仕鲁一怔又一愣："皇上，微臣不知罪……微臣何罪之有？"

是啊，李仕鲁只不过上了一道奏折，又哪来的什么罪过？可朱元璋不这么想。他一拍桌几，气愤地站起身来："大胆李仕鲁，朕说你有罪，你便有罪。你拒不认罪，反而狡辩，当罪加一等！"

李仕鲁慌忙伏地叩首道："皇上，微臣冤枉啊……微臣实在是无辜的啊……"

朱元璋冲着殿外就大声喝道："来人啊！把李仕鲁拖出去砍了！"

朱元璋此言一出，文武百官个个大惊失色。就算李仕鲁的奏折里写什么不当之辞，也不能说斩就把一个朝廷大臣给斩了呀？当然，最大惊失色的还是李仕鲁。李仕鲁一个劲儿地磕头道："皇上，微臣冤枉啊！微臣不该死啊。"

跑进来几个侍卫，架着李仕鲁就朝殿外拖。文武百官，包括李善长在内，虽然很想为李仕鲁求情，但却没有一个人敢开口说话。原因是，事情到了这步田地，如果谁开口说话，那就无疑是自己找死。

在李仕鲁被拖到殿门口的时候，朱元璋突然开口言道："把他掼死在那儿吧！"

那几个侍卫当然不敢抗旨，抓手的抓手，抓脚的抓脚，只几个回合，便把李仕鲁掼得骨断筋酥、七窍流血，死在了奉天殿外的玉阶之上。再看李善长等文武百官，一个个噤若寒蝉，连大气都不敢出。

本来，朝中应该有一个人敢于为李仕鲁求情的，那个人便是周德兴。巧的是，周德兴那天闹肚子，没有去早朝。但很快，周德兴就得知了李仕鲁被掼死的事。周德兴大骇，简直不敢相信这是真的。如果不是老婆强行拦阻，周德兴恐怕就要跑去找朱元璋当面质问了。

周德兴的老婆是这样劝周德兴的："李仕鲁已经死了，你现在去找皇上，又有何用？"

周德兴言道："我去找皇上，是想问他为什么要如此残忍地杀害一个朝中大臣。还有，李仕鲁究竟犯了什么罪？"

周德兴的老婆长叹一声道："君叫臣死，臣不得不死啊。"

周德兴马上言道："虽然如此，但皇帝也不能胡乱杀害朝中大臣！"

周德兴是早上听说李仕鲁被掼死的事的，一直到了晚上，他依然愤愤难平。吃过晚饭，同老婆上了床，周德兴还长吁短叹道："夫人，你注意到了吗？皇上好像变得越来越残忍了。"

周德兴的老婆没有言语。周德兴又自顾言道："五弟死了，四弟在南边打仗，二哥在北边打仗……我真想念二哥和四弟哦。"

周德兴的老婆说话了："你，莫不是也想去打仗？"

周德兴回道："二哥和五弟去北伐时，我就向皇上请求过，可皇上不同意我去打仗。"

周德兴的老婆松了一口气："能不打仗就不打仗吧，如果不是打仗，常五弟能断送了性命？"

周德兴"唉"道："可是，皇上也太过残忍了。"

老婆劝道："别想那么多了，好好地睡一个安稳觉吧！"

周德兴没想到的是，他和老婆在床上的这番话，竟然被朱元璋的心腹"检校"监听了去。监听的检校报告了上司夏煜，夏煜马上就禀告了朱元璋。于是，朱元璋就在一个阴沉沉的午后，把周德兴单独召进了乾清宫。

见了周德兴的面，朱元璋劈脸就问道："三弟，前天晚上，你和老婆在床上都说了些什么？"

周德兴大感意外，朱元璋的检校都监听到他的头上了。于是周德兴便没好气地回道："大哥，我和我老婆天天晚上在床上都要嘀咕一阵子才能睡着，你问我前天晚上在床上说了些什么，我哪里还能记得？"

朱元璋的脸色就像当时的天气："三弟，你的记性怎么越来越差了？你不是对你老婆说，你特别想念在外面打仗的二哥和四弟吗？"

周德兴点了点头："不错，我是这么讲过，我的确很想念二哥和四弟。但这又怎么了？莫非大哥你一点儿也不想念他们吗？"

朱元璋没有回答周德兴的问题，而是顺着自己的思路继续问道："三弟，你当着你老婆的面还说过，说朕这个当皇帝的大哥太残忍了，有没有这回事？"

周德兴又点了点头："没错，我是这么讲过。你作为皇帝，平白无故地就把一个大臣掼死，这不叫残忍又叫什么？"

朱元璋皱了皱眉，然后紧盯着周德兴问道："三弟，朕过去杀了那么多人，你从来没说过什么残忍。现在，朕只不过杀了一个人，你便说朕残忍，这究竟是为什么？"

周德兴答道："你过去杀的人再多，那都是该杀的；你现在杀的人再少，可都是不该杀的，所以我觉得大哥你变得残忍了！"

朱元璋"嘿嘿"一笑道："三弟，你以为，过去和现在有什么不同吗？"

周德兴回道："当然不同。过去打天下，要猛，要杀人；现在治天下，要仁，要宽厚待人，不能再胡乱地杀人！"

朱元璋摇了摇头道："三弟，你说错了。打天下的时候固然要猛，而治天下的时候同样要猛！不猛不能得到天下，不猛也不能治理好天下。三弟明白朕的意思了吗？"

周德兴也摇了摇头道："我不明白大哥说的话，因为我不相信大哥真的变得残忍了！"

朱元璋的脸渐渐地又满布阴云："三弟，残忍不残忍那是朕的事，与你没什么关系，你只管在家里喝喝酒、享享清福，别去管那些不该你管的事情，更不要在背地里乱发议论！"

周德兴愕然地望着朱元璋，就像从来都不认识朱元璋似的："大哥，你刚才所说的，都是你的真心话吗？"

朱元璋回道："当然是朕的真心话，在三弟你的面前，朕没有必要隐瞒什么。朕今天叫你来，就是想跟你说这些。希望三弟以后能够好自为之！"

说完，朱元璋两手一甩，就悠悠然地回到了自己的寝殿。剩着周德兴，怔怔地站了老半天，才闷闷地走出了乾清宫。

虽然，还不能说因为李仕鲁的死，周德兴和朱元璋的关系已然破裂。但是，不管从哪个角度说，周德兴和朱元璋的关系也都走了样。至少，二人之间再也没有从前的那种融洽的气氛了。

因为李仕鲁的死而对朱元璋产生不快或不满的人，当然不止周德兴一个，只不过，他们大都敢怒而不敢言罢了。比如李善长，眼睁睁地看着李仕鲁被掼死在奉天殿外，心中的震惊是可想而知的。为明哲保身，他当时没有为李仕鲁求情。但事后想了又想，他觉得还是应该找朱元璋谈一谈。因为他是丞相，丞相应该为国家大事着想。

于是，在一次早朝之后，李善长单独求见朱元璋。见了李善长的面后，朱元璋不冷不热地问道："丞相大人见朕，可是为了李仕鲁之事？"

李善长答道："微臣求见皇上，是为了国家大事。"

朱元璋不相信地"哦"了一声道："是吗？朕记得，朕处死李仕鲁的那天，你好像有什么话要对朕说，但最终却没有说出来。你今天见朕，是不是要把那天想说而未说的话说出来啊？"

李善长连忙道："皇上圣明！微臣所说的国家大事，确实与那李仕鲁有关……"

朱元璋哼道："既与那不知好歹的李仕鲁有关，那就绝不是什么国家大事！"

李善长赶紧道："启禀皇上，待微臣把话说完了之后，皇上再下结论不迟……"

朱元璋道："好吧，丞相大人，你说吧，朕在洗耳恭听呢！"

李善长言道："微臣记得，皇上曾不止一次地在臣等面前说，乱世用武，治世用文，不知皇上可还记得？"

朱元璋言道："朕的记性还没有那么差！乱世用武，治世用文，这是朕既定的国策，朕如何会轻易忘记？不过，朕的国策与那死鬼李仕鲁又有什么关系？"

但旋即，朱元璋就明白李善长的意思了。"治世用文"，顾名思义，就是要任用文人来治理天下，而李仕鲁恰恰就是"文人"之一。李善长的意思是，朱元璋随随便便地就将李仕鲁处死，肯定会令天下所有的读书人心寒。

朱元璋紧接着言道："李爱卿，你是不是以为，朕处死李仕鲁，有些不妥？"

李善长躬身道："微臣不敢对皇上所为乱发议论，但微臣确实以为，李仕鲁之死，对皇上的既定国策应有不小的影响。"

朱元璋沉吟道："李爱卿所言，自有道理！"

李善长又躬身道："微臣一孔之见，敬请皇上明察。"

朱元璋点了点头道："朕现在想来，当日处死李仕鲁，好像是有点操之过急了……这样吧，李爱卿，你就代表朕去看望李仕鲁一家，顺便送点财物过去。朕呢，再想点法子，来补救李仕鲁之死所造成的不良影响。李爱卿，朕这样做，你以为如何？"

李善长伏地叩首道："皇上圣明，天下幸莫大焉。"

应该说，李善长对这次求见朱元璋的结果是相当满意的。甚至，李善长都这么认为了：朱元璋还和过去一样，一切都是以大局为重的。

朱元璋和李善长谈过话之后，也确有后悔之意。他曾当着马皇后和太子朱标的面这样说过："朕处死李仕鲁，实在过于冲动了。如果朕当时冷静一些，那李仕鲁就不至于死于非命。"

那是一个雨天，朱元璋在自己的寝殿里召见"检校"头目夏煜。能够走进朱元璋寝殿的人自然不会很多，这便足以看出夏煜在朱元璋的心目中占有何等的地位了。

朱元璋单独召见夏煜，本来是想同夏煜商量一下如何重用文人的问题，但事与愿违朱元璋的这次召见，最终却成为了他大肆杀戮天下文人的序幕。也可以这么说，大明王朝最早也是最厉害的一次"文字狱"，就是从朱元璋这次召见夏煜开始的。

一开始，朱元璋见了夏煜，倒是诚心诚意地想重用文人。他对夏煜言道："天下已定，朕打算提拔一批文人到朝中任要职，来辅助朕治理天下。爱卿这段时间，当集中主要精力，为朕去调查考察朝中上下那些文人，看看在他们中间，谁有真才实学，谁有治理国家的本领。调查考察完了之后，爱卿写一本奏折给朕，作为朕的参考。"

让朱元璋大感意外的是，他说完话之后，那夏煜竟然一点儿反应都没有。朱元璋不禁问道："爱卿，你怎么了？你没听到朕在跟你说话吗？"

夏煜突然叩首道："皇上，微臣认为，文人不可相信，更不可重用！"

朱元璋大嘴一张："爱卿，你这话是何意？文人为何不可相信，又为何不可重用？"

夏煜回答道："因为，在微臣看来，文人大都奸诈无比，实是皇上和大明朝的敌人！"

也不知夏煜当时是怎么想的。他自己本身就是一个文人，如果他的观点成立，那他夏煜岂不就是大明朝和朱元璋的"奸诈无比"的"敌人"了吗？

亏得朱元璋没朝这方面想，因为朱元璋听了夏煜的话后，首先感到的是大为惊诧："爱卿，你是不是有些危言耸听了？文人为何都奸诈无比？"

夏煜再叩首道："不知皇上可还记得那个贼王张士诚？"

朱元璋皱了皱眉道："朕当然记得张士诚，张贼已经被朕烧成灰了。可这张士诚与文人奸诈有何关系？"

夏煜言道："据微臣所知，那贼寇张士诚本来叫张九四，后来势力大了，才取了个官名儿叫士诚……微臣听说，给张士诚取名字的，就是一帮他平日极为宠信的文人。"

朱元璋不解地道："这又怎么了？朕以为，张士诚这个混蛋虽然死有余辜，但他的名字听来却也入耳。"

夏煜忙言道："陛下有所不知啊！张士诚被那帮他所宠信的文人骂了半辈子，一直到死都没有明白过来。"

朱元璋好像感觉到了事情的严重性："夏爱卿，张士诚如何被文人骂了半辈子，你快从实说来！"

夏煜言道："陛下，张士诚的名字是从《孟子》一书摘来。孟子有云：'士，诚小人也。'这话本身就隐含着辱骂之意，而如果把这句话连起来，再从中间断开，重新念起，那辱骂之意就更加明显……"

"士，诚小人也"，这句话连起来再从中间断开重念便是：士诚，小人也。朱元璋的黑脸渐渐地变白了："夏煜，你适才所言，可有半点虚妄？"

夏煜顿首道："微臣不敢欺骗皇上，微臣适才所言，绝无半点虚妄。"

听了夏煜的话后，朱元璋好长时间没言语。好长时间之后，朱元璋憋出这么一句话来："文人的确奸诈！文人的确该杀！"

朱元璋言道："夏爱卿，你对此有什么高见，快快对朕说来。"

夏煜言道："微臣确有一陋见，但考虑得还不够成熟……"

朱元璋道："有什么高见就快讲！"

夏煜陈述了他的高见："微臣认为，首先要做的，是叫那些有名气的文人都到朝中或地方为官，他们都为陛下用心办事则罢，如有二心，就不难从他们的文字中挑出毛病来，而只要一挑出毛病来，便可以轻而易举地治他们的罪了……"

朱元璋龙颜大悦："夏爱卿所言确是高见！叫那些臭读书人都做官，便可以在天下人面前显示朕的渴慕贤才之心，而在他们的文字中挑出毛病来治他们的罪，却又可以在天下人面前显示朕在执法的时候既无私又公正。真是一箭双雕啊！"

夏煜的脸上露出一种为难之色："陛下，微臣之见，虽有一定道理，但同时也相当棘手……"

朱元璋"哦"道："爱卿此话何意？"

夏煜下面所说的话，足可以看出，他已经完全把自己排除在文人行列之外了："陛下，微臣担心的是，那些臭读书人大都假装清高，未必肯入朝或到地方为官。"

朱元璋不禁笑了："爱卿，这有何难？那些臭读书人谁要不愿意为官，朕就把他杀了！"

夏煜也赶紧笑道："陛下英明！谁不愿意做官就砍谁的脑袋！"

朱元璋还补充道："岂止是砍一个人的脑袋，谁不愿意为官，朕就砍谁全家人的脑袋！就是株连他九族，朕也毫不心疼！"

夏煜又赶紧附和道："陛下圣明！陛下毫不心疼，微臣也毫不心疼！"

就这么着，一张屠杀天下文人的罗网，在朱元璋的寝殿里编织而成了。

当然，朱元璋是聪明的人，罗网编织好了之后，他并没有马上就去捕捉天下的文人，而是先在朝廷上当着文武百官的面，谈了一通他"治世用文"的既定国策，然后挂着谦逊和真诚的笑容，敦请各位大臣为他为大明王朝"举荐贤良之才"。紧接着，他又一连下了两道圣旨。一道圣旨谕令全国各地"文人雅士"速速到京城吏部或各地布政司（明朝的省级机构称作布政司；掌管布政司的长官称作"承宣布政使司"）报到注册，违者严惩。另一道圣旨谕令吏部尚书及各地承宣布政使司依据报到注册的"文人雅士"的才学本领，速速安排他们为官，若有"慢待""文人雅士"者，当以抗旨不遵论处。

还别说，朱元璋的这一系列举措，在朝中上下、京城内外，引起了极大的反响。一时间，官也好，民也罢，都议论纷纷。归纳起来，议论最多的话题便是：当今皇上真乃圣人也！

甭说一般的官民了，就是丞相李善长也对朱元璋的那两道圣旨大为钦服、大加赞赏。有一回，李善长到太常寺卿胡惟庸的家中闲坐。闲聊中，李善长又不禁感叹道："思贤若渴，从善如流，自古至今，有哪朝哪代的君王能比得上当今的皇上？"

李善长口中的"思贤若渴"，当然指的是朱元璋的那两道圣旨。而其话中的"从善如流"，却又应指他曾经向朱元璋提出过"文治"一事。李善长本以为，他如此感叹一番之后，胡惟庸至少也要跟着附和几句。谁知，胡惟庸除了"嘿嘿"干笑两声之外，并无一句附和之言。

李善长皱眉问道："贤弟，你对为兄适才所言，似有不同之见？"

胡惟庸又干笑两声，然后将李善长领进了一间密室。这间密室除了一扇小门之外，几乎是全封闭的，跟一座死牢差不了多少。在一盏黯淡的油灯下，李善长和胡惟庸相向而坐，也确实像两个就要被送上绞刑架的死囚。

李善长摇了摇头道："贤弟，纵然是皇上的检校无处不在，你似乎也没有必要如此防备啊！"

胡惟庸回道："不怕一万，就怕万一。据小弟所知，朝中文武百官家里，几乎都有这么一间类似的房子供自己与别人聊天。"

李善长不觉"唉"了一声，是呀，祸从口出，万一不慎说了自己不该说的话而被皇上的那些检校听得，那就会惹上大麻烦。这样看来，皇上的特务活动也着实厉害。这样的特务活动，搞得朝中大臣人人自危，自己作为丞相，是否该就此事向皇上奏上一本？

胡惟庸干咳一声道："兄长有什么话，但说无妨。小弟曾做过试验，即使在这屋里大吵大闹，屋外之人也听不清。"

李善长暗暗一惊，他不是对胡惟庸的这间密室的隔音功能有如此之好而吃惊，他惊的是，胡惟庸的目光好像变得越来越锐利了，竟然能看出自己的心理活动。

李善长先是不明意味地笑了笑，然后用一种很是平淡的语调问道："贤弟，先前为兄在说到当今皇上思贤若渴、从善如流之时，你好像有些不以为然？"

胡惟庸答道："皇上从善如流一事，小弟说不清楚，也就不说。但兄长说皇上思贤若渴，小弟确实有点疑义……"

李善长瘦削的双肩微微一耸："不知贤弟疑从何来？"

胡惟庸回道："皇上在朝廷中敦促文武百官为大明王朝举荐贤良之才，这确是皇上思贤若渴的表现，但是，皇上紧接着所发的那道圣旨，就让小弟觉得好像并非什么思贤若渴了……"

李善长"哦"道："贤弟此话何意？"

胡惟庸言道："皇上如果真的思贤若渴，那又何必谕令天下所有的文人雅士都必须到相应的官府报到注册？还有，皇上为什么要强调对那些不去官府报到注册的文人雅士实行严惩？"

李善长笑道："贤弟，你适才所言，恰恰证明了当今皇上真的是思贤若渴啊！贤弟想一想，皇上这么做，不就是想把普天之下所有的文人雅士都招揽到官府里为大明王朝效忠效力吗？"

胡惟庸低低地道："小弟有所疑，就疑在这一点上。"

李善长一怔："贤弟，你的话我怎么越听越糊涂？"

胡惟庸言道："小弟我虽然不是什么文人雅士，但我却也知道，普天之下，并非所有的文人雅士都想做官。这一点，兄长自然比我清楚，当今皇上也应该比我清楚。既然如此，皇上又为什么要把所有的文人雅士都逼出来做官呢？既然是逼，那也就称不上什么思贤若渴了！"

李善长被胡惟庸说得有些疑惑起来："贤弟，依你之见，皇上这么做的真正意图是什么？"

胡惟庸顿了一下，然后道："小弟有些话，不知当讲不当讲……"

李善长使劲儿地吞了一口唾沫："贤弟，这里就你我二人，有什么话尽管说就是了，不存在什么当讲不当讲的问题。"

胡惟庸点了点头，然后直直地看着李善长问道："兄长可还记得小孩子在雪地里用箩筐逮麻雀的情景？"

李善长自然还记得，他小的时候曾经做过用箩筐逮麻雀的事情。下过大雪之后先找一块比较平坦的地方把积雪清扫干净，在裸露出的地面上撒下一些谷子，谷子之上是一只用一根小木棍支撑的箩筐，小木棍上拴着一根细绳子，绳头操在躲在不远处的人手上。待麻雀之类的小鸟看见谷子钻进箩筐里啄吃的时候，操绳的人只需轻轻一拽，那小木棍就迅速地失去了支撑作用，而箩筐也同时将那些麻雀之类的小鸟严严实实地罩住。被罩住的小鸟当然只能任人宰割了。

箩筐逮麻雀的事情，看起来十分简单，但效果却出奇地好。因为到了冬季，特别是下过大雪之后，麻雀之类的小鸟很难找着吃的东西，所以一看到谷子什么的，就很容易上当。尽管，在那箩筐罩到地面之前的一瞬间，会偶尔有机灵的小鸟仓皇逃窜成功，但那毕竟是少数。而只要是被箩筐罩住的小鸟，就怎么逃也逃不掉了。

问题是，胡惟庸在这个时候为什么要提起用箩筐逮麻雀的事情？李善长不是一个笨蛋，他一双眼珠子滴溜溜地那么一转，便马上就悟出胡惟庸话中的含义来。

如果，那箩筐内的谷子什么的就是一个一个大大小小的官位，那前去啄食谷子的小鸟们岂不就是普天之下的文人雅士？果真如此的话，那箩筐就应该是朱元璋了。小孩子罩住小鸟是要把小鸟杀死然后煮熟了吞进肚里，朱元璋罩住天下文人雅士莫不是也有和小孩子同样的目的？

李善长大为震惊："贤弟，你如何……会有这种念头？"

胡惟庸的表情看起来也有些紧张："兄长切莫完全当真，更不可向外人提起此事……小弟只不过是有一种不祥的预感，别无其他任何佐证。更何况，用箩筐逮麻雀一事与皇上招揽人才一事，并无什么直接的联系……实际上，小弟刚才只是说了一个比喻而已。"

李善长不禁打了个寒战，那寒气一直钻到他的心里，钻得他浑身的毛细血管都在紧张地收缩着，李善长的脸倏地就变白了。

胡惟庸不轻不重地问道："兄长的脸色……为何如此难看？"

李善长忙掩饰地笑了笑道："为兄近来身体不适，偶有头晕之苦……"又用一种玩笑的口吻问道："如果贤弟的预感不幸会成为事实的话，那为兄现在岂不就要想法子飞出箩筐去？"

李善长的意思是，如果朱元璋广招天下文人雅士真的是一个什么圈套的话，那他现在就要想法子避开这个圈套了，因为归根结底，他李善长也是一个文人。

胡惟庸不慌不忙地笑道："兄长真是多虑了！一来小弟的这种预感只是一种推测，并无多少根据；二来即使小弟的这种预感不幸成为事实，兄长也足以高枕无忧。普天之下，谁不知道兄长为大明王朝立下了赫赫的功勋？就凭这功勋，兄长在任何时候也都会安然无恙的！"

听胡惟庸提到"功勋"二字，李善长便多少有些释然。刘邦称帝后大肆清洗开国功臣，但只是杀了韩信而留下了萧何和张良。他李善长不就是当年的萧何吗？还有，朱元璋称帝后不久，就赐给了他李善长两块铁券，有一块这样的铁券就可以免死了，而怀揣着两块铁券，岂不就可以永葆平安了吗？

想到此，李善长便也轻松地笑了一下道："贤弟的预感只是一种推测，为兄刚才所言，也只不过是一种说笑而已。当今皇上思贤若渴，岂是贤弟那箩筐逮麻雀之喻可以比的？"

一天中午，江夏侯周德兴正在自己的家里吃饭，陪他吃饭的只有他老婆。夫妻二人吃得兴起，居然吆五喝六地划起拳来。第一拳周德兴的老婆赢，第二拳还是周德兴的老婆赢。周德兴的老婆不想划了，但周德兴不服气，非要继续划。就在周德兴和老婆划第三拳的时候，忽听一个声音高叫道："夫唱妇随者，三弟和夫人是也！"

这文绉绉的话出自谁的口？原来是朱元璋。周德兴夫妇忙着要行君臣之礼，朱元璋抢先言道："三弟和夫人不必多礼。朕是只身而来，也就不需要那么多的规矩了！"

周德兴倒也实在，真的没有多礼，只是给朱元璋让了个首座。周德兴的老婆冲着朱元璋道了个万福后就转入内屋去了。周德兴问道："这正午头的，大哥怎么独自出了宫？"

朱元璋笑道："宫里闷得慌，所以今天就想到三弟这里蹭顿饭吃，不知三弟是否欢迎啊？"

周德兴也笑道："大哥赏脸来吃饭，小弟我敢不欢迎？"

虽然周德兴根本不相信朱元璋此番前来只是为了"蹭"顿饭吃，但也还是热忱地唤老婆呼仆人为朱元璋张罗碗筷。兄弟二人面对面地坐好，一边随意地吃喝一边信口闲聊。看这亲切轻松的模样，时光像是倒转了许多年。

朱元璋像是真的来混饭吃的，还同周德兴划起拳来。一共划了三拳，周德兴负二胜一。朱元璋咧嘴笑道：“朕虽不时常划拳，但赢三弟看来还不成问题。”

周德兴却忍不住了：“大哥，你快说吧，你这个时候来找我，到底是什么事？”

朱元璋笑眯眯地言道：“三弟不仅同过去一样实在，而且性子也好像变得急了……”

周德兴道：“江山易改，本性难移。我过去什么样，现在还什么样。只是大哥好像跟过去有点不一样了！”

朱元璋生怕周德兴又提起李仕鲁之死一类不愉快的事，于是忙言道：“好吧，三弟，朕今天来，确实有点小事想麻烦三弟一回。”停顿了一下，接着问道，“三弟可还记得那太湖二神？”

周德兴立即言道：“怎么能不记得？受人滴水之恩，当涌泉相报。更何况，我受人家的还是救命之恩呢？”

朱元璋点了点头，继续问道：“三弟与太湖二神别后可曾回去看望过他们？”

周德兴不无怨尤地道：“我是很想去看望看望他们，可大哥你老是叫我待在这京城里，我又怎么去看望他们？”

朱元璋不紧不慢地言道：“三弟不要生气。朕这次来，就是让你代朕去看望太湖二神。”

周德兴着实有点喜出望外：“真的？”

苏州的姚润和王漠都住在太湖边上，是太湖一带有名的文人。姚润的诗写得好，被称为“诗神”；王漠的文章写得妙，被称为“文神”。二人合在一块儿，便是“太湖二神”。

1366年年底，朱元璋的几十万大军在徐达、周德兴、汤和、常遇春等人的率领下，将东吴张士诚的老巢平江（江苏省苏州市）团团围住。当时，周德兴负责封锁苏州城的西边。虽然出苏州城西门不远便是浩渺的太湖，张士诚很难从西边逃逸，但周德兴却一点儿也不敢懈怠，没日没夜地奔波在苏州城和太湖之间，生怕自己的防线会出什么纰漏。因为太过劳累，周德兴病了，可周德兴硬是撑着病体，继续奔波劳累。

终于，有一天黄昏，他在奔波途中，连病带累，一头栽倒在乱石丛中。凑巧的是，当时周德兴的身边没有一个人，而周德兴栽倒在乱石丛中之后就迅速晕过去了。试想想，在那个寒冬腊月里，如果没有人及时发现周德兴，就是冻也会把周德兴活活地冻死。而就在这紧要关口，有两个人无意之中发现了周德兴。这两个人便是“诗神”姚润和“文神”王漠。姚润和王漠是踩着薄暮到乱石丛中寻找诗情画意，发现了倒在地上的周德兴，摸摸周德兴的心口还在跳，就吃力地把周德兴抬到了姚润的家中。因为周德兴当时穿的是便装，姚、王二人也搞不清他是谁，所以就没有马上去和朱元璋的军队联络，反正救人要紧。姚润在家守着周德兴，王漠忙着去找郎中，姚、王二人忙活了一夜。等到周德兴在第二天早上慢慢醒来，姚、王才知道，他们救活的竟然是西吴军队的一方统帅。

为了不影响士气，周德兴当时没有将这件事情公开，只是简略地向徐达作了报告。直到第二年的秋天，西吴军队完全占领了苏州，周德兴才详详细细地将这件事情告诉朱元璋。朱元璋当即以"吴王"的名义下旨，任命姚润为苏州知府，王漠为副职，但姚、王二人都婉言谢绝了。朱元璋便又下了一道"吴王圣旨"：免去姚、王两家所有的捐税，若姚、王二人有什么要求，苏州府衙当从速满足。周德兴还记得，当年他离开苏州府前，去拜别姚润和王漠时，自己的双眼禁都不住地湿润了。

是啊，救命之恩，怎能轻易地忘怀？现在，终于能够再去苏州看望"太湖二神"了，周德兴的心情自然很激动。

不过，朱元璋叫周德兴去苏州，并不仅仅只是"看望"。他对周德兴道："三弟，你去看望'太湖二神'的时候，顺便跟他们说，朕已晓谕天下，叫天下的文人都出来做官，他们是没有理由再拒绝的。"

原来，姚润和王漠还跟当年一样，不愿意做官，而叫周德兴去苏州劝说"太湖二神"出来做官，才是朱元璋真正的目的。周德兴因为想见"太湖二神"心切，所以也就没有考虑那么多，满口答应了朱元璋。

也许，周德兴真的是太过心切了。如果，他能够稍稍平静下来，便会发觉，他此番去苏州，好像并不很简单。不然的话，朱元璋为什么又派了十几个"锦衣卫"与他同行？而且，这十几个"锦衣卫"的头目周德兴还认识，叫蒋献。这蒋献长的獐头鼠目、鹰嘴猴腮，怎么看也不像个好人。朱元璋派这个蒋献跟着他周德兴，究竟意味着什么？

可惜的是，周德兴当时没有考虑那么多。而实际上，即使周德兴当时考虑了那么多也无济于事。因为，他是没有能力改变朱元璋的意愿的。就这么着，周德兴兴致勃勃地领着蒋献一干人向苏州进发了。一路上，蒋献表现得十分殷勤，不停地在周德兴的鞍前马后忙碌着，酷似周德兴的一个仆役。

不几日，周德兴一行人就风尘仆仆地赶到了苏州城内。江夏侯周德兴大人驾到，苏州府衙自然不敢怠慢，摆上一大桌丰盛的酒宴为周德兴洗尘。刚刚端起杯子，周德兴便向苏州知府询问那"太湖二神"的下落。苏州知府先告诉周德兴，"太湖二神"在一年前就搬到太湖里的一个小岛上居住了，然后又哭丧着脸对周德兴言道："周大人，下官三番五次地去湖里劝说'太湖二神'出来为官，可他们就是不答应……下官真不知道该如何是好啊！"

周德兴言道："知府大人休要担忧！待周某明日入湖，定能劝说二神弃隐为官。"

次日早晨起来，周德兴匆匆吃了点东西后便急着要到太湖里去。苏州知府要陪同，周德兴没有同意。周德兴还令蒋献一干"锦衣卫"也在苏州城里等候，蒋献没有表示异议。最后，周德兴只带着几个随从和一个向导，出苏州西门，骑马赶到太湖东岸，然后寻得一条小船，划进湖里找"太湖二神"去了。

这是夏末秋初季节，湖水很大，也很清澈。一条小船徐徐荡漾在水草野荷间，着实怡人。大约荡漾了一个时辰，前方湖面上出现了一个小岛。

"太湖二神"姚润和王漠两家二十多口人都住在这个小岛上。小岛上盖有十七八间大大小小形状各异的茅屋，这些茅屋便是姚润和王漠两家人的栖身之地。周德兴突然光临小岛，姚润和王漠二人既感到意外又多少有点吃惊。但很快，宁静的小岛上就漾起了欢快的谈论声。

因为周德兴踏上小岛的时候已经是正午，所以周德兴的午饭便自然而然地是在小岛上吃的。饭菜很简单，但周德兴吃得非常香甜。一开始，周德兴只说自己是特意来看望救命恩人的，故而"太湖二神"在陪同周德兴吃饭的时候兴致都特别地高。然而，当午饭已毕，周德兴提起朱元璋叫他来劝"太湖二神"出湖为官一事时，姚润和王漠的勃勃兴致顿时烟消云散。周德兴很是不解地问道："当今皇上叫你们为官，你们为何要拒绝？"

王漠却反问道："周大人，当今皇上为什么非要逼我们为官？"

周德兴也反问道："当今皇上叫你们出来为官，为大明王朝效力，岂不是天大的好事？"

王漠又反问道："周大人，所谓人各有志、不能勉强，当今皇上为何要勉强我等？"

周德兴一时哑言，是啊，不想干的事情为什么非要逼着他去干呢？就像吃菜，如果不能吃肥肉或不想吃肥肉，你硬逼着他吃又有何益？

周德兴点了点头道："既然如此，那两位恩公就在太湖里泛舟垂钓好了！"

王漠淡淡地道："周大人如此说，只怕当今皇上不会如此说啊！"

周德兴马上言道："两位恩公敬请放宽心，其他人的事情周某不敢吹大话，但两位恩公的这点儿小事，周某想必还是能做得了主的！"

从"这点儿小事"一句中不难看出，周德兴对这件事是很有自信心的。这也难怪，谁叫他是朱元璋的拜把子兄弟呢？"太湖二神"自然也知道周德兴和朱元璋的特殊关系。故而，听了周德兴信誓旦旦的话之后，姚润便含笑对王漠言道："我们何不陪周大人一起到湖中泛舟垂钓？"

王漠当然没有意见，周德兴更是兴致勃勃。同大名鼎鼎的"太湖二神"一道在湖里泛舟闲钓，那该是何等的风流蕴藉？于是，周德兴就带着微微的酒意，随姚润、王漠一起，到太湖里垂钓去了。一直到黄昏时分，周德兴才尽兴地回到了小岛。

苏州知府派手下来接周德兴回苏州城，周德兴对苏州知府手下道："回去告诉你家大人，我今天晚上不走了！"

于是周德兴就在小岛上过了一夜。这一夜，周德兴几乎没有睡觉，一直同"太湖二神"不停地谈笑。东方既白时，苏州知府又派人来接周德兴。周德兴很是恼火，刚想对苏州知府的手下发作，那姚润劝道："周大人息怒，你如此身份，在这偏僻荒凉的小岛上逗留，知府大人如何能放下心来？"

王漠出主意道："不如这样，周大人先回苏州，把话同知府大人讲清楚了，然后再回岛上来，与我等饮酒玩耍，如何？"

周德兴同意了，一叶扁舟把周德兴从小岛送到了太湖的东岸。岸上，"锦衣卫"小头目蒋献正领着十几个"锦衣卫"及数十名苏州知府的手下在引颈观望。周德兴刚一弃舟登岸，那蒋献就急急地问道："大人，'太湖二神'可愿意弃隐为官？"

周德兴回道："他们不想为官，本大人又何必强求？"

说完，周德兴就急急地向东奔去。他听说苏州知府昨天晚上就住在前面不远处的一个小村子里，他要赶去和苏州知府打声招呼后再回到"太湖二神"的身边。而苏州知府听说周德兴已经上岸后，也急急地从那小村子里迎了出来，并很快与周德兴碰了面。

周德兴三言两语地对苏州知府说了一番话后便匆匆地掉头欲走，苏州知府突然叫道："大人且慢！"

周德兴双眉一皱道："知府大人是否还有别的什么吩咐？"

苏州知府四周张望了一下，然后压低嗓门道："大人可知那蒋献来苏州有何公干？"

周德兴回道："皇上叫他跟着周某，周某就把他带来了。"

猛然间，周德兴感觉到事情有点不对头，于是就赶紧问道："知府大人，莫非那蒋献来苏州，另有公干？"

苏州知府嗫嚅道："下官本不该多管闲事……但下官又以为，这件事情非同一般。"

周德兴急道："你快说啊！究竟是什么事？"

苏州知府回道："那蒋献的身上有当今皇上的一道圣旨……"

周德兴一愕："圣旨……什么圣旨？"

苏州知府小心翼翼地道："皇上在圣旨上谕令下官人等必须无条件地听从那蒋献的差遣……下官在这个村里等候大人，便是他的安排。他还吩咐下官尽量拖住大人一段时间……下官估计恐有不测之事发生……"

周德兴头脑一沉，四周看看，蒋献及一干"锦衣卫"果然不见踪影，他知道朱元璋派蒋献来苏州的目的是什么了。他其实早就该想得到的，朱元璋怎么会那么好心特地派他周德兴来"看望""太湖二神"？

周德兴不敢再耽搁，掉头就朝太湖东岸跑去。来到湖边，依然不见蒋献等人。周德兴情知大事不妙，慌忙吩咐随从道："快，快到湖里去！"

一只小船载着周德兴和几个随从，像离弦的箭一般直向太湖里窜去。小船虽然驶得极快，但还是迟了。远远的，周德兴就看见那小岛的上空浓烟滚滚。周德兴心一惊："完了！'太湖二神'完了！""太湖二神"所居住的那个小岛上，十七八间大大小小形状各异的茅屋都在燃烧。姚润和王漠两家二十多口人至少有一大半已经倒在了血泊中。放火的当然是蒋献等人，杀人的也当然是蒋献等人。等周德兴的小船靠上那小岛时，岛上的房屋已经烧得差不多了，岛上的人也已经被杀得差不多了。准确点讲，在周德兴跑上小岛的时候，"太湖二神"两家二十多口人只剩下姚润和王漠两个人了。要不是周德兴及时赶到，姚润和王漠的脑袋恐怕早就落地了。

周德兴似乎只三两步便从岛边跨到了那蒋献的跟前。由于心中太过愤怒和震惊，周德兴不仅脸青如铁，而且在质问蒋献的时候，声音都不禁哆嗦起来："你……为何要这么做？"

周德兴的到来，蒋献一点儿都不感到奇怪。只见蒋献不慌不忙地从怀中摸出一块写有字迹的黄布来，这写有字迹的黄布自然就是大明朝天子朱元璋皇帝的"圣旨"了。蒋献一边将圣旨展开一边慢悠悠地言道："回周大人的话，小人只是在奉旨行事。"

那金光灿灿的圣旨上，赫然写有朱元璋的字迹。朱元璋除命令各级官吏一律要听从蒋献差遣外，还给蒋献下达了一道死命令：不管是什么读书人，只要他不愿意出来为官，就杀掉他和他的全家。

周德兴几乎是下意识地一指蒋献："你，为何如此残忍？"

蒋献冲着周德兴弯了弯腰："周大人错怪小人了！不是小人有多么残忍，而是小人在奉皇上的旨意办……"

周德兴还能说什么呢？蒋献说的应该是实话。如果真有一个什么人很残忍的话，那这个人就只能是朱元璋了。很明显，朱元璋叫他周德兴来苏州，如果能说动"太湖二神"出来做官便罢，如果说不动，那蒋献就动武。一切都是朱元璋事先安排好的，似乎与那个蒋献关系不大。

周德兴痛苦而又无奈地摇了摇头。倏地，他逼视着蒋献问道："'太湖二神'在哪儿？他们还活着吗？"

蒋献十分恭敬地回道："'太湖二神'目前还活着，小人知道他们曾经救过大人的性命，所以小人没敢立即处死他们。"

虽然蒋献有圣旨在身，但也不敢自作主张地在周德兴的面前处死"太湖二神"。因为周德兴和朱元璋之间的特殊关系，蒋献不能不有所顾忌。

"太湖二神"姚润和王漠被分别绑在岛边的两棵树干上。周德兴多想对"太湖二神"说些什么啊，可结结巴巴了好一会儿，才说出这么一句话来："周某来迟，让两位恩公受苦了……"

周德兴这句话，可以说是既多余又无力，就算他没有"来迟"，又能怎样？还有，"太湖二神"两家二十多口人几乎全被杀死，这个中情景，岂是一个"受苦"可以了得？故而，周德兴说完之后，眼泪便落了下来。

姚润似乎很想得开，他见周德兴那么一副伤心难过的样子，便"哈哈"一笑言道："周大人不必如此！所谓生死由命、富贵在天，我姚某即使死上千万次，也绝不会怨周大人一分的！"

王漠这时也道："周大人，我等既然不愿为官，也就早把生死置之度外了！"

"太湖二神"越是这么说，周德兴就越发地不安和愧疚。他一抹眼泪，一瞪蒋献问道："你，打算把他们怎么样？"

蒋献弓身回道："有大人在此，小人岂敢自作主张？"

周德兴道："我要把我的两位恩公平安地带回京城！"

蒋献忙道："禀大人，皇上好像没这个意思。"

周德兴几乎是怒吼道："皇上没这个意思，我周德兴有这个意思！你听明白了吗？"

蒋献陪起笑脸道："周大人息怒，小人只是担心，如果皇上怪罪下来，小人恐怕担当不起。"

周德兴叫道："等回到京城，我自会同皇上理论！你要是再敢啰嗦，我就把你扔到湖里去！"

所谓好汉不吃眼前亏，听周德兴这么说，那蒋献也就真的不敢再啰嗦，而是唯唯诺诺地言道："小人但凭周大人做主……"

就这么着，在周德兴的干预下，"太湖二神"算是暂时保住了性命。

不几日，周德兴、蒋献等人带着"太湖二神"从苏州返回了南京。刚跨进南京城，就有一队"锦衣卫"迎住了周德兴，说是皇上要与"太湖二神"谈谈话。周德兴要与"太湖二神"一同去见朱元璋，那队"锦衣卫"的头目说，皇上有旨，只许蒋献随"太湖二神"一同入宫，其余人等，各自返家。就这样，周德兴眼睁睁地看着蒋献等人把"太湖二神"带走了。

当然，周德兴还抱有一线希望。他是上午同"太湖二神"、蒋献等人走进南京城的，还没到中午呢，他就急急地跑到皇宫求见朱元璋，可得到的回复是：皇上正忙着，没空召见大臣。下午，周德兴又跑去求见朱元璋，这回得到的答复是：皇上已经出宫了，去向不明。

周德兴的心一点点地冷了下来，他明白，所谓的"皇上正忙着"、"皇上已经出宫了"，等等，全是朱元璋的推托之辞。一句话，朱元璋不想在这种时候见他。朱元璋这么做，意味着什么？

周德兴还曾跑去找李善长，请李善长进宫打探一下"太湖二神"的下落。李善长倒也热心，黄昏时分入宫，傍晚时候回来，但带给周德兴的回音却是：谁也不知道"太湖二神"现在在哪儿，更不知道"太湖二神"现在怎么样了。

李善长苦笑着言道："李某虽是丞相，但被锦衣卫带走的人，李某也实在不便过问啊！"

周德兴几乎是绝望了，"太湖二神"定然是凶多吉少。如果这个时候，二哥和四弟能在南京城里，那说不定就会想出一个好办法来。周德兴不禁深深地想念起徐达和汤和来。

"太湖二神"被锦衣卫带走的当天晚上，周德兴正在家中喝闷酒，一个老太监匆匆跑来，说是皇上有旨，叫周德兴马上到乾清宫去见驾。周德兴闻言，顾不得认真装束，便迫不及待地随着老太监走了。

朱元璋是在乾清宫的寝殿里见周德兴的，寝殿里就朱元璋一个人。见着周德兴，朱元璋率先笑哈哈地言道："三弟两番要见朕，可是为着'太湖二神'而来？"

周德兴回道："'太湖二神'曾经救过我的命，我总不能对他们的事情不闻不问吧？"

朱元璋一边不住地点头一边叫周德兴坐下，然后言道："三弟言之有理，'太湖二神'是三弟的救命恩人，也就等于是朕的救命恩人。对这样的救命恩人，我们自然不能恩将仇报。只可恨蒋献那个混蛋，把朕的意思领会错了，竟然将'太湖二神'的家人全部杀死，真可谓是可忍孰不可忍。所以，朕已经重重地处罚了那个蒋献。只可惜，'太湖二神'的家人早已死去，而死了了的人是不能复活的……想来想去，朕对此也负有不可推卸的责任啊！"

说到伤心处，朱元璋的眼眶明明白白地似乎有点红。但周德兴的心里却打了一个巨大的问号，朱元璋所言，究竟是真还是假？不过，朱元璋有一句话还是很对头的，那就是：死去了的人是不能复活的。所以，周德兴就这样言道："大哥，死了的也就死了，但不知，还活着的人现在怎么样了？"

"还活着的人"当然指的是"太湖二神"。朱元璋立即言道："'太湖二神'的家人遭遇不幸，朕已经颇感内疚，如果朕再慢怠'太湖二神'，那三弟当不是又要说朕太过残忍了？"

周德兴不放心地追问道："大哥能不能明确地告诉我，'太湖二神'现在到底怎么样了？"

朱元璋回道："朕上午把'太湖二神'接进宫里，中午同他们一起吃了饭，吃过饭之后，朕就让他们离开京城了。"

周德兴很有些不相信地问道："大哥把他们放了？"

朱元璋似乎有些不高兴："看看，三弟好像不相信朕的话。朕就是能骗天下所有的人，也不会在三弟你的面前睁眼说瞎话啊？中午吃饭的时候，朕首先对'太湖二神'表示了歉意，对他们家人的不幸表示了哀悼。随后，朕对他们说，叫天下的文人都出来做官，是朕下的旨意，朕总不能自食其言吧？所以，朕就叫他们悄悄地离开京城。"

周德兴迟疑了一会儿，接着又问道："大哥是否知道，'太湖二神'最后去了什么地方？"

朱元璋摇了摇头："朕不知道他们会去哪里，朕只是嘱咐了他们两点。第一点，千万不要再回到太湖；第二点，离京城越远越好。"

周德兴还能说什么呢？磨蹭了片刻之后，周德兴对朱元璋言道："既然'太湖二神'已经走了，那我也就不打搅大哥休息了。"

朱元璋笑着将周德兴送到了乾清宫外，还热情地对周德兴言道："三弟，不管发生什么事情，你都要相信朕。朕以前什么样，现在还是什么样，朕永远都不会变的。"

其实，"太湖二神"早已被蒋献用"涮洗"和"凌迟"的刑法折腾死了。亲手杀死"太湖二神"的凶手蒋献，因为得到了朱元璋的极大赏识，便摇身一变，由一个锦衣卫的小头目，变成了锦衣卫的最高长官——指挥使。

从此，朱元璋就有了两个最得力的亲信，一个亲信是"检校"头领夏煜，另一个亲信便是"锦衣卫"头领蒋献。

蒋献成为锦衣卫的指挥使，周德兴当然不可能不知道，因为指挥使官居正三品，这正三品的官，即使放在朝中也不算很低，更不用说，满朝文武还都知道这么一个事实：锦衣卫指挥使只受皇上差遣，其他任何人都无权指使他。这么一个显赫的人物，周德兴焉有不知道的理由？

但是，周德兴虽然知道蒋献是锦衣卫的指挥使，却一点儿也不知道蒋献是如何一步登天的。他曾托人在太湖一带打听"太湖二神"的下落，未果。他又托人在各地打探"太湖二神"的去向，还是未果。不仅"未果"他还得知了一个又一个同样的消息：某地像"太湖二神"一样不愿为官的某某文人，被朱元璋的锦衣卫杀得鸡犬不留。于是，周德兴原先闷在心中的那个疑团就越来越大：大哥朱元璋真的把"太湖二神"放走了？如果真的放了，那为什么连"太湖二神"的一丁点儿消息都打探不到？如果没放，则又说明了什么？

周德兴真想再去找朱元璋当面问一回，可他同时又知道，即使他去找朱元璋问个十回百回，也肯定问不出个结果来。把个周德兴急的，每次早朝的时候，都紧绷着脸，不发一言，活像个哑巴。正好有一回，朱元璋在早朝时宣布，要派一个钦差去犒劳徐达所统率的三军，因为徐达在北方连打了几个胜仗。于是周德兴就私自求见朱元璋道："大哥，我天天闷在京城，无聊死了！这次犒劳二哥他们的军队，你就让我去吧。"

朱元璋居然痛快地答应了，而且还很爽快地对周德兴道："三弟，这次你想在二弟那儿玩多久就玩多久，只要不耽误二弟他们打仗就行！"

朱元璋如此爽快，自然与"太湖二神"有关。"太湖二神"是周德兴的救命恩人，朱元璋却偷偷摸摸地把他们杀了，心中应该多少有点内疚的。周德兴一想到马上就要见到二哥徐达，心中当然十分高兴。一高兴了，周德兴就对朱元璋道："大哥，你好像真的没有改变多少呢。"

朱元璋含蓄地笑道："三弟这是怎么说话？朕过去是你们的大哥，现在是你们的大哥，将来也还是你们的大哥，永远都不会变的。"

周德兴就以大明朝钦差的身份，带着朱元璋的圣旨及一干随从，离开南京城，直向北方驰去。因为想见徐达心切，所以周德兴北上的速度就异常地迅速。

周德兴虽然走得极快，但因为路程太过遥远，一个月后，他才率着随从来到了北平府城外。北平府城内的徐达早已打开北城门、率数千军民列队恭迎周德兴。周德兴能得此殊荣，当然是因为他有着一个"钦差"的头衔。

公事办完了之后，剩下的就是私事了。周德兴大老远地跑到北平府来，就是想向二哥徐达倾吐自己心中的块垒。周德兴到达北平府的当天晚上，是和徐达睡在一张床上的。实际上，那天晚上，徐达和周德兴二人谁都没有合眼。好兄弟久别重逢，该有多少的知心话要说。

周德兴对徐达道："二哥，我发觉大哥当了皇帝之后，好像变得跟过去不大一样了。"

徐达问道："你是指李仕鲁那件事吗？"

研究朱熹理学的文臣李仕鲁被朱元璋命人掼死在奉天殿外一事，徐达已经听人说起过。周德兴言道："不止是李仕鲁一件事。我听说，大哥在宫内，常常无缘无故地打死一些太监和宫女。二哥，大哥是不是得了什么爱杀人的毛病？"

徐达不知为何沉默了片刻，然后才慢悠悠地言道："三弟，大哥在当皇帝以前，也是很喜欢杀人的。"

周德兴立即道："是呀，不只是大哥了，还有二哥你，还有我，还有四弟和五弟他们，过去都杀了不少人，可那些人都该杀，不杀那些人我们自己就有麻烦。但现在情况不一样了，大哥当上皇帝了，那个李仕鲁只不过是向大哥提了一个建议就被大哥掼死了，这是为什么？还有那些太监和宫女，大哥为什么由着性子杀死他们？"

徐达没言语，目光不知投向何处。半晌，他把目光收回来，投在了周德兴的脸上："三弟，你给我讲讲大哥下旨叫天下文人都出来做官的事……"

周德兴马上道："二哥，我这次到你这里来，就是想问问你这件事……"

跟着，周德兴就详详细细地把有关"太湖二神"的事情说了一遍。末了，他问徐达道："二哥，你说，大哥真的会把'太湖二神'放了吗？"

徐达几乎连思考都没思考，脱口而出道："不可能！'太湖二神'一定是死在了大哥的手中！"

尽管周德兴早有这种预感，但听徐达如此肯定地说，周德兴还是大为震惊："二哥，大哥为什么要这么做？他既然杀死了我的救命恩人，又为什么要欺骗我？"

徐达面无表情地道："因为，大哥现在做了皇帝了。"

周德兴没听懂："二哥，你这话是什么意思？"

徐达摇了摇头道："我也不知道是什么意思。不过，大哥现在确实是做了皇帝了……"

周德兴似乎有些听懂了，又似乎还是一点儿没听懂。他只是喃喃自语道："当了皇帝，就应该和以前不一样了吗？"

周德兴在北平府差不多住了有一个月，要不是徐达催促，他还想在北平府继续待下去。好不容易，他终于同意回南京了，却又想与徐达一同回去。徐达苦笑道："三弟，我现在哪里能走得开啊。"

周德兴问徐达什么时候才能回南京，徐达颇为含蓄地回道："我现在是在为大哥看守他的北大门，等什么时候，大哥认为这北大门不再需要我看了，我就能回去了！"

在周德兴离开北平府之前，徐达仿佛是漫不经心地嘱咐周德兴道："三弟，回到京城之后，不该多问的事情，你就不要多问；不该多管的事情，你也不要多管。等我和四弟都回到京城了，我们兄弟几个天天在一块相聚玩耍，岂不是很有意思。"

也不知道周德兴是否听出了徐达话中的言外之意，反正，徐达说完之后，周德兴很是像模像样地点了点头。接着，周德兴就带着依依不舍的心情离开了北平府、离开了徐达，神情肃然地向南而去。

周德兴返回南京城之后，顾不得休息，马上就进宫向朱元璋交差。不知怎的，这番见到朱元璋，周德兴怎么看怎么觉得朱元璋的相貌确实很丑，也确实很凶。而朱元璋却亲热地拍着周德兴的肩膀问道："三弟，这回见了二弟，感觉如何？"

周德兴答道："感觉当然好极了！我想把二哥一同拉回来，但二哥不肯！"

朱元璋微微一笑道："朕何尝不想让二弟和四弟他们都回到京城来呢？可现在北方和南方还少不了他们啊！"

又闲扯胡聊了一会儿，周德兴就告辞了。周德兴不知道的是，他前脚刚离开朱元璋，后脚就又有一人走到了朱元璋的身边。能轻易走到朱元璋身边的人当然不是寻常的人，那个人是"检校"头目夏煜。

原来，在周德兴北上犒军的随从中，夏煜安插了好几个手下。这几个手下一回到南京，就把自己的所见所闻向夏煜作了汇报。夏煜觉得事情很重大，不敢耽搁，便马上跑来向朱元璋禀报。

徐达和周德兴都没有想到的是，他们在北平府见面后的所作所为，包括他们晚上睡在一起时的谈话，几乎全被夏煜的手下掌握得一清二楚。

当夏煜将有关徐达和周德兴的情况详细地说完了之后，朱元璋说了一句非常有意味的话。朱元璋是这么说的："徐达还是那么聪明啊！"

【第十三回】

文狱幽闭天下口，法网罗禁世上儒

　　洪武四年（1371年），明朝大将汤和、廖永忠、李文忠及傅友德等人，各率一路兵马攻入四川。其中，廖永忠和傅友德部攻势最猛、进展最快。傅友德连下阶州、文州、隆州和绵州；廖永忠则一鼓作气，拿下了军事要地夔州。

　　徐寿辉部将明玉珍在四川建立的"夏"国摇摇欲坠。"夏"国国君明升（明玉珍之子）眼见国家难以保全，为避免生灵涂炭，便主动率文武百官向廖永忠投降。朱元璋在南方的最后一个对手消失了。

　　廖永忠奉朱元璋旨意，亲自押送明升回到南京。朱元璋很高兴，大大地夸赞了廖永忠一番，并赏给廖永忠许多女子、玉帛。

　　但廖永忠却多少有点不高兴，他本以为，他此番立下如此大功，朱元璋肯定会将他的爵位升上一级的。廖永忠不仅心里不高兴，而且还把这种不高兴的意思对别人说了。他这么一说，朱元璋当然很快就知道了。那夏煜看得清清楚楚，朱元璋在得知了廖永忠心中的不快后，两道眉毛之间马上就蹙成了一个四川的"川"字。

　　再说那个明升，本来，明升是断无存活的可能的。朱元璋曾对左右言道："朕的大明王朝既然建立了，'夏'国也就没有理由再存在了！"

　　廖永忠把明升押到南京的当天，朱元璋就吩咐锦衣卫指挥使蒋献道："把明升关进死牢，饿他几天，等他的皮肉松弛了，就把他的皮完整地剥下来，然后做成一面鼓，敲给天下人听！"

　　朱元璋决定了的事情，谁能改变？但最终，明升却捡回了一条命。在明升侥幸活命这件事情上，太子朱标所起的作用最大。

　　明升被押到南京的时候，朱标并不知道，他当时正在听老师宋濂讲授汉朝史官司马迁所写的《史记》。下课后，朱标回太子府，听说了明升的事，便又折回来找到宋濂问道："先生，那明升既然已主动投降，皇上是否应该给他一条生路？"

宋濂微微点了点头道："太子殿下言之有理啊！所谓得饶人处且饶人，何必斩草又除根？"

朱标冲着宋濂鞠了一个躬："先生之意，我明白了！"

朱标别了宋濂之后，就去乾清宫找朱元璋。当时，朱元璋正在龙床上与一个新纳的皇妃玩耍。这新纳的皇妃不是别人，是那个明升的"皇后"。明升刚刚押来南京还不到一天，他的"皇后"就成了朱元璋的床上客。

朱元璋正惬意着呢，寝殿外太监禀报：太子殿下有急事求见。

朱元璋很是不快，这种时候朱标来打搅，岂不是很扫兴？但扫兴归扫兴，朱元璋还是要见朱标的。

朱元璋对朱标的感情是非常深厚的。然而朱元璋对朱标的感情之所以会那么深厚，是因为朱元璋对朱标既有一种爱，又有一种恨。爱恨交织出来的感情，应该是世界上最为深厚的感情吧。

朱元璋爱朱标，不仅仅因为朱标是他的长子，是大明朝的太子，更主要的原因是，在朱元璋那么多的儿子当中，似乎只有朱标的身上，才具备朱元璋所没有的东西，比如温文尔雅，比如宽厚仁慈，等等。

朱元璋对朱标的恨是和他对朱标的爱相辅相成的。朱标的身上虽然具有朱元璋身上所不具有的东西，但同时，朱元璋身上所具有的东西朱标却不具有，比如智谋，比如无情，等等。

在朱元璋看来，"智谋"和"无情"等是一个大男人得以成功的必不可少的条件，而这些必不可少的条件，朱标的身上却恰恰一个都没有，所以朱元璋就自然很恨朱标。当然了，朱元璋对朱标的这种"恨"，并不是常人所谓的那种咬牙切齿的痛恨，而是一种"恨铁不成钢"的遗憾。

朱元璋拍了拍身边的那个女人道："你就躺在这里别动，朕去去就来。"

殿外的朱标一见朱元璋走出了寝殿，忙着躬身施礼道："儿臣给父皇请安！"

朱元璋摆了摆手道："标儿，坐下说话。你现在来此，到底是什么急事？"

朱标没有坐，而是毕恭毕敬地垂手立于朱元璋的一侧："父皇，儿臣适才听说，廖永忠大人已经把明升押到京城来了。"

朱元璋眉头一紧，他已经猜出朱标此番的来意了："是呀，标儿，廖永忠确实把明升押到京城来了。"

朱标紧接着言道："儿臣还听说，父皇准备处死明升。"

朱元璋点头道："不错，朕是有这个打算，朕已经把明升打入了死牢。莫非，标儿对此有什么异议？"

朱标回道："儿臣对此确有不同的看法……"

朱元璋知道朱标会有什么看法，但还是言道："标儿，有什么话就快说吧。"

朱标慢慢地言道："儿臣以为，那明升既然已经主动投降，就理应网开一面，给他一条生路。"

朱元璋轻哼了一声道："标儿，你的心肠怎么越来越软了？如果依你所言，放明升一条生路，那你是否敢肯定他日后就不会东山再起与大明朝为敌？"

朱标言道："儿臣听说过这么一句话：得饶人处且饶人，何必斩草又除根……"

朱元璋即刻问道："标儿，你这话是不是从宋濂那儿听来的？"

朱标这样回道："父皇，儿臣适才所说的那句话，恰恰代表了儿臣对明升一事的看法。儿臣还以为，纵然明升东山再起之心不死，恐凭他一个人的力量，也不会翻起什么大浪来。既如此，为何不给他一条生路，让天下的人都说父皇有一颗宽厚仁慈之心？"

不难看出，朱标的性格是柔中带刚的。朱元璋冷笑一声道："标儿，你考虑问题真是太简单了！宽厚仁慈之心有什么用？保住江山社稷才是最重要的。你今天饶了明升不死，明天就会放过许许多多对手。一个明升也许是不会翻起什么大浪，但许许多多的对手合在一块儿，就会对大明江山社稷构成威胁。所以，对自己的敌人，只能采取斩草除根的办法，绝不能存有丝毫的宽厚仁慈之心！"

朱标不觉打了一个寒战："父皇，你适才所言，儿臣听来很是寒冷……"

朱元璋哈哈一笑道："标儿，那是因为你心中还存有妇人之仁。如果你能够像父皇我这样，那你就永远都不会感到寒冷！"

朱标坚持道："儿臣还是希望父皇能以慈悲为念，放明升一条生路。"

朱元璋不高兴了："标儿，你是在教父皇我该怎么做事情吗？"

朱标赶紧道："儿臣不敢！儿臣只是向父皇提个建议。"

朱元璋挥了挥手道："你提的建议，父皇我已经听到了，但不准备采纳。现在，你回去吧，父皇我还有很多事情要做呢！"

朱标走出乾清宫之后，几乎是下意识地就来到了坤宁宫的门前。朱标心中有点郁闷了，似乎只可以向两个人尽情地倾诉，一个是老师宋濂，另一个便是大明皇后马娘娘。

听说朱标到来，马娘娘迎出了宫门。见朱标愁眉不展的模样，马娘娘便关切地问道："标儿，你快说有什么心思？"

朱标叹了一口气，然后把自己去见朱元璋的经过说了一遍，末了言道："父皇为什么非要置明升于死地呢？"

马氏也不觉叹了一口气道："因为，你父皇一辈子杀的人太多，就是想收手恐怕都收不住了。"

看来，马氏确实很了解朱元璋。朱标言道："母后，孩儿以为，父皇根本就没有必要处死明升！"

马娘娘略略思忖了一下，然后道："这样吧，标儿，我找个机会跟你父皇谈一谈，看是否能让你父皇放了那个明升。"

朱标马上道："父皇最听母后的话了！母后只要一劝，父皇就肯定会放了明升！"

马娘娘却道："标儿，现在不是从前了。现在，我的话，你父皇也未必会听的。"

巧得很，大概是明升被押到南京城之后的第三天中午，朱元璋悠搭着双手走进了坤宁宫，不仅在坤宁宫里吃了午饭，还在马娘娘的凤床上小憩了片刻。

于是马氏就轻轻地言道："前天标儿到这里来，我看他的心里很难受……"

朱元璋不经意地笑道："那是他自找的，朕要处死明升，他却跑来为明升求情，他这岂不是没事找事？"

马氏也笑道："标儿虽然是没事找事，但我以为，标儿所言，也不无道理。"

朱元璋不觉在床上弓起了身子："莫非，你也想让朕放了那个明升？"

马氏言道："我不想干涉你的事情。你过去杀了那么多人，我也没在你身边说三道四的。只不过，我觉得，现在不是过去了，现在你是皇帝了，大明江山已经无人能够动摇了，在这种情况下，放那个明升一条生路，又有何妨？"

朱元璋有些吞吞吐吐地道："你说的……自然有道理。大明江山已经根深蒂固，谁也不能动摇分毫。但是，朕总觉得，像明升这样的人，如果放他出去，大大小小也是一个威胁。"

马氏道："如果把明升放逐得远远的，叫他永远都不能再回到大明，岂不是就一点儿威胁也没有了吗？"

朱元璋下意识地点了点头道："皇后所言，也是一个办法。"

等朱元璋离开坤宁宫之后没多久，那明升就被从死牢里放了出来。尽管，明升已经饿得奄奄一息，而且最终被远放到高丽，但不管怎么说，他也算是死里逃生一回了。由此可以看出，朱元璋虽然当了皇帝，但马氏的话，他有时也还是听的。

只可惜，朱元璋只"有时"听马氏的话，更多的时候，他还是一意孤行的。明升一事结束后不久，由朱元璋亲手炮制的耸人听闻的"文字狱"便开始了。

正月十五到了，俗话说：正月十五挂红灯。天刚刚黑，南京城里就到处都是灯笼。几乎每家每户的门前都挂有一对大红灯笼，有钱有地位人家的门前挂的红灯笼就更多。大红灯笼高高挂的情景，着实惹人喜爱。

朱元璋带着夏煜、蒋献等一干亲信随从，走出皇宫，踩着夜色，在南京城内与民同乐起来。看着千姿百态的大红灯笼，朱元璋兴致很高。这大红灯笼高高挂的景象，不正象征着大明王朝是一个太平盛世吗？

朱元璋很好的兴致是在走到一条小街附近时被彻底败坏的，那条小街两边同样挂着许多各式各样的大红灯笼。一开始，朱元璋还看得有滋有味，可突然那夏煜跑到朱元璋的耳边小声地嘀咕了几句，朱元璋的脸色马上就变得阴森恐怖起来。

原来，夏煜看到了一只很特别的灯笼。其特别之处在于，那灯笼上画有一幅画，画的是一个女人，怀里抱着一个大西瓜，大西瓜下面露出那女人一双很大很大的脚。

那只灯笼上为什么画着那么一幅画，已经不得而知了。但朱元璋当时却从那幅画中看出了一层深刻的含义。一个女人，怀中抱着西瓜，伸出一双大脚，这不是在告诉世人：淮（怀）西的女人好大脚吗？

马皇后恰恰是淮河西边的人，又恰恰长着一双大脚，于是朱元璋便认定，那幅画显然是在讽刺马皇后，而讽刺马皇后便是在藐视他朱元璋。藐视他朱元璋，自然是要杀头的。

朱元璋要杀的不是哪一个人的头，就在那天晚上，蒋献带着锦衣卫把那条小街上的人砍杀得干干净净。据说，那条小街上有七户人家因为外出没有回来，得以幸免，故而那条小街后来就被叫作"七家巷"。

朱元璋很快下了一道圣旨，圣旨中有这么一条内容，禁止老百姓取名字的时候用"天、国、君、臣、圣、神、尧、舜、禹、汤、文、武、周、秦、汉、晋"等字。因为朱元璋认为，如果老百姓用上面的那些字来取名字，那就是对他朱元璋的蔑视。

后来，朱元璋觉得自己规定的禁律还不够多，于是就又下了一道圣旨。这道圣旨的内容比上一道圣旨的内容自然更为丰富。其中有这么一条，禁止老百姓取名字的时候用"太祖、圣孙、龙孙、黄孙、王孙、太叔、太兄、太弟、太师、太傅、太保、大夫、待诏、博士、太医、太监、大官、郎中"等字，朱元璋以为，上面的那些字眼如果安在了老百姓的名头上，那就是对他的大不敬。

最能说明问题的是，朱元璋在两道圣旨中都对一些民间久已习惯的称呼做了严令禁止。比如，有些地方把大夫称作"医生"。朱元璋不允许这么称呼，因为他坚信"医生"中的"生"字就是"僧"字，是对他曾经当过和尚的嘲讽，所以大凡习惯称"医生"的地方，一律改称"医士、医人、医者"。

更为荒唐的是，有些地方习惯把理发的人叫"梳头人"或"剃头人"，这也犯了朱元璋的忌讳。因为朱元璋一看到那个"头"字，便马上联想到"光头"二字，而"光头"无疑就是"和尚"了，也无疑就是对他朱元璋的讽刺了。所以朱元璋就在圣旨中明文规定：所有习惯称呼"梳头人"或"剃头人"的地方，自圣旨颁布之日起，一律改称"梳篦人"或"整容"，违者严惩。

文人被杀得差不多了，老百姓的嘴也被牢牢地封住了，朱元璋便觉得心安了。至少，在朱元璋看来，从此再也没有人会用文字或语言讽刺、藐视他朱元璋了。

可问题是，朱元璋心安了，有些人却再也不能心安了。比如李善长，比如宋濂。就在朱元璋屠杀文人屠杀得如火如荼的时候，李善长和宋濂不约而同地病倒了。

李善长病得很重，不想吃，不想喝，整天昏昏沉沉地躺在床上。丞相卧病不起，自然不是一件小事情。像周德兴、廖永忠等一批待在南京城里的开国功臣，包括朝廷上下大小官员，都纷纷前往丞相府探视。

朱元璋得知此事后，也带着太子朱标等人亲往李善长病榻边，嘘寒问暖，还谕令太医房的太医要想尽一切办法尽快地治好李善长的病。

朱元璋曾在李善长的病榻边这样问李善长："朕记得爱卿的身体一向很好，怎么这会儿说病倒就病倒了？"

朱元璋真不知道李善长因何染病？不说别的，仅用"兔死狐悲"一词就可以解释李善长的病因了。被那么多文人的鲜血包围着、窒息着，李善长要是不生病那才叫怪呢。

但李善长不能对朱元璋实话实说，李善长只能这样回答朱元璋道："微臣年纪大了，偶感风寒，便可铸成一场大病。"

朱元璋笑了："爱卿，如果朕没有记错的话，你今年才五十八岁，虽然比朕是要大上十几岁，但还不至于大到偶感风寒便可铸成一场大病的地步吧？"

李善长苦笑着摇了摇头道："皇上，微臣虽然不敢在你的面前言老，但微臣自己明白，微臣的身体确实已经差强人意了。"

朱元璋脸上的笑容越来越浓厚、越来越动人："既如此，爱卿就当好好地保重身体。没有爱卿的辅助，朕当如何治理大明天下？"

朱元璋的话，似乎比他脸上的笑容还要动人。但朱元璋走后，李善长越琢磨越觉得不对劲儿。好像，在朱元璋的笑容和语言背后，隐藏着一种极为深奥的东西。那东西，究竟会是什么呢？

在李善长生病期间，往丞相府走动次数最多的人，当然是由李善长一手提携起来的太常寺卿胡惟庸了。前文中说过，李善长一直是把胡惟庸引为自己的亲信。故而，有许多知心的话，李善长总是会在胡惟庸的面前言及。

有一回，李善长的病略略有些好转的时候，胡惟庸来看望李善长。等房间里只剩下李善长和胡惟庸两个人时，李善长轻轻地问胡惟庸道："贤弟，你还记得你曾经对我说起过的用箩筐逮麻雀的事吗？"

让李善长感到意外的是，胡惟庸好像已经忘了那档子事了："李兄，小弟什么时候对你说起过用箩筐逮麻雀的事？"

胡惟庸的脸上似乎十分地茫然，李善长也不禁有些茫然起来："贤弟，就在你家的密室里，你亲口对为兄讲过，皇上叫天下文人出来做官，就像是小孩子用箩筐逮麻雀……莫非，贤弟一点儿也记不起来了？"

胡惟庸仿佛陷入了沉思，沉思良久，胡惟庸摇了摇头道："恕小弟愚钝，小弟实在是无从记起……或许，那小孩子用箩筐逮麻雀一事，是兄长对小弟提起过，只是因为时间太久了，兄长记错了，记到小弟的头上了！"

胡惟庸说完，还自顾浅浅地笑了笑。虽笑得浅，但笑得很含蓄。李善长有些发蒙了，这是怎么回事，明明是胡惟庸说的，他怎么会忘得一干二净？难道，自己真的是年老糊涂了，把自己说过的事情记到了胡惟庸的头上？

李善长最终也无奈地摇了摇头道："贤弟，看来愚兄已经老了，不中用了……过去的事情，现在想来好像都是那么遥远……"

胡惟庸马上言道："兄长此言差矣！兄长正当盛年，如何有老了不中用之说？"紧接着又像是不经意地问了一句道，"对了，兄长，你适才为何提起那个用箩筐逮麻雀的事？"

李善长不禁悲叹道："愚兄以为，皇上现在所做，正是在用箩筐逮麻雀啊！"

胡惟庸仿佛很是不解地问道："兄长此话何意？"

李善长痛苦地言道："皇上当初逼迫文人出来做官，可谓是取之尽锱铢，唯恐漏掉一个。现如今，皇上大肆捕杀文人，又可谓是弃之如泥沙，毫无半点怜惜之心……思前想后，皇上岂不是同天下的文人玩了一回用箩筐逮麻雀的把戏？"

胡惟庸好像有些吃惊似的问道："兄长……真的是这么想的？"

李善长"唉"道："为兄不这么想还能怎么想？用箩筐逮麻雀，有时也很难将麻雀全部逮住。可现在皇上这是想把天下的文人都一网打尽啊……"

胡惟庸的嘴唇动了动，但没有发出声音。李善长又问道："贤弟，你能否告诉我，皇上为什么要这么做啊？"

胡惟庸嗫嚅着言道："兄长不知，小弟安能知晓？不过，小弟以为，皇上既然这么做了，就自有这么做的理由。"

如果李善长不是内心太过悲恸的话，他一定能够看出，面前的这个胡惟庸，其言谈举止，已经同过去判若两人。这究竟是为什么呢？

李善长喃喃自语道："小孩子用箩筐逮住的只是麻雀，可皇上杀掉的却是天下的读书人！难道，读书人的命运竟然和那些麻雀一个样？我李某，不也是一只可怜的麻雀吗？"

胡惟庸忙着言道："兄长未免太多虑了！兄长虽然也是一个读书人，但绝非那些庸庸碌碌的读书人可比。依小弟之见，兄长不必多思多想，当安下心来静养身体，待康复之后，再去辅助皇上治理天下！"

胡惟庸这番话，倒也说得在情在理。是啊，除了"安下心来静养身体"之外，他李善长又能做些什么呢？故而，胡惟庸告别的时候，李善长只得长长地叹了一口气。

然而，李善长这口气叹错了。因为，他与胡惟庸的这次谈话，朱元璋很快就知道了。按理说，这次谈话，就李善长和胡惟庸两个人在场，夏煜的那些检校不可能把这次谈话的内容探听到，除非……一点儿也不错，向朱元璋禀告这次谈话内容的人，不是夏煜的手下，也不是别的什么人，而是胡惟庸。

就在李善长的病一点点好转的时候，太子朱标的老师宋濂也突然病倒了。在给太子朱标上课的时候，宋濂突然"哇"的一声，喷出一口鲜血，然后便颓然倒地，一下子人事不知。慌得朱标赶紧一把将宋濂抱在怀里，一边命人去叫太医，一边大声地冲着宋濂呼唤道："宋先生，你怎么了？你快醒醒啊……"

在太医赶到之前，宋濂悠悠醒来。醒来之后，他说了一句话，既像是在问朱标，又像是在问别的什么人，更像是在自问："皇上……为什么要如此对待天下的文人？"

没有人回答宋濂，也没有人能够回答宋濂。朱标只是紧咬牙关，一言不发。待太医赶来，宋濂已经摇摇晃晃地站起了身子，且有气无力地对朱标道："太子殿下，我们继续上课吧。"

宋濂的唇边，还挂着鲜红的血滴，朱标哽咽着言道："宋先生，你应该回家休息。"

宋濂还想坚持上课，但身体一摇再一晃，又软绵绵地倒在了地上。朱标急忙命人将宋濂抬起，自己陪着，一直将宋濂送到了家。刚回到家，宋濂就发起了高烧。高烧到什么程度？朱标的手往宋濂的脑门上一放，就像碰到了一只刚出笼屉的馒头，宋濂烧得人事不知了。朱标不敢轻易离开，亲自指挥着大夫为宋濂救治。忙活了好大一会儿，宋濂才略略有些清醒。刚一清醒，宋濂就一把抓住朱标的衣袖问道："殿下，天下文人何错之有，又何罪之有？皇上为何如此枉杀无辜？"

宋濂太悲愤了，又太虚弱了，说完之后，只顾在那儿大口大口地直喘气。朱标慢慢放平宋濂因激动而挺起的身子，低低地吩咐道："先生，你现在最要紧的是休息。其他的事情，你都不要想。"

待宋濂终于沉沉地睡去之后，朱标才悄无声息地离开了宋府。离开宋府之后，朱标哪儿也没去，而是直奔乾清宫。见了朱元璋，朱标双膝跪地道："父皇，儿臣实在不明白，父皇为什么要对天下的……

朱标的话还没有说完吧，朱元璋就满脸不快地哼了一声道："除了那些臭读书人的事，你就没有别的话对父皇说了吗？"

很显然，朱标已经不止一次地问过朱元璋为什么要滥杀天下的文人。尽管朱元璋满脸地不快，但朱标还是高声地言道："父皇，天下文人何错之有，又何罪之有？父皇为什么非要把他们赶尽杀绝？"

朱元璋挤了挤眉毛道："标儿，你有些言过其实了吧？朕什么时候把天下的文人赶尽杀绝了？李丞相不是文人？你的老师不是文人？还有，回到家乡的那个刘基不是文人？他们现在不都活得好好的吗？"

看来，朱元璋对天下还剩下几个文人，心里面还是有数的。而且，他好像也没有淡忘那个刘基。朱标言道："父皇，儿臣以为，如果李丞相、宋先生和刘先生等人没有为大明朝的建立流过血汗，那他们恐怕早就不在人世了……"

朱元璋居然笑了："标儿，你说得也不无道理啊！"

朱标即使用尽吃奶的力气，恐也挤不出一丝笑容来："父皇，天下文人大都是无辜的，父皇为什么要枉杀无辜？"

朱标差不多把宋濂对他说过的话全部搬到了朱元璋的面前。朱元璋的脸沉了下来："标儿，你说天下文人大都是无辜的，你有什么根据？朕现在告诉你，大凡读书人，几乎没有一个是好东西！他们仗着能认得几个臭字，专门去干那些含沙射影的勾当。你还记得朕对你说过的张士诚的名字的事情吗？读书人就是这么可恶！既然可恶，那就有罪，既然有罪，那就该杀，既然该杀，那就没有什么无辜不无辜的问题！恰恰相反，朕倒以为，朕处死那些臭读书人，不仅不是什么枉杀无辜，那些臭读书人是死有余辜！"

朱元璋不紧不慢地道来，还颇有一点儿逻辑性。朱标顿首道："父皇，儿臣实难明白，天下那么多的读书人，为何要对父皇含沙射影？"

朱元璋"嘿嘿"一笑道："这个问题，只有那些臭读书人才能回答。只可惜，那些臭读书人都被朕处死了，这样一来，标儿你就很难找到这个问题的答案了！"

朱标还要言说，朱元璋立即打断道："好了，标儿，别在朕的面前提起那些臭读书人的事了！你要做的，就是好好地向朕学习，看朕是如何治理天下的！"

朱标的劝谏，令朱元璋意识到，不仅他的大儿子朱标已经长大了，他的二儿子朱樉，三儿子朱枫和四儿子朱棣也都长大了。

儿子们长大了，就要考虑他们的未来和前途了。而实际上，朱元璋一直在等候着、盼望着自己的儿子们尽快长大。试想想，儿子们长大了，朱元璋给他们都戴上"王"的头衔，然后再把他们分封到全国各地，这样一来，大明王朝不就固若金汤了吗？

于是，朱元璋就把李善长等人招来，商议给自己的儿子们封王的事。李善长等人哪里会有什么意见？

就这样，朱元璋在洪武四年，封二儿子朱樉为秦王，封地在西安；封三儿子朱棡为晋王，封地在太原；封四儿子朱棣为燕王，封地在北平。朱元璋并谕令这几个儿子自封王之日起即刻赶往封地就国。

从上不难看出，朱元璋在封王一事上是有着很长远的打算的。以四儿子朱棣为例，封朱棣为燕王，待朱棣真正长大成人了，牢牢地控制着大明王朝的北大门，大明江山不就永固了吗？

这一年（洪武四年）的年底，也就是快要过春节的时候，朱元璋罢免了李善长的大明丞相职务。说是李善长的岁数太大了，不再适合处理繁重的国家大事了。个中原因，与那个胡惟庸有很大的关联。

胡惟庸仗着与李善长是老乡的关系，在李善长的大力举荐下，可谓是步步高升，春风得意，由一个一文不名的凡夫俗子飙升至太常寺卿这么一个朝中重臣之位，心中自然充满了对李善长的感激。他曾表示会死心塌地的效忠于李善长，故而，李善长就一直把他当作是自己最知己的亲信。

然而，李善长错了。错就错在，他看错了人，胡惟庸不是那种容易知足的人。虽然"太常寺卿"这一官职和六部尚书相差无几，但胡惟庸却还想更上一层楼，他的目标是当丞相。胡惟庸清楚地知道，如果李善长一直占着丞相的位子，那他胡惟庸就永远当不了丞相。

当然了，胡惟庸可以等李善长真正年迈退休了之后再去谋取丞相一职。但他怕夜长梦多，谁知道李善长年迈退休了之后朝中会发生什么事情？他要凭借自己的能力尽快地把丞相之职弄到手。

同李善长比起来，胡惟庸的学问确实显得浅薄，同时他也缺少李善长当年的那种战略眼光。但是，如果单就揣摩别人的心理而言——主要是指揣摩朱元璋的心理——那李善长就要稍逊胡惟庸一筹了。

比如，从朱元璋任用夏煜为检校的头领、又任用蒋献为锦衣卫的头领这两件事情，胡惟庸至少嗅出了两条重要的信息：一、朱元璋已经不是过去的那个朱元璋了；二、只要投朱元璋所好，就能得到朱元璋的重用。

换句话说，胡惟庸以为，只要他能够抓到李善长的重大"把柄"，然后把这个"把柄"交给朱元璋，那么，大明丞相一职，就十有八九非他胡惟庸莫属。

对胡惟庸而言，抓住李善长的"把柄"并非什么难事。李善长在他胡惟庸的面前，几乎口无遮拦，想说什么就说什么。李善长跟他提及的用箩筐逮麻雀一事，他就向朱元璋作了密报，说是李善长以为皇上下旨叫天下文人都出来做官是小孩子在冬天下雪的时候用箩筐逮麻雀的游戏。

朱元璋听了胡惟庸的密报后，半天没言语，但脸色十分阴沉。末了，朱元璋只谕令胡惟庸继续留意李善长的言行举止。

虽然，胡惟庸密报后，朱元璋并没有对李善长怎么样，也没有对他胡惟庸作过什么许诺，但胡惟庸还是以为，自己的目的达到了。什么目的？朱元璋至少对李善长有所戒心了。

李善长依然稳坐在大明丞相的位子上，说胡惟庸一点儿不急那是假话，但要说胡惟庸心急如焚那同样不切实际。胡惟庸在等机会，而且等得很耐心。所谓功夫不负有心人，胡惟庸等待的机会终于来到了。

那是朱元璋把自己的二儿子、三儿子和四儿子分别封为秦王、晋王和燕王之后没多久的事，也就是洪武四年快要结束的时候。有一天下午，胡惟庸到李善长的家里串门（自向朱元璋密报过之后，胡惟庸到李善长家里的次数更多，目的当然是"留意"李善长的言行举止，只是李善长尚被蒙在鼓里而已），李善长当时不在家，胡惟庸和李善长的弟弟李存义及李善长的儿子李祺等人闲聊了一会儿便要告辞。

就在这时，李善长回来了。李善长近来心情很不好，所以就叫胡惟庸留下来陪他喝几杯。胡惟庸自然不会拒绝，只说了一句"恭敬不如从命"便同李善长一起坐在了酒桌边一同饮酒。

酒桌边，除李善长和胡惟庸外，还有李善长的弟弟李存义和李善长的儿子李祺等人。由于心里不畅快，李善长在酒桌边几乎没有说话，只顾埋头喝酒，顶多把酒杯举起来邀胡惟庸一块儿喝。李善长如此，李存义和李祺也不多言，喝酒的气氛显得很是沉闷。

喝完酒之后，李存义和李祺等人相继离开了。剩下胡惟庸，也准备在和李善长聊上几句后就告辞，因为李善长一直闷声不响的，在这里待的时间再长恐也没多大意义。

然而，叫胡惟庸多少有些意外的是，李存义和李祺等人刚一离开，李善长的话匣子就打开了。而且，李善长说话的速度还很快，别人根本无法插嘴。李善长说着说着就说到了朱元璋封王的事情上来。

他很有感触地言道："皇上现在只顾照着自己的意愿行事了……怎么能把秦王和晋王封到那么重要的地方？"

秦王的封地在西安，晋王的封地在太原。可以这么说，从地理位置来看，西安是南京的西大门，太原是南京的西北门户。而燕王的封地北平自然就是南京的北大门了。

胡惟庸的心里不禁一"咯噔"，他有一种预感，他就要听到他一直想听到的话了。于是，他就趁李善长换气的当口，赶紧装着一无所知的样子言道："兄长的话小弟听不明白……皇上为什么不能把秦王和晋王封到那么重要的地方？"

李善长"唉"了一声道："贤弟莫非什么也不知道？秦王才十四岁就以打人为乐，他不仅打他的仆人，连朝中大臣他也想打就打！那个晋王呢？刚刚十三岁，可为兄听说，他早就知道女人为何物了，晚上睡觉没有女人陪着，他就睡不着……秦王和晋王现在便如此，长大了又当如何？皇上把他们封在那么重要的地方，岂不是给大明江山留下了隐患？"

胡惟庸真是越听兴致越浓："兄长所言，小弟听来也确有道理。秦王和晋王的为人，小弟也略听说过。但不知兄长对燕王又如何看法？"

李善长咂了一下嘴后言道："就愚兄所见，燕王年纪虽然尚幼，但在燕王的身上，愚兄总能看到皇上过去的影子……"

过去的朱元璋是个什么样的人？如果燕王朱棣真的像过去的朱元璋，那朱棣最终会做出什么事情来？由此不难看出，李善长虽然没能彻底摸透朱元璋的脾性，但对朱元璋几个儿子的揣摩，却也是十分准确的。

胡惟庸不假思索地问道："如果依兄长所见，皇上应该把秦王和晋王封到什么地方比较合适？"

不知是真的喝多了酒，还是因为心中的郁闷太过浓厚，李善长居然说出这样的话来："既然无德无能，又何必要分封呢。"

皇帝的儿子，不都是要分封的吗？李善长说出这样的话来，岂不是大逆不道？如此大逆不道，还能保住大明丞相的乌纱帽吗？只可惜，李善长似乎对此一无所知。胡惟庸告辞的时候，他还把胡惟庸送出家门。

回到了家，胡惟庸就奋笔疾书地写好了一道奏折。奏折很短，胡惟庸知道朱元璋不喜欢看洋洋洒洒的文字。

简短的奏折中主要有这么三项内容：一、李善长认为秦王和晋王皆为无能无德之人；二、李善长认为不应该封秦王和晋王为王；三、李善长认为封秦王和晋王为王是大明江山的一大隐患。

早朝终于到来了，奉天殿里，朱元璋威严地坐着，文武大臣分两排恭顺地站着。执事太监扯起尖尖的嗓门叫道："有事上奏，无事退朝！"

工部尚书薛祥奏道："禀皇上，臣听说淮河下游年年都泛滥成灾，给两岸的老百姓带来诸多的苦难。臣请皇上恩准，从国库中拨一些款项，趁今冬农闲时期，好好地把淮河下游治理一番！"

朱元璋微微点了点头道："造福于民的事，朕焉能不办？准奏！"

薛祥谢恩后，退下，再也无人上什么奏了。就在执事太监准备喊"退朝"的一刹那，胡惟庸跨出一步道："启禀皇上，臣有本上奏！"

当执事大监将胡惟庸的奏折呈给朱元璋，朱元璋看完了奏折之后，脸上的表情连一点儿变化都看不出。朱元璋只是用目光扫了一下文武百官后轻轻地言了一句道："退朝！"

很快，胡惟庸便接到传谕：到乾清宫见驾！胡惟庸这回是真的笑了：皇上要对李善长动真格的了。

但胡惟庸没想到的是，他刚走进乾清宫、刚见了朱元璋的面，还没来得及给朱元璋磕头呢，朱元璋就喝问道："胡惟庸，你可知罪？"

胡惟庸双膝一软就跪在了朱元璋的脚下："微臣……对皇上忠心耿耿，不知所犯何罪！"

朱元璋声色俱厉地道："对朕忠心耿耿的，是李丞相！你居心叵测，肆意捏造李丞相罪名，企图妖言惑朕，这，还不是弥天大罪吗？"

胡惟庸慌忙叩头如捣蒜："皇上，微臣实在是冤枉啊……微臣奏折上所禀，绝无半点虚妄！微臣昨日下午去李丞相家串门，李丞相留微臣对饮，李丞相在酒酣之后，亲口对微臣说了那些话，微臣听了，大为震惊……虽然李丞相对微臣有提携眷顾之恩，但微臣思来想去，觉得理应以皇上和大明江山社稷为重，故微臣宁愿有负于李丞相也绝不敢有负于皇上……祈望皇上明察。"

朱元璋顿了一下，然后不冷不热地言道："胡惟庸，你的话，听起来倒也像是有这么一回事啊！"

胡惟庸赶紧再拜道："微臣愿意当着皇上的面与李丞相对质。"

显然，此时此刻，胡惟庸也顾不了那么多了，即使公开地同李善长翻脸，他也无所谓了。谁知，朱元璋听了他的话后，倏地"哈哈"一笑道："胡惟庸，这里没你什么事了，你可以走了！"

胡惟庸战战兢兢地退出了乾清宫，退出乾清宫之后，胡惟庸也忍不住笑了。原来，胡惟庸已经看出来了，皇上刚才虚张声势，只不过是想证明那奏折上所写的内容是否属实罢了。既然奏折上所写都是事实，那胡惟庸还有什么可担心的？

胡惟庸是不用担心什么了，但太子朱标的心却一下子悬起老高。朱元璋把胡惟庸打发走了之后，又马不停蹄地把太子朱标召进了乾清宫。

朱标来了之后，朱元璋把胡惟庸的奏折往朱标的手里一塞道："标儿，好好地看看吧！你以为这事当如何处理啊？"

朱元璋是在考查朱标治国的本领了。那奏折还没有看完呢，朱标的脸色就变得一片惨白："父皇，这……折上所奏，是否属实？"

朱标看来是不相信李善长会说出这许多大逆不道的话。在朱标的印象中，李善长无论说话还是行事，一向都比较沉稳。沉稳之人，如何能说出这般毫无掩饰的话来？

朱元璋言道："标儿，父皇可以这么跟你说，如果这折上所奏，哪怕有半点虚假，父皇就一个月之内，决不走出这乾清宫半步！"

朱标听出朱元璋的话是极其认真的，同时，朱标也相信了朱元璋的话。只是，朱标当时不知道怎么说才好："既然如此……不知父皇准备如何处置丞相大人。"

朱元璋微微一笑道："朕现在是在问你！如果不想问你，父皇早就采取行动了！"

听到"采取行动"几个字，朱标慌忙言道："儿臣以为，虽然李丞相说了这许多不该说的话，但念在他为大明王朝所立下的不朽功勋的份上，理应从轻处罚。"

朱元璋淡淡地问道："该怎么个从轻处罚啊？"

朱标字斟句酌地道："比如，父皇可以把李丞相召到这里来，严厉地加以批评……"

朱元璋的表情渐渐趋冷："李善长犯下如此滔天罪行，难道只一个严厉批评就可以了？"

朱标赶紧道："儿臣的意思是说，李丞相纵然犯下难以饶恕的罪过，但他也毕竟为大明王朝的建立立下过盖世奇功……"

朱元璋言道："李善长为大明王朝立下了盖世奇功，这点朕不否认。但是，朕也给了他相应的待遇。他不是一直占据着一人之下万人之上的位置吗？既如此，他就当全心全意地效忠大明王朝，效忠朕！可结果呢，他竟然反其道而行之！如果像他这样的罪行都能饶恕的话，那天下还有什么样的罪行不可饶恕？"

如果站在朱元璋的角度，朱元璋的话自然是有道理的。朱标吞吞吐吐地问道："父皇莫非打算革李丞相的职吗？"

朱元璋"嘿嘿"一笑道："革职岂不是太轻了吗？"

朱标愕然问道："父皇难道要处死李丞相？"

朱元璋肯定地点了点头道："不仅要处死李善长，还要抄没他的全家！"

朱标大为震惊："父皇，不能这么做。"

朱元璋皱眉道："为什么不能这样做？"

朱标言道："父皇曾给过李丞相两块铁券，并对李丞相许诺过，他永远没有死罪……"

朱元璋怪异地一笑，道："不错，朕是给过他两块铁券，也确实对他那么许诺过。但是，朕跟他讲得清清楚楚，如果他无端杀人，如果他非法聚敛财富，朕可以熟视无睹，可是，如果他有了谋反之心，那两块铁券就不能保住他的性命了！"

朱标连忙道："儿臣以为，李丞相并无什么谋反之心。"

朱元璋两眼一瞪道："标儿，你怎么越来越糊涂了？什么叫谋反之心？李善长反对朕给你弟弟他们封王，这还不叫谋反之心？朕不给你弟弟他们封王，难道要封他李善长为王？谋反之心如此，还不该定他一个死罪？"

朱标急急地道："父皇所言固然有理，但据儿臣看来，李丞相所言，与谋反不是一回事。"

朱元璋缓缓地摇了摇头道："标儿，你今天让朕很失望……好了，朕的主意已定，你下去吧！"

即使朱元璋不叫朱标"下去"，恐怕朱标也不会再在乾清宫里待下去了。朱标很清楚，朱元璋决定了的事情，他朱标是无力改变的。能改变朱元璋决定的，似乎只有一个人，那就是马皇后。

所以朱标离开乾清宫之后，就直奔坤宁宫。到了坤宁宫内，见了马皇后，朱标就一头扎进了马皇后的怀里："母后，父皇要杀李丞相。"

马皇后大惊失色："李丞相何罪之有？"

朱标便把自己知道的一切和盘说了出来。马皇后不禁叹道："标儿，你父皇越来越偏听偏信了……"

朱标求道："母后，你无论如何也要保住李丞相的性命……李丞相为大明王朝立下了赫赫功勋，如果仅仅因为几句不慎之辞便掉了脑袋，那也太不公平了！"

马皇后答应道："标儿放心，别人的事我可以不管，但李丞相的事我不能撒手不管！"

紧接着，马皇后就带着几个太监宫女径往乾清宫而去。幸亏马皇后走得快，要是慢一点儿的话，事情就无法挽回了。因为，马皇后走进乾清宫的时候，朱元璋正在召见锦衣卫的头领蒋献。朱元璋召见蒋献，自然是要蒋献去抓人、杀人的。

马皇后抢在朱元璋之前对蒋献道："你出去一会儿，待我和皇上谈过之后你再进来听皇上训示！"

皇后的话，蒋献自然不敢不听，但朱元璋吩咐得半半拉拉的，蒋献又不敢就这么离去。朱元璋看出了蒋献的窘境，于是就摆了摆手道："皇后叫你出去，你就赶紧出去。待朕与皇后谈完了话，朕自然会召你进来。"

蒋献便乖乖地退出了乾清宫，马皇后又率先问道："听说，你要处死李丞相？"

朱元璋当然知道是朱标告诉马皇后的，他把胡惟庸的奏折递给她："你看看，朕该不该处死李善长？"

马皇后没有看奏折，因为她已经知道了奏折上的内容："皇上，我们姑且不论这奏折上的内容究竟有多少水分。退一步说，即使这奏折上所写的东西全部属实的话，我也以为，李丞相并无什么太大的罪过。"

朱元璋不由得一愣："皇后，朕怎么听不懂你的话？李善长犯下如此弥天大罪，你怎么会说他并无什么太大的罪过？"

马皇后平静地言道："皇上，我想问你一个问题，一个人要是说了实话，算不算有罪？"

朱元璋似乎只能这样回答："说实话的人，当然没有罪。"

马皇后接道："既然如此，李善长只不过是说了几句大实话，你又为什么判他有罪？而且还是死罪？"

朱元璋一怔："皇后，李善长何曾说的是实话？他纯粹是在胡说八道嘛！"

马皇后言道："樉儿年纪虽小，但生性暴戾，动辄骂人打人，也不是一天两天的了。棡儿虽不怎么暴戾，但小小年纪，便以拈花惹草为能事。李丞相说他们无德无能，虽稍嫌过分，但又何罪之有？樉儿、棡儿现在便如此，如果长大了还依然如此，那他们的封地会被他们折腾成什么模样？李丞相为大明王朝的江山社稷着想，看出了樉儿、棡儿如此作为的隐患，这本是他的肺腑之言，皇上又何必另作他想？"

朱樉、朱棡胡作非为的事情，朱元璋当然听说过。听了马皇后的话后，朱元璋竟然一时间无言以答。

马皇后轻轻地问道："皇上，你怎么不说话啊？"

朱元璋开口道："朕以为，李善长说朕不该封樉儿、棡儿他们为王，明显地存有不轨之心。既有不轨之心，那就该治他的死罪！"

马皇后摇了摇头道："皇上，李丞相只不过是随便说说而已，你又何必如此认真？"

朱元璋看起来确实很认真："皇后，李善长说其他的话，朕可以不计较，但他说出这种话来，朕就不能不认真地对待了。"

马皇后微微地叹了一口气道："皇上，我本来是不该过问你的政事的，但我想，如果你真的治了李丞相的罪，恐怕就会造成极其严重的后果。"

见朱元璋闭口不言，马皇后便接着言道："朝野上下，几乎没有人不知道李丞相是对大明王朝立有大功的人，如果你仅仅因为李丞相说了几句实话就治他的罪，那朝野上下会怎么想？还有，正在边境带兵打仗的将帅，大多都是和李善长一起为大明王朝的建立流过汗流过血的人，如果你毫不留情地治了李善长的罪，岂不是让他们大为心寒？"

朱元璋还是没言语，马皇后定睛看了看朱元璋，最后言道："我只是给你提个建议，究竟该怎么办，还是你拿决定。我也不多说了，你把那个蒋献叫进来商谈大事吧。"

说完，马皇后就在太监宫女的扶持下离开了乾清宫。马皇后走后，朱元璋立即把蒋献召了进来。召进来之后，朱元璋对蒋献言道："你听着，皇后来之前朕对你说过的话，你要把它们全部忘掉。现在，你可以走了。"

蒋献唯唯诺诺地退去。马皇后来之前，朱元璋到底跟蒋献说了些什么，似乎已经不太重要了。重要的是，马皇后走了之后，朱元璋已经改变了主意。至少，他不会再对李善长治什么"罪"了。换句话说，马皇后至少是暂时保住了李善长的一条不算是太老的命。

不过，朱元璋虽然没治李善长的罪，但也不想就这么轻易地让这件事情结束。李善长胆敢在背后议论他朱元璋给儿子封王之事，朱元璋哪能立即就释怀？精明的朱元璋把自己关在乾清宫里老半天，终于想出一个令他十分满意的方法来。

那是一天下午，再过十几天就要过年了。朱元璋突然在乾清宫里摆了一桌丰盛的酒席，宴请朝中重臣。哪些重臣？丞相，平章政事（副丞相），吏、户、礼、兵、刑、工六部尚书，还有太常寺卿、大理寺卿等。

虽然朱元璋没有说明为什么要突然设宴，但几乎所有被邀请者，包括李善长和胡惟庸，都知道一定是朱元璋有什么重大的事情要宣布，不然，朱元璋是不会只邀请这么几个大臣与他同饮的。

至于朱元璋究竟会有什么重大的事情要宣布，那各人就各有各的揣测了。比如胡惟庸，肯定会揣测朱元璋此次设宴与他"揭发"李善长的"罪行"一事有关。

朝中重臣齐聚乾清宫，酒席也确实很丰盛，朱元璋还带头喝了两杯酒。只不过，赴宴的大臣都各怀心思，所以，尽管场面上觥筹交错，但饮酒的气氛却也不是很热烈。

一直到朱元璋宣布他的"重大决定"时，饮酒的气氛才真正地热烈起来。你道朱元璋宣布了一个什么"重大决定"？

原来，朱元璋要把自己的长女临安公主下嫁给李善长的儿子李祺，并且，朱元璋还把临安公主和李祺的婚期定在了腊月二十六。作出决定之后，朱元璋笑问李善长道："爱卿，朕自作主张，你可有什么意见？"

李善长赶忙叩首道："皇上隆恩，微臣岂敢有半点意见？"

朱元璋"哈哈"一笑道："李爱卿，从今往后，朕与你就是儿女亲家了！"

朱元璋"哈哈"笑过之后，众人悬着的心才大都慢慢地落回到肚里。心为什么悬着？因为本来不知道朱元璋要干什么。朱元璋可是说翻脸就翻脸、说杀人就杀人的。现在，终于知道朱元璋为何设宴了，众人当然应该好好地喝上几杯了。有的举杯向朱元璋恭喜，有的举杯向李善长祝贺，场面一下子热闹起来。

只有胡惟庸的心态跟众人大为不同。虽然他也挂着笑容向朱元璋举杯、向李善长举杯，但心中却很是大惑不解："这到底是怎么了？我揭发了李善长那么重大的罪状，皇上不仅没有治他的罪，反而将他的儿子招为了驸马，这究竟是怎么一回事？"

渐渐地，胡惟庸不仅是大惑不解了，而且很有点忐忑不安了。如果皇上真的放过了李善长，那将意味着什么？只能意味着，他胡惟庸要倒大霉了。果真如此的话，他胡惟庸岂不是引火烧了自己的身？

朱元璋先是摆了摆手，止住了众人的说笑声，然后，他带着淡淡的微笑扫了众人一眼道："众位爱卿，朕还有一个决定要宣布！"

众人都看着朱元璋，朱元璋却只看着李善长一个人。就听朱元璋十分深情地言道："李爱卿，朕刚刚开始打江山的时候，你就紧跟在朕的左右，鞍前马后，日夜操劳。朕曾把你比作是汉代的萧何，可朕细细想来，萧何又怎及爱卿十一？现在，大明江山已经一统了，爱卿的年岁也高了，身体又不怎么好，可爱卿还是像过去那般不辞辛苦地劳作着，朕实在是不忍心啊！所以，朕考虑再三，虽然极不情愿，但还是做出决定，让爱卿退休。这样，爱卿就可以了无牵挂地颐养天年了！不知爱卿意下如何啊？"

除胡惟庸外，其他的人，包括李善长自己，都对朱元璋的这一决定感到异常地突然。因为，在此之前，朱元璋要撤李善长职的迹象一点儿都没有。

尽管朱元璋没有明说是撤李善长的职，但众人心中都明白，朱元璋不再需要李善长待在大明朝廷里了。众人心中还明白，朱元璋把临安公主嫁给李祺为妻，只不过是给李善长一个安慰而已。

李善长怔了片刻之后，缓缓地伏地磕头道："老臣确实年岁已大！皇上体恤老臣，叫老臣退休，老臣感激不尽。老臣祝吾皇万岁万岁万万岁。"

朱元璋双手去搀扶李善长，一边搀扶一边问道："爱卿退休后，朕想叫胡惟庸继你为相，你可有什么不同意见？"

机灵的胡惟庸，在李善长还没有回话之前，就跪倒在地道："皇上，微臣何德何能，如何堪任丞相要职？"

被蒙在鼓里的李善长，居然还帮胡惟庸说起"好话"来："皇上圣明！胡惟庸天资聪慧，忠贞不贰，足可担任丞相之职！"

朱元璋颇有意味地一笑道："李爱卿所言极是啊！胡爱卿是李爱卿的老乡，又是李爱卿一手提携成长，李爱卿退休了，胡爱卿继承，这岂不就叫萧规曹随吗？"

汉高祖刘邦的丞相萧何去世后，曹参继相位，曹参所制定的一切规章，都依萧何先例，这便是"萧规曹随"的意思。朱元璋在这个时候用上这么一个成语，当真是再贴切不过了。

早已心花怒放的胡惟庸还要假惺惺地推辞，朱元璋含蓄地打断道："胡爱卿，朕认为你可以做丞相，李爱卿也认为你可以做丞相，既然如此，那你就做一回大明的丞相吧！"

胡惟庸还有什么话说呢？他费尽心机，不就是要谋取大明丞相一职吗？现在，丞相一职到手了，他所能做的，就是给朱元璋磕头了。

腊月二十六的晚上，南京城内似乎还和过去一样，但李善长的家里却张灯结彩、披红挂绿，异常地热闹。李善长的儿子李祺和朱元璋的长女临安公主今夜大喜。

不知是有意还是无意，朱元璋把临安公主嫁出去的时候，跟普通人家没什么两样：他命人将临安公主梳洗打扮一番，然后就用轿子把公主抬往李善长家，从此，临安公主就是李家的人了。

但临安公主和李祺的婚宴也确实办得欢天喜地。以新任丞相胡惟庸为首的朝中大臣都来赴宴自不必说，朱元璋、马皇后和太子朱标也联袂出现了在婚宴的酒桌边。如果仅从婚宴的气氛上看，是一点儿也看不出李善长已经被革了丞相之职的。

婚宴一直持续到后半夜才曲终人散。最后，举办婚宴的地方，只剩下李善长一个人在那儿呆呆地坐着，且脸色铁青，像是在跟谁生气，而且生的气还很大。

李善长确实是在生闷气，确切地说，如果他的自制力不是比较强的话，恐怕他在儿子婚宴的过程中就要发火了。你道是为何？原来，那宋濂在婚宴的过程中告诉了李善长一个秘密：李善长被革职是因为有人向皇上告了密，而告密者就是胡惟庸。

李善长真不敢相信宋濂的话，他对胡惟庸那么好，一直把胡惟庸视为知己，胡惟庸怎么可能会恩将仇报？但最终，他还是相信了宋濂的话。虽然宋濂没有详细说明，但宋濂的这一消息是从太子朱标的嘴里得知的。李善长以为，太子朱标是不会说瞎话的。

当然了，不去怨怪别人，不代表不能自己生自己的气。所以，李善长气来气去的，终于气出了这么一个决定：马上离开南京城。

本来，李善长是想过完年之后再举家迁回故乡定远的，朱元璋都在命人准备为李善长举行盛大的欢送仪式了。

因为李善长决定回定远，朱元璋听后非常高兴，一下子就赐给了李善长一千五百亩田地和一千五百家佃户，还有二十家仪仗户、一百五十家守坟户，据说还有不少珠宝和佳人。如果是从过日子的角度来考虑，李善长虽然不干大明丞相了，但日子却同样可以过得红红火火、有滋有味。

　　李善长是在腊月二十八那天匆匆离开南京城的，朱元璋也没来得及为李善长举行什么盛大的欢送仪式，只得带着太子朱标来到南京的西城门同李善长告别。

　　李善长一家数十口人，包括那个临安公主在内，出了南京城，往西去了。几乎是不知不觉地，天空中突然飘起了雪花。雪花不很密，但却很大，落在人的衣服上，一时很难融化。这便给李善长一家的离京场面，平添了一缕凄凉的诗意。

　　李善长虽然离开了，但他仍然没有摆脱被杀的命运。后来，因"胡惟庸案"，李善长被灭族，一家七十多口被杀，只有儿子和儿媳免死。

　　洪武五年春天的时候，汤和及李文忠等人从大西南回到了南京城。因为大西南的局势基本已定，除傅友德等大将奉旨在四川一带镇守外，其余明朝将帅都陆陆续续地返回了明朝都城。朱元璋对这些为他抛头颅洒热血的武将们十分地热情，专门设御宴为他们接风洗尘，还没忘了对他们论功行赏。

　　周德兴很高兴，因为四弟汤和回来了，自己在南京城内就多了一个可以说知心话的人了。然而，和汤和在一块吃过几次饭之后，周德兴仿佛突然间发现，汤和好像也和朱元璋一样，变得和过去大不相同了。

　　有一回，周德兴在一家饭馆里邀汤和喝酒。本来周德兴还邀上廖永忠来作陪的，但廖永忠临时有事出城去了，所以也就只剩下周德兴和汤和两个人面对面地喝酒了。

　　一开始，周德兴问汤和在大西南打仗的情况，汤和眉飞色舞地说着，周德兴津津有味地听着，俩人倒也没产生什么分歧。可渐渐地，说到朝廷上的事情的时候，二人就多少有点话不投机的味道了。

　　周德兴道："李善长跟着大哥干了一辈子，人还没有老呢，大哥就狠着心把他撵回家了。大哥这样做，不是很让人伤心吗？"

　　汤和却道："三哥，大哥这样做，自有他这样做的道理，我们用不着多管这些闲事的。"

　　周德兴双眉一扬道："四弟，这怎么叫做多管闲事？想那胡惟庸，有什么本事？要不是李善长尽心竭力地提携他，他恐怕永远都一文不名呢！可现在倒好，大哥把李善长撵回了家，却让那个胡惟庸做了丞相。这，岂不是太不公平了？"

　　汤和连忙"嘘"道："喂，三哥，这里人多嘴杂，说话小声点。"

　　周德兴眨了眨眼睛道："四弟，你是不是仗打得越多胆子却变得越来越小了？"

　　汤和笑道："这不是什么胆大胆小的问题。三哥，我问你，我们跟着大哥南征北战了大半辈子，究竟图的是什么？"

　　周德兴答道："不就是图着想帮大哥夺取天下吗？"

　　汤和点头道："是呀，大哥已经夺得天下了，我们现在还干什么呢？"

周德兴言道："我们再帮着大哥治理天下啊？"

汤和摇了摇头道："三哥此言差矣！治理天下，只是大哥一个人的事情，我们用不着去碍手碍脚的。"

周德兴惊诧道："四弟，如果照你这么说来，治理天下只是大哥一个人的事情，那我们兄弟，岂不是什么事都没有了吗？"

汤和微笑道："三哥此言又差矣！我们怎么会什么事情都没有呢？在豪华的屋子里面住着，顿顿有美酒喝，夜夜有美女乐。三哥，我们可以做的事情多着呢！"

周德兴有些不相信似的问道："四弟，你真的是这么想的？"

汤和回道："我当然是这么想的。以前，老是忙于打仗，也没有工夫好好地享乐，现在，天下是大哥的了，也用不着老是打仗了，所以我们就该多养些美女尽情地享乐！三哥，人生短暂，我们现在再不抓紧时间享乐以后懊悔就来不及了！"

周德兴闭了口，若有所思，像是在想着汤和刚才说的话。汤和又"唉"了一声道："三哥，我一想到享乐，就不禁想起那苦命的常五弟。要是常五弟还活着，我们兄弟几个天天在一块享乐，那该有多美？可惜啊，常五弟太过短命了。"

提到了常遇春，周德兴的脸上也立即布满了一层忧伤之色："是呀，四弟，你说得没错，常五弟的确是走得太早了。"

周德兴没想到的是，他请汤和喝酒的这家饭馆，上至饭馆的老板，下至跑堂的伙计，几乎全是夏煜的手下。这样一来，他和汤和的一番对话，就几乎一字不漏地传到了朱元璋的耳朵里。

第二天早朝结束后，朱元璋把周德兴和汤和留了下来。朱元璋怪模怪样地笑着问周德兴道："三弟，朕听人说，你昨天在一家饭馆里请四弟喝酒了，有这回事吗？"

汤和一时多少有点紧张，周德兴却无所谓。他知道这一定又是夏煜的手下告的密，于是就毫不掩饰地回答道："大哥说得没错，我昨天是请四弟喝酒了。我不仅请四弟喝酒了，我还说了一些大哥不爱听的话。"

汤和慌忙解释道："大哥，三哥当时是酒喝多了，随便胡扯了几句，也没说什么不中听的话啊。"

周德兴看着汤和道："四弟，你别隐瞒了。你这几年在外面打仗，不知道京城里的事。有一回，我和我老婆在床上说话，大哥第二天就知道了。"

汤和不知是恐慌还是钦佩，眼睛睁得老大道："大哥的本事真大。"

朱元璋微微一笑道："四弟太夸奖朕了。实际上，朕只知道三弟昨天请你吃饭，至于三弟究竟都跟你说了些什么，朕并不知晓。"

周德兴一旁言道："大哥，我昨天说你不该把李善长撵回家，还说你不该叫胡惟庸当丞相，因为这不公平，也令人伤心。"

朱元璋哈哈一笑道："三弟，你还是这么诚实啊！"

汤和不失时机地插了一句道："大哥，三哥永远都是这么诚实的！"

朱元璋点了点头，然后敛起笑容对周德兴言道："三弟，这里没有外人，朕不妨跟你说实话，虽然，你是四弟的三哥，但朕以为，在有些方面，你应该向四弟学习。你们跟着朕劳累了半辈子，现在，为什么不待在家里好好地享受生活呢！搂着美人，喝着美酒，生活是多么美好啊！以前打仗，朕不让你们多喝酒多享乐。现在，仗打完了，你们想怎么喝就怎么喝、想怎么玩就怎么玩，大哥保证不会对你们说一个'不'字。三弟，朕的话有没有道理？"

周德兴的脸憋得通红，终于憋出这么一句话："大哥的话，听起来总是有道理的！"

汤和高兴地道："这不就成了吗？大哥专心治理他的国家，我和三哥呢，只管专心在家里吃喝玩乐。就是天塌下来，自有大哥顶着，我们用不着多操心的。"

朱元璋望着周德兴道："三弟，听到了吗？四弟这话，朕最爱听！"

朱元璋说完，意味深长地拍了拍周德兴的肩膀，然后含笑而去。周德兴冲着汤和叹气道："四弟，大哥过去最喜欢你，大哥现在还是最喜欢你！"

汤和赶忙往四周看了看，然后捏着嗓门言道："三哥说话小声点，要是叫大哥听到，恐怕又会不高兴了！"

周德兴不由得苦笑道："四弟的胆子真的是越来越小了！"殊不知，正是因为胆子"越来越小"了，汤和在未来的日子里才侥幸地捡得了一条性命。

朱元璋走了，剩下周德兴和汤和，并肩走出了大明皇宫。刚出宫门，就听得有人轻声唤道："两位大人且留步！"

周德兴摸头一看，是夏煜。夏煜是检校的头领，专干向朱元璋告密的勾当。周德兴平日是很看不惯夏煜的为人的，故而，虽然看见了夏煜，却装作没看见。只汤和前趋一步招呼道："夏大人可是有什么吩咐？"

夏煜堆上笑容回道："汤大人说笑话了，夏某怎敢吩咐汤大人和周大人？夏某只是奉皇上旨意，在此恭候两位大人罢了。"

听到"皇上"二字，周德兴便也冲着夏煜问道："皇上叫你在此等候所为何事？"

夏煜十分恭敬地言道："皇上命我把一些东西送给大人。"

说着话，夏煜使劲拍了两下巴掌。巴掌声甫歇，有四位妙龄女子走到了夏煜的身后。夏煜再一拍巴掌，那四位女子便主动分成两组，一组走到周德兴身边，另一组走到了汤和的身边。显然，这四位女子在事前是经过专门训练的。

周德兴虽然已经猜着了是怎么一回事儿，但还是有点疑惑地问道："皇上……这是什么意思？"

夏煜还没发话呢，汤和却抢着言道："周大人，你还没看出来？这几个女人，是皇上送给我们的礼物！"

夏煜含笑言道："汤大人所言甚是！皇上叫卑职在这里把这几个女人送给两位大人玩耍。现在，卑职的任务已经完成，卑职要回去向皇上交差了！"

说完，夏煜向周德兴和汤和哈了哈腰，然后匆匆地离去。汤和迫不及待地对周德兴道："皇上考虑得真周到啊！"

周德兴却淡淡一笑道："要不是怕皇上生气，我真想把这礼物退回去呢。"

汤和赶紧言道："皇上送的礼物，万万不可退回。不然，皇上肯定是要生气的。"

周德兴点头道："是呀，我正在为难呢。"

汤和小眼珠子一转，连忙将周德兴拉到一边低声地问道："三哥，跟小弟说实话，大哥送的这个礼物，你真的不想要？"

周德兴回道："我家里有大老婆，也有小老婆，这两个女人要不要，我无所谓。"

汤和又低低地言道："三哥，大哥好心好意地送给我们，要是我们不领情，大哥的心里岂不是不快活？"

周德兴言道："就是啊，大哥既然已经送来了，那我就只能勉强地收下了。不然，大哥肯定又要生我的气了。"

汤和嘻嘻一笑道："三哥，这是一件很愉快的事情，你又何必勉强自己呢？"

周德兴问道："莫非，四弟对此有什么好办法？"

汤和似乎很是不好意思地挠了挠头道："三哥，我也不是有什么好办法……我的意思是说，如果三哥真的不想要这两个女人，那么……"

汤和说着说着突然停下了。周德兴急道："四弟，你有什么话就快说啊！"

汤和的声音放得更低了："三哥，我的意思是说，大哥把这两个女人送给你，你呢，却不想要。既然如此，那你就再把这两个女人转送给小弟我，这样一来，岂不就两全其美了吗？"

周德兴不由得一笑，道："四弟，你怎么不早说呢？"

就这么着，周德兴悠搭着双手独自走回了家。而汤和则领着四个女人，往自己的家走去。

岁月匆忙，仿佛是一眨眼的工夫，洪武七年（1374年）的夏天就来到了。

这一年，李文忠奉旨北上。在徐达的统一指挥下，李文忠和蓝玉兵合一处，在北平以北，再次重创元廷残军。虽然，大明王朝的北边和南边仍有战事发生，但南京城内却是平安无事。平安无事了，朱元璋就会四处闲逛。一四处闲逛了，就未免会逛出一些不大不小的事来。

南京城素有"火炉"之称，而洪武七年的夏天，南京城似乎更加闷热。既闷又热，朱元璋当然不会老是待在皇宫里。特别是在黄昏时分，热气稍有减退之时，他总是喜欢在南京城的大街小巷里转上几圈。

若是按朱元璋的意思，他在南京城里转的时候，最好只是他一个人。南京城是他的家，自己又有一身好武艺，难道还怕什么不测之事发生？然而，只要他一走出宫门，那蒋献就会领着一批锦衣卫簇拥在他的前后左右。

朱元璋本想训斥蒋献一顿的，可转念一想，蒋献这么做，也是忠心耿耿的表现。于是，朱元璋就谕令蒋献：只许带着锦衣卫远远地跟着，没有旨令，不得上前。

那是一个黄昏，天有些阴沉，便也有些凉爽，只是依然很闷，朱元璋穿着一身便装走出了宫门。像往常一样，蒋献带着十几个锦衣卫跟在了朱元璋的后面。蒋献等人自然也是便装，距离朱元璋约有二十步之遥。不知内情的人，是很难看出朱元璋与蒋献等人是一伙的。这样一来，朱元璋便像是一个无所事事的人在闲逛南京城了。

朱元璋也的确是无所事事。如果要问他为什么在南京城里走动，恐怕他也说不出个所以然来。他只是觉得，在南京城里随便地走走、随便地看看，心里很舒坦。

朱元璋走完了一条大街，又走完了两条小巷，天渐渐地有了暗意。按往常习惯，朱元璋应该回宫了。当时，朱元璋也确实有了回宫的念头。但最终，他不仅没有马上回宫，而且还满面笑容地走进了一户人家。慌得蒋献连忙紧跑几步，要跟着朱元璋一同进去。但朱元璋却叫蒋献等人只许在这户人家的大门外候着。

朱元璋为什么要走进那户人家？原来，那不是别的什么人家，而是业已病死的常遇春的府宅。常遇春的家，朱元璋以前自然来过。常遇春死后，其子常升被朱元璋加封为"开国公"，依旧居住在原地。朱元璋虽然有很长时间没来常府了，但常府里的一切，朱元璋也是依稀熟悉的，更何况，一眼看上去，常府几乎毫无变化。

常府的大门虽然敞开着，但门里门外都没有人。朱元璋走进常府好一会儿了，却连一个人影都没有碰到。这样一来，常府内就多少显得有些冷清，特别是在这种黄昏将尽的时候。

朱元璋在常府内转悠的当口，蓦然看见有一间屋子里亮起了灯光。天还没有怎么黑，便点起了灯，朱元璋自然有些好奇。他就向那间屋子走去。待朱元璋走进那屋子之后，朱元璋似乎就不仅仅是好奇了，他变得惊奇起来。

你道朱元璋为何会变得惊奇？原来，屋内亮灯之处，赫然摆放着一幅画像。画像栩栩如生，异常地逼真，立体感又强，就跟活人似的。那画像不是别人，正是常遇春。

朱元璋眼眶一热，差点落下泪来。泪虽没有滑落出来，但朱元璋的声音却的确是哽咽的："五弟，大哥我看你来了。"

因为过于哽咽了，所以朱元璋发出的声音就很低，而且也十分模糊。不过，声音再低、再模糊，近在咫尺也总是能够感觉到的。故而，朱元璋的声音还没有完全落地，那原先背对着他的人就慢慢地转过了身体。也就是从这个时刻起，朱元璋的心思一点一点地从常遇春的画像上收了回来，而后一点一点地放在了那个转过身体的人的身上了。

朱元璋当然不会看错，转过身来的那个人果然是一个少女，也只得在十五六岁吧，正是含苞待放的年纪。那少女转过身来之后，不觉"啊"了一声。而几乎与少女的"啊"声同时响起，朱元璋也不觉发出一声极其短促的"啊"字。那少女发出"啊"声，大致有两个原因，一是她不认识朱元璋，二是因为朱元璋长得太凶太丑。

那少女正怔怔地望着朱元璋呢，朱元璋大嘴一撇道："你，过来！"

那少女刚一走到朱元璋的身边，朱元璋的大手就抄起了她的一只小手。哦，那小手软乎乎的，轻轻一捏，似乎就不存在了，但又确实满布在手心里，这是何等奇异的一只小手啊。

朱元璋正惊诧这女孩的美艳时，一个二十多岁的男人大步跨进了屋子。这男人乍见朱元璋，微微一愣，但旋即就伏地磕头道："微臣叩见皇上！祝吾皇万岁万岁万万岁！"

显然，这二十多岁的男人认识朱元璋。这也并不奇怪，因为他是常遇春的儿子"开国公"常升。

朱元璋反应奇快，常升刚一跨进屋，他的右手就从那少女的左臂上滑下来，在她左手的手背上轻轻地拍着，像是在安慰她，更像是一个长辈在和自己的晚辈友善地亲昵。等常升磕头祝颂完毕，朱元璋便真的用一种长辈的语气道："常升啊，起来吧。家无常礼嘛！"

常升规规矩矩地爬起了身，却又弯腰言道："微臣不知皇上驾到，未曾远迎，望皇上恕罪。"

朱元璋言道："朕只是路过，顺便进来看看，你不必多礼。"又紧跟着问道："常升啊，这小姑娘是谁？朕好像从来都没有见过啊？"

那小姑娘被朱元璋抓着手，依然一副手足无措的模样。常升恭恭敬敬地回道："禀皇上，这小姑娘是微臣的胞妹。"

朱元璋闻言，自觉不自觉地就松了那少女的手。常升的胞妹，不就是常遇春的女儿吗？常遇春是朱元璋的"五弟"，常遇春的女儿自然也就等于是朱元璋的女儿。可刚才，朱元璋竟然对自己的"女儿"动了邪念，这，岂不是一种罪恶？这么想着，朱元璋就下意识地瞥了常遇春的画像一眼，常遇春的眼睛正盯着朱元璋。

之后，朱元璋就缓缓地离开了这间屋子。看起来，朱元璋的心情好像十分沉重。而实际上，朱元璋是不想再看到常遇春的那双眼睛了。或许可以这么说，老是在常遇春那双眼睛的注视下，朱元璋有些打憷。

天已经黑了，常升想留朱元璋在家里吃饭，朱元璋摇了摇头，走出了常府，站在了一条大街道的边上了。他真的是站着，直直地，动也不动。虽然，街道两边有些彩灯高悬着，但总起来看，这条大街还是极其黑暗的。

蒋献蹑手蹑脚地凑到朱元璋的近前小声地言道："皇上，该回宫了……"

是呀，天都全黑了，还不该回皇宫吗？谁知，朱元璋大眼一瞪蒋献，道："朕做什么，难道要你教吗？"

蒋献虽是朱元璋最为宠信的亲臣之一，却也吓得腿一软、头一缩："小人不敢，小人多嘴……"

朱元璋终于迈动脚步了，蒋献不由得一喜。但很快，蒋献又喜不起来了。因为，朱元璋虽然迈动了脚步，却不是朝着皇宫的方向。蒋献真想去问问皇上要到哪里去，却又没这个胆量。因为蒋献已经看出来了，皇上此刻的心情很不好。皇上的心情不好了，谁敢无端地惊扰？

走着走着，朱元璋又突然停住了脚步。蒋献赶紧朝前张望，前面，是宽阔的街道。街道显得很空旷，因为没有多少行人。朱元璋为何在此止步？

蒋献又忙着四周瞅了瞅，不远处，有一个大宅院。院门外高悬着两只大灯笼，灯笼上写着一个大大的"徐"字。原来，朱元璋胡乱地走着，竟走到徐达的府宅门前了。朱元璋刚刚从常遇春的家里出来，现在来到了徐达的门前，能不进去看看吗？

果然，朱元璋回头对蒋献看了一眼，然后就拐进了徐达的家。徐达家的院门是虚掩着的，朱元璋轻轻一推，院门就"吱呀"一声敞开了。虽然"吱呀"的声音比较大，但无人过来问津。这是怎么回事？常遇春的家里空落落的，莫非徐达的家里也是如此？

徐达的家里一点儿也不冷清，确切地说，徐达家的院落里非常热闹。既热闹，为何无人发觉朱元璋的到来？原来，月光笼罩下的徐达家的院落里，正有一人在表演拳术。此人看上去眉目清秀，约莫十三四岁光景，一身江湖好汉短式打扮，分明是一位英俊少年。

围观者，少说也有二十多人，但因为那英俊少年的拳术太吸引人了，所以，谁也没有注意到朱元璋已经推门而入。

朱元璋凑到了围观的人群边，他可是耍拳舞剑的行家，他只伸头那么一望，便望出那少年的拳艺确实已有了相当的火候。而且，朱元璋还一眼看出，这少年的拳法，显然是从徐达那里师承而来。

能从徐达身上习得拳技的人，会是谁？朱元璋使劲地皱了皱眉，可还是想不起这耍拳的少年究竟是何人。

那少年耍完了一套拳，围观的人群情不自禁地拍手叫"好"。那少年微微一笑，便要离开院落。朱元璋横跨一步，挡住那少年的去路，且几乎面无表情地言道："这位小英雄的拳脚，打得十分娴熟，但在我看来，也只不过是花拳绣腿而已！"

朱元璋之所以要挡住那少年的去路，主要的原因，是他当时的心情很不好。还有一个原因，他看出来了，那少年跟徐达肯定有着非常亲密的关系。

心情不好自然要发泄，而跟徐达有非常亲密关系的人，朱元璋又自然想好好地"指点"他一番。这就是当时朱元璋的脸上为什么几乎毫无表情的原因。

没有人认识朱元璋，包括那个少年。朱元璋正儿八经地往那儿一站，围观的人顿时就愣住了。倒是那少年，只微微地有点惊讶，很快，他便冲着朱元璋一拱手道："敢问这位大英雄尊姓大名？"

朱元璋轻哼一声道："我叫什么名字并不重要。重要的是，你刚才所练的这套拳脚，只能供欣赏，并无实用！"

围观的人群开始叽叽喳喳起来，那少年含笑对朱元璋言道："大英雄所言自有道理，不过，在下很想向大英雄讨教几招。"

众人的目光一起盯住了朱元璋的脸，朱元璋的脸上还是没有什么变化，且说出来的话也依旧没什么热度："教别人不好说，但教你几招拳脚还是绰绰有余的。"

"绰绰有余"是什么意思？众人的议论声越发地大了。那少年却不紧不慢地言道："大英雄既如此说，那在下就失礼了！"

只见那少年，双脚一顿，身子一挫，右拳挟带着风声就朝着朱元璋的面门打来。朱元璋叫了一声"来得好"，头颅微微一偏，左手便反攻那少年的胸膛。少年见朱元璋身手奇快，不敢大意，赶紧伸手去挡朱元璋的拳。

没承想，朱元璋使出的是"无赖拳"中的第一招"无事生非"，左手只是虚招，右手才是实打，左拳刚一击出，右拳就跟着击到。

"无赖拳"可是至精至妙的拳法，那少年如何能招架得住？眼睁睁地就看朱元璋的右拳击向了那少年的脸部。

"无事生非"是专攻对方脸部的，如果朱元璋的右拳真的结结实实地击在那少年的脸上，那少年清秀的脸蛋恐怕就要鼻歪眼斜了。

当他的拳就要击中那少年脸部的一刹那，他猛然想起，这少年与徐达有着非同寻常的关系。于是，已经将"无赖拳"练得收放自如的朱元璋，迅疾地变拳为掌，而且还暗收了大半的冲力。这样一来，"无事生非"的结果是：朱元璋的右手在那少年的脸蛋上轻轻地抚摸了一下，且抚摸得十分温柔。

"无赖拳"的速度该有多快？围观的人，谁也没有看出朱元璋的右手曾经跟少年的脸蛋接触过。但那少年知道，所以少年的脸蛋就"唰"地红了起来。

朱元璋见了心中不禁一乐。你道朱元璋乐个啥？原来，那少年脸红的时候，活像是一个少女，而且是一个非常俏丽的美少女。

那少年脸红的时间很短暂，脸上的红晕还没有完全退去呢，那少年就"呼""呼"两声，一拳一脚一前一后地向着朱元璋打来。虽只是一拳一脚，而且还分有先后，但其中的变化却非常地多。

只不过，这变化朱元璋知道。少年所使，乃是徐达拳技中的妙招之一，唤做"前赴后继"。当那少年打出"前赴后继"时，朱元璋也没敢托大，而是步走身绕，先避过那少年拳脚的锋芒，然后才一拳击向那少年的脸部。

朱元璋这回出的是右拳，看起来出得很随便，但却是"无赖拳"中的第二招"无中生有"。右手虚招，左手实攻，攻的是对方的胸部。

那少年似乎识得朱元璋此拳的厉害，没有招架，而是迅速地回撤身体，想躲开朱元璋的攻击，但还是慢了半拍。

少年的身体刚一动，朱元璋的左拳就贴近了少年的胸部。跟上回一样，朱元璋并没有拳击少年，而是改拳为掌，在那少年的胸部不轻不重地抓了一把。只是这么不轻不重地抓了一把，却把那少年抓得失声尖叫起来。

朱元璋出手并不重，那少年为何失声尖叫？少年的心里自然明白。而朱元璋似乎也很明白，因为，朱元璋明明白白地感觉到了，他左手刚才抓到的，是一团非常绵软的东西。这团绵软的东西，不该长在一个少年的胸上，只该长在一个少女的胸前。

再看那少年，失声尖叫之后，马上就伏地磕头道："臣女叩见皇上！祝吾皇万岁万岁万万岁！"

一个少年，为何自称"臣女"？原来，这少年果然就是一个少女。这少女不是别人，乃是魏国公徐达的千金小姐徐氏。

徐氏这一跪倒不大要紧，那二十多个围观者，虽然不知道是怎么回事，但听到"皇上"二字后，哪个还敢怠慢？一起跪在了地上，乱七八糟地"万岁万岁"

起来。

一个中年女人从里面的屋子里走了出来，这中年女人一看见朱元璋就大呼小叫起来："皇上大哥，是什么风把你给吹来了？"

敢叫朱元璋"皇上大哥"的，普天之下，恐怕只有徐达的老婆张氏一个人。张氏心直口快，不怎么计较礼节。朱元璋占领定远的时候，曾用"征婚启事"的方式，将张氏等三个女人分别嫁给徐达、周德兴和汤和做老婆。故而，张氏等人同朱元璋就十分熟悉。

看到张氏，朱元璋就只好把目光从徐氏的身体上收回来，然后挤出一点儿笑容望着张氏言道："朕上街闲逛，看见你家院门虚掩着，就推门进来了。"

张氏抬了抬眉毛道："皇上大哥，你整天闲着没事干，可我家徐达却整天忙着在北边打仗，你就不能另派一个人到北边去把徐达换回来，也让徐达过几天安稳的日子？"

亏的是张氏，若是换了别人，当着朱元璋的面说出这样的话，脑袋恐怕早就搬家了。当然，要真是换了别人，也不敢当着朱元璋的面说出这样的话。

朱元璋打了个"哈哈"对张氏道："弟妹，朕何尝不想派一个人去把二弟换回来？你想念二弟，朕也十分想念啊！可放眼满朝文武，又有谁能够代替二弟？"

见张氏要嘟哝什么，朱元璋又赶紧道："不过弟妹放心，待北边的形势一安定下来，朕就马上传谕叫二弟回京！"

张氏显然有些不满地翻了朱元璋一眼，然后冲着徐氏言道："女儿，快起来吧。他虽然是当今皇上，但也是你父亲的大哥。你跪这么长的时间，也差不多了！"还冲着众人叫道，"你们也都起来吧！"

还别说，张氏这么一吆喝，众人——包括徐氏，真的都相继爬起了身。要知道，皇上没叫你"平身"你就爬起了身，那可是"不敬"之罪啊！

然而，朱元璋当时并没有在意这件事。原因有二，一是他非常清楚张氏的为人；二是他听到了张氏口中的"女儿"二字。

听到"女儿"二字后，朱元璋很是吃了一惊，连忙瞥了徐氏一眼，跟着就问张氏道："弟妹，你刚才说……这是你的女儿？"

张氏回道："当然是我的女儿！虽然她没有皇上大哥你的公主女儿珍贵，但在我的眼里，她却是天底下最为珍贵的人！"

如果细究起来，张氏上面的一番话，同样也是大不敬的，但朱元璋没有细究。因为他的心里，突然有了一种很沉重的失落感。失落感生起的原因是：这个浑身上下都充满山谷气息的少女，竟然会是徐达的女儿。所以，朱元璋就睁着一对失落的大眼，仿佛不认识似的盯着徐氏看。

张氏好像有些不愿意了："我说皇上大哥，你怎么用这种眼神看我的女儿？"

朱元璋赶紧恢复了常态："弟妹，你和二弟有这么一个女儿，朕怎么一点儿都不知道？"

张氏撇了撇嘴言道："皇上大哥，这一点儿也不奇怪啊！以前呢，你经常来串门，我家的事情，你都知道个八九不离十。可现在不一样了，你做了皇帝了，架子大了，不经常来串门了，我的女儿一天天地长大，你当然就不会知道了！"

不难听出，张氏的话中是蕴含着诸多的不满的。后来张氏死于非命，正是源于她心中的这种不满。

不过当时的朱元璋也没有太在意，他只是这样言道："弟妹所言，自然有理。二弟常年在外打仗，朕理应多来这里走动看望。"

张氏嘿嘿一笑道："哪敢如此劳动皇上大哥的大驾？"

说完，张氏问朱元璋是否留在这里吃饭，见朱元璋摇头，她便径自转入里屋去了。

张氏走了，朱元璋便也想离开。离开前，他很是专心地盯了徐氏几眼。若是别的少女，被朱元璋如此一盯，至少也会瑟瑟发抖的，然而，徐氏好像无所谓。她很从容，气定神闲，似乎在她的眼里，朱元璋也只是个普通的男人，并没有什么了不起。

朱元璋盯了徐氏几眼后，不觉叹了口气。那徐氏突然开口道："敢问皇上因何喟叹？"

是呀，朱元璋为什么要叹气？他能把自己叹气的原因告诉徐氏吗？朱元璋只能不明意味地晃了晃脑袋，算是对徐氏作了回答。但旋即，朱元璋便问徐氏道："你，认识朕吗？"

徐氏说不认识，朱元璋又问道："既然你不认识朕，那先前朕与你过了两招之后，你为何会突然认出朕来？"

是呀，朱元璋用"无事生非"摸了徐氏的脸，接着用"无中生有"抓了徐氏的胸。这两招过后，徐氏突然跪地说"叩见皇上"，这是怎么一回事呢？

就听徐氏回道："臣女先前不是认出了皇上，而是猜出了皇上。"

朱元璋问："你，如何能猜出朕就是皇上？"

徐氏言道："臣女先前所使的第二招，是前途无量拳中的前赴后继一式。皇上不仅轻而易举地避开了，而且还反攻得手。这就说明，皇上是很清楚前赴后继这一招数的，而知道这一招数的人并不多，皇上就是其中之一……"

朱元璋插话道："朕只是其中之一，你怎么就敢肯定朕是皇上？"

徐氏微微一笑道："臣女还有一个依据……臣女以为，能够与前途无量拳相抗衡的，只有无赖拳。而能将无赖拳练到叫臣女无法招架这一地步的，好像只有两个人。一个是皇上，另一个是汤四叔。汤四叔臣女很熟识，那剩下的，就只有皇上了……"

朱元璋回宫之后，胡乱地用了晚膳，便前往乾清宫准备休息了。但陪伴他的太监宫女们却发现，朱元璋虽然说的是"回乾清宫"，但实际上，他却走到了坤宁宫的宫门前。走到坤宁宫的宫门前之后，朱元璋自己好像也感到很惊讶："朕……怎么走到这里来了？"

早有宫女去禀报了马皇后，马皇后迎出了宫门。朱元璋便顺水推舟地道："朕一时难以入睡，就过来看看皇后。"

马皇后虽然不知道朱元璋一时难以入睡的原因，但从朱元璋的脸上却也看出，朱元璋确实有很重的心思。

所以，待朱元璋在她的寝宫里坐定之后，马皇后便支走了所有的宫女太监，然后亲执团扇，为朱元璋摇曳送凉。马皇后这么做，朱元璋自然有些感动。一感动了，朱元璋就开口说话了。

朱元璋的声音很低，似乎他不敢把声音放大，好像声音放大了，马皇后就会窥见他内心的真实想法："皇后，你还记得常遇春吗？"

马皇后多少有些奇怪："皇上，我如何能不记得常遇春？"

朱元璋自顾点了点头："是呀，你记得，朕也记得，所以朕今天就去了他家一次。"

马皇后一下子有点紧张起来："是不是……发生了什么事？"

朱元璋把团扇从她的手里接过来，自己为自己扇。好像他的心里太热，她的力气太小，无法帮他消热。他一边"呼呼呼"地扇着扇子一边言道："也没有发生什么事。只不过，朕突然发现，常遇春有一个女儿，而且已经长大了，还长得非常美貌，是天下最美貌的女人之一。"

马皇后闻言不觉一怔，道："皇上，常遇春的女儿长大了，这……就是你今晚闷闷不乐的原因？"

朱元璋没有回答马皇后的话，而是继续说了下去："朕离开常遇春的家之后，又去了徐达的家。朕发现，徐达的女儿也好像突然间长大了，而且也长成了天下最美貌的女人之一。"

朱元璋对"天下最美貌的女人"的态度，马皇后焉能不知晓？这下子，马皇后就真的有些紧张了。朱元璋这个时候当着自己的面说出这样的话，究竟是什么意思？

不过，马皇后虽有些紧张，但并不怎么慌乱。略略思忖之后，她这样对朱元璋言道："皇上，我以为，徐二弟和常五弟的女儿都长大了，你应该高兴才是啊！二弟和五弟的女儿，不就等于是你的女儿吗？"

朱元璋当然听出了马皇后的言外之意，他堆起几缕生硬的笑容道："皇后所言极是，二弟和五弟的女儿，就像朕的亲生女儿一样。她们一天天地长大，朕确实应该感到高兴。只不过，她们都长这么大了，朕竟然一无所知，想想也真是惭愧啊！朕对二弟、五弟的儿女们，关心得真是太少了啊。"

马皇后知道，如果明打明地在朱元璋的面前表露自己内心的不信任，那就只能把事情搞得更糟。所以，听了朱元璋"真是惭愧"的话后，马皇后不仅没有点破，反而笑微微地言道："皇上不必说什么惭愧之语，你国事那么繁忙，怎么可能注意到二弟、五弟他们女儿已经长大这样的小事情？只是以后，对二弟、五弟家多给一点儿关怀和爱护也就是了。我想，二弟，还有五弟的在天之灵，是不会对你有什么意见的。"

马皇后的话，朱元璋听了非常舒服："皇后说得对啊！可问题是，朕一时拿不准，该如何对二弟、五弟家进行关怀和爱护。"

马皇后轻轻言道："我倒有一个想法，不知皇上同意不同意……"

朱元璋即刻言道："皇后的话，朕总是喜欢听的。"

马皇后轻轻地言道："二弟和五弟的女儿既然已经长大成人了，那皇上就该考虑将她们嫁为人妻了……"

朱元璋马上问道："皇后想把二弟、五弟的女儿都嫁给谁？"

马皇后言道："若是将她们嫁给寻常人家，那就显示不出皇上对她们的关心和爱护。所以，我就想，不如就将她们分别嫁给标儿和棣儿。这样一来，二弟是不会有什么意见的，五弟虽然早赴了九泉，但皇上如果真的这么做了，那五弟就一定会含笑九泉的。但不知，皇上意下如何啊？"

马皇后说完，似有意又似无意地盯着朱元璋看。朱元璋呢，一时却陷入了沉默。也不完全是沉默，看朱元璋的模样，他好像在十分认真地思考着马皇后的建议。

马皇后口中的"标儿"和"棣儿"，自然指的是太子朱标和燕王朱棣。朱棣虽然只有十五六岁，却也到了婚娶的年龄。朱标虽然早就有了一个"太子妃"，但再娶一个"太子妃"本也无妨。听起来，马皇后的建议，确实是出于对徐氏女和常氏女的关爱。嫁给太子或王爷为妃，至少也是莫大的荣幸。

但实际上，马皇后提出这样的建议，除了一层表面上的"关爱"之外，还有另一层内在的用义。因为，朱元璋对别的任何人都可以看得很轻，但对自己的儿子，他却看得如同江山社稷一样重。

朱元璋沉思了一会儿道："你的想法，朕认为切实可行！"

马皇后便也笑了，笑过之后，她问朱元璋，是把徐达的女儿嫁给朱标呢，还是将常遇春的女儿嫁给朱标？朱元璋不假思索地言道："二弟的女儿嫁给棣儿，五弟的女儿嫁给标儿。"

朱元璋的意思是，那徐氏女一身的野性，而且拳脚功夫也不弱，如果和仁弱的朱标搅和在一起，那岂不是乱了套？而浑身软乎乎又晃兮兮的常氏女，才是适合朱标的人。还别说，朱元璋这"乱点鸳鸯谱"，经实践证明，是非常正确的。尤其是徐氏女和朱棣，当真称得上是天造地设的一对。

此事就算定下来了，之后朱元璋作出了决定，先在南京城里把朱标和常氏女的婚事办妥，然后自己亲自护送徐氏女上北平与燕王朱棣完婚。

朱元璋亲上北平，当然不仅仅只是为了"护送"徐氏女。个中主要原因是，大明江山虽然广袤无边，但黄河以北的土地，朱元璋却还是十分陌生的。这次，借"护送"徐氏女之机，既能把河北的土地游览一番，又能与久违的二弟徐达畅谈一回，真是一箭三雕，又何乐而不为？

大明太子结婚，自然非同小可。甭说是一个南京城了，就是整个大明天下，也都感受到了太子结婚的喜庆。你道是为何？原来，为显示"皇恩浩荡"，朱元璋趁朱标娶常氏女之机，大赦天下。

这样一来，几乎所有大明的臣民，都知道开平王常遇春的女儿常氏已经成了太子朱标的太子妃了。

而且，细心的人还知道，常氏不仅成了朱标的太子妃，还成了朱标的正妃，也就是当上了朱标的正妻。

这一年（洪武七年）的秋天，朱元璋要北上了，他要送徐氏女到北平与自己的四儿子朱棣成婚了。周德兴和汤和自然要跟着朱元璋北上，但朱元璋没同意。

没同意的理由是，他朱元璋只是送徐氏女北上完婚，没必要带那么多朝臣前往。朱元璋还对周德兴、汤和许诺道："我这次去北平察看，如果觉得北方局势已稳，那我明年就让二弟回京。"

实际上，朱元璋此番北上，确实没带什么朝臣。除了徐氏女、蒋献和数千名侍卫，好像只剩下一些太监宫女陪伴在朱元璋的左右了。只是，临行前，朱元璋突然决定，把那个夏煜也带在身边。也许，没有了夏煜，朱元璋的旅程就显得太过孤独了。

选了一个黄道吉日，朱元璋离开了南京城。以胡惟庸为首的文武百官，一直把朱元璋送过了长江。这以后，朱元璋就踏着宜人的秋色，开始了他的北上旅程。

朱元璋此番北上，曾在山东境内停留了数日。准确点讲，是在泰山附近停留了两天。停留的目的当然是为了登泰山。

泰山为五岳之首，孔子曾登泰山而小天下。这些知识，朱元璋也是知道的。朱元璋还知道，有不少朝代的皇帝，都曾经跑到泰山的顶上祭祀天地。

现在，自己打泰山的边上路过了，自然也要到山顶上去转悠一番。从此，后人们便会记得，他大明皇帝朱元璋，也曾经登临过泰山。

朱元璋身强力壮，第一个爬上了泰山的山顶。往泰山山顶上这么一站又这么一望，确实有一种"小天下"的感觉。

北平城外，徐达调集了有十多万军民，排成一个巨大的方阵，又是敲锣又是打鼓，又是唱歌又是跳舞，还"噼里啪啦"地放鞭炮，热烈而隆重地欢迎大明天子朱元璋的到来。朱元璋刚一露面，那十多万军民，包括徐达在内，就一起跪倒在地向朱元璋磕头，且众口一词地颂道："吾皇万岁万岁万万岁！"

朱元璋道："大明臣民们，你们都起来吧！"

朱元璋冲着急急走过来的徐达"哈哈"笑道："徐爱卿，你搞了个这么大的场面，朕还真的有些不习惯呢！"

徐达淡淡一笑道："皇上不辞劳苦，亲送微臣小女来与燕王爷完婚，皇恩浩荡如此，微臣哪敢有半点懈怠？"

朱元璋一把抓住徐达的手道："爱卿言重了！朕既然决定朕的四皇子与爱卿的千金结为连理，那朕就理当护送爱卿的千金北上，若是换了别人护送，朕又如何放得下心？"

徐达哈腰道："微臣再次谢过皇上隆恩。"

别看朱元璋和徐达一个"朕"一个"微臣"，就跟真的似的，实际上，那是做给别人看的。待朱元璋和徐达手挽手肩并肩双双走进北平城，走到徐达为朱元璋临时辟就的行宫里之后，二人的称呼马上就变了。当然是朱元璋首先改变称呼的，朱元璋对徐达道："二弟，朕哪是什么护送你的女儿来此与朕的儿子结婚啊？朕是太想你了，所以就找这个借口来了！"

徐达言道："大哥的心意我明白。我在这里，也时常想起大哥，还有三弟、四弟，还有五弟……"

朱元璋马上道："五弟就不要提了，提起他朕就难过。你的女儿和朕的儿子很快就要结婚了，我们不应该难过，我们应该高兴才是。"

徐达点头道："大哥说得是！大哥把常五弟的女儿嫁给太子殿下为妃，如果常五弟泉下有知，也会像我们一样高兴的。"

朱元璋轻轻地叹了一口气道："是呀，朕做大哥的，好像也只能这样来安慰九泉之下的常五弟了！"突地话题一转，"对了，二弟，朕怎么到现在都没看到朕那个儿子？"

徐达回道："燕王爷到北边巡逻去了。我对他说，皇上今天下午可能到这里，但他还是去了。"

朱元璋不禁点了点头："棣儿这样做是对的，一切当以国事为重。朕把他封到这里来，就是想叫二弟多帮衬帮衬他。老是叫二弟在这里守着，朕于心不安。等朕的棣儿真正成熟了，能独当一面了，二弟便可以回京了。"

徐达言道："其实，在我看来，燕王爷虽然年纪尚幼，但已经显露出了王者之气。就现在而言，他也具备了独当一面的才能。"

朱元璋闻言心中一动："二弟，你可不能光拣好听的话说给朕听哦。这里就你和朕，你老实地告诉朕，朕这个四儿子，到底有没有什么出息？"

徐达笑道："大哥怎么连我的话也不相信了？"

朱元璋也笑道："二弟，朕不是不相信你的话，朕是在担心朕这个四儿子长大了会没出息。如果他真的没有出息的话，那朕把他封在这儿，岂不是有点考虑不周？"

朱元璋说的倒也是实话，徐达也看出了这一点，于是徐达就认真地言道："大哥，这么跟你说吧，在我看来，无论是才干还是魄力，燕王爷都极似当年打天下时的大哥！"

朱元璋顿时就高兴起来，徐达的话，他好像没有理由不相信："二弟，如果朕这个儿子真的如你所言，那你就再帮衬他几个月，明年春天回京。"

徐达言道："一切听从大哥安排。说实话，今日见了大哥，我倍感亲切。亲切之余，我真的很想马上就见到三弟、四弟他们呢。对了，大哥，三弟、四弟他们现在还好吧？"

"他们吵着要跟朕来，朕没同意，他们在背后肯定生朕的气呢。特别是那个三弟，好像朕做什么事情他都看着不顺眼，整天嘀嘀咕咕的，说了他还不听，真拿他没办法！"

"大哥，三弟生性耿直，他有什么话就想说出来，说出来也就没事了。大哥不必把三弟的话往心里去。"

朱元璋一咧大嘴道："那是自然，朕做大哥的，肯定是要让着三弟的。"

徐达真想问朱元璋为什么要把李善长打发回定远，但考虑再三，最终还是没有问。徐达对朱元璋十分了解，朱元璋赶走李善长自有充足的理由，如果硬对这件事情刨根问底，那朱元璋是肯定不快活的。

当然了，朱元璋没有不快活。他一到北平，精神就抖擞了起来。因为他通过徐达，了解到了自己的四儿子朱棣是个非常有才干的人。有这么一个富有才干的儿子替他把守大明王朝的北大门，朱元璋能不喜笑颜开吗？于是，大明朝燕王爷朱棣和徐达的千金小姐徐氏女便在朱元璋灿烂的笑容中结为了千年之好。

【第十四回】

飞鸟尽永忠遭缢，狡兔死刘基中毒

　　洪武八年（1375年）的早春，一次早朝的时候，朱元璋的心情好像很不错，脸上还挂着淡淡的笑容。看起来朱元璋心情不错，事实上也的确如此，胡惟庸等人上奏了一些事情，朱元璋都欣然答应了。眼看着，这次早朝就要轻轻松松地结束了，可就在这当口，朱元璋向工部尚书薛祥问道："薛爱卿，你告诉朕，你昨天夜里是和谁睡在一起的？"

　　薛祥恭恭敬敬地回道："微臣昨天夜里是和微臣之妻睡在一起的。"

　　朱元璋盯着薛祥："昨天夜里，你一直都是和你的妻子睡在一起的吗？"

　　薛祥略略犹豫了一下，最终言道："启禀皇上，微臣昨晚上半夜是和微臣之妻睡在一起的，下半夜的时候，微臣又走进了微臣之妾的房间，一直睡到今日凌晨。"

　　朱元璋逼视着薛祥："尚书大人，你昨天下半夜都是和你的小妾睡在一起的吗？"

　　薛祥答道："确实如此。今日凌晨，还是微臣小妾替微臣穿的朝服。"

　　朱元璋轻哼了一声："薛尚书，你再好好想一想，你是不是记错了昨天晚上的事？"

　　薛祥不知不觉地就锁起了眉头，确乎在好好地回忆了。末了，薛祥言道："回皇上的话，微臣昨晚确实是一半和妻睡在一起一半和妾睡在一起。"

　　朱元璋的语调有些变冷："薛祥，你刚才对朕所言，是实话吗？"

　　薛祥低头道："微臣所言，句句属实……"

　　朱元璋又突地"哈哈"大笑道："薛祥，你知罪吗？"

　　薛祥身体一震："微臣……何罪之有？"

　　朱元璋猛然止住笑："薛祥，你竟敢在众目睽睽之下对朕撒谎，这岂不是欺君之罪？"

薛祥情知不妙，刚要下跪，就听得朱元璋冲着殿外叫道："来人啊！廷杖伺候！"

听到"廷杖"二字，薛祥的脸"唰"地就变白了。可还没等他跪地呼"冤枉"呢，那蒋献就带着几个锦衣卫拖着木棍从奉天殿处跑了进来。进殿之后，几个锦衣卫不由分说地将薛祥摁倒在地并娴熟地扒去了薛祥的裤子，露出薛祥那两瓣白生生的屁股来。蒋献则点头哈腰地问朱元璋要打多少棍，朱元璋脱口而出道："三百棍！"

蒋献向朱元璋报告说薛祥已死，朱元璋一边嗅着这血腥之气一边目光炯炯地言道："据朕所知，那薛祥昨天晚上是这样度过的。上半夜的时候，他确实是和他的妻子在一块睡觉的，下半夜的时候，他也的确走进了他小妾的房间。但是，他下半夜之后，并不是只和他的小妾在一起，在他小妾的那张床上，除了他和他的小妾外，还有一个年少的女人，这年少的女人，便是专门伺候他小妾的女佣。也就是说，薛祥昨晚的下半夜，是一男二女睡在一起的。然而薛祥，却当着朕的面，当着众位爱卿的面，信口雌黄、胡说八道，故意隐瞒昨晚睡觉之真相，这还不叫欺君吗？是可忍，孰不可忍？这虽是一件小事，可谁能保证你们大事上不欺骗我？这次仅是一个警示，你们记清楚了！退朝！"

众朝臣默默地退出了奉天殿，周德兴是最后一个走出殿外的。几乎和周德兴肩并肩走成一条直线的，是汤和。汤和知道周德兴不高兴便一路跟着他。一直来到了大街上，周德兴才有气无力地抬起了头。这期间，他一句话也没说。汤和三番五次地挑起话头，可周德兴装作没听见。这会儿，见周德兴的头抬起来了，汤和就堆上笑容言道："三哥，时辰也不早了，我们就随便找家小酒馆喝上几杯吧。"

周德兴也没有什么心情回家，便答应了下来。于是周德兴、汤和就朝着一家酒馆走去。因为时间尚早，酒馆里还没有什么顾客，所以酒馆老板就倚在店门前看来往的行人，一下子看到了周德兴、汤和，于是便热情地迎上来招呼道："两位大人屋里请！"

汤和抬脚就要朝店里跨，周德兴突然叫道："四弟且慢！"

汤和以为周德兴又改变了主意，于是忙着言道："三哥，你刚才明明说要喝上几杯的。"

周德兴却一指大街上说："四弟，你看那是谁？"

汤和顺着周德兴手指的方向一看，立即就叫道："那不是徐通吗？"

徐通是徐达的一个本家，常年跟在徐达的身边。周德兴嘀咕道："徐通从北平回来了……四弟，莫非二哥也回来了？"

汤和言道："三哥说得有理。即使二哥没有回来，我们也能从徐通的嘴里问到二哥的一些情况。"

周德兴在前，汤和在后，二人急急地朝大街上奔去，一直奔到徐通的对面才停住脚。徐通当然认识周、汤二人，刚要开口，周德兴抢先问道："我二哥回来了吗？"

原来，徐达真的是从北平回来了。大概是在工部尚书薛祥被木棍打死的那当口，徐达踏进了南京城。因为是奉旨回京的，所以徐达进了南京城之后，哪儿也没去，连家都没有回，就直奔皇宫去向朱元璋交旨。

周德兴当即道："四弟，我们去找二哥。"

汤和言道："二哥进宫了，我们现在去找他，恐怕不太合适吧？"

周德兴道："我们不进宫，我们就在宫外等二哥。"

于是，周德兴、汤和别了徐通来到皇宫门外等候着徐达。一直等到中午时分，徐达也没有出来。汤和言道："二哥肯定是留在宫里吃饭了。"

周德兴道："你肚子要是饿了你就去吃饭，我在这里等。"

汤和忙道："我不是这个意思。"又压低嗓门言道，"三哥，我的意思是，大哥留二哥在宫里吃饭了，好像应该把我们也叫去作陪的。"

周德兴长叹一声道："四弟，现在的大哥……心里哪还会装着我们？"

因为周德兴的声音比较高，所以汤和马上嘘了一声道："三哥，说话小声点。"

是呀，要是周德兴这话被朱元璋听到了，朱元璋会作何感想？干脆，周德兴闭了口，像跟谁赌气似的，一言不发。周德兴如此了，汤和更是装成了哑巴。两个大臣呆呆地站在宫门外，几乎动也不动，模样确实有些怪异。

一直到下午的时候，徐达才不紧不慢地走出了皇宫。周德兴、汤和立即就围了上去，徐达略略有些惊讶道："三弟、四弟，你们怎么会在这里？"

周德兴言道："听说你回来了，我和四弟就在这里等候了！"

汤和言道："我和三哥在这里起码等了有两三个时辰，腰都站酸了！"

徐达歉意地一笑道："这都是为兄的不是，为兄一定要作出补偿。"

汤和拍了拍肚皮道："二哥也别补偿什么了，请一顿客算了，我和三哥到现在还没吃午饭呢！"

徐达赶紧道："你们怎么能这样……这样吧，二哥我虽然不富有，但今天也大方一回，酒馆随你们挑！"

汤和马上道："二哥，这可是你说的！"

徐达刚要开口，周德兴一旁言道："四弟，别起哄了！二哥连家还没有回呢！还是一起到二哥家，叫二嫂随便炒几个菜，我们陪二哥再干上几杯，岂不是更好？"

汤和连忙言道："三哥说得对！二嫂炒的菜我最喜欢吃了！"

徐达也没有反对，领着周德兴、汤和便往自己家走去。徐达的老婆张氏听说徐达回来了，早就站在院门前张望了。她同周德兴、汤和一样，也没有吃中饭。看见周德兴、汤和一左一右地护着徐达走来，张氏急急地迎上去道："三弟、四弟，你们二哥回家是看我的，你们一起跟来想干什么？"

张氏心直口快，周德兴、汤和是知道的。然而，听了张氏这半真半假的一番话后，平日伶牙俐齿的汤和，除叫了一声"二嫂"外，竟然无言以答。倒是那周德兴，好像突然来了灵感，这样回答张氏道："二嫂，我和四弟不是存心来打搅你和二哥。只不过，二哥刚从北平回来，我和四弟总要表示一下心意吧？所以，我和四弟就想借二嫂的手炒几个菜为二哥接风洗尘。"

徐达"哈哈"一笑道："多日不见，三弟也变得如此能说会道了！"

几个人又开了几句玩笑，便一起走进了徐宅。工夫不大，张氏就摆满了一桌子酒菜。徐达因为在皇宫里已经吃过饭了，所以几乎没怎么动筷子，只时不时地呷上一口清酒。周德兴、汤和可是饿得不轻，只顾大口地吞咽。因为没有外人，张氏也坐在了桌边，见周德兴、汤和狼吞虎咽的模样，她忍不住地笑道："三弟、四弟，悠着点儿，当心噎着！"

汤和回道："在二哥家里，与二哥、三哥在一起，吃着二嫂做的菜，就是噎死了，我汤某也心甘情愿！"

周德兴却突然道："就是真的噎死了，也比那薛尚书强百倍！"

汤和忙着道："三哥，二哥刚回来，干吗要提这不愉快的事？再说了，这是大哥的事情，与我们没多大关系的。"

周德兴把酒杯子往桌面上一放："四弟，你总说这些事情跟我们没关系，可是，一个尚书大人就因为那么一点点小事便被活活打死在朝廷之上，四弟你认为这公平吗？"

汤和喏嚅着言道："公平……当然是不太公平的。不过，大哥以前对我们说过，叫我们不要干涉他的事……"

徐达看了张氏一眼，张氏会意，端着饭碗离去。徐达问周德兴："三弟，薛尚书缘何被活活打死？"

徐达显然不知道薛祥的事情，周德兴便把薛祥在早朝时遭廷杖而死的过程详详细细地叙述了一遍。叙述完毕，周德兴言道："二哥，一个堂堂的尚书大人，就因为隐瞒了自己睡觉中的一件小事便被活活地打死，这，到底是因为什么？"

汤和不请自答地道："三哥，大哥在早朝时不说明了吗？薛祥对皇上说谎，就是欺君，而欺君之罪，自然是要掉脑袋的。"

周德兴不同意："四弟，没把自己跟哪个女人在一块儿睡觉告诉皇上就叫欺君？如果照这样说来，四弟的脑袋也应该砍下来才对！"

汤和眼睛一斜："三哥，凭什么砍我的脑袋？我又没犯什么欺君之罪！"

周德兴撇了撇嘴道："四弟，你家中养了那么多美女，你每天晚上跟哪些女人睡觉你都如实告诉大哥了吗？没有告诉岂不就是欺君？而欺君就要砍你的脑袋！"

周德兴的话，至少听起来是没有错的。汤和一时不知如何反驳，最终只得道："三哥，我不想跟你吵，我听二哥的。"

徐达却自言自语般地道："薛尚书的为人，我虽然不太熟悉，但依常理来推断，他是没有什么理由要向皇上隐瞒的。"

周德兴似乎听出了徐达的言外之意："二哥，你是说，那薛尚书真的是冤枉的？"

见徐达点下了头，汤和很是惊讶地道："二哥，如此说来，那真正撒谎的人，岂不就是大哥了吗？"

周德兴也睁大眼睛道："难怪……薛尚书临死前还大叫冤枉。"

徐达轻轻地言道："鸟之将死，其鸣也哀。人之将死，其言也善。薛尚书根本就没有隐瞒任何东西！"

汤和直觉得有一股冷气钻进了后脑勺："二哥，大哥……为什么这么做？"

徐达没有正面回答，而是看了看周德兴、汤和道："三弟、四弟，大哥的事情，我们不管也罢。我们兄弟既然坐在一起了，那就该好好地喝上几杯。"

说完，徐达率先端起酒杯一饮而尽。看起来，徐达面色自若，但如果周德兴、汤和能够细心一点儿的话便会发觉，徐达在把酒杯送往唇边的一刹那，脸上曾掠过一丝很浓的忧郁之色。

徐达三兄弟开始互相碰杯敬酒了，就在徐达三兄弟吃饱了喝足了准备撤桌子的当口，德庆侯廖永忠来了，而且，廖永忠还带来了自己的一个朋友。

廖永忠是来看望徐达的，尽管徐达回京的消息没怎么外露，但廖永忠还是得知了。他的那个朋友听说他要去看望徐达，便嚷着要跟来，廖永忠自然不好拒绝。而从外因的角度来说，事情坏就坏在廖永忠的这个朋友身上。因为，他虽然名为廖永忠的朋友——确切讲，是廖永忠的酒肉朋友——而实则是夏煜的手下。

徐达再聪明，也不可能一眼就看出廖永忠的那个朋友是朱元璋的密探。见廖永忠来看望自己，徐达当然很高兴，忙着命人重整酒菜。廖永忠也没客气，跟自己的那个朋友打了个招呼后，就挤在了周德兴和汤和的中间。廖永忠的那个朋友，微笑着也落座了。

廖永忠刚一坐下，便迫不及待地端起一大杯酒冲着徐达言道："徐大人劳苦功高，在下这里先敬徐大人一杯！"

说完，也不管徐达同意不同意，廖永忠就"咕咚"一声先干为尽。徐达还没来得及举起杯子呢，廖永忠就又倒了一杯酒道："徐大人，在下再敬你一杯！"

徐达的酒杯刚送到唇边，廖永忠的第二杯酒便又见了底。因为廖永忠与徐达、周德兴、汤和等人都是出生入死的朋友，在酒桌场上，廖永忠也确实犯不着客气的。

徐达放下酒杯笑道："廖兄弟，你真是磊磊耿直之人啊！"

说起来，廖永忠拢共只喝了十来杯酒，但问题是，那酒杯很大，跟一个小碗差不多。再看廖永忠，脸也红了，脖子也粗了，两颗眸子似乎都沁出酒绿来。然而廖永忠还不罢休，依然一杯一杯地往肚里灌，还一边喝酒一边絮絮叨叨地叙说往事。

廖永忠说话虽有些絮絮叨叨，但徐达、周德兴、汤和三人却也听得津津有味。可是，许是廖永忠说得兴起吧，又许是看到徐达等人听得那么专心，廖永忠的话匣子一下子全部打开了。廖永忠把藏在心底多年的一个秘密有意或是无意、自觉或是不自觉地说了出来。

廖永忠究竟有什么秘密？只见他，眯缝着双眼，压低着嗓门，故意做出一副神秘兮兮的样子问众人道："你们知道刘福通和小明王是怎么死的吗？"

周德兴冲着廖永忠言道："廖大人，你是不是喝多了？刘福通和小明王是你到滁阳去接的，过江的时候，渡船出了事故，刘福通和小明王都掉到江里淹死了。廖大人，你自己做的事情，怎么都忘了？"

廖永忠摇头晃脑地道："非也，非也，周大人此言谬也！"

汤和皱眉道："廖大人，这件事情是你当年亲口对我们说的，你现在又怎么'非也非也'了？"

廖永忠"嘿嘿"一笑："汤大人，你是只知其一而不知其二啊！当年，我是这么亲口对你说过，但现在，我要对你说，事实并不是这样……"

周德兴连忙问道："廖大人，你是说，那刘福通和小明王不是掉到江里淹死的？"

廖永忠回道："刘福通和小明王确实是掉到江里淹死的，但不是渡船出了什么事故，而是我廖某故意在他们的渡船上事先做了手脚……我是亲眼看着刘福通和小明王慢慢地沉入江底的！"

说到这里，廖永忠的脸上不禁浮现出一种很得意的神情。汤和却大为惊异道："廖大人，当时你……怎么敢这么做？"

廖永忠眨了眨红彤彤的眼睛道："汤大人，你太抬举我廖某了。就是再借给廖某一个胆子，廖某当时也不敢把刘福通和小明王活活地淹死啊！"又四处瞅了瞅，还压低嗓音言道，"这是当今皇上的主意，是皇上暗示我把刘福通、小明王淹死在江里的！"

廖永忠最后的两句话，让周德兴和汤和吃惊不小。廖永忠这么说，固然没有冤枉朱元璋，但与事实毕竟有点出入。因为，当年的朱元璋，并没有明令廖永忠把刘福通和小明王淹死，他只是对廖永忠作了相应的"暗示"。

廖永忠说出了心底的秘密后，仿佛一下子轻松了许多，又一连独干了三杯酒。这三杯酒下肚之后，廖永忠的脸色就变白了，舌头也大了，连坐都坐不稳了。那个密探冲着徐达等人歉意地一笑，然后连架带拖地把廖永忠弄出了徐府。徐达有些不放心，命两个家人护送廖永忠回去。

廖永忠刚一离开徐宅，汤和就急急地问徐达道："二哥，你说，那刘福通和小明王真的是大哥下令淹死的吗？"

徐达却含笑转问周德兴道："三弟，你以为呢？"

周德兴回道："我认为差不多。廖大人刚说这事的时候，我还有点疑惑，可现在想来，这种事情也只有大哥能干得出。那李扒头不就是大哥扔到江里淹死的吗？"

汤和下意识地点了点头道："三哥说的有道理。大哥的这种手段，我们兄弟也都是知道的。不过，要仔细想来，我们兄弟也都跟着大哥干过这种偷偷摸摸的杀人勾当。"

汤和说的倒也是实情，周德兴却瓮声瓮气地道："四弟，我们跟大哥不一样！我们现在不乱杀人了，但大哥还照样乱杀。同过去不一样的是，大哥以前杀人是偷偷摸摸的，现在倒好，肆无忌惮了，想杀谁就杀谁！"

汤和讪讪一笑道："那是自然。大哥以前不是皇帝，现在是皇帝了。做皇帝的，还不想杀谁就杀谁？不过三哥放宽心，无论大哥怎么杀人，也不会杀到我们兄弟的头上的。"

汤和说完，还自鸣得意地一笑。周德兴轻哼一声道："那可说不定！要是大哥杀红了眼，照样会把刀架在我们的脖子上。"

汤和当即道："三哥你是在说酒话吧？大哥再杀红了眼，也总会认得我们兄弟的！"

周德兴还要说，徐达突然言道："两位兄弟，不要再争了！大哥的事情，我们是管不了的，也不该多管。再说了，我今天刚刚跨进家门，还没同你们的二嫂好好地叙谈叙谈呢！"

汤和与周德兴听出了逐客之意，便说了几句告别的话离开了。等他们走到了院子里，徐达忽然叫住周德兴道："三弟，听我一句话，大哥做任何事，都是为大明朝太子。以后，无论大哥做什么事情，你都不要去管，也不要在背后议论！"

周德兴定睛看着徐达，徐达的脸是真诚的，周德兴垂首言道："二哥的话，我会记住的。"

廖永忠在徐达的家里喝醉了酒，被那个密探朋友架回了家。还没等廖永忠沉入醉乡呢，那密探就匆匆地离开了廖府。密探会去哪儿？当然是去找他的主子夏煜。

听了密探的汇报后，夏煜简直是大喜过望。他重重地警告那密探道："这件事情，只有你我知道，你要是把它泄露出去，我就叫你的脑袋搬家。"

夏煜又马不停蹄地赶往皇宫去见朱元璋。当时，天还没有黑，朱元璋正在坤宁宫里与马皇后、太子朱标等人一起说笑。闻听夏煜求见，朱元璋预感到肯定是发生了什么大事情。于是，他就撇下马皇后和朱标等人，传谕叫夏煜速速到乾清宫见驾。

君臣二人在乾清宫里会了面，夏煜把廖永忠酒后所说的关于刘福通和小明王淹死江里的事情讲了一遍。讲完之后，夏煜紧闭着双唇，只偷偷地观察着朱元璋的表情。

从朱元璋的脸上，是很难看出什么真实的表情的。听完夏煜的讲述后，朱元璋也是紧闭着双唇，一言不发。好像，他刚才什么东西也没听到。而实际上，听了夏煜的话后，朱元璋的内心受到了极大的震动。确切地讲，是受到了极大的震惊。尘封多年的那个秘密，竟然被廖永忠酒后说了出来，这廖永忠岂不是太不识好歹了吗？如此不识好歹的人，还有活下去的理由吗？

换句话说，听了夏煜的密报后，朱元璋的第一个念头就是处死廖永忠。但旋即，又一个念头从朱元璋的心底里冒了出来：廖永忠不是一般的人，他不同于那些手无缚鸡之力又满脑子充满天真的读书人，他是个立下卓越功勋的开国朝臣。如果就这么把他给宰了，那么多的开国功臣心里会怎么想？四年前，朱元璋也曾想好好地处置一下李善长，可就是顾忌到那么多的开国功臣，朱元璋才强压着杀人的欲望把李善长赶回定远老家了事。如此看来，对那些开国功臣，他朱元璋除了一忍再忍之外，就没有别的什么好办法了？

朱元璋开口了，他吩咐夏煜道："你先到外面等着，朕思考一会儿，然后再召你。"

夏煜乖乖地走出了乾清宫，在乾清宫外老老实实地等候着。朱元璋又把看得见的太监宫女统统赶走，然后独自一人开始苦思冥想了，从黄昏一直想到深夜。

深夜之后，朱元璋还没有作出最后的选择。因为他暂时放弃了对廖永忠一个人的思考，他开始思考那么一大批开国功臣的问题了。那么一大批开国功臣当中，文人不多，多的是武将。这些武将，几乎个个都英勇善战，而且都掌握着一定的兵权。如果，这些开国功臣都勾结起来反对他朱元璋，他朱元璋还能在皇帝的宝座上坐得稳吗？可要是反过来呢？那些开国功臣全都消失了，大明王朝岂不就固若金汤了吗？

再说，太子朱标又性格软弱，一旦自己撒手西去，他能管得住这些沙场悍将吗？这大明王朝还会姓朱吗？朱元璋越想越后怕，越想越坚定了一个想法。

朱元璋拿定了主意之后，便又把夏煜召进了乾清宫。这时，离天亮已经不远了。夏煜在乾清宫外几乎站了整整一夜，重回乾清宫的时候，他的两条腿几乎都硬得挪不动了。

朱元璋阴沉着脸交给了夏煜一项任务：务必在一个月之内找出能够置廖永忠死罪的证据。

这就有点奇怪了，朱元璋杀人还要找什么证据？廖永忠毕竟是他要杀的第一个开国功臣，理应稳妥些才好。总不能就因为廖永忠说出了刘福通和小明王之死的真相就定廖永忠一个死罪吧？万事开头难，朱元璋自然是要把他屠杀开国功臣这一篇文章的头开好的。

夏煜真不愧为朱元璋的亲信，办事能力特别强。朱元璋给了他一个月的时间，可半个月刚过，他就找着了足以判廖永忠死罪的证据。你知道是什么证据？夏煜向朱元璋禀报说，廖永忠在家里面私自穿着绣有龙凤图案的衣裳。至于夏煜向朱元璋禀报的这个证据是否属实，恐怕只有夏煜和廖永忠二人才能说清楚了。

刘福通的红巾军建立了大"宋"政权以后，曾以"龙凤"二字为年号。也就是说，"龙凤"二字成了红巾军的标志。而朱元璋为了标榜自己是"真龙天子"，在没有当上皇帝之前，就矢口否认自己曾经是"龙凤"政权的属下，并再三强调自己跟"红贼"（红巾军）一点儿关系也没有。现在，廖永忠在家里面穿着绣有"龙凤"图案的衣裳，是想造朱元璋的反呢，还是想告诉别人朱元璋曾经是"龙凤"政权的一分子？不管是哪一种用意，哪怕是什么用意也没有，朱元璋都可以借此取走廖永忠的性命。

早朝时，文武百官刚刚分成两排站立，还没有站稳妥呢，朱元璋就沉声喝问道："廖永忠，你可知罪？"

文武百官无不大吃一惊，虽然他们都知道朱元璋喜怒无常，但早朝一开始，朱元璋就喝问一个大臣"可知罪"——而且还是一个名震天下的开国功臣——这还是第一次。故而，满朝文武，包括徐达、周德兴、汤和，也包括丞相胡惟庸和太子老师宋濂，"唰"的一下，脸全白了。

最意外的，还是廖永忠。朱元璋喝问过后，廖永忠惊愕了好一会儿才跪地磕头道："皇上，臣不知所犯何罪。"

朱元璋冷冷地问道："廖永忠，昨日中午，你在家穿的是何种衣裳？"

廖永忠想了一下，然后回道："臣昨日上过早朝之后回家，一直未换衣服，所以臣昨日中午穿的是朝服。"

朱元璋乜了一眼廖永忠的穿戴："廖永忠，你昨日中午穿的可是现在的朝服？"

廖永忠回道："不是。臣有两套朝服，臣昨日穿的是另一套朝服。"

朱元璋笑了，只是这笑容谁看了都会感到害怕："廖永忠，你另一套朝服上可绣有龙凤图案？"

朱元璋此言一出，满殿皆惊，谁都知道"龙凤"二字的深刻而又特殊的含义。

廖永忠赶紧言道："皇上，臣的朝服上怎么会有龙凤图案？"

朱元璋瞪圆了眼睛道："因为你昨天中午穿的根本就不是朝服，你穿的是绣有龙凤图案的衣裳！"

廖永忠有些发慌了："皇上，你冤枉微臣了！微臣何曾穿过绣有龙凤图案的衣裳？"

朱元璋突然声色俱厉地道："大胆廖永忠，你擅自穿着绣有龙凤图案的衣裳本就有图谋不轨之心，现在，你又在朕的面前百般抵赖。似你这等大逆不道之人，若不严加惩治，大明江山岂有安宁之日？"

没等廖永忠开口，朱元璋紧接着叫喊道："来人！把廖永忠打入刑部死牢，听候圣裁！"

就像约好了似的，朱元璋话音未落，那蒋献就带着手下跑进奉天殿将廖永忠押走了。而事实上，朱元璋和蒋献就是事先约好了的。不仅约好了将廖永忠迅速地从奉天殿押走，而且，朱元璋还谕令蒋献：将廖永忠从奉天殿押走之后，即刻斩首。

朱元璋知道杀死廖永忠不能太过草率，如果在朝廷上就宣判廖永忠死刑并立即执行，那文武百官——至少是那些开国功臣们——是肯定要向朱元璋求情的。所以，朱元璋就在朝廷上说了"把廖永忠打入刑部死牢，听候圣裁"的话。如此一来，想为廖永忠求情的朝臣，就不大可能会在朝廷上说话，而肯定会在早朝之后聚在一起商量为廖永忠求情的法子和途径。等他们商量好了法子和途径之后，朱元璋早就砍下了廖永忠的头。即使朱元璋当着文武百官的面表示一种后悔之情，但廖永忠已经死了，又焉能复活？总不能用朱元璋的命来换廖永忠的命吧？想为廖永忠求情的朝臣确实很多，他们可以分为两类，第一类不属于开国功臣，第二类便是与廖永忠并肩战斗过的大臣。这么多的求情者当然不能都去找朱元璋理论，他们只能找一个自己的代表。第一类求情者找的是丞相胡惟庸，第二类求情者找的是徐达。

　　第一类求情者很失望，而且应该是大失所望，因为胡惟庸拒绝了他们。第二类求情者与第一类求情者有所不同。尽管徐达一开始的态度有些模棱两可，但最终，在周德兴等人的再三劝说下，徐达答应去试试看。

　　不要以为徐达一开始"模棱两可"，是因为不想去拯救廖永忠。实际上，满朝文武当中，最想拯救廖永忠的，恐怕就是徐达了。胡惟庸推辞，是因为他不想也不敢去找朱元璋求情。而徐达的"模棱两可"，则是因为他深深知道，即使他去向朱元璋求情，恐也求不出个结果来。

　　但徐达最终还是向皇宫去了。尽管他知道此去没多大希望，但像廖永忠这样的人却不能坐视不救。他知道，要救廖永忠，直接去找朱元璋是不行的，只能去找可以说服朱元璋的人。普天之下，能说服朱元璋的是谁？

　　徐达来到了坤宁宫求见马皇后。马皇后听说徐达求见，亲自到坤宁宫外迎接。与马皇后一起走出来的，还有太子朱标。

　　徐达伏地磕头道："臣叩见皇后娘娘和太子殿下。"

　　马皇后忙道："二弟，这不是朝廷，你不必行此大礼！"

　　朱标走过去搀扶徐达道："魏国公请起，这里并无外人。"

　　徐达跟着马皇后和朱标走进了坤宁宫。来到一间屋内，刚刚分宾主坐下，徐达忽又起身跪地。朱标赶紧问道："魏国公这是作甚？"

　　马皇后知道定是出了什么事："二弟，请站起来说话。"

　　徐达没有站起来："皇后娘娘和太子殿下可还记得一个叫廖永忠的人？"

　　马皇后言道："我如何会不记得廖永忠？"

　　朱标跟着言道："我很小的时候，就闻听过廖大人的英名！"

　　徐达沉稳地言道："想当年，皇上占了和州之后，如果没有廖永忠的鼎力相助，皇上就无法借来巢湖水军横渡长江天堑。渡江之后，如果没有廖永忠兄弟的英勇善战，皇上就无法在江南站住脚。可惜的是，廖永忠的兄长廖永安在闯入太湖时被张士诚俘获，坐监而死，但是，廖永忠继续在为皇上尽心尽力。鄱阳湖大战，如果少了廖永忠，皇上就未必能够彻底打败陈友谅。攻打平江府，又是廖永忠等人首先肃清了张士诚在太湖里的水军。就是皇上夺了天下之后，廖永忠的战功也是有口皆碑。他攻入四川，拿下夔州，俘获了明升，为皇上一统西南国土扫除了最大的障碍。此等功显劳著之国家栋梁，皇上应该为之树碑立传才是，岂能轻易问罪戮杀？"

　　朱标愕然言道："魏国公，你以上所言，句句属实，但不知你此时此地说此番言论，是何用意？"

　　朱标虽是太子，也已长大成人，但却不是经常上早朝的。他上不上早朝，他自己不能做主，得朱元璋说了算。故而，廖永忠的事情，朱标并不知晓。

马皇后却听出是怎么一回事了："二弟，你快请起！你告诉我，是不是皇上要杀廖永忠？"

徐达这才缓缓地爬起身，接着便把早朝上的事情说了一遍。朱标即刻言道："即使廖大人真的误穿了绣有龙凤图案的衣裳，皇上也该网开一面啊！至少，皇上也该从轻处理！"

从"误穿"二字中不难看出，朱标的心地确实很善良。马皇后望着徐达道："二弟，太子说得对！皇上不该如此对待廖永忠，我马上去找皇上。"

朱标跟着道："我也去！"

马皇后对徐达道："二弟先在这里待着，等我和太子的消息。"

徐达拱手道："微臣这里先行谢过皇后娘娘和太子殿下。"

马皇后和朱标匆匆地走了。虽然马皇后和朱标都去找朱元璋为廖永忠说情了，但徐达的心却一直悬着。朱元璋，会听马皇后和朱标的劝说吗？

大约一个时辰，马皇后和朱标又返回了坤宁宫。朱标的脸沉沉的，像是能拧下痛苦而无奈的水滴。马皇后的脸色虽然看起来还比较正常，但一副牙关紧咬的模样，便也可推测出她去找朱元璋的结果。

果然，朱标见了徐达，一言不发，只摇了摇头，便走开了。马皇后对徐达言道："二弟，一切都已经迟了。"

徐达愕然问道："是不是廖永忠出了什么意外？"

马皇后回道："早朝结束后不久，廖永忠便被锦衣卫绞死。"

徐达脑袋"嗡"的一声，旋即，他苦笑道："皇后娘娘，你说我徐达是不是天底下最笨的人？"

马皇后赶紧道："二弟千万要想开点……我刚才去见皇上的时候，皇上也觉得如此对待廖永忠确实过分了。但……二弟，不管怎么说，人死了，是不能复活的……"

徐达道："皇后娘娘，我的意思是，我本不该到这里来麻烦你和太子殿下的……"

马皇后忙道："二弟如何这么说话……"

徐达脸上的苦笑一点点地在消失，代之的，是一种说不清又道不明的沉痛："皇后娘娘，我其实早就该料到廖永忠会是这么一个结果……既然如此，我又何必要来？"

说完，徐达冲着马皇后一躬身："打搅皇后娘娘了……徐达这就告退。"

马皇后没有送徐达，因为她在思考着徐达刚才所说的话。再看徐达，不仅踽踽独行，而且面如死灰，怎么看也怎么不像是一个曾经指挥过千军万马的主将。

而朱元璋的心情却几乎正好与徐达相反，朱元璋高兴极了。廖永忠，一个赫赫有名的大明开国功臣，朱元璋说把他杀了就把他杀了，而且杀得风平浪静。再上朝的时候，竟然连一个为廖永忠鸣冤的大臣都没有。实际上，朱元璋高兴的原因，还不仅仅是顺利地杀死了一个廖永忠。他还有值得他高兴的事情，他在寝殿里突然发现了一个"天底下最美貌"的小宫女。

廖永忠死的当天晚上，朱元璋的胃口特别好，不仅吃了很多菜，而且还喝了不少酒。酒足饭饱之后，朱元璋悠悠然地朝乾清宫走去，他看见乾清宫外站着一个老太监和一个小宫女。老太监还是老面孔，而小宫女却是头一回见到。在红彤彤的宫灯映照下，那老太监显得越发地憔悴苍老，而小宫女却显得越发地娇嫩鲜润。

朱元璋边看口中不觉吟道："娉娉袅袅十三余，豆蔻梢头二月初。春风十里扬州路，卷上珠帘总不如！"

老太监和小宫女一起下跪。老太监下跪后没怎么说话，小宫女却柔声言道："贱婢敢问皇上适才所吟之诗，可是唐朝诗人杜牧的一首《赠别》？"

朱元璋大感诧异，一个从没有见过的小宫女，居然识得杜牧的《赠别》诗。诧异之余，朱元璋问那个小宫女道："你快告诉朕，你姓甚名谁？"

小宫女答道："回皇上的话，贱婢姓夏名梦梅……贱婢姓名粗俗，恐有污皇上耳目，乞望皇上恕罪。"

朱元璋即刻言道："你何罪之有？又何粗俗之有？世上之梅，无外乎蜡梅和春梅两类。夏梅之有，朕闻所未闻，故而你日夜思之进而梦之。朕以为，夏梦梅之姓名，不仅毫无粗俗之说，而且充满了诗情画意！"

那夏梦梅慌忙叩头道："皇上金口玉言，贱婢……"

朱元璋一把拽起夏梦梅道："此处春寒料峭，不是谈论之地。快随朕进殿暖和暖和吧！"

是呀，皇上的寝殿内，自然是温暖宜人。只不过，皇上的寝殿内，一般都不是用来谈话的。待云收雨止之后，朱元璋才弄清楚这个夏梦梅究竟是谁。原来，这个夏梦梅不是别人，乃是朱元璋的检校头领夏煜的宝贝女儿。夏煜本是诗人，这就难怪夏梦梅会知道杜牧和那首《赠别》诗。这样一来，朱元璋对夏梦梅就更加怜爱了。由此及彼，朱元璋对夏煜也就更加宠信了。

忽一日，一太监在外禀报：夏煜求见。夏煜凑近朱元璋禀告道："那刘基已经奉旨回京。"

朱元璋马上就张大了眼："刘基现在何处？"

夏煜回道："他进京之后，直接去了魏国公的家……"

朱元璋的脸上掠过了一丝很难察觉的阴险的笑容："真是物以类聚，人以群分啊！"

　　跟随朱元璋多年，刘基清醒地看出了朱元璋是一个心狠手辣之人，所以在辅佐朱元璋登基称帝之后，他便辞官回老家了。刘基这样做的目的只有一个，那就是尽量避免朱元璋的猜忌以便能够保全自己的性命。所以，即使是回到了浙江青田县老家之后，刘基的处事也是极其小心谨慎的。因为，刘基知道，不仅是南京城里满布着朱元璋的密探，就是像青田县这样的小地方，也不乏朱元璋的耳目。故而，刘基回到青田以后，几乎从不与官场上的任何人来往。

　　正如他所预料的那样，青田县虽小，但也有朱元璋的密探。刘基在青田的一举一动，几乎全在朱元璋的掌握之中。对刘基这样的人物，朱元璋是绝不会不闻不问的。得知刘基差不多与世隔绝之后，朱元璋认为刘基是在做假象蒙骗他。

　　不能说朱元璋这话是完全地冤枉了刘基。因为从客观上说，刘基虽然退隐家园，看起来是不问世事了，但实际上，他依然没有放弃自己的理想和追求。比如，他曾写过一首长达一千二百多字的《二鬼》诗。刘基在《二鬼》诗里，写了管理日月的两个鬼结邻和郁仪被流放人间，五十年不得相见，后来宇宙发生变化，他们才相会相约要再造天地秩序、修理南北极，要"启迪天下蠢蠢氓，悉蹈礼义尊父师"。不料天帝认为他们泄露了天机，派飞天神王捉住他们，"养在银丝铁栅内，衣以文采食以糜"，他们无可奈何地只好等待天帝息怒释疑，重回天上仙境。

　　刘基的《二鬼》诗究竟要表达什么意思？有人说，诗中的"二鬼"，一个指的是他自己，另一个是宋濂。有人分析，《二鬼》诗的内容是通过离奇变幻的神话故事来表现刘基想建立一整套儒家封建秩序的幻想，同时也显露了刘基在朱元璋麾下抱负无法施展的苦闷。试想想，如果像《二鬼》这样的诗篇被朱元璋看到了，那朱元璋又会对刘基作何评价？

　　刘基来南京前的一天晚上，朱元璋在乾清宫里私宴夏煜和蒋献。夏煜和蒋献是朱元璋当了皇帝之后的左膀右臂，朱元璋当然经常地"照顾"他们。当时，除了朱元璋和夏煜、蒋献之外，只有一个夏梦梅，她是为朱元璋等人斟酒的。这宴会的场面虽然不大，但意义却非常特殊。

　　饮至半酣，朱元璋挥了挥手，夏梦梅会意地退下了。看样子，朱元璋要说什么十分机密的话了。果然，朱元璋深情而又含蓄地望着夏蒋二人言道："两位爱卿，朕有一件事情，不知当问不当问……"

　　皇上竟然用如此谦逊的语气说话，夏、蒋二人还不感动得涕泗滂沱？夏煜与蒋献当即扑地磕头道："皇上只管传谕，微臣万死不辞！"

　　朱元璋"哈哈"一笑道："两位爱卿平身！朕只是想问你们一件事情，没说要你们去为朕赴汤蹈火啊！"

　　夏煜和蒋献都不禁自嘲地笑了笑。朱元璋说："两位爱卿听好了，朕现在问你们，如果有人能够把大明江山从朕的手里夺过去，那这人会是谁？"

夏煜和蒋献一时面面相觑。朱元璋又道："两位爱卿不必有太多的顾虑，不管你们对朕说些什么，朕都恕你们无罪。"

朱元璋这么一说，夏、蒋二人才略略有些心安。于是，思考了一番之后，夏煜率先言道："启奏皇上，大明一统江山，固若金汤，谁也颠覆不了。不过，细细想来，如果真的有人能够颠覆大明江山的话，依微臣所见，这人恐非魏国公徐达莫属了。"

朱元璋没说话，只饶有兴趣地听着。夏煜接着言道："据微臣所知，魏国公徐达英勇善战，没有他打不败的敌人，也没有他攻不破的堡垒。如果……魏国公真的起了谋反之心，则恐大明江山难免陷入风雨飘摇之中……"

夏煜说完，紧张兮兮地看着朱元璋。朱元璋淡淡一笑道："夏爱卿所言，自有一定道理。"

夏煜这才松了口气。朱元璋又笑问蒋献道："蒋爱卿有何高见？"

蒋献顿首道："回皇上的话。夏大人所言固然有理，但在微臣看来，如果真的有人能够颠覆大明江山，那这人恐怕还不是魏国公，而应该是另外一个人……"

朱元璋没有说话。夏煜问道："蒋大人所言的这另外一个人是谁？"

蒋献言道："此人在打仗方面虽没有魏国公赫赫有名，但依蒋某之见，如果说魏国公常常决胜于千里之外，那此人便每每地运筹于帷幄之中；如果说魏国公是一个举世无双的战术家，那此人便是一个罕有其匹的战略家……"

夏煜立即醒悟道："蒋大人话中所指，可是青田的刘基？"

蒋献回道："蒋某所言，正是青田刘基。蒋某以为，刘基不仅是一个战略家，而且，刘基在投靠皇上之前，也驰骋过沙场，战绩也是不俗，也完全可以称得上是一个战术家。这样的人，才应该是大明江山最大的威胁啊！"

朱元璋点头道："两位爱卿所言都有道理，不过，在朕看来，你们是只知其一而不知其二。"

夏煜、蒋献慌忙竖起耳朵来聆听皇上的教诲，只听朱元璋笑容可掬地问道："两位爱卿，如果魏国公和青田刘基勾结起来与大明江山为敌，那大明江山将会如何？"

夏煜和蒋献都大吃一惊。是啊，如果徐达和刘基联手，那谁人能敌？故而，听了朱元璋的问话后，夏煜和蒋献一时都怔住了。

"两位爱卿，你们怎么不说话啊？"

夏煜叩头道："皇上，如果魏国公和刘基真的勾结起来与大明为敌，那后果……微臣实在不敢想象。"

蒋献道："皇上，恕微臣斗胆，如果魏国公和刘基真的心怀不轨而互相勾结，那大明江山恐怕就危如累卵了。"

朱元璋突地"哈哈"大笑起来："好一个危如累卵啊！"

朱元璋这一笑，吓得蒋献面如死灰，夏煜的两股间也战战兢兢不能自已。谁知，朱元璋的脸上很快就浮现出一种轻松自如的表情来："两位爱卿，魏国公徐达乃是朕的结义兄弟，他怎么会对大明江山心存不轨，又怎么会与那刘基互相勾结？"

夏煜、蒋献慌忙磕头道："皇上圣明！魏国公对皇上忠心耿耿，朝野上下无人不知。"

这里就有一个问题了，朱元璋也好，夏煜、蒋献也罢，他们的话中都似乎有这么一个潜台词：魏国公徐达对大明江山赤胆忠心，而青田刘基好像就有些问题了。

果不其然，朱元璋一边笑着一边从怀中摸出一道"圣旨"来。不难看出，这道圣旨是朱元璋早就写好了的。

这是道什么圣旨？朱元璋把它交给了夏煜，并谕令夏煜火速派人将它送到浙江青田。原来，这是一道召刘基上京的圣旨。召刘基上京的理由是：朱元璋太想念刘基了，想与刘基好好地叙谈一回。

夏煜接到朱元璋的那道圣旨后，马上就派专人将圣旨送往浙江青田。据传递圣旨的公差回来后对旁人提起，那刘基接过圣旨的时候，说了一句话："看来，皇上始终没有忘记我刘某啊！"

刘基此话是什么意思？别的人也许不知道，但刘基的两个儿子知道。因为，刘基在离开自己的庄园前，曾把两个儿子叫到身边吩咐道："我走后，你们抓紧时间把我的棺材备好！"

刘基的两个儿子一听，顿时泪流满面。刘基长叹道："我已经老了，没什么可遗憾的了。我本想叫你们到别处去谋生，可思来想去，这朗朗乾坤，竟没有你们的去处。"

就这么着，刘基在两个儿子的啜泣声中，告别了青田老家，踏上了去南京的路。据说，刘基离开青田的时候，头上还没有什么白发，等到走进南京城的时候，他已是一头的银霜了。仿佛，他从青田到南京，不只是走完了千里之遥的路程，而是走完了他的生命历程。

刘基站在南京城大街的边上，头晕眼花，几欲跌倒。好在他扶着街道边上的一间屋子的墙壁，这才勉强地站立住了。在他摇摇晃晃的目光中，南京城确乎比以前繁华多了。只是，这繁华的南京城，不属于他刘基，只属于朱元璋。

忽然，一个声音在刘基的耳边响起："这不是刘基刘大人吗？"

刘基定睛一看，是徐达。于是刘基就躬身拜道："草民刘基，见过徐大人。"

徐达看出刘基的身体有些不对头，便赶紧扶住刘基道："刘大人不必多礼……你到京城来，应该先给我一个消息，我好到城外去接你！"

刘基苦笑道："徐大人言重了！刘某草民一个，哪敢兴师动众？当年，刘某离开京城时，徐大人和李大人不辞劳苦相送，刘某至今难忘。不知李大人一向可好？"

徐达轻轻地道："李大人也已回到定远老家。"

刘基只"哦"了一声，并没有追问李善长缘何回定远。似乎，李善长回定远，本是他意料之中的事。徐达又轻轻地问道："刘大人为何只身一人前来京城？"

刘基摇晃了一下身体后言道："当今皇上的旨意，草民岂敢不从？"

徐达本能地一怔："是皇上叫你来此？"

刘基点点头："徐大人，草民要去向皇上缴旨了！"

刘基说完，便要起步，可一个踉跄，差点栽倒。徐达慌忙抱住刘基道："刘大人，你这是怎么了？"

刘基大口大口地喘着气："也许，不停地赶路，有些劳累。"

徐达急急地道："你这不是劳累，你这是病了，先到徐某的家里歇息吧！"

刘基摇头道："还是先去缴旨为妥。"

徐达不由分说地抱着刘基往自己的家走去："你先去我家歇息，我去向皇上说明情况。"

刘基浑身无力，只得任由徐达摆布。当二人几乎是相拥着走进徐达的家时，被夏煜的手下发现了。夏煜的手下报告了夏煜，夏煜又禀告了朱元璋。于是朱元璋就说了那么一句话"真是物以类聚，人以群分啊！"

徐达并没有马上就去向朱元璋禀报刘基已到达南京城的事儿。因为刘基不仅是病了，而且还病得很厉害。走进徐达家之后，刘基的意识就有些模糊了。刘基病得如此严重，徐达也就暂时忘却了向朱元璋禀报这档子事。刘基是傍晚跨进徐达的家门的，直到子夜时分，刘基才发了一身热汗沉沉睡去。送走了大夫，徐达想起了刘基是奉旨而来。但半夜三更的，前去打搅朱元璋似乎不妥，所以徐达就决定等第二天早朝之后再向朱元璋说明情况。

从子夜到早朝，还隔着一段不短的时间。因为牵挂着刘基的病情，所以徐达就没有睡觉。徐达如此了，徐达的老婆张氏也如此，陪着徐达守候在刘基的病床前。

刘基睡得很沉，不可能同徐达夫妇说话，所以徐达夫妇就自顾地说话。张氏问徐达道："皇上大哥叫他从浙江跑到这里来，究竟是何用意？"

张氏口中的"他"，当然指的是刘基。徐达反问张氏道："你以为呢？"

张氏瞥了刘基一眼，刘基紧闭着双目，一脸的风尘和沧桑，看了着实有些可怜。张氏轻叹一声道："皇上大哥鬼点子多，谁也摸不透他的想法。不过，在我看来，这回八成是没什么好事。"

徐达点头道："夫人言之有理啊！"

张氏却吃了一惊："真的？这回真的是没什么好事？"

徐达欲言又止，张氏追问道："你说嘛，皇上大哥这回究竟想玩什么把戏？"

徐达居然笑了一下："夫人，你刚才不是说了嘛，皇上大哥鬼点子多，谁也摸不透他的想法。既然如此，我又怎么能够猜到皇上大哥这回究竟想玩什么把戏？"

徐达是真的猜不到朱元璋的想法还是不想对张氏言明？张氏自顾摇了摇头道："反正是没什么好事。"

就在徐达准备上早朝的那个当口，刘基突然醒了过来，且满脸都是汗水。徐达连忙问道："刘先生你怎么了？"

既然刘基口口声声自称"草民"，那徐达也就不再称呼他"大人"而改称他为"先生"。刘基醒来之后，很是认真地看了看徐达夫妇，然后才有气无力地言道："不知为何，我刚才突然梦见了廖永忠大人……廖大人安在？一向可好？"

看来，刘基在青田真的是与世隔绝了，连廖永忠的事情也不知道。徐达还没开口呢，那张氏抢先言道："刘先生，廖永忠被皇上绞死了，就在不久前。"

刘基"哦"了一声，便合上了双眼。似乎，他在由青田来南京的旅途中，只顾着赶路，没顾着睡觉，现在，他要在徐达的家中把旅途中所欠的觉统统补上。而其实呢，徐达的心里最清楚。先前，提到李善长的事情，刘基只是"哦"了一声，并未问李善长被赶回定远的原因，现在，说到了廖永忠的事情，刘基还是只"哦"了一声，同样没问廖永忠被绞死的缘由。

徐达没顾太多，匆匆赶去上朝了。上朝的时候，徐达也没多言。等散朝之后，徐达私见了朱元璋，将刘基入京病倒一事说了一遍。朱元璋大为惊讶道："什么？刘基已经到了京城，还病倒在二弟的家中？"

看看，朱元璋装得多像啊，好像他根本就不知道刘基到了南京城一事。徐达言道；"刘先生非要来向大哥缴旨，可我见他病得实在厉害，就硬行劝止了……"

朱元璋微微一笑道："我召刘基进京，只是想同他随便谈谈。既然他身体不适，那就让他暂时在二弟家里休息好了！"又似乎漫不经心地补充了一句道，"二弟与刘基也多年未见了，也应该好好地叙谈叙谈了！"

说完，朱元璋还轻轻地拍了拍徐达的肩膀。似乎，朱元璋对徐达和刘基"多年未见"一事非常得关心。然而，不知为何，朱元璋虽然拍得很轻，徐达却觉得朱元璋的手是那么沉重。

徐达回到家中之后，刘基依然睡着。徐达虽然很想同刘基畅谈一次，但又不忍心叫醒他。张氏在一旁劝徐达道："还是吃过早饭再说吧。"

上朝太早，徐达还没来得及填肚子。正要吃早饭呢，忽听外面有一个声音大叫道："皇上驾到！"

徐达赶紧对张氏言道："你去叫醒刘先生，我去接驾。"

等徐达奔出吃饭的屋子，朱元璋已经大踏步地走进了徐府的院落。徐达急忙伏地道："臣徐达叩见皇上……"

朱元璋笑眯眯地言道："起来吧，快带朕去看望刘先生！"

徐达起身，领着朱元璋走进了刘基躺着的屋子。刘基努力地撑起身体，看见朱元璋，他只得在床上磕头道："草民刘基，参见皇上……吾皇万岁万岁万万岁！"

朱元璋两步就跨到了刘基的身边，脸上是一副灿烂的笑容："刘爱卿，什么草民不草民的？你是不是不想认朕这个老朋友了？"

刘基再叩首道："皇上以刘基为老朋友，刘基感到莫大的荣幸。"

朱元璋拍了拍刘基的肩膀："好了，刘爱卿，你躺着吧。朕听说你身体有恙，所以就特地赶来探望。"

刘基连忙道："皇上如此牵挂刘某，刘某心中实在不安。"

朱元璋嘿嘿一笑道："刘爱卿，你心中不安也是应该的，因为朕正想找你算账呢！"

朱元璋此言一出，徐达顿感震惊。刘基震惊之后，问道："但不知皇上要找刘基算什么账？"

在场的所有的人的目光，都盯上了朱元璋的龙颜。只见朱元璋突地哈哈大笑道："刘爱卿，当年朕批准你告官回乡，可你倒好，竟然偷偷摸摸地离开了京城，连个招呼也没跟朕打，害得朕想送送你都没有机会。刘爱卿，你说这笔账朕要不要跟你算？"

徐达不觉喘出一口粗气来。刘基言道："想当年，刘基既已辞官，便是一介草民了。既是一介草民，又哪敢无端惊扰皇上？故而，刘基当年只能偷偷摸摸地离开京城。"

朱元璋的表情却很认真："刘爱卿，哪怕你今日说得天花乱坠，朕也要同你好好地算算当年的那笔账！"又转向徐达道，"这样吧，朕把刘先生带走，让太医为他诊治。等他的身体康复了，朕就摆上一桌酒席，罚他三大杯酒。你以为如何？"

看起来，朱元璋像是在征询徐达的意见，而实际上，朱元璋是在做着自己的决定。而这个决定，正是朱元璋来徐达家的目的。徐达还能说什么？徐达只能躬身言道："一切凭皇上定夺！"

朱元璋把刘基带走后，找了许多太医为刘基治病，而且，还谕令丞相胡惟庸专门负责此事。实际上，刘基也没得什么大病，只是在路途中受了风寒。不几日，刘基就基本上恢复如初了。

等刘基完全康复了之后，朱元璋还真的摆了一桌酒席宴请刘基。作陪的有胡惟庸、徐达、周德兴、汤和、宋濂、李文忠等一大批朝臣，太子朱标也在场。席间，朱元璋还又真的"罚"了刘基三大杯酒，刘基高高兴兴地喝了。一眼看过去，刘基的精神特别好，红光满面的，似乎白发也少了些许。

刘基一共在南京城盘桓了约月余时间，再次离开南京城的时候，朱元璋亲率文武百官把刘基一直送到城外。临别时，朱元璋还紧紧地握着刘基的手道："爱卿一路保重！等有闲暇了，朕定亲往青田看望爱卿。"感动得刘基一连向着朱元璋叩了三个响头，口中还低呼着"吾皇万岁万岁万万岁"。

刘基来得匆匆，走得却似乎很从容。自刘基走后，徐达却一连纳闷了好几天。徐达纳闷的是：大哥这回是怎么了？叫刘基大老远地从青田跑到南京来，就是想与刘基叙叙别情？这种做法，好像不是大哥一贯的风格啊？

周德兴对朱元璋如此接待刘基也有些疑惑，他去问汤和，汤和很是不以为然地道："三哥你也真是的！大哥对别人不好了，你心里面不快活。现在大哥热情地接待刘先生了，你又对大哥起疑心。真不知道你心里是怎么想的。"

周德兴又跑去问徐达，徐达含含糊糊地言道："或许，四弟的话，也不无道理。"

可是，有一天晚上，徐达在睡觉的时候，突然被一个噩梦惊醒了，还惊出了一身冷汗。原来，徐达想起了朱元璋的老丈人郭子兴的死。

当年朱元璋占了和州城之后，因为接待了郭子兴的仇家孙德崖，朱元璋和郭子兴的关系急剧恶化，郭子兴要处死朱元璋。为了出气，更为了将郭子兴的军队占为己有，朱元璋便趁郭子兴生病之机，在郭子兴的药汤里下了慢性毒药。结果，郭子兴被毒死，还没有人怀疑到朱元璋。

两个多月后，从浙江青田传到南京城这么一条消息：六十五岁的刘基在自己的家中突发怪病身亡。朱元璋闻知后，大为悲恸，急急下旨御召刘基的两个儿子入京为官。而与此同时，徐达却在家中的一个阴暗角落里默默地念叨着："刘基是被毒死的，而毒死刘基的人，我已明镜一样了解。"

【第十五回】

绝药石皇后薨殁，食蒸鹅将军崩疽

刘基在南京患病时，朱元璋对胡惟庸道："一个人年纪大了，患了病就很不容易治好了。如果开的药方不对，即使现在治好了，可回到家后还会发病，所以刘基的病，胡爱卿应当彻底地为他医治啊！"

朱元璋把"彻底地"三个字咬得很重，胡惟庸稍一琢磨，就悟出了朱元璋的意图。于是，胡惟庸利用自己专门负责为刘基治病这一便利条件，在刘基的药汤里下了一种慢性毒药。这种慢性毒药的药性很长，受害人三个月后才会毒发身亡。果然，刘基在南京城待了一个月，回到青田老家两个月后便死去。

从洪武八年（1375年）到洪武十二年（1379年），朱元璋陆陆续续地处死了十几个开国功臣。这些开国功臣的名气都不是很大，所以死了之后也没引起多大的反响。

照这么杀下去，要不了多少年，大明开国功臣就要被朱元璋杀光了。然而，有一天晚上，朱元璋正搂着夏梦梅呼呼大睡呢，忽地，一个噩梦将他惊醒，而且惊醒之后，他还"哇"地大叫了一声，吓得夏梦梅赶紧哆哆嗦嗦地问道："皇上……怎么了？"

原来朱元璋做了个噩梦，梦到自己死啦。一般的人梦见自己死了多少是有点悲伤的，但朱元璋却没怎么悲伤。他不是一个迷信的人，他相信任何人到头来都免不了一死。可问题是，朱元璋觉得，他现在还不能死，他还有许多事情没有做完。什么事情？屠杀开国功臣的事情。

朱元璋就想啊，如果有一天，我突然死了，而大批的开国功臣却还活着，那这大明江山会变成什么样？太子朱标那么软弱，能驾驭得了那些开国功臣吗？只要有几个开国功臣心怀不轨，恐大明江山就要改变颜色了。

洪武十二年九月，有一个小国家叫占城国，其国王阿答阿者派他的使臣阳须文旦携礼物入明朝进贡。

占城国入朝进贡本是很寻常的事，当时大明朝四周有很多小国家都常常来进贡。所以中书省丞相胡惟庸也就没怎么把占城国进贡的事情放在心上，更没有将此事向朱元璋禀报。夏煜得知此事后，如获至宝。因为，朱元璋正在寻找一个大开杀戒的借口。更主要的，朱元璋早就决定了，首先拿胡惟庸开刀。

又是一个早朝，朱元璋神色凛然地坐在奉天殿上。胡惟庸率六部朝臣列左，徐达率一班武官站右。执事太监刚刚喊出"有事上奏，无事散朝"，朱元璋就厉声喝问道："胡惟庸，你知罪吗？"

满殿皆惊，皇上找麻烦今日找到中书省丞相的头上来了。胡惟庸慌忙叩首道："臣……不知所犯何罪？"

朱元璋冷冷一笑道："胡惟庸，你装得挺像啊！朕问你，占城国使者进贡一事，你为何不向朕禀告？"

胡惟庸回道："臣记得皇上以前说过，一般小国来贡，若无重大事宜，不必向皇上禀奏。皇上旨意，臣不敢不从。"

朱元璋"腾"地起身喝道："胡惟庸，占城国使臣进贡，你不向朕禀报，朕怎么知道有无大事？你分明独断专行，还将责任推在朕的身上，你居心何在？"

皇上嘴大，怎么讲都有道理，胡惟庸这才知道今日之事不妙。于是，他赶紧又磕头言道："请皇上息怒……占城国使臣入贡一事，臣已责成礼部向皇上禀报。皇上不知，这理应是礼部失职。"

胡惟庸又要起小聪明来，把责任推到了礼部的身上，吓得礼部尚书赶忙跪地叩头道："皇上，胡丞相从未向微臣提起过此事……请皇上明察啊。"

胡惟庸瞪着礼部尚书道："胡某早已对你说起此事，你现在为何要在皇上的面前抵赖？"

礼部尚书的眼泪都急出来了："胡丞相，你可不能平白无故地冤枉人啊！"

胡惟庸和礼部尚书就当着朱元璋和文武百官的面争执了起来。

朱元璋大叫道："你们都不要吵了！堂堂朝廷之上，如此大呼小闹，成何体统？"接着又道，"据朕所知，中书省办事，历来独断专行，而六部大臣，又向来喜欢互相推诿。说不定，占城国使臣入贡一事的背后，别有文章。朕作为一国之君，不能对此不闻不问。朕一定要把此事追查到底！"

朱元璋说完，扫了文武百官一眼，似是在征询臣属的意见。哪个朝臣敢有意见？就听朱元璋冲着殿外高叫道："来人啊！把中书省各级官吏及六部尚书侍郎，统统打入囚牢，严加审讯！朕不把此事查个水落石出就决不罢休！"

蒋献带着近百名锦衣卫涌了进来，将几十名朝中大臣押出了奉天殿。

朱元璋似有意又似无意地瞟了徐达、周德兴、汤和等人一眼，接着用一种懒洋洋的语调言道："各位爱卿请回吧。待朕审出结果之后，自会告诉你们的。"

有哪位朝臣还想待在奉天殿里！朱元璋刚一离开，大臣们就作鸟兽散了，汤和也跑得没了踪影。只徐达的脚步还有些从容，徐达的旁边，跟着周德兴。

周德兴小声嘀咕道："二哥，这么一丁点儿小事，大哥为何如此兴师动众？中书省和各部衙门的大臣全被抓了，那朝廷岂不是成了一副空架子了？"

徐达面无表情地反问道："三弟，你想你这话被大哥听到吗？"

周德兴一怔："二哥，我这不是在问你吗？"

徐达回道："如果你真的是在问我，那我就告诉你，学学四弟，回家抱老婆睡觉去！"

徐达说完，撇下周德兴就踽踽而去。剩着周德兴愁眉苦脸地自言自语道："真是的，大哥胡作非为，你也不管，这还叫什么兄弟？"

没承想，周德兴这句自言自语的话被夏煜的手下听到了，他立即报告了朱元璋。夏煜以为朱元璋肯定要火冒三丈，谁知，朱元璋却异常开心地言道："朕的这个三弟现在真的变得聪明了！他也知道朕是在胡作非为了！"

看看，朱元璋在夏煜的面前一点儿也不掩饰，可见他对夏煜是多么信任。朱元璋当即命令夏煜道："爱卿，按既定方针办吧！"

夏煜就去按"既定方针"办了。他伙同蒋献一起，对被关押在锦衣卫囚牢里的胡惟庸等一干朝臣，没日没夜地进行突击审讯。

实际上，审讯主要是蒋献负责的，因为蒋献的审讯手段丰富。夏煜主要负责记录口供，什么样的口供到了夏煜的手中，都会变成朱元璋所需要的内容。审讯来审讯去，夏煜和蒋献还真的从胡惟庸等人的口中审讯出许多名堂来。

夏煜把事先写好的一张"口供"拿到胡惟庸的面前叫胡惟庸签字。胡惟庸看了看"口供"，说"我没犯这些罪"。蒋献便有事干了，将各种刑具搬到胡惟庸的眼前，还耐心地向胡惟庸详细介绍每种刑具的使用方法。

蒋献还没介绍完呢，胡惟庸就乖乖地在夏煜出示的"口供"上签字画押了。也有少数朝臣拒不认罪的，结果，他们几乎全死在了蒋献的酷刑之下。

夏煜和蒋献一共从胡惟庸等人的身上审讯出了几十条罪状，其中最大的罪状有三条。三条罪状的内容似乎有点重复，但每条罪状都可以置胡惟庸等人于死地。

胡惟庸等人的罪状经夏煜整理出来之后，朱元璋亲自撰写了一篇《昭示奸党录》。在这篇文章中，朱元璋先历数了胡惟庸等人的罪状以昭示全国，然后"规劝"胡惟庸等人的党羽赶快投案自首以争取宽大处理。

请注意，朱元璋在这里用了"奸党"和"党羽"一类的词。这就说明，朱元璋要抓的、要杀的远远不止胡惟庸等人。

胡惟庸死了，死得还比较体面，他是被朱元璋赐死的。胡惟庸刚死，朱元璋就名正言顺地取消了中书省，废除了丞相制（或称宰相制）。丞相制是中国自汉唐以来延续千年、对皇帝多少有一定制约作用的制度。

在"胡惟庸案"中被朱元璋杀死的开国功臣，有手握兵权的武将，如申国公邓镇（即卫国公邓愈的儿子），还有当年跟随朱元璋离开濠州前往定远发展的二十四个难兄难弟当中的人，如巩昌侯郭英（朱元璋的皇妃郭宁的兄弟）。

"胡惟庸案"还没有结束的时候，马皇后突然病倒了。说突然其实也不突然，太子朱标告诉了马皇后一件事，马皇后听说这件事后就一病不起了。

马皇后虽然身居后宫，不问政事，但"胡惟庸案"闹得那么红火，她多少也有耳闻。她本以为，朝中有几个大臣想谋反，好像是很自然的事情，抓起来审问审问也就清楚了。但她万万没想到，朱元璋杀人竟然杀到了这种地步。故而，听了朱标告诉的事情后，马皇后连气带急地就病倒了。

听到马皇后病倒的消息后，朱元璋也很急，忙着跑到坤宁宫去探望。马皇后劝朱元璋不要再乱杀人啦，朱元璋根本听不进她的话。马皇后最后失望了，她的脸上忽然现出了一种非常怪异的笑容来。这种笑容，朱元璋以前从没有见过，所以朱元璋就赶紧问道："皇后，你这是怎么了？"

马皇后回道："我没什么。你走吧，快杀人去吧。我要好好地养病了……"

马皇后的话中显然有一种赌气的味道，但朱元璋并没有太在意。一是因为朱元璋不可能老是待在坤宁宫里，还有那么多的人等着他去杀；二是朱元璋也确实牵挂着马皇后的身体，不可能在言语上多与她计较。

所以，在离开坤宁宫前，朱元璋就嘱咐一直蹲在床边默默啜泣的朱标道："标儿，这阵子你哪儿都不要去，什么事也不要干，就在这儿伺候皇后吧。"

朱标也许是太过伤悲了，只顾哽咽着，竟然没有回答朱元璋的话，而且连头都没有点一下。朱元璋暗自叹息一声，猛然看见环绕在马皇后床边的十几名太医，于是就勃然大怒道："你们这些人，怎么医不好皇后的病？"

一个年长的太医瑟瑟抖抖地挪到朱元璋的近前："启禀皇上，皇后娘娘一直拒绝臣等为她医治，请皇上明察。"

朱元璋一个巴掌就甩在了那年长太医的脸上："朕现在警告你们，三天之内，皇后的病要是没有明显地好转，朕就把你们全杀光！"

说完，朱元璋就怒气冲冲地走了。

马皇后看见了这一切，她轻呼朱标道："标儿，传我的口谕，任何太医，都不许为我治病！"

朱标一时没听明白："母后，你这是何意？"

马皇后言道："标儿，我的病是治不好的……我不能保护那些被你父皇杀死的人，那我就保住这些个太医的性命吧。"

朱标明白了，如果马皇后让这些太医诊治，诊治不好，这些太医都得送命；

而如果马皇后传下口谕，不许任何太医为她医治，那这些太医就有可能拣回一条性命。

朱标急忙道："母后，你暂时不要考虑得太多，你只是得了小病，完全能医治好的。"

马皇后摇头道："标儿，不用劝我了，我的病我自己知道。再说，我意已决……你快传谕去吧！"

朱标无奈，只得流泪叫那些太医走开。原先被朱元璋打了一个耳光的那个老太医冲着马皇后磕头道："皇后娘娘，老臣年岁已高，生死本已无所谓，请你允许老臣为你医治吧。"

十几个太医一起跪在了地上，场面着实有些感人。马皇后吃力地挥了挥手道："你们不要多说了，快走吧……我会向皇上说明的。"

太医不敢违抗命令，只好退下。

终于，洪武十五年（1382年）八月的一天，马皇后走完了她的生命之旅，年仅五十一岁。

马皇后死时，朱标哭得死去活来，几次吐血，差点随马皇后而去。最后虽然苟活了下来，但身体状况却越来越糟，走路常有头晕目眩之感。

一连多少天，朱标不思茶饭，亏得常氏悉心抚慰照料。不然的话，朱标是很难从马皇后死亡的阴影里走出来的。

对于马皇后的死，朱元璋也表现出异常地悲恸之情。马皇后一死，朱元璋便在朝廷上悲痛地宣布：从今往后，永不再册立皇后。

所以，在之后的近二十年间里，大明一朝没有皇后，坤宁宫里的一切摆设原封不动，而且每天早晚，依旧有太监宫女去坤宁宫执事。由此可以看出，朱元璋对马皇后确实怀有一种很真实又很深厚的感情。

然而，在马皇后生病期间，朱元璋的杀人步伐并没有停止。"胡惟庸案"已经持续好几个年头了，但朱元璋还不想让它结束。因为，有"胡惟庸案"在，朱元璋杀起人来就方便得多。

朱标万万没想到的是，"胡惟庸案"竟然牵连到了他的老师宋濂。

那是在奉天殿上，朱元璋坐着，朱标站着。从洪武十年开始，朱元璋就经常让朱标上朝了，还谕令六部把一些不很重要的奏折交给朱标阅处。很显然，朱元璋是在锻炼培养朱标治理天下的本领。

只不过，自"胡惟庸案"爆发以来，朱标的头整天昏沉沉的，根本不可能从朱元璋那里学到什么治理天下的本领。

这一回，朱标的头不仅是昏沉沉的了，简直要炸裂开来。夏煜给朱元璋呈了一道奏折，朱元璋扫了一眼，然后把奏折递给朱标，还轻轻地问道："你以为这事当如何处置啊？"

朱标一看奏折，顿时失声言道："什么？宋大人竟会是胡党分子？"

原来，夏煜在那道奏折中，指控宋濂与胡惟庸来往密切，曾与胡惟庸一起密谋反叛朝廷。好在朱标虽然失声，但声音却很小，殿下的朝臣几乎都没有听到。

朱元璋十分严肃地看着朱标道："太子，这不是儿戏，你不能感情用事！"

朱标依然沉浸在莫大的震惊中："这……怎么可能？"

朱元璋有些不耐烦了，冲着殿外就高叫道："来人啊，把宋濂押出去，打入死牢！"

宋濂还不知道是怎么回事呢，就被几个锦衣卫架走了。徐达、周德兴、汤和及李文忠等人也还没完全明白是怎么回事呢，朱元璋就又沉声言道："宋濂一事，谁也不许求情，谁擅自为宋濂求情，就与宋濂同罪！退朝！"

徐达没有为宋濂求情，周德兴和李文忠等人也没有为宋濂求情。似乎，朱元璋杀的人太多，徐达等人已经习惯了。但有一个人却一定要为宋濂求情，这个人是朱标。

朱标在朝廷上就想为宋濂求情了，但朱元璋喊过"退朝"之后就急匆匆地走了。朱标在宫里找了半天也没找着朱元璋，似乎朱元璋在有意回避着朱标。

终于，费了一番周折之后，朱标在乾清宫里见到了朱元璋。此时朱元璋的身边，傍着那个夏煜。

朱标直截了当地对夏煜言道："如果我没有记错的话，夏大人能有今天，多亏了宋濂宋大人！"

夏煜正是靠着巴结宋濂才在一个偶然的机会里获得朱元璋的赏识从而飞黄腾达的。夏煜冲着朱标躬身言道："太子殿下所言极是。宋大人对夏某的提携之恩，夏某没齿难忘。"

朱标立即反问道："既如此，夏大人为何恩将仇报，上奏宋大人有罪？"

夏煜不慌不忙地回道："太子殿下恐怕是误会微臣了。正所谓举贤不避亲，举罪也不避亲啊！"

朱元璋马上接过话茬道："好一个举贤不避亲、举罪不避亲！夏爱卿对大明的一颗赤胆忠心，日月可鉴！"

夏煜对着朱元璋露出了谦逊的笑容："皇上太过夸奖微臣了！微臣只是做了自己应该做的事情！"

朱标却冷冷地逼视着夏煜道："敢问夏大人，宋大人所犯何罪？"

夏煜言道："回太子殿下的话，微臣已在奏折上写得清清楚楚，宋濂乃胡党分子，所犯乃谋反之罪！"

朱标差不多要踩到夏煜的脚了："夏大人，宋大人是我的老师，几乎每天都与我在一起，如果他真的是什么胡党分子，我焉能一点儿不知？夏大人自入朝为官之后，就几乎断绝了与宋大人的来往，又如何能知道宋大人是什么胡党分子？既无凭又无据，夏大人岂不是在捕风捉影，信口雌黄，蓄意陷害宋大人？"

朱标一席话，说得义正词严。夏煜赶紧满脸委屈地望着朱元璋道："皇上，太子殿下的话，似乎言重了。"

朱元璋叫过朱标道："太子，你怎能如此说夏爱卿？夏爱卿既然言之凿凿地指控宋濂，那就肯定有凭有据！"

朱标瞥了夏煜一眼，然后看着朱元璋道："父皇，这夏大人的为人，儿臣不想多作评价。儿臣只是想请父皇听儿臣说一句话，宋濂宋大人，绝不会是胡党分子！"

朱元璋的脸顿时就阴了下来："太子，你是在为那个宋濂求情吗？"

朱标不卑不亢地言道："儿臣不敢违逆父皇的旨意，但儿臣又不能眼看着宋大人遭人诬陷而不闻不问！"

朱元璋问道："你是说父皇不该抓宋濂？"

朱标回道："儿臣觉得父皇应该把宋大人放出来！"

朱元璋咧了咧嘴道："太子，朕抓过的人是不会放的。你下去吧，朕与夏爱卿还有要事商谈呢。"

朱标忽然跪地道："父皇真的不愿放了宋大人？"

朱元璋对朱标这一举动多少觉得有点奇怪："太子，朕该说的话都已说过。念你一时糊涂，感情用事，朕就不追究你的责任了。你下去好好地反省反省吧！"

朱标起身，一言不发地退去。看着朱标离去的方向，朱元璋不禁摇头叹道："什么时候，他才能真正地理解朕的这番苦心啊！"

夏煜讨好地言道："皇上切勿忧虑！依微臣看来，正如皇上适才所言，太子殿下只是一时糊涂，太子殿下会明了皇上的一番苦心的！"

夏煜所言，似乎不无道理。朱元璋赞许地点头道："知朕者，夏爱卿也！"

然而，朱标好像并不是一时糊涂。很快朱元璋就得到了这么一个消息：太子朱标跳下了护城河！

朱元璋大为震惊。虽然，朱标跳下护城河后马上就被人救起，毫发无损，但是，朱元璋却明白了这么一个道理：宋濂是杀不得的了。

于是，朱元璋免去了宋濂的死罪，将其流放四川茂州。

侥幸没被朱元璋砍下脑袋的文武大臣们都以为，宋濂被流放走了，"胡惟庸案"也就该结束了。不只是一般的文武大臣了，就是精明过人的徐达，也似乎是这样想的。

然而，徐达等人想错了。"胡惟庸案"还没有结束，朱元璋还想利用这个案子再杀掉一个他想杀掉的人。试想想，朱元璋还想杀掉的这个人是谁？

有一天，朱元璋独自一人前往东宫去看望朱标。朱元璋看望朱标的原因是，朱标近来一直闷闷不乐的。而朱标一直闷闷不乐的原因则是，他的老师宋濂死了。朱元璋把宋濂流放到四川茂州，宋濂在半道上的一个古庙里上吊自尽了，时年71岁。

据说，宋濂上吊自尽的理由是，觉得一大把年纪再苟活着已经了无意义。朱标得此消息后，焉能不悲从心来？

朱元璋走进东宫的时候，朱标正躺在床上，侍候在朱标身边的，当然是那个常氏。看见朱元璋，常氏慌忙躬身垂首，朱标也赶紧从床上爬起来。朱元璋迅疾地瞟了常氏一眼，然后望着朱标言道："标儿，现在身体怎么样？"

朱标回道："儿臣身体并无大碍，只是思想难以集中，不思茶饭。"

朱元璋点了点头道："你应该出去散散心啊！"

朱标忙着问道："父皇是否对儿臣有所差遣？"

朱元璋轻轻地道："父皇本来是有这个意思，但你现在的身体，似乎不宜外出。"

朱标勉强笑了笑道："父皇不必担心儿臣的身体，儿臣能坚持得住。"

朱元璋停顿了片刻，接着言道："既然这样……标儿，你就代父皇去西安、太原和北平走一趟，如何？"

朱元璋是叫朱标代他去巡视秦王、晋王和燕王的封地。朱标答道："儿臣也正想与二弟、三弟、四弟他们见上一面，好好地叙谈叙谈。"

朱元璋用手指了一下常氏："你们一起北上吧，路上也好有个照应。"

朱标和常氏一起言道："谢父皇关爱。"

很快，朱标就带着常氏及一干随从北上去巡视三王的封地了。朱元璋叫朱标北上，的确是有关爱的意思。宋濂死了，李善长走了，朱标的心里肯定不好受，让朱标北上走一走，与几个兄弟会会面，对朱标的身体和心情无疑是有好处的。这一点，朱标自然是知道的，不然，他不会北上得那么迅速。

然而，朱标不知道的是，朱元璋叫他北上，叫他离开京城，还有一层意思。朱元璋以为，如果朱标留在京城的话，那他做这两件事情的时候，朱标是肯定会出来劝阻的。

朱元璋究竟要做哪两件事情？一件事情是，杀掉徐达。另一件事情是，杀掉李文忠。

李善长走后，朱元璋发觉，现在还敢向他提反对意见的，好像就徐达和李文忠二人了。这样，徐达和李文忠就成了他朱元璋为所欲为的最后的障碍。既是障碍，朱元璋自然要想法子清除。

据夏煜密报，自李善长走后，徐达和李文忠的交往陡然增多了起来。这就使朱元璋觉得，不仅必须要清除掉徐达和李文忠，而且还要从快清除。要知道，大明朝的兵权有一多半掌握在徐达和李文忠的手中，这显然是对朱元璋的一种潜在又巨大的威胁。

可是，朱元璋同时又觉得，徐达和李文忠的问题确实不大好办。徐达是朱元璋的结义兄弟，李文忠是朱元璋的亲外甥，而且是朱元璋在世上除了儿女之外的唯一的亲人，这种关系，当然是朱元璋觉得棘手的一个很重要的原因。不然的话，朱元璋就极有可能给徐达和李文忠扣上一顶"胡党分子"的帽子。

一天，徐达听下人说，李文忠得急病死了。

徐达得知李文忠的死讯后，便马上知道这是怎么一回事了。他对妻子张氏言道："曹国公是皇上毒死的。"

朱元璋连李文忠都可以害死，那什么人还能逃脱掉？这什么人当中，不就包括他徐达、周德兴、汤和这些朱元璋的结义兄弟吗？

徐达本想立即就去找朱元璋理论的，但李文忠刚一死，朱元璋就为李文忠举办了盛大的葬礼，还追封李文忠为"岐阳王"。徐达想，不管怎么说，还是应该让李文忠入土为安。于是，徐达就耐住性子等待了一段时日。

李文忠的葬礼刚一完毕，徐达就去找朱元璋了。那是一个晚上，徐达只身独闯皇宫。虽然李文忠已经死去多日，但徐达的心中却充满了悲愤。夜晚在皇宫里行走，自然会有人盘问和拦阻。所有的盘问，徐达一概不理。所有的拦阻，徐达一律以武力斥之。徐达只有一个念头，到乾清宫去，找朱元璋。

徐达直闯朱元璋的寝殿。寝殿外，站有两个太监。这两个太监是常常跟在朱元璋身边的，所以认得徐达。一个太监见徐达走来，连忙上前问道："徐大人是想见皇上吗？"

徐达不理，径直朝里走。那太监见势不妙，慌忙扯起尖嗓门叫道："魏国公见驾。"

太监的嗓门都是具有很强的穿透力的，朱元璋在寝殿内听得清清楚楚，刚想将龙床上的局面收拾收拾，徐达就一头两脚地闯了进来。

朱元璋一见徐达的脸色，就知道徐达是来找茬的。于是，他抢在徐达说话之前，忙对身边的女人道："朕与魏国公有要事相商，你们还不快滚？"

徐达绷着脸言道："那曹国公刚刚入土，大哥却好像一点儿也不悲伤。"

朱元璋猜着徐达的来意了："二弟此话差矣！悲伤是一回事，与女人在一起玩耍又是一回事。人们常说以酒消愁。朕以为，这以酒消愁和以女人消忧应该是一回事。不然，人们何以把酒色二字并列在一起？二弟呀，你以为李文忠死了，朕心里不悲伤？不说别的吧，就说李文忠是朕的亲外甥这一层关系，朕也没有理由不悲伤的啊！"

徐达突然问道："大哥，刘基的死，你也悲伤吗？"

朱元璋脸色不禁一变："二弟，你夜闯朕的寝宫，究竟是何意？"

渐渐地，徐达的眼眶里蓄满了泪水，语调也陡然变得凄凄惨惨切切起来："大哥……德庆侯廖永忠死了，我没有说话；青田刘基也死了，我没有说话。可现在，曹国公也被你毒死了，你……究竟要杀死多少人？为什么连你的亲外甥也不肯放过？"

朱元璋勃然大怒道："二弟，你不要无中生有，信口雌黄！廖永忠私穿龙凤之衣，朕以国法处置他何错之有？刘基病死在青田，李文忠病死在家中，他们都是因病而亡，又与朕何干？"

徐达异常沉痛地道："大哥，你我一起长大，一起打天下，你行事的手段我焉能不知？我只想问大哥你一句话，你是不是要把所有曾经跟你打天下的人都杀光了才肯罢休？"

朱元璋闭上了口。徐达缓缓地摇了摇头道："大哥，该罢手了……跟你打天下的人，已经被你杀了一多半了。"

朱元璋突地叫喊道："来人啊！把魏国公送出乾清宫！"

在两个太监跑进寝殿之前，朱元璋板着脸对徐达道："看在多年兄弟的份上，你今夜无端惊扰之罪，朕就赦免了。但是，朕现在警告你，不该你管的事情，你就不要管。否则，我们虽然是兄弟，也可以变成仇敌！"

徐达凄然一笑道："大哥，跟你说实话吧，我早就准备好了……曹国公的今天，就是我徐某的明天！"

徐达步履沉重地离开了乾清宫。从这天晚上起，徐达算是和朱元璋公开地闹翻了。徐达知道和朱元璋闹翻之后会有什么结果，但徐达不以为意，他已经将这种结果置之度外了。还有，徐达以为，李文忠一死，接着要死去的，就是他徐达了。

徐达还以为，不仅他自己要死，连周德兴和汤和也难以幸免。但考虑到朱元璋首先要杀的必将是自己，所以徐达就没有把自己和朱元璋闹翻的事情告诉周德兴和汤和。

徐达只在和朱元璋闹翻的那天晚上回到家之后这样对妻子言道："你要有个思想准备，我可能活不过今年冬天了。"

张氏听了大惊："皇上大哥说了要杀你？"

徐达轻笑道："他要是这么说了，我还能活着回来跟你说话？"

张氏松了口气道："皇上大哥既然没这么说，那就是你疑神疑鬼。不管怎么说，皇上大哥终归是你的皇上大哥！"

徐达却低低地道："夫人，你说错了，皇上还是皇上，但大哥已经不是大哥了。"

这年（洪武十七年）冬暮，徐达的妻子张氏突然被蒋献的锦衣卫抓进了囚牢，理由是张氏经常在众人面前诽谤皇上和马皇后。没多久，张氏就因"大不敬"罪而被锦衣卫绞死。也就是说，徐达虽然平安地度过了这个冬天，但他的妻子却在这年的冬天送了命。

徐达没有去为自己的妻子收尸，张氏的尸体是周德兴和汤和二人埋葬在南京城外的。徐达没有去为妻子收尸的原因有二：一、他早已心灰意冷；二、他以为，朱元璋杀他妻子，只是要杀他的一个序幕，既然自己很快也要死了，又何必去为妻子收尸？

而实际上，朱元璋杀死徐达的妻子张氏，也算不上就是要杀死徐达的什么序幕。朱元璋确实很想除掉徐达，刘基等人死后，徐达就是朱元璋最大的心病了。可是，朱元璋一时找不到除掉徐达的最佳方法。

就在这万般无奈之下，朱元璋才百无聊赖地处死了张氏。从这个意义上说，张氏是被朱元璋"误"杀的。朱元璋有气无处出，便只好先拿张氏解气了。换句话说，如果朱元璋首先处死了徐达，那张氏就极有可能拣回一条命。

第二年，徐达突然背上长了一个小疮。对身经百战的徐达来说，背上长了一个小疮实在是算不了什么，所以徐达也就没在意。

然而，进入洪武十八年的春天之后，徐达背上的那个小疮，一天天地红肿起来。终于，那小疮溃烂了，流出了脓血，徐达还发起了高烧。

徐达患的这种病，名叫"背疽"，俗称"搭背"（意指长那病疮的地方，正好是一个人的手反搭在肩膀上向背部延伸所能够得着的地方）。这种病是毒气攻心所致，如得不到及时有效地治疗，当有性命之忧。

一天，朱元璋问一名太医道："患搭背病的人，最忌讳吃什么？"

太医回答："最忌讳吃蒸鹅。"

朱元璋又问："如果吃了蒸鹅会怎么样？"

太医又答："几天之后，病人就会不治而死。"

第二天，朱元璋亲自为徐达写了一篇祈祷文。祈祷文的内容大致可以分成三个部分：第一部分，极力歌颂徐达在创建大明王朝时所立下的不朽功勋；第二部分，深情追叙他与徐达间的深厚的兄弟情谊；第三部分，虔诚祈祷神灵保佑，保佑徐达早日康复。

朱元璋的文笔很生动，祈祷文里似乎满注着感情。周德兴看到祈祷文后，都被感动了，忙着命人将祈祷文工工整整地抄下来，亲自送到徐府给徐达看。

徐达还没看完呢，周德兴就急急地言道："二哥，看来大哥还没有忘记他和我们终究是兄弟啊！"

徐达轻轻一笑道："三弟说得对！兄弟终究是兄弟。就像你我，现在是兄弟，即使是死后，我们也还是兄弟！"

周德兴憨憨地笑了，可惜的是，他没有听出徐达的话外之音"就像你我"是什么意思。为什么不提朱元璋？还有，徐达为何要说"即使是死后"？

实际上，徐达看到朱元璋的那篇祈祷文后，就知道自己的死期已经来临了。

果然，朱元璋的祈祷文发布后的第三天，几名太监和几名锦衣卫以朱元璋特使的身份走进了徐达的家。这些特使的使命是：奉旨赐送东西给徐达吃。什么东西？一只蒸鹅。

徐达看到那只蒸鹅，一切都明白了。他不禁仰天长笑道："皇上真是圣明啊！"

几名太监和几名锦衣卫对着徐达哀求道："大人若不当着小人们的面把这只蒸鹅吃掉，那小人们的命就保不住了。"

徐达言道："你们放心，皇上所赐，徐某焉能不吃？"

说着话，徐达便把那只蒸鹅撕开，大口大口地吞咽起来。看徐达那狼吞虎咽的样子，就像是饿了好几天似的。几乎是在转眼间，那只蒸鹅就被徐达吞下去了一多半，直吞得那几名太监和锦衣卫目瞪口呆。

然而，接下来的情景，却又使得那几名太监和锦衣卫禁不住地口鼻发酸。徐达吃鹅的动作突然变得异常地缓慢，而且很僵硬，还一边吃一边流泪。泪水洒落在鹅肉上，又被机械地塞入口中。当最后一块鹅肉被咽进肚子里之后，徐达悲鸣了一声"大哥"，就倒在床上泪如雨下了。

十几天之后，徐达死了，死在家中的床上。徐达死时，身边没有一个人。他的家人和大夫，都被他事先赶跑了。他的尸体是被周德兴和汤和发现的。

听到徐达的死讯后，朱元璋尖叫了一声"啊"字。要不是执事太监眼明手快地上去搀扶，朱元璋恐怕就要当着文武朝臣的面栽倒在地上了。虽然没有栽倒，但朱元璋早已是泪流满面。他一边流泪一边哽咽着言道："二弟啊，你昨天还好好的，今天怎么就撇下朕走了呢……"其情其景，着实感人。

紧接着，朱元璋就为徐达举行了一场极其隆重的葬礼。葬礼的规格，完全超出了一般人的想象。

朱元璋还追封徐达为"中山王"，并亲自为徐达披麻戴孝。那一段时间里，南京城内所有的人，甚至包括周德兴在内，几乎都被朱元璋的所作所为所感动。

不过，有两个人，虽然不知道徐达之死的真相，却不约而同地想到了这么一点：徐达是死于非命的。这两个人，一个是远在北平城里的徐达的女儿，燕王妃徐氏；另一个是近在南京城内的信国公汤和。

北平距南京比较远，徐达的葬礼都举行过好多天了，徐氏和燕王朱棣才得知这一消息。得知这一消息后，徐氏哭得死去活来。那阵子，她就像是泡在泪水里。

朱棣看着心中实在不忍，就建议她道："你整天这样地哭也不是个事呀……要不，我向父皇提个请求，带你回南京一趟，到你父亲的墓前去看一看。"

徐氏却一边哭一边摇头道："王爷，如果我的父亲真的是患病而死，那即使皇上不同意，我也要回南京城！"

朱棣愕然："爱妃，你此话何意？魏国公不是患病而死的吗？"

徐氏突然没有了眼泪，许是她的泪水已经流干："王爷，青田刘基是怎么死的？曹国公又是怎么死的？"

朱棣回道："你这话问得有些奇怪——刘基和曹国公不都是因病而死吗？"

徐氏言道："王爷没觉得这里面真的有些奇怪吗？刘基到南京来，患了病，皇上找太医为他治病，结果，刘基回到青田后就死了。曹国公也是患了病，皇上也是找的太医为他治病，结果呢？曹国公也死了——王爷，世上真有这么巧合的事情？"

朱棣一惊："爱妃，你的意思是？"

徐氏缓缓地言道："我的意思是，我的父亲也患病了，结果也死了。我敢断定，在我父亲患病期间，皇上肯定也插了手！"

徐氏的话，令朱棣不禁倒吸了一口凉气。然而，倒吸了一口凉气之后，朱棣又重重地点了点头道："爱妃所言，确有道理——只是苦了爱妃了，爱妃的母亲去年被父皇处死，现在，爱妃的父亲又不明不白地死去。"

显然，朱棣已经同意了徐氏的看法。徐氏仰起尚未被风干的泪脸道："王爷，苦的不是妾身一个！那么多的人，那么多的开国功臣，不是全被皇上杀了吗？比起他们，妾身应该算是幸运的了。"

朱棣不由得喟叹一声道："父皇行事，也着实有些过分。"

徐氏突然问道："王爷可想过皇上为什么要杀这么多的人？"

朱棣看着徐氏的双眼，徐氏也正看着他的双眼。朱棣低低地言道："不瞒爱妃，我一直在想这个问题。但我万没想到，连曹国公和你父亲，也会这么不明不白地死去。"

徐氏又问道："王爷可想过皇上什么时候才会停止杀人？"

朱棣缓缓地言道："如果一切果如爱妃所言，曹国公和你父亲确实死得不明不白，那么，父皇就极有可能把那些曾经跟他打天下的人全杀光。"

朱棣说完，似乎打了个哆嗦。徐氏却镇定地问道："王爷，如果皇上把那些人都杀光了，那天下会出现一个什么样的局面？"

朱棣轻声言道："那大明朝廷，将无人能带兵打仗！"

徐氏冷静地道："王爷说得不够准确。大明朝廷内是无人能带兵打仗了，但大明朝廷外却有一人能征善战。"

朱棣摇头道："爱妃太夸奖我了——我虽然跟着你父亲学了一些兵法，但若与你父亲相比，又何啻是小巫见大巫啊！"

徐氏却道："王爷不必自谦。想当年，皇上送我来这里与你成亲，我父亲曾私下里对我说，将来能够统兵保卫大明江山的，只有你燕王爷！"

朱棣默然，忽又问道："爱妃，你今日与我说这些话，是何道理？"

徐氏幽幽地道："妾身父母双亡，心无寄托，只能对王爷一吐情怀罢了。"

朱棣追问道："爱妃仅仅是一吐情怀吗？"

徐氏反问道："妾身言外之意，王爷莫非真的不知？"

朱棣慢慢地将徐氏搂在了怀中："爱妃，父皇有一句话说得没错，他说你是一个奇女子……我以为，我们现在还不能考虑太多问题。现在我们首先要考虑的，是你的身体。不管我以后会怎么样，我都不能没有你。"

朱棣一边说话一边将徐氏搂得更紧，徐氏言道："王爷放心，妾身虽然没有了父母，但妾身还有王爷。不管王爷以后会怎么样，妾身都会陪伴在王爷的身边！"

朱棣虽然说"现在还不能考虑太多的问题"，但片刻之后，他就自顾说开了："爱妃，你知道吗？你父亲离开北平回南京之前，我曾问过他这么一个问题：大明武将中，哪些人真正可以称得上是英勇善战？"

徐氏仰头道："我父亲肯定提到了你。"

朱棣言道："你父亲当时跟我说得明明白白。他说，有六个人。这六个人大致可以分成两组，一组算是开国前的三大帅，另一组算是开国后的三大帅。实际上，这六个人开国前和开国后一直在统兵打仗。"

徐氏问道："这六个人到底是谁？"

朱棣回道："开国前的三大帅，第一是你的父亲，第二是开平王常遇春，第三是岐阳王李文忠。开国后的三大帅，第一是凉国公蓝玉，第二是宋国公冯胜，第三是颍国公傅有德。"

徐氏言道："开国前的三大帅都不在了——开国后的三大帅虽然我也知道，像凉国公和宋国公，我还见过他们的面，但不知他们现在何处。"

朱棣言道："他们正带兵在边境打仗。"

徐氏"哦"了一声道："难怪——他们到现在还活着。"

朱棣一怔："爱妃敢肯定，如果他们不是在带兵打仗，就活不到今天？"

徐氏反问道："王爷不希望他们会这样吗？"

朱棣默然，好长时间没作声。徐氏最后言道："王爷，我们不说这些了吧——我父亲刚死，而且死得不明不白的。"

与徐氏一样，南京城里的汤和也认为徐达的死是不明不白的。刘基的死，李文忠的死，最后是徐达的死，三者具有惊人的相似之处。他们都患了病，而且看起来病都快要好了，可最终都死了。

汤和稍一琢磨，便琢磨出徐达的死有名堂。本来，刘基和李文忠死后，汤和还没怎么去琢磨，他也不想去认真琢磨。然而，徐达之死，他就不能不去琢磨了。

这一琢磨，就琢磨到了过去，琢磨到了朱元璋的老丈人郭子兴的身上。朱元璋连老丈人都敢下手，徐达还在话下？

琢磨出名堂之后，汤和就感到无比恐惧。如果，徐达之死真的与朱元璋有关，那他汤和的性命岂不就悬于一线间了？

这么想着，汤和几乎连酒也不敢喝了，连饭也不敢吃了。他本是个极其好色的男人，可徐达死后，他几乎连女人的边都不敢沾，仿佛那些女人的身上都带着毒，他只要一沾上就会送命。

这样一来，汤和就变得病歪歪的了。虽然没有躺在床上，但一眼看过去，汤和与一个病鬼没什么两样了：面黄肌瘦的，无精打采的，走路还一晃一晃的，好像风一吹就能把他吹倒似的。

周德兴不知究竟，还以为汤和是因为和女人睡觉太没有节制了。见着汤和，周德兴开玩笑道："四弟，你要当心身体哦，不要没日没夜地泡在女人堆里啊！你没听说过'女人腰下一把刀'这句老话？"

汤和只能苦笑着回答周德兴道："是呀，是呀，三哥的话是至理名言，小弟谨记在心了。"

汤和真想把自己琢磨出来的东西告诉周德兴，但又不敢。一是自己没什么确凿的证据，二是周德兴包不住火。要是周德兴拿他汤和的话去找朱元璋理论，岂不是要坏大事？

就这么着，汤和整天既提心吊胆又愁眉苦脸的，像是死期就要来临似的。然而，几乎是一个偶然的机会，却完全地改变了汤和的命运。

那是一天早朝，散朝的时候，汤和有心没心地跟着旁人朝外走。忽然，朱元璋叫了一声："四弟，且慢走！"

汤和一惊，茫然地四周看了看，偌大的奉天殿内，好像就他和朱元璋两个人："皇上……大哥，你刚才是叫我吗？"

朱元璋笑道："四弟，这里就你与朕二人，朕不是叫你又会叫谁？"汤和顿时紧张起来，怎么走了半天还没走出奉天殿？大哥这时候叫我，莫不是要打发我去见二哥？

紧张归紧张，汤和的脸上还是硬挤出一丝笑容来，只是这挤出来的笑容也带着显而易见的病态："大哥叫我……有什么吩咐？"

朱元璋言道："什么吩咐不吩咐的，朕是见你近来昏昏沉沉的，想问问你究竟是怎么回事。"

汤和小心翼翼地道："回大哥的话，小弟近来老是打不起精神，净想睡觉，也不知是怎么回事。"

朱元璋凑近汤和道："是不是玩得太过火了？"

汤和略略有点羞赧地道："这事——有。不过，近来，我几乎没让女人上过我的床，可还是打不起精神来。"

朱元璋笑道："那是自然，你的身体早就被掏空了，哪能打起什么精神来？"

汤和的机灵劲儿突然上来了："是啊，大哥，所以我就想啊，不如回到家乡去，盖上一幢房子，好好地养养身体，说不定还能够多活个三年五年的。不然，老是这么在这里耗着，保不准哪一天就一命呜呼了。"

朱元璋马上追问道："四弟，你真想回到家乡去养老？"

汤和回乡的念头是突然间冒出来的，但他嘴里却这么言道："大哥，跟你说实话吧，我早想回乡养老了，就怕你不同意。"

朱元璋哈哈一笑道："四弟，朕若不是一国之君，朕也想回乡养老呢！"

汤和立即问道："大哥你同意了？"

朱元璋回道："朕同意了，你在家乡的房子，朕替你盖。你以后的所有花费，都由朕来支付。你还有什么要求，尽管提出来，朕当大哥的，保证让你满意！"

汤和这回真的是笑了："我只有一个要求，大哥以后如果回家乡，一定要到我的家中去做客！"

朱元璋亲热地拍着汤和的肩膀道："四弟放心，朕只要回故乡，就一定到你的家中去转转！"

忽然，朱元璋又压低嗓门对汤和道："四弟呀，你一个人回故乡，未免有些孤单。要是三弟也能够同你一起回故乡，那你和三弟岂不是都有个伴儿了。"

汤和马上道："大哥说得对，我回头就去找三哥谈这事儿。"

许多年之后，汤和才悟出朱元璋为什么要周德兴也回家乡：朱元璋确曾有心要放周德兴一马。因为在朱元璋的眼里，周德兴也好，汤和也罢，都不是大明江山的什么威胁，既如此也就没有必要杀死周德兴和汤和这两个兄弟了。

然而，周德兴却不愿意回故乡，他还反劝汤和也留在南京城里。汤和都携家带口地走出南京城了，送行的周德兴依然嘀嘀咕咕地劝汤和留下来。汤和只得意味深长地对周德兴道："三哥，人各有志，岂能勉强啊！"

汤和就这么回到了濠州。朱元璋没有食言，拨专款为汤和在濠州城外建了一座豪华的"信国公府"。光一次性赏赐给汤和的金银珠宝就够汤和尽情挥霍一辈子的了。朱元璋知道汤和好色的本性，还一次性地赏赐给了汤和二十位年少的美女。

如果说，徐达也好，周德兴也罢，都属于那种聪明一世、糊涂一时的人，那汤和就应该属于那种既聪明一世又聪明一时的人。

在朱元璋死之前，开国功臣几乎被朱元璋杀了个精光，能够侥幸存活的开国功臣，简直屈指可数。而汤和正是因为"及时"地回归故里，才得以善终，才得以成为这屈指可数者中的一员。

洪武十九年（1386年）初春，太子朱标奉旨巡视秦王、晋王和燕王的封地之后回来了。一眼看上去，朱标的气色很不错。

朱标回南京后向朱元璋禀报：秦王凶残无比，动辄杀人；晋王好色无度，整天沉湎于酒池肉林之中；燕王的封地井然有序，且朱棣治军有方，北部边境固若长城。

朱标虽然心事重重，但北上一趟，对他的身体也确实大有好处。他不仅气色很不错，身体也的确壮实了许多。然而，回到南京城后没多久，朱标的身体又变得虚弱起来。

朱标的身体变得虚弱的原因，朱元璋似乎不知道，但太子妃常氏知道。因为朱标和常氏曾经有过这么一段对话：

朱标："爱妃听说了吗？曹国公和魏国公都死了。"

常氏："人们常说，生死由命，富贵在天。妾身的父亲不也是因病而死的吗？曹国公和魏国公与我父亲一样，都是命不好。"

朱标："爱妃的话固然有理。但我总觉得，这事儿也确实太巧了。"

不知道朱标是否对徐达和李文忠的死感到蹊跷，反正，因为悲伤，朱标的身体就又变得衰弱起来。

有一天，他在东宫突然对常氏道："爱妃，要不是因为你，我就不想活了。"

常氏没有问朱标为什么不想活。她对朱标好像非常了解，更非常理解。她只是对朱标言道："你不要在意我。你什么时候走了，我就会跟着走的。但请看在几个孩子的份上，你还是要想开点。"

朱标最后道："爱妃说得是。你没什么要紧，我也没什么要紧。但几个孩子，我们总不能丢下不管。"

不难看出，朱标属于那种性情中人。性情中人适合做个诗人或文人，走江湖是不行的，江湖险恶，性情中人在江湖上必然短命。更不适合做太子，做太子就是玩政治，政治比江湖更险恶。这样看来，朱标肯定是不会长寿的了。

朱标本有四个儿子，他最喜欢的是二儿子允炆（实际上，允炆就等于朱标的长子，因为朱标的长子雄英夭折了）。允炆不仅长相极似朱标，而且，在朱标看来，允炆的性情也和他一模一样。

但事实上，朱标看错了。允炆虽然长得跟朱标差不多，性情却和朱标大不相同。跟朱标比起来，允炆是很擅长玩弄权术的。只不过，凭允炆一人之力，是无法改变历史的。

从洪武十九年到洪武二十三年（1390年），这几年间，大明王朝的边境有两起战事。一起战事发生在洪武二十年（1387年），凉国公蓝玉、宋国公冯胜及颍国公傅友德率军再次挺进东北，连战连捷，将元廷残余势力赶到了北平以北的漠北一带，东北全境归入大明版图。

另一起发生在洪武二十二年（1389年），晋王朱㭎、齐王朱榑及颖国公傅友德等人，在燕王朱棣的统一指挥下，统兵挺进漠北蒙古，将元廷残余势力全部消灭干净，彻底解决了大明与大元之间的战争。此次战争，充分显示了燕王朱棣卓越的指挥才能。

这几年间，朱元璋也很忙碌，他处死了许许多多地方上民愤极大的贪官污吏。

洪武二十四年（1391年）八月，太子朱标再次离开南京北上。朱标这次北上，可以说是大明王朝的一个转机。

朱标北上，是由于朱元璋有了迁都之意。不知怎么搞的，朱元璋忽然觉得南京城的风水很不好：西面是长江，北面是紫金山，南面还有一条秦淮河，东面虽没有什么大江大河大山什么的，但地势却坑坑洼洼，看着很不顺眼。

总起来说，南京城像是被山河困住了。就是一条龙，被困住了也不能腾云驾雾啊，所以朱元璋就想把都城从南京城迁走。

朱元璋把心中的为难告诉了朱标。朱标以为，要么不迁都，要迁都就迁往中原一带。朱元璋认为朱标言之有理，便叫朱标到陕西关中一带去考察地形。因为从地理位置来看，陕西恰好位于当时大明版图的中心。

朱标在陕西一带考察了三个多月。这三个多月，朱标几乎每天都在奔波。然而，朱标却未能找到一处合适的迁都之所。

朱标自回到南京城后（洪武二十四年十一月）就病倒了。这也难怪，朱标的身子骨那么弱，连续奔波劳累了三个多月，焉有不病倒之理？

朱标这一病倒就起不了床了，这可把朱元璋吓坏了。朱元璋去看望朱标的时候，朱标撑起身子很是愧疚地道：“儿臣实在无能，连一个迁都之所都找不到。”

朱元璋赶紧劝慰道：“标儿切莫要这样想。没有合适的地方，不迁都也就罢了。但标儿你的身体，却是最最要紧的啊。”

尽管有天底下最好的大夫为朱标来治疗，朱标的病情却在一天比一天地恶化。令人不可思议的是，那么多的大夫围绕在朱标的病床前，却瞧不出朱标究竟患的是什么病。眼看着，朱标的身体越来越瘦，气息越来越弱。到最后，朱标的身体只剩下一层皮包骨了，气息也只有进气而没有出气了。

从洪武二十四年十一月到洪武二十五年四月，朱标在病床上整整躺了半年。别说是一个病人了，就是一个好端端的人在床上躺上半年时间，恐怕也是吃不消的。

在这半年时间中，几乎从没有离开过朱标病房一步的，有两个人，一个是太子妃常氏，另一个是朱标的二儿子朱允炆。而前来看望朱标次数最多的人，则是朱元璋。

朱元璋来看望朱标，一坐就大半天。在朱标一生当中最后的十几天里，朱元璋常常是整天整夜地坐在朱标的身边。在朱元璋心里，虽然朱标有很多他不满意的地方，但朱标是他的希望。朱标这一病倒，朱元璋有些慌了，他没想到会发生这样的事。也就是说，朱元璋一时间失去了希望。

这一年（洪武二十五年）的四月二十日夜里，一直昏迷不醒的朱标突然睁开了眼，且眼里放出灼人的光彩来。朱元璋、朱允炆和常氏正自惊异还没来得及开口呢，朱标一下子就攥住了朱元璋的手："父皇，儿臣实在是不孝啊！"

朱元璋慌忙言道："标儿切莫这样说，切莫这样说。"

朱标一边流泪一边言道："儿臣虽然老大不小，但一直不能让父皇放心，更不能让父皇满意……儿臣实在是有愧啊！"

朱元璋急急地道："标儿不要这样说……父皇我也做了一些不该做的事情。"

朱标言道："……儿臣就要别父皇而去了！临别前，儿臣想请求父皇一件事情。"

朱元璋忙道："标儿快说，什么事？"

朱标急促地喘息了两下："儿臣请求父皇……不要再杀那么多的人了。"

朱元璋强忍着的泪水终于滑落了下来："标儿，你不明白吗？父皇杀那么多的人，全是为了你呀。"

朱标哽咽着："儿臣明白父皇的心意……现在，儿臣就要走了，父皇也就没必要再杀那么多的人了。"

朱元璋的头接二连三地点着："标儿说得有理，标儿说得有理。"

朱标的目光转向了朱允炆，朱允炆赶紧跪在了朱标的床前。朱标伸出一只手来，抚在了朱允炆的头顶上，然后一个字一个字地言道："我没有更多的话留给你。我只对你说一句话：以后，你一定要听爷爷的话。"

朱允炆含泪应道："父亲的话，儿子记住了！"

朱标又吃力地对朱允炆道："现在，你扶爷爷回去休息……今晚，我只想和你母亲在一起。"

朱允炆仰脸看着朱元璋，朱元璋一边缓缓地起身一边挤出一丝笑容道："允炆，听你父亲的话，我们走吧。"

朱元璋在朱允炆的搀扶下，离开了朱标的病房。但他没有回乾清宫，他知道朱标刚才是回光返照。他就待在东宫里，和朱允炆待在一起。爷孙俩默默地对坐着，谁也没说话，就这么着，从夜半一直坐到天明。

第二早晨，朱元璋吩咐朱允炆道："去看看你的父亲。"

朱允炆去了，一会儿，他泪流满面地走回到朱元璋的面前："爷爷，父亲走了……母亲也走了。"

朱元璋"哦"了一声，就动也不动地坐在那儿了。半晌，他招呼朱允炆道：

"过来，扶朕去看你父亲一眼。"

朱元璋真的需要有人搀扶，如果没有朱允炆的搀扶，他根本就迈不动腿。朱元璋看到的是一幅非常宁静的画面。

朱标死了，常氏也死了。朱标和常氏肩并肩地躺在床上，俩人都穿着当年结婚时所穿过的衣衫。甚至，朱标和常氏的脸上还涂着淡淡的胭脂。朱标和常氏就像是睡着了，而且睡得十分香甜。

大明太子朱标，就这样走完了他人生的三十八个春秋。他走得不算太孤单，他钟爱的妻子常氏也随他而去。死者长已矣，生者常戚戚。

朱标的死，无疑给朱元璋留下了一道难以愈合的巨大创伤。一连几个月，朱元璋都沉浸在朱标死亡的悲痛中而不能自拔。一直到这一年的秋暮，朱元璋才勉强地有了点精神，开始管理朝政。

有了点精神，就要考虑为大明朝重新立一个太子了。尤其是当时，朱元璋都65岁了，虽然身体还很好，但人总是有旦夕祸福的。朱元璋不迷信，万一他突然间没了命，而太子尚没有立定，那大明江山岂不是就乱了套？

按照惯例，朱标死后，朱元璋有两种重立太子的选择。一种选择是，按照长幼顺序的原则，立二儿子秦王朱樉为太子；另一种选择是立长孙即朱标的大儿子朱允炆为太子。

然而，朱元璋既不想立朱樉为太子，也不怎么愿意立允炆为太子，

不想立朱樉为太子的原因很简单，朱樉太残暴了。虽然他也是一个心很硬的人，但朱元璋却以为，无论是开国前还是开国后，他的残暴都是有理由的。不残暴就夺不了天下，不残暴就保不住大明天下。

而朱樉就不一样了，他的残暴是没多少理由的。在朱元璋的眼里，朱樉的残暴就等于是"扰民"。做皇帝的，哪能动不动就"扰民"？

朱元璋不想让朱允炆做太子的原因也很简单，朱允炆太像朱标了。一个朱标就已经让朱元璋伤透了心，要是再来一个朱标，岂不是让朱元璋心碎？

朱元璋想立谁为太子？他当然想让四儿子燕王朱棣做他的接班人。他是皇上，任何意愿都可以变成现实。不过，他同时也知道，立太子事关重大。如果直接宣布朱棣做大明太子，则不仅有悖于历朝历代的规矩，更重要的，恐还能引起他众多儿子之间的猜忌。儿子之间一有了猜忌，其结果就很难预料了。

朱元璋想来想去，总拿不定主意，便把夏煜和蒋献找来商量。蒋献头脑较简单，也拿不出什么主张。夏煜向朱元璋建议道："不如这样，微臣在朝廷上向皇上奏请立燕王爷为太子，待观察了大臣们的态度之后，皇上再作定夺。"

朱元璋思忖道："就依夏爱卿说的办吧。"

于是，在一个早朝上，朱元璋先说了一通"国不可无太子"之类的话，然后

诸文武百官发表自己的看法。

虽然，经朱元璋大肆屠戮之后，满朝文武大半已是新人，但朱元璋的喜怒无常，众人却也是知道的。所以，尽管朱元璋"请"文武百官发表看法，可文武百官几乎谁也不敢擅自乱开口。

夏煜见气氛有些冷清，便按照事先与朱元璋商量好的开口说话了。他先说的是大明江山如何地繁荣昌盛，接着表达了自己对太子朱标不幸病故的无比沉痛的心情，然后话头一转，从各个方面盛赞起燕王朱棣来，最后以"微臣之见"的口吻，向皇上提议立燕王朱棣为大明太子。

谁都知道夏煜是朱元璋的宠臣，夏煜的话实际上就代表了朱元璋的意思。故而，夏煜的话音刚落，便有十来个文臣武将开始附和夏煜。朱元璋不禁一阵窃喜。

谁知，附和夏煜的朝臣还没有把话附和完呢，便有一五大三粗之人从武臣的行列中大步跨了出来，此人就是凉国公蓝玉。

蓝玉和宋国公冯胜、颍国公傅友德本来都统兵驻扎在北方，分别受秦王朱樉、晋王朱棡和燕王朱棣的节制。因朱樉暴戾，蓝玉又不吃朱樉那一套，故朱樉和蓝玉常常在西安闹矛盾。

朱元璋对蓝玉不很满意，所以就下了一道旨令，把蓝玉从西安调回了南京，由着朱樉在西安胡闹。而冯胜和傅友德，依然分别驻扎在太原和北平。

朱元璋见蓝玉从武臣的行列中跨出，就知道要坏事。果然，蓝玉坚决反对夏煜等人的提议，认为如果立燕王朱棣为太子，不仅有"破坏朝纲"之嫌，而且还将置秦王朱樉和晋王朱棡于非常尴尬的境地。蓝玉提议，应该立朱允炆为太子。

朝廷武臣中，有许多都是蓝玉的旧交和部下。所以，蓝玉提议立朱允炆为太子，就得到了许多武臣的响应，这就使得朱元璋好生为难了。

要么立朱棣为太子，要么立朱允炆为太子。立朱棣为太子是朱元璋的想法，而立朱允炆为太子则能保证天下的稳定（至少朱元璋当时是这么想的）。究竟立谁为太子，就看朱元璋一句话了。

所有朝臣的目光都一起盯着朱元璋，朱元璋本想喊"退朝"的，但最终，他还是当场作出了决定：立朱允炆为太子。

就这样，朱允炆就当上了大明王朝的太子，时年十六岁。

因为以上是在朝廷中发生的事，所以没有多久，这事就传到了北平城。听到这件事情后，朱棣多少有些沮丧。

燕王妃徐氏安慰朱棣道："好事多磨嘛，王爷，用不着这么垂头丧气的。"

朱棣喟叹道："若不是那蓝玉从中作梗，我现在就是名正言顺的大明太子了。"

徐氏笑道："王爷，即使你现在真的成了太子，恐怕也名不正言不顺呢！"

可不是吗，朱棣的上面还有两个哥哥。朱棣苦笑道："爱妃，你的话听起来好像总是有道理的。"

徐氏言道："不是我说的话有道理，而是事实就是这样。当不成太子没什么关系，但要当不成皇上那可就关系大了！"

朱棣笑了："爱妃放心，我不是那种经不起挫折的人！"

徐氏大声地道："王爷要是经不起挫折，那我就不会跟你说这么多话了！"

朱棣突然放低了声音道："爱妃，话虽是这么说，但蓝玉这个人，也确实可恶。"

徐氏也渐渐严肃起来："蓝玉不仅自己很会打仗，他的手上，还有一批能征善战的将军。"

朱棣的脸上渐渐地浮现出了一丝阴险冷酷的表情来："爱妃，蓝玉不除，必将坏我日后大事！"

徐氏接道："不仅是蓝玉了，王爷。像蓝玉一样所有能够统兵作战的将领，都应该除掉！"朱棣不禁盯住了徐氏的双眼。徐氏笑吟吟地问道："王爷，妾身所言，有何不妥吗？"

朱棣忙着道："爱妃所言，乃至理也。只不过，真要说起来，爱妃与蓝玉，还有些瓜葛呢。"

常遇春是徐达的结拜兄弟，而蓝玉又是常遇春的小舅子，这便是朱棣所说的"瓜葛"。徐氏淡然一笑道："王爷，妾身父母已然双亡，又何必顾及那么许多？"

朱棣默默地点了点头，又倏然言道："爱妃，如果我所料不差，允炆正式继位太子之后，父皇极有可能召我进京……"

徐氏马上道："果然如此的话，这应该是王爷的一次机会。"

朱棣笑道："既然是机会，那我就不会放过。"

果然不出朱棣所料，朱允炆正式继任大明太子位之后，朱元璋的一道手谕飞抵北平，召朱棣进京朝贺。

第二天早上醒来，朱棣与徐氏及傅友德等人告辞后，就踏上了去南京的路。

北平距南京两三千里路程，朱棣以每日一百里左右的速度，从从容容地赶着路。到了南京城之后，朱棣才知晓，这次奉旨进京朝贺朱允炆继太子位的王爷，就他朱棣一个人。其他的王爷，包括秦王、晋王，都没有接到朱元璋的手谕。于是朱棣便越发地觉得，他此次来南京，意义非比寻常。

朱元璋在乾清宫召见了朱棣，作陪的是新任太子朱允炆。朱棣和朱允炆见面的时候十分亲热，朱允炆对"皇叔"朱棣施礼，朱棣一边还礼一边言道："你现在是当朝太子，理应由我对你礼拜才是。"喜得旁边的朱元璋不禁哈哈大笑起来。

朱元璋又在寝殿里设宴为朱棣洗尘，作陪的还是太子朱允炆，而斟酒的则是朱元璋当时最为宠爱的妃子夏梦梅。因为心里高兴，朱元璋喝了不少酒，都喝得有些舌头硬了。

　　朱棣呢，虽然喝的酒比朱元璋多，但依然口齿清晰、气定神闲。而那个朱允炆，几乎滴酒未沾，只象征性地敬了朱元璋和朱棣几杯，剩下的时间，就是在悄悄地观察朱棣脸上的表情了。

　　朱棣看到了朱允炆不时瞥过来的目光，却装作没看见（回到北平之后，朱棣曾郑重其事地对徐氏言道："在我看来，朱允炆是一个颇有心计的人。"）

　　洗尘的宴会结束后，朱允炆陪着朱元璋和朱棣说了一会儿话就告辞了。朱棣试探着也要告辞，朱元璋却道："棣儿，别急着走，留下来陪朕说说话。"

　　朱棣在心里道："父皇哎，我到南京来，就是想与你说说话的啊。"

　　寝殿里就朱元璋和朱棣两个人。有点奇怪的是，朱元璋叫朱棣坐下，自己却站着，还不是站在朱棣的对面，而是站在朱棣的背后。

　　如果谁的心里面有什么鬼名堂，朱元璋往背后那么定定地一站，恐怕就会有一种如坐针毡的感觉了。只是，朱元璋的这种心理伎俩对朱棣不管用。朱棣的心理素质，不敢讲比朱元璋强，但也绝不比朱元璋差。

　　朱元璋在朱棣的背后一言不发地站了片刻。片刻之后，他突然问道："棣儿，朕让允炆做太子，你高兴吗？"

　　朱棣答道："父皇让允炆做太子，儿臣万分高兴！"

　　朱元璋一步步地绕到朱棣的对面了："棣儿，你为什么高兴？"

　　朱元璋的这个问题，多少有些难度。朱棣仰头回答道："儿臣之所以高兴，有两个原因。一个原因是，叫允炆做太子，是父皇的旨意，父皇的任何旨意，儿臣都只会感到高兴；另外一个原因是，允炆是大哥的长子，大哥不在了，理应由允炆继任太子。"

　　听了朱棣的回答，朱元璋下意识地点了点头。蓦地，朱元璋又问道："棣儿，依你之见，如果现在就让允炆继承帝位，他能否掌管好大明江山？"

　　朱棣似乎一怔，一时没言语。朱元璋轻轻地道："棣儿，你怎么不说话呀？"

　　朱棣回道："禀父皇，不是儿臣不想说话，而是儿臣不知道当说不当说。"

　　朱元璋缓缓地在朱棣的面前坐下了。这样一来，朱元璋和朱棣的目光就在一个水平线了："棣儿，这里只有你和朕，有什么话，但说无妨！"

　　朱棣言道："依儿臣之见，如果现在就让允炆继承帝位，恐允炆很难掌管好大明江山。"

　　朱元璋低"哦"了一声："棣儿，你的意思，是不是允炆现在还很年轻？"

　　朱棣摇头道："儿臣不是这个意思。"

　　朱元璋言道："棣儿，心中有什么话，现在都讲出来吧。"

　　朱棣停顿了一下，接着言道："父皇，按理说，我不该在这里议论大哥和允炆的不是。大哥已经不在了，允炆虽然是儿臣的晚辈，但现在已经是大明的太子……"

朱棣故意又打住了话头，朱元璋只讲了两个字："说吧！"

朱棣说了："父皇，儿臣以为，允炆就和大哥一样，性格太过仁厚。看起来，仁厚并不是什么坏事情，但如果一个皇上对任何人任何事都以'仁厚'二字待之，恐天下就会大乱。"

朱棣这番话，简直说到朱元璋的心坎上了。不过，朱元璋没有喜形于色，而是不动声色地又提出了一个问题："棣儿，照你这么说来，为父立允炆为太子，岂不是考虑欠周？"

朱棣的回答好像也是不动声色的："儿臣以为，父皇立允炆为太子，非常正确。不过，儿臣同时又以为，如果父皇能够为允炆除去可能引发大乱的因素，那么，允炆即使再仁厚，则大明江山也可无碍了！"

朱棣的话，又说中了朱元璋的心事。朱元璋耸动了一下双眉，接着问道："棣儿，你还记得那乱臣贼子胡惟庸吗？"

朱棣回道："儿臣记得……儿臣还以为，朝中好像不只有一个胡惟庸。"

朱元璋饶有兴致地看着朱棣："棣儿，你的意思是说，大明朝廷中还有一个胡惟庸？"

朱棣的回答也很有趣味儿："儿臣的意思是，如果父皇跟我想的一样，就肯定能找出另一个胡惟庸来。"

朱元璋猛然大笑道："棣儿，你说的怎么和朕想的一模一样啊！"

朱棣说的是什么？朱元璋想的又是什么？原来，朱元璋虽然最终立了朱允炆为太子，但心中终究是不踏实的。原先，朱元璋以为太子朱标过于仁弱，为大明江山着想，朱元璋炮制出了一个"胡惟庸案"，将开国功臣杀死了一多半。

现在，与朱标同样仁弱的朱允炆当上了太子，朱元璋自然就想再炮制出一个"胡惟庸案"来。如果把开国功臣都杀光了，那以后朱允炆不就可以稳稳当当、舒舒服服地坐享大明江山了吗？

朱棣似乎摸透了朱元璋的心理，所以就说出了朱元璋想说而未说的话。当然了，朱元璋有朱元璋的考虑，朱棣也有朱棣的想法。

对朱元璋来讲，召朱棣进京，听听朱棣的意见，无疑坚定了他炮制另一个"胡惟庸案"的决心。

而对朱棣而言，能在朱元璋的面前如此煽风点火一回，也就不虚此行了。朱棣来南京，不就是想叫朱元璋尽快地再一次举起屠刀吗？朱棣的目的达到了，朱元璋的目的也达到了。

朱棣愉快地回北平了。从北平来南京，朱棣走了一个多月，而从南京回北平，朱棣只用了二十多天。春风得意马蹄疾，朱棣恨不能一步就跨回北平城里，见到自己心爱的王妃徐氏。

朱棣那么急着要见到徐氏何干？因为他要告诉她一件事情。他要告诉她什么事情？他要告诉她的是：皇上又要杀人了。

而实际上，也用不着朱棣告诉徐氏的。朱棣刚一回到北平城，便从南京方向传来了这么一条消息：叶升被皇上处死了。

叶升是靖宁侯，靖宁侯好像还不是重要的，重要的是，叶升是凉国公蓝玉的亲家。

得知叶升之死的消息后，徐氏笑眯眯地问朱棣道："王爷，你说，皇上为什么要处死靖宁侯？"

朱棣同样笑眯眯地回答徐氏道："爱妃，一出戏往往总是有个序幕的。父皇处死叶升，是一出戏的开始。"

朱棣当然说对了，朱元璋处死叶升，的确是一出大戏的一个小序幕。这一回，朱元璋要演这么一出大戏：把所有的开国功臣全杀光。

朱元璋挑蓝玉为"胡惟庸"是有充分理由的。徐达、李文忠死后，开国功臣中最有军功的，就数凉国公蓝玉和宋国公冯胜、颍国公傅友德了。

其中，凉国公蓝玉又无疑是最著名的。如果，像当年炮制出一个"胡党"那样地再炮制出一个"蓝党"来，那么，当年从"胡党"案中漏网的开国功臣，就一个也跑不掉了。

靖宁侯叶升被处死的"罪名"有二：一是"保护太子不力"；二是"交通胡惟庸"。第一条罪名似乎还勉强可以成立，因为前太子朱标奉旨去关中考察迁都之地时，叶升是主要陪同者，朱标回南京后一病不起，叶升确乎有不可推卸的责任。而第二条罪状"交通（勾结）胡惟庸"就明显是在为朱元璋下一步治蓝玉的罪做铺垫了。

试想想，叶升是蓝玉的亲家，叶升既然"交通"胡惟庸了，那蓝玉又如何能脱得了干系？

给靖宁侯叶升定罪自然是朱元璋的主意，检校头目夏煜从中也帮了一点儿忙。而捕杀叶升及叶升全家的功劳，则要记在锦衣卫头目蒋献的头上了。

杀完叶升一家人之后，朱元璋密令蒋献严加监视凉国公蓝玉的动静，防止蓝玉"狗急跳墙"。朱元璋没想到的是，蓝玉没什么动静，却另有一个人跳了出来。跳出来的不是别人，是江夏侯周德兴。

周德兴是怎么跳出来的？在叶升一家人被杀之后的第二天，周德兴单枪匹马地闯进了乾清宫。周德兴似乎悟出了朱元璋杀叶升只是一个开始，跟着朱元璋就会肆无忌惮地杀人，所以他就不想再沉默了。

徐达生前再三告诫周德兴不要乱说乱动，但徐达死了，没人再提醒周德兴了。故而，周德兴看起来虽然变得聪明了，但聪明却总是会被聪明误的。

周德兴闯进乾清宫的时候是下午。当时，朱元璋还躺在龙床上，身边是那个夏梦梅。听说周德兴闯来，朱元璋很不高兴。

然而，朱元璋还没来得及从床上起来呢，周德兴就大踏步地冲到了朱元璋的床前。看周德兴怒气冲冲的模样，像是要同朱元璋拼命。朱元璋多少有点紧张，但面上却也从容。他抢在周德兴之前开口道："三弟如此冒冒失失地闯来，所为何事？"

周德兴一指朱元璋的脸，呼哧呼哧地斥问道："你，究竟要杀死多少人？是不是要把天下的人都杀光？"

朱元璋嘿嘿一笑道："三弟这是说的什么话？天下的人都杀光了，朕还当什么皇帝？我杀的人，都是该杀的。谁该杀，朕就杀谁。三弟听明白了吗？"

周德兴似乎也想笑，可怎么也笑不出来，不仅笑不出来，连说话也变得结结巴巴起来："你，你当了皇帝，为什么……动不动就杀人？"

朱元璋回道："三弟，什么叫动不动就杀人？这大明江山得来容易吗？想当年，你我兄弟抛头颅洒热血，好不容易才得了这天下，如果不把那些心怀不轨的家伙统统杀掉，那这大明江山岂不是有得而复失的危险？"

周德兴两眼一翻道："大哥，你说的怪中听的，可你说的跟做的完全不一样。"

朱元璋似乎很是惊讶地道："三弟，朕何尝言行不一了？"

周德兴紧盯着朱元璋道："大明江山是所有的开国功臣们共同打下来的！可是，一个又一个开国功臣被你杀掉了，这，你怎么解释？"

朱元璋打了个"哈哈"道："这很好解释。那些开国功臣确实有功，朕也给了他们很高的待遇，可他们呢，自恃有功，无法无天，朕如果不将他们绳之以法，这大明江山岂不是乱了套？"

周德兴斥问道："你把开国功臣都杀光了，这大明江山就不会乱了套了吗？"

朱元璋双眉一皱道："三弟，谁说要把开国功臣都杀光的？朕杀的只是那些心怀叵测的人！这些人杀光了，大明江山也就无忧了。"

周德兴冷冷地言道："大哥，这些人杀光了，大明江山恐怕就真的要乱了套了。"

在朱元璋的记忆中，周德兴好像还从来没在他的面前显示出如此冷冰冰的表情。于是，朱元璋便也用一种很冷的语气问道："三弟，你这话是什么意思？"

周德兴回道："我的意思是，这些人都杀光了，如果天下有事，就没人替你带兵打仗了，没人替你带兵打仗，这大明江山还不就乱了套了？"

朱元璋突地"哈哈"大笑起来。笑过之后，他终于对周德兴说了一些实话："三弟，朕还愁没人替朕带兵打仗？就朕那些儿子们，也足以使大明江山固若金汤了！"

朱元璋的脸上，充满着得意和自豪。然而，周德兴也跟着说了一些实话。这些实话，差点没把朱元璋气死。

你道周德兴是如何说的？周德兴说道："大哥，你的儿子虽然很多，但在我看来，你的儿子都没什么用。"

朱元璋顿时就气得脸色铁青，可周德兴不管，只顾往下说："大哥，就说你的二儿子秦王吧，除了会残害老百姓之外，还会些什么？再说你的三儿子晋王，除了会玩女人之外，恐怕就狗屁不通了……这样的儿子，你还指望他们能替你带兵打仗？"

朱元璋的上下牙齿咬得"咯崩咯崩"直响："三弟，你是不是太过分了？"

连蜷在朱元璋胯边的那个夏梦梅也看出了朱元璋的眼睛里已经充满了凶光。有了这种凶光，朱元璋可是要杀人的。周德兴难道看不出来？

然而，周德兴似乎豁出去了。至少，从他的话里可以看出这么一种意思："大哥，太过分的是你，不是我！一个又一个开国功臣都被你杀了，你究竟居何用心？"

如果周德兴知道了徐达之死的真相，他会不会同朱元璋玩一出白刀子进红刀子出的游戏？周德兴不知道徐达之死的真相，但朱元璋却不能不有所顾忌。

所以，朱元璋就用一种漫不经心地语调言道："三弟，朕看得出，你今天的情绪很激动，等你平静下来了，我们再认真地谈一回。"

朱元璋是在下逐客令了，周德兴哼了一声道："大哥，什么时候谈，我都还是这个态度——你不该胡乱地杀人！"

周德兴说完，掉转屁股就走。朱元璋突然言道："三弟，你等一等！"

周德兴缓缓地转过身："大哥，你昨天杀死了靖宁侯，今天莫非想杀死我吗？"

朱元璋没有正面回答，而是皱着眉头问道："三弟，朕记得，四弟告老还乡的时候，曾劝过你一起回去，你为什么不回濠州？"

周德兴也皱着眉头反问道："大哥，你叫我们都回濠州，你为什么不回去？"

朱元璋煞有介事地道："朕是皇帝，怎么能够回濠州？"

周德兴也认认真真地言道："这大明江山，不是大哥一个人打下来的。你能待在这里不走，我为什么要回濠州？"

朱元璋笑模笑样地点了点头道："三弟，你说得好啊……"

一个"好"字，朱元璋拖得很长的音。周德兴都走出寝殿了，那"好"字还在余音袅袅。这一年（洪武二十五年）年底的一天，黄昏，周德兴正在自家的院落里散步，忽然，数十名锦衣卫呼啦啦地冲到了他的身边，为首的正是那蒋献。一眨眼的工夫，数十名锦衣卫就将周德兴围了个里三层外三层。

周德兴好像一点儿都不吃惊，他直直地盯着蒋献问道："是我那个大哥叫你们来的吗？"

蒋献有些畏惧周德兴，忙着哈了哈腰身道："蒋某奉皇上旨意，前来缉拿大人归案。"

周德兴若有所悟地点了点头道："既然这样，那就走吧……不要惊动了我的家人。"

两个锦衣卫想给周德兴套上枷锁，蒋献用目光制止了。周德兴一步一步地跟着蒋献走进了锦衣卫的一座牢房。蒋献刚要离开，周德兴一把抓住他的肩膀问道："告诉我，我那个大哥给我定的什么罪？"

蒋献嗫嚅着回道："好像是……帷薄不修……。"

朱元璋给周德兴定的罪就是"帷薄不修"四个字。周德兴似乎不明白这四个字的含义，于是就对蒋献言道："麻烦你去问问我那个大哥，他给我定的这个罪，到底是什么意思。"

蒋献还真的跑去问朱元璋了。未几，蒋献回来对周德兴道："皇上说了，不管是什么罪，能杀周大人的头就行……"

周德兴仿佛会意地点了点头道："我那个大哥，终于跟我说了一句实话。"

接着，周德兴对蒋献言道："请蒋大人给周某一把剑。"

周德兴此时要剑何意？蒋献一时多少有些犹豫。蒋献身边的一个锦衣卫士立即咆哮道："周德兴，你不是侯爷了，你现在是皇上钦点的罪犯！你没有资格跟我们蒋大人这样说话！"

那锦衣卫之所以敢这么对周德兴咆哮，主要的原因是，当时周德兴被关在囚牢里。然而，那锦衣卫没有想到的是，这囚牢根本就关不住周德兴。周德兴双手抓住囚牢的门使劲一拽，囚牢的门就被拽开了，周德兴缓缓地从囚牢里走了出来。

要知道，在朱元璋五兄弟当中，除了常遇春，就数周德兴的力气大。寻常的囚牢和枷锁，根本困不住周德兴。这也就是蒋献为什么会对周德兴客客气气的主要原因。

那锦衣卫慌了，一边往蒋献的身后躲一边可怜兮兮地望着周德兴道："侯爷……小人刚才说的是胡话，请侯爷千万别往心里去。"

蒋献虽也很紧张，但还是故作镇定地对那个锦衣卫喝道："还不快将剑呈给周大人？"

那锦衣卫唯唯诺诺地解下剑来递给了周德兴。周德兴接过剑后，半天没言语，只是眼睛一眨不眨地盯着剑刃看。

蒋献小心翼翼地言道："周大人，不是小人想为难你，这是当今皇上的旨意，小人确实是没有办法啊。"

周德兴还是没言语。过了许久周德兴轻轻地对蒋献言道："我不会让你为难的。我只是想提醒你一声，当今皇上连我这个兄弟都会毫不怜惜地除掉，蒋大人你可要好自为之了。"

说完，周德兴将剑搁在颈间，只轻轻一抹，便魂归西天了。不难看出，周德兴在临死前，已经彻底地看出了朱元璋的阴险本性。只可惜，一直到死的时候，周德兴也不知道徐达之死的真相。

洪武二十六年（1393年）的二月初八，早朝，文武百官刚刚分左右站立妥当，朱元璋就板着脸沉声喝道："蓝玉，你知罪吗？"

凉国公蓝玉本能地一惊，说"本能地"，是因为自亲家靖宁侯叶升被朱元璋处死之后，蓝玉就预感到自己的前途不妙。

蓝玉的为人非常像他的姐夫常遇春，但他比常遇春桀骜。听完朱元璋的话之后，他本能地一惊之后，然后斜跨一步，也没有跪地，只是简简单单地行了个礼，定定地望着朱元璋问道："皇上，微臣何罪之有？"

朱元璋两眼一瞪，吼道："蓝玉，你身犯重罪而不知，这岂不就是不可饶恕的罪责？"

蓝玉倒也不惧，依然直直地望着朱元璋道："皇上，微臣究竟所犯何罪？何不当着文武百官的面说个明白？"

检校头目夏煜这时跳到了蓝玉的身边，一指蓝玉的面孔叫道："大胆蓝玉，竟敢如此跟皇上说话。"

蓝玉燃烧着怒火的目光"唰"地就射向了夏煜："你算个什么东西？也配在蓝某的面前饶嘴饶舌？"

夏煜吓得"吱溜"一声就钻到了别人的身后。这不是夏煜胆小，而是因为蓝玉的力气太大。如果蓝玉的巴掌甩到了夏煜的脸上，那夏煜恐怕就再也不能开口说话了。

朱元璋不耐烦了，冲着殿外叫道："来人啊！把乱臣贼子蓝玉打入死牢，严加审讯！"

锦衣卫头目蒋献应声跑进奉天殿内。蒋献的前后左右，是二十多个全副武装的锦衣卫，而且，这二十多个锦衣卫当中，还不乏武功超绝的高手。显然，蒋献知道蓝玉是个不好惹的角色，一点儿都不敢大意。

不知为什么，蓝玉并没有反抗，任蒋献的手下给自己戴上粗重的铁锁链。

如果说，朱元璋当年炮制"胡党案"的时候，还算是精心策划了一番，那么，他此次炮制"蓝党案"的时候，就显得十分简单和潦草了。

胡惟庸是洪武十二年被投入大狱的，到洪武十三年才被处死，前后拖延了有一年左右的时间。而蓝玉就没有胡惟庸那么幸运了。蓝玉是洪武二十六年二月初八被打进锦衣卫死牢，二月初十即被处死，前后仅有三天。

对汤和，朱元璋已经决定让他活下去了。而对冯胜和傅友德，朱元璋是决计不会让他们再活下去的。只是，"蓝党案"在南京城内外闹得红红火火的时候，冯胜和傅友德分别远在太原和北平，受晋王朱棡和燕王朱棣的辖制，朱元璋一时顾及不到。

现在，"蓝党案"顺利地结束了，朱元璋便有充足的时间和充沛的精力腾出手来去处置冯胜和傅友德了。

事实上，自"蓝党案"过后，冯胜和傅友德二人都非常地惶恐。很明显，朱元璋是想借所谓的"蓝党案"把所有的开国功臣都诛杀一空。

冯胜看出了这一点，傅友德也看出了这一点。他们都是大明朝的开国功臣，而且还是能征善战的开国功臣，朱元璋岂能让他们安然地存活？

在这种情况下，冯胜和傅友德就自然而然地走到了一起。走到一起的目的，是商讨如何应付即将到来的不测。冯胜提出主动向朱元璋请求告老还乡；而傅友德的意思却是，不如举兵反叛。

冯胜不同意傅友德的提议，而傅友德也不同意冯胜的提议。看来冯胜和傅友德能做的，好像只有等待了。

冯胜和傅友德足足等待了一年多的时间。一年多过后，冯胜和傅友德都仿佛等得有些麻木了。然而，朱元璋没有麻木，他要动手了。

洪武二十七年（1394年）冬，朱元璋一道圣旨，将傅友德从北平调回了南京。傅友德从北平回到南京的当天晚上，朱元璋在宫中设宴为傅友德接风洗尘。宴会的规模不大，除朱元璋外，只有夏煜、蒋献等几个检校和锦衣卫的头领作陪。

看到那么一些作陪的人，傅友德就知道自己的死期到了。好在对死早已有了心理上的准备，所以傅友德并没有感到什么恐惧，反而显得镇定自若，只顾大口地吃喝。

朱元璋忽然问道："傅爱卿，你远在北平，可曾听说过蓝玉谋反一事？"

傅友德一边吞咽着食物一边回道："皇上处死了那么多人，如此轰轰烈烈的大事，臣焉能不知？"

朱元璋微笑着点了点头："傅爱卿，依你之见，朕该不该处死那些人？"

傅友德答道："既然皇上认为那些人都有谋反之意，那些人自然就该被处死。"

朱元璋"哦"了一声道："傅爱卿真是深明大义之人啊……但不知，傅爱卿可知晓朕此番召你回京是何用意？"

傅友德缓缓地摇了摇头："臣本鲁钝，哪知皇上用意？"

朱元璋的脸上，依然是一副笑容："傅爱卿，事情是这样的，有人告发，你住在京城的那两个儿子，也是蓝党分子。朕本不相信，但证据确凿，朕又不能不信。所以，朕就把爱卿召回来，想听听爱卿对此事的看法……"

　　傅友德共有四个儿子，四儿子数年前病死，大儿子入赘去了别人家，只二儿子和三儿子还住在南京城内。听了朱元璋的话后，傅友德微微一怔，然后言道："既然皇上认为臣的那两个儿子是蓝党分子，那臣的那两个儿子就不该再活下去了。"

　　朱元璋环顾了一下左右道："众位爱卿，朕说得没错吧？傅爱卿真的是一个深明大义的人呢！"

　　傅友德站了起来："皇上，如果你恩准，臣现在想回家一趟……"

　　朱元璋似有不解地问道："傅爱卿此时回家是何用意？"

　　傅友德回道："臣想把那两个逆子带到这里来听候皇上发落。"

　　朱元璋张着大眼言道："傅爱卿，朕不想看到你的两个儿子，朕只想看到你那两个儿子的头颅。"

　　朱元璋话音刚落，那蒋献就摸出一把剑来递在了傅友德的手中。傅友德明白了，朱元璋是要他亲手去杀死自己的两个儿子。傅友德冲着朱元璋躬了躬身言道："请皇上稍候，臣去去就来！"

　　一个时辰左右，傅友德重新回到了朱元璋等人的面前。此时的傅友德，满脸的肃然，那把长剑倒插在背后，两个儿子的头颅分别提在他的左右手中。

　　傅友德刚一走到朱元璋的面前，就把手中的两个头颅往朱元璋的脚下一丢道："皇上，臣回来了。"

　　朱元璋似乎很是惊讶地道："傅爱卿，你怎么能这么做？常言道，虎毒不食子。你如何能忍心亲手割下自己儿子的头颅？傅爱卿，你的心肠……看起来比老虎还要歹毒啊！"

　　傅友德突然"哈哈"大笑起来："皇上，你也知道这世上还有人的心肠比老虎还要歹毒啊。"

　　笑声中，傅友德"嗖"地从背后拔出剑来，慌得蒋献等几个锦衣卫的头目忙着把朱元璋紧紧地护住。

　　谁知，傅友德只是把剑搁在自己的颈间。一缕血光闪过后，傅友德便扑在了地上。不知是有意还是巧合，傅友德的身体正好倒在了朱元璋的脚边，而且将两个儿子的头颅紧紧地压在了身下。

　　傅友德死后，就剩下宋国公冯胜了。傅友德一死，冯胜便知道自己之死也为期不远了。所以，冯胜就整天整夜地喝酒，一喝就喝个酩酊大醉，一醉就卧床数天不起。只要头脑稍稍有些清醒了，他便又玩命地灌酒。从太原回到南京之后，冯胜不仅被酒泡得形销骨立，连走路也跟跟跄跄的了。

　　冯胜是这年（洪武二十七年）年底接到圣旨从太原回往南京的。因为一路上只顾着喝酒，所以行速就非常地缓慢。等冯胜回到南京城时，年关已过，已经是第二年的正月了。

像对待傅友德一样，冯胜回到南京城之后，朱元璋同样设宴款待冯胜。有所不同的是，就朱元璋和冯胜两个人，并无第三人作陪。连斟酒的差事，也由朱元璋承担。

朱元璋斟酒，冯胜喝。朱元璋斟得勤，冯胜喝得快。满桌子的山珍海味，朱元璋没动筷子，冯胜似乎也忘了吃。

待冯胜喝得脸红脖子粗的时候，朱元璋笑微微地言道："几年不见，冯爱卿的酒量确有了长足的进步啊！"

冯胜打着酒嗝言道："不瞒皇上，除了喝酒，臣不知现在到底该做些什么。"

朱元璋接道："难怪朕有耳闻，说是冯爱卿在太原，除了喝酒，什么事也不做。"

冯胜止住了一个酒嗝，然后有些吞吞吐吐地言道："臣如此喝酒，虽然有些时日了，但臣心中有一个问题，始终找不到答案，臣想就此机会请教皇上。"

朱元璋言道："爱卿但说无妨。"

冯胜摇晃了一下身体："臣已老迈，身体也很糟糕。臣想请教皇上的是，就臣这把年纪和这副身体，还能喝多长时间的酒？"

冯胜这个问题的用意很明显：自己年纪大了，身体也不好，除了喝酒，别无他图，既然如此，皇上还不高抬贵手吗？

冯胜是在试探朱元璋对他的态度，或者说，冯胜是在乞求朱元璋能够放他一马。然而，朱元璋的回答，却彻底让冯胜死了心。

朱元璋是这样回答的："冯爱卿，朕以为，一个人如果只想着喝酒了，那活着也就没多大意思了！"

听了朱元璋的话后，冯胜半天没言语，也半天没动杯。朱元璋和颜悦色地劝道："冯爱卿，再好好地喝几杯吧。喝完之后，你就可以回家了！"

冯胜怔怔地点了点头，旋即，他一边端杯一边笑着对朱元璋道："皇上圣明！臣现在不好好地喝上几杯，更待何时？"

就这么着，在朱元璋深不可测的目光里，冯胜一杯接着一杯地朝肚里灌酒。直到把肚子里灌满了，酒往嗓子眼漾了，冯胜才摇摇摆摆地站起身子道："皇上，臣告辞了。"

朱元璋含笑点了点头，冯胜离开了。看起来，冯胜已然喝醉，而实际上，他的头脑十分地清楚。至少，朱元璋的那句话是一直在他的耳边回响的："活着也没多大意思了……"

冯胜趔趔趄趄地走在了大街上，他努力地睁大眼，似乎是想看看自己家的方向。但冯胜的努力失败了，他怎么看也看不见自己的家。也许，对冯胜而言，家实在是太遥远了。

有两个人走到了冯胜的跟前，这俩人曾在冯胜的手下当过差。但他们认识冯胜，冯胜却不认识他们了。不过，冯胜认识另一样东西。那是一把短刀，别在那两个人当中的一个人的身上。

那把短刀拿在了冯胜的手中，冯胜用力将短刀插进自己的胸腹。由于身体过分虚弱，冯胜一刀并没有结果掉自己的性命。

冯胜急了，干脆一下子扑倒在街道上。这样，那把短刀的刀尖儿就穿过厚厚的锦衣，经过他的内脏，然后从他的脊背处露了出来。就是如此，冯胜也抽搐了好一阵子才停止了呼吸。可见，冯胜求生的本能有多么强烈。

傅友德是洪武二十七年冬月死的，冯胜是洪武二十八年正月死的，前后不过两个月的时间。傅友德和冯胜之死，标志着朱元璋屠杀开国功臣的行动结束。这一年，朱元璋六十八岁，虽有些老态龙钟之貌，但精神极好。

屠杀开国功臣的行动虽然结束了，但这并不意味着朱元璋杀人的行动也结束了。开国功臣杀完了，还有别的人可以杀。

那是洪武二十八年夏天的一个晚上，在乾清宫内，朱元璋设宴款待夏煜和蒋献二人。自从成为了朱元璋的宠臣之后，夏煜和蒋献二人经常在乾清宫内与朱元璋这么面对面地饮酒叙谈。

除了朱元璋、夏煜和蒋献外，还有夏梦梅，夏梦梅的任务是斟酒。四个人，三男一女，就像是一家人，气氛非常地温馨和亲切。

喝酒之前，朱元璋深有感触地对夏煜和蒋献言道："两位爱卿自跟随朕以来，可谓是任劳任怨又劳苦功高啊……朕每每想起，都不免感慨万分。"

夏煜连忙叩首道："皇上谬夸微臣了……微臣只是替皇上跑跑腿而已，哪有什么劳苦功高之说？"

算起来，夏煜也是大明朝的国舅了，动不动地就冲着朱元璋磕头，也未免太过谦逊了。夏煜都如此了，蒋献又哪敢怠慢？"咕咚"一声，蒋献的脑门就撞在了地面上："启禀皇上，微臣除了杀人之外，别无所长，所以皇上说微臣任劳任怨，微臣倒也心安理得，但皇上说微臣劳苦功高，微臣就实在愧不敢当了。"

朱元璋微微一笑言道："两位爱卿不必自谦。你们为朕所做的一切，朕都已铭记在心。今晚，朕叫你们来此与朕对饮几杯，就是想表达朕对你们的一点儿谢意。"

朱元璋率先举起了杯，夏煜和蒋献跟着也举起了杯。巧的是，就在朱元璋把杯子移到唇边将喝未喝的当口，一个老太监在外面禀道："太子殿下求见。"

朱元璋只得将酒杯放下道："两位爱卿请稍候，朕去去就来。"

朱元璋离席而去，外面只有那个老太监，根本没有什么太子的影子。朱元璋在那个老太监的身边站了片刻之后，又走回到夏煜和蒋献的面前道："太子找朕有些事情商量，朕只能失陪一会儿。你们先在这里慢慢地喝着，待朕回来，与你们一醉方休！"又吩咐夏梦梅道，"爱妃切记，他们两个谁喝的多谁喝的少，朕回来之后，你要如实禀报。"

夏梦梅愉快地答应了，夏煜和蒋献不敢偷懒，朱元璋还没离开呢，他们就你一杯我一杯地喝上了。朱元璋暗暗一笑，轻快地朝外走去。走到那个老太监身边，朱元璋低声嘀咕了几句，然后就独自一人走出了乾清宫。

走出乾清宫之后，朱元璋优哉游哉地去了几个皇妃的住处转了一遭。一个时辰之后，朱元璋估计差不多了，便又优哉游哉地回到了乾清宫。

那个老太监早在乾清宫外等候着，朱元璋努努嘴，老太监垂首言道："都死了……他们都死了。"

老太监重复了两次"都死了"，朱元璋便觉得有点异常，匆匆地走进去。果然，不仅夏煜和蒋献被酒里的毒药毒死，那个夏梦梅，也被毒死在夏煜的身边。

原来，朱元璋只想毒死夏煜和蒋献，并不想毒死夏梦梅。然而，夏煜和蒋献被毒死了之后，夏梦梅便也立刻想到了死：自己亲自斟酒毒死了父亲，还有什么活头？于是，她就坐在夏煜的身边，将一壶酒全部倒进了体内。

看着夏梦梅因痛苦而扭曲变了形状的脸庞，朱元璋先是说了一声"可惜"，继而，朱元璋又淡淡地言道："这样也好。"

知道朱元璋太多秘密的人，朱元璋是肯定要将他们置之死地而后快的。还有一个原因，朱元璋想把自己大屠杀的责任尽可能地推到夏煜和蒋献的身上。

夏煜和蒋献死后，朱元璋马上就昭示天下。"昭示"的大意是，由于夏煜的无端诬告和蒋献的擅自捕杀，大明朝的许多开国功臣和文人雅士都含冤死去，为严正国纲、以儆效尤，大明皇上已将夏煜、蒋献二人绳之以法。"昭示"还着重强调：为依法治国，大明皇上已经取消了"锦衣卫"建制，以后大小讼案，一律移交刑部查办。

朱元璋执政的晚年，"锦衣卫"确实不复存在了。开国功臣差不多死绝了，"锦衣卫"也就没有存在的必要了。至于朱元璋想把大屠杀的责任推到夏煜和蒋献等人的身上的目的是否已经达到，那就只有天知道了。反正，朱元璋觉得，所有该杀的人都已全部杀完，大明王朝从此就该安然无恙了。

【第十六回】

隐锋芒燕王守边，灯油尽太祖宾天

一天，朱元璋将朱允炆叫到乾清宫说道："允炆，所有的障碍，爷爷替你清除了，你以后就放心地当你的大明皇帝吧！"朱允炆却说："爷爷，孩儿现在虽然是太孙，但孩儿以后……恐怕做不成皇帝……"

朱元璋的眉头不觉锁了起来："你如何会做不成皇帝？"

朱允炆答道："因为，有一个人，他也想当皇帝。而且，孩儿还以为，他不仅有想当皇帝的念头，更主要的，他还有当皇帝的资本。"

朱元璋虽然老迈，但大脑却一如过去那般清晰："允炆，你刚才所说的那个人，是指你的四叔吗？"

朱允炆的"四叔"，就是燕王朱棣了。朱允炆也不隐瞒："爷爷说的是。"

朱元璋顿时沉默不语。看起来，朱允炆确实比朱标聪明多了。历史上，为争帝位，兄弟骨肉之间互相残杀的事例举不胜举。

过去，朱元璋只顾着屠杀开国功臣了，没怎么去考虑自己儿孙之间的关系。现在，朱允炆提出来了，朱元璋就不能不在心中打起一个问号来：自己死后，自己的儿孙是否也会为争帝位而互相残杀？

诚然，正如朱允炆所言，燕王朱棣是有资本争夺帝位的。朱棣聪慧又果敢——朱元璋忘不了徐达对朱棣的评价：朱棣的为人，就像当年打天下时候的朱元璋一个样——而且，在分封的诸王之中，朱棣的兵马是最多的。

问题是，朱棣虽然有争夺帝位的资本，但是否真的如朱允炆所言，还有"想当皇帝的念头"？

见朱元璋沉默不语，朱允炆就轻轻站起来言道："爷爷，孩儿适才言语之中，若有什么大不敬之处，祈请爷爷宽恕。"

朱元璋定睛看着朱允炆，末了，摆了摆手道："孩子，你放心，任何不利于你当皇帝的人和事，爷爷都会替你处理的。"

朱允炆心中一喜，忙着躬身言道："如此，孩儿就告辞了！孩儿恭祝爷爷福如东海、寿比南山！"

朱允炆最后的话多少有点虚伪，至多也只能算是客套话。撇开"福如东海"不说，就"寿比南山"四个字，也不会是朱允炆的真心话。也甭说是"寿比南山"了，就朱元璋再活个五十年，朱允炆恐怕就要急白了头发：他很难再当上皇帝了。

不过，朱元璋说话还是算数的，他说要替朱允炆"处理"事情就马上付诸了行动。很快，一道圣旨飞抵北平，朱元璋谕令朱棣抓紧时间回南京一趟。

接到朱元璋的圣旨，朱棣和徐氏都大吃一惊。朱元璋只叫朱棣回京，并未说明是什么事。朱元璋此时叫朱棣回京到底会有什么事？

本来，当皇帝的父亲叫当王爷的儿子回京应该是很正常的事情，朱棣和徐氏好像没有必要"大吃一惊"的，更没有必要疑神疑鬼。然而事实是，朱棣接到圣旨之后，马上就和徐氏一起躲在燕王府的一间密室内嘀嘀咕咕地商讨起来。

朱棣和徐氏如此慎重行事，当然是他们心中有鬼。这么多年来，他们已经拥有了一支数十万人的军队，而且战将如云。更主要的，他们的军队因为经常打仗，其战斗力极强。

刚一躲进王府内的密室，朱棣就急急地问徐氏道："爱妃，父皇不说原委，只说召我进京，你看是凶还是吉？"

徐氏犹犹豫豫地道："是凶是吉，妾身不敢妄测。妾身担心的是，皇上是否发觉了王爷的意图。"

朱棣言道："如果父皇发觉了我的意图，那此去必然凶多吉少。反之，就应该没有什么凶事可言了。"

徐氏思忖道："依妾身看来，皇上不大可能发觉王爷的什么意图。王爷的兵马虽多，但异常分散，且大都分布在边陲，皇上如何能弄得清楚？还有，王爷身处战略要地，兵马多一些，也是正常的。"

朱棣皱眉道："爱妃言之有理。不过，父皇这个时候叫我进京，多少有些蹊跷。"

徐氏点头道："王爷说得是。不怕一万，就怕万一。皇上不会无缘无故地召你进京的。"

朱棣顿了顿，接着问道："爱妃，既然情况不明，那我就找个借口不遵旨回京，你看如何？"

徐氏摇头道："妾身以为不可。如果王爷不回京，就是皇上本来没有什么疑心，恐怕也要因此而起疑心了。更重要的，王爷现在还不能同皇上明打明地闹翻。"

朱棣言道："这是自然。只要父皇还在，我就没有理由举兵南下，即使举兵南下，恐也没有绝对的胜算。"

徐氏道："既然如此，那王爷就只能遵旨而行。"

朱棣道："我自然明白这个道理，可我的心中总是有些忐忑……万一，我此次进京，一去不回，怎么办？"

徐氏回道："王爷如果真的一去不回的话，那妾身就断无再苟活下去的道理。"

朱棣苦笑道："爱妃，死有何惧？你的父亲，你的周三叔，还有那么多的盖世英豪，不都一个个地化为了尘埃？我朱棣的性命，又能比你父亲他们高贵几何？"

徐氏幽幽地道："王爷是不甘心……不甘心这么多年的准备和努力一下子化为泡影。"

朱棣深深地点了点头道："知我心者，爱妃一人而已。"

朱棣说完默然，徐氏也默然。突然，徐氏言道："王爷，你刚才提起妾身的父亲和妾身的周三叔他们，妾身恐怕猜出皇上叫你回京的意图了。"

朱棣赶紧催道："爱妃快说！"

徐氏却不紧不慢地问道："王爷，你说，皇上把所有的开国功臣都杀完了，目的何在？"

朱棣回道："爱妃，这还用问吗？开国功臣都杀完了，大明江山的潜在威胁便都消除了。"

徐氏的话说得很重："王爷说得对！开国功臣没有了，大明江山的威胁也就随之消除了。但妾身以为，大明江山的威胁虽然消除了，可太子殿下日后登基的威胁，却并没有完全消除。"

朱棣一怔，旋即，两只眼睛睁得溜圆："爱妃，这是你以为的，还是你以为是父皇以为的？"

徐氏这样回道："妾身一时说不清楚，妾身只知道，对太子殿下日后登基威胁最大的，是王爷你。"

朱棣猛然将徐氏搂在了怀里："爱妃所言极是啊，经爱妃这么一说，我茅塞顿开。我现在敢肯定，父皇召我进京，就是要解除掉允炆日后登基的最大威胁！"

徐氏这时却不由得紧张起来："王爷，果真如此吗？果真如此的话，你此去岂不真的是凶多吉少？"

朱棣的脸上倒现出了一缕轻松："爱妃，果真如此的话，我此去就不会有什么凶险了！"

徐氏有些糊涂："王爷此话何意？"

朱棣居然笑着言道："爱妃，只要父皇本来对我没有疑心，那么，他此番召我进京，至多是想作一番试探而已。而且，我估计，父皇召我进京，八成是那个允炆出的主意。"

徐氏下意识地点头道："妾身记得，王爷曾说过，说那个太子殿下是个颇有心计的人。"

朱棣很是自负地言道："爱妃，允炆再有心计，也不会是我的对手！"

徐氏在朱棣的怀里动了一下："妾身对王爷总是有信心的。不过，无论如何，王爷也不能大意。"

朱棣言道："爱妃提醒得是。不过，如果父皇这次召我进京，真的是因为此事的话，那我就一定会平平安安地回来！"

徐氏又在朱棣的怀中拱动了一下："既如此，妾身就在这里预祝王爷逢凶化吉、遇难成祥了。"

朱棣离开北平对徐氏所说的最后一句话是："有爱妃在这里盼望，我一定会平安无事！"

这次南下朱棣带的随从不多，而且也不是径直南下。他离开北平之后，途经了太原和西安，然后才拐向东南，去往南京。

朱棣这次自然耽误了不少时间，但他这样做是有目的的。他在太原停留了一天，见到了他的三哥晋王朱㭎。他在西安也停留了一天，又见到了他的二哥秦王朱樉。

朱棣为何要特地途经太原和西安呢？当然不是因为他想念朱㭎和朱樉了。实际上，朱棣居北平期间，曾屡次派心腹手下到太原和西安走动，有时，给朱㭎送去几个北方的美女，有时，给朱樉捎去一些北方的土产。这当然只是掩饰或手段，不是目的。

朱棣派心腹手下去太原和西安的目的，是侦探朱㭎和朱樉二人的治军情况及二人辖区内的治安情况。侦探的结果，当然令朱棣满意。朱㭎荒淫成性，根本不理政事。朱樉暴戾无比，封地内的百姓怨声载道。朱㭎也好，朱樉也罢，二人的军队都很有限，而且军纪涣散，除了会糟蹋老百姓之外，毫无战斗力可言。

朱棣侦探朱㭎和朱樉的真正目的，当然是为以后的行动做准备的。要知道，朱棣日后想当皇帝，就必然要发兵攻打南京，而发兵攻打南京，又必然要从朱㭎和朱樉的封地经过。也就是说，朱㭎和朱樉都是朱棣日后潜在的对手。但这样的对手，朱棣现在已经不放在眼里了。

这一次，朱棣奉旨回南京绕道太原和西安，除了再顺便察看一下太原和西安两地的情况外，还有另外一个原因，那就是，朱棣听手下密报，说是朱㭎和朱樉都病了。朱棣是去"探望"朱㭎和朱樉的病情的。当然了，这种"探望"至少也是幸灾乐祸的。对朱棣而言，朱㭎和朱樉要是都病死了那是最好。

试想想看，朱标已经死了，如果朱㭎和朱樉再一起死掉，那他朱棣就等于是朱元璋的大儿子了。有了"大儿子"这个名头，他朱棣日后干起事来，也就会方便多了。

朱㭎和朱樉果然都生病了。朱㭎的病轻些，还能自个儿走路，但早已面黄肌瘦、弱不禁风。朱棣仿佛十分关切地对朱㭎言道："三哥，切莫要整日地泡在女人堆里啊！你没听说过，女人腰下一把刀吗？"

朱棣的话，至少听起来是很得体的。然而朱㭎却回道："四弟，女人就是我的生命。不泡在女人堆里，我还要性命何用？"

朱棣接着笑道："三哥言之有理。所谓人各有志耳！"

朱樉的病情看起来比较严重，朱棣抵达西安的时候，朱樉都已经卧床不起了。朱棣也很想"劝慰"朱樉几句，但不知是因为什么，朱樉不大理睬朱棣。于是朱棣就独自在西安城内游逛了一天，然后就直奔南京而去。

到达南京之后，朱棣一五一十地将自己的行程向朱元璋汇报了，并说自己之所以要绕道太原和西安，就是因为听说二哥和三哥病了。朱棣如此"诚实"又如此重"兄弟情义"，自然给朱元璋留下了很好的印象。

而朱元璋，似乎也给朱棣留下了很好的印象。朱棣将自己的行程向朱元璋汇报之后，朱元璋曾深有感触地对朱棣言道："唉，如果樉儿㭎儿都能像棣儿你一般，那大明江山还有何忧？"

有朱元璋这句话垫底，朱棣此番南京之行，也就了无所虑了。

朱棣和朱允炆的见面是在乾清宫里。刚一照面，朱棣就率先冲着朱允炆屈膝行礼道："燕王朱棣，参见太子殿下。"

朱允炆赶紧回礼道："四叔这是何干？允炆应向四叔行大礼才是啊！"

朱棣一本正经地言道："太子殿下此言差矣！朱棣虽是你的四叔，但你却是大明的太子。论家，你是我的晚辈，可论国，则我当向你行礼。太子殿下，放眼大明江山，是家重还是国重啊？"

朱允炆一时有点语塞："四叔如此说，允炆实在是诚惶诚恐。"

一旁的朱元璋不禁哈哈大笑道："棣儿说得没错，家重国更重！但允炆说得也不错，国重家也重。无家何以成国？可无国又何以为家？棣儿、允炆，这大明江山，既是我们的国，也是我们的家啊！"

朱棣和朱允炆一起朝着朱元璋跪下了，朱棣和朱允炆口中称颂的词语如出一辙："父皇（爷爷）圣明！"

朱元璋笑微微地叫朱棣和朱允炆分别坐在他的两边，还将朱棣和朱允炆的一只手分别握在自己的手中。不难看出，朱元璋叫朱棣回南京的真实意图，是希望朱棣和朱允炆二人能够精诚团结、同心协力地保卫大明江山。对朱元璋的这种意图，当时的朱棣自然是欢喜的，而当时的朱允炆，却未免大失所望。

不过，朱元璋也当着朱允炆的面问过朱棣一些比较敏感的问题。比如，他曾这么问朱棣，如果他"万岁"之后，诸王中有人欲为难允炆，朱棣将何去何从？

朱棣当时慷慨激昂地回答朱元璋道："儿臣当坚定不移地站在太子一边！太子继承国统是父皇意愿，父皇意愿就是天意！天意是不可违的。谁为难太子便是违逆天意，便是儿臣不共戴天的敌人！"

当然，朱棣也知道，光说几句漂亮话还不够，还得要做出某种行动。所以，朱棣当时曾要求与朱元璋"单独谈谈"，朱元璋同意了。

朱允炆"回避"了之后，朱棣对朱元璋言道："父皇，儿臣想交出兵权回南京。"

朱元璋多少有些惊讶："棣儿这是何意？你正当盛年，如何有这等想法？"

朱棣故意用一种吞吞吐吐的语气言道："父皇，恕儿臣直言——儿臣看得出，有人对儿臣不大放心——既如此，儿臣何不就交出兵权，以免去诸多不必要的猜忌？"

朱元璋微微皱了皱眉，然后，又展眉言道："棣儿，即使有人猜忌，那也是很正常的事情，这与你手握兵权无甚干系。"

朱棣又请求道："父皇，你把儿臣调离北平，封到其他任何一个地方都行——儿臣想，只要儿臣所待的地方无足轻重了，手中也没有多少兵马了，那些猜忌恐怕就会少得多了。"

朱元璋笑着摇了摇头道："棣儿，北方最为多事，你走了，谁能保大明北疆无事？"

很显然，在朱元璋的心目中，只有朱棣才能保大明北疆平安。而实际上，这也就是朱元璋之所以如此信任朱棣的重要原因。

朱棣敢假心假意地要"交出兵权"、又"请求"调到其他地方，也正是看出了朱元璋的这种心理。不然的话，即使打死他，他也不会心甘情愿地交出手中的兵权的。

换句话说，如果朱棣和朱元璋的这次谈话算作是一场心理交锋的话，那朱棣无疑是胜利者。看来，朱元璋确实是老了。

有趣的是，朱棣刚一离开南京回北平，朱元璋就把他与朱棣"单独"谈话的内容告诉了朱允炆，还不无责怪地对朱允炆言道："你是不是有点太多心了？如果你四叔真的有什么不轨之心，又怎么会主动地要交出兵权？"

朱允炆硬硬地回道："爷爷，孩儿以为，四叔要交出兵权，又要调离北平，全是假装的！"

朱元璋用教训的口吻道："允炆，有些事情是不能凭主观猜想的！你猜想谁有什么企图，莫非谁就真的有什么企图了吗？"

允炆言道："爷爷，孩儿不是猜想，孩儿有证据。"

朱元璋一怔："证据？你有什么证据？"

朱允炆道："孩儿曾派齐泰和黄子澄秘密前往北平一带侦察，发现许多可疑的迹象。"

齐泰时任兵部侍郎，黄子澄时任太常寺卿，二人都是朱允炆的亲信。从此可以看出，朱允炆的确比乃父有远见，还未登基亲政，就开始培植自己的亲信了。

朱元璋问道："你发现什么可疑迹象了？"

朱允炆答道："齐泰和黄子澄发现，孙儿的四叔在不断地扩充兵马。仅北平城外五十里内，就有四叔的二十万大军。五十里之外，到处分布着四叔的兵马，只是这些兵马分布得很散，且大都屯在山中和林间，很难统计出确切的数字来，孙儿也不便妄加推测。"

朱元璋歪了一下嘴："允炆，你说的这情况，说明了什么？"

朱允炆道："爷爷，四叔如果仅仅只是想拱卫一个北平城，又何必拥有那么多的兵马？还有，四叔的兵马不仅甚众，且纪律十分严明，武器装备也非常地精良。爷爷，在孙儿看来，四叔的军队及军队的战斗力，已经完全可以打一场旷日持久的战争了。"

朱元璋突然笑了："允炆啊，朕看你真的是越来越多心了！你四叔的任务，不仅仅是保卫一个北平城，他保卫的是整个大明朝的北部江山！如果你四叔没有足够的军队，军队没有足够的战斗力，那大明朝的北部江山岂会有安宁之日？"

朱允炆赶紧道："爷爷，孙儿以为，四叔军队的规模，已经远远超出了保疆守边的需要。"

朱元璋言道："允炆，你四叔不仅仅要保疆守边，他还要不断地拓疆扩边。只有这样，大明朝才会永远地兴旺发达、繁荣昌盛！"

朱允炆还想说什么，朱元璋打断道："允炆，别再胡思乱想了！你四叔是不会对你怎么样的。相反，如果以后真的会有人对你怎么样，那第一个站出来保卫你的，肯定是你的四叔！"

朱元璋如此信任朱棣，朱允炆还能说什么呢？没办法，朱允炆只能跑去找齐泰、黄子澄等亲信商议计策。而朱元璋，却跟着给诸王发了一道手谕。

"手谕"的大致内容是：他朱元璋驾崩以后，如果大明天下有不测之事发生，那诸王可以率领自己的军队开赴南京，谓之"靖难"。朱元璋发这道"手谕"的本意，是希望朱棣日后能做朱允炆的保护神。

没承想，朱元璋的这道手谕，却成了朱棣以后搞政变的一个名正言顺的借口。

　　把朱棣召回南京一趟之后，朱元璋便认为他该做的事情都已经做完了。而有一腔忠诚又精明能干的朱棣在，他朱元璋儿孙之间发生自相残杀的可能性便也消除了。既然如此，他朱元璋在剩下的岁月里，又该做些什么呢？

　　朱元璋以为，在这人生"剩下的岁月"里，应该只争朝夕、争分夺秒地好好享受余生。朝廷之事，只要不是太重要的，朱元璋都放手让朱允炆去处理。

　　洪武三十年（1397年）的秋天，朱元璋病倒了，这一年，朱元璋整整七十岁。

　　一开始，朱元璋病得并不重，虽躺在床上，却也经常下床活动。太子朱允炆等人来看他的时候，他同他们有说有笑，几乎一点儿也看不出有病的样子。而且，有一回，朱元璋竟然向朱允炆传授起他的看家武功来。

　　那是一个黄昏，朱允炆到乾清宫看望朱元璋。朱元璋先是把其他人都赶出宫外，然后哼哼唧唧地从床上爬了起来。朱允炆一见，赶紧言道："爷爷切勿乱动，躺下休息要紧。"

　　朱元璋早已下了床，且笑着问朱允炆道："孩子，你说，爷爷我凭的什么能夺取这大明江山？"

　　朱允炆回道："爷爷雄才大略、胆识过人，故能夺取这大明江山。"

　　朱元璋摇头道："看来，你是只知其一不知其二啊！"

　　朱允炆连忙垂首躬身道："愿聆听爷爷的教诲。"

　　朱元璋言道："孩子，你千万记住了，爷爷之所以夺得了这大明江山，主要的原因是，爷爷我学会了一套拳法和一套剑法！"

　　朱允炆愕然："爷爷的话，孙儿听不明白。"

　　朱元璋攒足了精神道："允炆，你看好了，看爷爷是如何练拳耍剑的。"

　　朱元璋把无赖拳和龙虎剑演示了一遍，虽然朱元璋已是七十岁的老头子了，而且还拖着个病体，但他的武功还是那么有力度，惊得朱允炆连眼睛都不敢眨。练完之后，朱元璋也是大汗淋漓，身不由己地就瘫在了床上。

　　朱允炆刚想过去扶持，朱元璋就挣扎着言道："允炆，你把龙虎剑耍一遍朕看看！"

　　朱允炆应诺一声，接过剑来，便认认真真地耍开了。前面几招耍得都不错，唯"龙生九子"一式，朱允炆怎么耍也耍不出剑人合一的态势。甚至，朱允炆连"龙生九子"的动作要领都未能完全地掌握。

　　朱元璋叹息道："孩子，回去好好练吧。这套拳和这套剑，绝非一朝一夕就可以练成的啊！"

　　朱允炆应道："爷爷的话，孙儿已经铭刻在心。"

　　朱元璋接道："不仅要练这套拳和这套剑，还要会从这套拳和这套剑中得到领悟。这才是练拳和耍剑的真谛啊！"

朱允炆重重地点了点头。看起来，朱允炆好像听懂了朱元璋的话，而实际上，允炆根本就没有听懂。

朱元璋之所以能从一个身无寸地的放牛娃到拥有整个天下的大明独裁者，一个重要的原因就是，他同时拥有"无赖"的品性和"龙虎"的精神。唯"无赖"，才会去做一般人不会去做的事情；唯"龙虎"，才敢去做一般人不敢去做的事情。"无赖"加上"龙虎"，还有什么事情做不成？

如此深邃而富有哲学内涵的道理，仅二十出头年纪的朱允炆岂能够完全地领会？

自教习了朱允炆"无赖拳"和"龙虎剑"之后，朱元璋的病情就开始加重了。病情加重的原因，自然与教习拳剑时太过消耗体力有关，但更主要的原因，还是接踵而至的来自西安和太原的消息。

这一年（洪武三十年）的冬天，从西安传来消息，朱元璋的二儿子秦王朱樉病死。

次年（洪武三十一年）二月初，从太原传来消息，朱元璋的三儿子晋王朱棡病死。

尽管朱元璋早就知道朱樉和朱棡的身体一直不好，而且，朱元璋对朱樉和朱棡生前的所作所为很是不快活，但是，当朱樉和朱棡真的死了的时候，朱元璋的心里也非常不是滋味的。毕竟，他们是他的儿子。毕竟，也是"白发人送黑发人"。

尽管，朱樉和朱棡在朱元璋心目中的位置远没有长子朱标在朱元璋的心目中的位置重要，但朱樉和朱棡的死，对朱元璋来说，终归是一次不小的打击。

故而，朱樉和朱棡死后，朱元璋的病情不仅明显地加重，而且，朱元璋的头发，也几乎在一夜之间就变得全白了。

五年前，长子朱标病死，五年后，二儿子朱樉和三儿子朱棡也相继病死。现在，还剩下四儿子燕王朱棣了。朱棣远在北平，身体很好，看不出有什么疾病的征兆。不像他朱元璋，病歪歪地躺在乾清宫里，似乎只能等死了。

而实际上，朱棣现在就相当于是他朱元璋的大儿子了。待他朱元璋死后，朱棣岂不是想说什么就说什么，想做什么就做什么了吗？太子朱允炆，即使登上皇帝位，又如何约束得了远在北平的朱棣？

朱元璋突然醒悟了过来。他醒悟出徐达曾经对他说的那句话，不纯粹是在夸赞朱棣，而是在给他朱元璋一个暗示。徐达说，朱棣的为人极像当年打天下时候的朱元璋。朱元璋当年打天下的时候心里面在想些什么？当然是想当皇帝。朱元璋想当皇帝了，朱棣的心中岂不也是有这种想法？

朱元璋想起来了，自他生病卧床之后，诸王都纷纷从各地回南京来看望他，可唯独不见朱棣的影子。朱棣的手下倒是不停地在北平和南京之间穿梭，而朱棣却找了种种借口就是不回南京。

朱棣这么做的目的何在？显然是在巴望着他朱元璋早日归西。他朱元璋死了，他朱棣就好"政变"了。

很快，朱元璋的这种想法就得到了证实。晋王朱棡是这一年（洪武三十一年）的二月初死的，二月下旬，太子朱允炆得到密报，说是燕王朱棣的一支数万人的军队，已经悄悄地开进了山西境内，并偷偷地挺进到了五台山一带。五台山距太原不过二百多里。

朱允炆派人去质问朱棣，为什么要把军队开入山西境内。朱棣回答："晋王刚死，恐山西境内有乱，故派一支军队进入。"朱棣还向朱允炆保证道："待山西局势安定下来之后，那支军队马上就撤回北平。"

朱允炆将此事告诉朱元璋，病榻上的朱元璋有气无力地道："允炆，你过去说得对，你四叔的确有野心。"

于是，朱元璋就想在临死前替朱允炆把有"野心"的朱棣除掉。怎么除？当然不能来硬的。朱棣已经有了相当强大的势力了，来硬的只能爆发一场大规模的内战，即使朱元璋和朱允炆最终能够战胜朱棣，但朱元璋无论如何也不想看到内战的爆发。

他自己就是趁元朝内乱之机夺得天下的，如果大明再内乱，谁敢担保没有别的什么人会趁乱取而代之？

来硬的不行，就来软的。是年三月，小阳春季节，朱元璋一连下发了十数道圣旨，召四儿子燕王朱棣、五儿子周王朱橚、六儿子楚王朱桢、七儿子齐王朱榑、八儿子潭王朱梓、十儿子鲁王朱檀及十一子蜀王朱椿、十二子湘王朱柏、十三子代王朱桂、十八子岷王朱楩等十多个儿子"火速回京，共商国是"。

朱元璋的意思是，待这十多个儿子回到南京之后，就全部扣留起来，或捕或贬，为朱允炆登基称帝扫除最后的隐患。当然，最大的隐患还是朱棣。朱元璋之所以叫十多个儿子一同回南京，目的是打消朱棣的疑心。

然而，到了三月底、四月初，朱元璋的十多个儿子虽然大多都奉旨回到了南京，但四儿子朱棣却没在南京城里露面。朱棣只派了一个手下代他朝见朱元璋。朱棣的解释是：北方起了战事，他暂时不能离开北平。

朱元璋无奈，只得下令将奉旨回京的十来个儿子全部软禁起来。朱元璋为什么要这么做？目的还是要削弱朱棣的势力，朱棣的同母弟弟周王朱橚，封地在开封，朱元璋的十三子代王朱桂，封地在大同。

周王和代王要是与朱棣勾结起来，那中原地区岂不就成了朱棣的势力范围了？让朱元璋聊感欣慰的是，得知朱橚等十来个王爷被软禁在南京城之后，朱棣的那支数万人的军队就又悄悄地从五台山一带撤回了北平城。看来，只要朱元璋还在，朱棣就不能不有所顾忌。

只不过，朱元璋已经无力为朱允炆日后登基来扫除所有的隐患了。他能做的，是把朱允炆、齐泰和黄子澄等人叫到面前，擢兵部侍郎齐泰为兵部尚书，并谕令齐泰和黄子澄二人辅佐朱允炆处理大明朝廷一切事务。

齐、黄二人的职责，有点类似于清朝初期的"顾命大臣"。朱元璋还提前颁下了遗诏：待驾崩之后，诸王一律不得聚拢京城，一切都要听从太子的调遣。

朱元璋还想为朱允炆做更多的事情，可是不行了。自四月中旬起，他就常常处于一种昏迷的状态。即使偶尔醒来，他的神智也很不清楚。

这一年的五月初九，黄昏，一直昏睡不醒的朱元璋突然睁开了眼。睁开眼之后，朱元璋就急急地叫道："允炆，允炆，你在哪里？"

守候在病榻边的朱允炆赶紧抓住朱元璋的手："爷爷，孙儿在这里。"

看见了朱允炆，朱元璋的脸上露出了一丝欣慰的笑容："哦，哦，你在这里，这就好，这就好。"

谁都知道，朱元璋留在人间的日子已经不多了。他这个时候醒来，只是回光返照而已。于是朱允炆就含着热泪问道："爷爷，你还有什么事情要吩咐孙儿的？"

朱元璋也知道自己快要完蛋了，没有什么人再能挽留他即将枯竭的生命了。他就像一盏油灯，油已耗尽，灯火也就要熄灭了。

朱元璋松开朱允炆的手："孩子，你把无赖拳和龙虎剑再耍一遍与朕看。"

都这个时候了，朱元璋还要朱允炆练拳耍剑。朱允炆点点头，强打起精神，先打了一套"无赖拳"，接着耍了一遍"龙虎剑"。拳也好，剑也好，朱允炆都耍得挺熟，只"无赖拳"中的最后一招"无孔不入"和"龙虎剑"中的最后一式"龙生九子"，朱允炆仍不得要领。

朱元璋叹道："孩子，看来，此拳此剑，你也只能练到这个地步了。"

朱允炆想说什么的，但最终没说出来。看着满头白发、形容枯槁的朱元璋，朱允炆实在不忍再多说些什么。

朱元璋突地剧烈咳嗽起来，直咳得他整个腰身都成了弧形。朱允炆赶紧过去为朱元璋抚背。许久，朱元璋的喘息才略略有些正常。

洪武三十一年（1398年）五月初十，大明朝开国皇帝朱元璋停止了呼吸，享年七十一岁。死后，被埋葬在南京城外钟山之下的孝陵，谥号"高皇帝"，庙号"太祖"。

七天之后，五月十六，朱允炆在南京匆匆忙忙地继位称帝。他便是明王朝第二代皇帝——明惠帝，因为第二年改元建文，所以明惠帝又被称为建文帝。

朱元璋刚一死，朱棣就以"奔丧"为名率一支军队火速南下。朱允炆称帝的时候，朱棣的军队已经赶到了江苏淮安，距南京城不过四百里。朱允炆赶紧以"大行皇帝入土为安"的名义，敕令朱棣返回北平待命。朱棣见朱允炆已有防备，南京城内外聚集了大量的兵马，一时无奈，只得悻悻北归。

七月，朱允炆宣布朱棣的同母弟弟周王朱橚犯有"谋反"之罪，将朱橚贬为庶人。接着，朱允炆又将齐王朱榑、湘王朱柏、代王朱桂、岷王朱楩等都贬为庶人。同时，朱允炆调集军队开赴中原一带，防堵朱棣。朱棣也不示弱，将自己的兵马全部聚拢在北平城，积极准备南下。

第二年（1399年），朱棣以"清君侧""讨奸臣齐泰、黄子澄"为名，率军南下，并把自己的军队称之为"靖难之师"。朱棣的军队与朱允炆的军队在中原展开大战。虽然，朱允炆的军队在人数上占优，但朱棣军队的战斗力却远远强于朱允炆的军队。故而，两军交战的结果只能是：朱允炆的军队屡败屡退，朱棣的军队步步南逼。终于，建文四年（1402年），朱棣率军打过长江，攻入南京金川门。朱允炆见大势已去，含泪引火自焚。从头到尾，朱允炆只当了四年的皇帝。所幸的是，大明江山并没有改姓。

朱棣将大明朝的都城迁往北平，自立为帝，是为"明成祖"。因朱棣的年号是"永乐"，故朱棣又被称为"永乐大帝"。

朱棣统治时期，是大明王朝最为强盛的时期。朱元璋如果泉下有知，也当心满意足了。